LSJ EDITIONS

Terrible Awena
Tome 1

LSJ EDITIONS
La saga des enfants des dieux

Linda Saint Jalmes

Terrible Awena
Tome 1

LSJ EDITIONS
La saga des enfants des dieux

~ Les romans de l'auteur disponibles chez LSJ Éditions ~
(Brochés, numériques et audios en cours)

La saga des enfants des dieux (fantastique, aventure, pour adultes) :

1 – Terrible Awena (disponible en audio)
2 – Sophie-Élisa (disponible en audio)
3 – Cameron
4 – Diane
5 – Eloïra

La Saga des Croz (fantastique, aventure, pour adultes) :

1 – La malédiction de Kalaan
2 – Le collier ensorcelé
3 – Val' Aka

Passion Flora (mini-roman érotique, pour adultes)

Les bêtises de Lili (tout public, humour, anecdotes)

The Curse of Kalaan (traduction en anglais US du tome 1 des Croz)
Romances Fantastiques : Nouvelles – édition 1
    Trois nouvelles : Second Souffle, Le Naohïm de Noël, Le prix d'un nouveau monde.

La saga Bhampair (fantastique, dark)

    Bhampair : 1 - Aaron Dorsey
    Bhampair : 2 – Lune Noire *(en cours de préparation)*

LSJ EDITIONS

Le Code de la propriété intellectuelle et artistique n'autorisant, aux termes des alinéas 2 et 3 de l'article L.122-5, d'une part, que les « copies ou reproductions strictement réservées à l'usage privé du copiste et non destinées à une utilisation collective » et, d'autre part, que les analyses et les courtes citations dans un but d'exemple et d'illustration, « toute représentation ou reproduction intégrale, ou partielle, faite sans le consentement de l'auteur ou de ses ayants droit ou ayants cause, est illicite » (alinéa 1 er de l'article L. 122-4). « Cette représentation ou reproduction, par quelque procédé que ce soit, constituerait donc une contrefaçon sanctionnée par les articles 425 et suivants du Code pénal. » Pour les publications destinées à la jeunesse, la Loi n°49-956 du 16 juillet 1949, est appliquée.

© Linda Saint Jalmes
© Illustration de couverture : LSJ.
ISBN : 9782490940295
Dépôt légal : janvier 2019

LSJ Éditions
22 Rue du Pourquoi-Pas
29200 Brest

Site officiel auteur et boutique :
www.lindasaintjalmesauteur.com

~ Les liens pour suivre Linda Saint Jalmes ~

Site officiel et boutique :
https://www.lindasaintjalmesauteur.com/
(Dans la boutique du site : Parfum *Awena*)

Facebook :
https://www.facebook.com/LSJauteur
Instagram :
https://www.instagram.com/linda_saintjalmes/
Pinterest :
https://www.pinterest.fr/lindasaintjalmes/
Tik Rok :
https://www.tiktok.com/@linda.saintjalmes_auteur?lang=fr

*En hommage à ma cousine Isabelle,
Fleur d'Écosse partie bien trop tôt.
Tu es dans mon cœur et mes pensées
... Gu bràth*

Chapitre I

Ras-le-bonbon

Ras-le-bonbon ! Plus envie, du tout, de se coltiner une seconde de plus la famille de la tante Suzette ! Tous ces morts-vivants ambulants qui reprenaient vie pour médire sur tout le monde, y compris elle, Awena Dano, alors qu'elle n'était même pas de leur sang. Tante Suzette n'étant sa parente que par alliance, du côté de son nouveau et très séduisant beau-père, Logan MacKlare.

Eh oui ! Encore un. Le quatrième depuis le divorce, alors qu'elle n'était qu'un bébé, d'entre son véritable père (restait à le prouver) et de Marlène, sa mère (ça, elle en était pratiquement certaine). Il était exact qu'il n'y avait pas beaucoup de ressemblance entre elles. La mère : blonde, yeux bruns, grande et athlétique. La fille : rousse, couverte d'éphélides de la tête aux pieds, yeux verts, petite et fluette. Même leurs noms de famille étaient dissemblables à l'état civil. Guillou MacKlare pour sa mère et Dano pour elle.

La jeune femme devait à coup sûr tenir de son père. Toutefois, là aussi, elle ne le saurait pas, car elle ne l'avait jamais vu, pas même en photo. Cela faisait bien longtemps qu'elle avait abandonné ses fouilles minutieuses, en quête d'une image de son père, dans le grand appartement ultra chic qu'elle partageait encore aujourd'hui avec Marlène. Aucune pièce ne lui avait échappé. Sans relâche, Awena avait épluché tous les albums de sa petite enfance et même d'avant sa venue au monde, mais rien. Cet homme appartenait au néant, tout comme elle. Marlène n'étant pas du style à collectionner des photos de sa fille. Ses albums débordaient plutôt sous la multitude des clichés de ses voyages à l'étranger et de ses différents maris, exposés tels des trophées avec annotations diverses et dates.

Le temps était passé ainsi, sans amour, dans l'indifférence maternelle, jusqu'à un certain jour.

Awena venait de fêter son vingt et unième anniversaire, c'était le 20 juillet 2010 et sa mère, comble de surprise, lui avait offert comme cadeau un voyage aux côtés de tante Suzette, une petite femme énergique sexagénaire aux cheveux courts, bouclés et grisonnants, avec d'affreuses lunettes en équilibre sur son nez pointu. Direction, l'Écosse.

Marlène avait acheté des billets d'avion, aller-retour, en partance de Brest-Guipavas (Brest étant leur ville natale), pour Inverness puis Wick, préparé sa valise en quatrième vitesse et l'avait rondement fourrée dans les maigres bras de la simili parente grincheuse et taciturne, écossaise de surcroît, et parlant horriblement mal le français ! Tout aussi horriblement mal qu'Awena baragouinait son anglais ! Ô joie !

Quand la jeune femme songeait au soudain cadeau de sa mère chérie, c'était en grinçant des dents, car elle savait que le fait d'habiter encore ensemble gênait considérablement la nouvelle mariée. Oh, bien sûr, la jeune femme avait remarqué les attentions appuyées et malsaines des derniers compagnons de sa mère, comme les crises de jalousie de cette dernière. Elle n'était pas aussi naïve que cela ni stupide, et en frissonnait encore de dégoût.

Bref, la voilà, pauvre Awena, perdue dans le nord-est des Highlands en ce mois de juillet 2010, dans un comté nommé Caithness, saoulée par des zombis-écossais parlant très bien le français quand il s'agissait de vilipender les autres, et les ayant laissés en plan pour fuir un vieux manoir de pierre venteux surplombant le loch of Yarrows.

Désormais, Awena se dirigeait avec hâte vers un des endroits qu'elle avait repérés dès son arrivée, un assemblage étrange de menhirs, sur la hauteur d'une colline proche.

Ses longs cheveux roux qui lui descendaient jusqu'à la taille, lui donnaient chaud, et elle se maudit de ne pas avoir pensé à les attacher en queue de cheval ou en natte ! Mais qui avait été tout aussi bête de lui dire qu'ici, dans les Highlands, la température ne dépassait que très rarement les 17 °C en été ?

Or là, vu la sueur qui lui dégoulinait sur la nuque et le long du dos, sa robe longue de coton couleur kaki qui lui collait à la peau, et la chaleur environnante, il devait bien faire dans les 40 °C ! Au bas mot !

En fait, un petit 28 °C si elle avait lu la température qu'affichait sa super nouvelle montre-télé-machine-à-laver-sèche-cheveux, que Marlène venait de lui offrir en plus du voyage. Bizarre. Oui, vraiment ! Plus elle y songeait, plus la générosité soudaine de sa mère l'intriguait. Car de cœur, la jeune femme en était sûre, sa mère n'en avait pas une once.

Qu'à cela ne tienne, bientôt, plus rien de tout cela ne la toucherait. L'argent qu'elle avait gagné et mis de côté en cachette à la banque, grâce à son travail secret de dessinatrice pour une maison d'édition, allait lui permettre de solliciter sous peu un prêt et alors, elle s'achèterait un appartement et *adios* la mama. Fini ce cinéma qui n'avait que trop duré ! Il lui tardait de commencer une vie bien à elle, seule. Rien que d'y songer, une forte dose d'euphorie l'envahissait !

Allez, encore un petit effort, s'encouragea-t-elle mentalement tout en gravissant la colline à travers la bruyère et les ajoncs, en essayant d'éviter de se faire sauvagement érafler le corps par ces derniers.

Les ajoncs. Diaboliques arbustes munis de monstrueuses épines assoiffées de sang, mais qui pouvaient pourtant donner naissance à de magnifiques petites fleurs jaunes comme de l'or, embaumant... la noix de coco ? Oui, c'était bien cette odeur qui se dégageait dans l'air. Même la nature était à l'image de sa vie, un côté sombre et un autre lumineux.

Enfin, elle arriva à quelques mètres du sommet. Encore quelques pas, puis elle franchit le rempart des pierres levées, se retrouvant au centre de l'alignement de menhirs. En ce lieu, bizarrement, il faisait beaucoup moins chaud, preuve en était la chair de poule qui lui couvrait la peau.

— Quel pays de dingues ! marmonna-t-elle en se frottant frileusement les bras de ses mains fines.

Lentement, tournoyant sur elle-même, Awena se mit à inspecter avec beaucoup de curiosité son environnement proche. En fait, ce pays était magnifique, et la vue était des plus spectaculaires. À chaque mouvement des nuages, ou des rayons du soleil, tout le décor changeait et paraissait s'embellir plus encore.

Reportant son attention vers ses pieds et fronçant ses sourcils fins, elle découvrit qu'elle se tenait sur une grande dalle de pierre fendue en deux, d'où se faufilaient des touffes épaisses de mauvaises herbes. Là encore, un frisson plus intense que les autres la parcourut.

Étrange, se dit-elle.

— Fais un vœu, crut-elle entendre dans la brise qui soufflait doucement.

— Un vœu ? s'étonna-t-elle à voix haute.

Vaguement amusée, et se prenant au jeu, elle s'employa à réfléchir tout en tapotant ses lèvres de l'index, à tous les vœux qu'elle aurait faits un jour, si on lui avait donné la lampe magique d'Aladin.

« Avoir une véritable famille avec des frères et des sœurs, un père et une mère, tous aimants. Un nouvel ordinateur qui ne tomberait pas en rade tout le temps, l'accord immédiat d'un prêt immobilier, et... ».

— Oui, j'ai trouvé ! Voilà LE vœu du siècle ! s'exclama-t-elle en se prenant au jeu. Eh bien, j'aimerais, s'il vous plaît, madame la brise, rencontrer assez rapidement, et de préférence avant la soixantaine, mon Âme sœur ! Faut-il vraiment que je sois neuneu pour raconter de telles bêtises, plaisanta la jeune femme en secouant la tête de dérision.

Soudain, l'univers se mit à tournoyer autour d'elle. Un violent vertige la saisit, des milliers d'étoiles passèrent devant ses yeux et ce fut le trou noir. Awena tomba évanouie sur la grande dalle de pierre fendue.

Quand elle revint à elle, ce fut pour s'apercevoir que la tête lui tournait follement et que c'était le black-out complet dans son esprit. Elle avait du mal à respirer, le cœur au bord des lèvres, et tiens, chose tout à fait incongrue, il faisait très sombre aux alentours.

Remarque, pour en être réellement certaine, il aurait peut-être fallu ouvrir les yeux. Oui, mais voilà, c'était plus facile à dire qu'à faire, car une sorte de substance gluante lui collait au visage et lui soudait les paupières.

Puis elle se figea, tendue, en entendant des voix très proches.

— Clyde ! T'as vu ce que je vois ?

— Aye[1] ! Je vois ce que tu vois !

S'ensuivit un grommellement.

— Och[2], Clyde ! Quand as-tu parlé pour la dernière fois ? Avant ou après l'incantation ?

— Hum, j'crois bien après, Ned !

Là, ce fut un énorme cri qui résonna, faisant sursauter de frayeur Awena.

— Clyde ! Je t'avais bien dit de te taire ! Regarde un peu ce qui se passe maintenant !

— Mais, je plaisantais, j'ai parlé tout doucement, ce n'était qu'un murmure, j'ai à peine bougé les lèvres et la langue...

Pendant que l'étrange dialogue continuait, Awena, frissonnante, s'était redressée en position assise et

---

1   *Aye : Oui en gaélique écossais.*
2   *Och : Exclamation voulant dire Oh, Ah, etc.*

commençait à enlever de ses doigts tremblants ce qui lui collait au visage. Des œufs ?

Cela en a le goût et la texture, songea la jeune femme en passant craintivement sa langue sur les lèvres. Opinion qui fut confirmée par les éclats de coquilles qui lui piquaient les joues.

Mais que se passait-il ici ? s'énerva-t-elle, la peur cédant la place à une sourde colère, alors que dans le même temps, reprenait l'étrange dialogue.

— Clyde ! Qu'as-tu dit exactement à ce moment-là !

— J'ai juste fait le vœu que Darren trouve sa lass, son Âme sœur quoi, et qu'ainsi il soit beaucoup moins sur notre dos.

S'ensuivit un autre hurlement de rage.

— C'est pas vrai, Clyde ! C'est ce que tu as dit ?

— C'est ce que j'ai, je te le répète, murmuré.

Awena, ayant enfin dégagé ses yeux, put jeter un regard à la fois craintif et curieux sur ce qui l'entourait. Elle ne s'était pas trompée quant à l'obscurité, car il faisait presque nuit, et la lune était bien visible. La... lune ?

S'aidant de la clarté de quelques torches allumées non loin de là pour voir, elle porta machinalement sa montre devant ses yeux éberlués.

Bon sang ! Je deviens complètement folle ! Pourtant, il est à peine dix-sept heures ! Que se passe-t-il ici ?, se demanda-t-elle intérieurement.

En levant les yeux, elle se dit aussitôt qu'elle aurait dû garder la couche de glu d'œufs qui la protégeait de la scène, plutôt très réelle, qui s'offrait à elle.

Éclairés par des torches, devant elle, se tenaient deux gugusses en kilt. Et torses nus, qui plus est ! Un rouquin aux cheveux longs tressés et une grande baraque brune avec des nattes lui aussi ! Un peu comme à la mode des surfeurs.

Oui, mais des surfeurs... ici sur les collines d'Écosse ? Il était vrai que la Mer du Nord ne se trouvait qu'à quatre ou cinq kilomètres à l'Est du loch of Yarrows, mais quand même ! Puis une autre image incongrue se calqua sur celle des surfeurs.

— Oh merde ! On dirait des Laurel et Hardy écossais ! s'exclama-t-elle à voix haute.

Voilà, elle recommençait. C'était comme une sorte de tic, car elle comparait très souvent des personnes réelles avec des personnages de fiction. À coup sûr une déformation professionnelle, puisqu'en tant que dessinatrice, l'esprit de la jeune femme naviguait bien plus souvent sur l'océan de l'imaginaire, que du réel.

— Qu'est-ce qu'elle a dit ? questionna le rouquin, le plus petit des deux, d'un bon mètre quatre-vingt néanmoins et grâce au son de sa voix, elle l'identifia comme étant Ned-Laurel.

— Je crois qu'elle a parlé de merde et de radis ! répondit la baraque à tresses, plus grande de quelques centimètres tout de même, et étant logiquement Clyde-Hardy.

— C'est bien notre veine ! Le rite fonctionne, la preuve, elle est là même si ce n'est pas elle qu'on voulait. De plus, à cause de toi, on se retrouve avec une folle sur les bras ! se lamenta Ned-Laurel, très nerveux.

Folle ? C'est de moi qu'ils parlent ? Quel toupet ! Awena, rouge de colère contenue, sentit toute peur s'envoler, et la moutarde lui monter au nez. Alors qu'elle était toujours assise sur la grande dalle fendue, les mains sur la taille, elle ne se fit pas prier pour leur dire ce qu'elle en pensait.

— Fous vous-mêmes ! Bande de crétins en jupette ! Quand j'aurai raconté à la police que vous m'avez assommée, flagellée avec des œufs, ils vous coffreront dans le panier à salade !

À ces mots bien sentis, elle se retrouva devant deux hommes bouche bée et les yeux aussi ronds que des soucoupes. Ned-Laurel donna un petit coup de coude hésitant dans les côtes de Clyde-Hardy et marmonna du coin de la bouche.

— T'as compris quelque chose ?

— Aye ! Je crois qu'elle a faim, elle parle d'œufs, de flageolets et de salade dans un panier !

C'était au tour d'Awena d'en rester abasourdie.

— Mais... Ils sont malades ! se récria-t-elle en secouant la tête, faisant craquer ainsi les quelques morceaux de coquilles réfugiés dans le creux tendre de son cou.

Clyde agita les mains devant lui.

— Naye[3] ! Nous ne sommes pas souffrants, la fièvre écarlate n'est pas arrivée jusqu'ici !

— La fièvre écarlate ? Vous parlez de... la scarlatine ? Mais c'est bénin ! Depuis le temps que l'on se fait vacciner ! À moins, bien sûr, que vous n'ayez pas été vaccinés ? Ce qui ne me surprendrait guère, baragouina-t-elle entre ses dents.

Ned s'avança brusquement vers Awena.

— Vacciné ? Le temps ? Quelle est votre époque ? L'année d'où vous venez ?

Il paraissait surexcité, pour on ne sait quelle raison, et arrivait quand même à retenir son souffle. Quel exploit !

— L'époque ? Je ne comprends pas, chuchota Awena interdite, tout en essayant de reculer sur les fesses en s'aidant de ses bras.

— L'époque, la date ! s'impatienta Clyde à son tour.

— 2... 2010 ! Nous sommes le 24 juillet 2010 ! Et à vous voir, je crois que l'état devrait débloquer des fonds pour construire plus d'asiles. Il n'y en a pas assez !

Ses mots se perdirent dans le tohu-bohu qui s'ensuivit. Ned-Laurel et Clyde-Hardy, l'ignorant d'un seul coup, se mirent à hurler en riant tout à la fois ! Et, maintenant, ils dansaient une sorte de... gigue ?

— Bon, j'en ai assez, je m'en vais ! Bande de fêlés ! fulmina Awena en se mettant vivement debout et en frottant, de ses mains tremblantes, sa longue robe de coton pleine de détritus divers. Il ne manquait plus que ça, ma robe est fichue ! Je sais pourquoi ma mère m'a offert ce cadeau

---

3   *Naye : Non en gaélique écossais.*

empoisonné, un voyage en Écosse pour me rendre folle ! Ah ! Elle doit bien rire en ce moment... Et regardez-moi mes sandalettes.

Pendant qu'elle se lamentait sur tous les malheurs de la terre, les deux hommes continuaient de danser et d'émettre des sons joyeux, bien que ridicules aux oreilles d'Awena. Dans un accès de rage, elle se pencha en avant et attrapa ce qui lui tombait sous la main.

Des saucisses crues ? Tant pis, elles feraient l'affaire, et elle se fit un devoir d'en bombarder Ned et Clyde.

— Tenez ! Prenez ça ! Et encore celle-là !

Les premières saucisses atterrirent en plein sur les nez du duo en kilt. Passé l'étonnement et avec de gros éclats de rire, ils se mirent à ramasser les projectiles pour les renvoyer sur leur expéditrice.

— Ouille ! Infâmes babouins, visez ailleurs que ma tête !

— 2010 Ned ! Tu te rends compte ? Et crois-tu qu'elles sont toutes comme ça dans le futur ?

Clyde termina sa phrase avec une saucisse dans la bouche. Ned gloussa stupidement en haussant les épaules, avant de se protéger les oreilles des saucisses volantes. Awena stoppa net dans sa lancée, s'interrogeant avec recul sur le sens des mots de Clyde-Hardy.

— Qu'avez-vous dit ? Le futur ? Mais de quoi parlez-vous, nom d'un chien !

Sur un regard entendu entre les deux hommes, c'est Ned qui prit la parole.

— Dame, nous sommes en l'an 1392. À cause de Clyde, vous avez franchi la porte du temps et nous avez rejoints ici, dans... votre passé.

Il parlait lentement, comme si elle était une demeurée ou une très petite enfant.

— Voyez-vous, nous sommes des druides, enfin, des apprentis druides, mais grâce à vous, notre statut va changer ! fanfaronna-t-il.

— Aye ! confirma Clyde-Hardy en hochant la tête de haut en bas, avec un drôle de sourire béat sur les lèvres.

— Non..., balbutia Awena. Non ! Nous sommes en 2010, en plein été et je suis en vacances, victime d'une insolation sûrement... D'ailleurs, où est mon sac ? Ah, le voilà !

La lanière de son sac à main – plus un fourre-tout – était cassée, mais il était bel et bien là.

— Je vais prendre un cachet pour la tête et retourner chez tante Suzette. Là, je me laverai et dormirai pendant... cent ans... au moins ! Il le faudra bien, pour effacer de ma mémoire ce stupide cauchemar. Oui... voilà ce que je vais faire.

Tout en balbutiant, Awena était sortie du cercle de menhirs et commençait à descendre la colline à petits pas hésitants et peu sûrs. C'était dans cette direction que se trouvait le vieux manoir venteux. Par là, l'accès au retour vers la vie normale et surtout la fin de tous ses ennuis.

Elle fit à peine trois pas, et s'écroula dans la bruyère, à quelques centimètres des doigts crochus des ajoncs. À nouveau évanouie.

— Och, Ned ! Elles ne semblent pas plus fortes que ça ces bonnes femmes du futur ! déplora Clyde très sérieusement.

— Une femme reste une femme, ricana l'autre, goguenard.

Sur un signe entendu, Clyde prit doucement Awena dans ses bras et emboîta le pas de son compagnon, se dirigeant ensuite sur le chemin qui menait au manoir.

Cependant, à la place dudit manoir se tenait un gigantesque château de pierres sombres.

Peut-être venteux lui aussi ?

Chapitre 2

Bond dans le temps

Ned, Clyde et son léger fardeau, passèrent l'immense pont-levis de ce qui s'avéra être un authentique château médiéval aux hautes tours carrées, remparts, douves et donjons. Dommage qu'Awena voguât à cent mille lieues de là, car sans nul doute, dans une autre situation, elle aurait apprécié la vue de l'imposante architecture.

Elle qui s'intéressait tant à tout ce qui se rapportait au passé ! Vieilles pierres, menhirs, anciens châteaux, arbres centenaires, vétustes pots à lait ou archaïques moulins à café. Des fois, elle s'imaginait qu'en effleurant les uns ou les autres du bout des doigts, elle verrait dans son esprit quelques images des temps anciens, et peut-être qu'elle sentirait des odeurs, comme pour une madeleine de Proust.

Le son de la cornemuse et des chants se fit nettement entendre dans la cour intérieure de l'édifice. En cette soirée du 24 juillet de l'an 1392, tout le clan Saint Clare était réuni dans la grande salle.

— Ned ! glapit soudain Clyde en pilant net.

— Quoi ? marmonna ce dernier en s'arrêtant de marcher lui aussi.

Clyde paraissait embarrassé et roulait des yeux vers les grandes portes du château, puis vers son fardeau.

— Ne me dis pas qu'elle est trop lourde ? s'impatienta Ned.

— Naye ! fit Clyde en claquant de la langue d'un air agacé. C'est pas ça... crépin ! lança-t-il, fier d'avoir retenu un des nouveaux gros mots de la jeune femme.

Puis, soufflant un grand coup, il ajouta :

— Je ne sais pas si nous allons être bien accueillis, avec la fête, le clan, Darren...

Ned sourit mielleusement.

— Tu as peur, Clyde ? susurra-t-il.

— Que nenni ! répondit le colosse en bombant le torse et en soulevant Awena un peu plus haut par la force de ses bras musclés.

— Qu'allons-nous pouvoir raconter pour... elle ? grimaça-t-il en désignant la jeune femme.

— Och ! Mais la vérité ! fit Ned en levant les yeux au ciel.

— Devant tout le clan et notre laird ?

— Aye, je n'y avais pas songé, marmonna Ned en se grattant le menton qu'il avait glabre. Attends...

Se penchant, il se saisit d'une sorte de cape en grosse laine qui traînait sur une botte de paille à moitié défaite, puis il en couvrit la jeune femme.

— Voilà ! s'exclama-t-il, content de lui, comme ça, nous passerons un peu plus inaperçus !

Clyde le regarda d'un air sceptique.

— N'importe quoi ! C'est pire ! On dirait que je transporte un macchabée !

— Nous ne passerons de toute manière pas incognito ! Je préfère arriver à la table d'honneur sans que nous soyons arrêtés à tout bout d'champ par des hommes un peu trop curieux ! Surtout à cette heure avancée, il ne doit plus rester que les vaillants célibataires, si tu vois ce que je veux dire. Les femmes et les enfants doivent être partis depuis longtemps.

— Tu as raison... Avance, je te suis, fit Clyde en faisant un signe de tête vers les grandes portes.

Ned grommela.

— Comme toujours !

— Que marmonnes-tu ?

— Rien, Clyde... Rien, fit Ned en poussant de toutes ses forces sur les portes d'entrée en bois massif, qui s'ouvrirent lentement dans un long grincement plaintif.

La fête battait son plein, même plus que plein ! Les chansons paillardes aussi ! Déjà, de dessous les tables se faisaient entendre d'énormes ronflements, les propriétaires de ces bruits devaient être les hommes les moins coriaces du clan.

Car les autres. Ah ! Les autres…

Ils chahutaient à grands coups de claques dans le dos ou de poing dans la poitrine et les bras, si ce n'était pas dans la figure. Il y avait aussi des concours, très arrosés, de bras de fer. Et ceux qui assistaient à tout ça et qui tenaient encore debout – moins bien que leur chope de bière – tanguaient dangereusement en direction des servantes, qui se dépêchaient de servir et desservir tout en slalomant pour ne pas se faire pincer les fesses, voire pire.

Tout au fond de la salle, sur une estrade, se tenait la table d'honneur. Là, siégeait le laird Darren Saint Clare, entouré de ses plus proches amis et guerriers, semblant bien alerte malgré l'heure avancée de la fête. Car en cette soirée, pas tout à fait comme les autres – Awena aurait pu le confirmer – était célébré le vingt-neuvième anniversaire du jeune seigneur.

Le « Loup Noir des Highlands », comme on l'appelait aussi, semblait en pleine possession de tous ses moyens. Au grand dam de Clyde et Ned, qui pensaient mieux s'en sortir si leur laird avait été un peu éméché. Hélas ! C'était loin d'être le cas. Ni la bière ni le meilleur whisky du clan n'en étaient venus à bout.

Clyde essayait de contourner un groupe très aviné, quand les yeux sombres et vifs de Darren se posèrent sur lui. Là encore, celui-ci pila net et faillit trébucher sous la poussée de Ned qui venait de lui rentrer dans le dos, ne l'ayant pas vu s'arrêter.

Darren souleva un sourcil noir et leur fit signe avec son index d'approcher. Pas très fier de lui et de moins en moins rassuré, Clyde s'approcha de la table d'honneur alors que son fardeau lui semblait soudain peser des tonnes. Parvenu devant le laird, Ned donna un coup de coude dans les côtes de Clyde et marmonna :

— Pose-la.

— Aye ! fit Clyde, en jetant son fardeau sur la table, heureux de se débarrasser de la jeune femme, car en plus de peser des tonnes, elle lui brûlait aussi les bras.

Ledit fardeau émit un son étouffé en s'étalant sur les mets et plats. Ned se tourna vivement vers Clyde et lui administra un vigoureux coup de poing dans l'épaule.

— Je t'ai dit de la poser, pas de la jeter ! s'emporta-t-il.

Clyde, penaud, haussa les épaules, leva les mains au ciel et eut un sourire d'excuse.

— Bah, c'est pareil, elle dort !

— ELLE ? coupa une voix profonde qui fit trembler les deux apprentis druides.

— Aoutch..., gémit une autre voix, étouffée par l'épaisseur du tissu de la cape en laine.

Awena était revenue à elle en sentant quelque chose de pointu lui piquer les fesses, tandis qu'un lourd tissu, qui sentait le vieux linge humide et moisi, la recouvrait en obstruant à nouveau sa vue. Elle chercha à tâtons l'objet du délit et trouva une sorte de fourchette à trois dents. Étant donné qu'elle n'y voyait rien, elle se mit à dessiner l'objet dans sa tête à l'aide du bout de ses doigts, à la manière des aveugles qui touchent pour voir.

Awena réussit, non sans mal, à sortir la tête du textile malodorant qui l'étouffait, et chercha à grands coups d'inspirations à recouvrer l'oxygène qui lui faisait défaut. Mais un haut-le-cœur la saisit, quand, au lieu de l'air frais tant désiré, elle respira des relents de sueur, de viande roussie, de bière et de vomi !

À cause de cette pestilence, et par réflexe, elle garda les yeux fermés et se pinça le nez, comme si cela pouvait la protéger. Lentement, elle battit des paupières et regarda tout autour d'elle, se figeant à la vue de tous ces hommes des cavernes qui la fixaient comme si elle était une martienne.

En gémissant, elle se saisit de la fourchette en guise d'arme et la brandit devant elle d'une main tremblante. Allons bon, le cauchemar continuait, avec un changement notoire... il empirait.

De gros éclats de rire suivirent, mais elle entendit tout de même Clyde répondre à quelqu'un.

— Aye, elle.

Quittant des yeux l'assemblée de néandertaliens, Awena fusilla du regard la grosse baudruche de Clyde-Hardy et tourna la tête derrière elle, cherchant à savoir à qui il s'adressait.

— Oh, merde, gémit-elle, atterrée.

Devant elle se tenait le plus grand des hommes qu'elle eût jamais vu. Pas loin des deux mètres. Les cheveux longs noir bleuté, deux nattes sur les côtés de sa tête. Il portait une sorte de châle mis de travers sur une épaule et un kilt dans les mêmes couleurs que ce dernier, comme de larges bracelets d'argent autour de ses biceps. Awena en resta bouche bée.

Elle le dévisageait sans réserve, ne se privant pas d'admirer involontairement tous les muscles qui se dessinaient sous son regard, et quand elle se rendit compte de son geste, se fit aussi petite qu'elle le put en essayant de détourner les yeux. Car le géant, musclé, bronzé et immensément beau, semblait surtout être très, très, en colère.

Il la fixait de toute sa hauteur, son regard sombre paraissant l'étudier de la même manière qu'il aurait observé un moucheron dans sa soupe, et les bras croisés comme s'il cherchait à se retenir de les utiliser. Malgré sa tension palpable, il parla d'une voix profonde tout à fait neutre, voire un tantinet curieuse.

— Merde ? Pourquoi dis-tu cela, femme ? Et qui crois-tu menacer avec cette arme ?

— Merde, parce que j'y suis jusqu'au cou et je me protège comme je peux, avec les moyens du bord, contre une assemblée de fêlés !

— Fêlés ? Qu'est-ce que ce mot ?

— Des tarés ! s'agaça encore Awena devant les questions stupides du géant.

— Tarés ?

— Des fous ! s'écria-t-elle alors, à bout de nerfs, tandis que la colère remontait en elle.

Ce n'était pas ce type sorti tout droit d'un catalogue de Chippendales qui allait lui faire peur tout de même ! Et la peur, chez elle, déclenchait irrémédiablement une riposte agressive. On lui avait bien dit qu'un jour, ça lui jouerait des tours, mais c'était plus fort qu'elle.

Tous, dans l'assemblée, retinrent leur respiration. Cette donzelle ne venait-elle pas de traiter le Loup Noir des Highlands de fol ? Le silence se fit, sans un raclement de gorge ou le plus petit ronflement pour le troubler. Le clan Saint Clare tout entier maintenait son souffle, figé, dans l'attente du redoutable châtiment. Les hommes regardaient ce petit bout de femme brandir son arme improvisée et écumer de rage face à la force tranquille, mais néanmoins trompeuse, du géant écossais.

Soudain, un sourire inopiné éclaira le visage de Darren, puis il décroisa les bras et se frappa les cuisses de ses belles mains fortes et racées en éclatant d'un rire tonitruant. Les Saint Clare furent tellement soulagés, qu'ils se mirent à glousser de concert avec leur laird.

— Ricanez, mais allez-y ! On verra bien qui ricanera le dernier à l'arrivée de la police, marmonna Awena, vexée par le comportement des néandertaliens.

Darren leva les mains, réclamant le silence, puis

s'adressa à ses hommes.

— Cousins, amis, mon clan ! La fête est finie ! Rentrez chez vous, demain c'est jour de chasse ! Allez... Pour ma part, je crois que mon gibier m'a été livré !

Des coups de sifflet et les rires gras des hommes firent rougir la jeune femme. Elle était cramoisie !

Mais pour qui se prend ce macho ? Moi, du gibier ? Ah ! Il va voir ce qu'il va voir ! se jura Awena en serrant les dents.

La grande salle se vidait peu à peu, certains hommes en portaient d'autres ou les tiraient par les pieds vers la sortie. On entendit encore du chahut pendant quelques minutes, puis ce fut le silence. Des servantes accoururent, portant des plateaux en bois et commencèrent à nettoyer « cette monstrueuse porcherie » comme se le disait Awena, écœurée.

— Sortez toutes ! tonna la voix de Darren. À demain le rangement !

Il y eut de petits cris, quelques plateaux tombèrent en s'échappant des mains et, telles des souris apeurées, toutes les servantes disparurent à la vitesse de la lumière.

— Bien. Revenons à... elle, fit Darren en fixant Awena de ses beaux yeux légèrement en amande et aux longs cils noirs.

Elle était dans l'impossibilité de leur donner une couleur. Il faisait bien trop sombre dans cette salle. Darren croisa à nouveau les bras, mouvement qui fit jouer ses muscles.

— Bah ! Crâneur, chuchota Awena en essayant d'ignorer l'arrogant personnage pour se concentrer sur sa nouvelle tâche : s'extirper de cette puanteur de tissu qui l'étouffait !

C'est aussi à ce moment-là qu'elle se rendit compte que son postérieur reposait sur une sorte de pâte graisseuse, pleine de jus, situation qui l'incommodait au plus haut point et achevait de détruire sa si belle robe.

— Misère ! Si je tenais celui ou celle qui m'a maudite pour que je fasse un tel cauchemar, je l'écorcherais vif et le ferais cuire au four ! Mais qu'est-ce que c'est que ce truc poisseux ?

Ned sourit de toutes ses dents blanches, regardant la jeune femme enlever le « truc poisseux » qui moulait le tissu de sa robe sur les courbes de son postérieur. À son expression, il était ravi de ce qu'il voyait.

— On appelle cela un tranchoir, cela sert à mettre des aliments dessus, vous comprenez ?

Awena s'indigna instantanément.

— Je sais ce qu'est un tranchoir et j'ai assez lu de livres sur le Moyen-Âge, puisque soi-disant nous y sommes, pour pouvoir affirmer que les gens de l'époque ressemblaient plus à des cochons qu'à des hommes !

Le sourire niais de Ned se transforma en grimace sous l'insulte, tandis que Clyde s'étouffait de rire.

— Ned ! Clyde ! Que signifie tout cela à la fin ? Qui est cette personne et d'où vient-elle pour s'exprimer de manière aussi... étrange ? Parlez tout de suite avant que je ne vous fasse mettre au cachot !

Ça y est, le géant chippendale est à nouveau de mauvais poil ! se moqua mentalement Awena.

Le temps de la peur et du combat était passé, elle était lasse et ses nerfs allaient lâcher. Glissant de la table, elle réussit à se mettre debout, mais dut s'agripper à celle-ci de ses deux mains, car ses jambes flageolantes ne la portaient plus et elle serait tombée autrement. Après un gémissement, elle redressa le menton et soutint le regard sombre de Darren qui ne la quittait pas des yeux.

— Ned ? Clyde ? gronda-t-il, le son de sa voix ressemblant à un feulement de fauve avant l'attaque.

Les deux Écossais baissèrent la tête tout en se fusillant du regard. Il était clair qu'ils avaient peur de s'expliquer. Chacun à tour de rôle se lançait des mimiques étranges, faisant des grimaces, attendant que l'un ou l'autre cède et prenne la parole.

Un grand fracas sur la table les fit tous sursauter, Darren venait d'y donner un coup de poing magistral. La pauvre semblait même s'être fendue sous la force du géant.

— Parlez ! ordonna le laird.
— Ned... a p... pensé, commença à bégayer Clyde.
— C'est Clyde qui a eu l'idée, coupa Ned.
— C'est toi ! grogna Clyde.
— Naye !
— Och ! Aye !
— Suffit ! La vérité, immédiatement ! les interrompit Darren.

Awena commençait à en avoir assez. Cependant, le fait de voir le duo dans leurs petits souliers lui fit un bien monstre ! Elle réussit à en sourire de plaisir.

La vengeance est un plat qui se mange froid, se souvint-elle.

Son beau sourire se figea quand elle croisa le regard menaçant de Big-Darren. Une envie furieuse de lui tirer la langue la saisit. Elle se retint de justesse, mais son intention devait être évidente, car Darren parut étonné et eut un vif sourire avant de reprendre une mine contrariée.

Ah ! Il sait sourire ! se réjouit intérieurement Awena.

Interrompant le fil des pensées de la jeune femme, Ned reprit courageusement la parole.

— Nous avons essayé un rituel ! lança-t-il dans un souffle.

Darren en resta interloqué, comme assommé. Il secoua la tête plusieurs fois et réussit enfin à parler. Enfin, plutôt à hurler.

— Vous avez fait QUOI ?
— Le rituel..., au Cercle des dieux, reprit Ned, d'une toute petite voix. Mais tout a dérapé parce que Clyde ne sait pas se taire et a jacassé au mauvais moment !
— Sac à puces ! s'écria Clyde. Je n'ai fait que murmurer, pas jacasser, je ne pensais pas que cela

fonctionnerait ! Et voilà que cette donzelle est apparue, en tombant tout droit sur nos offrandes, de beaux œufs bien gros, des fruits, d'énormes saucisses et... et... tout cela était l'idée de Ned !

— Naye ! Je souhaitais seulement m'exercer, je ne voulais pas invoquer la femme !

— Menteur !

— Toi, menteur !

Alors qu'Awena suivait l'échange en bougeant la tête comme si elle assistait à un match de tennis, elle entendit un murmure dans son dos. Des mots étaient prononcés d'une voix grave, on aurait dit une sorte de mélopée qui lui fit courir un grand frisson le long de la colonne vertébrale. Dès que le murmure se tut, la jeune femme assista à un fait étrange, les deux hommes continuaient de gesticuler et de – parler –, mais aucun son ne sortait de leur bouche. C'est comme si l'on avait éteint le bouton volume-son de la télé. Quand les deux hommes s'aperçurent enfin de ce qui se passait, ils se tournèrent d'un bloc vers leur laird, baissèrent la tête et mirent genoux au sol.

— Eh bien, c'est radical ce truc ! s'écria Awena, de plus en plus convaincue d'être entre le cauchemar et le rêve. La tête lui tournait tant, que plus rien de toute manière ne lui semblait réel.

— Malheureux ! fulmina Darren. Vous étiez en train de me narrer le fait que contre ma volonté et celle de notre grand druide Larkin, absent ce soir évidemment, vous avez pris l'initiative d'un rituel au Cercle. Que ce rituel aurait fonctionné et que cette femme serait apparue en son centre ! Vous ! Deux apprentis druides de pacotille ! Ce que vous avez fait aurait pu tourner au drame ! Vous avez ouvert une porte magique, mais vous auriez très bien pu nous conduire tous à la fin du monde ! Nous avons eu une chance incroyable que vous n'ayez fait venir que cette... cette...

— Femme ? lui souffla Awena.

— Femme, grommela Darren en la contemplant de la

tête aux pieds. Si l'on veut !

— Si vous insinuez que je n'en suis pas une, pour que je vous en donne la preuve, vous vous mettez les doigts dans le nez. En plus de fou, Big-Darren serait-il aussi pervers ? Là, j'en ai marre, assez ! Je m'en vais ! annonça Awena en essayant de marcher vers la sortie sur ses jambes flageolantes.

Elle n'eut pas le temps de faire trois pas, que Darren avait bondi au-dessus de ce qui restait de la table et lui avait saisi le bras. Sa poigne était forte, mais non douloureuse, et elle pressentait qu'il aurait pu lui broyer le bras s'il l'avait réellement voulu.

— Retirez vos sales pattes de là ! gronda-t-elle en fixant sa grande main bronzée.

Elle rêvait de sortir de cet endroit, retrouver le manoir de tante Suzette et des zombis écossais, prendre un bain bien chaud, dormir et utiliser dans la foulée les billets d'avion pour retourner chez elle à Brest.

— Il va falloir que vous m'expliquiez ce qu'est un avion et… mettre les doigts dans le nez ! Quelle drôle d'idée, murmura Darren à quelques centimètres de son oreille, son souffle chaud la faisant frissonner.

Awena, la tête penchée en arrière le regarda, effarée. Elle était si épuisée qu'elle ne s'était pas rendu compte qu'elle avait parlé à voix haute. Le laird lui souriait, d'un vrai sourire cette fois, qui atteignait ses yeux. Elle put enfin leur donner une couleur. Bleu très foncé, un bleu presque noir. Comme la couleur d'une nuit peu étoilée.

— Vous ne pouvez nous quitter comme ça. Nous allons en finir avec ces explications et je vous aiderai à rentrer chez vous. Je n'ai qu'une parole et je vous la donne.

Cette brusque note de gentillesse, de douceur de la part du laird, lui fit monter les larmes aux yeux. Rentrer, elle n'aspirait plus qu'à ça.

Darren et Awena se tournèrent vers Clyde et Ned qui semblaient se chamailler. C'était comique, car seuls leurs yeux, leurs mains, leur corps entier parlaient, mais sans qu'aucun son ne sorte de leur bouche.

Darren murmura à nouveau une sorte de mélopée, profonde, ensorcelante, dans une langue que la jeune femme ne connaissait pas. Deux secondes après, les cris de Ned et Clyde emplirent le silence de la grande salle. À tel point qu'Awena se boucha les oreilles de ses mains. Se rendant compte qu'ils avaient récupéré leur voix, ils se turent et firent face à leur laird.

« Langue, langue... » Ce mot s'était mis à tourner en boucle dans l'esprit de la jeune femme.

— Ça y est ! J'ai compris ! C'est une caméra cachée pour mon anniversaire ! Je suis française, je ne parle pas un mot d'écossais ou de gaélique, nous parlons tous la même langue, chose impossible puisque nous sommes en Écosse ! C'est une farce, très mauvaise je vous l'accorde, malgré vos supers costumes, et j'ai marché à bloc ! Allez... vous pouvez sortir de vos cachettes, je vous ai démasqués ! Mère, ton idée était fabuleuse pour une fois, viens maintenant !

Awena qui avait retrouvé un certain enthousiasme en croyant avoir découvert la solution à son problème, sentit peu à peu son espoir disparaître au fur et à mesure que le temps s'écoulait. Mais personne ne venait à sa rencontre, pas de Marlène, de beau-père, de tante Suzette. Pas de caméra ou d'appareil photo. Rien. Sauf que le cauchemar continuait.

Saisie d'un léger malaise, ses jambes cédèrent tout à fait sous son poids et Darren la prit dans ses bras bien avant qu'elle ne tombât.

— Dame, cela aurait été nettement plus agréable de vous avoir contre moi, si vous aviez été plus propre, susurra le laird.

Awena, rouge de honte, leva les yeux vers lui et ne sachant comment, se sentit lui sourire malgré elle en constatant que lui-même souriait largement et qu'il n'avait fait que plaisanter.

Nonobstant cela, elle put quand même apercevoir une

drôle de lueur farouche dans son regard, qui n'était pas là quelques instants auparavant. C'était comme s'il prenait soudainement conscience de quelque chose d'important.

— Quelle époque ? demanda-t-il d'une voix redevenue dure en s'adressant à Ned et Clyde.

Les deux compères baissèrent la tête, mais Darren eut le temps de voir des étincelles de joie, tout à fait incongrues, dans les yeux du rouquin. Il en fut tout intrigué.

— 2010 ! répondit Ned, sans pouvoir cacher sa fierté devant un tel exploit.

Darren cilla, le souffle coupé et regarda à nouveau Awena qui essayait de se dégager de ses bras.

— 2010..., répéta-t-il, ne serait-ce que pour s'en convaincre lui-même. Quels mots avez-vous prononcés ? s'enquit-il brusquement en se retournant vers les deux hommes.

— Les mots ? Je ne sais, je venais de disposer les offrandes et avais énoncé les deux premières phrases de l'incantation du Passage... et puis... pouf, elle était là ! C'est Clyde qui a fait le reste. Dis, toi, ce que tu as soi-disant murmuré.

— J'ai juste pensé... Aye ! Peut-être un peu plus que pensé, admit Clyde sous le regard hargneux de Ned, que vous seriez de meilleure humeur et moins sur notre dos si vous trouviez votre âme sœur ! C'est tout ce que j'ai dit ! s'empressa-t-il d'ajouter. Parole d'un Saint Clare ! déclama-t-il en se frappant la poitrine de son poing.

Darren secoua la tête, comme assommé.

— Rien que ça, mon âme sœur ! Mais cela n'explique pas tout. Cela n'a pu fonctionner ainsi. Vous avez dû dire ou faire quelque chose d'autre.

— Rien d'autre, confirma Ned.

— Cela ne suffit pas ! gronda Darren qui se tut brusquement et dévisagea Awena, la reposant brutalement sur ses pieds. Vous ! C'est vous !

Tiens ! Mais où était passé le gentil Big-Darren ? Le

tyran était revenu et il secouait peu aimablement Awena par les épaules.

— Je vais vomir sur vous si vous continuez de me secouer comme un cocotier ! réussit-elle à le prévenir en claquant des dents.

Darren la lâcha vivement, prenant très au sérieux les menaces de la jeune femme. Bien qu'il ne sût pas ce que signifiait le mot « cocotier », le fait de l'avoir vue pâlir d'un coup prouvait qu'elle ne mentait pas sur la force de sa nausée.

— Femme ! Où étiez-vous et qu'avez-vous dit en vous trouvant dans le Cercle des dieux !

Malgré la fatigue, la migraine, l'odeur pestilentielle qui la recouvrait, Awena sentit la moutarde lui monter au nez. Elle employa ses dernières ressources d'énergie dans un ultime sursaut combatif. Elle releva la tête, le menton, carra les épaules et se mit à défier ouvertement le laird.

— Vous n'avez qu'à me le dire, Homme ! Puisque c'est vous qui insistez pour que je joue dans votre stupide jeu de rôle !

La voix de la jeune femme fit écho sous les hautes voûtes de la grande salle. Elle n'avait pas réalisé qu'elle avait haussé la voix. Soudain, ses maigres forces l'abandonnèrent et elle se laissa tomber à genoux sur la paille poisseuse éparpillée sur les dalles du sol. Les cauchemars, c'était connu, il n'y faisait jamais bon et beau, tout y était moche.

— Laissez-moi tranquille, s'il vous plaît ! Je n'en peux plus de toute cette mascarade, je veux simplement rentrer à la maison.

Et là, à bout, elle céda en longs sanglots nerveux. Ned et Clyde portèrent sur leur laird de lourds regards chargés de reproches. Mais Darren ne s'en rendit pas compte, dérouté par la détresse de la jeune femme : il ne savait plus comment se comporter.

Il pouvait braver des hordes de guerriers, chasser le plus monstrueux sanglier, porter les plus lourdes pierres de ses terres, mais devant une femme en larmes, il perdait tous ses moyens.

Avec hésitation, il s'agenouilla près d'Awena, tendit la main vers les longs cheveux roux, mais la retira aussitôt comme s'il avait peur de se brûler les doigts.

— Là... là... Ne pleurez plus. Vous êtes prisonnière d'une situation qui vous dépasse, je vous donne ma parole que tout ce que vous vivez depuis votre arrivée dans le Cercle est réel. Ned et Clyde en sont les principaux responsables, certes, mais de votre côté, à votre époque, vous aussi avez dû prononcer des mots en vous tenant dans le Cercle. Je le sais, car vous êtes la deuxième personne à avoir passé la porte du temps. La première étant ma propre grand-mère. D'après ses dires, elle avait prononcé quelques mots qui coïncidaient avec l'incantation que mon grand-père avait lancée au même moment, à une autre époque, les deux se tenant au milieu du Cercle. Il est temps que vous vous rendiez compte que personne ne vous veut du mal. Pour vous aider et nous aider, il faut que vous me disiez ce que vous faisiez dans le Cercle.

Sans le réaliser, il avait saisi le visage de la jeune femme dans ses mains et lui effaçait doucement les larmes du bout de ses pouces. Elle avait les yeux les plus verts qu'il ait jamais vus. Son petit minois constellé d'éphélides lui donnait un charme fou.

Awena se perdit dans les profondeurs bleu nuit des yeux de Darren. La vérité était là, il fallait cesser de lutter et accepter l'inimaginable. Plus de rêve qui tourne au cauchemar, mais un nouveau « réel ».

Elle était agenouillée devant un authentique laird du passé. Pas un Chippendale, pas un géant bodybuildé, non, mais... un Highlander !

Chapitre 3

Accepter l'inimaginable

Ordre fut donné à Ned et deux servantes d'escorter Awena dans ses futurs appartements.

— Pour la nuit, lui avait certifié Darren, pour rassurer la jeune femme.

— Pour une nuit seulement, avait-elle consenti, sans – du tout – être rassérénée.

Elle accepta néanmoins, juste le temps de se reposer, pour essayer d'y voir plus clair. Car à cet instant, alors qu'elle avait passé l'état de choc initial, son esprit et son corps ne quémandaient plus qu'une seule délivrance, celle du sommeil. Tout était si confus dans sa tête. Tout ce qui se déroulait ici n'avait aucun sens et cela la déroutait. Il fallait qu'elle dorme pour récupérer ses forces, à la fois morales et physiques.

Quoique… morales ? Si cela se trouvait, elle était en ce moment même, dans la vie réelle, allongée et menottée sur un lit, dans un asile psychiatrique, son corps bourré de tranquillisants et elle avait perdu la tête.

Il n'y avait qu'un moyen de le savoir. Elle se pinça fortement le bras, sûre de ne rien ressentir. Faux ! Elle eut très... très mal !

— Aoutch ! se plaignit-elle en se frottant la peau avec vigueur, là où apparaissait déjà une large marque rouge.

Ned et les deux servantes la dévisagèrent bizarrement. Ils devaient se demander si elle n'avait pas un grain. Awena quant à elle, grâce au méchant pincement qu'elle s'était infligé, savait que ce n'était pas le cas.

Depuis combien de temps était-elle ici ? Dans cette époque ? Awena scruta sa montre dans la semi-obscurité du couloir qu'ils arpentaient, seulement éclairé par quelques torches ici et là. Il était 20 h 23, soit exactement 3 h 23 depuis son arrivée dans le Cercle.

Il ne s'était écoulé que quelques heures, alors qu'elle avait l'impression qu'une éternité venait de défiler. Une éternité ? Non, voyons... Quelque six cent dix-huit années.

— Quelle heure est-il ? demanda-t-elle dans un souffle, je veux dire... Ici, dans cette époque ?

— Je ne sais trop, marmonna Ned, je pense qu'on a largement dépassé la moitié de la nuit.

La moitié de la nuit, donc environ 3 h et des poussières. Soit presque 7 h de décalage avec son époque. Awena gémit, c'en était trop, ses neurones commençaient à griller. De la fumée devait sortir de ses oreilles, son nez et sa bouche.

Le tournis la reprit et Ned, s'en apercevant, lui offrit son soutien. Trop heureuse de s'accrocher à son bras pour ne pas tomber, la jeune femme le remercia d'un imperceptible murmure.

Darren ayant eu pitié de son état de fatigue, lui avait dit qu'il remettrait leur entrevue au lendemain, et avait chargé d'autres servantes de partir en avant du petit groupe pour lui préparer une chambre, comme un bain chaud.

Demain donc, aux premières lueurs du jour, elle, le laird, Clyde, Ned et un grand druide du nom de Larkin, absent pour le moment, se retrouveraient dans le cabinet de travail de Darren.

Quand ils arrivèrent enfin aux appartements qu'on lui avait alloués, on lui offrit une légère collation qu'elle ne toucha pas, tant elle était épuisée et nauséeuse. Ned prit congé et la laissa aux mains expertes des femmes.

Tout ce qui se passa ensuite fut vécu dans un brouillard complet. Cependant, Awena se souvint de l'ahurissement des servantes qui avaient découvert ses sous-vêtements en soie et dentelle, alors qu'elle se déshabillait pour son bain. Le shorty et le soutien-gorge à balconnet avaient circulé de mains en mains. Elle se serait bien passée d'elles, du moins voulut-elle le croire, mais les femmes du clan avaient eu ordre de l'assister jusqu'à ce qu'elle soit au lit.

Gênant, vraiment très gênant, s'était dit Awena, les joues en feu.

Quand elle s'était inquiétée de savoir si sa robe pouvait être sauvée, une servante lui affirma qu'elle allait tout faire pour qu'elle le soit, mais que la « damoiselle » ne pourrait sûrement pas porter une telle tenue au château. Awena, trop lasse pour répondre, avait simplement hoché la tête.

Le bain fut bénéfique et détendit tous ses muscles malmenés. Elle se laissa savonner les cheveux, en soupirant d'aise. La – dite – baignoire n'était pas aussi confortable que la sienne plus moderne, car c'était une grande cuve en bois tapissée d'un gros drap de lin, et elle dut sans cesse se tenir aux bords pour ne pas glisser. On lui sécha les cheveux à l'aide de serviettes et on lui fit enfiler une longue tunique pour la nuit.

Le problème se posa quand elle demanda les toilettes. Personne ne savait ce qu'étaient les « toilettes », elle expliqua que chez elle, on appelait ça aussi w.c. ou petit coin, mais elle n'eut guère plus de résultats. Alors elle alla droit au but en disant qu'elle avait envie de faire ses besoins. Les servantes pouffèrent et lui indiquèrent, derrière un paravent, une sorte de chaise percée avec un seau en dessous.

— Vous plaisantez ? s'écria Awena dans un cri écœuré.

Non, firent-elles de la tête, en chœur. Alors la jeune femme mit sa pudeur et sa fierté de côté et alla se soulager. Mais... où était le papier toilette ?

Il y avait bien un petit bac d'eau et d'étranges feuilles encore vertes et souples, mais rien d'autre. Si seulement elle n'avait pas perdu son sac à main, il détenait la clef de son bonheur, au moins trois paquets de mouchoirs en papier.

Qu'à cela ne tienne, elle réussit à déchirer un bout de sa tunique de nuit et s'en servit pour s'essuyer.

Quel gâchis tout de même ! Tant pis, la prochaine fois, ils penseront à me donner du papier ! Mince, elles sont encore là, se lamenta Awena en sortant de derrière le paravent.

— Vous pouvez me laisser maintenant, s'il vous plaît ! Je vais me coucher et je n'ai besoin de personne pour m'aider. Merci beaucoup pour vos bons soins et bonne nuit ! les remercia Awena en souriant gentiment et en croisant les doigts pour qu'elles ne remarquent pas que sa tunique était un peu plus courte qu'avant.

Mais non, elles parurent étonnées par l'affabilité de la damoiselle et sortirent sur la pointe des pieds. La dernière et plus jeune des servantes, une petite blondinette d'à peine dix-huit ans, se retourna pour la regarder et eut un sourire timide avant de fermer la porte.

— Ouf ! Dodo ! souffla Awena.

Elle se tourna vers le grand lit et courut s'y jeter à plat. Et quel plat ! Aucun rebond et pas de matelas moelleux ! Soulevant le drap et les fourrures, elle vit bien quelque chose qui ressemblait à un matelas, mais si dur que les dalles du sol auraient pu faire l'affaire. Néanmoins, changement d'époque ou pas, dès que sa tête fut posée sur l'oreiller, la flamme de la bougie soufflée, elle s'endormit comme un gros bébé.

Après ce qui lui sembla n'être qu'une heure, Awena fut réveillée par la jeune servante timide de la veille, c'était déjà l'aube. Elle lui apportait un plateau de petit déjeuner ainsi que des habits. Elle déposa l'un sur les genoux d'Awena et les autres sur le coffre au pied du lit, et se mit à ranimer le feu ensuite. Car même en plein été, le château gardait une certaine fraîcheur entre ses murs.

Awena inspecta d'un drôle d'air la tranche de pain épaisse ainsi que le gros bout de fromage à côté duquel trônait une grande chope d'un liquide brun et mousseux.

Pas du café, ça, c'est sûr ! se dit-elle in petto.

Elle avait tellement faim qu'elle fit bon sort aux aliments et quand vint le moment de se désaltérer, elle s'aperçut en faisant la grimace que la boisson était tiédie et que c'était une sorte de bière.

— Vous n'avez pas de thé ? Je sais que pour le café, c'est un peu précoce, mais le thé... Non ? On m'a toujours dit que l'alcool, dès le réveil, n'était pas bon du tout pour la santé !

— Naye, dame, nous n'avons que ça, murmura timidement la jeune servante.

— Et de l'eau ? Ou même du lait ?

— L'eau est impure, mais nous avons du bon lait chaud. Je peux vous en chercher tout de suite si vous le désirez.

Comme elle faisait mine de sortir, Awena eut pitié d'elle et lui fit signe que non.

— Pour ce matin, cela ira, une petite bière ne peut pas faire de mal, dit-elle en grimaçant, tellement ladite bière était amère.

Tant pis, j'ai vraiment trop soif, se dit-elle encore.

Le petit déjeuner fini, elle sauta du lit et courut mettre ses pieds à l'abri sur une fourrure.

— Brrr... c'est aussi glacial qu'un sol de patinoire !

— Pardon ? Pati... quoi ? Je ne connais pas, balbutia la servante.

— Une patinoire, répondit Awena. Chez nous, c'est une grande surface de glace où l'on glisse avec des chaussures lamées. C'est un loisir et un sport.

— Oh, aye, je connais ! En hiver, nous faisons aussi des glissades sur le loch gelé. Mais c'est dangereux.

La jeune femme se tut, en rougissant de plus belle. Awena lui sourit et s'approcha d'elle.

— Je m'appelle Awena et toi ? lui demanda-t-elle en lui tendant la main.

La blondinette regarda les doigts tendus avec des yeux étonnés.

— Donne-moi la tienne, comme ça... (Awena lui saisit

sa paume tremblante.) Ensuite, tu me dis ton prénom et l'on secoue les mains ainsi ! Et de secouer vigoureusement le pauvre petit bras de la jeune fille. C'est par ce geste que l'on se présente chez nous.

— Je m'appelle Eileen, mais je n'ai pas le droit d'être aussi... familière avec vous, vous êtes une dame. Je suis juste votre servante.

Awena la lâcha et lui sourit.

— Pas une servante. Chez moi, je n'en ai pas et je n'en voudrais pas. Parce que, là d'où je viens, nous sommes presque tous égaux, dit-elle avant de penser, « Enfin mis à part les présidents, les rois et reines, sa mère et son beau-père, les Zombis-Écossais chez qui elle avait atterri et ce château... et... Darren... ».

Awena pâlit d'un coup, se rappelant tout ce qui s'était passé la veille et Eileen se précipita vers elle.

— Dame ? Vous ne vous sentez pas bien ?

L'endroit le plus proche pour l'asseoir fut le siège au pot de chambre. Le froid quitta les veines d'Awena et elle sentit monter en elle un impérieux et foudroyant fou rire.

— Dame, dame..., s'inquiéta Eileen en remarquant que les épaules de la jeune femme étaient secouées de violents tremblements. Oh ! À l'aide ! cria-t-elle..., ne sachant plus que faire, car elle ne voyait que la tête baissée et le dos agité d'Awena.

Quelques instants plus tard, il y eut un vacarme de tous les diables dans le couloir, on entendait des frottements, du métal s'entrechoquant, des grognements, pour qu'enfin apparaisse à la porte de la chambre un immense homme qui se tenait le front d'une main, les cheveux longs ébouriffés noir bleuté, la chemise déchirée et une claymore, lame pointant vers le ciel dans l'autre main. Darren !

Awena qui avait relevé la tête en percevant toute cette agitation sentit le fou rire la reprendre de plus belle, pour se changer très vite en un gros éclat de rire irrépressible, elle s'en tenait le ventre.

C'est ainsi que débuta le drame. Awena fit basculer la chaise percée, battit des pieds et des mains pour éviter de s'effondrer par terre – le tout sans cesser de glousser – et, une fois au sol, vit passer devant ses yeux larmoyants le pot de chambre qui avançait en roulant et tanguant sur lui-même pour finir sa course dans les pieds du seigneur Darren. Il avait accouru en sauveur, magnifique guerrier highlander, et se retrouvait maintenant, lui aussi, étalé sur le sol. Avec une option en plus et pas des moindres : il avait le pied droit dans le pot de chambre, qui semblait s'être entiché de lui !

Non, ce n'est pas rigolo ! fit une petite voix dans la tête d'Awena.

Mais celle-ci n'en tint pas compte et se mit à hurler de rire en se trémoussant par terre. Ni les grognements de rage de Darren, ni la jeune Eileen devenue blanche, les mains sur la bouche, ni les gardes figés à l'entrée de la chambre, ne purent la faire cesser de rire, ce fut pire.

C'est la bière et les nerfs, je ne supporte pas l'alcool, se dit Awena dans un éclair de lucidité.

— Dehors ! hurla Big-Darren en direction de la pauvre Eileen et des gardes qui avaient du mal à se retenir de pouffer, alors que leur laird essayait de se débarrasser du pot de chambre encombrant à l'aide de son autre pied botté.

— Tout le monde dehors ! Sauf ELLE ! ajouta-t-il en fusillant Awena de son regard sombre et vindicatif.

Drôle, quand même, l'air supérieur qu'il pouvait conserver avec le pied dans un tel endroit !

Non, non, non... Ce n'est pas drôle, se tança mentalement Awena, qui succomba malgré tout à une autre crise d'hilarité.

Elle ne se rendit pas compte que la pièce se vidait de ses occupants, que le laird s'était enfin débarrassé de l'objet embarrassant, qu'il s'était remis debout et claquait la lourde porte en chêne de la pièce. Elle ne se rendit pas compte non plus de l'agilité avec laquelle il fondit sur elle pour la soulever sur son épaule et la jeter sur le lit.

Et PLOC ! Nouveau plat !

— Ça fait mal ! se plaignit Awena encore agitée de tremblements nerveux, mais qui avait cessé de glousser. Sauf qu'en regardant Darren, hirsute, débraillé, ses lèvres se pincèrent à nouveau pour contenir une nouvelle vague de fou rire.

— Och ! Naye ! Vous n'allez pas recommencer ? Vous êtes un fléau, femme ! gronda la voix profonde de Darren.

— Et vous Homme, vous êtes vraiment dans un piteux état ! Continuez de crier comme vous le faites, cela ne m'empêchera pas de rire... Hééé !

Darren venait de se jeter sur elle, la plaquant en sandwich entre le matelas et son grand corps musclé. C'était si inattendu et il pesait si lourd qu'Awena s'arrêta net de rire et en perdit le souffle.

— J'ai enfin trouvé le moyen de te faire taire, femme, murmura suavement Darren, son visage affichant un sourire ironique.

— Vous m'ét... ouffez, gémit Awena en se trémoussant sous son grand corps pour se dégager, tout en essayant de ne pas croiser son regard.

— Et j'en suis enchanté, ronronna Darren le nez musant dans le creux de son cou.

La situation se complique, s'inquiéta la jeune femme, même si son corps était soudain parcouru de frissons inattendus et troublants.

Et que faisait cette grande main sur sa cuisse ?

— Ôtez vos sales pattes de là ! Vous m'écrasez... et... vous sentez mauvais ! s'emporta Awena à bout de patience.

Ce dernier point fit mouche, car Darren se redressa d'un coup en s'appuyant sur ses bras au-dessus d'elle, ses longs cheveux noirs et soyeux retombant autour de leurs visages. Il la fusillait du regard.

— Je sens mauvais ? Moi ? C'est bien votre pot de chambre qui s'est entiché de mon pied.

Awena avait rougi jusqu'aux oreilles. Quel toupet ! Il

arrivait encore à retourner la situation contre elle. Il fallait qu'elle lui arrache son sourire suffisant.

— Je dirais que c'est vous qui vous l'êtes approprié ! Vous n'aviez rien à faire dans ma chambre, on ne rentre pas ainsi chez une... dame !

Darren s'esclaffa tout en secouant la tête, son corps musclé faisant naître d'autres vibrations que celles du rire, dans celui de la jeune femme.

— Étonnante donzelle que le futur nous a envoyée. Vous ne cédez donc jamais ? Non, pas de réponse. Sachez... dame, qu'en entendant crier Eileen, j'ai accouru à votre secours. Mais je n'étais pas le seul à répondre à son cri et j'ai eu un petit accrochage dans le couloir avec mes hommes. Vous pouvez constater par vous-même les dégâts, fit-il mielleusement.

Oh, oui, elle pouvait le faire et elle ne s'en priva pas. Il avait une bien belle bosse sur le front, sa chemise était déchirée et ouverte, donnant libre vue sur ses fabuleux abdominaux !

Quelle tonne de peau bronzée et attirante, et si je passais mes doigts sur... Non, mais ! Qu'est-ce qui me prend ? Awena secoua la tête pour repousser les images un peu trop sensuelles qui défilaient dans son esprit.

Elle croisa le regard de Darren, qui semblait très content de lui. Bien sûr, monsieur se croyait si désirable, si irrésistible, qu'il ne pensait pas une seconde qu'elle ne soit pas sous son charme. De plus, ils ne se connaissaient pas, comment pouvait-il se permettre de telles privautés avec elle ?

Agacée à la fois par la situation et ce qu'elle ressentait malgré tout à son contact – une sensation ardente, électrique –, elle essaya de se dégager encore une fois en se tortillant sous lui. Il lui répondit par une sorte de grognement sourd.

— Vous sentez toujours aussi...

Ses mots furent balayés par des lèvres charnues, avides et gourmandes. Un baiser, il était en train de l'embrasser !

C'était trop bon. Plus que bon.

Sa langue jouait à la lisière de ses lèvres. Il s'allongea d'un coup sur elle et sous son poids, elle ne put qu'ouvrir la bouche pour essayer de récupérer l'air qu'elle venait brusquement de perdre. Erreur fatale, car Darren en profita pour l'embrasser profondément, dans un ballet des plus sensuels, sa langue cherchant la sienne avec voracité. Dans le même temps, le poids de son corps s'était fait plus léger.

Démon, pensa Awena, avant de ne plus rien penser du tout.

Ressentir...

L'univers des sensations. Awena avait encore été téléportée, elle n'était plus que feu et fusion. Son esprit s'évadait et son corps ressentait. Pour ce voyage, elle n'était pas seule cette fois, Darren la guidait, l'enveloppait, lui insufflait toujours plus de passion. Mot qu'elle n'aurait jamais cru exister pour elle. Pourtant sous ses caresses, ses lèvres expertes, son corps viril. Elle n'était que ça : Passion ! Une comète de lave en fusion, dans une galaxie de pulsions.

— Hum... Hum ! Si vous la marquez de votre sceau, cette donzelle ne pourra jamais plus repartir.

D'où provenait cette voix d'outre-tombe ? Awena eut l'impression que son voyage venait de s'interrompre aussi abruptement que le son d'une musique, suivi par le brusque grincement du diamant sur le vinyle.

Elle ouvrit vivement les yeux, pour voir les étoiles de feu qui brillaient dans ceux de Darren. Mais la magie s'estompait et la conscience revenait.

Au triple galop !

— Oh, réussit-elle à murmurer dans un souffle.

Darren, quant à lui, poussa un grognement de félin, mécontent d'être interrompu en plein festin. Il se releva prestement pour dévisager méchamment l'intrus qui avait brisé l'ensorcellement. Car, ensorcellement il y avait, de cela, Darren en était certain. Sinon, comment expliquer ce qu'il venait lui aussi de ressentir ? Une fournaise de désir ! Et inassouvie, qui plus est.

Larkin, tu es mort ! gronda-t-il dans sa tête.

— Larkin, grogna-t-il encore, tout en essayant de retrouver son souffle.

Awena couina et plongea sous les fourrures. Elle venait de s'apercevoir qu'elle était complètement nue. Où donc était passée sa tunique de nuit ? Et quand celle-ci avait-elle disparu ? Mystère !

N'osant sortir la tête de sous son abri de fortune, elle entendit les intonations de voix étouffées. Celle de Darren bien sûr, profonde, rocailleuse, vibrante, « non ! Pas du tout vibrante » essaya-t-elle de corriger mentalement, et celle de celui qui s'appelait Larkin. « Nettement moins troublante », pensa-t-elle encore.

— Nous avons des soucis, il faut que tu viennes immédiatement, annonçait la voix de Larkin.

— Aye ! Je te suis...

Le silence s'abattit d'un coup, lourd, pesant. Au bout d'un moment, n'y tenant plus, Awena trouva le courage de se redresser et de sortir la tête de dessous sa cachette. Plus personne dans la chambre, mais elle entendit l'homme qui s'appelait Larkin demander à Darren, alors qu'ils s'éloignaient dans le couloir :

— Mais quelle est donc cette odeur ?

L'écho d'un autre grognement en réponse et puis plus rien. Awena gémit et s'écroula sur le dos.

Et dire que la journée ne fait que commencer..., se plaignit-elle mentalement.

Et si elle avait su que cette journée ressemblerait à tant d'autres ? Le coup du pot de chambre en moins et celui des baisers de Darren aussi.

Larkin était venu chercher Darren. Un peu plus tard, il y avait eu tant de bruit dans la cour du château qu'elle était allée voir à la fenêtre du donjon ce qui se passait. Awena aperçut un important groupe de guerriers peinturlurés en bleu, qui étaient lourdement armés, montant à cru leurs chevaux et qui se préparaient à partir.

Et avec eux ? Dans le mille ! Darren, Clyde, Ned et un personnage en robe blanche et cheveux longs neigeux, à n'en pas douter, ce devait être Larkin, le grand druide du clan. Elle les vit, puis elle ne les vit plus. Ils partirent si vite, dans un fracas valant cent bourrasques, qu'elle n'eut pas le temps de dire ouf !

Et leur entretien ? Son retour ? L'auraient-ils oubliée ? Un grand froid s'était emparé de son esprit, alors que son corps s'était mis à trembler de la tête aux pieds.

Ne cède pas à la panique, s'était-elle morigénée, en essayant de reprendre le contrôle de ses sens.

Eileen, avec qui elle se sentait bien, vint la prévenir que des ennemis, les Gunn, un clan qui avait ses terres jouxtant celles des Saint Clare au sud, avaient profité de la nuit et de la fête, pour piller et tuer des fermiers qui habitaient les territoires frontaliers. Les Saint Clare partaient en représailles et ne reviendraient qu'après avoir châtié les coupables, récupéré leurs biens, leur bétail et reconstruit les maisons des survivants, hommes, femmes et enfants du clan.

— Maudits Gunn ! cracha Eileen en colère. Des descendants de Vikings ! Tous des bons à rien, le sang d'Olaf le Noir coule dans leurs veines !

Awena resta prostrée dans sa chambre deux jours durant, tournant en rond, songeant aux évènements et essayant de trouver quelque chose de logique à tout cela. Elle venait du futur, puis elle était arrivée en 1392 et c'était tout. Elle se retrouvait sans réponses, ceux qui pouvaient les lui donner étant absents parce qu'ils guerroyaient contre un autre clan.

Puis il y eut la phase « rébellion » qui dura deux autres jours.

Le premier, elle ne quitta pas sa tunique de nuit et voulut récupérer ses affaires, mettre ses sous-vêtements et sa longue robe kaki. Car sous les habits qu'elle portait, elle était nue, seule sa poitrine était bandée d'une fine toile. Et la pudique en elle hurlait sa rage et son indisposition de se retrouver avec les fesses à l'air.

Le deuxième, elle accepta de s'habiller avec les vêtements du clan. Tout aurait été bon pour pouvoir marcher hors de sa chambre. Alors, le postérieur soumis aux courants d'air sous une tunique de nuit, ou sous une tunique et un tartan. Il n'y avait pas grande différence.

Awena arpentait inlassablement les couloirs, escaliers et pièces diverses du château. Ceux qui crurent à un bon présage en la voyant sortir de ses appartements s'en mordirent vite les doigts.

Car en repensant à l'histoire du pot de chambre, la jeune femme s'exclamait « bien fait ! », puis en songeant aux baisers de Darren, elle rougissait et une sombre colère l'animait « plus jamais ! » s'exclamait-elle à nouveau, en se le promettant avec emportement. Le tout, à voix haute et forte.

Ce furent les seuls mots que les servantes, gardes et gens du château lui entendirent prononcer, sursautant à chaque exclamation, car étant dite au moment où ils s'y attendaient le moins. Pour beaucoup, la jeune femme avait tourné « fol ».

Encore un jour d'abattement dans ses appartements. Et au sixième jour, la curiosité d'Awena prit le dessus.

Chapitre 4
Ce qui est dit... est dit !

L'aube de ce sixième jour se levait à peine qu'Awena s'était déjà lavée, habillée et coiffée – toute seule – d'une longue natte, avant qu'Eileen n'arrive, comme à son habitude depuis presque une semaine, s'occuper de sa maîtresse.

Awena avait beau lui demander de l'appeler par son prénom, la servante refusait catégoriquement à chaque fois, bien qu'un lien amical se fût tissé entre elles. Eileen trouva la jeune femme toute pimpante, debout et trépignant sur le pas de la fenêtre de sa chambre. Elle regardait à l'extérieur, se penchant dangereusement sur le large rebord en pierre.

De son côté, Awena avait l'impression de voir un film comme Braveheart ou Rob Roy sur grand écran. C'était comme si un voile obscur avait été retiré de devant ses yeux. Maintenant, elle voyait tout ! C'était époustouflant !

Les hommes, femmes et enfants, tous habillés en kilts, tuniques et tartans, vaquaient à leurs occupations dans la cour du château, ou passaient le pont-levis vers les arbres, landes et autres, sous le regard envieux d'Awena. Et ces « autres », Awena souhaitait les découvrir également.

Fini de s'apitoyer sur son sort, fini les questions sans réponses. Autant profiter de la situation. Elle allait sortir du château et vivre son rêve ; voir et toucher le passé.

Quand elle s'aperçut de la présence d'Eileen, elle courut

vers elle et lui demanda, tout agitée.

— Eileen, j'ai besoin de feuilles pour écrire, de crayons, tout ce que tu pourras me trouver sera le bienvenu ! Vois-tu, je ne sais pas où est mon sac et je n'ai plus de stylo ni de papier.

— De papier ? Crayon ? Sti-lo ? Et... des feuilles ? bafouilla la jeune servante en fronçant les sourcils, des feuilles, il y en a plein les arbres pourtant.

— Oui ! Ah, oui... Cela n'existe peut-être pas encore. Alors, réfléchissons. Du papyrus ? Non, ça, c'était en Égypte.

Eileen commençait vraiment à se dire que les mauvaises langues avaient raison, sa dame perdait la tête. Elle considéra Awena d'une mine triste et navrée, alors que celle-ci continuait de penser tout haut en tournant en rond.

Soudain, elle s'arrêta et regarda Eileen avec un grand sourire.

— Ça y est, je me souviens ! Voilà, il me faudrait du parchemin et... une mine de plomb ou plume avec de l'encre ? Eileen ! Tu m'écoutes ?

La servante était bouche bée. La dame savait dessiner les sons ?

Un lent sourire éclaira son visage. Comme elle était heureuse ! Non, sa maîtresse n'était pas fol, bien au contraire ! Elle était d'une grande intelligence, car elle savait écrire, sûrement lire et connaissait tant de choses.

Une érudite ! Pour Eileen, ce fut comme si elle découvrait une déesse. Il y avait si peu de femmes instruites. Elles se comptaient sur les doigts de la main dans son clan.

— Eileen ? Pourquoi me dévisages-tu ainsi ?

Awena était déconcertée. Avait-elle dit ou fait quelque chose de bizarre qui aurait comme hypnotisé Eileen ?

Que fallait-il faire pour réveiller un hypnotisé ? s'inquiéta-t-elle intérieurement.

— Claquer des doigts ! s'écria-t-elle en joignant le geste à la parole et elle se mit à claquer des doigts sous le nez d'Eileen.

La servante recula vivement en clignant des yeux.

— Bienvenue parmi nous ! proclama Awena en riant. Alors, tu vas m'aider à trouver ce dont j'ai besoin ? trépigna-t-elle joyeusement.

Eileen lui sourit en retour, en hochant la tête.

— Aye, je vais vous aider. Je crois savoir où trouver ce que vous me demandez. Mais attention, dame, les parchemins et l'encre sont limités, il ne faudra pas en gaspiller. Sinon, le laird se fâcherait contre moi !

— Promis !

— Encore une chose. D'abord, il vous faut manger un peu. Je vous ai apporté un bon gruau bien chaud avec du lait de brebis. Le sourire d'Awena fit place à une grimace.

Beurk ! Je n'en peux plus de cet infernal petit déjeuner, se lamenta-t-elle mentalement.

— Vous mangez... Je vous aide, marchanda Eileen en croisant les bras sur sa poitrine.

— C'est du chantage, baragouina Awena. D'accord, si je mange, tu m'apporteras ce dont j'ai besoin ?

— Aye ! confirma Eileen.

Si Eileen avait tourné les talons, elle aurait fait comme d'habitude, jeté l'infâme petit déjeuner par la fenêtre en se contentant du lait chaud. Mais là, elle dut tout manger sous son regard scrutateur, jusqu'à la dernière cuillerée, au grand amusement de la servante.

— C'est pour le pauvre forgeron, s'esclaffa Eileen, il en avait assez de recevoir du gruau sur la tête.

— Oups ! fit Awena en rougissant, soudain très gênée. La prochaine fois, elle regarderait en bas du donjon pour s'assurer de ne faire aucune victime d'attaque au gruau.

— Bien, on y va ? s'impatienta-t-elle.

— Où ? demanda Eileen en ouvrant de grands yeux.

— Mais chercher le papier, euh... je veux dire, le parchemin et le reste ?

— J'y vais, ne bougez pas. Je ne serai pas longue.

— Merci beaucoup, Eileen.

La demi-heure qui suivit fut infernale pour Awena. Attendre n'était pas son fort. Elle n'avait jamais aimé ça, et quand Eileen arriva avec le matériel demandé, elle se jeta quasiment dessus pour ensuite courir vers le couloir, en ignorant ses appels.

C'est ainsi que commença sa première escapade. Avec l'aide de quelques personnes dans le château, elle trouva la sortie vers la cour intérieure. Là se situaient la caserne, la forge, les écuries, une immense grange, un puits, mais aussi, derrière un haut mur, des jardins et potagers qu'elle n'avait pu apercevoir de ses appartements.

À chaque découverte, elle s'émerveillait encore plus. Elle choisit de s'asseoir dans le jardin floral, à l'ombre du soleil sous un pommier, et près d'un charmant ensemble de rosiers aux diverses couleurs dont les pétales embaumaient l'air. Prenant la plume et l'encre qu'Eileen lui avait confiées, elle se mit à écrire tout ce qui s'était déroulé depuis sa promenade dans le Cercle en 2010, jusqu'à ce jour, le 30 juillet 1392 d'après ses calculs.

Les jours suivants s'enchaînèrent. Et chaque jour passé lui apportait de nouvelles découvertes qu'elle retranscrivait dans la foulée. Elle mangea de fabuleux petits pâtés à la viande – bien meilleurs que le gruau –, goûta à une sorte de soupe faite avec d'étranges légumes, ou des tranches de pommes de terre grillées avec du petit-lait. Pour ce plat, cependant, elle fut très étonnée, car normalement ces tubercules n'étaient pas encore connus en 1392.

Puis elle dessina des enfants qui jouaient dans le si caractéristique village moyenâgeux jouxtant les remparts du château, les maisons en assemblage de pierres grises aux toits de chaume bien entretenus, les femmes en train de laver et battre le linge près du loch, et nota des expressions qu'elle ne connaissait pas.

Tous semblaient en bonne santé, respiraient la vitalité et la joie de vivre. Et tous l'avaient accueillie comme une des leurs, bataillant à qui mieux mieux pour retenir son attention, ou pour voir ses croquis. Elle n'eut pas à cacher ses notes, car elle se rendit compte d'emblée que personne ne savait lire ou du moins aucune des personnes qu'elle croisa. Donc elle continua ligne après ligne, de narrer ses aventures. Écrire sur un parchemin était inédit, mais elle s'y habitua bien vite et y prit beaucoup de plaisir.

Chaque narration était accompagnée d'un croquis. Cependant, son plus beau chef-d'œuvre fut le dessin d'un guerrier en tartan, occupé à bouchonner son cheval. Il était si flatté de se voir croquer, qu'il avait frictionné son coursier pendant des heures. En fait, jusqu'à ce que celui-ci soit impatient d'aller manger son foin et hennisse furieusement en essayant de le mordre. Le fier Highlander avait regardé Awena d'un air goguenard et elle avait spontanément éclaté de rire.

Une femme lui fit cadeau d'une belle pochette en cuir tanné pour y ranger ses parchemins. Une autre lui montra comment les coudre pour concevoir un feuillet, chose qu'elle faisait souvent pour le compte de Darren ou Larkin. Et d'autres présents arrivèrent bien vite. De belles petites chaussures en cuir souple pour remplacer ses sandalettes modernes qui ne la protégeaient pas beaucoup de la boue et du crottin de cheval, des châles en laine, des tuniques blanches en lin, des couronnes de fleurs sauvages de la part des enfants et quelques bouquets offerts par de jeunes hommes rougissants.

Awena découvrit également qu'il y avait une grosse différence entre 2010 et 1392, dans le paysage environnant. Elle se situait dans les bois qui entouraient le loch, village et château, car dans le futur n'existeraient plus que des landes. Qu'étaient devenues ces forêts ? Seuls la colline et le Cercle la raccrochaient aux souvenirs de son époque.

Ses journées étaient belles, ensoleillées et bien remplies. Presque un paradis, presque, car les nuits... Les nuits, les questions revenaient. Son cœur palpitait en pensant à son époque. Tante Suzette avait dû alerter toutes les polices du monde, sa mère était-elle au courant de sa disparition ? Est-ce qu'elle-même rentrerait bientôt ? Où était Darren et quand allait-il revenir ?

En songeant à Darren, des bouffées de chaleur la submergeaient. Son corps réagissait sournoisement, « le traître ! », marmonnait Awena dans un demi-sommeil, se tournant et se retournant jusqu'à enfin sombrer dans l'oubli.

Vingt-deux jours étaient passés depuis son arrivée. Et selon son carnet de parchemins, à son époque, nous étions le samedi 14 août 2010. Awena s'était assise sur une botte de foin abandonnée près du pont-levis à l'extérieur du château et relisait ses notes dans son feuillet made in Moyen-Âge.

Elle eut un léger sourire en songeant au mal qu'elle se donnait en s'accrochant aux dates de son calendrier grégorien, une façon pour elle de ne pas perdre pied, car ici en 1392 – du moins en ce qui concernait les Saint Clare – les gens suivaient un mode de vie basé sur un cycle de lunaisons et de fêtes remontant directement aux croyances des premiers Celtes et cela, bien avant les invasions de Jules César.

Elle se remémorait ses cours d'histoire relatant les époques antiques comme celle où avait vécu Vercingétorix et toutes les autres parlant des Gaulois ou des Celtes, qui l'avaient tant passionnée et avaient peuplé son imaginaire.

Awena sut que le clan se référait tout simplement à ce que l'on appellerait dans le futur : le calendrier de Coligny[4] ou tout bonnement le calendrier celtique.

Propulsée dans le passé, Awena s'apercevait qu'elle avait toujours soif de connaissance. Sous ses yeux émerveillés, elle relisait ses annotations et redécouvrait des mois portant des noms différents tels que Samonios, premier

---

4 *Calendrier de Coligny : Nom donné grâce à la découverte d'une grande tablette d'un lointain passé, sur la commune de Coligny dans l'Ain, en France.*

mois de l'année celtique – correspondant à quelque chose près à novembre, ou encore Dummanios, deuxième mois, équivalant à celui de décembre. L'année celtique se divisait en deux grandes périodes qui étaient, en un la phase sombre et hivernale de novembre à avril et, en deux, la phase claire et estivale de mai à octobre, en comptant aussi un mois intercalaire entre ces deux périodes.

Awena avait aussi noté les quatre grandes fêtes sacrées qui rythmaient leur année : Samhuinn, fêtée aux alentours du 1er novembre, qui célébrait le début de la saison sombre, moment particulier où les mondes « visible » et « invisible » étaient en communion en permettant de créer un lien entre celui des vivants et celui des Sidhes[5]. Imbolc, fêtée le 1er février symbolisait la fin de la période de froid et de neige, pour laisser place à la pureté, la renaissance, le renouveau. Moment où la vie reprenait ses droits et la nature s'éveillait à nouveau (comme chez nous au printemps) avait écrit Awena en marge de ses notes. Bealltainn, troisième des quatre grandes fêtes, ayant lieu le 1er mai, elle marquait la fin de la période sombre et l'entrée dans la période lumineuse. C'était la célébration de l'élément Feu, de la clarté solaire qui triomphait des ténèbres de l'hiver et qui était aussi la période propice aux unions. On y dressait d'immenses bûchers (à l'instar des feux de la Saint-Jean), avait encore griffonné la jeune femme. Et en ce qui concernait la dernière et quatrième grande fête, Lùnastal dite aussi Assemblée de Lug, qui aurait dû se dérouler aux environs du 1er août (date passée de plusieurs jours) pouvait-on lire dans la marge du feuillet et la phrase soulignée furieusement plusieurs fois. Tout ce qu'elle savait, c'était que cette fête n'avait pas eu lieu en raison de l'absence du grand druide et de Darren.

La jeune femme releva la tête de ses notes et contempla

---

5 *Sidhes : tertres enchantés et royaumes des Faës où se retirèrent les dieux après le triomphe des hommes à la surface de la terre.*

le décor pittoresque, comme les gens qui vaquaient de-ci, de-là, aux alentours.

Le clan attendait le retour de Larkin et de Darren pour célébrer Lùnastal. Certains voyaient d'un très mauvais œil de différer la fête, mais ils étaient largement minoritaires, les autres affirmaient avec beaucoup de bonhomie que le principal était que celle-ci ait lieu, qu'importe si ce n'était pas le jour désigné pour le faire, et qu'il fallût patienter un peu. Les dieux n'en seraient certainement pas contrariés.

Se replongeant dans ses notes, elle se mit à composer un bref résumé de la vingtaine de jours passés, s'amusant à souligner les points qui lui semblèrent fondamentaux, comme les sept heures de décalage entre son époque et celle-ci et les différents mois, dates et fêtes celtiques. Et dire que six cent dix-huit années plus tard, les invasions romaines et le christianisme avaient presque réussi à faire disparaître toutes ces merveilleuses connaissances. Dire aussi que plus d'un historien aurait donné cher pour être à la place de la jeune femme, relevait de l'euphémisme.

De fil en aiguille, la plume suspendue au-dessus de ses derniers mots, Awena réalisa que si elle avait été chez elle en 2010, elle se serait préparée à aller célébrer, le 15 août, la fête de la mer à Molène, une petite île du bout du Finistère.

Chaque année, depuis qu'elle était enfant, elle partait rejoindre une famille de vieux amis qui vivait là-bas et c'était toujours un grand moment de joie. Du coup, en y songeant, un cafard monstre vint la tenailler, anéantissant son envie d'aller dessiner, ou de continuer à écrire.

À peu près une heure auparavant, après avoir fait sa toilette et pris son petit déjeuner, elle s'était exhortée à sortir du château avec sa sacoche en cuir et s'était assise là où elle était à présent en se disant qu'une belle journée avait commencé. Celle-ci venait pourtant de s'assombrir dans son esprit.

La jeune femme se releva et se mit à marcher, le cœur gros et le visage triste. Perdue dans ses pensées, elle ne répondit pas comme d'habitude aux saluts joyeux des gens qu'elle croisait. Sans y porter réellement attention, elle gravit la colline et arriva au Cercle. Elle resta longtemps près des menhirs à contempler le château, ses remparts, le village, les bois et les reflets du soleil qui se réverbéraient sur la surface lisse du loch. Où était passée la joie de vivre des dernières heures ?

Mystère...

En soupirant, elle se tourna lentement vers l'intérieur de l'alignement de menhirs, puis se retrouva, en quelques pas, au-dessus de la grande dalle couchée sur le sol. Celle-ci était entière, aucune fissure en son centre d'où, à son époque, sortaient des touffes épaisses de mauvaises herbes.

Eh bien, n'était-ce pas ce que tu désirais ? Pouvoir voir le passé ? se demanda mélancoliquement Awena.

La jeune femme s'assit là, remontant les genoux contre son buste et les encerclant de ses bras. Ses cheveux lui caressaient le visage. Douces cajoleries de soie, comme pour chasser sa nostalgie. Elle les avait laissés lâches pour une fois, ne voulant pas les entraver.

Elle ne sut ni comment ni quand, mais elle s'endormit et se réveilla, allongée sur la dalle, en entendant le sol résonner d'un furieux bruit de galop. Se redressant sur ses jambes tout en se frottant les yeux, Awena se sentit soudain voler dans les airs, pour atterrir dans un étau de bras musclés et forts. Elle n'était plus au sol, mais serrée contre la poitrine chaude et dure d'un cavalier. Sans se retourner, sur le dos du cheval nerveux qui galopait maintenant vers le bas de la colline, elle sut qui était le cavalier qui venait de l'enlever... Darren.

La vitesse faisait voltiger ses cheveux devant ses yeux sans que ses mains puissent les discipliner.

— Alors beag blàth (petite fleur), je m'absente un petit peu et tu cherches à repartir sans me dire au revoir ? Pas même un baiser pour ne pas briser mon cœur ? susurra Darren de sa voix profonde et captivante au creux de l'oreille d'Awena.

Essayant de chasser au loin les frissons qui lui parcouraient le corps, et l'excitation qui s'était éveillée à le savoir présent à ses côtés, la jeune femme se raidit puis se retrancha derrière un masque d'indifférence glaciale.

— Un petit peu ? ironisa-t-elle. Cela fait vingt-deux jours que je suis là et donc, Votre Seigneurie, vous êtes parti depuis vingt et un jours ! Vous avez une drôle de notion du temps, vous les Néandertaliens.

Elle sentit le puissant torse parcouru de soubresauts et entendit le rire chaud du laird. À nouveau, il fit courir ses lèvres sur le haut de sa tempe, avant de lui murmurer :

— Aye, je sais, je t'ai tant manqué que les jours ont paru être une éternité. Je fais toujours cet effet-là aux femmes !

Awena hoqueta, indignée et voulut lui répondre vertement, mais le cheval ne lui en laissa pas le temps, car il venait de s'arrêter brusquement dans la cour du château. Darren sauta lestement au bas de sa monture et se saisit en riant chaudement d'une Awena qui essayait de glisser maladroitement sur le flanc de l'animal. Il rit encore en la serrant contre lui, poitrine ronde contre torse dur et palpitant, la gardant prisonnière de ses bras et de la passion flamboyante qui animait son regard bleu nuit.

Darren n'avait qu'une envie, l'embrasser fougueusement, la dévorer et se fondre en elle ! Dérouté par ses émotions intenses, le laird sut à l'instant à quel point il avait pensé à elle, depuis le moment où il l'avait quittée, allongée nue dans sa chambre et combien elle lui avait manqué. La jeune femme était bien sa Promise, ces deux garnements d'apprentis druides avaient réussi leur coup.

Elle n'avait plus quitté ses pensées, même durant la bataille sanglante qui avait eu lieu entre son clan et une cinquantaine de Gunn. Elle était sa destinée. Il en avait la nette certitude. Son corps l'avait su tout de suite, bien avant que son esprit consente à s'ouvrir. Après cela, il ne put plus du tout l'oublier. Elle, son image, étaient gravées au fer rouge sous ses paupières quand il avait les yeux fermés, ses formes étaient dans chaque femme qu'il avait croisée, son rire dans le souffle du vent et son odeur dans chaque cellule de son corps.

Ne la trouvant pas à son retour, il avait fouillé le château pièce par pièce, ameuté tous ses gens, leur demandant s'ils l'avaient aperçue. Il avait récupéré sa sacoche en cuir près du pont-levis, abandonnée au sol, et une émotion qui ressemblait à de la peur l'avait saisi de plein fouet. De plus en plus nerveux, il avait interpellé toutes les personnes qui avaient croisé sa route. Ni hommes, ni femmes, ni enfants n'avaient aperçu Awena depuis le matin et l'après-midi était déjà bien avancé. Pris de panique, il avait sauté sur son cheval et filé droit au Cercle des dieux. Avait-elle trouvé le moyen de partir ? Un froid polaire avait érigé ses doigts crochus autour de son âme et de son cœur.

Il en était presque devenu fou !

Cependant, arrivé en haut de la colline, il aurait pu hurler de joie quand il l'avait découverte debout au milieu de l'alignement. Sublime dans sa tunique blanche et le tartan aux couleurs du clan, ses longs cheveux de feu volant au vent. Sans ralentir son allure, impatient de la sentir contre lui, il l'avait saisie au vol.

Awena était son âme sœur ! Il en était sûr et certain. Tout en lui le savait.

Quand elle se mit à gigoter dans ses bras, il se rendit compte qu'il devait la fixer trop intensément. Mais comment empêcher sa passion de transparaître ? C'était comme d'interdire au soleil de se lever chaque matin et à la nuit de tomber chaque soir. La rougeur des joues de la jeune femme et ses grands yeux verts lumineux lui disaient combien elle savait ce qu'il ressentait.

— Posez-moi par terre !

Un sourire sensuel étira les lèvres envoûtantes du laird et il la fit glisser lentement le long de son corps, sans quitter un instant son beau regard si expressif. Il pouvait y lire le reflet de ses propres émotions même si elle essayait de les lui cacher. Il grogna sourdement quand le ventre de la jeune femme appuya contre sa virilité tendue. Elle émit un petit cri désarticulé et recula en le repoussant dès que ses pieds touchèrent le sol, troublée au plus haut point, la respiration soudain hachée. Il la laissa s'échapper, le moment n'était pas le bon, mais par les dieux, qu'il aurait bien voulu la jeter sur son épaule pour l'emporter ensuite dans sa chambre, séance tenante. Il la savait innocente, ignorante des jeux de l'amour. Et il allait se faire le plaisir de tout lui apprendre.

Elle ne partirait pas !

Traîner les pieds et pourquoi pas ? ronchonnait-elle un peu, voire beaucoup plus tard après avoir mangé une part de tarte aux pommes et s'être rafraîchie.

Le moment de la réunion tant attendue était arrivé. Pourtant, elle traînait…

Si je pouvais être encore plus lente, ce serait le paradis, se dit-elle encore in petto.

Elle était si chamboulée par la force des émotions qu'elle avait connues dans les bras de Darren à son retour, de ce qu'elle avait vécu à son contact explosif, qu'elle n'avait pas hâte, du tout, de se retrouver face à lui. Elle avait les nerfs à vif. Sans compter qu'Awena se souvenait comme si c'était hier, de ces minutes inoubliables passées tout contre lui, avant son départ. Son corps en tremblait d'autant plus. D'ailleurs, tout cela avait été si rapide. Un instant, elle se tordait de rire par terre ; le moment qui suivait, elle était sur le lit et Darren sur elle. Et puis ces mystères qu'elle n'avait pas réussi à résoudre, comme la perte de sa tunique de nuit qui ne se trouvait nulle part dans ses appartements et la disparition des dégâts du pot de chambre.

Awena était sûre et certaine qu'Eileen n'avait pas pu faire le ménage, puisque celle-ci n'était réapparue que bien plus tard dans la chambre en évitant de la regarder.

Une superbe enquête pour Sherlock Holmes, s'était-elle moqué alors.

Mais au moment présent, la jeune femme déambulait dans les couloirs et escaliers du château. Elle suivait un garde tout aussi ronchon qu'elle, affublée dans une nouvelle tunique et d'un tartan qu'Eileen l'avait aidée à enfiler, car Awena, trop nerveuse, n'avait pas réussi à ajuster les plis. Cela aurait dû être facile avec le temps qu'elle avait passé dans cette époque et le nombre de fois qu'elle s'était habillée toute seule. Là, un souvenir plus ancien lui revint. Awena se rappela qu'étant petite, elle se déguisait en Jules César avec les draps de son lit.

César, oui et alors ? Elle préférait être empereur que poupée maniérée et minaudante comme sa cousine qui se faisait passer pour Sissi la romantique. Pauvre Sissi, qui finissait toujours au fond du jardin, ficelée au gros peuplier, attendant d'être mangée par les lions affamés de César. En guise de lions affamés, Awena se contentait d'un tuyau d'arrosage, l'eau froide ayant les mêmes effets désirés : les hurlements atroces de cousine Sissi !

Qu'ils étaient loin, maintenant, les déguisements avec des draps... et les petits plaisirs entre cousines !

Awena se secoua mentalement, ressasser le passé ne l'aiderait pas dans ce passé-présent. Cependant, le souvenir de cousine Sissi lui avait rendu le sourire. Sourire qui se figea quand elle entendit la voix profonde de Darren qui provenait d'une pièce à quelques mètres devant elle.

— Elle ne partira pas ! Le ton était tranchant, rageur.

— Darren, j'ai cru comprendre que tu lui as donné ta parole, répondit une voix qu'elle reconnut comme celle de Larkin.

— Tout a changé ! C'est Elle, Larkin ! fit Darren, buté.

— Tu n'en es pas certain, voyons ! s'impatienta le grand druide.

— C'est là où tu te trompes, mon corps, mon esprit et jusqu'à la plus petite particule de mon être l'ont reconnue ! aboya Darren.

— Och, Darren ! Je suis ton grand druide et c'est à moi

qu'il revient de savoir si elle est ta Promise.

— Sale menteur ! Hypocrite ! Grosse baudruche ! enragea Awena qui était entrée en flèche dans la pièce, ne maîtrisant plus ses nerfs et ses émotions après ce qu'elle venait d'entendre.

Échappant agilement à la poigne du garde, elle saisit tous les objets qui lui tombaient sous sa main et les lança sur Darren. Des fioles pour la plupart.

— Footballeur sans cervelle ! s'égosilla-t-elle sans réaliser qu'elle faisait un pléonasme, tout en brandissant une drôle de flasque au liquide vert phosphorescent.

— Naye ! hurla Larkin en se précipitant sur elle.

Trop tard, la fiole voltigeait à vive allure dans les airs et Darren, qui avait pu éviter les autres, reçut celle-ci de plein fouet en se redressant. La surprise était totale ! Et le mal était fait.

La fiole se brisa sur son large torse, dispersant à la volée, fluide et bouts de verre. Le liquide phosphorescent se déversa dans tous les sens sur son corps. Visage, cheveux, torse, bras, jambes, pieds, le liquide était partout et commençait à mousser. On aurait dit qu'il sortait d'une disco partie mousse !

— Malheureuse ! Qu'avez-vous fait ? hurlait rageusement le grand druide tout en aspergeant son laird d'un seau d'eau glacée.

Awena restait figée, la bouche grande ouverte de surprise et anéantie par ce qu'elle avait fait. Miss cata était revenue prendre possession de son corps...

Dans le même temps, Darren essayait d'échapper aux giclées d'eau froide que Larkin lui envoyait sans cesse. Awena, revenue de son accès de furie, constata en regardant autour d'elle qu'ils se trouvaient dans une sorte de laboratoire et les seaux d'eau n'y manquaient pas. Une précaution utile et incontournable au cas où une expérience tournerait mal ou si le feu venait à prendre.

— Suffit ! rugit Darren en hoquetant à chaque giclée

glacée.

Mais Larkin ne l'écoutait pas, il le séchait maintenant comme un gros bébé avec un drap et, rouge de colère, fusillait Awena de ses petits yeux noirs. Elle venait de se faire un ennemi, c'était clair comme de l'eau de roche.

— Des heures et des heures de recherches, j'avais enfin trouvé ! Mais voilà que cette furie arrive et met à néant mon trésor ! Je pendrai Ned et Clyde parce qu'ils l'ont fait venir et je vous transformerai en bonne truie, bien grasse, à manger ensuite !

Il avait dit ces derniers mots en pointant son long doigt tordu et sec dans la direction de la jeune femme.

Mais de quoi pouvait-il se plaindre ? s'interrogea Awena, de mauvaise foi.

Après tout, Larkin n'avait inventé qu'une sorte de savon liquide moussant, rien de bien difficile. Ce n'était pas la peine d'en faire tout un plat ! Et Darren, apparemment, ne souffrait d'aucune brûlure due à un acide quelconque, ni de coupures ni de quoi que ce soit d'autre, sauf peut-être de l'eau glacée que Larkin lui avait envoyée.

— Arrêtez de ronchonner dans votre barbe, je vous aiderai à refaire du savon liquide. Ce n'est pas la mort et c'est facile comme tout. Le plus gros des dégâts vient de vous. Regardez un peu ce que vous avez fait dans cette pièce avec votre eau. Même les pompiers ne pourraient vous égaler !

Un Larkin hébété la dévisagea, complètement suffoqué par la répartie de la jeune femme. De plus, il ne savait pas du tout qui étaient ces pompiers. Son attention se porta ensuite sur l'inondation du laboratoire et, effectivement, des dégâts qui en résultaient. Accaparé par le fait d'enlever le plus possible de potion du corps de son laird, il ne s'était pas aperçu qu'il l'avait aspergé avec la quantité d'une dizaine de seaux d'eau.

Il était consterné, atterré, assommé... En gémissant, il

se tourna lentement vers Darren et gémit encore, plus pitoyablement en songeant : on dirait un chien mouillé. La consternation céda la place à l'étonnement quand Darren éclata d'un rire tonitruant. Il en avait les larmes aux yeux ?

Pas possible !

— C'est Elle, Larkin, j'en suis sûr ! hoqueta-t-il.

Tu rirais moins si tu savais ce que la potion va faire de toi ! ricana mentalement le grand druide.

Néanmoins, il décida de garder le secret pour lui, sa petite vengeance personnelle contre son laird et contre la donzelle aussi ! Il n'y avait qu'à attendre la nuit à venir.

En se frottant les mains d'avance, la tête haute, les pieds faisant d'immondes bruits de succion à cause du cuir et de l'eau dans ses chaussures. Larkin allait quitter la pièce, le menton haut, tel un grand seigneur, quand apparut sur son visage un incongru petit sourire.

— N'oubliez pas, laird, persifla-t-il, il faut tous nous retrouver dans votre cabinet de travail. Là où vous avez vos beaux rouleaux de parchemins anciens, vos sculptures et divers objets fragiles auxquels vous tenez tant, vous, Clyde, Ned et votre chère, mais néanmoins terrible... donzelle !

— AWENA ! s'emporta la jeune femme, excédée, je m'appelle Awena !

Mais à la fin, que lui reprochait ce vieil homme ? Elle ne l'avait guère croisé et il semblait plus que probable qu'il ne l'appréciait pas. Mais pourquoi ? Pour la perte de ce stupide savon liquide ?

— Je disais donc, reprit tranquillement Larkin, vous, Clyde, Ned et votre chère, mais néanmoins terrible... Awena !

Et il disparut dans le couloir sans se retourner, laissant des traces humides derrière lui, dignes des plus grosses limaces.

Darren, qui venait de comprendre ce que lui avait sournoisement insinué Larkin, cessa de sourire et se précipita sur le garde pour lui ordonner que les affaires de son cabinet de travail soient mises sous clef et les objets de valeur inestimable retirés.

— Non, mais ! se récria Awena indignée, ce n'est pas de moi qu'il faut protéger votre fourbi si précieux, mais de votre grand druide !

— Les dégâts de son laboratoire ne seraient pas tels que vous les voyez à l'instant, si vous ne m'aviez pas lancé toutes ces fioles au visage ! fit Darren du tac au tac.

Comment pouvait-il rester diablement beau et la faire trembler de désir alors qu'il était tout aussi trempé qu'un rat noyé et pareillement insupportable qu'un macho patenté ?

— Mais c'est de votre faute ! Vous m'avez menti, vous ne voulez plus m'aider à repartir ! Vous m'aviez donné votre parole ! s'insurgea la jeune femme, le feu aux joues, se remémorant le pourquoi de sa colère. Ce qui est dit est dit !

— C'était avant, mais je sens que je vais le regretter mille fois dans le futur ! Allons-y, rejoignons les autres maintenant.

Il enjoignit à la jeune femme de marcher vers le couloir en la poussant de sa grande main posée au creux de ses reins.

— Touchez-moi encore une fois ! grinça des dents Awena en délogeant sa main d'une pichenette, et je vous donne ma parole, moi, que vous vous en repentirez ! Je ne suis pas comme vous, ma parole donnée reste donnée !

— J'ai hâte que vous mettiez vos menaces à exécution ! murmura Darren en se penchant lentement vers son visage, le regard étincelant de promesses à peine voilées.

Des étincelles, allons bon, ça ne va pas recommencer, se dit la jeune femme en battant vivement en retraite.

Elle ne voulut plus traîner des pieds cette fois-ci, c'est tout juste si ce n'est pas en courant qu'elle arriva audit cabinet de travail avec le rire moqueur de Darren qui lui vrillait les oreilles.

Chapitre 5
Que de découvertes !

En arrivant devant la pièce en question, Darren et Awena durent se coller aux pierres rugueuses du couloir, pour laisser passer cinq grands gaillards, les bras chargés de caisses pleines à ras bord. Il y avait là des objets en tout genre et des tonnes de parchemins. Les ordres du laird n'avaient pas traîné !

Awena se sentit offusquée et jeta un regard furibond sur Darren qui profitait du déménagement pour se coller à elle. Il lui sourit, toujours avec son petit air moqueur et haussa ses impressionnantes épaules.

— Honte à vous ! s'indigna Awena. Un colosse comme vous, avoir peur d'une petite femme comme moi !

Darren ne répondit pas, mais fit semblant de frissonner de la tête aux pieds, tout en se frottant les bras de ses grandes mains, la lueur rieuse dans ses yeux sombres démentant largement son apparent effroi.

— Allons-y, lui enjoignit-il avec un clin d'œil malicieux.

Impossible ! Cet homme était vraiment impossible ! tempêta intérieurement la jeune femme.

Elle se détourna de lui et entra dans le cabinet de travail. Il y avait là d'immenses étagères vides qui longeaient pratiquement les quatre murs, sauf à l'endroit où se trouvaient deux fenêtres, une grande carte des Highlands et la cheminée construite en pierres de taille.

Au centre de la pièce se tenaient un imposant bureau sombre, un banc d'un côté et un énorme fauteuil de bois et tissu épais de l'autre. À proximité d'une des fenêtres, Larkin faisait mine de regarder quelque chose d'intéressant au-dehors et près de la cheminée, Ned-Laurel et Clyde-Hardy s'amusaient à faire des bruits de gorge, en éclatant de rire.

Des gamins ! pensa Awena en levant les yeux au ciel.

— Que faites-vous ? demanda la voix grave de Darren en s'adressant au duo.

— Depuis que la pièce est vide, nous avons remarqué qu'il y a de drôles d'échos quand nous parlons, c'est amusant, vous voulez essayer ? C'est... Aoutch ! s'interrompit Clyde en recevant le coude de Ned dans l'estomac.

Ned lui fit les gros yeux en secouant la tête et en fronçant les sourcils.

— Quand vous aurez fini de jouer, nous pourrons commencer à parler de l'arrivée de cette jeune dame, coupa Larkin mielleusement, sans détourner son attention de l'extérieur du château. Nous pourrons nous reposer ensuite des longues journées que nous venons de vivre. Sans compter que j'ai mon laboratoire à remettre en état, grommela-t-il encore.

Darren se racla la gorge et poussa Awena vers le banc.

— Asseyez-vous, lui ordonna-t-il en se dirigeant ensuite vers le grand fauteuil.

Dès qu'il eut le dos tourné, Awena fit la grimace et lui tira la langue, voilà bien longtemps que cela la démangeait.

— La prochaine fois que vous ferez ça, je la couperai..., susurra Darren sans se retourner.

Awena se pencha de côté, cherchant à savoir si un miroir était fixé quelque part sur le mur qui lui faisait face. Darren ne pouvait quand même pas voir derrière son dos ?

— Vous êtes prévisible, fit-il en s'asseyant sur le fauteuil et en lui souriant de travers, tout en se mettant à tapoter le bureau du bout de ses doigts nerveux.

Awena sentit le feu lui monter aux joues et s'avança, prête à lui montrer si elle était vraiment prévisible. Elle entendit Darren murmurer une étrange mélopée comme il l'avait déjà fait dans la grande salle le soir de son arrivée et instantanément, son corps échappa à tout contrôle et se dirigea vers le banc où il s'assit bien sagement.

C'est encore de la magie ! Et il l'utilise contre moi ! s'indigna-t-elle mentalement, alors qu'elle n'avait rien pour contrer cela.

Elle voulut lui dire ce qu'elle pensait de ses méthodes, mais aucun son ne sortit de sa bouche ! Elle ouvrit de grands yeux et tenta de toutes les manières possibles d'émettre une quelconque tonalité, mais rien. Ou alors, elle n'entendait plus rien !

Suis-je également devenue sourde ? se demanda Awena en sentant l'affolement la gagner.

Le rire moqueur de Darren vint la rassurer, non, elle n'était pas sourde, mais muette. Comme une carpe ! Et son corps ne lui appartenait plus.

Il n'y a plus qu'à attendre le bon vouloir de *Môsieur* le laird, se résigna-t-elle en rongeant son frein.

Et dire que ces vingt-deux jours sans magie ou sortilège lui avaient presque fait oublier comment elle était arrivée ici. Le cauchemar allait-il recommencer ?

— Je la préfère comme ça, merci, persifla Larkin avec un grand sourire.

Le monstre, mais qu'avait-elle fait au bon Dieu pour mériter cela ? Et Darren ? Qu'il ait un tel pouvoir sur elle la rendait fébrile. Comment se battre contre lui ? Car il était clair que la guerre était déclarée. Elle désirait rentrer, lui échapper, retrouver un monde normal, sans sortilèges, et lui ne le voulait pas.

Ses yeux lui appartenaient encore, alors elle décida de les utiliser pour le fusiller, au sens figuré, parce qu'au sens propre... elle n'était pas sorcière elle ! Il soutint son regard tranquillement et s'arrêta de pianoter du bout des doigts son bureau pour croiser ses mains, lui faisant comprendre par ce geste qu'il avait tout son temps. Pas question qu'elle baisse les yeux, là aussi c'était la guerre, regard sombre contre regard vert, lequel des deux se détournerait en premier ? Et ce sourire stupide de gamin content de son bon tour de passe-passe.

Clyde et Ned s'approchèrent du bureau à ce moment-là, distrayant Darren et attirant son attention sur eux. J'ai gagné ! s'écria intérieurement Awena, toute contente d'avoir tenu bon. D'accord, Darren avait été dérangé par le duo infernal, mais elle avait tout de même gagné ! Cela suffit à la ragaillardir.

Le laird observait le sac de jute que lui tendait Ned. Il le montra du doigt en s'appuyant contre le dossier du fauteuil.

— Est-ce ce que je vous ai envoyé quérir ? demanda-t-il en regardant Ned.

— Aye ! On l'a retrouvé non loin du Cercle. Ce n'était pas difficile, vu sa couleur, il ressortait sur l'herbe verte, il ne pouvait pas nous échapper. Comme vous l'espériez, personne ne l'a pris avant nous. Et nous l'avions mis de côté avant de partir guerroyer contre les Gunn. C'est une chance que je me sois souvenu de son existence, ce n'est pas Clyde qui y aurait pensé !

— Montrez-le moi ! ordonna Darren en désignant le centre du bureau.

Curieux, Larkin se détourna de la fenêtre et s'approcha à son tour. Intriguée, Awena regarda Ned déposer le sac de jute alors que Darren et Larkin le contemplaient de manière suspicieuse. Quoi ? Un serpent allait-il en sortir ?

Malgré elle, Awena était curieuse de savoir ce qu'il contenait. Elle essaya de se pencher pour avoir une meilleure vue, mais son corps ne lui répondit pas et son gros soupir d'agacement passa inaperçu.

— Ouvre, ordonna Darren.

Quatre têtes s'inclinèrent en avant d'un même

mouvement. La cinquième l'aurait bien voulu aussi ! Mais un étrange sort l'en empêchait.

Ned engagea son gros bras musclé dans le sac de jute et s'arrêta un instant lorsque sa main attrapa la chose qui s'y trouvait. Il devait bien aimer le spectacle, car il prit tout son temps pour la retirer de son cocon de toile brune. Clyde lui donna une formidable claque dans le dos, qui fit s'étaler Ned sur le bureau.

— Och ! Dépêche-toi ! s'impatienta Clyde.

— Je serais plus rapide si tu ne me tapais pas dessus, grosse barrique ! s'emporta Ned.

La seconde d'après, il extirpait un autre sac, rose avec des paillettes et des perles cousues à l'indienne. Plus un fourre-tout qu'un sac, avec une grande lanière cassée.

— Mon sac ! s'écria silencieusement Awena, toute contente qu'on le lui ait retrouvé. Elle pensait l'avoir définitivement perdu.

— Qu'est-ce que c'est ? interrogea Darren en dévisageant les trois hommes tour à tour. Ne me dites pas que ce sont ses effets, une femme, on le sait tous, ne peut en avoir si peu !

— C'est bien mon sac ! assura encore Awena, toujours en silence. Mon fourre-tout, mon compagnon de tous les jours et de tous les instants. Je suis vraiment heureuse que vous l'ayez retrouvé ! Donnez-le-moi, s'il vous plaît !

Elle essaya de tendre la main pour l'attraper, mais elle ne put bouger. Maudit sort ! Elle était à la torture.

— On dirait... une sorte de soie rose, de celle qui nous vient d'Orient, sertie de minuscules diamants. Et les perles sont roses elles aussi, je n'en ai jamais vu de ce genre-là ! murmura Larkin, qui ne cachait pas sa fascination.

— Je vois bien cela, Larkin, coupa Darren, je demandais ce que c'était. On dirait une grande sacoche et regardez ! Tous, sauf Awena, s'approchèrent. Il y a une curieuse attache.

— C'est une fermeture Éclair, marmonna Awena.

Darren se saisit de la boucle en métal rose qui pendait à l'extrémité et tira dessus doucement. Le coulissement de l'attache sur le rail de la fermeture Éclair arracha des « Ohhh » et des « Ahhh » aux quatre hommes.

Awena éclata d'un rire silencieux. Ils étaient prodigieusement R I D I C U L E S !

L'attache fit plusieurs allers et retours avant que Darren ne s'en lasse. Le sac grand ouvert, il se pencha au-dessus et se mit à farfouiller allègrement dedans. On aurait dit un enfant qui avait trouvé la hotte du Père Noël, sans le Père Noël bien sûr.

— Hé ! Ça ne se fait pas de regarder dans le sac d'une dame, c'est impoli, rendez-le-moi ! Mais, RENDEZ-LE-MOI !

Peine perdue, Darren ne l'entendait pas. Awena sentit des larmes de frustration lui monter aux yeux.

Sale type, ronchonna-t-elle in petto.

Il sortit en premier son gros porte-monnaie en cuir noir, un peu comme celui des serveurs au restaurant. Il l'ouvrit facilement et le secoua à l'envers sur le bureau. Tous ses reçus de carte de crédit et tickets d'achats divers s'y éparpillèrent comme des feuilles mortes. Tombèrent ensuite ses pochettes avec ses cartes de groupe sanguin, d'identité, son passeport, la carte du club de tir – car elle excellait dans le tir au 22 long rifle –, permis de conduire, carte grise et quelques photos. Les plus anciennes, celles qui montraient son petit ami de l'époque de ses dix-sept ans, son unique amour, et une autre d'elle prise alors qu'elle riait les pieds dans l'eau sur la plage de Plougonvelin.

Des « Ohhh » et des murmures divers se firent entendre. Quant à Darren, il semblait fasciné par la texture des photos. Il jeta rapidement celles de Thomas et se mit à effleurer du bout des doigts celle d'Awena à la plage. La jeune femme se sentit frissonner comme si c'était sa propre peau qu'il caressait. Il leva furtivement les yeux sur elle et posa doucement la photo sur le côté.

Après avoir, encore, secoué le porte-monnaie et voyant que plus rien ne tombait, il ouvrit les deux autres petites fermetures Éclair du devant. La première poche contenait des euros en billets et en pièces, normal, en France, l'euro était devenu la monnaie unique. Il fronça les sourcils, puis ouvrit la deuxième pochette. Là se trouvaient les billets et pièces de livres sterling et de livres écossaises. Eh oui, il y avait différents billets sur le sol écossais, ceux avec la bonne vieille reine Élizabeth et d'autres avec des personnages en perruques et couronnes, bien écossais ceux-là. Différence qui avait rendu folle Awena.

Car si l'Écosse acceptait les deux devises, les Anglais eux, ne reconnaissaient pas et ne cautionnaient pas ces dernières. Le chouette casse-tête du pauvre touriste.

Darren posa tout ça à côté de la photo, puis se remit à fouiller joyeusement. Vint un paquet de mouchoirs jetables – celui-là même dont Awena avait rêvé quand il avait fallu aller au petit coin la première fois – puis un autre et encore un autre.

Vaut mieux en avoir trop que pas assez, disait le regard d'Awena en réponse à la question muette de celui du laird. Ensuite, ce fut le tour d'une drôle de boîte noire, avec de minuscules panneaux aux reflets changeants et miroitants. Un capteur solaire qui transformait l'énergie de l'astre en électricité, dirigée et stockée dans une sorte de petite batterie. Une invention très astucieuse, surtout pour Awena, qui oubliait constamment de recharger son téléphone portable et son iPod. L'avoir sur elle dans un trou paumé des Highlands avait été une bénédiction. L'invention d'un ami très spécial, Nicolas. Elle l'avait carrément oublié et une vague de honte la submergea.

Re-froncement de sourcils et re-regard perplexe vers Awena. Et comme il y avait encore des tas d'affaires dans le fourre-tout rose, Darren se mit à le secouer lui aussi au-dessus du bureau. S'étalèrent dans un grand tintamarre ses clefs, ses billets d'avion, une brochure féminine, un livre fantasy à peine entamé, ses deux paires de lunettes – de soleil et pour la lecture, car elle avait les yeux fragiles –, son iPod, son téléphone portable, sa grosse trousse de maquillage, son parfum, une brosse, son jeton de caddie, un paquet de chewing-gum à la menthe, un emballage mou de ce qui fut sûrement une barre de chocolat, un sachet de ballons gonflables, une boîte de paracétamol, son carnet de poésies, ses stylos, des protections féminines, quelques tampons... À ce moment-là, Darren la regarda d'un air effaré et se remit à secouer le sac.

O.K, j'ai la sacoche de Mary Poppins, soupira mentalement Awena, rouge de honte, en apercevant toutes ses affaires rouler sous ses yeux et diablement en colère de voir son intimité mise à nue.

Tomba finalement un dernier élément, une bombe de laque, enfin, c'est ce qu'il y paraissait, car c'était là encore une invention de son ami Nicolas. Cette bombe contenait en fait de l'hélium, qu'Awena avait promis d'utiliser pour gonfler quelques ballons spéciaux avant de les lâcher des plus hauts sommets des Highlands, le tout pour les recherches et futures trouvailles de cet ami farfelu.

Dire qu'elle avait tremblé comme une feuille par peur de se faire prendre dans l'avion. Bon, ce n'était pas une bombe au sens propre du terme, mais ce n'était pas de la laque non plus !

Les quatre hommes échangeaient des regards, des exclamations, tripotaient toutes ses affaires. Clyde s'empara de la trousse de maquillage et s'amusa lui aussi avec la fermeture coulissante.

Ah non ! Il ne va pas tout étaler à son tour ! s'insurgea Awena.

— Que de choses étranges, murmura Larkin en effleurant les objets du bout des doigts.

— Pour des pachydermes moyenâgeux comme vous, ce n'est pas étonnant que vous trouviez tout cela étrange, marmonna silencieusement Awena, très en colère.

Ned venait de sortir quelques tubes de tampons de leur boîte et les reniflait en fronçant les sourcils. Il laissa retomber l'ensemble sauf un. Quand il réussit à déchirer l'emballage et à extraire son contenu, sa mine se fit encore plus perplexe. Il jouait maintenant à faire coulisser le tube et l'embout, puis à tirer sur la ficelle de coton. Clyde et Larkin le regardaient faire avec une sorte de fascination enfantine. La jeune femme, d'abord ébahie de le voir tripoter le tampon, avait viré rouge tomate, ses joues étaient brûlantes. Elle observait le trio si méchamment qu'on aurait pu croire qu'elle allait les mordre.

— Quel étrange objet et regardez comme c'est astucieux. Et ce tissu, qu'il est doux ! murmurait Ned. Je me demande bien ce que c'est.

— Aye ! approuvèrent en cœur Larkin et Clyde, en secouant énergiquement la tête de haut en bas.

Aveuglée par sa colère, Awena ne voyait pas Darren, qui au lieu de fixer l'objet comme les autres, la contemplait elle. Il s'amusait des émotions qu'il lisait dans ses yeux, elle était si belle ainsi, vivante, puissante et si attirante. Il était temps de lui rendre la parole, le jeu avait assez duré et il était impatient d'entendre sa douce voix, pour le plaisir, mais aussi parce que la curiosité le démangeait.

Il voulait tout apprendre de ce qui s'étalait sur le bureau et puis qui était ce gandin sur la feuille à reflets ? Là, il fronça carrément les sourcils, grognon, et son petit sourire mielleux disparut. Il fallait qu'il sache ! Nul autre homme ne devait se mettre entre elle et lui ! Doucement, il récita la mélopée magique qui rendrait la parole à sa Promise.

Dans le même temps, Awena, n'y faisant pas attention, continuait de baragouiner silencieusement, jusqu'au moment où...

— C'est un truc pour boucher un certain endroit quand vous avez la courante ! Ou alors vous n'aurez qu'à le fourrer dans vos gros nez quand le sang coulera à flot après que je vous les aurai copieusement cassés menu menu, marmonnait-elle en se défoulant sur sa tirade.

Quatre regards éberlués se fixèrent sur elle. Et un lourd silence se fit dans le cabinet de travail. C'est à ce moment-là qu'Awena comprit qu'on lui avait rendu la parole.

— Vous... m'entendez ? demanda-t-elle d'une toute petite voix.

Les quatre têtes confirmèrent d'un signe affirmatif.

— Mince alors, furent les seuls mots qu'elle put souffler, tant elle avait honte de ce qu'elle avait dit.

Ned avait brusquement lâché le tampon, comme s'il s'était brûlé les doigts. Une moue de dégoût déformait son visage rude de guerrier.

Larkin se tourna vers Darren et grommela :

— Tu ne pouvais pas attendre encore un siècle avant de lui rendre la parole ? Cette donzelle est un fléau ! Rien de bon ne sort de sa bouche.

Darren ne lui répondit pas. Surpris, il dévisageait la jeune femme en secouant doucement la tête de droite à gauche.

Il n'en revenait pas ! Elle avait un franc-parler qui était plus que déroutant. Elle avait l'aspect d'une dame, sa chaînette et ses boucles d'oreilles en or et perles en attestaient, mais sa façon de s'exprimer ! Ses parents n'avaient-ils pas eu à cœur de bien l'éduquer ?

— Pardonnez-moi, je croyais que personne ne m'entendait, bien sûr, ce n'est pas une excuse, mais... mais..., bafouilla Awena honteuse en baissant les yeux. Vous voir toucher mes affaires personnelles, intimes, sans pouvoir rien faire, ni dire, m'a mise en colère. Aimeriez-vous que je tripote vos armes ou vos habits ? Hein ?

Elle les regardait tous les quatre, tour à tour, d'un air bravache.

— Och, naye ! répondirent en cœur Ned et Clyde, indignés rien qu'en l'imaginant jouer avec leurs armes.

— Toujours le dernier mot, soupira théâtralement Darren, je crois que je vais concéder à Larkin son vœu le plus cher qui est de ne plus vous entendre pour le reste du siècle.

— Non, non ! Je serai sage comme une image, arrêtez de me rendre folle avec vos misérables sortilèges. Je veux dire... prodigieux sortilèges, corrigea-t-elle précipitamment en voyant une lueur dangereuse s'allumer dans les magnifiques yeux sombres du laird. Comment voulez-vous que l'on règle nos problèmes respectifs si vous me muselez à tout moment ? J'aimerais faire plaisir à Larkin et repartir chez moi. Tournant vers celui-ci ses grands yeux innocents, elle ajouta en pensant sourire : Je suis sûre et certaine que vous mettrez tout en œuvre pour que mon souhait s'accomplisse dès aujourd'hui, un druide aussi puissant que...

— Naye ! gronda Darren en se redressant dans son fauteuil sans la lâcher du regard.

— Mais bien sûr, susurra Larkin en se frottant les mains.

Darren se leva si brusquement que son fauteuil alla se fracasser au sol. Larkin avait pâli et reculé pour échapper à l'aura coléreuse et électrique du laird.

— J'ai dit NAYE ! Elle restera et dès ce soir le mariage sera conclu et consommé !

Awena poussa un petit cri aigu qui s'étrangla dans sa gorge. Heureusement que son corps ne pouvait réagir, car elle serait tombée à la renverse, s'écrasant pitoyablement par terre comme venait de le faire le fauteuil.

— Darren..., il ne se peut ! gronda à son tour le vieux grand druide, ses sourcils blancs et broussailleux se rejoignant au-dessus de son nez crochu. Je ne sens rien de bon venir de cette union, les étoiles sont voilées et le chemin de ta destinée est trop sombre ! Ce n'est pas ELLE ! Ces deux nigauds n'ont pu te faire parvenir ta Promise.

Clyde et Ned ayant compris que Larkin parlait d'eux, échangèrent un signe entendu de la tête et s'approchèrent de lui à pas lents et menaçants. Larkin devint carrément gris, trois guerriers highlanders, enragés, le regardaient comme une meute de loups convoite une brebis égarée. Il les avait élevés ces trois morveux et c'était bien la première fois qu'il en avait peur, vraiment peur.

— Expliquez-moi qui est : Elle ! demanda rapidement la jeune femme dans une tentative désespérée pour désamorcer le conflit. Il ne fallait surtout pas que le grand druide soit blessé, car il était le seul capable, non, le seul à vouloir la renvoyer à son époque.

— Darren ? s'enquit sèchement Larkin.

— Dis-lui, ainsi elle comprendra que sa place est ici, trancha Darren en se détournant du vieil homme pour ramasser le fauteuil et s'y asseoir nonchalamment. Ned, Clyde, arrière ! ordonna-t-il encore en voyant que les deux guerriers guettaient toujours leur proie, prêts à bondir dessus.

Ils reculèrent et se tinrent à distance tout en grognant méchamment. Larkin s'approcha à pas hésitants d'Awena, tournant la tête à droite puis à gauche pour s'assurer que les Highlanders ne bougeaient pas. Il se racla la gorge et enfin commença son petit discours.

— Il est une prophétie, écrite par la main même des dieux, annoncée à nos plus anciens grands druides, apprise et contée à chaque nouvelle génération de Saint Clare, qui prédit la venue d'une femme exceptionnelle pour un remarquable chef de clan.

Larkin se taisait et attendait de voir si Awena le suivait bien.

— Et... C'est tout ? demanda-t-elle en papillonnant des paupières.

Le grand druide leva ses yeux au ciel.

— Naye, bougonna-t-il, cela ne fait que commencer.

Il avait voulu capter toute l'attention de la jeune femme, mais n'avait réussi qu'à s'attirer un étonnement blasé. Il semblait que rien ne puisse déstabiliser la donzelle et force lui fut de reconnaître qu'il l'admirait pour ça.

— Cette Promise, reprit-il, l'élue, doit apporter dans son sillage force, prospérité, santé et porter en son sein un laird d'une puissance jamais égalée, l'Enfant des dieux, reconnaissable à une marque à la base de sa nuque. À chaque génération, les Saint Clare ont cherché et cru trouver cette Promise, mais jamais n'est arrivé l'enfant, ainsi que tout le reste. Le clan s'est divisé, le nôtre a gardé les mystères de la magie et son culte ancien. L'autre partie s'est christianisée et a perdu ses dons. Oh ! Même retiré ici, près du loch of Yarrows, notre clan est riche et prospère, mais souvent il a failli être décimé par les maladies, les guerres de clans et jamais n'est né un laird « Enfant des dieux ». À ce jour, nul mâle Saint Clare ne porte la marque, y compris notre laird Darren. Pourtant, nous y avions tous cru. La venue de sa grand-mère, comme vous, avait fait battre le cœur du clan, l'espérance était vive, jusqu'à la naissance de son fils Carron. Puis celle de Darren... Et toujours pas de marque. Il est pourtant un très grand chef de clan, respecté, ayant d'immenses pouvoirs et craint de tous. Mais il n'est pas l'enfant des dieux. Et vous, êtes-vous l'élue ?

« On la reconnaîtra dans sa force et son courage, elle tiendra les éclairs et l'orage dans ses mains, puissantes seront ses vertus, son aura sera telle qu'elle effacera tout autre, elle sauvera le clan et la prophétie sera accomplie lors de la naissance de l'enfant des dieux », proclama Larkin avant de se taire en gardant la pose comme un prestigieux acteur de tragédie.

Quand le silence se fit, Awena entendait encore les derniers mots du grand druide dans son esprit : « Elle sauvera le clan et la prophétie sera accomplie lors de la naissance de l'enfant des dieux ».

Ces mots tournaient dans sa tête, encore et encore, tant et si bien qu'elle en était étourdie. Darren la regardait silencieusement, détendu, guettant et enregistrant toutes les émotions qu'il lisait dans ses yeux.

— Vous ne pouvez pas, ne serait-ce qu'imaginer que c'est moi ? souffla-t-elle éberluée. Vous voulez me forcer à me marier avec vous, à faire en sorte que jamais je ne reparte, parce que vous supposez que je suis cette Promise ? Et m'utiliser pour... pour mettre au monde un... fils des dieux ? Si un jour j'ai un enfant, je préférerais qu'il soit mon fils tout court et je choisirais soigneusement avec qui le concevoir. C'est bien de votre temps de se servir des femmes comme de pouliches !

Elle s'arrêta de parler, le souffle court, incapable de poursuivre.

— Je conviens que cela semble fou, mais j'ai la certitude que c'est vous Awena, ma Promise et la mère de l'Enfant des dieux. Avant tout, notre fils, et jamais je ne vous laisserai partir. Jamais ! Ned et Clyde ont demandé la venue d'une âme sœur, la mienne, là où vous étiez, vous avez à votre tour fait un vœu, maintenant, je veux savoir lequel pour confirmer ce que j'annonce. Ne me mentez pas, murmura-t-il, je le devinerai et je vous forcerai d'une autre manière à dire la vérité.

Le sombre félin s'était approché d'elle, lentement, hypnotisant. Son corps ne pouvait bouger, mais Awena pouvait encore ressentir, et toutes ses émotions étaient décuplées. C'était l'anarchie complète dans ses veines, dans sa tête, et dans son cœur.

— Je vous écoute, Awena, dites-moi votre vœu.

Plus rien n'existait que lui, sa voix qui la caressait comme la plus douce des plumes, sa force qu'elle ressentait en vagues électrisantes et son désir, véritable brasier dans la profondeur de ses yeux dont la chaleur se propageait dans ses reins et son ventre.

— J'ai entendu le vent me murmurer de faire un vœu. J'ai cru que je rêvais, pour moi ce n'était qu'un jeu amusant. Alors, j'ai dit quelque chose comme : « J'aimerais, s'il vous plaît, rencontrer assez rapidement et de préférence avant la soixantaine, mon âme sœur ! » et « Vous m'avez entendue, madame la brise ? ». Puis, je me suis retrouvée ici.

Après cette sorte de confession, Awena ferma très fort les paupières. Il fallait qu'elle échappe au pouvoir hypnotique de Darren. Elle savait qu'en prononçant ces mots, elle confirmait aux yeux de Darren le fait qu'elle était sa Promise. Donc, qu'elle perdait ainsi toute chance de rentrer dans son époque ! Cependant, jusqu'au mariage, voire la suite, elle aurait le temps de s'échapper et sûrement trouverait-elle le moyen de compter sur l'aide de Larkin.

Son esprit était à nouveau en fusion, il fallait qu'elle y arrive, mais avant tout, elle devait reprendre le contrôle de son corps. Elle rouvrit les yeux, Darren était toujours là, proche d'elle, bien plus encore, car il avait contourné le bureau et s'était assis sur le banc à ses côtés.

— Libérez-moi, Darren, rendez-moi mon corps, quémanda-t-elle dans un chuchotement plaintif.

Il sourit et Awena ne vit plus que ses lèvres pleines et sensuelles, ses belles dents blanches et les fossettes qui se dessinaient sur ses joues. Puis il y eut les miroirs de son âme, ses yeux, sombres profondeurs de velours et de promesses inconnues.

— Je ne vous le rends qu'à moitié, car comme je vous l'ai dit, vous m'appartenez... autant que je vous appartiens. Les vœux que vous avez faits dans le Cercle, Clyde et vous, ne sont pas à prendre à la légère, ils ont été exaucés par les dieux et ils vous ont conduite jusqu'à moi. Alors, récupérez le contrôle de votre enveloppe charnelle, mais, sachez que votre esprit et votre corps sont liés aux miens à jamais.

Ces deux mots vinrent caresser les lèvres d'Awena un centième de seconde avant que celles de Darren ne les couvrent à leur tour de sa chaleur. Tout contre sa bouche, un murmure ronronnant lui donna le tournis et d'un coup, tout son corps se transforma en pâte molle. La jeune femme avait bien recouvré son autonomie, mais il lui semblait que son corps était aussi lourd et engourdi qu'au moment de sortir de l'eau après une bonne heure à se prendre pour une sirène légère et sans contrainte.

— N'ayez aucun souci, l'engourdissement est passager, d'ici à quelques minutes vous retrouverez toute votre pétulante vitalité, ma douce, murmura-t-il, moqueur, tout en lui semant des baisers sur le front, les joues et la bouche.

— Cessez de m'embrasser ! le tança Awena.

— Impossible ! marmonna Darren qui paraissait effectivement comme envoûté, ses lèvres courant partout sur la peau nacrée d'Awena et descendant de plus en plus bas vers le creux tendre de son cou et la rondeur de son épaule.

— Nous ne sommes pas seuls...

Darren releva la tête sans la lâcher, l'enserrant dans ses bras puissants. Il regarda tour à tour Larkin, Clyde et Ned qui semblaient chercher des toiles d'araignées dans chaque recoin de la pièce. Un sourire canaille éclaira le visage de Darren, Awena en eut le souffle coupé « il est magnifique ».

— Mais si, nous sommes seuls... Où en étions-nous ?

Et de se pencher à nouveau sur elle.

— Au point où j'allais vous dire que je ne vous épouserai pas !

— Si !

— Non !

— Mais bien sûr que si, ma douce.

Awena commençait à ne plus pouvoir réfléchir correctement.

Encore un de ces maudits sorts ? Allez ma fille, cogite un peu, tu trouveras la solution, s'exhorta-t-elle mentalement.

Oui, mais seulement s'il arrêtait de l'embrasser comme ça et voilà que ses mains lui caressaient les reins et le dos dans un envoûtant ballet.

Une idée et vite, sinon je suis perdue ! se dit encore Awena.

— Non ! Je ne peux pas, parce que... parce que, j'ai ma tante de Russie en visite ! lui lança-t-elle de façon impulsive en essayant de le repousser de ses mains.

— Quoi ? s'étouffa à moitié Larkin, revenu de sa quête aux araignées, vous n'étiez pas seule dans le Cercle ? Quelqu'un d'autre serait-il venu à travers lui pendant notre absence ? Qui a procédé à l'incantation ?

Darren avait resserré ses bras en étau et la regardait en fronçant les sourcils. Il semblait, lui aussi, attendre une réponse.

— Elle était toute seule ! Parole ! s'insurgea Ned en se donnant un grand coup de poing sur la poitrine. Et je ne vous ai pas quittés, je viens de rentrer, je n'ai rien fait !

Clyde ne put que confirmer de la tête, trop interloqué pour parler. Et s'il y en avait eu effectivement deux ?

— Eh bien ? Qu'est-ce encore que cette histoire ? questionna Darren de sa voix profonde, d'une douceur cependant trompeuse.

Awena rougit jusqu'aux oreilles, qu'est-ce qu'elle pouvait bien rougir ces derniers temps, la poisse des rousses ! Et dans quel pétrin allait-elle à nouveau se fourrer ?

— Oh, vous croyez que je parle d'une personne réelle ? s'étonna innocemment Awena. En fait, cela signifie que j'ai... mes ragnagnas !

— Ragna... quoi ? hoqueta Clyde en se grattant la tête.

— Vous savez, Clyde, si vous avez des poux, j'ai un truc super efficace, commença-t-elle à dire avant que Darren la secoue sans brutalité.

— Awena...

Mais ! Il riait le mufle ! Son torse puissant était parcouru de soubresauts et il se contenait visiblement et difficilement de rire. Larkin le regardait sans comprendre.

— Elle est bel et bien...

Et il vissa son index sur sa tempe en le tournant.

— Non, elle est diablement futée. Ragnagnas, dites-vous ? Tante de Russie ? Ici, nous appelons cela des menstrues.

Ses lèvres si tentantes tremblaient pour contenir son hilarité. Awena était percée à jour, il fallait continuer, coûte que coûte.

— Oui, voilà, c'est cela. Donc pas de mariage, car je ne peux pas, euh... faire des galipettes avec vous après. On ne doit pas toucher une femme pendant cette période-là ! Ce n'est pas hygiénique vous savez, et cela ne me plairait pas du tout !

Larkin frappa dans ses mains, tout guilleret tout d'un coup, et dit, trop gentiment :

— La cérémonie doit être repoussée ! Dans combien de temps serez-vous... en forme ? demanda-t-il, ne pouvant s'empêcher de rougir à son tour.

À mon âge, se lamenta-t-il intérieurement, ennuyé.

— Oh, dans dix jours, pas moins, cela vient de commencer ce matin... et dans notre famille, c'est très long, vous savez, ça s'arrête et puis zou ! Ça recommence. C'est un calvaire, je vous assure.

— Dans dix jours ? Je vais bien évidemment vous envoyer Eileen avec des linges, intervint Darren, moqueur.

— Non ! Pas la peine, j'ai tout ce qu'il me faut ici ! Regardez ! Et Awena se saisit des protections féminines. Et de ça aussi ! dit-elle en empoignant les tampons !

Des cris horrifiés s'élevèrent autour d'elle et le corps de Darren s'était fait dur comme du roc.

— Jamais !

— Mais si ! C'est fait pour ça, le tube se glisse dans le vagin et puis on fait coulisser, le coton aspire le sang et pour l'enlever, on tire sur la ficelle et voilà...

Larkin fut le seul à pouvoir s'exprimer.

— Nous allons de découverte en découverte. Quelles horreurs nous réserve-t-elle encore ? gémit-il.

Chapitre 6

Rentrera, rentrera pas...

On l'avait à nouveau consignée dans sa chambre et Darren lui avait confisqué toutes ses affaires, alors qu'elle venait à peine de les retrouver. Sans parler de ses tampons ! Ce n'était que des protections féminines, à la fin. Mais lui ne voyait pas cela du même œil, loin de là. Il les avait tout bonnement fait disparaître d'un simple claquement de doigts.

— Une bonne chose de faite, avait-il dit ensuite, en souriant gaiement.

Quelle heure pouvait-il bien être maintenant ? L'estomac d'Awena criait famine depuis un bon moment. De toute la journée, elle n'avait mangé qu'une moitié de gruau le matin, une petite part de tarte aux pommes dans l'après-midi et but deux ou trois bols de lait.

Plus personne n'était venu la voir et cette satanée porte était fermée à double tour. Un garde y était en faction, ça, elle le savait pour l'avoir entendu parler et rire avec « ses jolis petits oiseaux », les servantes, à coup sûr. Consignée, enfermée, prisonnière et oubliée de tous. Voilà ce qu'elle était devenue. Et voilà que le soleil se couchait également derrière les collines. C'était un spectacle magnifique.

Non ! Horrible ! se révolta intérieurement Awena en s'interdisant d'éprouver quoi que ce soit de bon dans cette époque, tandis que son estomac se tordait encore en spasmes douloureux et bruyants. Ils veulent m'affaiblir, mais je résisterai ! Si seulement la faim ne me faisait pas imaginer sans arrêt un succulent steak-frites ! Fondant sous la dent, avec une tonne de frites super croustillantes…, songea-t-elle encore.

— J'ai faim ! fut son cri de guerre, avant qu'elle n'aille donner du poing sur la porte.

Après un moment, qui lui parut une éternité, elle entendit enfin la voix essoufflée d'Eileen.

— Eileen ? C'est bien toi ? Pourquoi m'a-t-on enfermée toute la journée ? J'ai très soif et je meurs de faim. Ouvre-moi s'il te plaît.

— Dame, je ne peux pas, personne ne le peut. Le laird a interdit à quiconque d'ouvrir cette porte sans son ordre. Et… c'est lui qui a la clef.

— Mais c'est un monstre ! s'exclama Awena. Demande-lui de venir au moins ouvrir la porte pour que l'on puisse me donner à boire et à manger.

— Justement dame, on le sait bien. Mais il n'est pas là, gémit Eileen.

— Comment cela, pas là ? Où est-il ?

— Il est parti avec un groupe de guerriers presque tout de suite après vous avoir… euh… établie dans votre chambre. Des fermiers sont venus se plaindre que des voleurs avaient pris leurs moutons et mis le feu à leurs chaumières. Le laird et les hommes étaient si furieux ! Ils pensaient avoir donné une bonne leçon aux Gunn ! Mais ces gens-là sont pires que la vermine, ils s'accrochent !

— Oh, mon Dieu ! Les pauvres gens !

— Aye, dame. Et comme c'est le laird qui a la clef, il faudra l'attendre.

La voix d'Eileen se finit dans un murmure, comme si elle avait peur des retombées que ses paroles allaient entraîner.

Et cela ne tarda pas, effectivement.

— Eileen ! s'écria Awena complètement affolée. Tout va donc recommencer ? Cela peut durer des siècles ! J'ai déjà patienté assez longtemps ! Je veux rentrer chez moi ! supplia la jeune femme proche de la crise de nerfs.

Un gémissement d'impuissance lui répondit.

Réfléchis, réfléchis bien ma petite, se dit Awena en se tordant les mains et en se mettant à faire les cent pas.

Soudain, elle s'arrêta et fixa la porte de sa geôle, relevant le menton, un machiavélique sourire jouant sur ses lèvres. Elle venait d'avoir une idée lumineuse.

— Eileen, ne te fais plus de souci ! Je vais passer par la fenêtre, j'ai préparé une corde avec les draps de mon lit.

Un cri d'effroi derrière la porte lui répondit en écho.

— À tout de suite, Eileen.

— Dame ! Dame ! Naye, ne faites pas ça, vous allez vous tuer ! cria la jeune servante en tambourinant contre la porte.

Awena prit sur elle pour ne pas lui répondre. Il fallait que cela fonctionne. Il fallait absolument lui faire peur.

— Pardonne-moi, Eileen, murmura-t-elle silencieusement.

La corde de draps était effectivement prête. Mais elle avait bien trop le vertige pour s'en servir. Elle accrocha un bout à un montant du lit et fit passer l'autre partie par la fenêtre. Déjà, le château semblait s'animer. On hurlait dehors comme dans les couloirs. Awena s'assit bien tranquillement sur son lit et commença à compter.

— Un... Deux... Trois... Quatre... Cinq... Si...

Dans une formidable explosion, la porte sortit de ses gonds et alla s'écraser contre le mur opposé. Awena, dans un geste purement instinctif, s'était couchée sur les dalles du sol en se protégeant la tête de ses bras.

— Voyez ! se moqua la voix de Larkin. Je savais bien qu'elle ne le ferait pas ! La Promise... Elle, cracha-t-il en pointant son menton vers Awena. Elle n'est même pas capable de faire ce qu'elle dit. Tout dans la parlotte, mais rien d'autre !

Awena fit en sorte de cacher à Larkin combien ses paroles l'avaient blessée. Elle n'était pas une poule mouillée.

Elle était intelligente, c'était mieux.

— Il y avait d'autres moyens pour sortir d'ici. Des fois, la ruse vaut mieux que l'action, lui dit-elle mielleusement, tout en se relevant et en s'asseyant crânement sur le bout de son lit. La preuve, reprit-elle, vous avez accouru ! Dites-moi Larkin, des ailes vous ont-elles poussé dans le dos ? Il ne vous a fallu que six secondes.

— Petite intrigante ! Si cela ne tenait qu'à moi, je vous ramènerais au Cercle tout de suite !

Il enrage ! Tant mieux, se dit la jeune femme, et si je poussais un peu ? C'est le bon moment, le loup n'étant pas là.

— Que m'avez-vous dit il y a un instant à peine ? fit-elle pensive en se tapotant les lèvres du bout de l'index. Ah oui ! Parlottes, parlottes, tout n'est que parlottes.

— Suivez-moi ! À l'instant ! ordonna Larkin d'un ton contenu, les poings serrés.

Sur ce, il tourna les talons. Il fulminait de colère.

La jeune femme pouvait-elle vraiment lui faire confiance ? Elle l'avait poussé à bout et il ne l'aimait guère. Il pouvait très bien se débarrasser d'elle en l'envoyant en enfer, par exemple. Mais son désir de partir était bien plus fort que sa peur.

Un long frisson lui parcourut le dos. Plus le temps de s'apitoyer ou d'avoir peur, elle verrait bien, il fallait tenter le coup.

Ce fut une réelle procession qui s'achemina vers le Cercle. Bizarrement, le soleil était encore là, éclairant de ses rayons rougeâtres les collines, les prés, forêts et maisonnettes, ainsi que l'imposant et sombre château. Pourtant, de sa chambre, Awena l'avait vu se profiler derrière les collines. Le temps s'était-il suspendu ? Ou alors tous les évènements passés s'étaient-ils écoulés en quelques minutes seulement ? Pour Awena, le conflit entre elle et Larkin avait duré des heures. Mais elle se dirigeait maintenant vers ce qu'elle considérait comme une victoire : le Cercle, le retour chez elle.

Personne ne parlait et Larkin courait plus qu'il ne marchait, trop pressé dans sa rage de se débarrasser d'Awena.

Les hommes, femmes et enfants du clan les suivaient, anxieux pour la plupart. Et cette anxiété gagnait la jeune femme. Elle en avait un sacré pincement au cœur. Awena, depuis son arrivée, s'était beaucoup attachée aux gens du clan Saint Clare.

Est-ce vraiment de l'angoisse ?, se demanda-t-elle.

Non ! Cette époque ne lui manquerait pas. Non ! Darren, lui non plus, n'allait pas lui manquer. Elle ne le reverrait plus jamais. Il serait mort depuis longtemps quand elle rentrerait. Mort et enterré.

Et zut ! Triple zut ! Oui ! Il va me manquer, céda in petto Awena.

Le savoir mort lui déchirait le cœur. Comment avait-elle pu s'attacher à lui en si peu de jours ? À peine une poussière d'heures dans le temps ? Et toutes ces personnes qui avaient été si gentilles avec elle, la considérant presque instantanément comme une des leurs.

Pas d'angoisse, non. Cela ressemblait plutôt à la pointe vicieuse et brûlante du chagrin, lui enserrant le cœur et la gorge, lui comprimant les poumons.

Awena s'arrêta près du Cercle. Larkin lui désigna la dalle en son centre et elle s'y dirigea à petits pas comptés. Elle allait partir. C'est ce qu'elle avait voulu, non ? Elle regarda la foule qui s'assemblait devant le Cercle. Pas de Clyde-Hardy, ni de Ned-Laurel. Ils avaient dû partir avec Darren.

Pauvre idiote, voilà que je pleure parce que je rentre chez moi, se fustigea-t-elle.

De fait, en contemplant tous ces visages, quelques larmes se mirent à couler sur ses joues. Eileen ! Elle était là et elle pleurait aussi ! Awena voulut aller vers elle, mais Larkin l'en empêcha d'un signe vif de son bâton.

— Naye ! Ne bougez plus ! Je vais commencer. De votre côté, concentrez-vous, pensez à votre époque, de toutes vos forces. Qu'il n'y ait plus que cela dans votre esprit.

Larkin chantonnait quelque chose. Impossible de savoir quelles étaient les paroles. Le vieil homme, dans sa grande robe blanche, les longs cheveux neigeux au vent, tenait son bâton druidique et en frappait le sol en cadence.

Awena ferma les yeux, essayant d'ignorer les pleurs des enfants et d'Eileen. Elle pensa à son époque et bientôt, dans son esprit, il n'y eut plus que des images de son temps et les coups rythmiques du bâton sur le sol.

Une sorte de tourbillon chaud se déployait tout contre elle. Un vent qui l'enlaçait de la tête aux pieds.

Le sort était jeté. Elle allait rentrer.

Était-ce cela que l'on nommait : transe ? Cette sensation de sortir de son corps et de voir tout autour de soi, en simple observatrice ? C'était à la fois terrifiant et envoûtant.

Awena aurait pu se croire à une séance de cinéma super grand écran. Spectatrice de sa propre vie. Sans le pop-corn ou les bonbons-cacahouètes chocolatés.

Elle voyait une foule de gens d'une époque lointaine qui se serraient les uns contre les autres, certains ayant allumé des torches alors que le manteau noir de la nuit recouvrait petit à petit la colline. Le temps ne s'était pas suspendu comme elle l'avait cru. Elle voyait également Larkin, qui lui aussi semblait être entré en transe, chantonnant sans cesse tout en martelant le sol. Le son était étrange, moins étouffé qu'au début de la cérémonie. Résonnait désormais dans l'air le rythme persistant d'un marteau frappant une enclume.

Et là, à quelques mètres en dessous de... de quoi ? Qu'était-elle en ce moment ? Un esprit ou un fantôme ? Awena pencha résolument pour l'esprit. Donc, là, à quelques mètres au-dessous de son esprit, se trouvait le Cercle et en son milieu, son corps.

Saviez-vous qu'un esprit ne pouvait pas frissonner de peur ? C'est ce qu'Awena découvrit à cet instant-là. Cette jeune femme rousse qui semblait flotter au milieu d'un tourbillon de lumière bleu argenté, c'était bien elle, la tête en arrière, visage levé au ciel, yeux clos, les cheveux longs suivant les courbes du tourbillon.

Qu'étaient devenus sa tunique blanche et son tartan ? Car ce qu'elle portait – ce que son corps portait – ressemblait à un nuage de dentelle et de soie, d'une blancheur aveuglante. Par quel tour de passe-passe ? Mais oui !

Awena savait ce qu'était cet habit. La robe de mariage de feue sa grand-mère bien aimée Sophie-Élisa. Elle s'était jurée de porter sa robe le jour de ses noces et avait demandé qu'on la revêtît sur elle le jour de son décès, avant d'être incinérée. Non, un esprit ne frissonne pas... mais il peut vibrer sous l'émotion.

Que faisait Larkin ?

Tout était si différent de son premier voyage interépoque. Que se passait-il dans ce Cercle ? Le début de son retour dans le futur, ou la fin de sa vie ?

C'est là qu'elle se rendit compte que, comme un ballon, son esprit s'élevait dans la nuit, doucement mais sûrement. La panique. Oui, cela aussi, un esprit peut le ressentir. Elle allait toucher les étoiles, danser avec les comètes.

Non ! Ces envies-là étaient bonnes dans ses poésies, mais pas en cet instant. Insidieusement la peur sonnait l'alarme, elle sentait qu'il ne fallait pas se laisser partir, qu'il en allait de sa vie.

Au loin apparut, par-delà les chaumières du village, à l'orée des bois et du loch, une sorte de point lumineux, étrange, verdâtre, phosphorescent. Non pas dans le ciel, mais sur la terre ferme. Il y avait aussi un martèlement, pas celui du bâton de Larkin, mais autre chose, comme des bruits de sabots frappant furieusement le sol.

Des chevaux ! Un énorme groupe de chevaux et qui disait chevaux, disait retour de Darren ! Enfin, était-ce seulement lui ? Ou un bataillon venu des enfers pour la chercher ? Car en tête, chevauchait une titanesque créature qui était, c'est sûr, luminescente et enragée.

Un esprit pouvait éprouver tant de choses ; la colère, la terreur aussi, mais pas celle de son propre corps. Cette terreur-là se confondait avec la rage de la créature. C'est cela que ressentait l'esprit d'Awena.

Néanmoins, comme tout cela semblait terne, par rapport à l'appel des étoiles. Ce qui se passait sur terre devenait de moins en moins intéressant, là-haut, un tout autre spectacle lui tendait les bras.

Même le bruit de plus en plus proche du galop des chevaux, les hurlements de la foule qui s'éparpillait ou la fin du martèlement du marteau sur l'enclume ne purent retenir l'attention de l'esprit de la jeune femme.

Elle partait vers un paradis d'étoiles, et c'était extraordinaire.

— AWENA !

Oui ! Il enrageait. Oui ! Il avait peur. Pour la première fois de son existence, il en connaissait le goût. Brûlant, acide, mortel. Une frayeur bien plus poignante que celle qu'il avait vécue à son premier retour au château en ne trouvant nulle part Awena.

Ce que Darren voyait était le reflet de son pire cauchemar. La femme de sa vie aux prises avec un charme maléfique au milieu du Cercle des dieux. Le danger qui la guettait était immense. Même si c'était Larkin qui engageait un sort, il n'était pas sûr que le résultat soit le bon. Et telle qu'apparaissait la jeune femme, prisonnière d'un tourbillon lumineux, le sort n'était pas approprié à un retour dans le futur. Cela ressemblait plus à une célébration de « séparation d'âmes ».

Darren serra les dents et donna du genou contre le flanc de son cheval, il fallait faire vite et briser le sortilège. Il ne voulait surtout pas songer à ce qu'il adviendrait de sa belle s'il échouait.

Arrivé près du Cercle, il sauta littéralement dans les airs pour se retrouver accroupi devant Larkin. Se redressant d'un bond, il lui envoya un terrible uppercut au visage qui propulsa le vieil homme au sol.

— Vieux fou ! rugit-il. Et il sembla que de sa bouche découlait le son de mille voix.

Malgré le coup qu'il venait de subir, Larkin reprit conscience de ce qui l'entourait, alors que n'importe qui d'autre aurait vu trente-six chandelles.

— Darren ? hoqueta-t-il hébété.

— Que croyais-tu faire en utilisant le sort de séparation d'âmes ? Qu'es-tu devenu ? Toi, mon guide d'autrefois ? Quel monstre s'est emparé de toi ?

Les mots éclataient tels des éclairs. Les mille voix vrillaient le crâne de Larkin, alors que Darren s'était mis à tourner autour de lui comme un fauve prêt à bondir sur sa proie.

— Le sort ? demanda Larkin, qui ne comprenait pas, en essayant de se protéger les oreilles de la douleur causée par les sons.

Soudain, Darren fondit sur lui et le redressa en le saisissant par le col de sa robe blanche. Il était terrifiant dans sa ténébreuse colère.

— Là !

Et il pointa l'index de sa main libre en direction de la jeune femme qui flottait dans le tourbillon bleu argenté.

— Och ! Par les dieux ! gémit Larkin qui s'étouffait sous la pression de la poigne de Darren. Naye ! Cela ne devait pas se passer ainsi !

— Elle va mourir, Larkin ! MOURIR ! vociféra Darren.

Il ressemblait à un dément. Son aura crépitait d'une onde sombre et glaciale.

— Je ne ressens plus son âme ! Ce qui est là n'est plus que son enveloppe corporelle !

— Darren, gémit encore le vieil homme. Cela me

dépasse... Je ne me souviens de rien. J'étais si furieux contre elle ! Je voulais la renvoyer chez elle.

— Vieux fou ! Ta colère a pris le dessus sur ton âme druidique. Elle s'est arrangée pour faire disparaître la source de sa venue, c'est-à-dire Awena. Les seules choses qui m'empêchent de te tuer à l'instant sont et d'une que je te considérais comme un père et de deux que surtout, tu vas m'aider à la ramener, en donnant ta vie s'il le faut !

Dans un hoquet de stupeur, Larkin fondit en larmes. Le poids de sa terrible erreur et des paroles de Darren venait de lui causer un énorme choc.

— Aye ! Je donnerai ma vie pour la faire revenir parmi nous.

Le piaffement des chevaux attira l'attention de Darren. Autour du Cercle, les guerriers de son clan s'étaient tous rassemblés et la foule des villageois avait disparu. Seuls Clyde et Ned avaient mis pied à terre, avançant à toucher les menhirs. Ils semblaient comme fascinés par la vision de la jeune femme flottant dans les airs. Et comme Darren les comprenait ! Awena était tout simplement éblouissante, resplendissante de magie et prisonnière d'un des plus puissants sortilèges jamais créés par les dieux.

Il ne fallait surtout pas se laisser aller au charme du sort, sous peine d'être à son tour attiré puis vidé de son âme. C'était comme le chant d'une sirène qui, inexorablement, envoûtait et conduisait les marins vers une mort assurée.

— Clyde ! Ned ! appela Darren.

Dans un même sursaut, les deux guerriers se tournèrent vers leur laird.

— Approchez... Venez près de Larkin et par-dessus tout, quoi qu'il se passe, restez ensemble.

Darren lâcha le vieil homme qui se serait écroulé sans le support des bras de Ned et Clyde.

— Vous serez le réceptacle de ma force, à vous de m'en donner dès que vous sentirez que je suis sur le point d'en manquer. Surtout, ne rentrez pas dans le Cercle, sous aucun prétexte, pas même si je me meurs. Si j'échoue, chose qui n'arrivera pas, vous devrez nous brûler pour que le sortilège prenne fin. Ce sort aspire les âmes de quiconque serait assez faible pour se laisser envoûter. Darren se tourna vivement vers ses Highlanders toujours à cheval. Hommes de mon clan, mettez-vous à l'abri derrière les remparts du château et veillez à ce que personne ne s'approche jusqu'à ce que tout soit fini.

— Aye ! répondirent les guerriers avant de lancer leurs montures vers la forteresse.

Darren se retourna encore une fois vers Larkin. Le pauvre vieil homme semblait brisé.

— Il est l'heure de réparer ton erreur, Larkin. Ne me déçois pas. Pas cette fois !

Sur ce, Darren entra dans le Cercle. Sur sa peau verte phosphorescente (maudite fiole de Larkin), se mirent à crépiter des étincelles. La douleur était supportable, cependant il savait que la torture ne faisait que commencer.

Qu'importe ! Pour Awena, il se battrait et il réussirait à surmonter les épreuves des dieux.

Awena ! Darren concentrait la force de son esprit vers la jeune femme. Néanmoins, le Cercle, de l'intérieur, avait pris des proportions gigantesques.

Le laird voyait bien sa belle, mais si loin de lui, intouchable, inaccessible. C'était le sort qui agissait. Sa puissance destructrice était contenue par les gardiens du Cercle : les menhirs. Pourvu qu'ils résistent !

Le tourbillon n'était pas seulement autour d'Awena, il était partout. Sur Darren également. Des âmes damnées le chantaient, l'attiraient. Elles l'enlaçaient, à l'affût d'une plaie dans sa chair, essayant ainsi de fusionner avec son sang. Et là, il serait perdu. Le jeune laird fit appel aux puissants pouvoirs de la magie blanche qui couvaient en lui et leur demanda de former un bouclier autour de lui. Les âmes se turent d'un coup et il reprit son long chemin vers Awena. Ses pas se faisaient lents, son corps était de plomb, comme s'il se déplaçait sous l'eau, mais pour elle, il progresserait coûte que coûte. Il devait avant tout lutter pour maintenir son bouclier protecteur, ne surtout pas céder.

Il avait franchi la moitié de son parcours, quand d'infernaux projectiles lumineux et explosifs s'abattirent sur lui. Sous le coup de son inattention, son armure perdit un peu de sa puissance et Darren dut à nouveau se concentrer sur la magie blanche. Ce faisant, il perdit encore du temps sur les derniers mètres qui le séparaient d'Awena.

Les attaques se firent plus violentes, le malmenant à tel point que son corps fut blessé au torse et aux bras en longues coupures sanglantes. Mais tant que les âmes damnées ne pouvaient pénétrer le bouclier, il serait à l'abri de leur emprise. Serrant les dents, cloisonnant la douleur dans une partie de son esprit, il arriva enfin près de l'enveloppe corporelle de la jeune femme.

— Awena..., souffla-t-il.

Il avait besoin de force. Il ne pouvait pas à la fois se protéger en se concentrant sur son armure et partir à la recherche de l'âme d'Awena.

— Larkin ! Clyde, Ned ! hurla-t-il à travers les vents furieux du tourbillon. C'est le moment ! Enveloppez-nous de l'armure de magie blanche. Et tenez ! Ne lâchez pas !

Il sentit instantanément que les trois druides prenaient le relais et les couvraient lui et Awena du bouclier. Quelque chose était terriblement en colère. Non, pas quelque chose.

Redressant la tête, Darren comprit ce qui se passait. Les âmes damnées, prisonnières des sorts antécédents à celui-ci, se regroupaient en une seule d'une puissance dévastatrice et l'attaquaient pour l'empêcher de reprendre l'âme d'Awena. Et si, en plus, elles pouvaient gagner son âme de magicien, la force du sort en deviendrait incontrôlable. Il détruirait les menhirs-gardiens et déferlerait sur le monde, l'aspirant et le réduisant à néant.

Focalisant ses fabuleux pouvoirs différemment, Darren essaya de se détendre, puis s'approcha au plus près d'Awena, se lovant tout contre son corps froid, si froid. Posant les doigts sur les tempes de la jeune femme, il partit à la recherche du tempo de son sang. Là était le chemin qui le mènerait à son âme, s'il n'était pas trop tard.

Ce fut long, périlleux, plusieurs fois il crut le perdre, le tempo s'évanouissant pendant quelques secondes, signe aussi que le lien entre le corps et l'âme était prêt à se rompre. Il sentait que l'armure qui les recouvrait donnait des signes de faiblesse, mais il fallait continuer !

Là, enfin. Awena.

Il se concentra intensément et soudain, se retrouva serré contre elle, du moins une partie éthérée d'elle, lui-même n'ayant pu franchir le chemin qu'en se séparant de son corps. Procédé très dangereux, cependant incontournable.

— Awena... Regarde-moi.

— Les étoiles, elles sont si lumineuses... Elles m'appellent, murmurait l'esprit.

— Regarde-moi, ou nous allons mourir et le monde nous suivra.

— Il ne faut pas en avoir peur, il fait si bon ici.

— Ce n'est qu'un mirage. Awena, fixe ton attention sur moi... Bien. Quand ton corps et ton âme auront coupé le lien, tu seras entraînée vers un tout autre monde, de souffrance éternelle et de haine. Tu deviendras comme ces âmes damnées... Rentre avec moi, il te suffit de me suivre. Naye ! Pas les étoiles. Moi. Suis-moi.

— Pourquoi te ferais-je confiance ? Tu m'as déjà menti !

— Aye et naye ! Aye, parce que je sais que nous sommes destinés l'un à l'autre et que je ne peux me résoudre à te laisser partir et naye, car avant d'en prendre réellement conscience, j'aurais certainement accédé à ton désir. Veux-tu sincèrement rentrer chez toi ? Si c'est ton souhait, s'il faut que je l'accepte pour que tu vives, alors je le respecterai et t'aiderai à partir. Chez toi, mais pas ici !

Tout en communiquant, ils avaient déjà entamé leur descente. L'esprit d'Awena sentit la sincérité, mais aussi la douleur de Darren. Un lien psychique les reliait, ainsi elle put éprouver ses émotions et sut qu'il tenait vraiment à elle. Pour cela, il était prêt à la laisser partir chez elle et abandonner ses espoirs et ceux de tout son clan.

— Serre-toi contre moi, nous allons rentrer.

Darren sentait la résistance de l'esprit de la jeune femme décliner et bientôt, en suivant en sens inverse le chemin créé par le tempo de leur sang, ils purent se retrouver dans leur enveloppe corporelle respective. Ce fut plus rapide qu'il n'y avait pensé. Cependant, d'avoir quitté son corps quelques minutes avait privé Darren de beaucoup de ses forces. Sans parler d'Awena qui avait vogué au-delà de son corps bien plus longtemps que lui. Elle était inconsciente et loin d'être sauvée. Il fallait ressortir du Cercle.

— Couvrez-nous ! On va sortir ! cria-t-il à l'adresse de Larkin, Clyde et Ned.

— Larkin est en train de nous lâcher, hurla Ned. Clyde et moi n'allons pas tenir longtemps sans lui.

— Tenez ! ordonna Darren.

Malgré le peu de forces qui lui restait, il souleva la jeune femme dans ses bras et entama son périlleux voyage de retour. Le bouclier allait céder. Les trois druides étant à bout de force pour le maintenir, il en allait de leur vie. Plus ils utiliseraient de magie, celle-ci puisant son pouvoir dans leur fluide vital, plus ils s'approcheraient du gouffre de la mort. Il fallait que Darren les aide. Sinon, ils périraient tous.

— Déplacez le bouclier sur Awena, juste sur elle ! Je me charge de ma propre protection.

Personne ne lui répondit en retour, mais il sentit la protection disparaître autour de lui pour se fixer uniquement sur le corps de la jeune femme.

En un instant, il fut assailli à la fois par les âmes damnées en furie et par les projectiles. Une lutte sans merci était engagée. Son corps se couvrait de lacérations et le sang coulait.

Serrant les dents sous la douleur, Darren se concentra à nouveau pour former une protection magique, juste assez pour lui éviter la mort. Certains projectiles passeraient, l'érafleraient, mais ne le tueraient pas. Quant aux âmes, elles étaient là, ricanantes et sauvages, essayant d'atteindre son sang, l'affaiblissant traîtreusement.

— On va y arriver mo chridhe ! Tha goal agam ort ! (mon cœur ! Je t'aime !).

« Penser, avancer, pour elle... encore. Se battre, vivre, pour elle... encore. Donner ma vie, pour elle... encore ». Inlassablement, pour échapper à la souffrance et pour ne pas céder, Darren se répétait ces quelques mots.

Le couple n'était plus qu'à quelques mètres des menhirs, si proches, si loin aussi.

Un projectile atteignit ses jambes, le brûlant atrocement. Sentant qu'il allait chuter, Darren concentra toutes ses forces pour lancer au plus loin son précieux fardeau. Baissant son bouclier, il dirigea ensuite sa magie blanche pour pousser Awena hors du Cercle.

Roulant sur le sol, le corps de la jeune femme disparut de sa vue, en dehors du tourbillon, derrière les gardiens, vers la vie.

Plus de protection, plus de force. Les âmes enragées le sentirent, se divisèrent à nouveau, chacune voulant pour elle seule festoyer de la chair et de l'âme de Darren. Elles s'abattirent sur lui comme un essaim de guêpes en furie.

Il allait mourir et alors ? Si ces âmes le tuaient ici, si proche de la liberté, il n'y aurait pas séparation d'esprit et de corps. Il mourrait, on arriverait à brûler son corps et le sort s'éteindrait. Il était en paix, car Awena vivrait. Son âme sœur. Il avait au moins eu le bonheur de la connaître.

Il pouvait s'endormir sereinement pour le long sommeil et elle, elle pouvait repartir chez elle. Si Larkin survivait, il l'aiderait correctement cette fois. Darren en était certain.

Sinon, il savait que son clan s'occuperait bien d'elle, Awena avait gagné le cœur des Saint Clare, elle serait une des leurs.

Plus de souffrance, le stade était dépassé.

Le temps était venu de fermer les yeux, il gardait à l'esprit une dernière et précieuse image, celle du visage souriant d'Awena.

— Tiaraidh an dràsda, mo chridhe..., (Au revoir, mon cœur...) murmura le laird avant de sombrer dans le néant.

Chapitre 7
La magie est partout

Larkin s'écroula sur le sol, conscient, mais quasi mort. Cela faisait presque deux heures que son corps puisait la magie blanche dans son fluide vital. Pour un peu, il n'aurait plus été. Ned et Clyde ne valaient pas mieux que lui. Pour deux novices, ce qu'ils venaient d'accomplir tenait du pur exploit. Le surpassement de l'homme dans le combat contre la mort.

C'est à cet instant qu'ils virent le corps d'Awena rouler hors du Cercle. Le colosse de Clyde réussit à la rejoindre pour s'assurer qu'elle vivait encore. D'un simple hochement de tête vers les deux autres hommes, il indiqua que oui.

— Darren..., marmonna le vieux grand druide.

Trois regards se portèrent vers le Cercle. Là, à un mètre de la sortie, le laird gisait inanimé et blessé, entouré d'une nuée de boules électriques et de filaments bleus – les âmes damnées.

— Darren ! gémit d'effroi Larkin.

Où trouva-t-il la force de se remettre debout ? Nul ne le sut. Avec l'agilité d'une personne de vingt ans, il sauta d'un bond dans le tourbillon.

— Naye ! Larkin ! hurla à son tour Ned. C'est trop dangereux !

Sous les yeux horrifiés des deux Écossais, Larkin sembla avancer au ralenti et fut assailli de tous côtés par les projectiles et la férocité des âmes damnées.

Combien de temps lui fallut-il pour rejoindre Darren ?

Une éternité ?

Sa robe de grand druide prenait feu un peu partout et du sang coulait sur son visage et le long de son cou. Il saisit une gourde qui pendait à la ceinture de sa taille et en porta le contenu aux lèvres de Darren, puis en fit de même pour lui. L'instant d'après, il chantonnait d'une voix qui résonna de plus en plus fort. Le grand druide et Darren furent entourés d'une intense clarté blanche et les flammes sur la robe du vieil homme s'éteignirent, comme étouffées.

Malheureusement, cela n'avait pas l'air de faire effet sur les projectiles lumineux, car ils continuaient de s'abattre en une pluie d'enfer sur Larkin et Darren. L'illumination faiblissait à vue d'œil, alors que la voix de Larkin perdait de sa vigueur. Il traînait le laird en le tirant par les bras, tombant à genoux à plusieurs reprises, avant de se redresser vaillamment pour continuer son combat.

— Clyde ! Il n'y arrivera pas ! hurla Ned, alors que le tourbillon lui-même émettait maintenant des vibrations intenses. Il faut faire quelque chose !

— Les brûler tous les deux ? lui répondit Clyde.

Ned le regarda avec de grands yeux effarés.

— Les brû... Ned ! As-tu seulement un cerveau sous l'épaisse tignasse qui recouvre ta tête ?

— Darren nous a interdit de rentrer dans le Cercle... Vois, Ned, celui sans cervelle qui y est allé est une âme forte druidique ! Un bon repas pour le sort ! La clef de la porte de sortie sur notre monde ! Regarde comme le tourbillon vibre, les menhirs ne tiendront pas longtemps !

— Eh bien ? On va laisser faire ? On va attendre là, que Larkin et Darren soient morts, que le sort des dieux soit assez puissant pour nous détruire tous ? contra Ned en fusillant du regard Clyde.

— J'ai une idée.

— Ouille, marmonna Ned.

— Je m'attache avec la corde de chanvre qui est là et je l'enroule ensuite sur Larkin et Darren et puis après, tu tires.

— Gros malin, tu vas entrer dans le Cercle ? Avoir le temps tranquillement d'attacher la corde autour du laird et du grand druide. Et après ça..., ressortir tout aussi tranquillement, en sifflotant peut-être ?

— Pas la corde, murmura une petite voix.

— Awena ! s'exclama en chœur le duo.

— Elle brûlera dans le Cercle... J'ai si mal à la tête, gémit-elle en s'allongeant sur le dos. Mais, je sais de quoi ont peur ces âmes. Elles ne craignent que la Lumière Vive... Darren... Darren, souffla-t-elle avant de s'évanouir à nouveau.

Les deux géants écossais se regardèrent, hébétés. Comment pouvait-elle savoir cela ? Comment connaissait-elle la Lumière Vive ? Mais surtout, comment réaliser ce sort ? Ils ne maîtrisaient pas tous les sortilèges, celui-là était très puissant et le temps passait trop vite.

Quand ils regardèrent à nouveau vers le Cercle, Larkin était allongé près de Darren. Les deux hommes ne bougeaient plus. La terreur les fit frissonner de la tête aux pieds.

— Le bâton de Larkin ! s'écria Ned.

— Et... après ? Tu sais ce qu'il faut dire ?

— Aye, aye, aye, marmonna Ned en se saisissant du bâton de ses grandes mains tremblantes.

— À ça, pas toucher ! coassa une voix éraillée.

— Seanmhair (Grand-mère) ! s'exclamèrent Ned et Clyde en se tournant vers le petit groupe qui arrivait.

Il y avait là trois jeunes femmes et une vieille, mais alors très vieille femme, toutes vêtues de blanc et du châle aux couleurs du clan Saint Clare. L'ancienne tenait debout grâce à un bâton tressé, d'on ne sait quel bois, avec en son extrémité une sorte de pierre de quartz opalescent.

À peine arrivée devant les deux grands gaillards, elle leur fit la grimace, très hideuse, vu la quantité de rides sur son visage et le peu de dents qui lui restait. Dents, non, chicots noirs, plutôt.

Elle cracha par terre un filet de liquide brunâtre et poussa Ned et Clyde de ses maigres bras.

— Que faire, comptiez-vous ? demanda-t-elle en détaillant Ned de ses petits yeux noirs.

— Essayer d'utiliser la Lumière Vive. D'ailleurs, je ne comprends pas pourquoi Larkin et Darren n'y ont pas pensé...

— Parce que, au centre, sur la dalle, Promise se tenait ! coupa la Seanmhair. La tuer, les âmes damnées auraient fait ! Maintenant pouvoir l'invoquer je ferai, près de la sortie où sont les corps. Poussez-vous... humpf... Bons à rien !

Avant de franchir le Cercle, elle psalmodia une formule et son quartz s'anima d'une lumière blanche éclatante et pure.

Le tourbillon se mit à siffler comme un serpent et à vibrer intensément.

— Rester ici, vous comptez ? persifla-t-elle encore. En avant ! Le laird, vous cherchez ! La lumière, je repousse. Pour Larkin, le brûler, vous n'aurez qu'à. Plaisir, cela me fera !

Comme deux gamins apeurés suivant leur mère, oubliant fatigue et douleurs, Ned et Clyde s'engagèrent derrière la vieille femme dans le Cercle. Il n'y eut aucune difficulté, car la lumière repoussa le tourbillon petit à petit, mettant ainsi les deux corps hors de sa meurtrière portée.

Larkin et Darren étaient enfin libres. Mais, étaient-ils toujours en vie ?

Pas le temps de réfléchir à ça, Ned prit Larkin sur son épaule et Clyde en fit de même avec Darren.

En un instant, ils furent à l'extérieur du Cercle, le tourbillon sifflant sempiternellement après la Seanmhair. Derrière eux, celle-ci se mit à rire, élevant ses maigres bras et brandissant son bâton vers le tourbillon agité par les filaments bleutés des âmes en furie. Elle s'amusait ? On aurait pu le penser !

Awena qui s'éveillait d'un nouvel évanouissement

aperçut quelque chose qu'elle prit tout d'abord pour un mirage. La vieille sorcière de Blanche-Neige, faisant du tennis avec son bâton et qui utilisait en guise de balles les projectiles maléfiques du sort.

À chaque fois qu'elle renvoyait un projectile sur le tourbillon ou sur les âmes damnées, elle hurlait de rire, et ricanait de plus belle quand le tourbillon s'enflammait. C'est tout juste si elle ne sautait pas de joie !

Mais si ! Elle sautait de joie !

En quelques instants, elle réduisit en fumée le sort de séparation d'âmes. Et la nuit revint, comme si de rien n'était.

— Déjà fini ! se lamenta la vieille femme en se traînant vers Darren et Larkin.

Deux secondes avant, elle était aussi agile qu'une gazelle et là, elle ressemblait à une limace. Enfin, elle avançait comme une limace.

Les trois jeunes femmes qui étaient venues avec elle s'activaient vivement autour du laird et appliquaient leurs mains au-dessus de lui.

— Hum, fit la Seanmhair. Pourquoi sur la peau, cette couleur il a ? En un siècle, changé, le sort aurait-il ? marmonna-t-elle. De ma retraite, plus tôt, j'aurais dû sortir. En recluse, trop longtemps, je suis restée.

Les jeunes femmes ne lui répondirent pas, occupées par les soins qu'elles prodiguaient au laird.

— Sais pas pourquoi il est ainsi ! ronchonna Clyde. Mais il était déjà comme ça avant le sort. Dès qu'il a fait nuit noire, il est devenu tout... tout...

— Phosphorescent, murmura Awena, qui ne quittait pas Darren des yeux, angoissée, terrorisée et à l'affût du moindre signe de vie du jeune homme.

— Phospho... quoi ? cracha la Seanmhair, à la fois en parole et en vrai, toujours de ce drôle de liquide brunâtre. Vert ! insista la vieille. Un vert qui brille, comme les lucioles. Étrange.

— En tout cas, il a mis en fuite les voleurs de bétail à lui tout seul à cause de cette... lueur verte. On n'a même pas pu s'amuser avec nos claymores ! Alors que ces imbéciles de Gunn s'étaient perdus et n'étaient qu'à une lieue de notre château ! ronchonna encore Clyde. Dès qu'ils l'ont vu, ils sont partis en hurlant et courant dans tous les sens, plus vite que leurs propres chevaux !

La Seanmhair hocha la tête, compatissant à l'évidence avec le guerrier.

— Och, mac (fils) ! Une bonne bagarre, rien ne vaut ! Dans le gras, de trancher un peu ! cracha-t-elle à nouveau. Et ce vieux fou ? demanda-t-elle en se tournant vers Ned qui s'occupait de Larkin. Quand, le brûler, tu comptes ? Du bien, nous ferait un bon feu ! De chaleur, ont besoin, mes vieux os !

— Seanmhair ! Je me doute que cela vous fasse plaisir, mais pas aujourd'hui. Il vit... pas de beaucoup, cependant il vit, lui répondit Ned sans lever la tête.

— J'attendrai, minauda la vieille avec un affreux sourire édenté. Et elle, Promise elle est ? Bien maigrichonne la belle, de lard au gruau, donner un peu à manger il lui faudrait, juste pour se remplumer...

— Aye ! C'est la Promise, confirma Ned, tout en s'abstenant de parler de poids, alors qu'Awena avait la nausée rien qu'en songeant au gavage de gruau et de lard.

— Voilà les hommes qui arrivent, marmonna la vieille femme. Trop tôt, ce n'est pas ! Peur, un rien leur fait ! Plus vaillants, de mon temps, ils étaient !

Effectivement, plusieurs guerriers du clan s'approchaient avec des sortes de brancards. Ils y installèrent Darren, Larkin et Awena. Celle-ci protesta un peu, mais ne tenant pas sur ses jambes, elle se laissa emporter sur le support de fortune.

— Darren..., demanda-t-elle encore aux guérisseuses qui l'avaient soignée.

Une seule daigna lui répondre. Une femme qui avait presque la même couleur de cheveux qu'elle.

— Il vivra. Quelques brûlures, un bras cassé... Sa magie fera le reste, d'ailleurs elle est déjà en action. Pour vous, nous verrons dès que nous serons devant le château.

— Qui... qui êtes-vous ? demanda Awena qui avait de plus en plus de mal à demeurer éveillée.

— Nous sommes des bana-bhuidseach, l'informa gentiment la jeune femme.

— Je... ne comprends pas, murmura encore Awena.

La guérisseuse la dévisagea étrangement, en penchant la tête sur le côté. Après un long moment, elle répondit doucement.

— Bana-bhuidseach veut dire sorcières.

Awena écarquilla les yeux. Elle n'avait pas seulement changé d'époque, elle était aussi tombée dans le grimoire des frères Grimm !

Voilà pourquoi elle avait vu la vieille et méchante Carabosse, échappée tout droit des contes de Blanche-Neige et de La belle au bois dormant, venir faire une partie de tennis contre des projectiles maléfiques et magiques.

— De mieux en mieux, souffla-t-elle avant de fermer les paupières sous le regard étrangement inquisiteur de la sorcière.

Il y avait beaucoup de tumulte, des cris et des échos qui se répondaient. Awena papillonna des cils avant de pouvoir ouvrir les yeux. Flou, tout était flou autour d'elle. Pourtant elle était bien, son corps était au chaud, ses membres détendus. Nulle douleur due aux évènements qu'elle venait de vivre.

Les évènements ?

— Mon Dieu ! s'écria-t-elle en se redressant d'un coup et en forçant sa vue à mieux s'adapter à son environnement.

Retour à la case départ. Awena se retrouvait à nouveau dans la chambre qu'elle occupait dans le château.

Il y avait effectivement beaucoup de mouvement, mais pas dans ses appartements, tout se passait dans le couloir, comme elle put s'en apercevoir par la porte grande ouverte.

— Darren ! gémit-elle soudain en se souvenant que le laird avait été grièvement blessé.

Aussi vite qu'elle le put, elle se leva et se saisit du châle en laine qui traînait au pied de son lit, le drapant autour de ses épaules et de sa tunique de nuit (Eileen avait dû prendre soin de la changer). Elle se dirigea ensuite promptement vers le couloir.

Awena savait où se situait la chambre du laird, un peu plus haut sur la droite. C'est d'ailleurs de là que venait le plus de bruit. Étaient-ils tous devenus fous ? Darren était blessé, peut-être mourant et il lui fallait sûrement plus de quiétude.

À ce moment-là, une jeune servante sortit en courant et en criant de la chambre du laird tout en passant à vive allure devant Awena. Elle semblait terrifiée et se tenait la tête des deux mains.

Mon Dieu, il est mort ! s'affola Awena qui sentit son cœur manquer quelques battements.

— Non, non, non..., murmura-t-elle en une fervente litanie, se forçant à avancer vers la porte de la chambre seigneuriale.

Elle était essoufflée comme si elle avait couru le marathon et elle déglutissait péniblement. Une peur viscérale lui nouait la gorge. Awena était presque arrivée à destination, quand deux gardes et une autre servante sortirent en la percutant. Les deux femmes s'accrochèrent l'une à l'autre pour ne pas tomber, tandis que les deux hommes filaient vers le fin fond du couloir.

— Que se passe-t-il ? Le laird... est-il... mort ? osa demander Awena d'une voix chevrotante.

La servante, âgée d'une cinquantaine d'années, secouait la tête sans qu'un seul mot ne sorte de sa bouche. Awena allait la contourner, quand la femme réussit à parler.

— Naye, il n'est pas mort, mais il a été touché par le sortilège... Le mal a atteint sa peau et son sang. Barabal, la

Seanmhair, et les bana-bhuidseach ont refusé de rentrer dans le château pour le soigner. Seanmhair nous a demandé de cueillir le plus d'orties que nous pouvions et d'en frotter le corps du laird. Là-dessus, elles sont toutes parties en riant ! Je vous jure qu'elles riaient, ils sont tous possédés ! Et... vous ? ajouta la servante en dévisageant suspicieusement Awena. Faut-il aussi vous frotter avec des orties ?

— Me frotter... avec des orties ? balbutia Awena en ouvrant de grands yeux. Non, certainement pas ! Vous dites qu'elles sont parties en riant ? questionna-t-elle, alors qu'un doute germait dans son esprit.

La servante fit oui de la tête, sans paraître vouloir ajouter quoi que ce soit.

— Poussez-vous, s'il vous plaît. Je vais voir le laird de ce pas.

— Vous ne devriez pas y aller ! s'écria la femme. La folie n'a pas quitté son corps, nous, on ne peut plus rien faire. Je vous l'ai dit ! Il est possédé !

— Et je serais comme lui si l'on me frottait le corps d'orties, marmonna Awena en essayant de passer outre l'imposante servante qui affichait une moue offusquée.

— Ned et Clyde ne sont donc pas ici pour soigner votre laird ? Ils ont des pouvoirs, eux aussi, non ?

— Aye ! Mais seulement celui de faire des bêtises, ronchonna la femme en faisant les gros yeux. Ned est parti chercher la Seanmhair et a dit qu'il la ramènerait par les cheveux avant le petit matin. Clyde est auprès de Larkin... et il mange ! Il faut toujours qu'il mange !

La servante s'était détournée et disparaissait déjà dans le sombre couloir en marmonnant entre ses dents.

Je suppose que c'est la fin de notre étrange dialogue, pensa Awena en marquant un temps d'arrêt avant de pénétrer dans les appartements du laird.

La scène qui s'offrit à elle la laissa bouche bée. Horreur ? Fascination ? Stupeur ? Quel pouvait être l'adjectif qui correspondait le mieux à ce qu'Awena ressentit à cet instant-là ? En tout cas, il faisait d'un coup terriblement chaud, et l'angoisse d'Awena de trouver le laird mort s'était envolée comme par magie. Encore de la magie.

Darren était attaché à son lit ! Oui, attaché, et complètement nu. Enfin, pas intégralement, une partie du drap recouvrait son intimité. Mais le reste s'offrait au regard avide d'Awena. De plus, il était conscient.

Comment s'interdire de poser ses yeux sur cette tonne de peau dorée et musclée à souhait ? Quoique, pour le moment, c'était plutôt une peau phosphorescente, verte et rougeâtre à la fois.

Il n'était pas musclé, style : Conan Le Barbare. Non, plutôt comme ces statues de la Grèce antique. Comme celle d'Hermès qu'elle avait eu l'honneur d'avoir sous les yeux pendant trois semaines dans le but de la dessiner.

C'était une belle statue qui faisait galoper l'imagination, bien plus vite que les coups de crayons ou de pinceaux. Mais... Darren, si cela était possible, était mille fois mieux qu'Hermès. Sa musculature était plus subtile, plus féline, plus virile, plus tout.

Le spectacle vous plaît ? murmura une voix rauque dans sa tête. On dirait que vous bavez. Secouez-vous ! Venez me détacher !

Les derniers mots claquèrent comme un fouet dans son esprit. Awena dévisagea Darren et s'aperçut avec surprise qu'il était bâillonné. Ainsi donc, il pouvait entrer dans sa tête. Puis, elle se souvint de ce que la jeune sorcière aux yeux dorés lui avait dit, il avait des brûlures et le bras cassé. Or là, on lui avait attaché les deux bras aux montants de son lit. Il devait souffrir le martyre !

Le fait qu'il puisse lui parler dans sa tête passa au second degré. Il fallait agir et tout de suite encore ! Sans plus réfléchir, Awena se précipita vers le laird, se dépêchant de lui enlever son bâillon, laissant tomber son châle sur les dalles du sol dans le même mouvement.

— Jolie vue ! murmura Darren d'une voix enrouée, les

yeux braqués sur son décolleté.

— Cessez de dire des bêtises. Je suis en tunique de nuit de super grand-mère, marmonna la jeune femme qui venait de lui libérer un bras.

Méfiante, elle baissa vivement les yeux sur ladite tunique. Ouf, elle était bien là, il lui avait déjà fait le coup une fois, pas deux ! Car il n'y avait plus de doute possible, elle savait par quel mystère sa tunique de nuit avait disparu le premier matin de son arrivée. C'était lui, Darren qui la lui avait enlevée. De la même manière qu'il avait fait se volatiliser ses tampons.

Voulant aller plus vite pour libérer l'autre bras, elle s'allongea de travers sur le torse musclé et dur du jeune homme.

— Hum... Il faudrait que l'on m'attache plus souvent, la taquina-t-il en faisant une moue qui creusa les fossettes sur ses joues ombrées de barbe naissante, cela lui donnait l'air d'une canaille irrésistible.

Bouleversée, Awena se redressa vivement pour se retrouver à genoux au bord du lit et, essayant d'ignorer le trouble qu'elle avait ressenti au contact de Darren, elle se mit à balbutier crânement :

— Quel... Je veux dire... Lequel de vos bras est cassé ?

— Aucun.

Awena en resta figée de stupeur.

— C'est impossible ! Les... Comment les appelez-vous ? Enfin bref, les sorcières ont dit que vous aviez des brûlures et un bras cassé.

— On les appelle les bana-bhuidseach, lui répondit-il en se frottant les poignets tout en se haussant un peu sur les oreillers.

— Et..., reprit-il en plongeant son regard sombre dans celui d'Awena. J'avais un bras cassé et des brûlures. La magie qui court dans mon sang m'a guéri pendant que j'étais inconscient.

Il sourit, goguenard, avant d'ajouter :

— Maintenant, j'ai des échauffements dus à deux autres causes.

— Oh, les orties ! s'écria la jeune femme en essayant de reculer doucement sur le lit, ni vu ni connu, pour se mettre hors de portée de Darren. Car elle venait de prendre conscience du fait que Darren guéri et détaché était un véritable danger pour elle.

— En voilà un, annonça suavement le laird qui s'était redressé en position assise, sans juger bon de vérifier si le bout de drap le couvrait toujours.

Awena fronça les sourcils. Il le faisait exprès ! Il suffisait de voir son air de crapule, et elle n'aimait pas ça, mais alors pas du tout. Son regard voulait aller découvrir un certain endroit du corps de ce demi-dieu – censé être caché –, mais sa conscience lui criait de ne pas le faire. Le sourire qui s'accentua sur les lèvres pleines et sensuelles du laird lui fit monter la moutarde au nez !

— Vous lisez encore dans mes pensées ? s'indigna-t-elle.

Au lieu de lui répondre, il haussa un sourcil innocent et se mit à sourire de plus belle.

— Ce n'est pas la peine. Je vous l'ai déjà dit, vous avez un visage très expressif. Eh bien, vous ne voulez pas savoir quelle est la deuxième nouvelle cause de mes brûlures ?

Awena fit non de la tête.

— Vraiment ? s'étonna Darren, moqueur.

— Stop ! Ne bougez plus ! s'écria la jeune femme en avançant le bras et la main alors que Darren faisait mine de s'approcher.

Il se mit à ricaner et fit le geste de lui saisir la main. Awena, dans un brusque mouvement de recul instinctif, tomba à la renverse contre le lit et se retrouva sur les fesses au sol.

— Aoutch !

Décidément, cela lui arrivait bien trop souvent ces derniers temps. Darren s'esclaffa au-dessus d'elle. Mais

Awena ne pouvait l'apercevoir avec ses cheveux devant les yeux, mais elle entendit qu'il se déplaçait grâce aux grincements du sommier en bois.

— Poltronne ! s'exclama-t-il. Bien, où en étions-nous, avant votre... retraite ? Ah oui, donc, cette deuxième origine.

Awena leva le visage, essayant de localiser l'endroit d'où parvenait la voix mielleuse et un tantinet provocante de Darren. Elle écarta de ses doigts fins les cheveux qui lui bouchaient la vue et écarquilla les yeux. Le lit était bien haut d'une part, pas étonnant qu'elle se soit fait mal aux fesses en tombant et d'autre part, cette canaille de laird souriait aux anges, allongé sur le ventre, sa tête encadrée par ses longues mèches noires, bien calée dans la paume de ses mains et les coudes en appui sur le bord du lit.

— Non, je ne sais pas ! Et je ne veux rien entendre ! ajouta-t-elle vivement comme il ouvrait la bouche pour parler.

Darren soupira longuement, prenant une expression ennuyée qui n'arrivait tout de même pas à cacher son amusement. Il se jouait d'elle.

— Tu me déçois, mo chridhe, murmura-t-il en souriant doucement, sa voix devenant plus rauque.

Voilà ! Il la tutoyait à nouveau ! Comment résister à ça ? En la tutoyant, il renversait d'un grand coup toutes les barrières qu'elle avait patiemment érigées. De plus, comment était-il possible que depuis le sort dans le Cercle, ne comprenait-elle plus tous les mots qu'il prononçait ? Mo chridhe, qu'est-ce que cela pouvait bien vouloir dire ?

— Cela signifie : mon cœur..., répondit Darren à sa question silencieuse.

Il avait repris tout son sérieux et lui adressait un regard avide, fiévreux. Il était clair que Darren ne jouait plus, elle non plus d'ailleurs, les masques tombaient, et cela faisait peur à la jeune femme.

— Je vais te dire, Awena, l'origine de mes autres brûlures. C'est toi. Toi parce que je te désire comme un fou.

Parce que je veux passer un million d'années à te découvrir, te caresser. Parce que je te veux à mes côtés dès maintenant et pour toujours. Parce que tu es plus que mon âme sœur. Je me consume de tout ça et de savoir que je t'ai fait une promesse pendant le sort. Celle de te laisser le choix de partir ou de rester. Je plaide la faveur d'une année de ta vie..., Awena. Une union celtique.

Awena était hypnotisée par le regard de Darren. Tandis que ses mots... ses mots avaient touché son cœur, son esprit et son âme, effaçant quelque peu sa peur et ses incertitudes.

— Je me souviens de ce que tu m'as dit quand nous étions là haut, près des étoiles, murmura la jeune femme en employant à son tour le tutoiement et en se redressant sur les genoux.

Darren acquiesça de la tête et Awena se mit à chuchoter :

— Tu as dit : Veux-tu réellement rentrer chez toi ? Si c'est ton souhait, s'il faut que je l'accepte pour que tu vives...

— Alors, je le respecterai et t'aiderai à partir, finit de murmurer Darren.

Comme dans un état second, Awena se releva et s'assit face au laird qui avait suivi son mouvement en redressant le buste et en s'appuyant de la main sur les draps.

Le regard bleu nuit se fondait à nouveau dans le regard vert.

— Tu m'as fait la promesse de me laisser partir, pour me sauver la vie. Malgré le fait que tu aies besoin de moi, murmura Awena.

Darren confirma d'un seul hochement de tête, bien qu'il parût vouloir ajouter quelque chose d'autre.

— Tu le ferais toujours ? demanda la jeune femme.

L'inquiétude avait envahi le regard du laird, mais il acquiesça derechef. Awena le contempla longuement, ne comprenant pas elle-même d'où lui venait la certitude des mots qu'elle était sur le point de prononcer. Elle était effrayée par ce qu'ils allaient impliquer. Mais elle savait au plus profond de son âme que c'est ce qu'elle devait faire, ce qu'elle voulait faire.

La tension était à son comble quand elle reprit la parole d'une voix douce, vibrante d'émotion, en se raclant de temps en temps la gorge.

— Alors, pour toi... pour nous..., je resterai pour l'année à venir.

Darren émit un son rauque, profond, et prit la jeune femme dans ses bras. Sans hésiter, il se pencha sur elle et l'embrassa avec ardeur.

La passion a le goût de sa bouche, la félicité aussi, songea Awena, avant de ne plus pouvoir penser du tout.

Cependant, elle l'entendit murmurer avant de reprendre avidement possession de sa bouche :

— Besoin de toi... C'est bien plus. Tha gaol agam ort...

L'heure était venue de sceller leur pacte.

Chapitre 8

Des instants d'harmonie

Comment pouvoir décrire ce que l'on n'a jamais soupçonné exister ? Ce moment unique où l'esprit s'efface pour faire place à une galaxie de sensations volcaniques ? Ressentir chaque parcelle de peau frissonner sous les caresses et les baisers ardents d'un partenaire avide, insatiable. Percevoir à chaque terminaison nerveuse des pics ardents, électriques, naître et se propager dans tout l'organisme.

Était-ce cela que l'on appelait le désir ? Ne jamais se rassasier, de toucher, chercher et conquérir les angles et méplats du corps de l'autre ? Se sentir à la fois forte et faible, audacieuse et timide. Mais sans jamais cesser un instant de vouloir, donner et prendre. Voilà tout ce qu'Awena découvrait avec Darren. Tout ce qu'elle ressentait. C'était nouveau, effrayant et captivant à la fois. De baisers légers en baisers voluptueux, de caresses aériennes en caresses insolentes, il n'y avait plus de frontière.

Awena en voulait toujours plus et Darren le lui donnait avec audace et sensualité. Ses gémissements attisaient la flamme du désir de Darren. Et chaque assaut de passion allumait un brasier au creux des reins de la jeune femme. Il alternait avec brio les élans de fougue et de douceur. Elle le lui rendait, en se fondant au plus près de lui, ondulant avec lui et lui offrant sa bouche pour qu'il s'en abreuve. De légers frôlements de la langue sur la pulpe des lèvres, il se faisait plus taquin en les lui mordillant, puis recommençait à les caresser jusqu'à ce qu'Awena les entrouvre. Doux attouchements, souffles chauds, respirations haletantes, tout cela dans l'attente du baiser qui suivrait.

Et puis d'un autre.

Un ballet de pure sensualité, langue contre langue, se cherchant, se goûtant, allant et venant sans jamais pouvoir cesser. Un va-et-vient, une danse érotique, prémices de la fusion des chairs. Ils s'étaient étendus sur le lit, l'un prenant le dessus sur l'autre à tour de rôle.

Awena, malgré son innocence, laissait son corps et ses mains parler en leur lâchant la bride, bien qu'au loin, du fin fond de son esprit, une petite sonnette d'alarme se fût mise à retentir. De toutes ses forces, elle la repoussa. Elle souhaitait continuer à voguer sur les vagues du désir, qui petit à petit, l'entraînaient vers un maelström de couleurs envoûtantes. Se rendit-elle compte de quelque chose ? D'un subtil changement ?

Cette fois la sonnette d'alarme se fit plus puissante, alors qu'elle cherchait comme une droguée en manque, le moindre contact de peau de Darren. Les mains du laird se baladaient lascivement sur ses seins, son ventre, ses jambes...

Sur sa peau ? Awena couina et s'enfonça un peu dans le matelas. Sa tunique de nuit ! Il l'avait encore fait disparaître ! Voilà d'où venaient les appels stridents de sa conscience. Il était nu, ça, elle le savait. La nouveauté, c'est qu'elle l'était aussi ! Plus aucun rempart pour endiguer les pulsions de leurs besoins respectifs.

Comment la peur de l'inconnu pouvait-elle mettre un frein au désir le plus primitif ? Ça, c'était une bonne question. Pourtant cela suffit à Awena pour la faire revenir du monde des plaisirs.

— Darren, murmura-t-elle en essayant de se soustraire aux caresses brûlantes du laird.

Sentant le changement opérer dans l'attitude d'Awena,

Darren prit sur lui pour retenir son ardeur et posa ses lèvres au creux du cou palpitant de la jeune femme, tout en laissant sa grande main nerveuse lui effleurer l'intérieur, si doux, de la cuisse. Sa respiration était hachée et son corps tremblait, signes de l'effort qu'il faisait pour se contrôler.

Awena se rendit compte qu'elle était dans le même état que lui. Pourquoi ? Mais pourquoi sa conscience venait-elle la titiller maintenant ? Quel mal y avait-il à faire l'amour avec Darren ? Elle savait qu'il était son âme sœur. Lors du sort dans le Cercle, elle en avait eu la confirmation. Combien d'années s'était-elle lamentée en voyant ses proches amies sortir avec des garçons et devenir de vraies femmes ? Elle avait enfin la possibilité de connaître, de vivre un des derniers secrets de sa vie de femme avant celui de porter un enfant.

— Chut, murmura Darren au creux de son oreille. Le temps viendra mo chridhe, le temps viendra.

S'allongeant sur le dos, il l'entraîna dans son mouvement et la plaça tendrement sur son torse musclé. Awena posa la tête sur sa poitrine et écouta les battements affolés et puissants du cœur de Darren. Elle voulut parler, mais il mit son index sur ses lèvres pour la faire taire et la berça doucement.

Saleté de conscience ! s'exclama-t-elle intérieurement.

La poitrine de Darren fut secouée par un rire soudain. Awena, intriguée, se redressa sur un coude et le regarda.

— Tu as encore lu dans mon esprit ? Mais... comment ? se récria-t-elle.

Il sourit et lui caressa une longue mèche de cheveux.

— C'est comme si tu parlais à voix haute, fit-il moqueur en haussant les épaules d'un geste désinvolte. En fait, c'est plus simple que cela, depuis que nous avons communiqué par nos esprits lors du sort de séparation d'âmes, je perçois toutes tes pensées, ajouta-t-il en grimaçant comiquement, alors que ses craquantes fossettes refaisaient leur apparition.

Awena resta interloquée par ce que venait de lui annoncer le laird.

— Mais, ce n'est pas juste ! Parce que moi, je ne t'entends pas !

Il sourit encore largement devant la déconfiture de la jeune femme. Cependant, il ne la regardait pas, ses yeux s'étaient aventurés plus bas sur les douces rondeurs de sa poitrine et son enjouement disparut.

Dans un accès de timidité superflue, Awena se dépêcha de remonter drap et fourrures sur eux. Ce qui fit revenir le rire de Darren.

— Bientôt, tu te passeras de camouflage, mo chridhe. Il n'y aura plus de frontière quelconque entre nous.

Sans s'en apercevoir, comme hypnotisée par la flamme vive des yeux du laird, la jeune femme avait laissé le drap tomber de son buste, attirant à nouveau l'attention de Darren sur les pointes roses érigées de ses seins, et quand il reporta son regard sombre vers le sien, l'humour y avait disparu et des étincelles le remplaçaient.

Awena sentit les palpitations de son cœur s'emballer. Un nouveau courant de désir avait pris naissance entre eux, au creux de ses reins et dans son ventre. Plus fort encore que le premier.

La conscience perdit la bataille quand Darren se pencha sur elle en grognant comme un fauve et lui captura les lèvres en un baiser qui n'avait rien de doux. Il l'embrassa en vainqueur, en conquérant et Awena se laissa aller au brasier qu'il allumait, attisait, répondant fougueusement à l'appel souverain de la passion.

À nouveau, il était sur elle, ses hanches se collant aux siennes en leur imprimant un mouvement de va-et-vient, danse immuable de l'union des corps. Elle sentait la force de son désir dans cette puissante érection qu'il plaquait contre son ventre. Le feu rongeait Awena de l'intérieur. Bientôt elle serait à lui, dans tous les sens du terme et elle se liquéfiait dans l'attente de ce moment.

— Hum-Hum ! Och, Ned ! Tu vois bien, mort d'homme, il n'y avait pas ! ricana une vieille voix enrouée. De plus ! L'homme, tout à fait en forme, m'a l'air !

— Je... je..., marmonna gauchement une autre voix.

Darren s'était figé au-dessus d'Awena. Le souffle court tous les deux, se regardant fiévreusement et ne voulant pas croire ni l'un ni l'autre que l'on puisse les déranger en un tel moment de volupté. La conscience avait mis les voiles. Mais là, comment lutter contre des intrus ?

Un muscle nerveux battait sur la mâchoire du laird. Plus du tout par passion. Plutôt par envie de meurtre. Il secoua lentement la tête, ferma les yeux et posa son front sur celui de la jeune femme.

Après un long et profond soupir qui fit frissonner Awena de la tête aux pieds, il se tourna vers les arrivants et grogna plus qu'il demanda :

— Vous êtes venus pour mourir ? Ou juste pour voir si l'on m'avait bien frictionné d'orties ? Ayez une bonne réponse, votre vie en dépend Barabal.

Une réponse ? Un ricanement, oui. Donc, le fait que les sorcières ricanaient tout le temps ne faisait absolument pas partie que des légendes. Il était à croire que toutes les fables avaient quand même une infime base de vérité.

— Ned, les mots justes a trouvé pour au château, me faire revenir, minauda Barabal de sa voix cassée, le tout en faisant une affreuse révérence. Et puis, reprit-elle, si longtemps cela faisait qu'ici, je n'étais plus venue. Beaucoup plus de pierres il y a... que dans mon souvenir, et de splendides araignées.

— Suffit Seanmhair ! Mon père, il fut un temps, vous a effectivement interdit de mettre les pieds au château. Vous m'avez cependant sauvé la vie cette nuit et je lève cette interdiction. Je comprends aussi que vous ayez voulu vous venger en annonçant que j'étais possédé. Mais avez-vous déjà vu un damné de couleur... phosphorescente ? Darren eut du mal à prononcer le mot et en demanda confirmation à Awena, qui fit oui de la tête. À la suite d'un... quiproquo dans le laboratoire de Larkin, reprit-il, une fiole contenant un liquide de cette même substance m'a aspergé et dès qu'il fait nuit ou très sombre, mon corps luit comme une luciole.

Barabal se mit à caqueter, sa seule façon de rire, il fallait le croire.

— « S math sin (Bravo) ! réussit-elle à s'exclamer tout en s'étouffant de son étrange ricanement.

Darren ne paraissait pas du tout s'amuser, lui ! Il semblait même furieux et Ned, l'ayant senti, essayait de calmer Barabal en lui secouant le bras.

C'est le moment que choisit l'estomac d'Awena pour crier famine. Cela faisait bien longtemps qu'elle ne s'était pas restaurée. Situation qui attira l'attention du laird et de la Seanmhair en même temps. Elle essaya de se faire toute petite, ce n'était quand même pas un drame d'avoir faim !

— Faire dépérir ta Promise, tu veux ? Pas grassouillette de plus ! Comment veux-tu, un mac, elle te donner, si rien à manger, tu ne lui procures ? s'indigna la vieille femme en s'approchant du lit.

— Viens mo calman (ma colombe) ! piailla Barabal tendant sa main osseuse vers Awena. On va bien trouver un peu de briosgaid (biscuit), de braec (truite) ou de càise (fromage), si une cuisine, à la hauteur de ce château, ils ont ! Ah ! J'en doute !

Elle fit mine de cracher par terre, mais l'exclamation indignée de Ned lui fit ravaler son jet, ce qui écœura tellement Awena qu'elle sentit partir la sensation de faim, en quatrième vitesse.

Darren, toute colère envolée, semblait à la fois ennuyé et amusé de la situation. Il devait avoir oublié qu'il avait laissé la jeune femme enfermée et donc privée de nourriture. Maintenant, il se le rappelait sûrement et cela devait le chagriner. Il en évitait son regard. Où donc était passé le fougueux amant, prêt à lui enseigner toutes les gammes de la passion ?

À la place, il y avait cet homme magnifique, qui s'était levé du lit et qui enfilait tranquillement son tartan, sans aucune gêne quant à sa sculpturale nudité. Impudique, effronté, beau comme un dieu.

— Ned, retourne voir comment va Larkin…, ordonna Darren en finissant de s'habiller

— Humpf ! fit Barabal d'un air dégoûté.

— Demande à Clyde de nous rejoindre dans la grande salle. Nous descendons manger,. Trouve-nous une torche aussi, ajouta encore Darren, alors que Ned tournait les talons vers le couloir.

Ce fut encore le rire-caquètement de la Seanmhair qui retint tous les regards. Darren haussa un sourcil interrogateur en direction de Barabal, attendant de savoir ce qui avait déclenché son hilarité.

— Och, mo bòidheach (mon beau) ! Plus que la lune, et de tes fesses je ne parle pas, tu resplendis ! Avec toi qui guides nos pas, de lumière, nous ne manquerons pas ! termina-t-elle en s'étouffant de rire.

Tilt !

Awena eut une sorte de flash à ce moment-là. Cela faisait un moment qu'en voyant la Seanmhair et en l'écoutant parler, quelque chose la turlupinait. Barabal, avec ses rides, sa silhouette recourbée par le poids des ans, sa façon de s'exprimer et la peau verte, parce qu'éclairée de la lumière phosphorescente qu'irradiait le corps de Darren évoquait… maître Yoda, de La guerre des étoiles !

Incroyable, mais vrai ! D'abord, la vieille Carabosse, ensuite la méchante sorcière de Blanche-Neige et pour finir : maître Yoda…

La faim ! Oui, le manque de nourriture jouait des tours à Awena. Mais avant, il fallait se lever et surtout s'habiller. Mais quoi mettre ?

— Pour moi, rien serait le mieux. Mais puisque je ne veux te partager avec personne, enfile ma tunique et le châle en guise de jupe.

Darren se tenait près d'elle, la couvant d'un regard affamé. Awena supposa que ce n'était cependant pas à la même nourriture qu'il songeait.

— Habille-toi, chuchota Darren. Sinon, faim ou pas, personnes présentes ou pas, je te fais mienne dans les instants qui vont suivre, lui lança-t-il encore en s'éloignant d'elle.

Plus question pour Awena de faire intervenir sa tante de Russie comme excuse ou bouclier. Le laird n'ignorait pas qu'elle était tout à fait en forme.

Alors qu'il attendait dans le couloir avec Barabal et Ned, Awena enfila à toute vitesse les habits de fortune, encore remuée par les derniers mots de Darren. Puis elle sourit en pensant à autre chose, tout en se dirigeant d'un pas léger et dansant vers la sortie de sa chambre ; elle allait manger avec maître Yoda. Elle n'en revenait pas.

En effet, nul besoin d'une torche pour éclairer le couloir et l'escalier. Darren illuminait tout à moins de cinq mètres. Il faisait fuir tout le monde aussi. Du plus petit être vivant comme les souris et araignées (au désespoir de Barabal qui manquait de rapidité pour les attraper), au plus grand comme ce dadais de garde qui avait failli s'assommer en fonçant dans le mur pour éviter Darren.

Bien pratique cette potion qui avait transformé le laird en ampoule écologique. Cela, c'était du point de vue d'Awena, qui s'en amusait franchement. Quant à Darren, il ne semblait pas aimer ça. Plus le temps passait, plus il paraissait agacé, irritable.

Sur une impulsion du laird, ils avaient suivi Ned dans les appartements de Larkin. Le vieil homme respirait à peine et Clyde dormait à poings fermés sur une petite chaise en bois qui avait l'air de souffrir et gémir sous son poids. Le laird décida de le laisser ronfler.

— Des soins, il a eu. Attendre, maintenant nous devons,

murmura la Seanmhair après avoir ausculté le grand druide de ses mains. Le brûler pour me faire plaisir, vous auriez dû ! Humpf ! Mon souhait, les dieux réaliseront peut-être !

Awena était toute retournée d'entendre Barabal espérer avec tant de force la mort d'un de ses compagnons de magie. Elle-même aurait pu le vouloir, car le sort de Larkin avait bien failli la tuer. Mais non, une vie était une vie et elles étaient toutes précieuses, de son point de vue à elle en tout cas.

— Ne crois pas ce que te montrent tes yeux, ni ce que les sons te disent... « Écoute » plutôt les gestes parler. Ils ne l'admettront jamais, mais ces deux-là s'aiment beaucoup. Jamais Barabal n'aurait accepté de venir voir Larkin si elle n'avait eu aucun sentiment pour lui. J'ai senti son anxiété pour lui et même si je lui en veux pour ce qu'il a fait, pour avoir cru te perdre... Je souhaitais, moi aussi, avoir des nouvelles de son état.

Darren s'était approché d'Awena si doucement qu'elle sursauta en entendant sa belle voix profonde et rauque. Il ne la regardait pas, l'air soucieux, il contemplait le corps allongé du vieillard.

— Je ne comprends pas, murmura Awena, curieuse, pourquoi as-tu pu te soigner grâce à ta magie et pourquoi Larkin ne le peut-il pas ?

— Il y a une grande différence entre Larkin et moi. Il peut invoquer par la Voix la magie blanche, s'en servir pour des sorts ou des potions, mais c'est tout. Comme Barabal. Ils sont pareils. Ils ont appris les Mots du Pouvoir. Certains mots prononcés sont puissants en incantations ou formules et des objets ou pierres peuvent devenir des réceptacles de magie. Quant à moi, je suis né avec. Le sang des miens est à lui seul une puissance magique. Il est dit que l'un de mes ancêtres très lointain aurait eu un fils d'une déesse. Je descends de cette lignée. Avec le temps, les siècles, la magie perd de son intensité. Mon père n'était pas un mage important. Il avait peu de pouvoirs, mais était un exceptionnel guerrier. Savoir pourquoi je suis plus puissant que lui, je ne pourrais le dire...

L'âme sœur d'Awena était un descendant de dieux et d'humains ? Elle comprenait mieux pourquoi il ressemblait tant à la statue d'Hermès.

Un Dieu, ou plusieurs dieux, elle n'y avait jamais cru. Par contre, elle accordait crédit en la présence de quelque chose pour elle, celle qu'elle sentait à ses côtés, qui la guidait, était toujours sa chère grand-mère Sophie Élisa. Elle en avait la certitude. C'était son ange gardien en quelque sorte.

— Et tes parents ? Où sont-ils ? demanda-t-elle.

Le visage de Darren se ferma en une expression dure. Un masque de pierre qui fit froid dans le dos de la jeune femme.

— Plus tard, furent les seuls mots qu'il prononça en serrant les dents.

Il se dirigea d'un pas vif en direction du couloir, Barabal et Ned dans son sillage.

— Trop de questions, pas le moment il est, lui chantonna la Seanmhair en passant à côté d'elle.

Des questions, Awena en avait plein la tête justement, et sa curiosité était en éveil. Cependant, elle suivit bien sagement la petite troupe dans le couloir.

Darren, pour sa part, se posait d'autres questions et celle de taille qui le turlupinait, était : quand est-ce que la potion phosphorescente allait cesser d'agir ?

Quand recouvrerait-il son aspect normal ? Et si cela ne devait plus être ? S'il restait ainsi à vie ? Darren émit un grognement sourd. La magie n'avait été d'aucun effet contre cette couleur. Il fallait attendre pour avoir la réponse, que Larkin se réveille, s'il le faisait un jour.

— Le temps, grogna-t-il rageusement.

Que pouvait-il bien penser pour parler de temps ? s'interrogea la jeune femme.

Elle aurait tout donné en ce moment pour avoir elle aussi le droit de lire dans ses songes.

Non, vraiment pas juste ! se dit-elle en bougonnant intérieurement.

D'ailleurs, quelle heure pouvait-il être ? Awena avait perdu sa montre. Elle se sentait pratiquement nue sans ce ridicule, mais ô combien nécessaire objet. Dire qu'auparavant, en 2010, elle ne l'aimait pas du tout ! C'était un euphémisme. Cependant, en cet instant, elle la regrettait. Car c'était presque la dernière chose qui la rattachait à son époque, le XXIe siècle. Cette montre et son sac fourre-tout rose.

Ah non ! Il y avait aussi la robe longue et les sous-vêtements qu'elle portait le jour de son arrivée. Mais reverrait-elle ne serait-ce que l'un d'entre eux ? Le vague à l'âme n'était pas loin, elle le sentait pointer son bout du nez.

J'ai fait mon choix, s'admonesta-t-elle tout en suivant les autres dans un escalier en colimaçon. Personne, de toute façon, ne l'attendait. Ni sa mère, bien peu aimante, ni son père, fantôme de sa vie, sans visage. Seul son travail allait lui manquer. Mais elle pourrait toujours dessiner dans cette époque, dans son carnet de parchemins. Et Thomas ? Ah, Thomas...

Awena se cogna dans le dos de Ned, qui lui-même s'était heurté à Barabal, elle-même stoppée net dans sa descente par un laird furieux. Il avait fait volte-face en suivant le fil des pensées d'Awena. Il savait que ce n'était pas bien, mais il ne pouvait s'empêcher d'être à l'écoute de son esprit si vivant, si envoûtant. Au nom de Tomate ou quelque chose comme ça, il avait vu rouge. Il était jaloux ! Jamais cela ne lui était arrivé !

Ce petit bout de femme allait lui faire perdre la raison. Ces derniers temps, il était soit en colère, soit pris d'un fou rire irrépressible, il avait même connu la peur et maintenant... la jalousie ! C'était bien simple, il ne contrôlait plus ses émotions ! Alors, savoir que son âme sœur pouvait songer à ce... ce... Tomasse ! Par les dieux ! Elle sortait de ses bras et elle pensait à cet insignifiant prétendant ?

— Où aller, crois-tu mac ? demanda la Seanmhair qui lui bloquait l'accès des marches qui montaient vers Awena. À chaque pas qu'il faisait de droite ou de gauche, elle suivait son mouvement.

— Emporter ma femme dans ma chambre et lui faire l'amour toute la nuit ! enragea Darren dont la voix grave, sombre, résonna dans l'escalier.

— Qu'est-ce qu'il a dit ? s'enquit Awena qui sautillait quelques mètres plus haut derrière Ned qui se dévissait le cou, lui aussi, pour voir ce qu'il se passait plus bas. L'escalier en colimaçon était si étroit que ni Awena, ni Darren ne pouvaient s'apercevoir.

— Par les dieux ! rugit Darren, je m'en viens te proférer de plus près ce que tu n'as pas entendu ! Barabal, pousse-toi, je n'aimerais pas te blesser ! vociféra-t-il à nouveau, sans réaliser qu'il avait utilisé les mille voix.

— Och, mac ! Ta Promise, elle l'est, ta femme, pas encore ! En toi, gronde la jalousie, bouillir ton sang, elle fait ! Amoureux, tu l'es ! Lui faire confiance, tu dois ! Te taire, aussi, sinon, l'escalier nous tomber dessus ! Humpf !

— Mais qu'est-ce qu'ils disent ? s'impatienta la jeune femme. Pourquoi Darren est-il si en colère ?

La réponse ne se fit pas attendre :

— TOMASSE ! rugit Darren.

— Oh... mon... Dieu ! gémit Awena qui venait de comprendre qu'il avait à nouveau lu dans ses pensées. Mais c'est du passé, bafouilla-t-elle encore.

— Du passé ? Pourquoi songes-tu à lui si c'est de l'histoire ancienne ? s'emporta Darren toujours bloqué par la Seanmhair, mais ayant retrouvé le contrôle de ses sens et de sa magie.

— Aye ! Pourquoi penser à lui ? commença à dire Ned.

— Ne t'en mêle pas !

— Ne vous en mêlez pas ! piaillèrent ensemble Darren et Awena.

Était-ce possible qu'un géant rapetisse ? Oui ! Awena en eut confirmation en voyant Ned se tasser sur lui-même. Puis, elle se mit à sourire aux anges. Darren était jaloux ? Donc, en plus du désir, il éprouvait vraiment quelque chose pour elle ?

Le cœur battant la chamade, elle commença à fredonner dans sa tête : Il m'aime, un peu, beaucoup, à la folie... Il m'aime... Pour le coup, ses pensées firent mouche. Darren en éprouva une intense bouffée de chaleur. Bien sûr qu'il l'aimait, cette chipie, ce fléau. Sa femme !

Ne le lui avait-il pas dit ? Si, évidemment, mais en gaélique, chose qui depuis le sort se répétait trop souvent, les deux langues refaisant surface simultanément, alors qu'Awena parlait le gaélique et le comprenait depuis qu'elle avait passé le Cercle des Dieux. C'était encore la magie qui voulait ça. Mais des fois... il y avait des couacs.

— Tha goal agam ort ! Là, l'avait-elle compris ? se demanda-t-il à voix haute.

— Aye, mon petit, le comprendre, bientôt elle pourra. Vers le bas, descendons. Manger nous devons, intervint la Seanmhair en ricanant et en lui tapotant le haut de la tête.

— Attends de descendre quelques marches pour que je te fasse la même chose, grommela Darren.

— Nia, nia, nia, le nargua Barabal.

Darren la tint à l'œil un instant, puis se retourna et entama la dernière volée de marches qui les mèneraient vers la grande salle. Voilà qu'il souriait à nouveau, la colère et la jalousie cédant la place à d'autres émotions. Car il entendait encore Awena qui chantonnait dans sa tête « Il m'aime, un peu, beaucoup, à la folie... il m'aime... ».

Je t'aime, lui souffla-t-il en pensée, de tout mon cœur, et de toute mon âme.

Même s'il savait qu'elle ne pouvait pas l'entendre. En bas, il laissa passer Barabal et un Ned tout penaud, pour faire face à sa petite bean sìth (fée) qui lui sauta littéralement dans les bras. Il eut le temps d'apercevoir son lumineux sourire, ses beaux yeux verts resplendissants de malice, puis il l'embrassa passionnément.

Quoi de mieux qu'un baiser, pouvait transmettre les émotions ? Il en avait une petite idée, mais ce serait pour plus tard.

— Il suffit, vous deux ! Des clann (enfants), on dirait ! Des croûtes sur la bouche elle aura, si tu continues de la lécher, marmonna la Seanmhair. Manger on doit... Humpf !

Elle s'en fut en direction de la grande salle, s'appuyant sur sa drôle de canne tout en baragouinant dans sa barbe. Ned lui, se dirigea vers les cuisines, content de se défouler les jambes, de chercher de quoi les sustenter en cette presque fin de nuit, mais surtout, heureux de voir son laird aussi entiché et que cela soit partagé ! Il avait bien fait de prononcer ce sort ! Aye, lui ! C'était grâce à lui, pas grâce à Clyde, que la Promise était parmi eux. Il se mit à siffloter joyeusement. Il sentait. Il savait, que le futur leur promettait des instants d'harmonie.

Chapitre 9
Échanges de cultures

Ils s'étaient installés près de la cheminée de la grande salle, à une table sur tréteaux que l'on avait placée là, sur ordre du laird. Les gens du clan regardaient Darren, apeurés, mais lui obéissaient au doigt et à l'œil. Ils avaient beau savoir qu'il était un magicien, on ne comprenait pas pourquoi il émanait de lui une telle lueur verte.

Darren ne donna aucune réponse à leurs questions muettes, ce n'était pas le moment et sa friction aux orties lui restait en travers de la gorge. Qu'ils aient peur, encore un peu. Le lendemain, viendrait le temps de tout raconter.

On disposa deux bancs de part et d'autre de la table et Awena soupira de soulagement quand la Seanmhair s'installa en face d'elle, plutôt qu'à ses côtés. Elle savait pourtant que la très vieille femme était gentille, mais elle ne lui faisait pas totalement confiance.

Ned les rejoignit à ce moment-là, tandis que Darren ajoutait des bûches dans le foyer de la cheminée. Plus forte était la lumière du feu répandu, moins la lueur verte avait de pouvoir, à son grand soulagement, comme à celui de ses gens.

Ned s'installa sans aucune manière près de la Seanmhair et Darren vint se coller à Awena sur son banc. Elle se poussa un peu, il suivit son mouvement tout en passant un bras possessif autour de sa taille.

Barabal se mit à ricaner.

— Drôle de danse que celle-là. Si ainsi, vous continuez, sur le sol, vous vous assiérez ! Humpf !

Awena fit mine de ne pas l'entendre et reporta son attention sur le plat qu'on leur servait. Une sorte de grosse baudruche toute fumante que l'on perça pour en sortir une autre chose toute fumante.

— Qu'est-ce que c'est ? demanda Awena en tripotant du bout de sa fourchette à trois dents un mélange de viandes brunâtres et juteuses qu'on venait de déposer sur son tranchoir.

— Du haggis ! la renseigna Ned en s'empiffrant copieusement.

L'aspect était bizarre, cela ressemblait à de la farce épaisse, mais sans en être vraiment. Tout le monde dévorait de bon appétit, en accompagnant ce festin de grosses tranches d'une sorte de pain de campagne.

— C'est quoi du haggis ? questionna la jeune femme qui ne se décidait toujours pas à manger et qui avait conscience de se montrer impolie envers ses hôtes.

— De la panse de brebis farcie et tout un tas d'autres morceaux, la renseigna Ned en s'emparant de sa bière brune et en buvant avidement.

Awena ouvrit de grands yeux et en resta muette quelques secondes.

— De la panse... de brebis ? hoqueta-t-elle, soudain nauséeuse.

— Manger, tu dois ! caqueta Barabal qui engloutissait ses aliments à toute vitesse.

Du jus coulait de sa bouche ridée à son menton en suivant les sillons de sa peau crevassée, puis vers le cou. Avec le peu de dents qu'elle avait, Awena se demanda comment la Seanmhair ne s'étouffait pas avec les morceaux.

La bouche toujours pleine, celle-ci lui fit un immonde sourire, et Awena, écœurée, repoussa des deux mains son tranchoir. Darren, amusé, le lui remit sous le nez et piqua un morceau de viande de la pointe de sa dague, le dirigeant ensuite doucement vers les lèvres d'Awena, qui trop subjuguée par le geste du laird, n'eut pas l'idée de reculer.

— Goûte ! lui enjoignit-il en souriant.

Awena saisit le morceau du bout des lèvres et ouvrit de grands yeux étonnés. C'était succulent !

Sous le regard goguenard de Darren et les moqueries des deux autres compères, elle prit sa fourchette et mangea sans en laisser une miette. Même les rots sonores de Ned et Barabal ne purent la dégoûter. Elle avait trop faim et elle se régalait.

Sans qu'elle s'en rende compte, Darren l'avait resservie une deuxième fois, tout en lui donnant de temps en temps sa chope de bière brune pour qu'elle boive.

Quelques instants plus tard, Awena était aux anges et aurait pu se tapoter le bidon tant elle se sentait rassasiée. De plus, les effets de la bière ne lui avaient pas monté à la tête.

Enfin, pas vraiment pour le moment, si dit-elle à la suite d'un hoquet.

— Hum, que c'était bon ! s'extasia la jeune femme à voix haute. Il faudra me donner la recette ! J'adore cuisiner ! proclama-t-elle encore, tout heureuse.

Darren souleva un sourcil moqueur. Ses yeux brillaient d'amusement et celui-ci transparut dans les intonations de sa voix quand il reprit la parole.

— Ici, tu n'auras pas besoin de cuisiner. Nous avons des gens pour ça. Bientôt, tu seras la Dame du clan Saint Clare, ne l'oublie pas.

— Ne me dis pas que je n'aurai plus le droit de ne rien faire ! s'exclama la jeune femme d'un air taquin.

Barabal ricana, avant de roter bruyamment et longtemps. Un son horrible qui sortait de sa cage thoracique en faisant vibrer sa bouche. Ce qui déclencha une nouvelle grimace écœurée d'Awena.

Darren se rapprocha encore plus d'elle, profitant de son inattention.

— Tu devras t'occuper exclusivement de moi, lui

susurra-t-il au creux de l'oreille. Et, fais-moi confiance, tu seras très occupée.

Awena rougit d'un coup et s'aperçut que Ned et Barabal s'étaient penchés en avant pour essayer d'entendre ce que Darren lui disait.

Elle toussota et s'efforça de faire diversion, sa spécialité.

— Euh ! Bien... Donc, le hachis !

— Haggis ! reprirent en chœur Ned et Barabal.

— Oui, le haggis, la recette, j'aimerais savoir comment on la prépare, ses ingrédients, tout ça quoi !

Darren sourit franchement en secouant la tête, geste qui fit glisser ses longs cheveux soyeux sur ses épaules musclées.

— Naye ! Tu ne veux pas savoir !

Awena le regarda, indignée, et but une gorgée de bière pour se donner une contenance.

— Si ! J'adore cuisiner, et j'aimerais m'essayer au haschich, s'entêta-t-elle.

— Haggis ! reprirent une nouvelle fois Ned et Barabal.

— Ah, oui… Hic… pardon. En fait, le haschich, ça se fume, baragouina Awena en camouflant un autre hoquet.

— De la viande fumée ? s'enquit Darren, sans comprendre ce que la jeune femme mimait, deux doigts devant la bouche, et semblant aspirer quelque chose d'invisible.

— Non, le haschich c'est de la résine de cannabis qui se fume. C'est pour voir des éléphants roses en bermuda.

Darren ouvrit de grands yeux ébahis, avant d'éclater franchement de rire et de soustraire la bière d'Awena.

— Je ne comprends rien à ce que tu dis. Mais pour le Haggis, crois-moi ! Tu ne veux pas savoir, réussit-il à dire entre deux rires, tandis que la jeune femme tentait de récupérer sournoisement sa boisson.

Awena fronça les sourcils, l'air boudeur. Mais pourquoi se moquait-il de sa curiosité ? Le haggis était un plat succulent, elle avait simplement envie de connaître la recette.

Qu'est-ce qui en était si drôle ?

C'était vexant !

Essayant d'ignorer Darren, dont le corps était secoué par un bon fou rire, Awena, pleine d'espoir, se tourna résolument vers Ned et Barabal. Leur faisant le plus charmant de ses sourires, elle leur demanda :

— L'un de vous deux aurait-il la gentillesse de me dire comment on prépare le haggis ?

— Et après, fumer haschich on fera ? s'enquit Barabal les yeux illuminés d'espoir. Voir des faons roses, je veux !

— Euh... non. Je n'en ai pas sur moi, d'ailleurs, je n'en ai jamais fumé, c'est très mauvais pour la santé. Mais je vous écoute !

Ned et Barabal, un peu déçue de ne pas fumer, se dévisagèrent deux secondes, et après un échange de mimiques étranges, firent face à Awena.

— D'accord ! clamèrent-ils ensemble.

— Och naye ! s'étouffa de rire le laird.

Awena eut beau lui lancer son coude dans les côtes, il gloussait encore, le mufle !

— Bien, c'est donc à base de... panse de brebis, reprit Awena, comme si de rien n'était, en tiquant quand même sur « panse de brebis ».

Barabal lui fit signe de s'approcher de son doigt crochu. La jeune femme n'hésita pas et s'avança sur le banc tout en posant les coudes sur la table. Elle était tout ouïe !

Ce que la Seanmhair et Ned attendaient.

— D'abord ! Tuer la brebis, tu dois ! annonça Barabal.

Ça commence bien ! pensa Awena en pâlissant d'un coup.

Ses coudes faillirent en déraper du bord de la table.

— Il faut lui trancher la gorge ! enchaîna Ned en faisant le geste de passer le pouce sur son cou, de gauche à droite.

— Quand bien saignée elle est, lui ouvrir le ventre, tu dois ! continua la Seanmhair comme si elle parlait de la pluie et du beau temps.

Awena gémit en reculant sur le banc.

— Il faut lui sortir les entrailles et trier. Prendre la panse, le cœur, les poumons et le foie, énonçait Ned en comptant sur ses doigts, le reste, c'est à mettre de côté ou à donner aux chiens.

Awena émit un drôle de hoquet à ce stade-là de la recette.

— La panse, vider et nettoyer, il faut ! La retourner, la gratter ! Dans l'eau bouillante salée, toute la nuit, la tremper ! Humpf ! caqueta Barabal en hochant la tête, indifférente à la mine de plus en plus décomposée de la jeune femme.

— Nettoyer le cœur, les poumons et le foie. Pour le cœur, il suffit de le presser dans ses mains pour faire jaillir le sang restant. Et Ned de mimer la scène avec ses grosses paluches. Puis il faut hacher et cuire le tout dans un fond de chaudron avec du gras ! continua d'énoncer Ned studieusement.

— Och ! Du gras ! De gras beaucoup mettre tu dois ! chahuta la vieille femme en rigolant avec Ned.

— Je crois qu'on doit griller la farine d'avoine, ajouta Ned en demandant confirmation à la Seanmhair, puis il enchaîna :

— Les morceaux, la farine, on mélange avec le jus et on laisse mijoter.

— Avec la farce, la panse remplir tu dois !

— Il faut coudre la panse et la cuire une demi-journée dans de l'eau bouillante. Très important ! dit Ned en cherchant le regard d'Awena. Nous avons la chance que la panse soit presque prête avant le petit matin !

— Manger, ensuite ! ricana Barabal en se servant directement dans la panse d'autres morceaux de viande.

Les deux marmitons se turent, on entendit les bruits de gorge que faisait Ned en buvant sa bière brune, et les sons répugnants de mastication de la Seanmhair qui s'était resservie.

D'Awena ? Plus rien... Elle était verte ! Pas autant que le laird dans l'obscurité, mais verte quand même. Et les deux compères qui ricanaient.

Quant à Darren ? Awena se tourna lentement vers lui. Il ne riait plus, mais son sourire ironique parlait pour lui, il semblait lui communiquer : je te l'avais dit.

— Du foie, un cœur... des... des... poumons..., et tu m'as laissé manger ça ? bafouilla la jeune femme.

Il hocha la tête.

— C'était bon, naye ? Tu en as repris deux fois !

Awena hoqueta derechef. La crise de son propre foie s'annonçait dévastatrice ! Et le voilà qui riait à nouveau, comme les deux autres.

Bien, bien, bien. Ils se moquent de moi, s'indigna mentalement Awena, alors que l'onde de la vengeance parcourait son corps. Oh oui... Vengeance ! Comme un baume, ce mot agissait sur son estomac et la digestion. Elle ne souffrirait pas de crise de foie en fin de compte.

Quand elle se mit à sourire... ses trois compagnons se figèrent. Quand elle croisa ses doigts... leurs sourcils se froncèrent dans un bel ensemble. La jeune femme avait l'air si contente d'elle, qu'une sorte d'inquiétude enfantine s'était emparée des trois larrons.

À l'attaque !

— La région est assez humide, non ? demanda d'un ton léger Awena.

Darren, Ned et Barabal se dévisagèrent, suspicieux, mais firent oui de la tête.

— Donc, il doit y avoir beaucoup, mais alors beaucoup d'escargots ? questionna encore la jeune femme. Et des grenouilles ?

Là, c'est Barabal qui lui répondit, heureuse, en sautillant sur son banc.

— Beaucoup escargots ! Bonne bave ils ont ! Grenouilles, plein aussi !

Awena s'interdit de grimacer et continua.

— Nous allons en ramasser, un bon panier... de chacun. Ensuite, je vous apprendrai à les préparer. Pour les escargots, on leur coupe la tête et on les farcit, pour les grenouilles, on arrache leurs cuisses alors qu'elles sont encore vivantes, on enlève la peau et on les fait frire dans du gras, c'est succulent !

Sa victoire ne fut pas entière, car Barabal frappa dans ses mains et sourit jusqu'aux oreilles, on aurait dit une petite fille à qui l'on annonçait une sortie en calèche.

Mais les deux autres... Ah, les deux autres, fini de rire les guerriers ! Ils avaient soudain bien mauvaise mine. Et Ned avait les joues enflées. Darren quant à lui marmonna :

— Parole ! Tu seras vraiment trop occupée avec moi pour mettre un seul de tes charmants petits pieds dans la cuisine.

Ça, ce n'était pas certain, se dit Awena en lui souriant de toutes ses dents.

Le repas s'acheva assez rapidement en fin de compte. Tous étaient fatigués, à part Barabal qui avait développé une soudaine et fervente amitié pour Awena. Darren et Ned étaient partis un peu plus tôt. Où ? Awena ne le savait pas. Elle se retrouvait seule avec son infernale petite mère et se traînait vers l'escalier en colimaçon qui la mènerait à des couloirs, et d'autres escaliers, puis d'autres couloirs...

Dieu que ma chambre me semble loin, s'apitoya-t-elle, sans compter la Seanmhair qui s'accrochait à son bras, et lui posait diverses questions sur la façon de décapiter les escargots.

Avec les doigts ou avec une dague, elle voulait savoir si les grenouilles gesticulaient quand on leur arrachait les jambes, que faire du reste ? Barabal n'attendait pas sa réponse et la plupart du temps répondait à sa place. Elle disait qu'elle pouvait les utiliser dans une potion pour rendre les hommes plus virils quand les femmes se plaignaient du peu d'enthousiasme de leur mari. Awena ne voulait pas savoir comment elle faisait sa potion, mais décidément, Barabal devait soudain beaucoup l'apprécier, car elle lui expliqua comment la réaliser.

Intéressant, pensa-t-elle en rangeant dans un coin de sa mémoire toutes les informations sur les ingrédients que la Seanmhair avait énumérés.

Devant l'escalier, elle compta calmement jusqu'à trente, avant de décider de couper court à son infernal bla-bla.

— Est-ce que vous les embrassez ?

Barabal sembla déroutée, la bouche grande ouverte sur ses immondes chicots.

— Qui embrasser, je dois ?

Awena fit mine d'être étonnée et scandalisée tout à la fois.

— Mais, les grenouilles bien sûr ! s'exclama-t-elle en foudroyant Barabal de ses yeux verts.

Après un instant de flottement, où l'on aurait pu utiliser l'expression un ange passe, Barabal cligna plusieurs fois des paupières et referma la bouche. Elle regardait de travers la jeune femme, se demandant si ce qu'elle lui disait était du lard ou du cochon, et en définitive, elle n'arrivait visiblement pas à se décider.

— Toi, grenouille embrasser ? coassa la Seanmhair.

— Évidemment ! s'exclama Awena en levant les mains au ciel et en continuant de considérer Barabal d'un air sombre. Sinon, comment pourrait-on le savoir ?

— Quoi savoir on peut ?

— Mais si ce sont des princes !

Le visage de Barabal fut saisi de tics des plus hideux les uns à la suite des autres. Cela dura bien un moment avant qu'elle reprenne la parole :

— De grenouille, tu parles, puis, de prince aussi tu parles ! marmonna Barabal qui n'y comprenait plus rien.

— Mais oui ! Parce que c'est la même chose, voyons ! s'écria Awena en essayant de cacher son hilarité sous un masque d'indignation.

— Seanmhair, vous ne saviez pas ?

Non, fit celle-ci de la tête.

— Il existe des méchantes sorcières.

Barabal fit un oui hésitant, le coin de sa bouche s'abaissant brusquement.

— Ces sorcières s'amusent à transformer des princes en grenouilles. Oui, vous avez compris... Et pour savoir qui est une vraie grenouille de qui est un prince transformé en grenouille, il faut ?

— L'embrasser, je dois ! piailla Barabal en postillonnant copieusement avant de se figer soudain. Pourquoi ? demanda-t-elle à nouveau méfiante.

— Parce que c'est le baiser qui met fin au sortilège ! Vous l'embrassez, la grenouille reste une grenouille, c'est bon, mais si cette grenouille se transforme en un beau prince, c'est que vous l'avez sauvé ! Le sortilège est rompu !

Barabal acquiesçait à chaque mot, elle semblait de plus en plus soucieuse, la pauvre.

— Och... De grenouilles, beaucoup j'ai tué... Des princes, peut-être... Naye, naye, naye... Partir, je dois. Penser à tout cela... Des princes, marmonnait-elle en se traînant vers la sortie du château. Embrasser je dois... Après... grenouille couic !

Awena avait gagné, la Seanmhair partait et elle allait pouvoir dormir. Puis son sourire disparut, effacé par un énorme bâillement. Puis elle commença à avoir mauvaise conscience, mais... quoi ? Aurait-elle dû s'écrouler de fatigue aux pieds de l'infatigable Seanmhair ?

— Dodo, soupira Awena en commençant à gravir les marches de l'escalier.

Elle se sentit soulevée dans les airs et se retrouva lovée contre un torse chaud et fort. Darren ! Sans se poser de questions, elle se réfugia encore plus contre lui et passa les bras autour de son cou.

Depuis quand était-il là ? Avait-il entendu les âneries qu'elle avait débitées à Barabal ? Et depuis quand sentait-il aussi bon ? Un mélange de verveine, de cuir, d'air frais et de musc. Oui, il sentait délicieusement bon et il n'avait pas l'expression de quelqu'un qui voulait lui poser des questions sur les grenouilles et les princes. Bien. Elle était trop fatiguée pour lui expliquer d'où venaient ces histoires.

Darren montait les marches et la portait sans effort, comme si elle ne pesait pas plus lourd qu'une plume. Adieu les complexes dus au poids et les régimes. Son demi-dieu avait la force de la porter au bout du monde.

Il pouffa !

— Uniquement jusque dans ta chambre, mo chridhe. Ensuite, je te laisserai dormir, malheureusement seule, et j'irai au chevet de Larkin.

Awena contempla son beau visage. Ses yeux étaient soulignés d'ombres, la fatigue était bien présente pour lui aussi.

— Tu devrais te reposer d'abord. Si tu continues, tu vas t'écrouler.

Le laird la dévisagea, étonné que quelqu'un pense à prendre soin de lui. Sa petite âme sœur se faisait du souci et il en ressentit une très grande tendresse. Elle s'endormait dans ses bras. Ses paupières étaient lourdes, cependant elle luttait encore.

— Dors, mo chridhe, murmura-t-il.

— Il faut d'abord que je fasse ma toilette avant d'aller au lit, me brosser les dents, coiffer mes cheveux, soupirait-elle entre plusieurs bâillements. Besoin de mon fourre-tout.

— Quand tu te réveilleras, bien reposée, tu trouveras le temps de t'occuper de tout ça, s'esclaffa Darren en frottant doucement son nez contre le sien. Nous y sommes presque.

De fait, ils arrivaient effectivement à la chambre d'Awena. Le jeune homme la porta jusqu'au lit et la déposa délicatement sur les fourrures. Il la regarda longuement, en appui sur les bras au-dessus d'elle, alors qu'elle plongeait vers d'autres bienheureux bras, ceux de Morphée.

Elle marmonnait toujours.

— Dentifrice... Coton... Ma crème... Démêler les...

cheveux...

— Demain, je te parlerai d'un sort, ma douce. Tu ne manqueras de rien, tu auras tout ce que tu veux ! Dors, chuchota-t-il en lui butinant le visage de centaines de baisers légers.

Elle ronflait déjà. Doucement, comme un ronronnement, mais elle ronflait ! s'amusa à penser Darren en la couvrant des fourrures et du drap.

Demain, il lui ferait un beau cadeau, un peu obligatoire par la force des choses, mais un beau cadeau tout de même. Pourvu seulement qu'elle l'écoute à la lettre et ça, ce n'était pas gagné.

Les rayons rougeoyants du soleil naissant inondaient déjà la chambre. Demain serait plutôt cet après-midi. Darren sentait la fatigue le terrasser, mais il fallait absolument voir Larkin d'abord.

Le grand druide, contre toute attente, récupéra des forces et en ce début de l'après-midi du 15 août 1392, il ouvrit les yeux sur le visage anxieux et épuisé de son laird.

— Darren, souffla Larkin, d'une voix très faible. Pardon.

— Tu as payé le prix de ton erreur, vieil homme. Je suis heureux de te voir revenir à la vie.

Larkin referma les yeux. Il avait beaucoup de mal à rester éveillé. Néanmoins il demanda :

— Awena ?

— Elle est vivante et se repose de ces dernières longues heures d'insomnie et de tension. Tout va bien. Reprends des forces, nous reparlerons plus tard.

Larkin ne répondit pas, le souffle régulier de sa cage thoracique montrait qu'il s'était à nouveau endormi. Il était tiré d'affaire.

Une bonne chose, Darren en était heureux. Le poids qui pesait sur sa poitrine s'allégea. Ce vieil homme comptait énormément pour lui, il était le seul qui représentait un semblant de famille pour Darren. Malgré ce qu'il avait fait, le laird ne pouvait plus lui en vouloir. Cependant, si Awena avait succombé, c'est de ses propres mains qu'il aurait tué le grand druide.

Une des bana-bhuidseach veillait sur lui à présent. La même qui avait parlé à Awena lorsqu'on la conduisait au château. Darren la connaissait depuis leur tendre enfance, elle s'appelait Aigneas de Brún et avait toujours ressemblé à un chat sauvage. Il s'était rendu compte de sa présence en s'éveillant un moment plus tôt, alors qu'il avait pris la place de Clyde sur la petite chaise en bois – horriblement inconfortable pour dormir – et qu'il s'y était assoupi.

La jeune sorcière l'informa que c'était Barabal qui l'avait envoyée, mais qu'elle avait pour consigne de ne pas le dire à Larkin.

— Sous peine de mort dans d'affreuses souffrances, avait-elle ajouté en rigolant.

Darren sourit et rejoignit ses appartements où l'attendait un bon bain. L'image d'Awena dans un bain avec lui lui apporta des bouffées de chaleur. L'impatience de la retrouver le gagnait de minute en minute. Il avait un cadeau à offrir à sa Promise. Un secret à partager avec elle. Un secret que son grand-père lui avait confié avant de disparaître.

Chapitre 10
Un secret, dont il ne faut pas abuser

Le son des rires et des chants parvenait à la fenêtre de la chambre d'Awena, en un véritable concerto pour le cœur. Elle finissait de s'habiller, pendant qu'Eileen terminait de ranger autour d'elle, avant de descendre le plateau-repas dans les cuisines.

La servante la couvait d'un regard bienveillant, guettant tout signe de douleur chez sa maîtresse. Car à force d'en parler, la fameuse tante de Russie avait rappliqué avec armes et bagages. Et pour Awena, cette période menstruelle était la plus difficile de sa vie de femme.

Une heure plus tôt, alors que l'après-midi était bien avancé et qu'elle avait dormi comme une masse, de violents spasmes dans son ventre et ses reins l'avaient cruellement arrachée aux bras protecteurs de Morphée. Eileen était arrivée à ce moment-là et comprenant ce qui se passait, s'était dépêchée de lui chercher des linges et une infusion à base d'armoise, dite aussi mère des plantes, connue depuis l'Antiquité pour ses propriétés à soulager les problèmes intimes des femmes.

— Eileen, s'était plainte Awena, il suffit de demander à Darren de bien vouloir me rendre mon sac. Dedans, j'ai du paracétamol pour la douleur et mes protections féminines. S'il te plaît, je n'aime pas du tout les infusions en tout genre et ces linges… ce n'est pas très hygiénique.

— Le laird se repose dame, et l'on dit qu'il est un

peu... étrange... depuis le sort dans le Cercle. Je préfère vous assister à ma manière et puis, ce n'est pas une infusion banale ! avait grondé gentiment la jeune servante en l'aidant à s'allonger à nouveau après lui avoir donné des linges intimes malgré la mauvaise volonté de sa maîtresse. Ce sont les bana-bhuidseach ou Larkin qui cueillent l'armoise et en fournissaient à ma mère de son vivant. Elle était comme vous, elle souffrait beaucoup lors de ses menstrues. De plus, l'armoise n'est pas une plante comme les autres, pour en tirer toutes ses vertus, il y a un rituel à accomplir. Buvez, s'était interrompue Eileen en portant un bol aux lèvres d'Awena. C'est bien. Je vais vous raconter son histoire, celle que je tiens de ma mère qui la tenait de sa propre mère. Voilà... À des fins magiques, l'armoise doit être cueillie juste avant l'aube, au matin du solstice d'été, là où la terre tout entière nage dans la fertilité des dieux, à l'instant où la lune s'est déjà couchée et où le soleil n'est pas encore levé. La cueillette doit se faire uniquement de la main gauche, en même temps que sont proférées des litanies, ainsi les herbes prennent toute leur puissance magique et curative. À ce moment-là, nous fêtons aussi Litha avant de rentrer dans la période sombre et hivernale de notre année. Il est dit qu'à cette période-là, le voile entre notre monde et celui des dieux est si mince que nous pouvons rencontrer des représentants du Peuple des Sidhes et nos morts peuvent plus facilement traverser la frontière. Les druides et les bana-bhuidseach nous ont aussi raconté que si nous marchions accidentellement sur du millepertuis le soir de Litha, on risquait de se retrouver au Pays des Sidhes et de ne plus jamais en revenir ! Vous voyez bien que ce n'est pas une infusion à prendre à la légère, il faut y croire, avait chuchoté Eileen respectueusement tout en se penchant sur sa maîtresse.

Awena, alors, ne demandait pas mieux que d'accorder crédit à ces légendes.

— Vous portez-vous mieux ? lui avait demandé la jeune

femme en appliquant sa main douce sur le front d'Awena.

Celle-ci avait ouvert de grands yeux, car effectivement, elle se sentait en meilleure forme.

— Toutes ces anecdotes me captivent, Eileen. Il faudra bien entendu que tu m'expliques ce qu'est le Peuple des Sidhes, même si j'en ai une vague idée, et je promets de te faire plus confiance à l'avenir, quant aux infusions curatives que tu me proposeras.

Eileen avait simplement souri, toute fière d'avoir pu aider sa jeune maîtresse, et les sons venant de l'extérieur avaient alors distrait Awena, qui avait décidé de se lever.

— Vous devriez rester couchée, dame. Il ne faut pas se promener quand on est indisposée à en être malade comme vous, l'avait gentiment grondée Eileen.

— S'il te plaît, Eileen, j'aimerais au contraire me changer les idées et si j'ai mal, je reviendrai ici. Promis ! Y aurait-il moyen d'avoir une sorte de... culotte ? Juste pour pouvoir marcher avec les linges que tu m'as donnés ?

Eileen avait légèrement rougi en baissant la tête.

— Je vais vous apporter vos... Comment les avez-vous appelés ? Aye... Vos sous-vêtements. J'ai réussi à les cacher après les avoir lavés. Les autres vous les auraient mis en pièces sinon. Je ne voulais pas vous en priver, mais on m'avait donné l'ordre de prendre vos effets personnels, je suis désolée, avait murmuré la jeune servante, piteuse.

— On t'a demandé de confisquer mes affaires ? Mais, pourquoi ?

— Il fallait que rien de votre époque ne soit visible. Si quelqu'un, dans les autres clans, apprend qui vous êtes et d'où vous venez, il risque d'y avoir des problèmes. Les gens du clan sont entièrement dévoués au laird, personne ne parlera, mais il n'est pas rare de voir arriver chez nous des lairds et guerriers de clans amis. Ils ne doivent pas savoir d'où vous venez, vous comprenez ?

Awena avait hoché de la tête. Oui, elle comprenait

très bien. Ils vivaient dans une époque plus que troublée où les rites et croyances de chacun pouvaient signer leur arrêt de mort. Déjà, qu'un clan de magiciens et de druides passe inaperçu aux yeux de ceux qui étaient christianisés, lui échappait complètement. De ce qu'elle connaissait, la magie et la sorcellerie autrefois étaient considérées comme des actes du diable et ceux qui y croyaient – voire, n'y croyaient pas, mais étaient soupçonnés comme hérétiques – étaient brûlés vifs. Awena avait frissonné d'horreur et promis à Eileen que nul ne saurait qu'elle lui avait restitué ses sous-vêtements.

Maintenant habillée, elle voulait sortir pour s'informer de ce qui rendait les gens aussi heureux, alors qu'au-dessus du vacarme extérieur, se faisait entendre un tout autre son. Poignant, plaintif et ensorcelant. Celui d'une cornemuse.

Quelqu'un jouait de cet instrument, pour la plus grande joie de la jeune femme. Jamais elle n'avait entendu plus belle ballade et elle fila dans les couloirs, comme les escaliers, pour atteindre, essoufflée, la cour intérieure du château.

Là, elle s'arrêta, même si la complainte de la cornemuse l'attirait aussi sûrement qu'un aimant et faisait palpiter son cœur. Et puis, il y avait tant de monde à aller et venir de-ci, de-là ! Elle décida plutôt d'aller à la rencontre du forgeron qui se trouvait à quelques pas.

C'était un petit – si l'on pouvait considérer que plus d'un mètre soixante-dix était petit – homme très costaud. Il lui rappelait un joueur de rugby du XV de France, très chevelu et barbu. Que ce soient les contours de son visage, son cou, son torse, ses bras, ses jambes... Qu'importe où se portait le regard, tout ce que l'on pouvait voir de son corps était robuste, un véritable taureau.

Les premiers jours, Awena en avait eu peur et l'avait évité en faisant d'incroyables détours. Il fallait dire, à la décharge d'Awena, que la mine patibulaire du gaillard ne l'avait pas encouragée à s'approcher. Mais en fait, cet homme était une véritable crème, doublé d'un bon farceur qui avait réussi à l'amadouer à force de plaisanteries et de gentillesse. Aujourd'hui, il portait un kilt et un tartan lui drapait l'épaule gauche. Ses cheveux longs et sombres étaient attachés par un lien de cuir faisant ressortir son impressionnante barbe.

— Blaine ! l'appela Awena en lui faisant un signe de la main. Que se passe-t-il ?

Le forgeron lui sourit gentiment. Malgré le gruau qu'il s'était pris sur la tête trois ou quatre fois à l'hilarité générale, il ne lui en tenait guère rigueur. Blaine sentait que ce petit bout de femme partageait sa joie de vivre et l'avait même prise en grande affection. Il était heureux, après ce qui s'était passé dans le Cercle, qu'elle soit en vie et bien là devant ses yeux. C'était ce matin qu'on lui avait annoncé la bonne nouvelle : la jeune femme n'était pas partie et elle était vivante. Il avait cessé de grogner comme un ours en cage, infiniment soulagé et heureux de la tournure des événements.

— Nous préparons la fête de Lùnastal, p'tiote ! lui répondit-il de sa voix rocailleuse. Les nouvelles du laird et de Larkin sont bonnes, alors plus rien ne nous empêche d'différer la cérémonie. Paraît qu'le laird était bien mal en point... C'est'y vrai qu'il était d'un vert brillant ?

Awena rougit en baissant la tête. Elle avait grande conscience d'être la seule responsable si Darren ressemblait à une luciole à la nuit tombée. Pourvu qu'à la nuit prochaine, tout soit rentré dans l'ordre !

— Oh, oh, oh... naye, p'tiote, m'dis pas que c'est d'ta faute ? s'esclaffa le forgeron. L'gruau, ça t'a pas suffi ?

Awena sourit malgré elle. L'humour de Blaine était contagieux.

— D'accord ! C'est un petit peu ma faute. C'est un produit de Larkin qui le rend phosphorescent... vert brillant... à la nuit tombée. Ça passera !

— P'tiote, j'ai jamais autant ri qu'depuis que t'es là !

Pour preuve, il essuya ses yeux larmoyants et lui tapota

affectueusement l'épaule.

— Cette fête... Lùna...

— Lùnastal.

— Oui, c'est pour ce soir ?

— Naye p'tiote. Demain toute la journée, la soirée et la nuit pour ceux qui tiendront sur leurs guibolles, se moqua Blaine en lui faisant un gros clin d'œil.

La jeune femme rit, tout en continuant d'observer son environnement. Elle se sentait gagner par l'ambiance festive et avait l'âme d'une petite fille à la veille d'un départ pour la fête foraine.

— Est-ce que je peux y participer ? demanda-t-elle tout excitée et les yeux pétillants de joie et d'envie.

Le forgeron la regarda se trémousser impatiemment, souriant et triturant son épaisse barbe poivre et sel des doigts de la main droite.

— Allez, Blaine ! Dis oui, dis oui, trépigna encore Awena. Comme ça, tu pourras m'expliquer aussi ce que représente cette fête.

Blaine se racla la gorge sans rien dire, ses yeux fixant un point au-dessus de la tête de la jeune femme. Elle se demandait ce qu'il pouvait bien regarder et allait se retourner quand deux grandes mains chaudes se posèrent avec délicatesse sur ses épaules. Elles restèrent un centième de seconde là où elles s'étaient nichées, puis descendirent, douces caresses électriques, le long de ses bras jusqu'aux coudes.

Un long frisson parcourut l'échine de la jeune femme.

— Darren, chuchota-t-elle sans se retourner, en se laissant impulsivement couler langoureusement tout contre son torse.

— Latha math, m'eudail, ciamar a tha thu ? murmura-t-il en se lovant contre son corps.

Interloquée, Awena pirouetta vers lui en glissant entre ses bras et leva la tête pour le regarder dans les yeux.

— Pardon ? Je n'ai rien compris du tout !

Le visage du laird accusa la surprise et le même étonnement que la jeune femme. Fermant les yeux, il sembla se concentrer un instant avant que son magnifique regard bleu nuit, intense, emprisonne à nouveau celui d'Awena. Puis il se pencha sur elle, approchant son visage au plus près de celui de la jeune femme :

— Je disais... Bonjour, mon amour, comment vas-tu ? répéta Darren d'une voix profonde, et en marquant une légère hésitation au début de sa phrase, pour s'assurer qu'elle le comprenait bien.

Les émotions et sensations de la jeune femme étaient en ébullition et comme toujours dans ces moments-là, ce qu'elle disait ne reflétait pas du tout ce qu'elle pensait.

— Hum... Ah là, ça va mieux ! J'ai tout compris !

Et d'afficher un sourire tout à fait digne d'une godiche. Intérieurement, elle gémissait. Un énorme éclat de rire rocailleux vint faire distraction. Le laird reporta toute son attention sur Blaine, ce qui permit à Awena de se retourner vers celui-ci et d'essayer de cacher à Darren son visage trop expressif. Dos à lui, elle se sentait mieux. De toutes ses forces, elle fit en sorte de monter un mur autour de ses pensées, pour qu'il ne puisse pas lire en elle.

Le forgeron se racla la gorge et essaya de cacher sa crise d'hilarité derrière une fausse toux.

— Och ! C'est pas tout ça, j'dois travailler ! dit-il vivement en leur faisant un petit signe de la main et en filant dans une direction opposée.

— Qu'y avait-il de drôle ? demanda innocemment Awena.

— Je suppose, susurra Darren, que c'est peut-être ta façon de répondre à mes mots doux ? Un bon moyen de refroidir les ardeurs amoureuses de tout prétendant.

Ce que vinrent démentir ses bras musclés en enlaçant son buste, juste sous sa poitrine. Étau viril qui fit battre plus vite le cœur de la jeune femme.

En soupirant légèrement, elle inclina la tête en arrière et

la posa contre son torse. Darren en profita pour lui appliquer un doux baiser sur la tempe et l'étreindre un peu plus contre lui. Les mots semblaient bien inutiles en cet instant. Serrés l'un contre l'autre, en communion, leurs retrouvailles étaient parfaites.

Darren était si grand, qu'avec son mètre soixante-six, Awena avait l'impression d'être une petite chose fragile. Loin de l'incommoder, cette situation lui procurait une sensation de sécurité, de plénitude, que jamais elle n'avait ressentie dans sa vie. C'était fabuleux et très précieux à la fois.

Revenant à la réalité, Awena se rendit compte que Blaine les avait laissés seuls. Seuls ? Dans leur monde voluptueux, oui. Mais pas si l'on considérait la multitude des gens du clan qui passaient près d'eux en se souriant, complices, ou en se poussant du coude. Ils étaient heureux.

Leur laird n'était plus vert, donc plus possédé, et là, vive les orties ! La Promise avait été sauvée, et Larkin se remettait grâce aux soins des bana-bhuidseach, elles-mêmes pouvant à nouveau revenir dans l'enceinte du château. La fête de Lùnastal, bien que différée, s'annonçait prometteuse. Foi de Saint Clare !

Avant de pouvoir prendre la jeune femme à part comme il le souhaitait, pour lui parler, Darren céda aux envies d'Awena et l'entraîna, ou plutôt la suivit, partout où son insatiable curiosité les poussait. Là où les femmes confectionnaient les repas pour le lendemain, là où les enfants s'affairaient à confectionner des couronnes de fleurs, au sommet de la colline. Ou encore près du Cercle où des hommes entassaient d'innombrables rondins et ramures pour ensuite les assembler en un immense bûcher.

Le laird répondait à toutes ses questions, elle parlait sans cesse et loin de lui donner le tournis, il savourait ces instants précieux passés auprès d'elle. Il ne s'était que très peu reposé, pourtant il se sentait le corps et l'esprit légers comme s'il avait dormi tout son saoul.

Les sourires et les rires enchantés d'Awena l'électrisaient, onguents exquis qui agissaient en véritables stimulants sur ses sens. Ne serait-ce que de penser à elle, des images licencieuses s'animaient dans son esprit et son corps se languissait douloureusement, en manque de l'union charnelle qu'il revendiquait à des degrés de plus en plus insoutenables. Il avait goûté à la pulpe de ses lèvres, touché sa peau soyeuse. Il en voulait plus.

Darren emmena la jeune femme à quelques pas du lieu où, d'habitude, s'entraînaient ses guerriers aux armes et aux combats rapprochés. C'était un grand pré délimité de part et d'autre par une clôture en bois. Des hommes s'y affairaient en chahutant, portant des rondins ou s'empoignant virilement pour se mettre au sol, sous les hurlements d'encouragements des autres et les œillades énamourées des filles célibataires du village.

Ces messieurs paradaient tels des paons couverts de poussière. Aucune délicatesse, de vrais catcheurs, et cela plaisait. Mais pas à Darren qui regardait alternativement les orgueilleux Highlanders, puis Awena. Il avait croisé les bras sur sa poitrine et un tic nerveux battait le long de sa mâchoire.

— C'est toi qui m'as emmenée ici, plaida la jeune femme sans cacher son sourire, alors qu'elle s'était juchée sur la plus haute planche de la barrière. En deux secondes, il la délogea de là et l'emporta dans ses bras puissants.

— Darren, tu es jaloux, fit-elle taquine.

— Naye ! grogna-t-il.

— Oh que si ! Et tu es irrésistible comme ça.

Awena se mordit les lèvres en se rendant compte qu'elle avait parlé à haute voix. Darren lui, s'était figé avec son précieux fardeau dans les bras. Il la regardait comme s'il allait la manger et c'est sûrement ce qu'il aurait fait, s'il n'y avait pas eu tant de monde autour d'eux.

— Hum... tu peux me poser maintenant, c'est toi qui voulais que je voie ce qu'il se passait dans le pré.

Le laird fixait ses lèvres d'un regard ardent, le souffle court. Il hocha la tête, mais elle ne savait pas s'il l'avait entendu.

— Darren...

— J'aime quand tu prononces mon nom, grogna-t-il plus qu'il ne murmura. Je voulais te montrer les préparatifs de la fête, pas les hommes. Je t'expliquerai tout au fur et à mesure demain, dès que la célébration de Lùnastal débutera.

— D'accord. Pose-moi maintenant, s'il te plaît.

Elle prononçait ces mots-là alors que ses mains croisées derrière la nuque de Darren disaient tout autre chose, car elles restaient nouées et ses doigts caressaient ses mèches de cheveux noires.

Il pencha un peu plus son visage vers elle, puis sembla reprendre ses esprits et le contrôle de sa respiration.

— J'ai un secret à te révéler, lui annonça-t-il tout de go de sa voix profonde et sensuelle.

— Un secret ?

— Aye ! Je suis le seul à le connaître maintenant et je le tiens de mon grand-père.

— Tu le partagerais avec moi ? souffla la jeune femme très touchée qu'il lui fasse autant confiance.

— Aye, mo chridhe, il le faut.

Ne pouvant plus résister au charme envoûtant d'Awena, il lui captura la bouche pour un baiser suave, audacieux, qui les laissa tous deux pantelants de désir.

— Je... je suis indisposée.

Mais pourquoi avait-elle dit ça ?

J'ai vraiment le chic pour tout gâcher ! se lamenta la jeune femme en fermant les yeux et en se frappant la tête en pensée.

— Eileen m'en a touché deux mots, ne t'en offusque pas m'eudail (mon amour). Elle s'inquiétait et voulait avoir l'autorisation de te rendre tes affaires. J'ai accepté et tout t'attend dans ta chambre.

Il avait l'air si contrit, si penaud, et une rougeur

recouvrait ses pommettes. C'était si touchant, un demi-dieu embarrassé, ça valait le détour.

— Les tampons aussi ? ne put-elle s'empêcher de lui demander, une petite diablesse dans son esprit lui ayant soufflé les mots.

Darren s'arrêta net et plongea ses yeux sombres et mécontents dans ceux d'Awena, souriant ensuite quand il comprit qu'elle le faisait marcher.

— Naye ! Une innocente ne doit pas se servir de... de...

— Tampons ? Oh Darren, je plaisantais, merci, murmura Awena en lui souriant et en posant avec ferveur un gros baiser sur sa joue rugueuse d'une barbe d'un jour. Elle en frissonna.

Darren marmonna quelque chose d'inintelligible et reprit son chemin.

— Je peux marcher, tu sais ?

— Aye, mais moi, j'aime te porter.

— Où allons-nous ? demanda-t-elle alors qu'ils se dirigeaient vers les grandes portes d'entrée du château.

— Là où je pourrai te parler tranquillement, susurra-t-il suavement.

— Darren ?

— Awena ? l'imita-t-il, taquin, avant d'ajouter un bon moment plus tard : Nous sommes arrivés.

Bercée par les bras de Darren, la jeune femme ne s'était pas rendu compte qu'ils avaient traversé le château pour atteindre une partie qu'elle ne connaissait pas. Le donjon de l'est. Le laird la déposa, ne paraissant pas fatigué ou essoufflé de l'avoir portée si longtemps et Awena découvrit qu'ils se tenaient dans une vaste chambre.

Orientée à l'ouest, celle-ci se nimbait des chauds rayons du soleil de fin de journée, reflétés par des vitraux colorés installés aux fenêtres. On se serait cru dans une cathédrale, mais en mieux, en moins dramatique, il y avait quelque chose de magique dans ces vagues de teintes chatoyantes qui illuminaient la pièce. L'artiste Tiffany serait passé par là qu'Awena n'en aurait pas été étonnée.

En portant son attention autour d'elle, la jeune femme remarqua sur le sol de somptueux tapis pastel tissés main, des tentures orangées encadraient les fenêtres, il y avait de beaux meubles et commodes en bois miel comme du pin ciré, un grand lit à baldaquin aux draperies souples et ivoire et sur la couche trônait une délicate couverture en patchwork. Se tournant vers les murs et la cheminée en pierres de taille, elle découvrit des tableaux représentant des personnages ou paysages des Highlands et sur le linteau de la cheminée, étaient disposés un petit coffre, des miniatures ainsi que des poteries diverses. De plus, l'air ici, sentait divinement bon la cire d'abeille.

Cette chambre paraissait plus moderne, décalée.

— À qui appartient cette chambre ? Elle paraît si... féminine, mais aussi... Comment dire... Pas à sa place dans cette époque.

— Ce sont les appartements de mes grands-parents, Iain Saint Clare et Diane Saint Clare, née lady de Waldon. C'est elle qui est arrivée sur nos terres de la même manière que toi, et son époque d'origine était l'an 1793. Derrière cette tenture sur le mur, se trouve ce que ma grand-mère appelait un cabinet de toilette, et il y a aussi une penderie, comme un passage menant à une autre chambre, celle de mon grand-père. Elle ne lui a jamais servi, susurra Darren avec un clin d'œil fripon. C'est devenu la nurserie.

Darren avait beau faire diversion en lui parlant de tout ce qui jouxtait la chambre, la jeune femme n'en était pas moins obnubilée par ce qu'elle avait appris. Diane était née quelques infimes années après la prise de la Bastille en France et plusieurs siècles après son mari.

Le tournis la reprit.

— Assieds-toi, mo chridhe. Je vais tout te raconter.

La jeune femme s'assit sur des coussins moelleux disposés au-dessus d'un coffre de rangement au pied du lit à baldaquin. Quand Darren fut sûr d'avoir toute son attention, il se mit à faire les cent pas de sa démarche souple et féline, cherchant de toute évidence par quoi il allait commencer. Il se décida et les mots jaillirent les uns après les autres, portés par une voix profonde et voilée par les émotions que les souvenirs faisaient ressurgir.

— Diane, lady de Waldon, est arrivée dans le Cercle en juin 1342, si je me reporte à votre calendrier grégorien. Aye Awena, ma grand-mère m'a enseigné les dissemblances entre les calendriers julien et grégorien. Elle avait vingt-deux ans et sa venue est due à la même invocation que la tienne, avec quelques différences néanmoins. Iain, mon grand-père, le laird de l'époque, ne trouvant pas sa Promise, alors qu'il était âgé de trente-trois ans, a fait appel aux dieux et s'en est remis à eux. Dès leur rencontre, ils se sont follement aimés, car à l'inverse de toi, Diane savait ce qui l'attendait dans le Cercle. Elle avait appris, en fouillant dans de vieux coffres, l'existence du Cercle, mais plus encore, son affiliation lointaine avec une des bana-bhuidseach de notre clan. Tu te rends compte ? Darren sourit à l'évocation de cette découverte. Elle avait trouvé dans le double fond d'un coffre, un livre des ombres, ou codex, ou encore ce que tu appellerais un grimoire. Son ancêtre y avait tracé sa généalogie et ses descendantes avaient fait de même, avec un arrêt d'une centaine d'années avant la naissance de Diane. C'est une chose étrange que ce livre des ombres, car aucune bana-bhuidseach, ici, n'écrit ou si cela l'est aujourd'hui, je n'en ai pas connaissance. Elles ont trop peur que cela tombe entre de mauvaises mains et comme je les approuve ! Tout se transmet oralement, de génération en génération, et s'il n'y a pas de descendant femme, le savoir meurt avec la bana-bhuidseach, car les fils ne deviennent pas sorciers et sont plus ou moins écartés, c'est compliqué, je te l'expliquerai une autre fois. Revenons à ma grand-mère. Elle trouva ce livre des ombres, lut les sorts, incantations et légendes dont celle de la Promise et comprit tout de suite ce qu'elle devait faire. Elle-même recherchait l'âme sœur et le temps pressait, car ses parents voulaient la marier à un vieux comte fortuné, noblesse, titre et prestige obligent. Diane fit semblant de s'enfuir de Londres avec un prétendant pour se rendre à Gretna Green. Une fausse piste qui lui fut bénéfique pour semer ses poursuivants et gagner du temps, car elle arriva au Cercle sans dommage et eut libre mouvement pour accomplir son vœu et exaucer celui de mon grand-père dans le même temps. Leurs chemins étaient destinés à se croiser, le Cercle et les dieux ont choisi le moment pour les réunir. Comme nous.

Darren s'interrompit un instant pour la dévisager intensément et se remit à faire les cent pas.

— Quelque temps après sa venue et leur union, ma grand-mère subit une sorte de contrecoup au changement d'époque. Elle développa une forte nostalgie qui lui supprima toute envie ou émotion. Elle s'enferma dans une bulle où Iain arrivait de temps en temps à l'atteindre. Il mit au point une incantation secrète destinée à annihiler cette sorte de maladie. Son secret, celui qu'il m'a transmis, est celui que je vais partager maintenant avec toi, m'eudail (mon amour).

Il s'arrêta de marcher et vint s'agenouiller face à Awena en lui prenant les mains tendrement. Tout en caressant le dos de celles-ci avec ses pouces, il la dévisageait, comme s'il cherchait à graver la moindre courbe de ses traits dans sa mémoire, faisant battre sourdement le cœur de la jeune femme. Soudainement, elle appréhendait un peu la suite du récit et n'était plus du tout sûre de vouloir connaître le secret. Elle désirait le lui dire, mais les mots ne vinrent pas.

— Awena, tout à l'heure, avant que le soleil ne se couche, nous irons tous les deux au Cercle.

La jeune femme se raidit, les images fugaces de ce qui

s'y était déroulé, et qui avait failli leur coûter la vie, jaillirent instantanément devant ses yeux.

— Naye m'eudail ! Aie confiance, tout ira très bien là-bas. Tu seras avec moi et tu penseras à des choses, non vivantes, que tu aimerais avoir ici. Je te les ferai parvenir grâce à l'incantation que Iain m'a léguée. Mais surtout n'en abuse pas, il en faut un nombre réduit car il pourrait en dépendre de ma vie.

Awena dans un sursaut essaya de se libérer des mains de Darren.

— Non, tu me fais peur ! Je ne veux pas te mettre encore une fois en danger ! s'écria-t-elle tendue et affolée.

— Awena, bientôt tu seras comme Diane, tu auras le mal de ton époque, une nostalgie d'une intensité incomparable s'emparera de toi. Si, Awena, cela se produira, tu ne pourras lutter contre ça. C'est une maladie du temps. Fais-moi confiance, fais comme je te l'ai demandé, une petite quantité d'objets et je ne craindrai rien. Laisse-moi partager ce secret vital avec toi avant que la tristesse se saisisse de la flamme vive de ton âme.

Alors, c'était comme dans le Cercle en fin de compte, un secret pour qu'elle vive, un moment où elle devrait remettre son existence entre les mains de Darren. Mais lui aussi, un seul faux pas de sa part à elle et c'est Darren qui pourrait en subir les conséquences.

La jeune femme tremblait de la tête aux pieds, en même temps que son cerveau recommençait à fonctionner.

Des objets de mon temps, un ou deux fera l'affaire et Darren n'en souffrira pas, se promit-elle mentalement.

— Aye Awena, chuchota Darren qui avait lu dans son esprit. C'est ça. Tu vois, ce n'est pas compliqué et rien ne nous empêchera de le refaire autant de fois qu'il sera nécessaire à ton bonheur. Songe à ce qui te ferait plaisir, c'est à accepter comme un cadeau.

Darren la prit tendrement contre lui, apaisant ses tremblements nerveux et nichant sa tête dans le creux de son cou. Il lui caressait doucement le dos, partant des reins et allant vers ses épaules menues, pour redescendre et recommencer, encore.

Soudain, le laird se mit à rire et embrassa Awena sur le front. Elle redressa la tête et le dévisagea de ses grands yeux verts merveilleux, étonnée et rassurée à la fois par son hilarité.

— Qu'est-ce qui te fait rire ?
— Je vais te montrer un objet que ma grand-mère a fait venir de son époque et qui a valu à mon grand-père trois jours d'une mémorable gueule de bois !

Chapitre II
Un choix bien difficile

Darren se releva d'un bond agile et se dirigea vers le mur à gauche de la cheminée. Il retira une sorte de dague ancienne et ouvragée de sa botte puis la montra à Awena.

— C'est le skean dubh de mon grand-père, il me l'a légué avant de disparaître, murmura-t-il sombrement. C'est aussi la clef du secret.

D'un mouvement souple du poignet, il inséra la lame dans une fente entre deux pierres du mur. Awena entendit un petit déclic et chercha des yeux le moindre signe d'une ouverture masquée. Un enthousiasme enfantin avait pris le pas sur la peur qu'elle avait ressentie plus tôt. C'était comme dans les livres qu'elle avait lus, comme dans ses rêves et son imagination, ou quand elle visitait de vieux manoirs ou châteaux, les cachettes la fascinaient. Elle allait enfin découvrir un vrai passage secret. Restait à savoir où il se trouvait, car pour le moment elle ne le voyait pas.

Darren s'approcha du lit en lui souriant et poussa de toutes ses forces sur les montants, faisant jouer ses muscles sous sa peau tendue et gonfler les veines bleutées de ses bras. La couche se déplaça en grinçant bruyamment, ce qui permit à Awena de découvrir une ouverture rectangulaire au sol, au centre de l'endroit où se tenait le lit précédemment.

Les dalles avaient coulissé grâce à un mécanisme invisible et l'on apercevait un escalier qui descendait vers le noir complet.

— Je vais éclairer, s'esclaffa le laird devant l'air dépité

de la jeune femme. La patience n'est pas une de tes vertus, heureusement que l'obscurité ne te rend pas téméraire.

Piquée au vif par sa remarque, Awena avança d'un pas vers l'escalier, voulant lui démontrer qu'elle n'avait pas peur du tout du noir !

— Sguir (Halte) ! s'exclama Darren en lui barrant le passage de son bras. Mo chridhe, je te taquinais et tu ne marches pas, tu cours !

Il l'embrassa vivement, recommençant encore et encore, à chaque fois qu'elle faisait mine de prendre la parole. Elle se rendit dans un profond soupir bienheureux et sentit les lèvres sensuelles de Darren dessiner un sourire tout contre les siennes.

— J'aime quand tu baisses les armes, susurra-t-il contre sa bouche gonflée de ses baisers.

— Hum ? fit Awena dans un autre soupir, les yeux fermés, à mille lieues de ce qui se passait dans la pièce.

Darren rit et la secoua doucement par les épaules.

— Si tu te mets dans un tel état avec mes baisers, j'ai hâte de savoir ce qu'il adviendra quand nous...

— Le passage secret ! s'écria la jeune femme en essayant de lui filer entre les bras, coupant court à la direction que prenaient les mots de Darren.

Amusé, il la laissa faire, tout en la surveillant du coin de l'œil pendant qu'il allumait la mèche d'une bougie avec son briquet à amadou. Il faillit éclater de rire en voyant ses yeux perplexes se poser sur la bougie, et en l'entendant penser : Ce n'est pas avec ça que l'on va voir quelque chose !

— Cela nous suffira. Viens, suis-moi, et reste bien derrière moi, les marches sont étroites et glissantes.

— Oui, bwana ! Maugréa-t-elle en s'engageant à sa suite dans l'escalier.

Ils aboutirent tous deux dans une vaste pièce encombrée d'objets volumineux et protégés par des draps poussiéreux. Ce n'était pourtant que la partie éclairée par le halo de la flamme qui oscillait dangereusement et semblait à bout de souffle.

— La flamme vacille, manquerait-il d'oxygène ici ? D'air ! ajouta la jeune femme en constatant que Darren ne l'avait pas comprise.

— Tu me fais des fois répéter mes phrases, je t'assure pourtant que moi aussi, j'éprouve quelques difficultés avec tes mots inconnus.

Awena ne put résister à lui tirer la langue et recula vivement avec un petit cri de surprise en le voyant bondir sur elle. Il fit mine de se saisir de son skean dubh et pouffa devant l'expression affolée de la jeune femme.

— Je t'avais promis de la couper si tu recommençais, mais ta langue m'est bien trop utile pour que je la sacrifie. Et pour répondre à ta question, naye, on ne manquera pas d'air, je vais ouvrir quelques trappes extérieures.

Elle s'esclaffa avec lui et se serra contre son torse alors qu'il l'embrassait sur le front.

— Attention, ne te brûle pas avec la bougie, je vais allumer les torches et nous donner un peu... d'oxy...

— D'oxygène, se moqua gentiment Awena, les yeux pétillants de gaieté et le sourire jusqu'aux oreilles.

Il lui fit une grimace malicieuse et se déplaça vivement, s'affairant à leur rendre l'endroit plus agréable. En un instant, il alluma les torches murales et ouvrit les trappes d'aération astucieusement dissimulées le long du mur.

Clignant des yeux sous l'intensité de la lumière, Awena s'aperçut avec effarement de l'immensité de la pièce. Elle était occupée dans toute sa moitié par d'autres fantômes de draps blanc-beige de poussière. Que pouvaient cacher tous ces tissus ?

— Comment est-il possible de dissimuler une telle pièce ? s'émerveilla Awena.

— Je ne sais pas si tu t'es aperçue que la chambre de mes grands-parents se trouve au rez-de-chaussée du donjon. Celle-ci jouxte les douves et les trappes d'aération sont quelques mètres au-dessus du niveau de l'eau. De l'extérieur, on ne discerne que d'insignifiants écarts entre les pierres. Iain avait certainement conçu cette cachette avant de bâtir le château. Mon grand-père était un très grand stratège, s'interrompit Darren alors que sa voix se voilait à ce souvenir, devenant plus rauque.

Il se dirigea directement vers une forme volumineuse et d'un geste sec, tira sur le drap. Un énorme nuage de poussière se dispersa dans l'air ambiant et les fit tousser à qui mieux mieux.

— Le... le... ménage, ça craint ici ! se moqua Awena entre deux toux sèches en secouant les mains devant son visage pour s'éventer.

— Aye ! J'aurais dû y penser, marmonna Darren en calant sa tête dans une des aérations du mur.

La jeune femme se précipita sur une autre ouverture, près de lui et prit la même pose. Un fou rire incontrôlable la saisit en les imaginant courbés en deux et le nez collé au mur. Bientôt, le rire profond et vibrant de Darren se mêla au sien et ils passèrent les cinq minutes suivantes à essayer de recouvrer leur souffle entre rire et poussière.

— Cela faisait belle heurette que je n'avais pas autant ri, proclama Darren, se redressant dos au mur.

— Belle heurette ? Tu veux dire belle lurette ! pouffa encore Awena avant de faire la grimace et d'éternuer bruyamment. Je crois que la cachette secrète ne le sera plus pour très longtemps. On fait un de ces baroufs !

— Awena... Heurette et non... lurette et... barouf ? questionna-t-il moqueur.

— Bruit, barouf veut dire... bruit.

— Hum. Allez, viens voir ce qui se cachait sous toute cette poussière.

Il lui tendit la main qu'elle prit joyeusement, en un geste qui devenait tellement naturel. Quand ils s'approchèrent du meuble en question, elle ne put retenir un cri d'émerveillement.

— Un piano ! Un piano, ici ! C'est... géant... Génial...

Sensationnel !

Awena sautillait littéralement sur place. La surprise était de taille et elle était enchantée. Darren riait tout bas, les yeux rivés sur elle, un spectacle dont il se régalerait sans cesse.

— Si Diane était à ton image à l'idée de faire venir ce piano-forte, je ne m'étonne plus que mon grand-père ait risqué la gueule de bois pendant trois jours durant. J'aurais fait la même chose que lui. Nulle nostalgie ne pourrait effacer la joie que ton aura dégage.

— Darren, c'est magique ! Je te crois quand tu dis qu'ils se sont aimés au premier regard. La preuve, il lui a offert un cadeau unique en son genre !

Darren faillit lui répéter « Comme nous » en pensant à l'amour de ses grands-parents, mais serra les dents pour que les mots ne soient pas divulgués. Il avait remarqué une chose, pour une raison qu'il ne comprenait pas, et ce, même s'il savait qu'Awena ressentait les mêmes sentiments que lui : la jeune femme n'arrivait pas à les extérioriser. Il fallait la déstabiliser pour qu'il puisse entendre les mots désirés ou qu'elle vienne à lui spontanément.

Songeur, il avait froncé les sourcils. Toutefois, Awena n'avait rien remarqué, obnubilée qu'elle était par le piano-forte. À force de douceur et de patience, il viendrait à bout de sa carapace et elle se livrerait, sans entraves.

Il manquait le couvercle de protection au-dessus des touches ivoire et noires du clavier. Un simple tissu les abritait de la poussière, qui fut aussitôt enlevé. Awena posa ses doigts longs et fins sur les touches et commença à jouer.

Darren, qui souriait, fit très vite la grimace. Cela ne ressemblait en rien au souvenir de la musique divine et captivante de Diane. C'était une véritable, une abominable... cacophonie ! À s'en frapper la tête contre les murs.

— Awena, grommela Darren en se retenant à grand-peine de mettre ses mains en coupe sur les oreilles.

— Oh, mais quel dommage ! Il est complètement

désaccordé et il semblerait que des cordes soient cassées. Écoute.

Tonc – Tonc

— Je ne peux faire que ça, gémit Darren au supplice.

Awena s'arrêta de jouer pour le dévisager.

— Je t'assure que je sais y jouer. Ma partition préférée est l'Adagio d'Albinoni. Qui n'est même pas d'Albinoni, son vrai compositeur s'appelait Remo Giazotto qui l'a composée en 1945. Juste à la fin de la deuxième gu...

Awena se mordit vivement les lèvres, elle avait failli dire guerre mondiale. Il ne fallait pas qu'elle en parle à Darren et nerveusement, elle se remit à tapoter fortement les touches.

— D'accord, elle est un peu triste cette musique, cependant sur un piano accordé, c'est sublime. Mais écoute ! Là, c'est horrible !

Tonc-ting-ting-tonc-tonc... tonc

— Naye ! Je ne veux plus rien entendre, c'est une torture ! grommela Darren, au supplice.

Awena continua de tapoter les touches, de parler de tout, de rien et surtout, de lui cacher le malaise qui venait de la saisir. Elle s'apercevait d'un coup du problème de l'énorme fossé qu'il y avait entre leurs deux époques. Elle avait failli lui parler de la Deuxième Guerre mondiale !

Étourdie comme elle l'était, gaffeuse de surcroît, il serait facile d'imaginer le nombre incalculable de bévues comme celle-ci qui lui échapperaient dans les prochains temps. Une phrase anodine pour la jeune femme, évoquant des événements de son époque, remettrait-elle en question le déroulement de l'histoire du monde ? Si l'on avait su dans les années 1930 qu'Adolf Hitler serait un tel monstre ? En se débarrassant de lui, aurait-on pu éviter la Deuxième Guerre mondiale et ses millions de morts ? Cependant, un autre monstre aurait peut-être pris sa place et celui-là, aurait-il gagné ?

La jeune femme en avait la nausée et s'évertuait mentalement à garder un visage souriant. Que disait-elle d'ailleurs ? Elle avait perdu le fil de ses idées. Ah oui, le piano !

— On peut faire venir un accordeur de piano ?

— Naye ! Arrête de me torturer, lâche le clavier, marmonna Darren en lui saisissant les mains.

— S'il te plaît ! supplia-t-elle en essayant d'imiter la mimique du Chat Potté de Shrek.

— Naye ! s'esclaffa-t-il, infiniment soulagé de retrouver un peu de silence. Ce n'est pas possible, cela ne fonctionnera pas.

— Je suis bien là, moi ! s'écria la jeune femme en lui coupant la parole.

— Awena, je ne peux pas le faire venir contre sa volonté. Il faudrait qu'il y ait quelque part dans un Cercle des dieux, un décordeur qui ferait le vœu de trouver un piano à accorder.

— Un accordeur, tu as dit décordeur, l'interrompit encore Awena en riant spontanément, baume suprême au froid de ses pensées.

— Je ne peux pas, aucun être humain, aucun animal, que des objets ou des plantes.

— Les pommes de terre ! se souvint alors la jeune femme dans un déclic. C'est grâce à Diane que vous en avez ?

— Aye et bien d'autres choses encore.

— Donc, une partie de ses connaissances vous a été donnée. Qu'en est-il du futur ? N'avez-vous pas peur d'interférer sur le déroulement de l'histoire dans le temps ? Comment faites-vous pour tout garder secret aux yeux des autres clans ?

Darren était dérouté. Tant de questions d'un coup l'étonnaient, de même qu'il lisait dans le regard intense de la jeune femme que cela avait beaucoup d'importance pour elle. Si seulement il avait pu savoir combien ses réponses comptaient !

C'était bien plus que de la curiosité pour elle. En fait, de ses réponses, dépendrait entièrement sa détermination à rester dans cette époque avec lui. Elle se sentait une menace pour les Saint Clare et avait désespérément besoin que Darren lui prouve le contraire. Forte de cette résolution, elle guettait anxieusement ses explications. Car si Darren ne le faisait pas, elle annulerait purement et simplement leur accord et lui demanderait de la renvoyer chez elle en 2010.

Une sourde douleur fit grimacer la jeune femme, qui porta inconsciemment la main à son ventre. Darren, ayant remarqué le mouvement, se rapprocha d'Awena et passant un bras sous ses épaules et l'autre autour de ses jambes, puis la souleva prestement pour l'emporter hors de la pièce secrète.

— Tu as mal ? lui demanda-t-il tendre et soucieux à la fois.

— Oui, cela recommence à être douloureux, chuchota-t-elle, honteuse et le rouge aux joues.

C'était bien la première fois qu'elle partageait ses problèmes intimes avec un homme. Et pas n'importe quel homme, son demi-dieu, Darren.

— Je vais t'allonger sur le lit, juste le temps de refermer les trappes d'aération et d'éteindre les torches. Surtout, ne bouge pas, je reviens tout de suite.

— Les torches, Darren ? balbutia la jeune femme en le dévisageant étrangement de ses grands yeux verts lumineux.

— Ça ne sera pas long.

— Non, ce n'est pas ça ! Darren, tu n'es plus phosphorescent dans la pénombre ou le noir ! La potion, elle a fini d'agir !

Les yeux de Darren s'agrandirent d'étonnement et un magnifique sourire fit ressortir ses fossettes. En cet instant plus que tout autre, elle eut la certitude absolue d'être face à un descendant des dieux, cet homme était la quintessence suprême de la beauté masculine.

— Je n'y pensais plus du tout ! C'est une bonne chose,

tu ne crois pas ?

— Oh que oui, murmura Awena en souriant doucement.

Il lui rendit son sourire, avant de se faufiler dans le passage secret. Cela ne dura qu'un court instant, puis il revint avec la bougie qu'il replaça sur le linteau de la cheminée.

Darren inséra à nouveau la lame de son skean dubh dans la fente entre les pierres, puis le remit dans sa botte droite. Awena n'attendait que ce moment, voir le mécanisme de fermeture faire son office. Lentement, une grande partie rectangulaire de plusieurs dalles coulissèrent, puis vinrent s'ajuster au millimètre près aux bords de la trappe. Nulle personne, ne connaissant pas le secret, ne serait en mesure de la détecter.

— C'est ingénieux ! s'extasia la jeune femme, sans quitter des yeux l'endroit où se dissimulait l'ouverture.

— Très. Tout fonctionne avec un système de poulies, d'engrenages divers et de balanciers. Iain avait beaucoup étudié de documents antiques se rapportant à cette catégorie de mécanismes. Certains parchemins très anciens relataient des histoires de cachettes ou portes secrètes de ce genre, dans des constructions triangulaires.

— Les pyramides ! C'est en Égypte, expliqua Awena devant la question muette du laird.

Voilà, encore une chose que je n'aurais peut-être pas dû révéler, pensa-t-elle dans sa tête, avant de lui demander :

— Répondras-tu à mes questions maintenant ?

— Aye, à toutes celles que tu voudras, mais d'abord, je t'emmène dans ta chambre pour qu'Eileen te fasse prendre un peu de décoction d'armoise et que tu te reposes. Je resterai avec toi et nous ferai monter un plateau avec notre dîner.

— D'accord. Je prendrai l'armoise d'Eileen, car effectivement elle m'a été d'un grand soulagement et que je ne peux pas utiliser mon cachet de paracétamol lyophilisé dans de la bière chaude ou du lait...

— Hum, encore un mot étrange... Lio-fi-li-sé, se moqua

gentiment Darren en le prononçant laborieusement.

De la même façon que la première fois, il usa de sa force physique pour remettre le lit à baldaquin à sa place d'origine et emporta Awena dans le berceau protecteur et puissant de ses bras.

En un laps de temps record, ils arrivèrent dans les appartements de la jeune femme. Au bon moment, car les spasmes étaient devenus intolérables et Darren lui coulait de fréquents regards anxieux. Elle était si pâle tout d'un coup.

— Ce n'est pas grave, c'est toujours comme ça dans mon cas, murmura Awena en essayant de sourire bravement.

— Savoir que tu souffres m'est intolérable, mo chridhe, lui dit-il de sa voix profonde et suave en butinant quelques baisers légers sur son front moite. Si la décoction d'Eileen ne t'aide pas assez tôt, je te ferai soigner par la magie.

Il venait de la déposer sur les fourrures de son lit quand Eileen arriva, soucieuse elle aussi, l'empêchant de répondre au jeune homme. Awena avait beau être dans un monde de charmes et de sorcellerie, l'idée d'en utiliser sur elle la glaçait tout de même. Elle croisa les doigts pour que l'armoire agisse de manière bénéfique comme un peu plus tôt dans la journée.

— Je commençais à m'inquiéter ! fit Eileen. Tenez, reprit-elle d'un ton autoritaire en tendant un bol fumant à Awena. Buvez ça tout de suite, vous voyez, vous auriez dû m'écouter et rester vous reposer. Vous êtes à faire peur, marmonna-t-elle encore en reprenant le bol vide des mains d'Awena et en se dépêchant de lui poser un linge humide et frais sur le front.

— Laisse-moi un moment, Darren, ça ira, je vais me laver, me changer et m'allonger à nouveau. Tout ira bien, je t'assure, n'oublie pas de revenir. Les questions, tu te souviens ?

— Je reviens dès que j'aurai fait un brin de toilette et je ne te quitterai pas. À tout de suite, m'eudail.

Sans hésiter, il se pencha vers elle et lui déposa sur les

lèvres un baiser d'une douceur et d'une tendresse telles que la jeune femme sentit des larmes d'émotion lui monter aux yeux. Se savoir aimée, dorlotée, entourée, c'était intense, bon et douloureux à la fois. Douloureux parce que c'était tout ce dont elle avait rêvé et qu'elle n'avait jamais eu.

Darren marqua le pas près de la porte. Il hésitait visiblement à la laisser. Eileen lui fit un signe discret de la tête, auquel il répondit brièvement avant de continuer son chemin, confiant de savoir sa belle entre de bonnes mains.

Une heure plus tard, le soleil s'était couché, le joyeux chahut de la journée s'était tu, et la nuit nappait les Highlands de son voile sombre constellé d'étoiles.

Awena se sentait mieux grâce à Eileen, qui malgré son jeune âge, la dorlotait comme une mère poule sa couvée. Cette dernière venait d'apporter un énorme plateau de mets divers, qu'elle déposa sur le coffre au pied du lit où se reposait Awena. Tandis que celle-ci relatait en lignes d'encre fines dans son feuillet de parchemins les événements de la journée, sans oser y écrire ses plus sombres pensées, ou les questions qui la taraudaient. Les journaux intimes ou secrets ne l'avaient jamais branchée et pour cause, elle savait pertinemment que sa fouineuse de mère les aurait trouvés !

Là, c'était différent. Awena s'appliquait à coucher sur le parchemin une sorte de revue neutre des journées passées, comme celle d'un petit reporter. Il n'y avait que des dates notées sous forme de numéros, des dessins, des histoires, des mots. Rien de bien dangereux, rien qui pourrait porter atteinte au clan, à Darren ou à elle.

— Cela me fascine de voir courir votre plume sur le parchemin et toutes ces lignes si délicates, qu'elles sont belles, s'extasia Eileen en admiration.

— Je peux t'apprendre à écrire si tu veux, lui proposa spontanément Awena en posant sa plume près de l'encrier.

Eileen la regarda avec de grands yeux, bouche bée, ce qui fit rire la jeune femme.

— Ce n'est pas compliqué, on commencera tout

doucement par l'alphabet.

— Je ne sais pas si j'en ai le droit ! s'exclama piteusement Eileen, la voix vibrante d'émotion et d'envie.

— Je suis sûre et certaine que Darren ne serait pas contre, insista gentiment Awena.

— Le jeune laird est bon, il me laisserait apprendre, mais... je ne suis qu'une servante !

— Ne te dénigre pas ! Tu es bien plus que ça. Tu es un être humain à part entière avec les mêmes droits que tous les autres. Tu as un cerveau et d'égales capacités à apprendre que moi. Je serais fière et honorée de t'enseigner ce que je sais, et de pouvoir me dire qu'ensuite tu transmettras ce savoir à tes enfants me rend très heureuse d'avance ! dit Awena, émue.

À ces mots, le visage de la jeune femme s'empourpra et ses yeux s'illuminèrent. Dansant d'un pied sur l'autre, elle ne savait que dire tant elle était bouleversée.

— Tu commenceras quand tu le voudras Eileen, intervint une voix profonde et rauque.

Darren ! Il se tenait, l'épaule contre le chambranle de la porte, bras et jambes croisés, l'air nonchalant. Ses cheveux étaient encore mouillés et retenus sur la nuque par un fin lacet de cuir. Il s'était changé et portait une tunique blanche, un kilt et un tartan du même tissage coloré lui barrait le torse jusqu'à la taille. Il était magnifique.

— Och. Merci ! s'écria Eileen en faisant une courbette respectueuse avant de s'éloigner du lit où reposait Awena.

— Votre dîner est servi !

Eileen allait prendre congé quand Darren la retint d'un geste de la main.

— C'est une bonne chose que d'apprendre, Eileen et je déposerai le plateau devant la porte dès que nous en aurons fini.

Voyant le soudain froncement sévère des sourcils d'Eileen, il ajouta en riant :

— Ta maîtresse ne craint rien de mes ardeurs, jeune

fille !

Elle hoqueta, prise de court et sortit en plaquant les mains sur ses joues en feu.

— Darren ! Fallait-il que tu lui dises ça ? La pauvre, elle est toute gênée maintenant, gronda gentiment Awena.

— J'adore la taquiner... comme toi. À bheil thu gu math ? demanda-t-il, plus sérieusement en s'approchant d'elle.

Se rendant compte à son expression qu'elle ne l'avait pas compris, il fit une pause et redemanda :

— Tu vas bien ?

— Oui, merci. Comment se fait-il que des fois, je ne te comprenne pas ?

— Ne bouge pas, s'exclama-t-il alors que la jeune femme faisait mine de se lever. Cela est dû au temps que tu passes ici. Petit à petit, ta langue française s'effacera et tu parleras couramment le gaélique écossais. La plupart du temps, tu le parles très bien. C'est la magie qui veut ça. Mais, par moments, les mots ne... comment dire... passent pas ?

— C'est étrange tout ça, murmura Awena, déconcertée. Et c'est à la fois intéressant, surtout pour quelqu'un qui a toujours été nulle en langues étrangères.

Darren lui sourit en s'avançant de son pas félin dans la pièce.

— Je t'apporte le plateau au lit, lui annonça-t-il en joignant le geste à la parole.

— Mais, et toi ? s'étonna Awena, en se redressant contre les oreillers.

— Och ! Mo chridhe, se moqua gentiment le laird, j'ai mangé assis sur mon cheval, dans la boue la plus infâme, dans des tavernes où même les porcs ne seraient pas allés. Partout où je pouvais le faire quand j'étais en campagne. Je t'assure que ton lit sera pour moi un endroit royal.

— D'accord, alors, si milord veut bien s'installer, plaisanta la jeune femme, en se poussant pour lui faire une place auprès d'elle.

Ils rirent en chœur et Darren s'assit, dos au montant du lit, son épaule forte calée tout contre le corps souple et délicieusement chaud d'Awena. Ils se régalèrent ensuite d'une bonne soupe aux légumes, de tourte à la viande accompagnée de pommes de terre rôties, et finirent par une sorte de flanc d'avoine nappé de miel. Tout pour le régime ! L'ensemble arrosé copieusement de la traditionnelle bière ambrée du clan, heureusement fraîche à souhait !

— Je n'en ai jamais bu, des bières comme celle-là, fit Awena dans un soupir de bien-être tout en sirotant une autre gorgée de sa boisson. Ma bière préférée, reprit-elle, est irlandaise. Désolée, pouffa-t-elle, devant la grimace éloquente de Darren. On l'appelle Guinness, elle est noire, amère et doit impérativement être servie en trois fois.

Un hoquet interrompit son discours ce qui fit rire Darren.

— Une connaisseuse ! la taquina-t-il.

— Ouais, mon capitaine ! s'esclaffa Awena en faisant le salut militaire de la main. Non, mais c'est vrai, votre bière est différente. Je n'arrive pas à savoir pourquoi. C'est peut-être dû au houblon que vous utilisez ?

— Du houblon ? Naye, c'est une bière de bruyère.

La jeune femme ouvrit de grands yeux étonnés en redressant le buste.

— De bruyère ? Mais... c'est une fleur ?

— Pas seulement. C'est surtout une plante, et la bruyère que nous utilisons se nomme Callouna Vulgaris du grec ancien, connue plus souvent sous le nom de Callune.

— J'en apprends des choses avec toi, souffla Awena très impressionnée.

— Diane m'a bien éduqué. De plus, elle avait une passion pour les plantes et connaissait tous leurs noms anciens.

La jeune femme se rendit compte qu'à chaque fois qu'il

évoquait ses grands-parents, Darren semblait se retirer dans un monde de souvenirs tendrement chéris, mais aussi, très tristes.

— Sont-ils morts ? s'enquit impulsivement Awena avant de se mordre fortement les lèvres, la question lui ayant échappé.

Darren se raidit imperceptiblement et son visage se figea en un masque impénétrable. Seul signe de sa tension intérieure, le muscle qui battait nerveusement sur sa mâchoire.

— Hum... an gabh thu tuilleadh (en veux-tu encore) ? demanda-t-il en se raclant la gorge et en désignant la bière.

Adieu la jovialité et les minutes chaleureuses en toute harmonie. La température ambiante semblait avoir chuté de plusieurs degrés. De plus, Darren parlait à nouveau sans qu'elle puisse le comprendre, signe, maintenant qu'elle le savait, d'une très grande émotion.

— Darren, excuse-moi, je ne voulais pas t'embarrasser, je suis sincèrement désolée.

Il souffla profondément, les yeux perdus dans le vague.

— Ce n'est rien. Ils ne sont pas morts, mo chridhe. Tout le monde croit le contraire, mais je sais que ce n'est pas le cas. Tha mi duilich... hum... je suis désolé moi aussi, de réagir ainsi. Ils comptaient énormément pour moi.

Sans prononcer ne serait-ce qu'une parole, Awena posa délicatement sa main sur le bras de Darren et inclina la tête contre son épaule robuste, l'incitant silencieusement à poursuivre s'il le souhaitait, et s'il ne le voulait pas, alors qu'il sache simplement qu'elle était là.

Après un laps de temps et un nouveau profond soupir, Darren reprit la parole.

— Depuis ma naissance, ma mère étant morte en couches et mon père m'ayant rejeté, ce sont mes grands-parents qui m'ont élevé. Mon père, Carron Saint Clare, se disputait constamment avec eux, je n'ai guère de souvenirs de les avoir vus un jour unis. Pourtant, mes grands-parents souffraient de cette situation. Petit, je les entendais en parler de la nurserie où ils m'avaient installé, Diane pleurait souvent. Ils l'aimaient, Carron était leur unique enfant. Je te parlerai de mon... père... une autre fois. Ce sont donc Diane et Iain qui ont remplacé mes parents, m'offrant tout leur amour que j'essayais de leur rendre au centuple. Ils ont fait de moi l'homme que je suis aujourd'hui. J'avais dix-sept ans la nuit où... Mordiable ! Cette foutue nuit où ils ont disparu, s'emporta-t-il en donnant du poing sur le matelas. Nous les avons cherchés partout, d'abord au château puis sur nos terres et enfin l'Écosse entière sans compter l'Angleterre. Des émissaires sont même allés jusqu'en Irlande et en France. Au bout de quelque temps infructueux, le clan m'a désigné pour laird, les déclarant morts, sans corps pour le prouver, mais aussi parce que Carron, mon père, était tombé en combattant contre une bande de sassenach à la frontière entre l'Écosse et l'Angleterre. Les guerres frontalières entre nos deux pays sont encore très fréquentes, même si nous avons signé le traité de Berwick en 1357. La dépouille de Carron, elle, confirma sa mort. J'ai cru devenir fou ! Du jour au lendemain, je devenais laird du clan Saint Clare. Pas encore un homme, mais plus un jeune garçon, l'avenir du clan tout entier reposait sur mes épaules. Pour rendre honneur à Diane et Iain, pour qu'ils soient fiers de moi, je me suis fortifié et ai porté les Saint Clare du loch of Yarrows toujours plus haut.

— Je suis sûre que là où ils sont, peu importe l'endroit, tes grands-parents doivent être plus que satisfaits de l'homme que tu es devenu. Du peu que j'ai vu, ton clan est fort, sain et prospère. Tu es un laird aimé et un peu craint, mais un bon laird, chuchota Awena dans le silence revenu.

— Ils ne sont pas morts, insista Darren. Pas de sang, pas de corps, pas de trace de lutte ou de combat et une des banabhuidseach les aurait aperçus près du Cercle le soir de leur disparition.

— Tu crois que... qu'ils... ?

— Qu'ils seraient partis par le Cercle ? Aye, c'est ce que je pense. Ce que je ne comprends pas, c'est qu'ils l'aient fait sans m'en parler, me prévenir ou ne serait-ce que laisser un mot pour m'expliquer leur départ.

— C'est incroyable, mais plus que plausible, murmura la jeune femme retranchée dans ses songes. As-tu fouillé la cachette ? demanda-t-elle dans un sursaut, comme une idée lui venait.

— Aye, pendant des jours et des nuits. Je n'ai rien trouvé et j'ai fini par tout fermer. Je n'y avais pas remis les pieds depuis ce temps-là.

Awena comprenait combien cela avait dû être difficile pour lui de partager son secret et de se confronter à de vieux fantômes autres que les draps recouverts de poussière. Darren la dévisagea intensément et lui passant le bras autour des épaules, la serra contre lui en lui embrassant le front. Il semblait soulagé, moins tendu, après avoir partagé ses souvenirs avec la jeune femme.

— Pose-moi les questions qui te chagrinent, lui murmura-t-il ensuite, ses yeux sombres aimantant les siens.

— J'ai peur, Darren, d'être une sorte de malédiction pour toi et ton clan. Non, ne m'interromps pas, s'il te plaît, s'écria-t-elle en appliquant ses doigts fins sur ses lèvres charnues alors qu'il faisait mine de parler. Je suis maladroite, j'ai peur de papoter à tort et à travers, et de dévoiler des choses ou événements qui pourraient changer l'histoire. Ne ris pas ! s'offusqua-t-elle en l'entendant glousser et en voyant ses yeux scintiller d'étincelles malicieuses.

Quand il redevint un peu plus sérieux, à son écoute, elle reprit :

— Comment ta grand-mère, Diane, a-t-elle fait pour s'adapter à votre époque ? Comment est-ce possible que le monde qui gravite autour de toi et du clan ne se pose pas des questions par rapport à votre magie ou votre culture ? Le culte du christianisme est déjà si puissant dans votre époque, je suis étonnée que vous ne soyez pas pourchassés et massacrés pour hérésie ! Je... tout cela me déroute et oui, me terrifie, finit-elle par chuchoter, les larmes aux yeux et le corps parcouru de tremblements incoercibles.

Darren la serra à nouveau tendrement contre lui et caressa ses longs cheveux en les faisant glisser entre ses doigts.

— M'eudail (mon amour), commença-t-il à expliquer quand il la sentit se détendre. Diane, comme toi en ce moment, s'est heurtée aux mêmes problèmes et je vais t'apprendre, comme l'a fait Iain avec elle, les raisons pour lesquelles tu ne dois pas avoir peur. Notre clan est différent, singulier, ça, tu l'as su dès ton arrivée. Des alliances nouvelles au cours des générations l'ont fortifié. Mais à la base, après que le clan d'origine se fut scindé en deux comme te l'a déjà expliqué Larkin dans le cabinet de travail, il a fallu pallier toutes les attaques extérieures, prévisibles, et nous protéger. Nos anciens druides et magiciens, avec l'aide des dieux, ont disséminé en des endroits stratégiques de nos terres des Runes du Pouvoir. Elles élèvent un champ surnaturel très puissant. Quiconque entre sur notre territoire sacré ne voit qu'un peuple normal, ayant les mêmes croyances et cultures que lui. Je deviens un laird comme un autre, Larkin un prêtre et la magie est totalement occultée pour cette personne. De même, quiconque sort des limites de nos terres, s'il n'est ni druide, sorcier ou magicien et s'il n'a pas bu le philtre du souvenir, oubliera tout de nos croyances et magies. Il parlera de nous comme de tout un chacun. Tu comprends ?

— Oui, je crois. Ces Runes du Pouvoir... sont comme un lavage de cerveau et le philtre du souvenir doit être une décoction spéciale pour garder la mémoire si vous devez quitter la protection des runes.

— C'est cela. Très original les termes... Lavage de cerveau, s'amusa Darren.

Awena sourit, heureuse de voir son demi-dieu rire à

nouveau.

— Donc, si ceux qui viennent de l'extérieur des terres voient des pommes de terre chez vous, ils croiront que ce sont...

— Des choux ? Aye ! Les Runes du Pouvoir masqueront leur vue de « ce qui ne doit pas encore être ».

— Mais alors, je pourrais m'habiller avec mes vêtements de mon époque et récupérer mes affaires ? lança Awena en sautant sur l'occasion.

— Naye, ça... c'est pour la moralité du clan, et justement, ne pas risquer de changer certaines choses dans le futur.

— M'enfin ! Une robe et des sous-vêtements !

— Imagine que toutes les femmes veuillent se vêtir comme toi ? J'aurais à gérer une bande de Highlanders déchaînés, bons à rien au combat car leurs yeux seraient tournés ailleurs, et inattentifs à la protection de nos terres, s'amusa Darren.

— Bon, passons pour cette fois. Bien que mes habits soient tout à fait convenables, reprit Awena en ronchonnant. Alors, si toi et moi faisions venir un avion ici, ils penseraient que c'est... une sorte de dinde géante ?

Awena avait encore du mal à réaliser que toutes ses peurs partaient d'un coup en fumée. Elle se sentait rassurée, heureuse.

— Un av-ion ? Hum..., explique-moi ce mot.

— J'en ai le droit ? De parler des technologies du futur ?

— Aye !

— Alors, un avion, c'est une sorte d'oiseau de métal géant qui transporte dans les airs, grâce à des hélices et des réacteurs, de 2 à plus de 800 passagers avec l'A380 par exemple. Pourquoi je te donne un exemple..., tu ne connais pas les différents types d'avions, se lamenta Awena devant la mine ahurie de Darren.

Il s'était écarté d'elle pour mieux la dévisager,

cherchant à savoir si elle plaisantait, se moquait de lui. Il ne semblait pas que ce soit le cas et d'imaginer un oiseau de fer volant dans le ciel, avec à son bord un quart des membres de son clan habillés en tartan et hurlant de terreur lui donna le tournis. C'était bien la première fois que cela lui arrivait.

— Tu... tu te moques de moi ? souffla-t-il.

Awena éclata de rire et fit non de la tête.

— C'est par ce moyen que je suis arrivée en Écosse, dans un avion avec une trentaine d'autres passagers... par les airs.

— Je ne peux pas y croire ! s'écria Darren.

— Et moi, je peux te le prouver si tu me rends mon sac. Il suffit que je recharge mon iPod et je te ferai voir un film où l'on voit des avions.

— Tout de suite ! fit Darren en bondissant du lit et en marchant vivement vers la porte.

— Non ! Attends ! Mon iPod est sûrement déchargé et la batterie de mon ami Nicolas, l'inventeur, ne se recharge qu'avec les rayons du soleil. Il faudra patienter jusqu'à demain.

— Nicolas ? Qui est-ce ?

Oh, là, là, Darren jaloux était de retour, pensa la jeune femme en baillant à s'en décrocher la mâchoire.

— Demain, soupira la jeune femme en bâillant encore.

— Demain, aye, je vois, tu es exténuée et moi aussi. Choisis aussi une petite liste de choses à faire venir par le Cercle. Pas trop, n'oublie pas, mo chridhe.

— Oui, oui, oui... Juste un avion, marmonna Awena qui se battait pour garder les yeux ouverts. Faire ma toilette... Dodo...

Darren se pencha sur elle et l'embrassa tendrement. Un doux baiser. Celui du prince charmant. Son prince charmant.

— Dors, beag blàth, chì mi a-màireach thu... (petite fleur, à demain...)

Sur un dernier baiser de velours, il tourna les talons et quitta la chambre. Sur le coup, Awena ressentit un grand froid dans son cœur, un dénuement total. Il ne venait que de partir, mais il lui manquait déjà.

Après une toilette, un passage aux commodités, Awena se dépêcha de courir vers son lit, sans y faire un plongeon. Mieux valait éviter le plat de l'atterrissage.

Morphée l'attendait et, pour une fois, sa nuit ne serait pas peuplée de questions et de doutes. Néanmoins, avant de sombrer dans le sommeil, quelques mots lui vinrent à l'esprit : Et la fête de Lùnastal ? J'ai oublié... de... demander quelques... renseignements.

Oui... eh bien... presque... sans questions.

Chapitre 12

Lùnastal... et les grenouilles

La nuit n'avait pas été de tout repos pour Awena, et maintenant, elle était impatiente de compléter les blancs du chapitre de la fête de Lùnastal. Son feuillet et sa plume étaient fin prêts !

Comme Darren était très pris, et donc trop occupé pour la renseigner, ce furent toutes les personnes qu'elle croisa qui firent les frais de ses interrogations en rafales. Les pauvres, cette journée du 16 août 1392 ne faisait que commencer, et tous allaient devoir subir son insatiable curiosité.

Néanmoins, le clan tout entier appréciait énormément la jeune femme et, ne serait-ce que pour être cités dans ses écrits, les gens se pliaient à toutes ses demandes.

La grande réunion du clan Saint Clare marquerait le début de la fête pour symboliser l'Assemblée de Lug, qui était le Dieu de la lumière, ou encore Dieu multiple au-dessus des autres divinités.

Ce serait une sorte de cérémonie que le laird présiderait, et où tous (villageois, guerriers, sorcières, druides) pourraient exposer leurs différents contentieux, ou présenter leurs diverses demandes. Des musiciens joueraient ensuite de la musique, pendant le grand festin qui suivrait, et des bardes prendraient le relais en narrant les légendes anciennes.

Dans l'après-midi, les festivités continueraient par des danses, des jeux qui eux, firent tiquer la jeune femme... parce qu'ils ne concernaient que les hommes. Il y aurait des courses, le caber toss (lancer de tronc d'arbre), du tir à la corde et une sorte de compétition ressemblant étrangement au rugby moderne, appelée harpastum. Le ballon qui servirait alors n'était autre qu'une panse de brebis – encore une –, mais, cette fois, farcie de foin, de sable et de grains.

Awena trépignait d'impatience, car elle adorait le rugby, et d'imaginer des Highlanders en kilt jouer à ce jeu, l'amusait prodigieusement. Sans compter le moment où les vainqueurs recevraient leurs prix, qui devaient être pour l'époque d'une grande valeur, mais qui faisait également sourire la jeune femme : une étrange vache toute rousse, un couple de cochons (truie et verrat) très sauvages, deux moutons bien gras et des lots de poules !

La soirée continuerait par des chants, des danses, et la mise à feu du bûcher près du Cercle, d'où l'on incendierait une grande roue qui dévalerait ensuite la colline pour finir sa course dans le loch. Cette Roue de feu devait représenter la descente de l'hiver et, en terminant sa course dans le lac, symboliser l'union du Feu avec l'Eau.

Souvent, Lùnastal était aussi l'occasion de célébrer de nombreux mariages. Cependant, pour cette année, aucun futur couple ne s'était présenté, et les anciens grinçaient des dents en proclamant lugubrement : Les jeunes, de nos jours, plus rien de bon. Ah ! de notre temps c'était différent !

Tiens ! J'ai déjà entendu ça quelque part, s'était amusée Awena, tout en continuant de griffonner ce qu'on lui rapportait.

Elle s'était installée sur un banc et une table à tréteaux de l'immense cuisine du château. Sa plume glissait sans relâche, Awena ne s'arrêtant que pour boire un bol fumant de décoction d'armoise – Eileen ne l'avait pas oubliée – ou pour papoter gaiement avec Ada, la bonne et généreuse cuisinière en chef.

Il y avait une incroyable activité dans cette vaste pièce. Sans compter qu'il y faisait une chaleur monstrueuse, tout ça à cause de la cuisson des mets divers qui rôtissaient dans les immenses cheminées, et ce, malgré les grandes portes ouvertes pour créer un courant d'air.

Soudain, au-dessus du tohu-bohu provenant des marmitons, une voix grave et rocailleuse se fit entendre.

— Dame Awena !

La jeune femme se retourna sur son banc pour voir qui la dérangeait dans ses recherches et annotations. C'était le géant highlander Clyde, qu'elle n'avait pas revu depuis son évanouissement la nuit du sort de séparation d'âmes. À ses côtés se tenait une toute petite Eileen rougissante qui n'osait pas lever les yeux vers le colosse. Elle ne paraissait pas apeurée ou mal à l'aise. Non, elle avait l'air intimidée et... intéressée.

Awena ouvrit de grands yeux ébahis. Eileen serait-elle amoureuse de Clyde ? Celui-ci semblait se comporter à l'instar de la jeune servante, il y avait de l'électricité dans l'air.

La marieuse qui sommeillait en Awena se réveilla et un grand sourire s'épanouit sur ses lèvres roses. Il y aurait peut-être un mariage pour Lùnastal, en fin de compte.

— Dame...

— Je t'ai entendu, Clyde, l'interrompit-elle. Que se passe-t-il ?

— Le laird m'envoie vous prévenir de vous apprêter. Vous serez assise auprès de lui pendant l'assemblée de Lug, en tant que future première dame du clan Saint Clare.

Il avait dit ça sur un ton tellement affecté, précieux, qu'Awena dut se mordre l'intérieur des joues pour ne pas rire. Mais c'est que le monsieur s'était mis sur son trente et un ! Les cheveux sans nattes, tirés en arrière et maintenus par un lacet de cuir, en belle tunique blanche, kilt et tartan, clinquants de propreté. Même ses bottes – inséparables des Highlanders malgré le beau temps – avaient été cirées ! Ainsi, il avait un certain charme, pour qui aimait les gros nounours.

Tout pour faire craquer Eileen. Cependant, la pauvre ne tenait pas la route à côté de lui. Elle était d'une propreté irréprochable, mais sa jupe et sa tunique étaient défraîchies et rapiécées. Quant à la coiffure, une sorte de choucroute blonde attachée haut sur la tête, ce n'était pas sensass.

Reportant à nouveau son attention sur Clyde, elle vit le regard de celui-ci se détourner précipitamment de la jeune femme. C'était bon signe.

— C'est un grand honneur pour moi d'être aux côtés de Darren. Tu me dis que je dois me préparer, mais vois-tu, je suis prête.

— Naye dame, vos nouveaux effets vous attendent dans votre chambre. Un cadeau du laird à sa Promise. Eileen doit vous accompagner.

— Un cadeau ? C'est vrai, Eileen ? demanda Awena en interrogeant de ses yeux verts la jeune servante.

— Aye, souffla celle-ci en croisant rapidement le regard de Clyde, avant de rougir comme une tomate.

Awena se leva promptement de son banc, ramassa ses affaires et accourut vers le couple.

— Je vous suis ! chantonna-t-elle, impatiente de voir son cadeau.

— Hum, je dois vous laisser. Eileen, va avec dame Awena, marmonna Clyde en se faufilant vers la porte qui donnait sur la cour extérieure du château.

Les deux jeunes femmes suivirent les couloirs et escaliers en silence, perdues dans leurs pensées. Ce ne fut qu'en arrivant près de la chambre d'Awena qu'Eileen prit parole :

— Vous avez bu votre armoise ?

— Oui et je vais bien. Beaucoup mieux qu'hier, je t'assure ! insista Awena devant son air suspicieux. Dis-moi Eileen, depuis quand es-tu amoureuse de Clyde ?

Autant pour la discrétion. Eileen, interloquée, ouvrit

plusieurs fois la bouche sans pouvoir prononcer un seul mot.

— Co... comment savez-vous que... que je suis amoureuse de lui ? bafouilla-t-elle en s'arrêtant devant la porte close de la chambre.

— Eileen..., il faudrait être aveugle pour ne pas le voir, et Clyde n'est pas indifférent vis-à-vis de toi ! S'il l'était, il ne se tiendrait pas comme ça, aussi maladroitement devant toi, et puis, il n'éviterait pas ton regard. Quand on ne s'intéresse pas à la personne, elle est comme transparente. Alors... rougir, détourner les yeux, bredouiller... tout ça, ce sont des signes qui ne trompent pas.

— Och... c'est compliqué, gémit Eileen. Je l'aime depuis si longtemps. Il m'a fait la cour, enfin, une sorte de cour, car voyez vous, il n'est pas très doué ! Il m'a offert du crottin de cheval pour les légumes que je cultive dans le jardin du château, il m'a fait tomber dans le loch, une autre fois, alors que nous nous promenions, en me tapant sur l'épaule un peu trop vivement. Je ne lui en veux pas, car il est terriblement maladroit, sourit Eileen avant de faire la grimace. Un jour, il m'a volé un baiser... et de surprise, je l'ai giflé ! Ce n'était qu'un réflexe et je ne sais pas pourquoi je l'ai fait. C'est parti tout seul. Depuis, il ne s'approche plus de moi, gémit encore Eileen. Il se tient à distance et assomme tout homme du clan qui me conte fleurette. Il ne devrait pas... je ne veux que lui...

— Non il ne devrait pas, murmura Awena en se retenant de pouffer. Dis-le-lui !

— Naye ! Je ne peux pas ! glapit misérablement Eileen.

— De là où je viens, les femmes font elles-mêmes leur demande en mariage. Si un homme leur plaît, elles leur sautent dessus et zou.... ils se marient ! mentit effrontément Awena, en se disant que c'était pour la bonne cause.

— C'est vrai ? Elles font ça ? Mais... je n'ai rien à lui offrir, je suis orpheline, je n'ai pas de parent proche, je vis au château, je... je ne suis rien..., hoqueta Eileen, des larmes plein les yeux.

— Oh, Eileen, je ne voulais pas te faire de la peine, non, tu n'es pas « rien », tu es mon amie. Peut-être la première et véritable amie féminine que j'aie jamais eue, chuchota Awena dans un souffle ténu, tout en la prenant dans ses bras.

La jeune servante ne put répondre et se contenta de la serrer très fort aussi. Entre deux hoquets, les deux femmes partagèrent leurs émotions dans les larmes sous les regards éberlués de quelques gardes qui passaient par là.

— Hum, venez, allons voir ce qu'est votre cadeau et... merci, je ne vous décevrai pas, vous avez toute mon amitié aussi, murmura Eileen en s'essuyant les yeux avec les manches de sa tunique, avant d'ouvrir la porte.

Après quelques pas dans la pièce, elles se figèrent et toutes deux poussèrent de petits cris ravis en portant leurs regards sur le dessus de la couche. Awena faillit en lâcher son feuillet et la sacoche contenant son encrier et sa plume. Là, sur le lit, s'étalaient dans un chatoiement de couleurs, différentes tenues finement brodées... des bliauds rouge orangé et blancs, bleu nuit et ivoire, verts et crème et des tuniques aux manches très longues et surcots.

— Ohhh, soufflèrent en même temps les deux jeunes femmes, n'osant pas approcher toutes ces splendeurs.

— C'est de la belle étoffe, murmura religieusement Eileen.

— Oui, c'est très beau, j'ai déjà vu de telles robes dans les films du Moyen-Âge ou certains musées, mais jamais je n'aurais pensé m'en vêtir un jour ! s'écria Awena en se tournant vers Eileen.

Celle-ci ne quittait pas des yeux les habits et c'est à ce moment-là qu'Awena eut l'idée du siècle !

— Eileen... Je vais devenir la dame du clan, n'est-ce pas ?

— Aye !

— J'aurai alors besoin d'une dame de compagnie ?

— A... Aye, bafouilla Eileen.

— Je peux choisir qui je veux ? Et cette personne doit

être quelqu'un de confiance... oui... tu me suis ?

— Naye, souffla Eileen.

— Zut ! Tu ne me facilites pas la tâche ! Eileen, aujourd'hui, euh... le tata-tant 16 août 1392, moi Awena, Promise du laird Darren Saint Clare, te fais officiellement ma dame de compagnie !

Awena, voyant qu'Eileen tournait de l'œil, voulut la rattraper, mais ne réussit qu'à s'écrouler avec elle sur les fourrures qui recouvraient le sol dallé et lâcha dans le même temps feuillets de parchemins et sacoche.

— Eileen ! Eileen ! Ça va ? implora la jeune femme en secouant son amie.

— Ouuuh... han-han, souffla Eileen en battant des paupières. Je suis votre dame de compagnie ? Plus une servante ?

— C'est cela ! Ton rôle ne sera plus de me servir, mais de me tenir compagnie, et ainsi tu pourras porter une des tenues que Darren m'a offertes pour l'assemblée de duk !

— Lug, corrigea machinalement Eileen, mais je ne peux pas accepter pour les robes, un cadeau ne se partage pas.

— Oh que si ! Les amies se partagent plein de choses ! Darren n'y verra aucun inconvénient. Je suis sa Promise, tu es ma dame de compagnie et en tant que telle, tu dois être bien habillée. Allez, va choisir une tenue et après nous nous pomponnerons.

— Pomponnn... ?

— On va se faire belles ! Crois-moi, Clyde ne pourra plus te résister !

Awena se décida pour le bliaud rouge orangé et blanc et Eileen sélectionna délicatement une tunique longue et un surcot bleu nuit avec une belle ceinture en cuir tressé.

— Regardez ! s'écria-t-elle en soulevant le surcot qui reposait sur le lit.

— Mais... c'est un petit coffre ! s'étonna Awena dans une exclamation.

Il n'était pas fermé à clef et elle put soulever le

couvercle sans difficulté. La première chose qu'elle aperçut fut un parchemin plié. Elle s'en saisit et découvrit dessous des bijoux et pierres précieuses, dont une magnifique chaîne à maillons d'or, sertie de rubis.

— C'est beaucoup trop, souffla-t-elle, émerveillée et interdite devant tant de richesses.

— Lisez ! lui enjoignit Eileen, curieuse.

Awena déplia le parchemin avec des doigts tremblants et, dans le mouvement, fit tomber une clef sur le lit. Elle regarda Eileen d'un air étonné, se saisit de la clef et finit de lisser le parchemin.

Une écriture déliée et nerveuse parcourait la blancheur de celui-ci. Awena porta son attention sur la signature et vit que l'auteur n'était autre que Darren. Avec un battement de cœur soudain, elle commença sa lecture.

« M'eudail
Cette clef ouvrira le coffre qui est au pied de ton lit.
Tu y trouveras ton sac et tes effets personnels.
Garde-la bien, sur toi.
Une chaînette dans le petit coffre
te permettra de la porter toujours.
Dans l'espoir que mes présents t'aient plu...
Avec mon âme,
Darren.
J'ai hâte que tu me montres la-vion ! »

— Vous aussi, vous êtes amoureuse.

Awena sursauta en s'interrompant de caresser du bout des doigts les fines lignes calligraphiées, puis lâcha un soupir tremblant.

— Oui, Eileen, je l'aime. Ce que je ressens me terrifie. Tous ceux que j'ai aimés sont, soit partis vers l'au-delà, soit partis voir ailleurs. Cela fait un peu plus de trois semaines que je suis ici et tout est allé si vite ! J'ai presque peur de rêver et que d'ici peu, je vienne à me réveiller. Je ne pourrais pas le supporter, Eileen.

— Vous ne rêvez pas et tout se passera bien, assura la jeune femme en la rassurant gentiment. Et cette clef ? demanda-t-elle.

Awena posa le précieux parchemin en le caressant une dernière fois, prit la clef et se dirigea résolument vers le grand coffre. En un tournemain, elle l'ouvrit pour découvrir son sac fourre-tout, sa longue robe qu'elle portait lors de son arrivée, propre et pliée, ses sandales et... sa montre !

— Je vais me préparer dans ma chambre, comme ça je pourrai ensuite vous aider à vous habiller et vous coiffer, dit Eileen en s'éclipsant.

Awena fit distraitement oui de la tête et fouilla son sac. Au bout d'un moment, elle sut que presque rien ne manquait, presque... car son carnet de poésies était aux abonnés absents.

Un petit bémol qui la rendit un peu tristounette. Elle chassa très vite cette touche de mélancolie dans un coin de son esprit, s'empara de la batterie et des capteurs solaires pour la recharger, avant d'aller déposer le tout sur le large rebord de la fenêtre. Avec ce beau soleil de cette fin de matinée, la batterie serait vite pleine, et Darren allait pouvoir découvrir son « la-vion ».

Awena finissait d'enfiler son bliaud en se trémoussant dans tous les sens, empêtrée dans les manches monstrueusement longues, quand une Eileen époustouflante revint. Disparue, la choucroute blonde sur sa tête, remplacée par un adorable chignon rehaussé de petites fleurs blanches, et les joues rosies par la joie.

— Je vous apporte ceci, chantonna-t-elle d'un air malicieux.

Elle déballa un châle qui cachait sous son épaisseur... des sous-vêtements !

Des brassières et shorty en lainage tissé très fin, presque

comme du coton.

— Je les ai cousus moi-même ! Le haut comme le bas se ferment et se maintiennent grâce aux lacets de tissu, il suffit de les nouer.

— Tu es géniale !

— Je peux vous avouer quelque chose ? fit timidement Eileen.

— Bien sûr, tu peux tout me dire !

— Je m'en suis fait aussi, murmura Eileen en rougissant.

— Coquine ! s'exclama Awena en riant aux éclats. J'en connais un, du nom de Clyde, qui va beaucoup aimer ça ! ajouta-t-elle taquine.

Eileen fit semblant d'être offusquée, deux secondes, avant de glousser de concert.

— Venez que je vous voie ! Vous allez déchirer le tissu à gigoter comme ça... naye, les bras ici... il faut resserrer les lacets sur la poitrine et la taille... faire un nœud, là... voilà ! La tenue est parfaite, je vais vous coiffer maintenant.

Après s'être livrée aux douces et habiles mains d'Eileen, les deux amies allèrent se contempler dans l'imposant miroir de pied en étain poli. Il reflétait deux sublimes silhouettes. Une partie des cheveux d'Awena avait été coiffée en une longue et épaisse natte dans le dos et deux grandes mèches entrecroisées de rubans rouges glissaient le long de ses joues pour reposer sur sa poitrine.

De vraies princesses de conte de fées. C'est la cousine Sissi qui en serait morte de jalousie ! pensa la jeune femme un sourire ironique aux lèvres.

On frappa fortement à la porte et la voix de stentor de Clyde résonna dans la chambre.

— Dame ! Le laird vous attend, tout le monde vous attend ! s'impatientait-il.

— Dites-lui que j'arrive... avec ma dame de compagnie, Eileen ! cria Awena pour bien se faire comprendre à travers l'épaisseur de la porte en chêne.

— Qu... quoi ? hoqueta Clyde.

Awena se précipita sur la porte et l'ouvrit à la volée. Le colosse, de surprise, faillit s'étaler de tout son long par terre. Il paraissait évident qu'il essayait de les espionner par le trou de la serrure en se maintenant de ses deux mains en appui sur la porte.

— Clyde ! tss, tss, tss..., fit Awena en croisant les bras. Un grand garçon comme vous. Nous espionner de cette façon, il faudra que j'en touche deux mots à Darren, plaisanta-t-elle encore.

Le colosse s'en moquait éperdument ! Il n'avait d'yeux que pour sa belle. Pour une fois, ces deux-là se regardaient sans détours, ni artifices, et Awena dû toussoter pour avoir leur attention, le cœur serré de briser ce moment.

— Nous y allons ?

— Où ? demanda Clyde en clignant des yeux, hypnotisé par les battements de cils coquins de sa belle.

— À l'assemblée de Hugh...

— Lug ! s'exclamèrent Eileen et Clyde revenus du monde des merveilles.

Il était temps de partir.

Il y avait foule dans la grande salle. De là où elle se trouvait, sous une des voûtes attenantes à la salle, Awena ne voyait rien. Absolument rien. Que des gens, femmes et hommes, dos à elle, qui se trémoussaient comme elle pour essayer d'apercevoir quelque chose, droit devant eux.

— Place ! s'égosilla Clyde.

Comme les eaux de la mer Rouge s'écartèrent devant Moïse et son peuple, la foule fit de même pour leur laisser le passage. Clyde ouvrit le chemin, Awena et Eileen suivirent tête haute, carrant les épaules, cependant très intimidées.

Le grand Highlander les escorta jusqu'à une estrade où était installé un charismatique Darren, plus beau et ténébreux qu'à son habitude. Ses larges bracelets en or sur ses biceps faisant paraître sa peau encore plus tannée par le soleil.

— Dame Awena et sa dame de compagnie, Eileen, proclama Clyde comme s'ils se trouvaient devant le roi de France en personne. Awena faillit en rire et se retint de justesse.

Darren avait haussé un sourcil interrogatif en entendant « dame Eileen » et celle-ci, subrepticement, vint se cacher dans le dos de son amie. Awena quant à elle, leva fièrement le menton, prête à en découdre avec lui s'il émettait la moindre objection à ce changement de situation. Il se contenta de la déshabiller du regard, lentement, et quand ses yeux sombres et appréciateurs croisèrent ses yeux verts, elle sut que la partie était gagnée. Le sourire sensuel du laird flottant sur ses lèvres charnues et bien dessinées confirma son intuition.

— Je suis honoré d'accueillir à mes côtés deux des plus belles femmes du clan, annonça-t-il en désignant de la main, à sa gauche, un autre grand fauteuil en chêne massif et tissu, puis un autre que l'on vint installer pour Eileen.

Les deux jeunes femmes s'inclinèrent devant le laird et prirent place à ses côtés. Dans le même temps, Awena vit Clyde se poster près d'un Ned très propret, les deux guerriers druides se tenant debout à la droite de Darren. Laissant courir son regard, la jeune femme se rendit compte en sursautant d'une autre présence ; celle de Larkin.

Il se tenait un peu voûté sur son fauteuil, la peau du visage tuméfiée et la dévisageait aimablement. Awena en eut chaud au cœur, c'était le premier geste de sympathie de la part du vieux druide envers elle. Lui souriant timidement, elle s'installa plus confortablement sur son fauteuil.

Mon Dieu, quelle foule, songea-t-elle, encore plus intimidée, et en reportant son attention droit devant elle vers le fond de la grande salle.

Awena reconnaissait quelques visages. Des femmes, des enfants et des hommes, qu'elle avait côtoyés ces dernières trois semaines, cependant tant d'autres lui étaient inconnus ! On la dévisageait si intensément qu'elle aurait bien voulu jouer à l'autruche en rentrant la tête dans le sol. Darren, percevant sa nervosité, ou lisant encore dans son esprit, lui saisit la main, entrelaçant ses doigts avec les siens. Leurs regards se soudèrent, l'un apeuré, l'autre rassurant et confiant. Puis il la lâcha en caressant le dos de sa main.

Dépliant sa haute et sculpturale silhouette, il se leva tel un félin et d'un simple geste, obtint un silence religieux.

— Avant d'ouvrir cette nouvelle assemblée et donc, de commencer la fête de Lùnastal, je tiens à vous présenter votre future dame du clan Saint Clare, ma Promise, Awena Dano.

Sur un signe, il enjoignit Awena à se lever pour faire face à la foule. Et sous son regard éberlué, le clan se mit à l'acclamer. Après un moment de gloire et voyant que la jeune femme vacillait sur ses jambes, accusant le contrecoup d'une émotion intense, il rétablit le silence d'un autre geste de la main et reprit la parole.

— Que l'assemblée commence ! clama-t-il haut et fort.

Awena, imitant Darren, essaya de s'asseoir le plus dignement possible en lissant les plis chatoyants de son bliaud.

Petit à petit, au fur et à mesure que les uns et les autres venaient, soit demander conseil, soit réclamer justice au laird, la jeune femme se détendit et se plongea dans la vie du clan, comme toute première dame l'aurait fait.

Darren était un laird juste, intelligent, clément quand il fallait l'être et implacable avec ceux qui voulaient profiter des plus faibles. Il savait trouver les failles et les utiliser à bon escient, régler les contentieux au contentement de chacun. La jeune femme suivait chaque échange avec beaucoup d'intérêt et ne vit pas le temps passer.

L'assemblée paraissait être sur le point de se terminer sur une chamaillerie entre propriétaires de poules, venant d'être réglée avec brio – les poules étant partagées à parts égales puisque chacun se plaignait d'avoir été volé par l'autre –, quand tout d'un coup, un brouhaha étrange monta de la foule. Il y eut un mouvement nerveux au fond de la salle et bientôt, tous ceux qui étaient installés sur l'estrade virent venir à eux un groupe de six bana-bhuidseach.

On aurait dit des sylphides. Diaphanes, éthérées, belles dans leurs longues robes blanches et les cheveux longs flottant à chacun de leurs déplacements. Les sylphides étaient en général les muses des artistes en tout genre, doctes et bienveillantes envers les êtres humains. Bienveillantes... Oui, mais là, ce n'était pas des sylphides souriantes qui se présentaient. C'était des bana-bhuidseach qui paraissaient très, mais alors, très remontées !

En tête du groupe se tenait la jeune sorcière rousse dont Awena avait fait la connaissance la nuit du fameux sort de séparation d'âme. Étrangement, elle lui rappelait quelqu'un, sans qu'elle puisse savoir qui. Elle devait avoir quelques années de plus qu'Awena, cinq ans environ.

— Latha math, Aigneas ! Fàilte (Bonjour, Aigneas ! Bienvenue) ! souhaita Darren d'une voix profonde et rauque, se penchant légèrement en avant et posant les coudes sur les accoudoirs de son fauteuil.

Et allez, c'est reparti pour la traduction instantanée défectueuse ! songea Awena, agacée.

Elle était à nouveau nerveuse, car elle savait que Darren, même s'il ne le montrait pas du tout, était tendu comme un fil à couper le beurre. Pour preuve le fait qu'elle ne le comprenait plus.

— Naye ! Pas bon jour ! jeta la sorcière, tremblante de colère. Pas bon jour du tout ! poursuivit-elle. Car nous venons à vous aujourd'hui, pour vous demander de destituer la Seanmhair !

Une vive et unique exclamation de surprise générale monta de la foule. Les yeux de Darren perdirent de leur amabilité polie et devinrent deux puits de noirceur.

— Dé chanas thu (Que dis-tu) ? gronda le laird sombrement.

La jeune sorcière, malgré une fugace lueur de peur dans le regard, se raidit, redressa le menton et affronta fièrement Darren, les autres bana-bhuidseach faisant corps avec elle. Dans le même temps, les gens du clan reculaient et faisaient passer les enfants derrière eux, pour que d'autres les guident vers la sortie et les mettent en sécurité à l'extérieur.

C'était la première fois que Darren et le clan se trouvaient confrontés à une échauffourée avec leurs bana-bhuidseach. Cependant, connaissant le caractère belliqueux d'Aigneas, il fallait s'attendre à tout.

— Je vous demande de destituer la Seanmhair. Si vous ne le faites pas..., nous le ferons !

— Gabh air do schocair (Du calme) ! intervint à son tour Larkin, d'un ton neutre, pouvant lui aussi interférer dans un problème lors de l'assemblée de Lug, en tant que grand druide du clan.

— Pòg mo thòn (Va te faire foutre) ! cria la jeune sorcière en direction de Larkin.

— Thu fhéin (Toi-même) ! siffla Larkin en se levant difficilement de son fauteuil à l'aide de son bâton, mais l'air bien décidé à en découdre.

— Sguir e (Ça suffit) ! s'emporta Darren d'une voix de stentor, résonnant de l'écho des mille voix, et faisant trembler la salle et ses occupants.

Awena décida à son tour d'intervenir, sans savoir si elle en avait le droit, et se leva en mettant les mains sur la taille, accrochant des yeux tous ceux qui se trouvaient à sa portée.

— Stop ! Silence ! Ou alors, si vous criez dans les prochaines secondes, je vous demanderai un peu plus de concentration ! Zut à la fin ! Je n'ai rien compris du tout à votre charabia gaélique écossais ! s'époumona-t-elle.

Ce qui ne l'empêcha pas d'entendre :

— Och, vaut mieux qu'elle ne comprenne rien,

marmonnait Clyde en direction de Ned, qui hochait la tête pour l'approuver en gloussant stupidement.

— Vous deux aussi ! Taisez-vous ! s'énerva Awena sur un ton autoritaire qui fit mouche instantanément.

— Awena, menaça sourdement Darren.

Sans en tenir compte, elle se tourna vers les bana-bhuidseach et s'adressa directement à elles.

— Savez-vous que vous avez apeuré les femmes et les enfants ? Regardez de par vous-mêmes. Il n'y a plus que des hommes avec leurs claymores, prêts à s'en servir si j'en juge par leurs mines patibulaires. Si vous avez un problème avec la Seanmhair, il suffit d'en parler sans monter sur vos grands chevaux. Vous voulez la destituer ? Eh bien, il faudrait peut-être dire pourquoi, avant de s'emporter comme vous le faites !

— Awena..., gronda à nouveau Darren.

Butée, elle ignora le laird et ne se détourna pas d'Aigneas. Ainsi, elle eut le temps d'apercevoir une lueur admirative passer dans son regard bleu azur. Aigneas inclina la tête devant Awena et se détendit visiblement. Elle avait trouvé du répondant en face d'elle. Parler de femme à femme lui convenait très bien, les hommes n'avaient pas sa confiance.

— Il se trouve que depuis le sort de séparation d'âmes, notre Seanmhair, Barabal, n'est plus la même. Nous soupçonnons fortement le grand druide Larkin de lui avoir lancé un mauvais sort ! accusa rageusement la jeune sorcière en fusillant du regard le vieil homme qui grommela sous l'insulte. Nous n'avons point de preuves, seulement des faits. Seul un sortilège très puissant aurait pu venir à bout de la raison de notre ancienne. Car enfin, elle a perdu la tête !

Awena s'approcha des bana-bhuidseach, en faisant quelques pas sur l'estrade. Darren ne fit aucun geste pour la retenir, comprenant que le seul moyen de désamorcer le conflit était de la laisser faire.

Auprès de la farouche sorcière, elle aurait peut être

plus de chances que lui. Surtout qu'Aigneas se taisait à nouveau en fixant férocement Larkin. Le venin qui coulait entre eux n'était pas prêt de se tarir.

— Expliquez-vous, l'incita doucement Awena.

— La journée qui a succédé à l'incantation dans le Cercle hier, Barabal, très perturbée, nous a, à toutes, demandé de la suivre. Nous avons dû nous munir de deux paniers d'osier chacune et nous sommes rendues près des douves qui cernent le château. Comprenez, d'habitude, nous ne nous posons aucune question, Barabal est notre guide suprême. Mais là, à notre immense étonnement, elle nous a ordonné d'attraper le plus grand nombre de grenouilles possible !

À ce moment-là du récit, Awena pâlit d'un coup et laissa échapper un gémissement tremblant. Un doute affreux venait de surgir dans son esprit et elle craignait d'entendre la suite.

— Il fallait s'emparer d'elles en douceur, et ne surtout pas les effrayer, vous vous rendez compte ? reprit la jeune sorcière en ouvrant de grands yeux. Ne blesser aucune de ces immondes grenouilles ? Et ce, sous peine d'en payer le prix ! D'une menace de la part de la Seanmhair, on peut s'attendre au pire. Ainsi... nous avons donc attrapé toutes les grenouilles que nous avons pu et Raonaid est même tombée dans les douves !

— C'est dégoûtant ! laissa échapper Eileen en faisant la grimace.

— Aye ! approuva Aigneas d'un vigoureux hochement de tête. Mais ce n'est pas le pire ! En fin d'après-midi, alors que nos paniers étaient débordants de ces... ces choses baveuses, et ça grouillait, je puis vous l'assurer, la Seanmhair est devenue folle. Elle hurlait que les mauvais esprits des bana-bhuidseach noires étaient là, près du mur du donjon est, qu'ils riaient à l'avance de leurs maléfiques sorts et elle... och ! Ça m'écœure rien que de le dire..., s'insurgea Aigneas en ayant un hoquet révulsé et en essayant de le dissimuler derrière une main tremblante. Elle... elle nous a ordonné...

d'embrasser toutes les grenouilles au plus vite !

Un « Ohhh... » offusqué général suivit l'exclamation outrée d'Aigneas, masquant le cri horrifié d'Awena.

Les rires... venaient de Darren et de moi quand nous avions le nez dans les aérations, en déduisit mentalement Awena.

Elle observa Darren à la dérobée et devina à son expression qu'il pensait la même chose qu'elle. Cependant, lui ne connaissait pas la suite de l'histoire, alors qu'Awena en frissonnait d'appréhension.

— D'embrasser les grenouilles ? s'étonna Darren en haussant les sourcils. Pourquoi ?

— Nous aurions désiré le savoir également, se plaignit la jeune sorcière, mais la Seanmhair jacassait qu'elle n'avait pas le temps de nous l'expliquer. Alors, nous l'avons... imitée ! Une à une, nous les embrassions... sur leur bouche.

— Bahh, s'horrifia une Eileen au teint verdâtre.

— À chaque grenouille embrassée, nous devions attendre et la remettre dans les douves.

— Attendre quoi ? questionna à son tour Larkin, alors qu'Awena gémissait de plus belle, morte de honte.

— Comme si tu ne le savais pas ! Sean each (Vieux cheval) ! Tu lui as fait croire que certaines grenouilles n'étaient autres que des princes qui auraient subi un sortilège. Pour le casser, seul le baiser d'une femme pourrait y parvenir, ainsi les princes reprendraient aspect humain ! Sèonaid en a tant embrassé, qu'elle en a eu des pustules sur les lèvres !

Pour preuve, la sorcière du nom de Sèonaid s'avança. Effectivement, sa bouche ressemblait à une grosse fraise à moitié mûre... couverte d'immondes cloques jaunâtres.

— Z'me zuis... m'fait pinzer... et lézer..., marmonna Sèonaid, qui ne pouvait que baragouiner, tant ses lèvres étaient enflées.

— La Seanmhair est folle ! Je viens demander sa destitution et réparation ! Larkin doit aussi être jugé pour ce qu'il a fait ! cracha furieusement Aigneas, rouge de colère et serrant les poings.

Au lieu de s'offenser de l'accusation portée contre lui, Larkin se laissa lourdement tomber sur son fauteuil capitonné et se mit à glousser.

Il pleurait de rire !

— Em... embrasser des... grenouilles... p... pour délivrer des... prinnnn-ccceees... sss... sss... ! hoquetait-il riant et pleurant à la fois. Jamais... réussi à... faire ça ! Même dans... mes rêves les... plus fous ! Sss... sss... C'est à mourir... de rire... sss... sss... ahhh.... Ohhh... j'ai mal... au ventre... hi, hi, hi... !

C'était bien ce qui risquait de lui arriver. Mourir ! Il gloussait tant que les ecchymoses sur son visage se confondaient avec la couleur bleue générale de l'asphyxie. Il ne parvenait plus à reprendre son souffle !

Pour une fois, Darren semblait dépassé par les évènements. Larkin allait mourir de rire, Clyde et Ned tapotaient – vigoureusement – le dos de Larkin, Eileen avait disparu de la salle en courant, une main sur le ventre, l'autre sur la bouche (pas difficile de s'imaginer où elle était partie), les bana-bhuidseach guettaient impatiemment le jugement du laird – pour preuve, leurs regards furibonds et indignés allant de lui à Larkin –, et les hommes du clan avaient remis leurs claymores dans leurs fourreaux de cuir, et paraissaient tout aussi abasourdis que Darren et Awena.

Cette dernière se gardait tête basse, croisant et décroisant les mains nerveusement. On aurait dit une enfant qui avait fait des bêtises et se tenait devant ses parents en attendant leurs remontrances. Oui, elle semblait… coupable !

Cette constatation claqua dans l'esprit de Darren comme un coup de tonnerre.

— Awena ! fulmina la puissante voix du laird, faisant sursauter tout le monde.

Elle-même parut faire un bond d'un mètre et gémit bruyamment en se mordant les lèvres de ses petites dents blanches et nacrées.

— Ohhh... naye ! pouffa Larkin en glissant pratiquement de son fauteuil. La... P... Promise... a... encore... frappé ! Ha, ha, ha…, je vais mourir... ohhh... c'est trop bon !

Chapitre 13

Partent au loin les nuages...

Les bana-bhuidseach regardaient suspicieusement Awena. Petit à petit, à l'appel des hommes du clan, les femmes revenaient dans la salle, et bientôt, un immense brouhaha résonna, les uns racontant aux autres ce qui s'était passé.

— Ce... ce n'est pas Larkin ! bafouilla Awena qui aurait mille fois préféré se cacher dans un trou de souris, quand un semblant de silence régna sur l'assemblée.

Elle reprit avec un peu de courage :

— J'étais très fatiguée la nuit du sortilège et je n'arrivais pas à me défaire de Barabal, qui voulait savoir comment tuer des grenouilles pour une recette de cuisine que je lui avais apprise. Alors, sans penser à mal... c'était une plaisanterie, vous savez. Non bien sûr, vous ne pouvez pas savoir, grommela-t-elle entre ses dents avant de reprendre son plaidoyer. Je lui ai raconté l'histoire des princes changés en grenouilles par les sortilèges des méchantes sorcières.

Les bana-bhuidseach se mirent à parler entre elles, faisant cercle avec Aigneas qui désignait Awena de temps à autre du doigt.

Eh bien, j'ai fait une grosse bêtise, maintenant il faut que je l'assume, se dit bravement Awena pour se donner du courage.

Elle n'osait pas se retourner vers Darren, dont elle sentait le regard brûlant posé sur elle. Sa nuque lui en cuisait.

Au bout d'un long conciliabule qui lui mit les nerfs à vif, Aigneas s'approcha de l'estrade et d'elle par là même en paraissant déconcertée.

— Êtes-vous une sorcière ? Vous connaissez les sortilèges ?

Après un moment d'étonnement, Awena lui répondit :

— Non, pas du tout. Dans mon époque, nombre d'auteurs... je veux dire... de bardes, ont écrit des histoires qui mettent en scène de vilaines sorcières. Celles-ci invoquent des sortilèges pour que les princes ne puissent pas rencontrer leurs princesses. Les princes-grenouilles en font partie. Ce ne sont que des histoires pour les enfants, il n'y a pas de magie ou de sorcellerie. La Seanmhair va bien, elle n'est pas folle. Tout est de ma faute et non celle de Larkin, je vous prie de me pardonner !

Awena s'approcha d'Aigneas, dans un élan du cœur, et lui tendit la main.

— Il faut la serrer et la secouer ! expliqua Eileen en intervenant de manière saugrenue.

Elle était revenue, le teint un peu verdâtre et, cependant, était fin prête à soutenir sa dame.

Aigneas toisa Eileen en soulevant ses fins sourcils, puis regarda la main d'Awena et s'en saisit avec hésitation, comme au ralenti. Quand leurs deux paumes se joignirent, un fait étrange se produisit ; Awena sentit une vive chaleur irradier sur sa peau, pour se propager ensuite à son bras, puis à son corps tout entier.

Ce n'était pas douloureux, loin de là et elle éprouva une sensation de bien-être intense, balayant d'un coup peur, appréhension, honte... tout !

Les deux jeunes femmes se contemplèrent, bouche bée. Il n'y avait plus qu'elles, flottant toutes les deux dans un univers extraordinaire. Awena avait l'impression d'avoir retrouvé quelque chose d'indispensable à sa vie, d'indéfinissable et c'était tout aussi déroutant.

Deux puissantes mains l'arrachèrent à la chaude poigne d'Aigneas. Et celle-ci, tout comme Awena, sembla se réveiller d'un songe. Elles battirent des paupières sans pouvoir détourner leurs regards. Vert et azur se confondaient.

— Awena... Aigneas, que lui as-tu fait ? s'exclama Darren qui secouait une Awena pantelante et muette.

— Rien... rien du tout, souffla la jeune sorcière qui avait elle-même du mal à reprendre ses esprits.

— Ne me dis pas ça ! s'emporta Darren. Dès que vos mains se sont jointes, vos corps ont été auréolés d'une aura lumineuse ! Je te le redemande une dernière fois, que lui as-tu fait ?

— Elle ne m'a rien fait, chuchota Awena, encore très émue par ce qui venait de se produire. C'était... magnifique ! ajouta-t-elle en pirouettant dans les bras de Darren pour lui faire face, les yeux brillants d'émerveillement.

— Aye ! confirma Aigneas, qui semblait toutefois perturbée tout d'un coup. Nous partons ! ordonna-t-elle aux bana-bhuidseach en se dirigeant vers la sortie de la salle.

— Tu n'aurais pas oublié quelque chose Aigneas ? gronda le laird qui semblait contenir une grande colère.

Aigneas se figea et sans se retourner répondit :

— La Seanmhair n'est pas destituée.

Sur ces mots, elle reprit sa route.

— Et ? gronda le laird en stoppant Aigneas dans son élan.

— La Promise embrassera dix grenouilles pour réparation.

— Et ?

Aigneas fit face à Darren, haussant les épaules et faisant l'étonnée. Mais devant le regard sombre et menaçant du laird, elle céda.

— Mes excuses au vieux grand druide, grinça-t-elle entre ses dents serrées, reprenant ensuite son chemin, suivie des autres bana-bhuidseach.

Darren aurait dû la punir pour son insolence. Le clan aurait pu prendre son manque de sanction comme une faiblesse de sa part. Toutefois, tous connaissaient le passé douloureux de la jeune sorcière et savaient que Darren, en laird avisé, attendrait le moment propice pour faire une mise au point.

D'ailleurs, sa première préoccupation sérieuse était ce petit bout de femme dans ses bras, toute molle, un étrange sourire rêveur flottant sur ses lèvres roses et qui le regardait sans le voir.

Oh, oui, il était très en colère. Pourtant, il devait se contenir devant le clan et là encore, ronger son frein avec patience. Chaque chose en son temps. Et, oui, la jeune femme s'en souciait guère. Awena était sur un petit nuage, la sensation de bien-être perdurait, elle se moquait de tout, y compris de sa punition baveuse.

— Awena, marmonna Darren en recommençant à la secouer doucement par les épaules.

Il ne savait pas ce qui l'agaçait le plus, le fait qu'elle ait mis une telle pagaille au sein des bana-bhuidseach, ou le fait qu'il lui soit complètement indifférent, transparent. Bon sang ! Que devait-il faire pour qu'elle se réveille ?

— Awena ! gronda-t-il durement, en la secouant plus fortement.

— Oui ? fit-elle d'une toute petite voix, en lui souriant bêtement, tout en le fixant avec attention.

Elle le déstabilisait à nouveau. Ne devait-elle pas avoir peur de lui ? Trembler ? Pleurer peut-être ? Elle devait bien sentir qu'il était furieux ? Non ?

Ce petit énergumène en jupons lui souriait et il avait de plus en plus envie de lui retourner son sourire. Les coins de ses lèvres en tremblaient, tant il se retenait de ne pas le faire. Il soupira, se sachant d'ores et déjà vaincu d'avance.

En secouant la tête, il la saisit par le coude et la guida vers son fauteuil capitonné. Au passage, d'un coup d'œil, il fut rassuré de voir Larkin ayant repris le contrôle de lui-même. Quelques larmes de joie marquaient encore ses joues parcheminées, mais dans l'ensemble, il semblait aller beaucoup mieux.

— Och ! Petite, je ne croyais pas devoir dire cela un jour, mais je remercie les dieux de t'avoir guidée jusqu'à nous, déclara le vieux grand druide en s'adressant à Awena avec un beau sourire, un vrai.

De mieux en mieux, si ces deux-là font copain-copine, on n'en a pas fini ! s'inquiéta Darren en grommelant tout en se retournant pour faire face à son clan. Et dire qu'il adorait la fête de Lùnastal. Avant !

Perdu dans ses pensées, il ne remarqua pas l'échange de regards complices entre Awena et Larkin, qui allèrent jusqu'à se faire de gros clins d'œil.

— Saint Clare, il est temps de clore l'assemblée ! proclama-t-il en levant un bras.

— Attendez ! s'écria Eileen, le rouge aux joues en descendant de l'estrade aussi vite que son surcot le permettait et en faisant face au laird qui cacha mal son mouvement d'impatience.

Elle fit une belle révérence et attendit bien sagement qu'on lui donne la parole. Darren tourna lentement la tête vers Awena, suspicieux, et l'interrogea de ses yeux sombres, les sourcils froncés. La jeune femme eut un regard tout à fait innocent et haussa les épaules en signe d'ignorance, elle ne semblait pas savoir ce que désirait Eileen. Rasséréné, Darren reporta son attention vers cette dernière et réussit à lui sourire gentiment.

— Eileen, as-tu une requête à formuler avant la fin de l'assemblée ?

— Aye ! assura vivement la jeune femme presque comme un cri du cœur, ce qui déclencha quelques rires parmi l'assistance.

— Alors, parle, nous t'écoutons.

— Clyde pourrait-il descendre de l'estrade et venir à mes côtés ?

Darren parut surpris de cette demande tout à fait saugrenue, mais fit signe au colosse d'accéder à cette requête. Puis il alla s'asseoir sur son fauteuil, attendant la suite des évènements.

Quand Clyde fut aux côtés d'Eileen, bougonnant dans sa barbe et n'osant pas la regarder, celle-ci eut un signe de tête satisfait et fit face à nouveau au laird.

— Pourrais-je maintenant monter sur l'estrade ? quémanda Eileen d'une petite voix, les yeux pleins d'espoir.

Darren observa Larkin, puis Awena. Toux deux semblaient être absorbés par la scène qui se déroulait devant eux et curieux de voir où voulait en venir la jeune femme. Seul Ned fronçait les sourcils en se grattant le menton.

Revenant à la dame de compagnie de sa belle, d'un signe de tête, Darren lui accorda l'accès à l'estrade.

Les gens murmuraient bruyamment dans la salle, les uns intrigués, les autres fatigués de cette assemblée de Lug qui n'en finissait pas. Toujours est-il que lorsqu'ils virent Eileen chercher une bonne position des pieds au bord de l'estrade, tous se turent et attendirent de savoir ce qu'elle mijotait. Eileen était presque en équilibre, et de là où elle se tenait, elle dépassait d'une tête le colosse de Clyde. Le regardant, puis détaillant ensuite l'espace qui séparait leurs corps, elle semblait calculer la distance qu'il y avait entre eux, en tirant la langue de concentration.

Au moment où personne ne s'y attendait, elle prit son élan et sauta littéralement sur le colosse, lui passant les bras autour du cou et les jambes lui ceinturant la taille pour mieux se cramponner et ne pas tomber. Dans le même temps, elle se mit à crier à tue-tête :

— Je te prends comme mari !

Darren en fut estomaqué. Jamais il n'avait connu de demande en mariage aussi farfelue et faite par une femme qui plus est ! Sur le coup, il remercia les dieux d'être assis.

Clyde ne semblait pas savoir que faire de ses mains car, et il opta pour le postérieur d'Eileen, qui commençait à glisser dangereusement le long de son corps.

À ce moment-là, un drôle de hoquet attira l'attention de Darren du côté de Larkin. Le pauvre grand druide se mourait à nouveau de rire, tout en désignant du doigt un point à la gauche du laird.

Naye !

Lentement, ne voulant pas y croire, Darren ferma les yeux et tourna la tête vers Awena. Quand il rouvrit les paupières, il aperçut Awena, tête baissée, croisant et décroisant nerveusement ses mains, l'air à nouveau... coupable !

Il ne put que gémir profondément et serrer fortement les accoudoirs de son fauteuil.

— Que lui as-tu dit ? marmonna-t-il sourdement pour ne pas être entendu de tous.

— Clyde et Eileen sont amoureux, mais ils ne savaient plus comment se le montrer. Alors, hum... j'ai dit à Eileen qu'à mon époque, quand une femme voulait un mari, elle devait lui sauter dessus et le prendre. Mais, Darren, ce n'était qu'une façon imagée de lui dire que les femmes pouvaient faire le premier pas, je n'aurais jamais pensé qu'elle le prendrait au premier degré !

Des hurlements de joie et des acclamations bruyantes interrompirent son nouveau plaidoyer. Eileen et Clyde s'embrassaient à pleine bouche, peu soucieux de se donner en spectacle.

— Premier degré ? Nous en reparlerons plus tard ! lui promit Darren avec un étrange sourire sur les lèvres. Nous avons un mariage à célébrer pour Lùnastal... grâce à toi. Larkin... Larkin ! Tu mourras de rire demain !

Se levant de son fauteuil, le laird s'avança sur le devant de l'estrade et fit un geste pour réclamer le silence. Il fallut attendre un bon moment pour l'avoir, car le couple de futurs mariés ne semblait plus pouvoir cesser de s'embrasser et de se caresser sous les yeux de la foule, provoquant rires, sifflements, encouragements et sarcasmes égrillards.

— Clyde ! Lâche-la maintenant ! Ce soir, après votre mariage et à l'abri de ta chaumière, tu pourras faire ce que tu veux. L'assemblée est close ! hurla-t-il pour se faire entendre de la foule bruyante.

Awena, qui n'attendait que ce moment, prit la poudre d'escampette et profita de la cohue générale pour fuir Darren. Impossible de la retenir, une véritable anguille. Elle trouva refuge hors du château, dans le jardin floral, loin de tout bruit et, surtout, de toute présence humaine.

Elle s'assit sous le pommier, à côté des rosiers parfumés, un havre de paix dans tout ce chaos. En repensant aux évènements de la matinée, elle gémit en fermant fortement les paupières. Quel cauchemar !

Dans le passé, elle en avait réalisé des centaines de gaffes. Toutefois, aucune qui aurait tourné à la catastrophe. Aujourd'hui, elle avait décroché la palme d'or avec l'histoire des grenouilles et ses judicieux conseils matrimoniaux !

Awena enroula ses bras autour de ses genoux et se mit à se balancer tout doucement d'avant en arrière. Depuis toute petite, ce mouvement avait tendance à la calmer, comme le doux bercement des bras tendres d'une maman, du moins le pensait-elle, car Marlène n'avait jamais eu ce geste affectueux vis-à-vis d'elle.

Quand est-ce que les larmes se mirent à couler ?

Elle ne s'en souvint pas, pourtant elles étaient là, inondant ses joues et ruisselant dans son cou. Darren n'allait pas tarder à lui tourner le dos et la renvoyer dans son époque. Tout partait de travers. Qu'avait-elle fait de bien, depuis qu'elle était là ? Rien !

— La vie. Tu nous as apporté un souffle de vie. Tu es un rayon de soleil permanent Awena, murmura une voix rauque, profonde et sensuelle.

Awena sursauta, ne s'attendant pas à ce que l'on vienne la rejoindre, puis essaya de camoufler son visage ravagé et d'essuyer ses larmes le plus discrètement possible.

Darren s'agenouilla derrière elle et l'enserra de ses bras

puissants.

— J'étais très en colère mo chridhe, je ne te le cache pas. Jamais fête de Lùnastal ne fut aussi mouvementée que celle-ci. Awena, aujourd'hui, j'ai vu Larkin rire et je n'ai pas souvenir de l'avoir connu aussi heureux depuis bien longtemps. Les bana-bhuidseach étaient furieuses, mais tu as su les calmer par ta candeur et ta franchise. J'ai par ailleurs remarqué, fait étrange, une Aigneas admirative et à ton écoute. Quant à Clyde et Eileen, jamais je n'aurais réussi à les rapprocher comme tu l'as fait. C'était un casse-tête insurmontable. Et toi, d'une simple suggestion à Eileen, tu leur as donné l'occasion de se retrouver. M'eudail..., regarde-moi ! Tu es le souffle du clan, la pièce maîtresse manquante à son équilibre, tu es ma moitié, celle qui me fait me sentir entier, vivant ! Il faudra simplement que je gère mieux mes émotions, car rien n'est plus difficile pour moi que des situations qui m'échappent complètement.

Awena n'osait pas respirer, d'ailleurs, elle l'aurait voulu qu'elle ne l'aurait pas pu. Son souffle était coupé sous le coup d'une intense émotion. Darren n'était pas comme les autres, il venait encore une fois de le lui prouver. Il se donnait sans détour, dévoilant ses défauts, mettant son cœur à nu. Pour elle.

Un mur céda dans son esprit.

Il était temps qu'elle fasse un grand pas. Le moment de lui ouvrir son cœur. Car lui, il lui en avait fourni maintes preuves, il ne l'abandonnerait pas.

Se retournant à demi dans le berceau des bras de Darren, Awena lui offrit sa bouche. Ce fut un baiser très doux. Il lui caressait de la langue le contour des lèvres, son souffle chaud avivant les braises de leurs désirs assoupis. Taquin, il butinait sa bouche, la cajolant, l'ensorcelant pour enfin, en conquérant, l'embrasser profondément, plongeant sa langue dans son havre de douceur, goûtant la saveur unique et sucrée d'Awena.

Elle gémit de plaisir, allumant un brasier en Darren.

Les flammes de la passion étaient hautes à présent, le souffle de la passion, puissant. La bouche du laird courait de son visage à son cou, puis plus bas, vers le sillon entre ses seins. Leurs mains étaient parties à la rencontre des vallées et des plaines de leurs corps.

— Hum, tu sens le miel et le soleil, ronronna Darren, le nez au creux du cou d'Awena.

À genoux et face à face, ils ondoyaient l'un contre l'autre. Elle gémit encore et il lui répondit par un feulement rauque. Ses doigts agiles et nerveux étaient partout à la fois, sur son ventre, son dos, sa poitrine où il s'échinait à ouvrir les lacets. Awena en ressentait une étrange douleur au creux du ventre et ses reins se contractaient à chaque effleurement. Elle se mit à l'embrasser partout où sa merveilleuse peau tannée était à nu et trouva un point sensible juste dans le creux de son cou. De plus en plus désinhibée, elle le mordillait en se collant sauvagement contre son torse musclé et enserrait de ses doigts des mèches soyeuses de cheveux noir bleuté.

Il grommela en lui reprenant fougueusement la bouche, lovant contre le doux ventre d'Awena la preuve ardente et physique de son désir. Plus rien n'avait d'importance, sauf la soif d'assouvir leur union. Ils respiraient par à-coups, Darren fourrageant de la main sous les jupons de la jeune femme, avide de pouvoir toucher sa peau chaude et veloutée.

Ce sont les bruits des cornemuses, au loin, qui les tirèrent de leur frénésie érotique. De plus, Awena se souvint d'un détail qui faisait poids et venait contrecarrer toutes leurs envies, ses règles.

— Ce n'est que partie remise m'eudail, souffla Darren contre sa joue, d'une voix enrouée et très rauque tout en cherchant à reprendre le contrôle de sa respiration.

Il la gardait serrée contre lui, nichant la tête de la jeune femme dans le creux de son cou. Awena se sentait frustrée et incomplète. Mais elle devait bien en convenir, ce n'était pas le moment pour eux.

Les joues brûlantes, elle essaya de renouer les lacets de son bliaud. Ses doigts tremblaient tant qu'elle ne réussit qu'à emmêler les liens. Le souffle chaud de Darren lui caressa le visage, quand il se mit à rire tout doucement.

— Laisse-moi faire.

Avec une habileté prodigieuse, il remit les lacets en place en un temps record, se redressa et de ses mains, aida Awena à se mettre debout. Il la tint un moment contre lui, pour la retenir encore un instant, mais aussi parce que la jeune femme vacillait dangereusement.

— Je... hum... je vais me rafraîchir un peu dans ma chambre, murmura Awena sans oser regarder Darren.

Il fronça légèrement les sourcils. Ce qu'il voulait, c'était la tigresse qui sommeillait en cette beauté, pas la petite souris timide qui n'osait pas lui faire face dès qu'ils revenaient à eux, après de torrides échanges. Awena sembla en prendre conscience et redressa son ravissant visage constellé d'éphélides vers lui. Elle entrouvrit les lèvres et ses yeux verts caressèrent sa bouche, ses pommettes, pour enfin croiser son regard.

— Je... je t'aime, Darren, lâcha-t-elle dans un souffle avant de se libérer de ses bras et de filer aussi vite qu'une biche.

Le laird en resta un moment pantelant, n'osant croire à ce qu'il venait d'entendre. Elle lui avait avoué son amour, pour la première fois !

Il en hurla de joie, les bras levés vers le ciel.

Ce fut un Darren fier et tout guilleret qui se joignit à la foule pour le banquet de Lùnastal. Les tréteaux et tables avaient été disposés à l'extérieur du château, dans un grand pré jouxtant le village.

Le laird dardait ses yeux bleu nuit sur le pont-levis où devait réapparaître son Awena. Un souffle sans elle, c'était comme manquer d'air. Qu'elle se dépêche de le rejoindre.

Vite !

C'est ce qu'elle fit, toute pimpante, fraîche et rose d'excitation, pour la fête. Leurs corps restaient sages, seuls les regards qu'ils échangeaient, Darren et elle, étaient chargés d'une sensuelle complicité.

Il y avait un monde fou pour le banquet, impossible de dénombrer les personnes présentes. Les joueurs de cornemuse, de flûte à bec et de tambours passaient entre les tables où certains se mettaient à chanter et danser.

Bien sûr, le repas traditionnel du banquet était du haggis. Awena en gémit de dépit quand elle aperçut Ada, la cuisinière du château, qui vint personnellement lui servir un plat de poulet rôti, pommes de terre et légumes divers. Un vrai repas du dimanche !

Sans les frites.

Tiens, en parlant de frites, savaient-ils en cuisiner à cette époque ? se demanda la jeune femme.

Aucune gaffe à craindre ici, les frites ne pourraient pas causer de catastrophe et elles seraient sûrement très appréciées. Awena, souriante, se promit de faire un tour dans les cuisines dans les prochains temps.

Darren lui avait affirmé qu'elle serait trop occupée par lui pour y mettre les pieds (de cela, elle en était sûre et certaine) toutefois, elle trouverait bien le moyen de le faire quand même.

Elle sourit en imaginant la tête des Highlanders découvrant des frites sur leurs tranchoirs. Puis elle se laissa complètement absorber par l'ambiance générale, joyeuse et festive.

À la musique et aux danses – des sortes de gigues endiablées – succédèrent les bardes. Ils racontaient sous forme de ballades l'histoire du clan depuis leur alliance avec les dieux, la division du clan d'origine en deux grandes familles – l'une gardant la magie, les Saint Clare, l'autre oubliant tout de leurs dieux pour se vouer au christianisme, les Sinclair – et les histoires de chaque laird, du plus ancien au plus récent, Darren, le Loup Noir des Highlands.

Awena nota un oubli, peut-être volontaire, qui l'intrigua fortement. Les bardes n'avaient pas évoqué le père de Darren ; Carron Saint Clare.

Il y avait un grand mystère autour de cet homme. Qui disait mystère disait curiosité d'Awena en ébullition maximum, et recherche de quelqu'un qui voudrait bien la renseigner. Darren ? Il n'en était pas question. Le simple fait d'évoquer son père le statufiait comme s'il avait croisé le chemin d'une gorgone.

Alors qui ?

Elle se posait la question, quand elle croisa le regard d'Aigneas. À nouveau, un courant chaud et bienfaisant se propagea dans son corps, même s'il était moins intense que la première fois. Là reposait un autre mystère.

La jeune sorcière rompit le contact en se levant de table – la troisième à la gauche de celle d'Awena – et suivit le groupe de bana-bhuidseach, leurs hommes et enfants.

À toutes les autres tables, les gens les imitèrent, tout en bavassant et riant. Darren lui-même s'était éloigné, de fait, tout le monde avait dû suivre le mouvement du laird qui parlait en ce moment avec d'autres hommes sans que la jeune femme s'en soit rendu compte, toute à ses réflexions.

Revenant vers elle, Darren l'aida galamment à se lever de son banc.

— Le mariage de Clyde et Eileen sera prononcé après les jeux et avant le lancement de la Roue de feu. Je dois rejoindre mes hommes. Reste avec Eileen, elle te guidera.

Sur ce, il l'embrassa tendrement, s'écarta pour lui sourire, faisant apparaître ses magnifiques fossettes et disparut dans la cohue.

Rester avec Eileen, encore faudrait-il que je sache où elle est ! se dit la jeune femme en cherchant son amie autour d'elle. C'est une Eileen rayonnante qui la trouva en premier, en lui sautant au cou.

— Merci ! s'exclama-t-elle en l'embrassant sur les

joues. Grâce à vos conseils avisés, je suis la plus heureuse des femmes ! Venez, les jeux vont commencer !

Awena n'eut pas le temps de répondre et fut entraînée par son exubérante amie qui la tirait par la main.

Tout au long de l'après-midi, les hommes rivalisèrent de force et de ruses, pour le plus grand amusement de tous.

Cela commença par le jeu du tir à la corde, où plusieurs équipes de deux groupes se tenaient à chaque extrémité d'un cordage de chanvre, un cours d'eau boueuse servant de limite entre les participants, le but d'une équipe étant de tirer le plus fort possible sur leur partie de corde pour faire tomber l'autre groupe dans ledit cours d'eau. Les gagnants étant les plus propres, acclamés et possesseurs de quelques poules presque toutes déplumées à force d'avoir été trop secouées et les perdants étant ceux qui pataugeaient dans la vase sous les huées moqueuses de la foule.

Après un moment de « beuverie », car il fallait se désaltérer après la course sous le chaud soleil, les joueurs de cornemuse attirèrent l'attention sur le nouveau défi de la journée : le caber toss ou lancer de troncs.

Voilà une activité qui impressionna grandement la jeune femme. Il s'agissait, pour les participants, à tour de rôle, de porter verticalement à bout de bras un tronc assez long, environ six mètres, pesant pas loin de soixante kilos et de le lancer toujours verticalement de façon à ce que le tronc fasse un tour complet sur lui-même et retombe à la perpendiculaire du lanceur. Un jeu de force et d'agilité, exceptionnel !

Le vainqueur de cette épreuve était celui qui réalisait la meilleure trajectoire du lancer et les notes étaient attribuées par Larkin et quelques vénérables du village. À plusieurs occasions, il y eut d'âpres contestations envers les notes attribuées, mais il fut largement clair que le vainqueur n'était autre que le forgeron du clan, Blaine. Il était décidément d'une force phénoménale !

Il remporta la drôle de vache rousse qu'il offrit tout de

suite à sa fille et son beau-fils, en raison de la venue prochaine de son premier petit-enfant, un cadeau donc. Son bonheur était contagieux et son émotion devint celle de la foule, arrachant quelques larmes d'attendrissement à Awena.

Puis il y eut la course, par équipes aussi, qui se faisaient le relais et n'hésitaient pas à utiliser les croche-pieds ou le ressort des branches basses pour mettre hors-jeu leurs adversaires. Rien de fair-play dans tout ça, au plus grand plaisir des spectateurs.

Les rires se poursuivirent quand il fut temps pour l'équipe gagnante de récupérer leurs prix : la truie et le verrat sauvages. Les uns couraient après la truie, les autres couraient devant le verrat fou de colère. Ils devaient d'ailleurs encore tous courir quand arriva le temps d'annoncer la dernière activité.

Le pompon ! La cerise sur le gâteau ! Le moment tant attendu d'Awena : le jeu de l'harpastum !

Les femmes – mères, sœurs ou jouvencelles –, les enfants, hommes et anciens du clan, se pressaient contre les barrières du grand pré d'entraînement. En son centre, s'échauffaient bruyamment deux équipes d'Highlanders déchaînés. Eileen criait de vive voix des encouragements à son Clyde adoré, lequel – torse nu, ne portant que son kilt – se tartinait le corps de la tête aux pieds à l'instar des autres concurrents, d'une sorte d'épaisse pâte jaunâtre et graisseuse.

Pour Awena, les rugbymen représentaient déjà des surhommes, mais là, ça dépassait l'entendement ! Les Chippendales en perdraient leur string et n'auraient plus qu'à aller se cacher au vestiaire !

Oh oui..., imaginez. Des tonnes de muscles, de biceps, de pectoraux, de jambes nerveuses, de mollets tendus, bien huilés : le tout se réfléchissant sous les rayons du soleil. Toute femme normalement constituée aurait salivé en abondance devant une telle vision !

Awena eut le réflexe de vérifier si effectivement elle n'en bavait pas et ferma la bouche qu'elle avait ouverte depuis un bon moment. Là, au sein de cette foule d'apollons se tenait son demi-dieu... Darren.

Ce qu'il était beau, sublime, excitant ! C'était une torture d'exposer à sa vue ce corps athlétique, alors que le sien le réclamait avidement.

Elle sursauta au son d'un instrument puissant. En regardant mieux, elle aperçut Larkin sur le « terrain », soufflant dans une sorte de corne de vache, avec dans l'autre main un immense sablier. Larkin serait l'arbitre de ce jeu ? Le pauvre, il allait se faire piétiner !

Les deux groupes rivaux se formèrent au centre du terrain, Larkin leur parlant sans que l'on puisse entendre ce qu'il disait. De toute façon, personne ne semblait l'écouter, pas même les joueurs qui se fusillaient du regard, sautillant sur place et se tapant des poings sur le torse, comme auraient pu le faire des gorilles.

Deux équipes de A*ll Blacks* ! Le rêve ! Allaient-ils eux aussi entamer la danse rituelle et interpréter le Haka ? Non, impossible, c'était une coutume du peuple Maori, mais qui sait ? Les Saint Clare avaient peut-être, eux aussi, un rituel à faire avant le jeu ?

Awena n'attendit guère pour le découvrir. Au centre des deux groupes, Larkin eut tout juste le temps de se retirer avant que les hommes ne se jettent les uns sur les autres en hurlant férocement. Ils n'utilisaient pas les mains, juste la force de leurs torses pour percuter violemment ceux de leurs adversaires. On aurait dit des combats de cerfs pendant la période du brame, les bois entrecroisés, luttant pour garder le contrôle.

Des éclats de rire se firent entendre, car certains concurrents, tellement huilés par la pâte graisseuse dont ils s'étaient enduits, glissèrent comme du savon les uns contre les autres et s'étalèrent par terre, les jambes en l'air.

Awena rougit d'un coup, car l'histoire qui disait « rien sous les kilts »... était vraie ! Elle en avait la preuve flagrante sous les yeux !

Larkin souffla à nouveau dans sa corne. Le vrai jeu allait débuter.

— Combien de temps doit durer l'harpastum ? cria Awena pour qu'Eileen puisse l'entendre tant il y avait de vacarme autour d'elles.

— Deux tours de sablier.

— Deux... Cela fait deux heures ?

— Naye, un tour donne une demi-heure ! Entre temps, il y aura une pause pour que les joueurs puissent boire et se faire soigner.

— Se faire soigner ? Ah oui, le rugby est un sport assez... violent, je n'y pensais plus.

— Le rug... ? s'enquit Eileen qui se détourna précipitamment de son amie au son d'un autre coup de corne.

Le ballon – pardon – la panse de brebis, venait d'être lancée et ce fut... le pire du pire du rugby moderne. Ils étaient fous, ces Highlanders !

Durant la première demi-heure de jeu, sous les hurlements et les acclamations de la foule en délire et celles jointes d'Eileen et Awena, on vit les hommes des deux groupes jouer d'une manière plus qu'agressive. L'huile qui recouvrait leurs corps servait en fait à échapper aux prises coriaces des adversaires. Tous les coups étaient permis, se bousculer, s'arracher la panse des bras et la lancer ensuite en passes longues ou courtes, user de feintes pour déséquilibrer les concurrents, le but étant de lancer la panse derrière la ligne de base adverse. On assistait à un véritable combat de boxe géant, les uns tordant le cou des autres, utilisant les étranglements, les croche-pieds, les accrochages divers, ou les coups de poing. Larkin sonna de la corne pour annoncer la mi-temps et les femmes se dépêchèrent d'apporter à boire aux participants, certains plus amochés que d'autres. Yeux pochés, nez qui saignaient, lèvres fendues.

Awena décida de s'approcher de Darren, nez sanguinolent également, mais qui ne semblait pas être cassé, tandis qu'il souriait de toutes ses dents blanches et intactes, le mufle ! On aurait dit qu'il jouait un jeu tout à fait anodin et non une sorte de guerre de tranchées.

Awena lui tendit une outre qu'une des femmes du village lui avait donnée et Darren, après avoir bu, grimaça de douleur avant de cracher son breuvage.

Du whisky !

Il devait souffrir le martyre sous la brûlure de l'alcool fort. Apparemment non, car il porta à nouveau l'outre à sa bouche et but avidement comme si c'était du petit lait.

— Darren, as-tu... d'autres blessures ? s'inquiéta-t-elle en lui tamponnant le sang avec un linge.

Il rit franchement devant la mine anxieuse de la jeune femme.

— Naye ! Je me sens vivant ! s'exclama-t-il en respirant bruyamment après la demi-heure d'efforts intenses qu'il venait de fournir.

Larkin sonna la reprise du jeu et Darren embrassa avidement la jeune femme. Le goût de whisky dans sa bouche était du plus pur et ensorcelant élixir. Jamais whisky n'avait été aussi bon, même pas dans du coca.

Le jeu reprit, encore plus féroce que précédemment. Personne n'avait marqué de point, les adversaires luttaient comme des possédés. À un moment, Larkin dut interrompre l'écoulement du sablier en le posant à plat sur l'herbe du pré. Un Highlander était au sol, se tordant de douleur. Il s'agissait de Clyde qui jouait dans le camp adverse de son laird.

Sous les huées de la foule envers le Highlander, Awena aperçut Eileen se saisir d'un grand seau d'eau, pour ensuite se diriger à grands pas vers son bien-aimé.

Un tel comportement intrigua la jeune femme, car Eileen semblait être très en colère. Awena ne put s'empêcher de pousser un grand cri horrifié quand elle vit la petite blondinette déverser le contenu de son seau sur la tête de Clyde, avant que la foule se mette à hurler de rire et à l'applaudir.

En deux temps trois mouvements, le colosse fut debout,

crachant l'eau qu'il avait ingurgitée. Il semblait avoir retrouvé tous ses esprits et criait quelque chose à Eileen en lui montrant le poing. Celle-ci, un grand sourire aux lèvres, fit mine de ne pas l'entendre et revint tranquillement vers Awena.

— Je connais sa tactique pour gagner du temps. Un peu d'eau glacée, c'est ce qu'il y a de mieux pour le remettre debout ! fanfaronna Eileen en lâchant l'anse du seau vide et en se juchant sur le haut de la barrière, à côté de son amie.

— Tu crois qu'il souhaitera encore se marier après ça ? s'amusa Awena.

— Aye ! Et plutôt deux fois qu'une ! fit Eileen en riant.

Et la partie reprit, avec le même élan diabolique qu'auparavant, les joueurs paraissant plus déchaînés si possible au fur et à mesure que le temps passait inexorablement.

Il restait très peu de sable dans le sablier et Larkin allait bientôt sonner la fin du jeu, quand un mouvement étrange eut lieu sur le terrain. Les équipiers de Darren fonçaient droit sur leurs adversaires, les empoignant et les couchant au sol, alors que le laird, la panse sous le bras, chargeait ceux qui restaient debout. Il filait et bousculait les montagnes de muscles comme une boule de bowling dans un jeu de quilles. Zigzaguant, heurtant de l'épaule, sautant par-dessus les obstacles, il arriva sur la base ennemie et se jeta dans les airs pour atterrir en belle glissade derrière la ligne adverse.

Son équipe avait gagné !

Le demi-dieu d'Awena en hurlait de joie, croulant ensuite sous la masse de ses équipiers heureux. Larkin sonna plusieurs fois l'arrêt de jeu et fut noyé dans la cohue des Saint Clare, venant saluer leurs héros ou soutenir les perdants.

Eileen retint Awena par le bras alors que celle-ci s'élançait pour rejoindre Darren.

— Naye, pas maintenant, nous allons nous faire piétiner et de toute manière, ils ne vont pas tarder à courir au loch.

Courir au loch ? Était-ce un nouveau jeu ? se demanda Awena qui n'en avait pas entendu parler.

Sous les hurlements et les vivats, les deux équipes se mirent effectivement à courir vers le loch, pour ceux qui pouvaient le faire, les autres suivant vaillamment soit en marchant, soit portés par d'autres hommes.

Sans compter les deux moutons bien gras que l'on tirait avec des longes à la suite de tout ce petit monde.

Le spectacle fut à son comble quand Awena se rendit compte qu'en courant, les Highlanders se débarrassaient de leurs kilts, exposant impudiquement à la foule leur mâle nudité. Cela ne dura qu'un instant avant qu'ils ne plongent tous dans l'eau fraîche, mais ce fut assez pour faire voir des étoiles à la jeune femme.

« Oh, la la ! Non, non, je n'ai rien vu du tout ! ».

— Les... hum... et les... moutons ?

— Oh... aye... on va les saigner et les griller pour le banquet de ce soir. Le cuir et la laine iront aux familles des vainqueurs. Venez Awena, dit Eileen en riant de la mine éberluée de son amie. On va laisser nos hommes se laver et aller se préparer pour mon mariage. Je voulais vous prévenir, je vous ai choisie comme témoin, souffla-t-elle en entraînant une Awena qui à nouveau, ne sut plus quoi dire.

Elle vivait un rêve. Tout était si haut en couleur, si pittoresque, si stimulant ! Un début de poésie lui vint à l'esprit : Partent au loin les nuages...

Il lui fallait son feuillet, et vite, qu'elle puisse écrire ses pensées.

Chapitre 14

...Pour revenir encore plus sombres

— Vous avez l'air... ailleurs, disait Eileen en sortant de son bain parfumé à l'essence de rose, faisant gicler des centaines de gouttelettes d'eau cristallines un peu partout sur les dalles du sol.

Awena avait insisté pour que son amie utilise sa chambre pour se préparer à son mariage. Elle lui tendit une serviette et recula en souriant d'un air un peu embarrassé, pas pour la nudité d'Eileen, mais parce que quelque chose la tracassait.

— Eileen, est-ce que tous les hommes du clan sont toujours aussi... impudiques ?

Son amie la regarda sans comprendre tout en s'essuyant énergiquement.

— C'est à cause de tout à l'heure au loch, quand ils ont enlevé leurs kilts.

— Aye ! Nos hommes sont très fiers de leurs corps. Ce sont de grands et féroces guerriers, très réputés pour leur bravoure et leur courage dans les Highlands ! Même les sassenach n'osent pas se frotter à eux ! Y' a que les maudits Gunn qui sont assez bêtes pour le faire ! Après ça, c'est normal que nos guerriers soient fiers de montrer la façon dont les dieux les ont façonnés !

— Oui, mais... Eileen, ça ne te dérange pas que les autres filles contemplent l'anatomie de ton Clyde ?

La jeune femme s'esclaffa chaudement tout en enfilant ses nouveaux sous-vêtements.

— Au contraire et qu'elles s'étranglent de jalousie ! Elles peuvent toujours regarder avec envie, mais c'est moi qui le toucherai tous les jours ! fanfaronna-t-elle, sa voix étouffée sous le tissu de la longue tunique blanche qu'elle était en train de mettre.

Awena se dépêcha de l'aider et lui fit passer un beau surcot blanc par-dessus la tunique. Celui-ci se laçait de chaque côté du corps en partant de dessous les bras jusqu'à la taille de guêpe d'Eileen.

— Tu es très belle, Eileen, murmura Awena en contemplant affectueusement son amie.

— Tapadh leibh Awena (Merci à vous Awena) ! répondit la future mariée en rougissant.

Awena pouffa en désignant du doigt les cheveux d'Eileen.

— Enfin, tu le seras encore plus quand on t'aura démêlé les mèches et bien coiffée.

— Je les porterai longs pour la cérémonie, avec une simple couronne de bruyères blanches.

— C'est sympa, sourit Awena, c'est enfin moi qui te pomponne et cela me fait très plaisir. Tu as été pour moi bien plus qu'une amie depuis que je suis là. J'ai entendu dire que tu vas aller vivre avec Clyde au village, alors, on se verra beaucoup moins.

Eileen lui saisit les mains.

— Je viendrai comme avant. Je serai toujours votre dame de compagnie et je trouverai une astuce pour me débarrasser de Clyde, plaisanta la jeune femme.

Au loin, le son des cornemuses se fit à nouveau entendre, cette fois, beaucoup plus lancinant, envoûtant.

— Il est presque temps, s'écria Eileen.

Elles se dépêchèrent de finir de se préparer et allèrent sagement attendre dans la grande salle qu'on les fasse venir. Awena se mit à lisser nerveusement les plis de son bliaud, vérifiant si les lacets étaient bien positionnés et le nœud qui les retenait non défait.

Eileen irradiait littéralement. Les fleurs blanches de sa couronne de bruyère faisaient ressortir la blondeur pure de ses cheveux longs. Les yeux noisette pétillaient d'impatience et ses joues étaient roses d'une joie anticipée. Bientôt, dans quelques jours, ce serait au tour d'Awena d'attendre ici qu'on vienne la chercher pour son mariage avec Darren.

Mon mariage, songea Awena qui en eut le tournis

Avant que son esprit ne puisse l'emporter sur de lointains chemins, Larkin et quatre bana-bhuidseach vinrent les chercher. Puis ils partirent tous en marchant doucement, direction : la colline et le Cercle des dieux.

En chemin, Awena s'agita d'un coup.

— Eileen, souffla-t-elle, paniquée. Eileen ! Je ne sais pas du tout quoi faire ! Le témoin ?

— Larkin vous l'expliquera tout à l'heure. Chut, il faut se taire quand on est dans le cortège, murmura Eileen en essayant de ne pas faire bouger ses lèvres.

Awena gémit de dépit. Cela ne lui plaisait pas, mais alors pas du tout ! Elle avait peur de faire un faux pas, une gaffe qui gâcherait irrémédiablement le mariage.

Avaient-ils tous oublié qu'elle ne connaissait rien à leurs coutumes ? Être le témoin d'Eileen était un honneur, cependant, il ne faudrait pas que cela vire au cauchemar et qu'elle fasse honte à son amie !

Alors que le cortège de la future mariée franchissait le pont-levis, celui du futur marié se joignit à eux. Il était composé de Clyde, Darren, Ned – tous trois les cheveux longs sans entrave et peignés, revêtus de leurs kilts, tuniques blanches arborant un brin de bruyère neigeux, chaussettes de laine noires hautes sur les mollets et bottes de cuir sombre – d'Aigneas et, oups... Barabal !

Awena en frissonna d'appréhension. C'était la première fois qu'elles se retrouvaient depuis qu'elle lui avait raconté l'histoire des princes-grenouilles. Elle aurait voulu aller à sa rencontre pour s'en excuser, mais, évidemment, ce n'était pas le bon moment. D'ailleurs, la vieille femme en toge blanche semblait l'ignorer totalement.

La reine mère Barabal, suprême d'indifférence, se déplaçait à petits pas comptés vers Eileen et Clyde qui se tenaient maintenant côte à côte. La Seanmhair, presque pliée en deux, voûtée par ses longues années de vie – aucun ne savait vraiment son âge – s'aidait à marcher en cramponnant de la main droite son étrange bâton serti d'un quartz crayeux à son extrémité. De sa main gauche, elle tenait entre ses doigts osseux deux belles fleurs blanches. L'une alla à Eileen et l'autre à Clyde.

— Que ces fleurs, à la divinité, en présents soient offertes ! clama la Seanmhair de sa voix cassante et chevrotante.

Larkin prit la tête du cortège, suivi du couple de futurs mariés, puis Awena et Darren main dans la main, Ned et une Aignéas qui boudait de se tenir à ses côtés, Barabal et enfin, les quatre autres bana-bhuidseach toutes vêtues de blanc.

Au fur et à mesure qu'ils avançaient, les hommes, femmes et enfants du clan jetaient des brassées de fleurs sauvages pour revêtir leur route d'un tapis douillet, coloré et parfumé.

Awena ferma les yeux, se laissant guider par la main de Darren, respirant avidement cette douce odeur qui planait dans l'air. C'était comme celle du gazon ou des foins fraîchement coupés, mais aussi celle de la terre mouillée à l'approche d'un orage. Souvent, rien qu'en inhalant cette odeur si particulière, Awena pouvait dire, à la minute près, quand la pluie tomberait.

Elle ouvrit brusquement les yeux.

— Darren ! Ça sent la pluie ! s'écria-t-elle.

— Chut ! lui répondirent plusieurs personnes en même temps.

Darren lui serra doucement la main et lui fit un clin d'œil qui la tranquillisa d'un coup.

— Ne te fais pas de souci beag blàth, ce ne sont que les

plantes et fleurs coupées qui émettent cette odeur.

Mais à peine eut-il fini sa phrase qu'au loin résonna le grondement caractéristique de l'orage.

— Je le savais ! s'écria la jeune femme en portant son regard vers les gros nuages noirs et menaçants qui arrivaient sur eux.

Rien d'étonnant à cela, la journée avait été particulièrement chaude tout comme les jours précédents. Dame Nature quémandait de l'eau et le ciel accourait à son secours.

Larkin se tourna vers Clyde et Eileen, les laissant seuls décider s'ils devaient interrompre ou continuer la cérémonie. Le jeune couple se concerta un moment et Clyde fit face au grand druide.

— Nous continuons !

Larkin hocha la tête et reprit sa route qui devait les mener au Cercle des dieux. Personne ne s'affolait ou ne courait se mettre à l'abri. La procession continuait et tous les participants restaient présents. C'était de la folie, ils allaient être trempés comme des soupes, voire au pire se faire court-circuiter par les éclairs !

Marchant un peu plus vite qu'auparavant, le grand druide se mit à psalmodier une mélopée incompréhensible pour Awena. Darren y joignit sa voix, ainsi que Ned, Clyde, Barabal et les bana-bhuidseach. Tous continuant à faire comme si l'orage n'existait pas, comme si les éclairs ne striaient pas le ciel à intervalles réguliers. L'odeur de la terre mouillée était puissante et Awena sut que ce n'était plus qu'une question de secondes avant que les éléments déchaînés ne soient sur eux.

Ils arrivaient à mi-chemin, le clan continuant de les couvrir de fleurs et refermant la marche derrière eux, quand un fait déroutant se produisit ; les nuages noirs de pluie et d'électricité se scindèrent en deux énormes parties, laissant les rayons du soleil inonder toute la colline jusqu'au loch, le village et le château. Une oasis de ciel bleu dans la tempête était née !

Incroyable, c'est miraculeux ! s'émerveilla la jeune femme en secouant la tête de saisissement.

Elle sentit la pression de la main de Darren s'accentuer autour de la sienne. Juste un moment, geste se voulant rassurant, pour lui faire remarquer sa présence, alors que dans le même temps il continuait de réciter sa mélopée incompréhensible.

Je n'ai pas peur, Darren, je suis juste époustouflée ! songea Awena dans l'espoir qu'il l'entende en pensée.

Une autre pression autour de ses doigts confirma que le message était passé.

Comment pouvoir exprimer ses émotions face à un tel phénomène ? Ce moment était tout simplement magique, surnaturel, extraordinaire, divin. Non ! Il n'existait pas un seul mot ou un seul synonyme assez puissant pour faire comprendre ce que l'on pouvait ressentir en un pareil instant.

L'inquiétant orage déployait ses nuages aux couleurs oscillant entre le gris, le presque noir ou encore le beige bleuté. Ils roulaient et gonflaient sur eux-mêmes tout en crachant des ondes furieuses de pluie et de grêle qui étaient stoppées net dans leur course en s'écrasant contre des murs invisibles, protégeant ainsi le lieu sacré et ses environs. L'orage éructait de colère, frappant de ses éclairs, sans jamais parvenir à passer outre les mystérieuses protections !

— Mariage pluvieux, mariage heureux ! ne put s'empêcher de ricaner Ned en plein milieu de sa mélopée, en parfait exemple d'élève indiscipliné.

Awena tourna la tête vers lui juste au moment où Aigneas lui flanquait son coude pointu dans l'estomac. Il avala son ricanement et se plia en deux, le souffle coupé. La sorcière en sourit de contentement.

— Aye, très heureux ! s'enthousiasma-t-elle en interrompant elle aussi sa complainte pour se moquer du Highlander, avant de joindre précipitamment sa voix à celle des autres magiciens, un éclair ayant réussi à traverser le mur invisible pour frapper le loch.

À eux tous, sorcières, apprentis druides-guerriers, grand druide et magicien de sang, ils domptaient les éléments. Un chaînon ou deux manquants et les pouvoirs s'amenuisaient, faisant gagner du terrain à l'orage. Darren foudroya les deux cancres du regard et ceux-ci eurent l'intelligence de paraître désolés.

La plus importante partie du clan s'arrêta à quelque distance du sommet de la colline, laissant le cortège nuptial et les bana-bhuidseach atteindre seuls le Cercle des dieux. Les hommes, femmes et enfants se répartirent sur les flancs de la colline, les plus jeunes et petits en haut et les plus grands et costauds derrière, de manière à ce que tous puissent assister à la cérémonie.

La violente tourmente d'été mit une bonne demi-heure à passer et son ultime grondement mourut sur le dernier son psalmodié par les magiciens.

— Ahhh, soupira d'aise Ned. Annuler le mariage aurait encore passé, mais mourir de soif en chantant. Il était temps que ça se termine, j'ai hâte d'aller boire une bière ou un bon whisky ! ajouta-t-il hilare.

Les cancres restent toujours des cancres ! se dit Awena qui lui aurait bien collé un bonnet d'âne sur la tête.

Darren hoqueta de rire en entendant ses pensées et Ned sourit plus franchement. Le nigaud heureux, il croyait que le laird s'amusait de sa vaseuse plaisanterie.

Heureux sont les simples d'esprit, car le royaume des cieux leur appartient, songea encore Awena, étonnée que pour une fois, elle puisse trouver une raison valable de croire en un verset de la Bible.

Là, ce fut Aigneas qui gloussa franchement, au grand ébahissement de tous – la jeune sorcière ne riant pratiquement jamais –, mais encore plus à celui de Darren et d'Awena, car eux venaient d'avoir une révélation.

— Aigneas ? As-tu entendu les pensées de la Promise ? demanda Darren tout de go en avançant d'un pas nerveux vers elle.

Le visage d'Aigneas se figea. Elle recula vivement et détourna les yeux, comme prise en défaut. Tout confirmait dans son attitude que Darren et Awena avaient vu juste. Comment était-ce possible ?

Seul le lien créé entre l'esprit du laird et d'Awena lors du sort de séparation d'âmes pouvait permettre un tel échange télépathique. Alors, par quel tour de passe-passe la jeune sorcière pouvait-elle en faire autant, sans avoir eu ce lien ?

— Je ne sais pas ce qu'il se passe ici, intervint Larkin, mais si nous voulons marier ces deux-là, fit-il en désignant d'un signe de tête Clyde et Eileen qui paraissaient contrariés, il va falloir le faire maintenant ! Un orage vient de passer, mais un autre arrive !

Darren, l'air furibond, plus ténébreux que jamais, détourna son attention d'Aigneas pour observer les sombres nuages qui se profilaient à l'est. Ils se fondaient presque sur le manteau de la nuit à venir. Il était déjà tard, le soleil allait bientôt se coucher.

— Aye ! Tu as raison Larkin, en convint le laird en grinçant des dents. Aigneas, je te conseille de ne pas disparaître, nous aurons à parler tout à l'heure, lui dit-il d'une voix sourde.

Aigneas hocha la tête et suivit précipitamment les banabhuidseach qui rejoignaient le clan. Awena voulut emboîter les pas de la sorcière, mais fut retenue par la main d'un laird rembruni, dans le regard duquel se lisait une très grande confusion.

— Plus tard, mo chridhe, murmura-t-il d'un ton plus apaisé.

Plus tard, toujours plus tard, ronchonna mentalement la jeune femme.

— Laissons-nous envahir par la sérénité de la nature, au loin les esprits contrariés. Que cette union soit accomplie en harmonie avec les éléments et les divinités, proclama le grand druide de sa voix rocailleuse.

Il traça ensuite de son bâton, et ce, dans le sens des aiguilles d'une montre, un énorme cercle tout autour de l'alignement des menhirs.

— La cérémonie est ouverte, annonça-t-il en entrant dans les deux cercles (l'un symbolique, l'autre celui des dieux) par le nord, le couple des futurs mariés et ses trois témoins – Darren, Awena et Ned – lui emboîtant le pas.

Tous semblaient avoir suivi les conseils d'harmonie du grand druide et c'est avec un certain recueillement qu'ils se placèrent à des endroits précis dans le Cercle des dieux.

Larkin retint gentiment Awena en posant sa main osseuse sur son coude et lui proposa de lui expliquer le déroulement de la cérémonie. La jeune femme lui sourit et le remercia de sa sollicitude. Elle était très touchée par le comportement du vieux grand druide, il fut plus facile pour elle de se laisser aller à la magie du moment.

— Clyde et Eileen se placent sur la dalle centrale, car elle symbolise l'axe du monde reliant le Ciel et la Terre. Maintenant, petite, vois-tu ces objets disposés aux quatre points cardinaux ? Oui ? Au nord, là où se dirige Ned, se trouve la coupe de Terre, qui représente la Terre-mère, douce, chaleureuse, protectrice, mais aussi terrifiante et possessive. La Terre, c'est aussi la vie pour la faune et la flore, sans elle rien ne serait possible. Darren, lui, se tient à l'ouest avec la coupe d'Eau qui symbolise la vie éternelle, lieu de toutes origines et de toutes créations, de purification, de guérison et de régénérescence. Elle est toujours présente et détient la connaissance spirituelle et initiatique. L'eau est aussi la mer, la voie entre le monde terrestre et celui des dieux. Allez viens, petite, dit-il en dirigeant Awena. Toi, tu es placée au sud devant cette coupe de Feu et de pierres d'encens. Le Feu est le symbole de l'énergie du monde, pouvoir de lumière, lien avec le divin. Comme l'Eau, le Feu purifie et donne la vie ou la mort, il peut être négatif ou positif. Il est associé au sud, à l'été et à la régénération. Bien, je vois que tu comprends, je vais me positionner à l'est, là où tu vois ces plumes au sol. Elles représentent le quatrième élément, l'Air. Cet élément se retrouve tout autour de nous, dans le vent, l'air ambiant, la brise, les odeurs et les vibrations. Il est l'intermédiaire entre le monde d'en haut et celui de la Terre et a pour rôle la médiation, il n'est pas le ciel. L'Air permet de développer la conscience et au-delà se situent le souffle, l'âme et l'esprit.

À ce moment-là des explications de Larkin, Awena pensa à cet instant unique lors du sort de séparation d'âmes, où son corps et son esprit avaient été séparés. L'Air portait son âme, son moi intérieur, l'aidant à s'élever loin du mal et des souffrances de son corps. Elle revint au moment présent en entendant Larkin reprendre son intéressante narration.

Espérons que je retienne tout pour l'écrire tout à l'heure dans mon feuillet, eut le temps de se dire la jeune femme.

— Quatre points cardinaux, quatre éléments, mais il en existe un cinquième à ne pas omettre, l'Éther, matière des corps célestes. Il est dans le brouillard, insaisissable et vaporeux, il est le lieu où naissent les mystères, le moment où tout semble se finir. Il est l'harmonie sacrée. Maintenant, petite, il te suffit de te laisser porter, je te guiderai, ne t'inquiète pas. Je vais réciter la prière des druides puis poursuivre par l'union des éléments et des mariés. « Accordez-nous, Déités, votre protection et avec votre protection, la force et avec la force, la compréhension et avec la compréhension, le savoir et avec le savoir, le sens de la justice et avec le sens de la justice, l'Amour et avec l'Amour, celui de toutes les formes de vie et dans l'amour de toutes formes de vie, L'Amour des dieux et des déesses ».

— Awen, répondirent toutes les personnes dans le Cercle en réponse à la prière du grand druide.

Awena écarquilla les yeux, pour un peu, avec un « a » en plus, on aurait dit son prénom ! Étrange était la vie et ses coïncidences ; Awen... Awena.

La cérémonie continua par l'union du couple devant

l'univers et les éléments. Larkin dispersa l'Eau de la coupe de Darren aux quatre points cardinaux des cercles et en versa un petit peu au sol pour nourrir la Terre, procédant ensuite à l'ouverture symbolique des sens des mariés et mettant le reste de l'Eau dans une fiole hermétique. L'air fut représenté par les plumes d'un oiseau et la brise fraîche qui régnait dans l'air ambiant. Larkin unit les mains des mariés avec les fils de l'Air, énergie sacrée. Puis vint le Feu, le signe que portait Awena. La jeune femme apprit que les pierres d'encens seraient remises au couple pour bénir leur famille, mais aussi en souvenir du moment. La Terre de la coupe de Ned fut versée dans les mains des mariés, symbolisant le mélange de leurs énergies et Larkin mit le reste de la Terre dans une petite sacoche qu'il donnerait ensuite, avec la fiole d'Eau et les plumes, au couple uni.

Le grand druide évoqua en dernier l'Éther, l'harmonie sacrée qui maintient les hommes à leurs places dans l'Univers et ce fut le tour de Clyde et Eileen d'échanger leurs vœux nuptiaux.

Ils s'engagèrent à se protéger, s'aimer pour toujours et bien au-delà, être présents l'un pour l'autre en toute occasion, face au monde, à l'univers et aux entités sacrées.

— L'union des deux énergies est accomplie, proclama Larkin en levant les bras vers le ciel qui se teintait de toutes les couleurs d'un soleil couchant.

Le deuxième orage qui les menaçait s'était écarté, évanoui à pas de loup, comme s'il ne voulait pas briser l'harmonie de cet instant unique et magique. Un moment béni par les dieux.

Clyde et Eileen échangèrent leurs anneaux en argent qui comportaient des symboles celtiques. Cependant, la cérémonie n'était pas finie, Larkin leur joignit les mains portant les anneaux, le couple entrelaça ses doigts et le grand druide les attacha à l'aide d'un tissu aux couleurs du clan Saint Clare, un dernier symbole appelé main-jeûne, pour finir de sceller l'union des amoureux devant le clan et les divinités.

— Je déclare Eileen et Clyde, unis ! annonça Larkin, s'adressant à la fois aux mariés, aux témoins et à la foule rassemblée tout autour de la colline.

Des hourras et des hurlements de joie vinrent acclamer la fin de la cérémonie. Clyde souleva Eileen au bout de ses bras puissants, la fit pirouetter dans les airs et l'embrassa fougueusement, stoppant net les petits cris ravis de la mariée.

Larkin, pendant ce temps-là, sortit du Cercle des dieux par le nord et traça un autre cercle de son bâton, suivant celui qu'il avait déjà dessiné, toujours dans le sens des aiguilles d'une montre, et ce, pour ne pas tourner le dos au soleil et aux divinités.

— De cette manière, Larkin clôture le rituel en remerciant l'Esprit du lieu, les énergies des directions. En sortant de ces cercles, nous redeviendrons de simples mortels, nous interromprons le contact d'avec les divinités, expliqua Darren en murmurant à l'oreille d'Awena.

Elle ne l'avait pas senti approcher, n'avait même pas réalisé qu'il lui avait pris la main. Elle était totalement focalisée sur le déroulement et la fin de la cérémonie.

Elle venait d'assister à un mariage celte, druidique, considéré comme païen. C'est comme cela qu'on le définissait à son époque et encore plus à celle de Darren. Pourtant dans le futur, il serait estimé comme légal, tout aussi valable que d'autres unions, le druidisme étant admis comme une religion à part entière au même titre que le bouddhisme, le christianisme, etc.

Jamais, au grand jamais, Awena ne s'était sentie aussi proche d'une religion. Elle la ressentait dans tout son corps, dans ce qu'elle touchait dans son âme. Elle avait la sensation d'être en communion totale avec l'autre monde. Son cœur en palpitait. C'était grisant d'intensité.

— Viens Awena, suivons nos jeunes mariés. Un banquet nous attend et nous reviendrons ici allumer la Roue de feu pour clôturer la fête de Lùnastal. Tu n'as pas faim ?

— Faim ? Oh que Non ! Je me demande comment vous pouvez ingurgiter toute cette nourriture, sans être plus faciles à rouler qu'à pousser. À ce rythme-là, je vais devenir énorme !

Darren sourit et la détailla de la tête aux pieds d'un regard canaille.

— Tu es très belle, m'eudail et tu le serais encore davantage avec quelques rondeurs en plus. Veux-tu que je te montre où elles seraient les bienvenues ? demanda-t-il de sa voix ensorcelante.

Awena préféra rire plutôt que de lui répondre et lui emboîta le pas sur la douce pente qui les menait au château.

Effectivement, il y eut banquet à la forteresse, avec du ragoût de mouton en plus, suivi par des chants, musiques, danses. Awena en eut pour ses frais et finit par se masser discrètement les pieds sous la nappe qui recouvrait les tables à tréteaux. On venait de lui apprendre à danser la gigue, à deux personnes, puis à quatre.

Essoufflée et assoiffée, elle s'était littéralement jetée sur la première chope pleine de bière trouvée et vite descendue. Awena en aurait bien bu une autre, tant sa soif était grande, mais Darren ne le lui permit pas, riant et se moquant de sa mine boudeuse.

— Awena, il y a quelque chose que tu dois me faire découvrir tout à l'heure, à l'abri des regards, alors, ne te saoule pas. Je n'aurai pas la patience d'attendre à demain !

Quelque chose... à l'abri des regards. Hum... de quoi me parle-t-il là ? s'interrogea mentalement la jeune femme en fronçant les sourcils de concentration, l'esprit déjà quelque peu embrumé.

À l'expression goguenarde de Darren, Awena sut que ce n'était pas de ses jambes ou d'une quelconque autre partie de son corps qu'il faisait allusion.

— Je ne me souviens pas, Darren... hic ! Oups. Désolée,

j'ai bu la bière un peu trop vite.

— C'est bien ce que je disais ! fit-il hilare. Plus une goutte de bière pour ma belle. Je parlais de... la-vion, chuchota-t-il au creux de son oreille, son souffle chaud déclenchant un délicieux frisson sur la nuque de la jeune femme.

Elle hoqueta à nouveau et hocha fortement du menton.

— Oh oui, c'est vrai, je l'avais complètement oublié... hic !

— Pas moi, je n'ai pensé qu'à toi, évidemment, et à ça..., la taquina-t-il en se rapprochant au plus près de son corps.

— Euh... Darren, il y a beaucoup de monde autour de nous et ils nous regardent, bafouilla la jeune femme alors que le laird avait baissé la tête pour lui mordiller le cou.

— Hum...

— Darren... Hic !

Darren s'étouffa de rire tout contre sa peau nacrée.

— M'eudail (mon amour), tu es unique ! Viens, les joueurs de cornemuse nous appellent, il est temps de mettre le feu à la Roue. Tu tiendras debout ? Ou veux-tu que je te porte au Cercle des dieux ?

Awena recula dans ses bras, posant ses deux mains fines sur le torse de Darren et redressa crânement le menton.

— Je ne suis pas une faible femme, coassa-t-elle en faisant quelques pas sans son soutien.

En fait, elle aurait pu se croire sur le pont d'un bateau en plein roulis, au milieu d'une tempête, avec un vent violent qui venait de la faire décoller dans les airs. En réalité, sur ce dernier point ? Darren l'avait soulevée dans ses bras puissants et l'emportait à l'extérieur du château.

Il gravit à nouveau la colline sans paraître essoufflé par l'effort de la porter et arriva près du Cercle des dieux, là où se tenait le grand bûcher, la Roue – immense, en chêne et branchages divers – et les hommes du clan.

Il faisait à présent nuit noire. Awena vit d'abord voltiger

autour d'elle des nuées de lucioles géantes et scintillantes, puis elle réalisa que ces lucioles n'étaient autres que des torches enflammées.

— Tu te sens assez solide pour tenir quelques instants sur tes jambes ? lui demanda Darren, son beau visage bien éclairé à demi-penché vers le sien.

— Oui, bien sûr ! Ce n'est pas une petite bière qui va venir à bout de moi quand même, se moqua Awena en essayant de sortir de son état semi-comateux.

Se rendait-il compte qu'elle louchait un peu ? Ce serait un bol monstre si ce n'était pas le cas, car elle devait se concentrer pour pouvoir fixer son beau regard sombre. Zut... encore loupé ! Pourquoi ne cessait-il pas de bouger ainsi ? S'il continuait, elle allait vomir !

Darren secoua la tête, indulgent, faisant glisser ses longs cheveux de soie sur ses épaules et les joues de la jeune femme. Si elle avait pu l'apercevoir correctement, elle se serait rendu compte qu'il s'amusait de la voir dans cet état.

— Awena, pour l'histoire de la petite bière et d'un certain pot de chambre animé, on en reparlera ! Je vais te porter jusqu'à ce rocher près du Cercle. N'essaie pas de bouger, je reviendrai dès que possible.

Ne pas bouger... Il en a de bonnes ! C'est lui qui bougeait constamment et qui lui donnait la nausée. Et puis il est où ce tas de cailloux ? se renfrogna-t-elle mentalement.

Awena devait vraiment avoir un problème de vue, car il était bel et bien là cet énorme rocher, sorte de griffe sortant de terre. Elle essaya de fermer les paupières et sursauta instantanément ; surtout, ne plus jamais le faire ! C'était bien pire d'avoir les yeux clos, la tête lui tournait dans l'autre sens et le sol tanguait beaucoup plus vite. Décidément, l'alcool ne lui convenait pas du tout.

Mais au fait, quelle est cette histoire de pot de chambre ? Je ne m'en souviens plus. Enfin..., il y a vaguement quelques images... mais..., se demanda Awena, avant que Darren ne l'embrasse, et n'ajoute, gentiment moqueur :

— Reste sage, mo chridhe, lui murmura-t-il tout contre sa bouche en la posant sur l'herbe tendre, adossée contre la roche gorgée de la chaleur de l'après-midi.

— Hum... promis, souffla Awena d'une toute petite voix.

Darren avait mis le genou à terre pour la déposer doucement au sol et sur un dernier baiser d'une légèreté infinie, il se redressa prestement pour rejoindre Larkin, Ned, Clyde et d'autres Highlanders positionnés tout autour du bûcher et de la Roue.

Où était Eileen ?

Ah, là-bas, un peu plus bas sur la colline, discutant avec Ada et des femmes du clan. Elle au moins tenait debout !

Se sentant un peu plus forte et ragaillardie par la brise fraîche de la nuit, Awena réussit à se redresser et s'assit sur le rocher auquel elle était auparavant adossée. Elle lissa les plis de son bliaud, vérifia sa coiffure du bout des doigts et carra les épaules pour se donner une allure plus digne.

Les hommes mirent le feu au bûcher, écartant de leurs bras les jeunes enfants téméraires qui s'approchaient trop près des flammes. Les cornemuses, flûtes à bec et tambours, rythmaient ce moment spirituel. Larkin et Darren allumèrent leurs torches à l'immense brasier puis se dirigèrent vers la roue. Devant celle-ci jusqu'au loch, les gens s'étaient largement déplacés pour ne pas se faire piétiner ou brûler vifs lors de son inévitable dégringolade.

— Voyez le symbole de la descente de l'hiver, de l'Union du Feu et de l'Eau ! clamèrent de concert Darren et le grand druide.

— Awen ! répondirent des centaines de voix en écho.

Darren et Larkin mirent simultanément le feu à la roue. Les branchages s'enflammèrent en une explosion de crépitements et d'étincelles. Se plaçant sur les hauteurs, au-dessus de la Roue de feu, les deux hommes tendirent les mains devant eux en mimant le mouvement de pousser et, ce faisant, la roue se déplaça. D'abord imperceptiblement et puis plus brusquement. En un instant, elle se mit à rouler et dévaler la pente, gagnant en rapidité et en force.

À quelle vitesse arriva-t-elle dans le loch ? Awena ne le sut pas, mais il y eut un formidable impact, une explosion de feu et de fumée partant en tout sens, alors que l'eau gémissait furieusement de sa rencontre avec l'autre élément. Lequel, justement, des deux éléments dompta l'autre ? En toute logique, on aurait pu dire l'eau. Mais celle-ci avait aussi absorbé l'énergie mystique du feu. La fusion était totale.

— Vous n'êtes pas la Promise ! énonça comme un fait entendu une voix tranchante, froide, très près de l'endroit où se trouvait Awena.

Elle sursauta et se retourna pour observer la personne qui s'était adressée à elle.

— Aigneas ? s'étonna-t-elle dans un souffle en voyant le visage placide de la sorcière qui fixait la zone où la roue avait percuté l'eau et tous les hommes qui, dans son tracé, jetaient des seaux d'eau pour éteindre les herbes et branchages enflammés.

Que vient-elle de dire au juste ? Que je ne suis pas la Promise ? se demanda Awena qui crut qu'elle était encore victime des vapeurs de l'alcool.

— Vous ne l'êtes pas ! répéta Aigneas en reportant son regard franc et bleu azur sur la jeune femme. Quand je vous ai vue, dans la grande salle, quand il y a eu cette... chaleur dans notre contact des mains, moi aussi, j'ai voulu y croire. Depuis ce geste lors de Lùnastal, j'entends parfois vos pensées, naye... c'est bien plus, c'est comme si elles étaient miennes ! Mais vous ne pouvez pas être la Promise ! s'emporta-t-elle soudain, intimidante en s'approchant à toucher Awena.

Celle-ci, dans un réflexe défensif, se redressa d'un coup pour faire face à la jeune sorcière. Elles étaient pratiquement de même taille, d'identique corpulence, de fait, avec leur couleur de cheveux presque similaire, elles se ressemblaient beaucoup.

— Pourquoi me dites-vous cela, Aigneas ? Vous ai-je tant blessée par le biais de Barabal et des grenouilles ? Je vous...

— Ce n'est pas ça ! Puisque vous êtes une personne à qui il ne suffit pas d'énoncer un fait pour qu'elle le prenne pour comptant, je vais vous expliquer POURQUOI vous n'êtes pas à votre place. La Promise de Darren, celle qui aurait dû être sa femme, la mère de l'élu, celle qui a été bénie par les divinités le soir de sa naissance. Cette personne devait être ma sœur et certainement pas VOUS !

Chapitre 15

Une douloureuse vérité

Awena sentit un fluide glacial parcourir ses membres, remplaçant le sang chaud de ses veines et transformant son corps en statue de glace. Son esprit assimilait ce que venait de lui apprendre Aigneas, mais ne répondait plus. Rien à voir avec la bière cette fois-ci. Était-elle morte ?

Oui, une partie d'elle l'était. Son cœur ! Brisé net par la révélation crue d'Aigneas. Creusant une immense faille entre Darren et elle. Car au plus profond d'elle, elle savait être une usurpatrice.

— Non, gémit Awena sans savoir comment elle avait trouvé la force d'articuler ce mot.

Aigneas la contemplait, le regard froid. Elle était résolue à faire comprendre à Awena la plus pure des vérités. La sienne, celle qu'elle gardait enfouie au fond d'elle depuis des années.

— C'est vrai, vous n'êtes pas à votre place ici. En mon âme et conscience, je ne peux pas vous laisser vous lier au laird. Je ne voulais pas vous faire souffrir non plus, mais cela était inéluctable. Comprenez Awena, si vous vous unissez à lui, vous donnerez bien un enfant au laird, mais il ne sera pas l'élu ! Vous ne nous conduirez à rien et vous ne sauverez pas le clan ! Vous ne me croyez pas, je le lis dans vos yeux.

— Vous êtes cruelle ! sanglota Awena, qui sentait une poignante douleur affluer dans tout son corps, la chaleur de la vie reprenant ses droits sur la froideur et l'engourdissement de ses sens, la réalité la frappant de plein fouet.

C'était comme d'avoir passé des heures dans la neige et de rentrer bien au chaud à la maison. La peau se mettait à piquer, puis à brûler, les nerfs mis à rude épreuve par le changement de température soudain.

Son cœur n'était pas mort. Non, il saignait, hurlait, affreusement mutilé ! Cela faisait horriblement mal et lui coupait le souffle en comprimant sa poitrine.

Aigneas changea d'attitude, elle s'approcha doucement d'Awena, comme elle l'aurait fait d'une biche blessée sur le point de fuir quand même. Ses yeux bleu azur étaient tristes, inondés de larmes qui se refusaient à couler.

— Je veux protéger mon clan, Awena, dit Aigneas sur un ton tourmenté, en avançant les mains vers la jeune femme. Je dois avouer que je vous aime bien et que je ne suis pas indifférente à votre peine. Je souffre depuis tant d'années de porter ce fardeau de vérité que l'on m'a obligée à garder secret. Mais pourquoi ? cracha-t-elle à nouveau, la peine se muant en colère. Pour mentir ? Pour protéger un être vil ?

— Je ne comprends plus rien à rien, s'écria Awena qui reculait à chaque fois que la sorcière avançait d'un pas.

Aigneas avait à présent le regard vitreux de quelqu'un dont le corps est là, mais l'esprit ailleurs. Était-elle folle ?

— Il y a de cela des années. Ma mère, Isla de Brún, grande bana-bhuidseach destinée à succéder à la Seanmhair, a donné naissance à une petite fille, mais dans le même temps, elle est morte en couches. C'est Barabal qui l'assistait et moi, j'étais cachée dans un des coins de notre chaumière, derrière un tartan. Au moment où ma mère a expiré son dernier souffle et que la Seanmhair a pris dans ses bras ma toute petite sœur, il s'est passé quelque chose. Barabal est entrée en transes, elle s'est mise à psalmodier en berçant ma sœur qui vagissait. Son vieux corps était parcouru de tremblements et, j'avais beau être petite, à peine quatre ans, j'ai eu peur pour mon tout petit bébé. J'étais sur le point d'aller le prendre quand Barabal est revenue à elle. Elle riait et remerciait les dieux, devant le corps sans vie de ma mère ! Son visage était baigné de larmes et je l'ai clairement entendu dire cette phrase gravée à jamais dans ma mémoire : « Petite, envoyée à nous, enfin les dieux l'ont fait. Promise, tu es ! Les dieux, ce soir, me l'ont dit ! Sans pareil, ton destin sera... ». Ensuite, elle a couvert le corps de ma mère d'un plaid, lavé ma sœur et fait venir une nourrice pour l'allaiter. Pendant tout ce temps-là, je suis restée cachée... pourquoi... je ne saurais le dire, je n'étais qu'une enfant, peut-être traumatisée par la mort de ma mère. À un moment, Barabal est partie, elle devait parler d'urgence à ce vieux fou de grand druide, cracha venimeusement Aigneas. La nourrice au bout d'un moment est partie elle aussi, laissant le bébé dormir dans un petit lit près de la cheminée, loin du corps de notre mère. Je me suis approchée et je l'ai vue, souffla Aigneas, le visage soudain illuminé, les yeux toujours perdus dans le vague. Dans mon souvenir, reprit-elle, j'ai vu la chose la plus jolie au monde, la plus pure des perfections, elle dormait et son aura irradiait tout autour d'elle. J'étais... fascinée et n'ai pas osé la toucher, même si je mourais d'envie de le faire. Et puis, il y a eu ce bruit, le sol résonnait d'un martèlement de sabots devant notre chaumière !

Aigneas se figea devant Awena, revivant en pensée les instants dramatiques de ce moment.

— Je suis allée me cacher à nouveau derrière le tartan. Pourquoi n'ai-je pas pris le bébé avec moi ? gémit-elle en serrant ses mains contre sa poitrine qui palpitait au rythme de sa respiration hachée. Il est entré et s'est emparé de ma sœur. Il a dit qu'elle ne pouvait vivre, pour le bien du clan, pour que la magie cesse et que son fils soit libéré des dieux imposteurs... Puis il est parti sur son cheval, emportant ma petite sœur loin de moi. Je suis sortie en courant derrière lui et sa monture et je l'ai vu se diriger au triple galop vers le loch. Le tartan qui entourait le corps de ma sœur fut découvert au lendemain matin flottant sur l'eau claire de la rive. Le corps de ma sœur ne fut jamais retrouvé, il l'avait noyée ! Lui, ce monstre ! Le père de Darren ! Il a tué ma sœur pour empêcher la prophétie de s'accomplir ! hurla la jeune sorcière comme pour exorciser la douleur des affreux souvenirs. Elle était la Promise et non vous !

Awena fit encore un pas en arrière, trébuchant sous le choc de cette nouvelle révélation et se rétablit de justesse pour ne pas tomber.

— Fuirich air falbh on teine (Éloigne-toi du feu) ! entendit-elle hurler avant qu'un corps puissant ne se plaque brutalement au sien pour l'envoyer s'écraser un peu plus loin sur le sol herbeux.

Darren ! Immense dans sa fureur et les cheveux noirs soulevés par la brise nocturne volant autour de son visage d'acier. Il frappait rageusement du bout de sa botte des flammèches qui avaient pris naissance sur la traîne du bliaud d'Awena.

De stupeur, la jeune femme porta son attention vers l'endroit où elle se tenait avant l'arrivée du laird et constata que si elle avait fait un pas de plus en arrière, elle serait tombée dans le feu du bûcher.

Rétrospectivement, elle se mit à trembler de la tête aux pieds, ses yeux verts terrifiés fixant le brasier sans pouvoir se détourner. Les flammes se reflétaient sur le cristal pur de ses rétines, la narguant encore et encore. Son corps leur avait échappé, mais son esprit lui faisait vivre l'horrifiante rencontre du feu et de la chair.

Elle l'entendit tout de même, ce puissant et terrifiant cri de rage. Ce grondement féroce, tel le rugissement d'un fauve prêt à se jeter sur sa proie. Comment trouva-t-elle la force de détourner son attention du feu ? Quand se rendit-elle à nouveau compte de la présence de Darren ?

Il faisait face à la jeune sorcière, plus effrayant que jamais. Tout autour de lui, l'air crépitait d'une aura vengeresse et meurtrière. Un halo rouge l'entourait, semblant se nourrir des émotions les plus sombres du laird. Awena ne le reconnaissait pas. Cet homme qui se tenait là, devant elle, cet homme n'était plus Darren ! Son nom était Rage. Et elle sut, sans le moindre doute possible, que seul le sang de la vengeance apaiserait la bête. Sa proie toute désignée : Aigneas.

D'où arrivèrent le grand druide et Ned ? Dieux seuls savaient. Ils étaient bel et bien là surgissant de nulle part et ceinturant de leurs bras le corps puissant du laird.

Comme si elle reprenait ses esprits, Aigneas tomba à genoux devant Darren, dévastée par le remords et vaincue par les émotions qui l'avaient rongée pendant tant d'années.

— Je n'ai pas voulu cela, par les dieux. Naye, je n'ai pas voulu blesser votre aimée, se lamentait-elle entre deux hoquets, tout en sanglotant tête baissée.

La jeune bana-bhuidseach sentait l'air crépiter de l'aura ténébreuse du laird. À cet instant précis, elle s'abandonnait volontiers à son jugement et à sa condamnation. La mort. Condamnée, elle l'était, depuis trop longtemps, la fin de sa vie la libérerait de tous ses démons.

Les dieux décidèrent de son sort autrement, par l'entremise de Barabal qui vint à ses côtés et la remit debout avec une force qu'on ne lui aurait jamais cru posséder. La Seanmhair, encore une fois, se tenait près d'elle en fidèle protectrice et Aigneas se blottit tout contre elle comme l'aurait fait un enfant quémandant réconfort et soutien.

Dans le même laps de temps, le grand druide parlait à Darren dans un langage inconnu, un peu comme celui qu'il utilisait dans les mélopées pour les sorts. Petit à petit, l'aura rouge qui enveloppait le laird s'évanouit et il sembla reprendre le contrôle de ses sens.

Quand Darren avait vu Aigneas forcer Awena à reculer vers le bûcher et ensuite les flammes prendre naissance dans la traîne de son bliaud, une rage meurtrière avait pris le dessus sur son être, l'entourant de sa froide et destructrice noirceur.

Darren fit un signe de tête à l'intention de Ned et Larkin qui le maintenaient toujours. Doucement, craintivement, les deux hommes lui rendirent la liberté de ses mouvements. Darren respira longuement, plusieurs fois en serrant et desserrant les poings, ses yeux sombres foudroyant derechef Aigneas.

— Nous avons toujours eu des contentieux, Aigneas. Dans ma clémence, plus d'une fois j'ai fermé les yeux et je t'ai laissée en paix, mais ce que tu viens de faire, attenter à la vie de la Promise, mérite un jugement sévère et sans appel. Je t'en donne ma parole ! furent les mots du laird, prononcés sourdement et ne laissant aucun doute quant au sort qu'il réservait à Aigneas.

— Trop lourd, était le secret d'Aigneas ! En parler, elle devait ! coassa la Seanmhair en berçant la jeune sorcière. Ce qui arrivé, grave l'est, involontaire pourtant, son geste était !

Ce fut Larkin qui intervint en fronçant les sourcils.

— Barabal, ne me dis pas qu'Aigneas est revenue à la charge avec cette ancienne histoire ? Tu aurais dû, et depuis longtemps, lui faire sortir ces sornettes de la tête !

— Ce ne sont pas des sornettes, vieux fou, si vous m'aviez crue, jamais je n'aurais autant souffert et jamais je ne me serais approchée de... de l'aimée, incrimina la jeune bana-bhuidseach d'un ton sourd tout en demeurant blottie dans les bras de Barabal.

— Humpf ! Nigaud, tu es Larkin, Nigaud, tu resteras ! Raison a Aigneas ! cracha la Seanmhair à l'intention du grand druide.

— De quoi parlez-vous à la fin ! éructa Darren, excédé par le comportement de Barabal, Larkin et Aigneas. Ça va Ned, tiens-toi loin de moi, ajouta-t-il pour tranquilliser le guerrier qui restait en alerte près de lui.

— Ce soir a parlé Aigneas. De libérer le secret, temps il était, ou folle elle serait !

— Quel secret était si lourd qu'il ait pu l'amener à attenter à une vie ? vociféra Darren en plissant les yeux.

— Celui qui concerne ta Promise. L'unique. Celle que ton père a tuée, murmura Aigneas par à-coups.

Darren fit un nouveau bond en direction de la jeune femme, arrêté net dans son élan par Ned qui le ceinturait à nouveau de toutes ses forces.

— Mensonges ! s'emporta-t-il, alors qu'il sentait qu'il allait encore perdre le contrôle de ses sens.

— Naye, Darren. Ce que dire Aigneas est vérité ! Larkin, le savoir, en lui profondément. Le croire, ne jamais le vouloir. Pourtant, authenticité dans les mots d'Aigneas être. Awena, pas ta Promise. Ton père, la vraie, a tué.

Darren fusilla Barabal des yeux et fit de même avec Larkin. Le grand druide ne chercha pas à cacher son malaise. Un goût amer avait envahi son palais et un fluide glacial coulait dans ses veines.

Par les dieux ! La vérité pouvait-elle être aussi horrible ? Awena ne serait pas sa Promise ? Son père aurait tué celle qui lui était destinée ?

Awena !

Il se retourna vivement dans la direction où se tenait la jeune femme.

Elle n'y était plus. Elle avait disparu.

Claquant et verrouillant la lourde porte en chêne derrière elle, Awena avança à grands pas dans sa chambre. Les larmes lui brouillaient la vue, mais ne l'empêchèrent pas de se diriger furieusement vers le grand coffre au pied de son lit.

Mon lit... non, pas le mien ! enragea-t-elle intérieurement tout en s'essuyant hargneusement les yeux.

Arrachant la clef qui se trouvait sur la chaînette fixée autour de sa taille, elle l'inséra en tâtonnant dans la serrure du coffre et ouvrit le couvercle à la volée. Awena était en colère contre le monde entier, ainsi que contre elle-même qui avait baissé sa garde et fini par croire que ses rêves pouvaient être réalité.

Il fallait qu'elle se réfugie dans cet état sombre et chaotique pour ne pas faire face à pire : les abîmes infinis du chagrin. Trou noir qui l'aspirerait et la détruirait instantanément. Elle s'était pourtant jurée de ne plus jamais croire en l'amour avec un grand A. Car pour elle, cela n'existait pas.

Son histoire avec Thomas ne le lui avait-elle pas prouvé ?

Et sa vie terne avec sa mère ?

Malgré tout, avec Darren, elle avait cru que c'était possible, lui avouant qu'elle l'aimait pas plus tard que l'après-midi passé. Et lui, oui, il l'aimait, de cela elle ne pouvait douter. Mais voilà, la vérité était tombée, réelle, affreuse ; elle n'était pas sa Promise, ne l'avait jamais été, même si elle avait eu la folie de commencer à y croire. Darren ne lui était pas destiné et leur amour ne pourrait survivre à tout cela.

Il fallait qu'elle parte, pour leur bien à tous les deux et pour l'avenir du clan. Pas de place non plus à la petite voix égoïste qui lui enjoignait dans son esprit de faire comme si de rien n'était. « La Promise est morte de toute façon, ne gâche pas ton bonheur. Reste près de Darren », disait-elle sans relâche.

Oui, mais non, elle ne voulait en aucun cas être une usurpatrice et ne s'en sentait pas à la hauteur. Aigneas avait parfaitement raison, elle ne ferait rien de bon pour Darren, le clan et leur futur commun.

Ma pauvre fille ! T'étais-tu crue capable d'être celle qui les sauverait tous ? Lamentable ! lui disait une autre petite voix tenace, pas la même, plus méchante, ressemblant étrangement à celle de Marlène.

Dans un hoquet étouffé, Awena se dirigea vers le large rebord de la fenêtre, récupéra sa batterie solaire et l'envoya valdinguer au fin fond de son sac fourre-tout. Elle tira ensuite nerveusement sur les lacets du corsage de son bliaud qui lâchèrent dans un bruit de tissu déchiré.

La jeune femme retint sa respiration, pinça fortement les lèvres et ferma les yeux.

Foutue pour foutue, puisqu'elle était déjà brûlée, se dit-elle sans que les deux autres voix s'en mêlent.

Se débarrassant du bliaud et de la tunique en finissant de les déchirer, elle les jeta ensuite de côté et s'empara de sa robe d'été made in 2010, mit ses sandalettes et vérifia le contenu de son sac. Tout était bien là, sauf son carnet de poésies.

En songeant à ce carnet, elle tendit instinctivement la main vers son feuillet de parchemins qui reposait sur son lit, puis se reprit en serrant le poing dans le vide.

— Non, je n'en ai plus besoin, il ne me sera d'aucune utilité là où je vais ! D'ailleurs, où vais-je aller ? Là où tout a commencé : direction le Cercle des dieux !

Il fallait y croire, s'encourager pour se donner la volonté de quitter le Clan. Tel était l'unique choix envisageable. Faisant un ultime tour sur elle-même, les yeux secs et brûlants, elle détailla tout ce qui avait été son univers au cours du dernier mois.

Suffit !

Il était temps de se mettre en marche et de fait, personne ne se matérialisa devant elle pour la retenir quand elle accéda d'un pas déterminé au couloir qui la mènerait vers la sortie et l'inconnu.

Au même moment, dans le cabinet de travail du laird, Darren, Barabal et Larkin étaient en plein conciliabule houleux.

Darren était toujours tétanisé, sous le choc des révélations d'Aigneas et de Barabal. Il était déchiré en deux. Une partie de lui l'empressait de rejoindre Awena et l'autre l'exhortait à rester ici à essayer d'en apprendre plus sur ce qu'avait fait son père. Il sentait que l'histoire allait marquer un grand changement dans le cours de sa vie, et ce, de manière irrévocable. Cela avait déjà commencé.

Mais...

Awena avait besoin de lui, Darren n'osait songer dans

quel état d'esprit la jeune femme devait se trouver. Et quelles autres révélations Aigneas lui avait-elle dévoilées ? Tournant en rond comme un fauve dans sa cage, il ruminait tout en écoutant Larkin et la Seanmhair se disputer.

— Il faut que je rejoigne Awena au plus vite, alors finissons-en avec tout ça. Il me tarde d'entendre tout ce que j'aurais dû savoir depuis des lustres ! s'emporta-t-il, le ton de sa voix ne cachant rien du conflit qui faisait rage en lui.

La nuit était bien avancée, la fête venait de se terminer et que resterait-il dans les esprits de cette journée exceptionnelle ? Rien, ou plutôt si, un désastre.

Aigneas avait réussi contre toute attente, là où l'orage et son cortège de pluie, de grêle et de foudre, avaient échoué ! Et nous en étions là : le laird comme le clan tout entier, attendant de connaître les causes de tout ce gâchis. Sans parler du drame qui avait été évité de justesse.

L'image horrible d'Awena brûlée vive se dessinait dans son esprit enfiévré avec une telle intensité, une telle réalité qu'il en tremblait de terreur.

— Aye Darren, je comprends ton besoin de rejoindre ta pr... ton aimée, murmura Larkin en essayant de masquer son lapsus dans une toux sèche. Nous allons parler de cette folie qui hante Aigneas.

— De folie, arrêter de parler ! Humpf ! Toi, pour une fois, ton esprit obtus ouvrir.

— Cessez vous deux, je ne le supporte plus ! Aigneas a accusé mon père de meurtre ! Ce qu'elle a dit n'est pas à prendre à la légère, ce qu'elle a fait à Awena encore moins. J'ai demandé à ce qu'on nous l'amène ici après un petit tour dans les geôles. Je veux qu'elle voie ce qui l'attend avant d'entendre mon jugement ! Par contre, Larkin, ose me dire que cette histoire de bébé tué par mon père est fausse ! Ose !

Fixant sévèrement le grand druide et connaissant tout de ses réactions, il perçut rapidement le malaise qui l'habitait, le doute qui le tourmentait. Tout dans son attitude reflétait son trouble.

— Alors... tout est vrai ! Aigneas avait une sœur désignée par les dieux pour être ma Promise, souffla Darren pendant que son monde s'écroulait un peu plus autour de lui.

Larkin avait la tête baissée et paraissait lui aussi lutter contre ses propres démons, incapable de répondre à son laird.

— Aye ! confirma la Seanmhair à la place du grand druide.

Elle semblait être la seule à tenir debout dans cet ouragan. La seule à ne pas afficher ses émotions, sauf envers Larkin.

Un étourdissement saisit le laird alors que le grand druide, peu à peu, reprenait ses esprits et entamait une nouvelle discussion âpre avec la Seanmhair. Darren alla s'écrouler dans son fauteuil devant son bureau.

Tout cela était inutile, le vieil homme se battait contre du vent. Qui voulait-il berner, à part lui-même ? La vérité, celle d'Aigneas, s'il l'acceptait, serait un fardeau terrible à peser sur sa conscience. Car alors, cela signifierait qu'il avait refusé de la croire, pire, de l'aider ! Il aurait failli à son serment de grand druide.

— Voilà pourquoi, l'entente n'est plus parfaite avec cette vieille chouette ! Elle n'a rien vu de la scène et fait confiance aux cauchemars d'une enfant de quatre ans ! vociféra Larkin, alors que perdu dans ses sombres pensées, Darren n'avait saisi que la fin de son discours répétitif et lassant.

— Les reflets de la vérité, les cauchemars sont ! De s'exprimer, l'âme pure de l'enfant devait. Elle m'avait, heureusement, sinon Aigneas, plus là ne serait !

— Cesse de te mentir Larkin, tu ne trompes ni Barabal, ni moi ! Aigneas ne va pas tarder à arriver avec les gardes et Ned. Je saurai alors le fin mot de l'histoire.

Larkin sembla se ratatiner et hésitant, l'air égaré, se mit à parler comme s'il s'adressait à lui-même.

— Quand... quand tu es venu m'annoncer que le

bébé d'Isla De Brún était né, que c'était une fille et que... que les dieux t'avaient montré lors d'une transe le destin de cette enfant... être la Promise. Nous étions dans la grande salle, nous croyant seuls. Mais, j'y ai tant réfléchi sans pouvoir l'admettre ! Och, par les dieux que c'est difficile ! Carron venait juste de me quitter quand tu es arrivée. Barabal, il a très bien pu rester caché dans une alcôve et nous entendre parler !

— Aye ! confirma la Seanmhair.

— Alors..., connaissant son aversion pour nos dieux, la rancune qu'il tenait envers ses parents... il se pourrait, en toute logique, qu'il en ait été réduit à faire cela, gémit le grand druide en passant une main tremblante sur son visage las. Le temps que l'on a perdu à se chamailler, il aurait pu s'emparer du bébé et... le noyer.

Pour Darren, chaque mot énoncé était un de coup de poignard. Son père. Un assassin ! Et pourquoi ? Pour couper définitivement le lien sacré qui reliait les Saint Clare aux dieux, en changeant le cours de la vie de son propre fils et en supprimant l'enfant qui aurait redonné force et magie au Clan.

Un grand coup sur la porte le fit sursauter et interrompit le dialogue à voix feutré qui avait repris entre Larkin et Barabal.

— Entrez ! ordonna-t-il.

Aigneas entra la première, tête basse et poings liés derrière son dos. Ned sur ses talons ainsi que quatre hommes armés.

— Retirez-vous, toi aussi Ned. Aigneas, approche-toi.

Ned hésita deux secondes, puis il suivit les gardes dans le couloir en veillant à bien refermer la porte derrière eux.

Darren, sans se lever de son fauteuil, contemplait la frêle silhouette qui se tenait devant lui, refoulant au plus profond de lui-même la rage sourde qui ne demandait qu'à refaire surface.

— As-tu voulu tuer Awena ? attaqua d'entrée le laird.

— Naye, souffla la jeune femme en relevant le menton sans pouvoir cacher son visage tourmenté. Je n'avais pas réalisé que nous étions si près du bûcher. J'étais... ailleurs.

Darren la dévisagea longuement en serrant les mâchoires. Elle disait vrai, son aura était pure. Cependant, elle était fille d'Isla la grande, une bana-bhuidseach très puissante, peut-être bien plus que Barabal, et Aigneas avait potentiellement le pouvoir d'occulter la vision du mal.

— Nous y reviendrons plus tard, Aigneas. Je veux que tu me racontes tout ce que tu as dit à Awena, sans aucune omission. Du début à la fin.

Aigneas hésitait, tout dans sa stature le démontrait. Elle lança un regard interrogatif vers Barabal qui lui retourna un imperceptible hochement de tête pour l'encourager à parler.

Après un court moment de flottement, la jeune bana-bhuidseach baissa à nouveau la tête et se mit à narrer, mot pour mot, l'histoire qu'elle avait racontée à Awena, n'omettant rien de cette nuit tragique, de l'instant où sa mère mourut en couches en donnant naissance à sa sœur, de l'état de transe de la Seanmhair quand elle avait pris le bébé dans ses bras, du moment où elle était sortie de sa cachette pour contempler sans oser la toucher, cette petite merveille rayonnant d'une aura magique.

Puis vint le moment où, à nouveau camouflée sous le tartan à cause du bruit des sabots d'un cheval martelant le sol devant la chaumière, elle avait vu Carron, le père de Darren et entendu ses mots juste avant qu'il n'emporte le bébé vers le loch. Elle raconta comment elle avait couru derrière le cheval au galop pour essayer vainement de secourir sa petite sœur. Jamais elle ne put y parvenir. Vint enfin le moment tragique de la découverte du tartan qui enveloppait le bébé, flottant sur la rive du loch.

— Votre père a noyé ma sœur cette nuit-là, balbutia Aigneas entre deux hoquets larmoyants. Il a brisé ma vie, mon innocence, m'a plongée dans le tourment, car personne n'a voulu me croire à part Barabal à qui l'on a interdit l'accès au château. Ce monstre a détruit le lien ultime qui aurait vu la prophétie s'accomplir et vos grands-parents, pour vous protéger, ne vous l'ont jamais dit. Ma colère n'a d'égale que ma souffrance. Larkin, celui qui doit parler au nom des dieux, n'a jamais voulu me croire ! C'est tout cela que j'ai dit à Awena en rajoutant que sa place n'était pas ici.

Sous les larmes de détresse, naissait à nouveau le feu de la rage. Aigneas avait porté ce fardeau trop longtemps.

— Sachant tout cela, tu aurais dû venir m'en parler il y a des lustres ! Avais-tu si peu confiance en moi ? Ne t'ai-je pas démontré plus d'une fois que je savais t'écouter ? gronda Darren. De plus, tu n'avais en aucun cas le droit de dire à ma Promise, car elle l'est toujours, que sa place n'est pas auprès de moi et du clan !

Se tournant vers Larkin et Barabal :

— Mes grands-parents le savaient ? demanda-t-il sourdement.

— Aye ! intervint la Seanmhair, sans conteste la plus courageuse des deux vieux magiciens. Mais... le croire, tout comme Larkin, ils n'ont pu. Le vérifier non plus, car parti après cette nuit-là, votre père l'était. Jamais revenu sur nos terres, sauf pour incinérer y être !

Dans l'esprit de Darren, quelques pièces du puzzle de sa vie se mettaient enfin en place.

La douleur de ses grands-parents alors qu'ils se réveillaient le matin qui avait suivi le huitième anniversaire du petit garçon, jour de la naissance du bébé.

Ce qui veut dire, que feue la Promise et moi avions en commun la même date d'anniversaire, songea Darren en écarquillant les yeux de saisissement, puis il se remit à assembler les autres pièces.

Ses grands-parents avaient semblé anéantis alors que la veille tout allait si bien. La disparition de son père, ensuite, dont il avait toujours cru être la cause. Il était aux yeux de Carron l'enfant qui avait tué son aimée, morte elle aussi en couches. Tant de femmes succombaient encore pour donner la vie et Carron en voulait à Iain de ne pas avoir utilisé la magie pour la sauver. Un fils était né, qu'il ne pouvait pas regarder sans se détourner précipitamment, une moue dégoûtée déformant son beau visage, comme si Darren était un monstre. Tant de non-dits, de silences !

— Vous m'avez tous menti ! Trompé ! Pour quel résultat ? éructa Darren en se redressant et en frappant son bureau d'un poing rageur, faisant sursauter les trois personnes qui l'entouraient. Toi aussi Aigneas, par ton silence ! Vous êtes tous les mêmes ! Regardez où cela nous a conduit aujourd'hui ! Voulez-vous que je vous en fasse le résumé ? Mon maudit père en voulait à nos dieux, à ses parents, voire au monde entier et est devenu un assassin. Mes grands-parents désiraient me protéger et m'ont fait grandir dans un monde fictif et incertain. Aigneas devait garder le silence. Mais... vous deux ? s'emporta-t-il à l'adresse de Larkin et Barabal. L'un de vous deux aurait dû venir me trouver ! Toi Seanmhair pour me dire la vérité et toi Larkin, ne serait-ce que pour m'exposer tes doutes. Je ne suis plus un petit garçon, par les dieux ! Je suis votre laird !

Pas d'aura rouge autour de Darren, pourtant tous sentaient crépiter sa fureur et sa peine.

— Je... je ne voulais pas y croire, souffla piteusement Larkin.

— Et moi, parce que du château, interdite j'étais. Menacée par ton père, de représailles. Menacée de tuer Aigneas, le faire, il a dit ! Iain, Diane et Larkin, refusé de me croire, ils ont ! Même après, de ton père, la disparition. Te protéger, tous, nous voulions. Les dieux, à eux de nous juger !

— Naye... les dieux ont assez été invoqués. De juge, vous m'aurez moi ! Dès demain je commencerai par Aigneas. Pour vous deux, le tour viendra.

— Och ! s'exclama la Seanmhair. Mac, les dieux, nous entendre ils l'ont fait ! De Promise, une nouvelle, t'ont envoyée ! De la prophétie, peut-être pas, mais une âme sœur, certain est cela.

Les mots de Barabal percèrent les brumes sombres de sa colère. Awena...

— Aye, Awena est ma Promise. Et si dans leur clémence, les dieux daignent à nouveau nous envoyer une Promise pour la prophétie, alors elle sera peut-être destinée à un de mes fils ou un de ses descendants. Pour le moment, Larkin et Barabal vous pouvez disposer et toi Aigneas, tu retournes au cachot pour attendre de savoir ce que j'aurai décidé de ton sort.

Les épaules d'Aigneas s'affaissèrent d'un coup et ni la Seanmhair, ni Larkin n'osèrent s'interposer.

Barabal trottina vers la grande fenêtre du cabinet de travail, ne voulant pas voir les gardes et Ned s'emparer de la bana-bhuidseach. Elle ne l'abandonnerait pas, de cela Aigneas en était consciente. De plus, la Seanmhair savait, au vu de tout ce qui avait été révélé, que le laird se montrerait clément envers la jeune femme. C'était un homme bon.

Soudain, son regard fut attiré par une fine silhouette emmitouflée sous une immense cape, essayant de se faufiler en douce vers le pont-levis. Il faisait nuit noire, mais les innombrables torches de la cour intérieure l'empêchaient de passer inaperçue. Awena prenait la poudre d'escampette !

Barabal ouvrit la bouche pour prévenir Darren, mais au dernier moment, elle se retint de le faire. Pourquoi ? Dieux seuls savaient.

— Humpf, partir je dois, grommela-t-elle en passant rapidement entre Larkin et le laird qui se regardèrent d'un air interloqué. Le sol retentissait de ses coups de bâton, nets, ils rythmaient la cadence de ses pas.

Où court-elle ainsi ? s'interrogea le grand druide en haussant ses sourcils blancs broussailleux, et à voir l'expression de Darren, il sut que la même question venait de surgir dans son esprit.

— Hum ! Bien, je me retire aussi. À demain, fit Larkin en adressant un petit geste de la main en direction du laird.

Darren resta un instant seul, trop effondré pour essayer de retenir les deux magiciens et comme assommé par le silence soudain et pesant de la pièce. Il devait quitter cet endroit, trop de choses tournoyaient dans sa tête. Il avait besoin d'Awena. Elle seule saurait le rassurer, le comprendre, l'aimer. À eux deux, ils surmonteraient les obstacles.

Il était plus que temps de la rejoindre et de la réconforter.

Chapitre 16
Je ne sais plus qui je suis

Awena était très essoufflée en arrivant au Cercle. Le pas rageur qu'elle s'était imposé après avoir passé le pont-levis lui avait littéralement tétanisé les muscles des mollets. Elle ne s'autorisa aucun arrêt jusqu'à ce que ses pieds soient sur la dalle centrale de l'alignement de menhirs et y laissa tomber son fourre-tout rose pailleté comme si ce n'était qu'un vulgaire sac de patates. Tenant serré dans sa main droite son téléphone portable, rechargé grâce à la batterie solaire, elle l'orienta de telle façon qu'il illumine de sa lueur bleutée tout ce qui l'environnait. Prendre une torche aurait été trop risqué, trop facile à repérer.

Awena ne savait pas de combien de temps elle disposait avant que Darren ne se rende compte de sa fuite, et parte à sa recherche.

— Bien, que faire maintenant ? Je claque des doigts et je dis simplement : Awena veut maison ?

Sa voix était hachée, coupée par sa respiration rapide et sifflante. Ses poumons lui semblaient sur le point d'exploser. Elle ne s'aperçut même pas de l'état piteux de ses jambes et pieds en sang, comme du bas de sa robe kaki en haillons. Les épines des ajoncs s'étaient défoulées sur la chair et le tissu, comme si ces maudits arbustes s'étaient liés pour l'empêcher d'arriver à son but.

— Awena ! caqueta une voix aiguë reconnaissable entre mille.

La Seanmhair l'ait repérée la première... Zut, la poisse !

— Ah non ! Ne venez pas vous interposer ! Parce que, croyez-moi sur parole, je pars cette nuit et plus personne ne m'en empêchera. J'en ai assez de cette époque, de vos magies, de cette stupide histoire de Promise ! Darren lui-même n'était amoureux que de l'idée que je sois elle. Maintenant... tout est fini, et bien fini ! hoqueta Awena, se rendant compte misérablement que le barrage qui contenait ses larmes avait encore cédé.

Barabal se tenait à quelques pas de la jeune femme, vague petite silhouette bleutée dans le halo de son téléphone portable. D'ailleurs, les yeux fouineurs de la Seanmhair ne quittaient pas l'objet en question.

— Quelle magie, cela être ? murmura-t-elle révérencieusement.

— Aucune. C'est une torche moderne, je veux dire... une torche de mon époque, voilà !

— Je peux toucher ? trépigna Barabal.

— Non !

— Och, mas e ur toil e (Oh, s'il vous plaît) ! minauda la vieille femme.

— Non ! Parce que... euh... si l'on n'est pas immunisé, ce que vous êtes, pas immunisée je veux dire, alors les mauvaises ondes rongent les mains comme de l'acide et cuisent le cerveau avant de le faire partir en fumée... Pfiou, fit Awena en mimant une explosion à grands mouvements des mains et des bras. Je suis la seule à pouvoir tenir cette torche du futur dans votre époque !

Comment pouvait-on être triste à mourir et mentir aussi effrontément ?

— Humpf... seadh (d'accord) ! piailla la Seanmhair sans être tout à fait convaincue par les explications de la jeune femme, tout en dardant un regard envieux vers l'appareil.

Awena venait de s'apercevoir qu'elle comprenait les mots que Barabal avait prononcés en gaélique écossais ! Néanmoins, elle n'avait pas le temps de s'appesantir sur ce point.

— Bon, ce n'est pas tout ça, je vous aime bien Barabal, mais, voyez-vous, il faut que je parte. Alors, au revoir !

La Seanmhair hocha la tête sans bouger.

— Au revoir, répéta Awena en lui faisant des signes de sa main libre pour lui enjoindre de s'en aller.

Rien à faire, elle ne bougeait toujours pas et la contemplait comme si de rien n'était.

— Toi, partir vouloir ?

Awena poussa un gros soupir excédé.

— Oui !

— Toi, sûre être ? demanda-t-elle encore en tapant le sol du bout de son sempiternel et singulier bâton, le quartz en son extrémité se mettant à luire d'une lueur blanchâtre.

— Plus que sûre Barabal, murmura la jeune femme en fermant les yeux de toutes ses forces pour ne pas craquer et pleurer à nouveau.

Elle ne voulait plus de magie, plus rien qui lui rappelle ce qu'elle avait vécu ici. Sa tristesse n'échappa pas à Barabal qui se rapprocha d'un pas tout en lorgnant d'un œil craintif la torche du futur.

— Toi aimer le laird. Toi, ton cœur ici laisser, murmura-t-elle avec beau coup de compassion.

Awena eut un grand hoquet, suivi d'un petit sanglot étranglé. Puis de manière inopinée, elle se mit à rire amèrement.

— De cœur ? Oh... Seanmhair. De cœur, je n'en aurai plus besoin.

— Étrange ce que dire toi, humpf... ton cœur, pour le laird battre !

— Non, mon cœur est sec, mort, il ne me sert que de pompe sanguine qui fait office de me maintenir en vie. Vous comprenez, Barabal ? L'amour n'est pas pour moi, je suis... maudite en quelque sorte.

Là, il fut clair que la Seanmhair bondit littéralement d'un mètre en arrière, regardant la jeune femme en plissant les yeux. Le mot « maudit » l'avait effrayée.

— T'aider à rentrer, je peux ! s'exclama précipitamment Barabal, trop rapidement peut-être.

Qu'il était facile de piéger la grande bana-bhuidseach Barabal ! Il suffisait simplement d'invoquer la magie noire.

— Vous allez m'aider comme Larkin ? Me donner à manger à des âmes damnées ? Ou m'aider vraiment et me reconduire en 2010 ?

— Grrr... Larkin..., petit magicien lui être ! Lui pas savoir autant de choses que moi ! Humpf ! fit-elle en crachant un liquide immonde dans l'herbe à ses pieds.

À mâchonner ces étranges feuilles, il n'est pas étonnant qu'elle n'ait plus que des chicots, songea Awena dégoûtée.

— Réfléchir, tu dois !

— Je pars ! décida vivement la jeune femme avant de perdre courage et de courir vers le château pour se jeter dans les bras de Darren.

— Bien, marmonna Barabal. Du Cercle des dieux, toi sortir, ouvrir le passage je dois !

Si seulement elle pouvait arrêter de parler comme maître Yoda, grogna Awena dans sa tête, plus par besoin de se changer les idées que du besoin réel de manifester son mécontentement.

Suivant les injonctions de la Seanmhair, elle sortit du Cercle des dieux et regarda Barabal taper son bâton d'un geste sec sur le sol. Ce mouvement fit s'illuminer un peu plus le quartz qui nimba les alentours de lueurs fantomatiques, puis elle se mit à tracer un cercle imaginaire tout autour de l'alignement ; c'était l'ouverture sacrée d'entre le monde des hommes et celui des dieux. À l'instar de ce qu'avait fait Larkin lors de l'ouverture de la cérémonie du mariage d'Eileen et Clyde.

Seul résonnait dans la nuit le raclement particulier du bâton grattant le sol. Le popotin pointant vers le ciel, Barabal arrivait en marche arrière à la fin de son tracé. Il fallait dire, à la décharge de la Seanmhair, que malgré sa position qui aurait été le summum du comique si Awena n'avait pas été aussi malheureuse, elle s'appliquait consciencieusement à ce que ses pas n'effacent pas la ligne invisible qu'elle dessinait (la langue pendant de travers hors de ses lèvres parcheminées pour lui donner un air plus concentré).

Se redressant enfin, quoique, s'était-elle vraiment redressée ? La Seanmhair couina en direction d'Awena :

— Toi ! Suis-moi ! Naye... pas par là... par là ! Marcher dans mes pas, tu dois !

La jeune femme serra les dents pour retenir les mots bien sentis qui naquirent dans son esprit et suivit méticuleusement les conseils de Barabal. Elles se placèrent par la suite au centre de la dalle et Awena eut un sursaut de recul effrayé, lorsque la Seanmhair sortit une dague à la lame effilée, cachée dans l'un des pans de sa toge.

— Toi pas peur avoir ! Pour le passage, de ton sang, besoin j'ai !

— Pas question ! s'écria la jeune femme en secouant frénétiquement la tête.

La Seanmhair claqua de la langue.

— Ton sang, du chemin être la clef. Chez toi, à ton époque, te conduire, il fera.

— Vous voulez dire que mon sang agira comme un guide et pistera le chemin de l'époque qui m'a vue naître ? souffla Awena ébahie et les yeux aussi ronds que des soucoupes.

— Aye ! De dire, c'est ce que je viens de faire ! énonça la Seanmhair comme si c'était la plus pure des évidences.

— Naturellement. Que je suis bête de n'y avoir jamais songé un instant ; un GPS sanguin, c'est le top du top de la magie ! Y aura-t-il aussi une petite voix énervante pour me dire de tourner à gauche, ou à droite, ou encore de faire demi-tour à cause d'une impasse ?

Barabal ne la contredit pas et ne chercha même pas à comprendre son charabia. Elle était trop occupée à sortir une coupelle en or, et une petite sacoche de cuir nouée, d'une autre poche de sa toge, le tout en serrant sous son bras son encombrant bâton.

On pouvait comparer Awena à Mary Poppins à cause de son fourre-tout, rose, néanmoins, la Seanmhair dépassait largement la jeune femme... en plus bordélique peut-être.

— Ceci, dit-elle en ouvrant la sacoche de cuir, Poussière d'étoiles salée, être.

— Poussière d'étoiles salée ?

— Aye ! Des cieux, les dieux, des pierres nous envoyer. Ces pierres, concassées en poudre sont, puis, du sel béni on y ajoute. Cette poudre ouvrir des passages !

— Ces pierres, chez nous, nous les appelons des météorites, dit Awena. C'est étrange, Clyde et Ned... Il me semble qu'ils n'en avaient pas, ajouta-t-elle.

— Les deux idiots et toi... un vœu, avez réalisé. Une incantation alors, pour le passage, suffit.

— Et maintenant ? Que faisons-nous ?

— Dans la coupe, Poussière d'étoiles salée, mettre je vais. Avec lame de la dague, ta main couper. De cette main, prendre la poudre, tu devras. Poussière et sang mélangés, aux cinq éléments, lancer tu devras !

— Rien que ça... AOUTCHE ! hurla de douleur Awena, alors que la Seanmhair, en vieux serpent vicieux, avait profité d'un moment d'inattention de la jeune femme pour lui couper la paume de la main gauche, en un geste vif et précis.

Dans un réflexe, Awena avait lâché son téléphone et placé sa main valide en coupe protectrice sur son autre main fermée d'où gouttaient des larmes de sang.

— Dire après moi incantation, lancer Poussière où te montrer je vais ! fit la reine mère de la non-miséricorde Barabal.

Awena plongea sa main blessée dans la coupe pour saisir une poignée de Poussière et lâcha un nouveau hurlement de douleur. Dans un geste instinctif, elle voulut ouvrir les doigts et lâcher cette maudite Poussière, mais la sadique Barabal ne le voyant pas du même œil lui serra le poing de ses deux menottes osseuses.

— Bah les pattes, ou je vous mords ! s'époumona Awena en essayant de se libérer et montrant les dents pour que la Seanmhair la prenne au sérieux.

— Brûler le sel, à la plaie, faire !

— Lâchez-moi la main à la fin ! s'impatienta Awena en se trémoussant dans tous les sens.

Mais rien à faire, Barabal était collée à elle telle une sangsue !

— Och ! Un bébé, on dirait toi !

— Passez-moi votre dague et vous verrez si vous ne pleurnicherez pas après quelques belles et sanglantes estafilades de mon cru. Je suis une spécialiste pour couper des tranches de lard !

Barabal rit ! Du moins, cela y ressemblait. Et Awena se rendit compte qu'elle-même se serait bien laissée aller à une dose d'humour. Oui, sa main lui faisait mal, mais la situation était si cocasse, et la Seanmhair, dans son genre, si attachante.

— Après moi, mot pour mot répéter.

— De la même manière que vous ? Parce que si je parle comme vous, on n'est pas sorties de l'auberge !

Barabal tiqua un moment et claqua de la langue.

— De quelle auberge ? Plus parler tu dois ! caqueta-t-elle.

— Il faut savoir, d'abord je dois...

— Chuttt !

— Ce n'est pas la peine de postillonner !

— TOI TE TAIRE !

— Hum..., fit Awena en levant les yeux au ciel.

Et, suivant les directives de Barabal, elle jeta des poignées de Poussière d'étoiles ensanglantée vers les quatre points cardinaux du Cercle et dut répéter ses paroles.

— Je peux vraiment parler là ?

— Och... toi, terrible ! Aye, toi, répéter tout !

— D'accord ! Je vous écoute, cinq sur cinq.

C'est ainsi que commença l'incantation.

— Vers le nord, à la terre je donne mon sang, vers l'ouest, à l'eau je donne le sel béni, vers le sud, au feu je donne la Poussière d'étoiles, vers l'est, à l'air je confie mon destin. Que le sang ici donné, mêlé à la Poussière d'étoiles, au sel, don pour les divinités, vers mon époque puissent me guider, sur la dalle centrale, axe du monde, je me mets à vos pieds et que l'Éther m'enveloppe de sa sérénité. Awen !

La dernière poignée de Poussière répandue sur la dalle et le dernier mot de l'incantation prononcée, Awena attendit patiemment les premiers signes, prémices de la magie et annonciateurs de son départ. Il y eut une grosse sensation d'électricité statique glissant sur sa peau, mais à part ça, rien ! Awena attendit en vain.

— Euh... je suis toujours là, souffla Awena en direction de la Seanmhair.

— Pas possible ! lui répondit Barabal.

— Oh que si ! Puisque je vous parle et que vous pouvez me voir... car... vous me voyez bien, n'est-ce pas ? s'inquiéta la jeune femme alors qu'un doute affreux venait lui effleurer l'esprit. Était-elle devenue invisible ? Faisait-elle partie d'une autre dimension parallèle ?

— Aye ! Te voir et t'entendre, je le peux, pas faire autrement il serait ! Mais... pas possible ! répéta-t-elle en s'énervant et en frappant furieusement de son bâton le milieu de la dalle centrale.

Ce qui eut pour effet immédiat de la fissurer dans un craquement sonore. Après le soulagement fugace que ressentit la jeune femme de savoir que la Seanmhair la voyait toujours, elle ouvrit de grands yeux étonnés en découvrant l'état de la dalle.

— Ah bravo ! Je sais désormais qui a mis cette pauvre dalle dans cet état ! Savez-vous que dans le futur, elle est fendue et d'énormes touffes de mauvaises herbes poussent là où vous venez de la casser ? Oh... Barabal ! Zut et triple zut, le sort n'a pas fonctionné ! J'ai la désagréable sensation de m'être fait avoir en beauté. Rien n'a changé, à part que maintenant, j'ai la paume de la main qui mérite des points de suture et que ça fait un mal de chien !

Au fur et à mesure que la jeune femme parlait, son ton montait dans les aigus, l'hystérie la gagnant.

— Naye ! Te dire, pas possible c'est ! La magie, circulé elle a... Sentir le flux, en moi ! Voyagé tu as fait... pour ici revenir ! Pas p....

— Possible ! s'écria Awena agenouillée sur la dalle, je sais... mais alors, si j'ai voyagé, comment il se fait que je sois encore ici ?

— Le sang, pas mentir ne fait ! À moins que... och... Par les dieux !

Avec une force qu'Awena ne lui avait jamais connue, la Seanmhair la releva d'une poigne de fer pour qu'elles se retrouvent face à face. Enfin presque, car Barabal était tout de même plus petite.

Pourquoi détaillait-elle la jeune femme avec cet air étrange ? Toutes ses rides semblaient trembloter, sa bouche aux lèvres sans formes restait ouverte sur ses chicots, et ses petits yeux noirs inquisiteurs la scrutaient en un examen minutieux. Awena avait presque la sensation de passer une I.R.M !

— Peut-être..., commença la Seanmhair avant de prendre Awena dans ses bras pour la serrer avec fougue, comme une mère qui viendrait de retrouver son enfant porté disparu.

D'où provenait cette soudaine et vive lueur blanche qui les entourait ? Venait-elle toujours du quartz ? Apparemment non, pourtant, elle était bel et bien là cette aura opalescente, les enveloppant toutes deux alors que la Seanmhair se mettait à trembler de la tête aux pieds, les yeux fermés et murmurant une mélopée inconnue. Des larmes coulaient sur ses joues parcheminées et Awena ne sut que faire. De toute façon elle ne pouvait rien faire, prise en étau et captive des bras osseux de Barabal.

Il se passait quelque chose, une étrange et mystérieuse

sensation cherchait à se développer au plus profond du corps d'Awena. Prise de panique, celle-ci se mit à lutter contre cet état et retint de justesse le long hurlement de frayeur qui lui obstruait la gorge.

Non, elle ne voulait pas revivre ce qui s'était passé avec Larkin, pourtant, si elle avait été un peu plus maîtresse de ses sens, elle se serait rendu compte qu'il n'y avait rien de commun avec cette sombre histoire. La force qui grandissait en elle était pure.

Barabal la relâcha brusquement en titubant sur ses pieds. Elle revenait lentement à elle et Awena comprit que la Seanmhair avait subi un état de transe. Soudain, son vieux visage s'illumina et ce qui ressembla à un grand sourire le déforma. Il n'y avait plus que la lumière laiteuse du quartz pour les éclairer, suffisante pourtant pour apercevoir les larmes de joie qui sillonnaient le long des rides en grosses gouttes cristallines.

— Le sort... fonctionné, il a ! s'exclama la Seanmhair. Par les dieux... Awen ! D'Isla, la fille, ramenée ils nous l'ont !

Awena se dit que la transe avait grillé les neurones de la Seanmhair, elle ne comprenait pas ce qu'elle voulait dire et n'eut pas le temps de poser des questions, Barabal avait déjà quitté le Cercle des dieux et dévalait la colline en direction du château, tout en hurlant et poussant des cris de joie.

— Arrêtez de hurler ! s'époumona la jeune femme en direction de Barabal. Zut, si je m'y mets aussi, je suis cuite ! Bonne pour un nouveau séjour de confinement dans la chambre, la porte fermée à double tour ! Barabal ! Vous m'aviez promis de m'aider, finit-elle de gémir tristement, extrêmement abattue.

Son subconscient profita de ce moment d'accablement pour ouvrir la porte à l'étrange sensation qui sommeillait dans son corps. La force vive et chaude revint en puissance, le flux magique crépitant dans les veines et électrisant ses nerfs de toute part.

— Fille des dieux, murmura la soudaine brise qui faisait voltiger les longues mèches de cheveux d'Awena en ondulations soyeuses.

— Le pouvoir est en toi. Fille des dieux, il est temps de t'éveiller...

Comme tout semblait différent tout d'un coup. Awena se sentait infiniment puissante, comme si elle renaissait ou revenait à la vie, métamorphosée. Elle n'était plus vraiment elle et en prenait conscience !

En cet instant unique, elle sut quoi faire et quoi dire pour retourner en 2010. Fermant les yeux de plaisir et laissant cette force pure l'envahir, elle lui permit de prendre possession des moindres fibres de son corps et ouvrit plus grandes les portes de son esprit.

Tout autour d'elle, le monde de la nuit régnait, plus aucune lumière ne troublait les ténèbres, pourtant Awena découvrit qu'elle voyait son environnement tout aussi bien qu'en plein jour. Son odorat était décuplé, ainsi que son ouïe. D'où sa facilité à percevoir les cris lointains en provenance de l'intérieur du château. Une voix grave, torturée, retint son attention, celle de Darren.

— Pardonne-moi, mon amour, ce que je fais est pour nous. Tu trouveras la femme qu'il te faut. Je t'aime... et te laisse mon cœur.

Elle se pencha pour saisir une nouvelle poignée de Poussière d'étoiles salée et cette fois-ci, nulle douleur ne lui transperça la main. Sereine, elle se redressa et entonna les mots de l'incantation que son esprit la poussait à libérer.

— Je confie mon corps à la Terre (et elle se tourna vers le nord), mon esprit à l'Air (se tournant vers l'est), mon sang à l'Eau (se tournant vers l'ouest), mon âme au Feu (se tournant vers le sud), mon tout à l'Éther (dressant le poing fermé contenant la Poussière vers les cieux). Que la force des cinq éléments, combinée à celle des dieux omniprésents, guide mes pas dans le temps... me porte là où ma volonté le souhaite... Awen !

Sur ce dernier mot sacré, le poing toujours levé vers les cieux, Awena desserra doucement les doigts et laissa la brise emporter la Poussière dans l'air environnant.

Bien avant que le plus infime de ces grains ne touche le sol herbeux, le corps d'Awena disparut, dématérialisé dans une onde chaude et argentée.

Il pleuvait des cordes et des gouttes d'eau glaciales lui fouettaient le corps, tandis qu'une chiche lueur grisâtre traversait ses paupières closes. Toujours étourdie, frissonnante de froid dans l'humidité ambiante, Awena ouvrit grand ses yeux et s'assit brusquement sur la vieille dalle cassée en deux... d'où poussaient en son centre des touffes de mauvaises herbes.

En promenant son regard autour d'elle, elle remarqua qu'elle se tenait encore dans le Cercle des dieux. Mais en y regardant de plus près au travers des filets de pluie, une cruciale constatation se fit jour dans son esprit ; les menhirs se dressaient toujours en fidèles sentinelles des lieux, mais ils étaient largement plus érodés et recouverts d'une quantité importante de lichens.

De plus, l'endroit semblait à l'abandon depuis très longtemps, déserté par les hommes et envahi par la flore environnante qui en avait fait son sanctuaire. Une seule déduction s'imposait :

— Je suis revenue, cette aura de magie m'a vraiment aidée ! Merci à vous dieux du clan Saint Clare ! s'écria la jeune femme dont l'émotion était à son comble.

Se mettant sur ses pieds, elle remarqua un autre fait important, plus aucune trace d'écorchures sur sa chair et nulle tache de sang. Portant vivement sa paume devant son visage, Awena put là encore constater que la profonde coupure avait elle aussi disparu. Non seulement les dieux l'avaient aidée à rejoindre son époque, mais ils l'avaient soignée !

Si Darren pouvait me voir, songea-t-elle impulsivement.

Non ! Pourquoi fallait-il que son esprit le lui rappelle à son souvenir alors que plus jamais ils ne seraient ensemble ? Au jour actuel, Darren était mort et incinéré selon les coutumes de son clan.

Mort...

— Non ! Je ne veux plus y penser ! J'ai agi pour le mieux, je le sais, il a dû avoir une vie longue, heureuse, avec une femme et une ribambelle d'enfants prêts à le rendre fou !

Awena avait beau essayer de se rassurer en se racontant cette histoire, la boule de chagrin qui pesait sur son cœur ne disparaîtrait jamais. Il faudrait, dans le futur, qu'elle apprenne à vivre avec son souvenir et le temps faisant, la douleur se ferait moindre. Du moins l'espérait-elle.

La jeune femme se promit tout de même une chose ; en mémoire de Darren, elle viendrait tous les ans déposer ici une gerbe de bruyère blanche et lui raconterait tout ce qu'elle aurait accompli chaque année. C'est ici aussi qu'au bout du chemin de sa propre vie, elle viendrait s'allonger sur la dalle, lâcherait son dernier souffle et partirait le rejoindre au pays des Sidhes.

— Je ne t'oublierai jamais mon amour. J'ai dit que je n'avais plus de cœur, cela est une réalité, car je l'ai laissé près de toi. Je t'aime Darren, sanglota-t-elle, ses larmes de sel se mélangeant à l'eau douce du ciel.

Pas la peine de chercher ses mouchoirs en papier, avec un temps pareil, ils ne lui seraient d'aucune utilité. D'ailleurs, en parlant de mouchoirs, où pouvait bien être son fourre-tout ? Awena inspecta les environs, mais ne le découvrit nulle part. Super ! Elle était de retour chez elle, mais sans ses papiers, les billets d'avion, ses clefs, son argent...

— C'est la cata !

Qu'à cela ne tienne, le soulagement d'être à son époque relégua ce problème au second plan. Chaque chose en son temps. La première était de rentrer au manoir, de trouver une explication plausible à la cause de sa disparition, de prendre une bonne douche et de se reposer, si son esprit voulait bien la laisser en paix. Se reposer. De cause à effet, cette pensée en fit venir une autre : il faisait jour !

D'accord, le soleil ne brillait pas par sa présence ni par ses rayons, cependant, il faisait réellement jour !

Les sept heures de décalage interépoque ! se souvint-elle.

Mais elle n'avait pas envie de calculer l'heure de son arrivée, sans compter que son corps s'engourdissait à cause du froid, et qu'Awena avait de plus en plus de mal à être maîtresse de ses pensées.

Est-ce que son amie, l'aura magique, se serait trompée de quelques mois ? Serait-ce presque l'hiver dans les Highlands ? La jeune femme n'aurait pas été étonnée de voir tomber de la neige, tant elle avait froid.

Rentre chez Suzette, elle te renseignera et tu pourras te réchauffer, se dit-elle.

Ainsi, Awena se dirigea vers le manoir, la pluie décidément drue ne l'empêchant pas de s'orienter correctement. Son chemin, elle l'aurait retrouvé les yeux fermés, car si souvent emprunté pour aller au château. Et le manoir était dans la même direction. C'était droit devant elle, au bas de la colline. Mais il n'y aurait plus les chaumières du village, plus le pont-levis, plus la cour intérieure, plus le château, et plus de Darren !

J'ai envie de mourir pour ne plus souffrir, gémit intérieurement la jeune femme.

L'amour pouvait être le pire des poisons, rongeant l'âme et l'esprit aussi sûrement que l'aurait fait l'acide. Mais lentement, sournoisement. La délivrance que quémandait Awena ne serait pas pour bientôt, à moins qu'elle ne tombe gravement malade, ou qu'elle se noie dans les eaux glaciales du loch. Ou alors, avec quelques somnifères...

Lâche ! hurla une petite voix dans sa tête.

Tu survivras ! la réprimanda-t-elle à nouveau.

— Oui... je sur... vivrai, bafouilla la jeune femme en claquant des dents.

Toute à ses pensées noires, elle arriva sans en prendre conscience devant le manoir, imposant et triste avec ses pierres sombres. Y avait-il quelqu'un ? Étaient-ils tous partis à sa recherche ? Awena saisit le lourd heurtoir de métal sur la porte d'entrée et le rabattit plusieurs fois.

— Tante Suzette ? appela la jeune femme en grelottant de plus belle.

Sa longue robe kaki se plaquant sur son corps comme une seconde peau et ses cheveux se collant sur son visage, ses épaules et son dos. Elle devait être pitoyable à regarder. Levant sa main tremblante vers le heurtoir, elle s'apprêtait à frapper encore une fois quand la porte en bois massif s'ouvrit brusquement. Suzette se tenait là, devant elle, bouche bée et les yeux exorbités derrières ses ridicules lunettes.

— Suz...

VLAN ! fit la porte en se refermant, coupant court à ce qu'Awena voulait dire.

— Eh bien ! P... pour... un... acc... accueil... c'est... un... acc... accueil ! grommela-t-elle en jouant des castagnettes avec ses dents.

Ragaillardie par une brusque bouffée de colère, Awena saisit le heurtoir et le frappa plusieurs fois d'affilée, et ce, de toutes ses forces, contre le bois dur de la porte.

— SUZETTE ! s'époumona-t-elle. Je vais... f... frapper... avec ce m... maudit engin... sur la... p... porte... jus... jusqu'à ce que la maison... s'écroule... si tu... ne m'ouvres... pas !

La porte s'ouvrit à la volée en déséquilibrant Awena qui s'effondra contre l'encadrement de l'entrée en pierres rugueuses.

— Par les dieux ! vociféra tante Suzette, tout en se plantant devant la jeune femme et les poings serrés sur la taille. Elle s'en va du manoir à peine est-elle arrivée, et avant qu'on ne puisse dire ouf, puis on la cherche partout sans la retrouver ! Quand on retrouve enfin sa trace, avec un étonnement grandissant, c'est en lisant ses exploits au sein du clan Saint Clare dans les écrits du grimoire. Et la voilà, à nouveau devant notre manoir, la bouche en cœur, en train de défoncer notre porte, avec dans son cortège toutes les eaux du monde en déluge, et les froids polaires de l'Arctique et l'Antarctique réunis ! C'est le POMPON ! Alors, je le répète... Par les dieux ! Qu'avons-nous fait pour mériter d'avoir une telle calamité sur le dos ? Plus de six cent dix-huit années que mes ancêtres et moi-même avons cherché sans relâche la Fille des dieux, on te retrouve enfin... et toi ? Que fais-tu ? Tu franchis une première fois le Cercle pour parvenir dans ton époque d'origine qui EST le passé, pour en revenir une deuxième fois, comme si de rien n'était !

— Que... que dites-vous ? se mit à gémir pitoyablement Awena en contemplant Suzette comme s'il lui avait poussé des cornes. Je ne... comprends... rien de ce... q... que vous... dites... Je... je crois que je me sens... mal...

La jeune femme s'écroula sur le seuil de l'entrée, évanouie.

— Suzie ! s'emporta un homme d'une trentaine d'années en jean, chemise blanche, grand et athlétique, les yeux et les cheveux bruns, surgissant de nulle part et s'agenouillant souplement près d'Awena. Je t'ai entendue vociférer contre la Promise et je te dis tout net : tu es allée trop loin. Il est clair qu'elle ne sait pas qui elle est, la preuve en est dans le grimoire. Je vais la porter dans la chambre d'amis. Iona prendra soin d'elle le temps que tu te calmes un peu et que nous puissions parler à cette jeune personne.

— Tu as raison, Dàrda, s'excusa piteusement Suzie. Je ne te raconte pas le choc que j'ai eu en la voyant sur le pas de la porte. Au moins, maintenant nous savons pourquoi le temps s'est autant détérioré et je subodore que ce n'est pas le pire. Avec son retour, il faut s'attendre à tout. Si seulement on avait pu parler avec elle avant qu'elle n'aille dans le Cercle des dieux.

— Avec des si, nous n'irions pas loin. Ferme vite la porte, cette jeune personne est transie de froid et tremble de la tête aux pieds.

Suzie se dépêcha de faire ce que lui demandait le dénommé Dàrda et posa sa petite main fraîche sur le front d'Awena en fronçant des sourcils l'instant suivant.

— Pauvre enfant. En fin de compte, elle a déjà vécu tant d'épreuves, sans savoir qu'il y en a tant d'autres à venir sur son chemin. Je n'aurais pas dû la recevoir ainsi, je me ferai pardonner dès qu'elle ira mieux. Parce que... elle se rétablira, n'est-ce pas Dàrda ?

Le jeune homme ne lui répondit pas, il se dirigeait vers l'escalier qui montait à l'étage, son fardeau mouillé dans les bras et avait le regard soucieux.

Pourvu que ce ne soit qu'un simple refroidissement, pria pour lui-même Dàrda, car il n'était pas encore temps d'inquiéter un peu plus les autres MacKlare, les derniers Veilleurs.

« Je t'aime m'eudail... reviens-moi... » Darren, où es-tu ?

« Pourquoi m'as-tu quitté ? » Je l'ai fait, pour toi.

« Tu m'as condamné... » Non !

« Vous n'êtes pas la Promise... la Promise était ma sœur... ma sœur... ma sœurrr... » Aignéas ? Je ne savais pas !

« Vous ne ferez rien de bon pour le clan... »

« Par les dieux ! D'Isla, la fille, ramenée ils nous l'ont ! » Barabal ! Je me sens si mal...

« La vie... Tu nous as apporté un souffle de vie... Tu es un rayon de soleil permanent, Awena... POURQUOI M'AS-TU ABANDONNÉ ? » Oh... je veux mourir...

— Comment va-t-elle, Iona ? demanda soucieusement Dàrda en entrant dans la chambre d'amis.

Une jeune femme aux cheveux noirs, visiblement enceinte de plus de cinq mois, était assise sur le lit près du corps agité d'Awena et lui passait un gant de toilette humide sur le front, le visage et les bras. Relevant la tête à l'arrivée de Dàrda, elle fixa sur lui ses yeux noisette en amande et ne lui cacha pas sa contrariété.

— J'ai réussi à lui faire boire un peu d'infusion de bourrache très sucrée et j'ai concassé du paracétamol dans de l'eau. La fièvre passe de trente-huit à quarante en quelques secondes et inversement. L'état de la jeune femme est confus, elle n'a pas repris ses esprits et elle délire beaucoup. Si cela continue, je vais devoir la perfuser ou en venir... à la magie. J'avoue que je préférerais dans son cas ne pas avoir à l'utiliser. Elle a été assez secouée comme ça, résuma Iona de sa voix douce.

— Toi, ma belle, qui es notre guérisseuse, as-tu la possibilité de me dire de quel mal est atteinte la Promise ? Je pensais que, peut-être, ce serait dû à son retour dans cette époque ?

Iona fronça légèrement ses fins sourcils en contemplant sa patiente, tout en continuant de la rafraîchir.

— Je ne sais pas Dàrda si le changement d'époque en est la cause. Cependant, je dirais avec plus de certitude que sa situation actuelle résulte d'un important état de choc. De plus, elle était en hypothermie quand tu me l'as confiée, stade qui a très vite laissé la place à une forte fièvre. J'insiste là-dessus, car ce n'est pas normal. Celle-ci est apparue dès que les frissons liés à son hypothermie sont tombés. On dirait qu'un feu la ronge de l'intérieur et elle parle sans suite, appelant des noms qui figurent dans le grimoire, dont celui de son promis, Darren Saint Clare. Elle a même invoqué la mort, il y a un instant, souffla Iona, triste pour la jeune femme, en secouant légèrement la tête avant de poursuivre. Sa respiration est fluide et non hachée, pas de vomissements, ni de crampes musculaires, pas de toux, pas d'encombrement au niveau du nez ou de la gorge. Elle ne porte aucune trace de blessure quelconque, de morsure de serpent, ou de piqûre d'insecte sur le corps.

Dàrda soupira profondément, indifférent aux éléments

qui se déchaînaient au-dehors et au bruit que faisait la grêle en tombant sur le toit d'ardoises.

— Tout est allé trop vite pour elle, Iona. Cette demoiselle n'était pas préparée au départ. On aurait dû être là le jour de son arrivée, car Suzie a été dépassée tout de suite par le tempérament fougueux d'Awena et l'a laissée partir se promener toute seule, c'était de l'inconscience de sa part. Par la suite, la Promise s'est retrouvée propulsée dans le passé, en y vivant et en côtoyant des druides, bana-bhuidseach et un fils des dieux, qui fait parler de lui encore aujourd'hui pour avoir été un prodigieux laird, par ses exploits de guerrier et de grand magicien. Comment garder tous ses esprits, face à cela ? D'après ce que nous avons pu lire des derniers événements la concernant dans le grimoire, il semblerait qu'en fin de soirée de la fête de Lùnastal de l'an 1392, il y ait eu un incident majeur. Les Veilleurs de l'époque n'ont pu en écrire davantage.

— Je vais tout faire pour la guérir au plus vite, murmura doucement Iona. Il faut que nous puissions réparer les erreurs commises, lui parler dès qu'elle ira mieux et surtout, ne plus la laisser dans le vague.

— Aye, je redescends au caveau. Fais-moi appeler au moindre changement de son état. Oh, au fait..., Suzie a réussi à joindre les autres avant que les lignes ne soient coupées, ils ne devraient pas tarder à arriver. Essaye de ne pas abuser de tes forces ma douce, tu sais que ce n'est pas bon pour le bébé, chuchota Dàrda en s'approchant de Iona et en l'embrassant avec toute la tendresse du monde.

— Ne te fais pas de souci pour nous, tout va bien se passer.

— *Aye.*

Quelques instants plus tard, à nouveau seule, Iona renouvela ses soins tout en écoutant les plaintes déchirantes de la Promise. Comment aurait-elle réagi si elle avait été à la place de la jeune femme ?

Sûrement de la même manière, ou alors, elle serait

devenue folle. Et alors que Iona usait de ses dons de guérisseuse sur Awena, celle-ci luttait contre un torrent de douleurs, de feu et de voix tourmentées.

« D'Isla, la fille... » Je suis Awena.

« Fille des dieux... » Awena Dano.

« On lit ses aventures au sein du clan », « Plus de six cent dix-huit années que mes ancêtres et moi-même avons cherché sans relâche la Fille des dieux, on te retrouve enfin... » Je ne sais plus... qui je suis.

« Mo chridhe... tu es ma Promise... » Darren... Darren... Aide-moi.

Chapitre 17

La fille des dieux

À travers les brumes qui obstruaient son esprit, Awena percevait la voix d'un ange :

— Awena, m'entendez-vous ?

Ce ne pouvait être qu'un ange, il y avait dans le son de cette voix tant de douceur, de chaleur, de luminosité. Elle l'attirait comme un aimant.

— Awena, vous êtes en sécurité, si vous m'entendez..., revenez à vous.

Revenir à elle ? Pourquoi ? Là où elle se trouvait en ce moment, son corps était de plume, son esprit imperméable à toutes sensations, ou émotions, et elle était bien.

— Iona, es-tu sûre qu'elle puisse nous entendre ? s'enquit une voix de baryton à l'intonation légèrement alarmée.

— Aye, Dàrda, lui répondit posément l'ange. La fièvre a baissé depuis bientôt deux heures et ses pupilles réagissent à la lumière.

Iona ? Dàrda ? Qui étaient ces gens qui parlaient non loin d'elle ?

— Awena, le plus dur est passé. Laissez votre esprit s'ouvrir à nous. Ouvrez les yeux !

Non ! La jeune femme n'en avait pas envie, ne sachant pas vraiment pourquoi elle ne le voulait pas, tout étant si confus dans sa tête. Seule cette brume présente, bouclier de ses pensées et souvenirs, avait de l'importance en ce moment.

— Faut-il que j'en vienne à la magie blanche pour vous sortir de votre torpeur ? Allez, faites un petit effort, nous sommes vos amis et ne vous voulons aucun mal. Revenez beag blàth (petite fleur).

Ces deux mots-là agirent comme de réels coups de décharge électrique. Ils lui firent mal, lui rappelant un autre moment, une autre personne qui lui susurrait ces mêmes mots d'une voix rauque et envoûtante :

« Alors beag blàth, je m'absente un petit peu et tu cherches à repartir sans me dire au revoir »

Ces mots évoquaient un beau visage viril, des yeux d'un magnifique bleu nuit, des pommettes hautes, des fossettes qui apparaissaient sur les joues au moindre sourire, des lèvres sensuelles, de longs cheveux noirs soyeux, un tartan, une époque lointaine.

— Darren ! hurla la jeune femme en s'asseyant d'un bond dans le lit où elle se trouvait, les brumes s'étant déchirées d'un coup pour laisser place aux douloureux souvenirs.

Le souffle lui manquait et la panique l'envahit. Deux bras bienveillants l'étreignirent et la bercèrent tout doucement. Une main rassurante lui caressait les cheveux.

— Doux, tout doux... ça va aller mieux. Nous allons vous aider, vous verrez. Tout ira très bien. Allez... respirez... expirez, encore... lentement.

Sous l'influence de la voix de l'ange, Awena se força à respirer profondément. Le souffle lui revint et ses battements de cœur, incontrôlables se calmèrent peu à peu.

— Voilà, c'est beaucoup mieux, vous pouvez ouvrir les yeux, encouragea Iona en lui massant la paume de la main gauche de ses doigts fins, chauds et dégageant de son autre main les mèches de cheveux emmêlées qui pendaient lamentablement sur le visage de la jeune femme.

Awena avait l'air d'une sauvageonne, craintive et apeurée, qu'un infime bruit faisait trembler. Battant des paupières sur ses beaux yeux verts fatigués, elle usa de la faible force de ses jambes pour se propulser en arrière et put ainsi coller son dos au bois de la tête de lit.

De ses petites mains tremblantes, elle hissa jusque sous son menton la couverture en patchwork à carreaux bleu clair et blancs et remonta les genoux tout contre sa poitrine. C'est dans cette position qu'Awena fit vraiment connaissance avec son ange, Iona, qui s'était légèrement reculée pour ne pas l'effaroucher.

Deux lampes de chevet l'éclairaient d'un halo de sérénité. C'était une très jolie femme à qui la maternité avancée seyait à merveille. Elle avait de beaux yeux noisette très expressifs qui irradiaient la bonté. Reportant son attention sur elle-même puis sur ce qui l'environnait, Awena découvrit tout d'abord qu'elle était en chemise de nuit de coton fleuri à fines bretelles, qu'elle était alitée dans la chambre d'amis qu'on lui avait allouée à son arrivée dans les Highlands et qu'enfin, un jeune homme se trouvait également présent dans la pièce entièrement lambrissée de bois couleur miel.

Dàrda. C'était le nom qu'avait prononcé Iona quand Awena était revenue à elle. Lui aussi dégageait une aura de pure gentillesse et se tenait légèrement en retrait, comme s'il avait voulu se fondre dans le décor pour ne pas l'apeurer plus qu'elle ne l'était déjà.

C'est cet instant que choisirent les souvenirs de son retour au manoir pour lui revenir de plein fouet à la mémoire. Du coup, sa respiration se fit à nouveau plus rapide, hachée.

Se méprenant sur les réactions d'Awena, croyant que Dàrda en était la cause, Iona s'adressa à lui à voix basse :

— Dàrda, descends s'il te plaît, laisse-moi seule avec la... avec cette jeune demoiselle. Je vais lui parler.

— Aye ! lui répondit l'homme, sur le même ton avant de sortir de la chambre et de refermer silencieusement la porte derrière lui.

— Du calme Awena, je vous le répète, vous êtes en sécurité. Je me nomme Iona et l'homme qui vient de nous quitter est mon mari, Dàrda MacKlare.

Tout en parlant, Iona s'était à nouveau approchée de la jeune femme craintive. Iona comprit qu'Awena était en proie à une nouvelle vague de confusion et réitéra sa caresse sur son bras tremblant. La jeune femme ne la repoussait pas, c'était déjà bon signe et donnait même l'impression de vouloir s'exprimer, sans y parvenir.

Au bout d'un moment, Awena dut réussir à reprendre le contrôle de ses pensées, car enfin, les premières intonations de sa voix cassée percèrent le silence de la pièce :

— Iona ?

— Aye.

— Je... dites-moi... qui... je suis, souffla la jeune femme tourmentée.

— Je vais tout vous expliquer, je suis là pour ça. Mais avant, buvez un peu d'eau, vos lèvres sont tellement desséchées que je m'imagine facilement dans quel état se trouve votre palais, ainsi que votre gorge.

Awena accepta de bon cœur le verre d'eau fraîche que Iona lui tendit, but le tout en une fois alors que dans son avidité un filet d'eau se mit à couler du coin de ses lèvres sur son cou.

Iona eut un rire haut et cristallin.

— Eh bien, jeune demoiselle, n'ayez peur, nous ne manquons pas d'eau dans les Highlands, je dirais même que nous sommes plutôt gâtés par dame nature. Alors, prenez donc votre temps, car vous pourrez boire autant de fois que vous le désirerez.

Awena sourit timidement, touchée par la chaleur et la gaieté communicatives de Iona. Fermant les yeux, elle serra néanmoins ses doigts tremblants autour du verre qu'elle avait gardé.

— Je ne vais pas vous faire attendre plus longtemps. Vous voulez connaître votre réelle identité ?

— Oui, s'il vous plaît.

Iona respira lentement avant de se lancer :

— Vous vous appelez Awena De Brún, fille d'Isla et Ewan De Brún. Vous êtes née le 24 juillet 1371 peu avant minuit...

— Oh, mon Dieu ! hoqueta Awena en serrant le verre un peu plus fort, soudain étourdie et voyant des points lumineux danser devant ses yeux.

Iona se redressa vivement, malgré son ventre rond, lui prit le verre des mains pour le poser sur la table de chevet et étreignit la jeune femme dans ses bras en la berçant.

— Là... là... Tout va bien, lui disait-elle en lui passant les mains sur le dos pour l'apaiser.

— Non, tout ne va pas bien, gémit pitoyablement Awena.

— Il va vous falloir du temps, mais si, vous verrez, tout se passera bien. Au fait, vous avez dit « mon Dieu », êtes-vous donc chrétienne ? demanda inopinément Iona en s'écartant d'Awena et en la dévisageant avec intensité.

Celle-ci parut déroutée un instant, mais lui répondit tout de même, de manière instinctive.

— Non, je suis athée. C'est... juste une expression.

Iona sembla soulagée par sa réponse et lui sourit chaleureusement.

— Est-ce que ça va mieux ? Je sais que ma question peut paraître stupide en vue de ce que vous venez d'apprendre.

— Cela ira, Iona... Dites m'en plus, demanda-t-elle, en paraissant plus vaillante.

— Vous êtes courageuse et c'est ce que j'attendais de vous ! Awena, vous êtes celle que l'on nomme la Promise ou encore l'élue.

Iona se leva du bord du lit où elle était assise et se dirigea vers un fauteuil non loin de là. Elle s'y installa confortablement en poussant un soupir d'aise et se mit à lui conter la prophétie :

— Il est une prophétie, écrite par la main même des dieux, annoncée à nos plus anciens grands druides, apprise et contée à chaque nouvelle génération de Saint Clare, qui prédit la venue d'une femme exceptionnelle pour un grand chef de clan. Cette Promise, l'élue, doit apporter dans son sillage, force, prospérité, santé et porter en son sein un laird d'une puissance jamais égalée. L'Enfant des dieux, reconnaissable à une marque à la base de sa nuque.

— Je connais cette prophétie, car elle m'a été narrée par le grand druide Larkin, fit Awena en se raclant la gorge, tant l'émotion avait tendance à la lui serrer. Pourquoi m'a-t-on aussi appelée Fille des dieux ?

— Och, c'est parce qu'ils vous ont choisie et ont influencé sur votre naissance pour que la prophétie soit accomplie. Vous possédez dans le sang et vos gènes la force magique de votre mère, mais aussi une partie de celle des dieux. Donc, Fille des dieux, vous l'êtes en quelque sorte.

Awena écarquilla les yeux.

— Vous... voulez dire que je suis moi aussi une magicienne ?

— Ça, je ne le sais. La coupure d'avec votre époque d'origine a été nette ! Il se peut que les années passées dans notre époque actuelle aient annihilé la magie de votre sang. Ou bien, celle-ci se trouve simplement en sommeil au fond de vous.

Iona haussa délicatement ses épaules et contempla la jeune femme qui regardait droit devant elle, certainement en train de chercher à assimiler ce qu'elle venait d'apprendre.

— Nous en étions donc à la prophétie, reprit Iona, en souriant quand les yeux verts d'Awena se posèrent vivement sur elle. Vous êtes l'élue envoyée par les dieux pour être la Promise d'un très grand laird... Darren Saint Clare. Mais, cette prophétie n'a pu se réaliser à cause de l'intervention malheureuse de son père, Carron Saint Clare.

— Je connais... l'histoire, souffla Awena. Aigneas m'en... Aigneas ! Elle est ma sœur ? s'exclama-t-elle, ahurie par cette nouvelle révélation.

— Aye, Aigneas De Brún est votre sœur aînée de quatre ans.

— Tout s'éclaire ! J'avais si souvent la sensation de l'avoir déjà vue, une vague impression de la connaître, et... elle me ressemble, vous savez ? Je veux dire... physiquement ! Et puis... cette aura blanche qui nous a enveloppées, lorsque nous nous sommes touchées pour la première fois, le matin de la fête de Lùnastal.

— Nous l'avons lu dans le grimoire.

— Le grimoire ? s'enquit Awena sans comprendre.

Iona secoua gentiment la tête en signe de négation et sourit.

— Chaque chose en son temps, pardonnez-moi, je vous embrouille un peu l'esprit par mes interventions, s'excusa la guérisseuse.

— Un peu, chuchota Awena en lui retournant faiblement son sourire. Je ne vous aide pas non plus avec toutes mes questions.

— Alors, nous dirons que nous sommes quittes ! s'esclaffa Iona en se caressant le ventre. Ainsi, reprit-elle, vous savez que Carron vous a enlevée la nuit de votre naissance, mais savez-vous pourquoi ? Aigneas vous l'aurait-elle dit ?

— Plus ou moins, marmonna sombrement Awena. Aigneas a dit qu'il avait enlevé sa petite sœur et l'avait noyée pour que son fils ne puisse s'unir à elle plus tard...

mais, donnez-moi votre version.

— Aye, c'est ce qui a été dit à Diane et Iain Saint Clare. Cependant, voyez-vous, ils n'ont jamais pu croire que leur fils ait pu commettre un tel acte et n'en ont eu la confirmation que neuf années plus tard. Carron n'a jamais revu ses parents et était devenu une sorte de mercenaire, un guerrier qui attaquait les sassenach pour le compte d'autres clans de Highlanders. Un renégat, mais un héros pour les Écossais qui détestaient les envahisseurs anglais. À la veille d'un autre assaut contre une garnison anglaise, il écrivit une lettre à ses parents. Qui sait... il avait peut-être eu une mauvaise prémonition quant à l'issue du combat et avait décidé de soulager sa conscience au cas où il lui serait arrivé malheur. Bien lui en a pris, car il fut tué le lendemain. Un de ses compagnons survivant, en messager, vint apporter la lettre contenant ses dernières pensées au château des Saint Clare. Cette lettre révélait la véritable histoire de ce qui s'est passé la nuit de votre naissance. Il faut savoir que Carron en voulait énormément à ses parents ainsi qu'aux dieux pour tous ses malheurs passés dont il leur imputait la responsabilité.

— Si vous me permettez, j'aimerais bien savoir pourquoi Carron leur en voulait, avant que vous ne me parliez de cette lettre, même si j'ai hâte de connaître la suite, intervint Awena en s'installant plus confortablement à l'aide des oreillers.

— Comme vous le désirez, et cela sera peut-être plus facile pour vous d'avoir toutes les données. Moins il y aura de blancs dans l'histoire, plus il sera aisé de la comprendre. Carron, tout petit, s'était pris d'affection pour une fillette du village. Elle s'appelait Moira. Nous ne savons pas grand-chose sur elle, ajouta Iona désolée en fronçant légèrement les sourcils. En grandissant, cette affection s'est transformée en grand amour. Carron décida de s'unir à Moira devant les dieux contre l'avis négatif de ses parents, qui assuraient qu'elle n'était pas la Promise envoyée par les dieux, ajoutant que la jeune femme était sournoise et faisait semblant d'aimer leur fils, dans le but de devenir la future première dame du clan et ainsi accéder aux richesses de celui-ci. Ils voulaient le protéger et de fait, Carron était encore jeune et impétueux. Qu'à cela ne tienne, Carron et Moira s'unirent devant les dieux, lui avait dix-neuf ans et elle dix-huit. Quelque temps plus tard, Moira mit au monde Darren et mourut en couches.

— Comme ma mère, s'attrista Awena le cœur lourd pour ces deux femmes et au souvenir de celui qu'elle aimait.

— Autrefois, beaucoup de femmes ne survivaient pas à l'enfantement, chuchota Iona en caressant spontanément de ses mains son ventre rebondi.

— Tout se passera bien pour vous ! fit Awena dans une impulsion de pure sympathie.

Iona lui sourit en retour.

— Je vous crois, tapadh leibh (merci à vous). Où en étions-nous ? Aye, le décès de Moira. Il faut dire, d'après ce que l'on sait, que l'accouchement s'est très mal passé, la jeune femme a littéralement agonisé dans d'horribles souffrances, le bébé se présentant par le siège. Carron a supplié son père d'utiliser la magie pour la sauver, mais Iain ne l'a pas fait. Pareil pour la bana-bhuidseach qui s'occupait de l'accouchement... votre propre mère Isla. Carron s'adressa ensuite et en dernier recours au grand druide Larkin... qui là encore refusa de l'aider. Les anciennes croyances étaient très dures, la magie ne devait pas intervenir sur le cours de la vie des hommes. Si la mort frappait à la porte, sous le visage d'une maladie, d'une blessure grave ou lors d'un mauvais accouchement, personne ne devait intervenir de quelque sorte que ce soit. C'est Darren qui changea tout cela, en abrogeant ces pratiques sans que les dieux en prennent ombrage. Dès la disparition de Iain, tous ceux qui en avaient besoin eurent droit aux soins magiques. Et depuis, nous appliquons toujours ses consignes, mais je m'égare encore une fois sur un autre chemin.

— Ce n'est rien, au contraire, je commençais à songer que Carron avait eu raison d'en vouloir à son père et aux dieux. Le fait que vous me parliez des anciennes croyances a changé ma vision des choses. Et la façon dont a agi Darren... me fait l'aimer encore plus, si c'est possible, murmura Awena, sa voix baissant d'intensité au souvenir de Darren.

Iona, qui ne quittait pas des yeux la jeune femme, aperçut les larmes que celle-ci contenait de toutes ses forces. Si elle-même était séparée de Dàrda.

— Vous pouvez. Depuis que je suis petite, j'ai toujours été bercée par les histoires fantastiques relatant sa vie et rêvé de rencontrer le Loup Noir des Highlands. Il est et de loin, le plus prestigieux et charismatique laird que le clan ait pu compter en son sein.

— Iona... je l'ai tant aimé... si... vous saviez, sanglota éperdument la jeune femme. Non... ne bougez pas... regardez, ça passe... restez assise, il n'est pas bon que vous vous déplaciez à chaque fois que je pleure un peu sur mon sort, pensez à votre bébé... et puis, à ce rythme-là..., vous n'allez pas cesser de vous lever et vous asseoir.

— Courageuse beag blàth. Séchez vos larmes. Je vous l'ai dit... Tout s'arrangera, murmura gentiment Iona en lui souriant, confiante dans un bel avenir que la jeune femme ne voyait pas encore se dessiner.

Awena ne lui répondit pas, se contentant de hocher piteusement sa tête baissée et de coincer de ses doigts tremblants ses longues mèches de cheveux roux derrière les oreilles. Elle renifla bravement avant de rire doucement, au grand étonnement de Iona.

— Si vous saviez comme j'ai rêvé de posséder des mouchoirs en papier à disposition constante dans le passé. Si j'avais le don de la magie, j'en ferais pousser partout sur mon passage.

— Mais comme vous n'avez pas encore ce don... Je dis cela, car je suis d'un tempérament optimiste et je ne doute pas qu'il s'éveille un jour. Laissez-moi vous offrir ce mouchoir si précieux.

À nouveau revigorée par le ton chantant et chaud de la voix de Iona, Awena la regarda sortir un mouchoir en papier de la cheminée d'une petite maison en tissu. Elle ne l'avait pas vue dans le décor de maison de poupée de sa chambre.

— C'est ma tante qui fabrique ces maisonnettes. Dès que vous ferez connaissance avec elle, votre vœu d'avoir des mouchoirs à disposition, et ce, tout le temps, sera réalisé. Vous aurez tant de ces petites merveilles que vous ne saurez plus quoi en faire.

Awena s'esclaffa spontanément.

— Vous avez un très joli rire, Awena, usez-en à volonté, il est la vie.

— Merci, souffla la jeune femme, touchée par le compliment d'Iona.

— Bien, voilà que j'ai encore perdu le fil de ce que je disais, pesta cette dernière en grimaçant et louchant à la fois, au grand plaisir d'Awena qui rit franchement de ses pitreries.

— Donc, aucun des magiciens présents au château lors de l'accouchement de Moira ne vint en aide pour la secourir. Votre mère, Isla la grande comme il l'est souvent écrit, réussit à sauver le bébé, un beau petit garçon... Darren, que son père ne voulut pas voir ni prendre dans ses bras. Carron le détesta d'office parce qu'il était celui qui avait tué son aimée. Heureusement que Diane s'en est occupée. De la non-assistance pour sauver Moira naquit la haine de Carron vis-à-vis des dieux et de tous ceux qui les représentaient, y compris son père Iain. Il n'eut de cesse de s'interposer à tous liens d'entre les hommes du clan et les dieux et de critiquer les croyances de son peuple. Et quand l'occasion se présenta pour lui, huit ans après le décès de Moira, de frapper un grand coup en détruisant les liens sacrés par l'entremise de la mort du bébé d'Isla, il la saisit froidement. C'est ce qu'il écrivait dans sa lettre posthume. Seulement, au moment de se débarrasser de vous, il ne put s'y résoudre. Il utilisa donc, comme il le décrivit, un sort de passage interépoque, puisant en lui les miettes de magie blanche qui lui restaient, car moins l'on croit aux dieux, moins la magie est présente. Il jeta le tartan du bébé dans le loch, l'enroula dans son propre tartan, passa le Cercle des dieux et emmena le bébé dans une autre époque. Il le confia à une femme qui devait s'en occuper comme une seconde mère.

— On peut dire que là, il s'est lourdement trompé, grinça Awena entre ses dents.

— Pardon ? fit Iona.

— Laissez Iona... Je me comprends, coupa Awena avec un sourire crispé.

— Bon... où en étais-je ? balbutia la guérisseuse.

— Il la confia à une seconde... mère, répéta Awena en se forçant à articuler ce denier mot. Sachez, Iona, que la femme qui m'a élevée n'a jamais été une mère pour moi. Et de savoir que mes vingt et une années passées dans cette époque ne sont que mensonges me soulage quelque peu. Je me sens de mieux en mieux, j'ai l'impression de me réveiller d'un long coma. Même si ce que vous me racontez, parfois, peut me faire mal.

— J'en suis heureuse... euh..., bégaya Iona en se reprenant, pas de vous faire mal, mais que vous vous sentiez de mieux en mieux. Allez, je finis de vous narrer ce que Carron a révélé à ses parents. Donc, il vous confia à une seconde mère, lui demandant de s'occuper de vous, de subvenir à vos besoins et de vous chérir.

Iona s'interrompit encore en voyant Awena grimacer d'amertume, puis elle reprit :

— Mais pour s'assurer que la femme ne se sépare jamais de vous, il vous lia par un sort jusqu'à ce que vous soyez en âge d'être indépendante et lui versa pièces d'or et pierres précieuses pour subvenir à vos besoins. La lettre de ses aveux se finissait en mentionnant simplement le nom de cette nouvelle mère, Marlène Guillou, et il réitérait sa demande de pardon pour tout ce qu'il avait fait. Il ne donnait aucune notion de date à laquelle il vous avait laissée. Il faisait seulement comprendre que celle-ci était assez éloignée pour que Darren ne puisse jamais vous rencontrer.

— C'est fou, souffla Awena en caressant du bout des doigts les carreaux colorés du patchwork. Il pressent qu'il va mourir, il écrit pour demander pardon à ses parents, livre quelques révélations et indications me concernant, mais ne lâche pas le morceau. Il est clair qu'il ne voulait toujours pas que Darren me rencontre.

— Aye, mais cela, c'était sans compter sur la suprême intelligence de son père Iain et sur le soutien de Diane.

Awena redressa la tête et dévisagea Iona qui souriait d'un air mutin.

— Je suis à nouveau très curieuse, Iona.

— C'est grâce à cette lettre posthume que Iain et Diane contactèrent mes ancêtres, qui entrèrent tout de suite en action.

— Et... qui sont vos ancêtres ? Qui êtes-vous exactement ?

Iona eut un sourire énigmatique et ses yeux s'illuminèrent.

— Nous, petite, nous sommes... les Veilleurs.

Chapitre 18

Les Veilleurs et le grimoire ou

« Leabhar an ùine »

— Veilleurs ? s'étonna Awena.
— Les Veilleurs... Je suis, tout comme Dàrda, Suzie, Logan et quelques autres que vous avez aperçus à votre arrivée ici et quelques autres que vous rencontrerez très bientôt, les derniers descendants d'une sorte de communauté créée par Diane et Iain. Nous nous appelons MacKlare, mais à l'origine, nous étions des Saint Clare, du clan en tout cas. C'est au fil du temps que nous, les Veilleurs, avons adopté ce patronyme. Mais avant, il faut que vous sachiez une chose importante, fondamentale pour bien comprendre nos origines, et cela concerne les banabhuidseach. Ces sorcières blanches ne transmettaient leurs connaissances qu'à leurs filles uniquement. Si elles n'avaient que des garçons, la magie et tout ce qui allait avec étaient perdus à leur mort. S'il y avait un fils et des filles, le garçon était mis de côté et était destiné à devenir, soit un apprenti druide, soit un guerrier ou tout simplement un manant. Ce sont ces enfants, que Larkin n'avait pas choisis, ou encore trop faibles pour que Iain en fasse des guerriers, que Diane

prit sous son aile, et ce, dès que son propre fils Carron fut en âge – à peu près vers ses douze ans – de se passer d'elle. Diane avait le cœur brisé et ne supportait pas de voir ces enfants errer sans but dans les rues du village, privés de l'affection d'une mère dès leur plus jeune âge. C'est ainsi que les fils de quelques bana-bhuidseach, ces petits laissés-pour-compte, ainsi que certains plus âgés, devinrent les protégés de Diane Saint Clare. Durant des années, elle vint les chercher au village tôt le matin et ne les rendait à leur famille qu'en fin de journée. À ce moment-là, même Iain ne sut ce que tramait sa femme, celle-ci lui ayant de toute façon fait promettre de ne pas chercher à savoir. Pour ma part, je pense que le laird était au courant de ses faits et gestes, mais faisait mine de ne rien voir. Bien... donc... À la base, il y avait une dizaine de jeunes garçons, entre trois et dix ans, tous issus de plusieurs souches familiales différentes et que croyez-vous que notre grande dame de cœur faisait avec ces enfants ? Eh bien, tous... suivaient des cours. Ils apprenaient à lire et écrire sous la houlette de Diane dans le plus secret de tous les secrets.

— Elle leur faisait classe ! s'exclama Awena.

— Aye ! fit Iona en hochant la tête et souriant. Elle s'occupait de les instruire, leur donnant une chance de devenir quelqu'un par la culture, puisque les autres ne voulaient point d'eux à part aux travaux des champs. Ce que Diane leur offrait était d'une valeur inestimable, surtout en ces temps reculés. Les années passèrent sans que le secret soit éventé et arriva le jour de la naissance de Darren, le 24 juillet 1363. Diane attribua la charge de perpétuer son œuvre à l'aîné des garçons qu'elle avait éduqués, pendant qu'elle devait s'occuper du bébé nouveau-né. Cet aîné se prénommait Aonghas – qui veut dire aussi choix unique –, qui était alors âgé de dix-huit ans et faisait preuve d'une intelligence hors du commun. De lui, elle écrivit : « L'élève a dépassé le maître depuis bien longtemps et le maître en vient à en apprendre beaucoup plus de l'élève ». Aye, elle nous a laissé des écrits qui pour nous sont de précieux trésors, car ils parlent de nos origines. Dans ses écrits, il était souligné que, nonobstant ce que disaient leurs mères bana-bhuidseach, ces garçons étaient bel et bien porteurs de dons magiques. Elle nota des faits de lévitation d'objets dans la classe dès qu'elle avait le dos tourné, de boules de feu se déplaçant en dansant dans les airs avant de se transformer en fumées. Il sembla – toujours d'après elle – que leurs pouvoirs augmentaient quand ils étaient tous ensemble et que ces chenapans s'en amusaient grandement. Huit années passèrent encore sur les événements que vous connaissez et dont vous avez fait partie, puis neuf autres années suivirent. Aonghas avait alors trente-cinq ans et le nombre de fils de bana-bhuidseach qu'il avait en sa responsabilité était de quarante-deux, le plus jeune ayant cinq ans. Ils avaient pris l'habitude, comme leur avaient enseigné Diane et Aonghas, de se fondre dans le décor, d'être de paisibles manants et se réunissaient en secret, sans que personne, jamais, ne le sache. Arriva le jour où Diane et Darren reçurent la fameuse lettre posthume de Carron, nous étions alors en 1380 et Darren allait fêter ses dix-sept ans. Iain eut tout de suite l'idée d'utiliser le Cercle des dieux pour faire des bonds dans le temps et chercher cette Marlène Guillou, seul indice tangible qui les conduirait au bébé d'Isla, vous, Awena. Il était clair qu'une course contre le temps devait être engagée et que l'aboutissement de cette quête serait votre retour et votre union avec Darren ou... la rupture de tout lien entre les dieux et les hommes, ce qui serait catastrophique. Il en découlerait la fin du monde tel que nous le connaissons. Och, je vous en parlerai une autre fois, je dois finir cette histoire avant.

Donc, Diane convint que l'idée de son mari était bonne, mais tellement aléatoire qu'elle lui fit part d'une autre idée lumineuse, complémentaire, qui pourrait les aider dans leur quête éperdue. Songez tout de même que Iain était âgé de soixante et onze ans et Diane de cinquante-huit, quand ils partirent. Pour concrétiser cette idée, elle livra à Iain son secret, lui parlant des fils des bana-bhuidseach et d'Aonghas. Ils furent tous convoqués au château. Tout cela, toujours, sans que personne, pas même le grand druide ou Darren, ne le sache. Ces hommes, jeunes hommes et enfants étaient des érudits, maniaient la magie blanche aussi bien que leurs mères, avaient le respect et l'honnêteté vissés au corps et vivaient dans l'ombre du clan en sentinelles invisibles, prêtes à porter main forte à leur laird et familles en cas de besoin. Ils étaient une autre lumière d'espoir pour Iain et Diane. Ils devinrent... les Veilleurs. Ayant à charge, en sachant ce que le laird et sa femme allaient tenter de faire à travers le Cercle des dieux, d'accomplir la même démarche de leur côté, sans utiliser les passages interépoques, c'est-à-dire, de partir à la quête de la Promise à travers les jours, mois, années et siècles – au cas ou Iain et Diane échoueraient – et de la chercher inlassablement sur la terre entière s'il le fallait, tout en ayant pour objectif final, dès qu'ils la retrouveraient, de renvoyer la Promise... vous... dans son époque d'origine pour que la prophétie s'accomplisse. Avant de partir, le laird leur confia un grimoire très spécial que l'on nomme le plus souvent Leabhar an ùine (Livre du temps), qui avait la faculté de grossir au fur et à mesure que l'on y écrivait, une feuille de parchemin apparaissant dès qu'une autre était entièrement calligraphiée. De nos jours, ce grimoire est une entité à part entière, il est... comment dire... il est en vie en quelque sorte. De nos origines à maintenant, les Veilleurs devaient y annoter tous les événements qui se passaient dans la vie du clan, de la plus insignifiante anecdote à la plus extraordinaire. Ils devaient y copier aussi toutes les formules magiques, tous les sorts leur permettant de mener à bien leur propre quête et de former leurs descendants au cas où celle-ci perdurerait. Les histoires et recherches des Veilleurs qui partirent aux quatre coins du monde, cherchant toutes les Marlène Guillou que la terre pouvait compter, avec un bébé, une enfant, ou une jeune fille pouvant être la Promise, y étaient elles aussi, bien évidemment, consignées. Il en fut ainsi, inlassablement, alors que passèrent les jours, les mois, les années, puis les siècles... nourrissant le grimoire de centaines... que dis-je... de milliers de parchemins relatant l'histoire de la lignée des Saint Clare, MacKlare et recherches diverses sur la Promise. Et nous voilà... enfin..., six cent dix-huit années plus tard, un peu, voire beaucoup aidés par l'informatique et toutes les technologies modernes... vous ayant retrouvée alors que vous aviez six ans, mais attendant que vous ayez atteint votre âge d'indépendance – à cause du sort qui vous liait à Marlène – pour vous contacter et vous amener ici au manoir... infiniment heureux de voir notre quête aboutir. Et pour ma part, Awena, je suis très honorée que vous ayez choisi ma génération pour apparaître, fit Iona un brin guillerette.

— Je suis moi aussi très heureuse de vous connaître, Iona. Vous m'avez beaucoup aidée depuis mon retour, par vos soins, votre patience, et maintenant ce récit. Je vous dois beaucoup.

— Vous ne me devez rien. Tout ce que je viens de vous révéler aurait dû l'être avant que vous ne partiez dans le Cercle des dieux, il y a de cela presque un mois. Avez-vous des questions ? demanda Iona en bâillant bruyamment.

— Des tonnes... mais j'ai pitié de vous, vous êtes épuisée ! fit Awena en souriant doucement.

— Pensez-vous ! Je suis en pleine forme ! Ce n'est

pas moi qui étais dans un état de choc et d'hypothermie, il y a à peine trois heures de cela. Je suis juste... enceinte ! pouffa la guérisseuse.

Awena rit spontanément de ce léger trait d'humour. Décidément, Iona était adorable !

— Allez-y, posez-moi les questions qui vous brûlent les lèvres, l'encouragea Iona, toujours aussi avenante.

— D'accord ! En fait, je désirerais surtout revenir sur des points de votre récit, par exemple, le fait que vous avez attendu mon indépendance comme vous dites. Que se serait-il passé si vous m'aviez prise un peu plus tôt à ma mè... à Marlène ?

— Le sort vous aurait rendues malades toutes les deux, de la même manière qu'un drogué le serait sans sa came quotidienne. Cela aurait pu être dramatique, mortel pour vous ou pour Marlène, voire les deux simultanément. Quoique, s'il ne s'était agi que de votre mère de substitution, nous l'aurions laissée dans les affres du manque... aye... nous savions comment elle se comportait avec vous et vous m'en avez donné confirmation tout à l'heure pendant mon récit. Logan m'a promis de lui faire un sort.

— Drôle de sort, il l'a épousée ! grogna Awena.

— C'est ce que vous croyez. En fait, ils ne sont pas unis. Ni à la mairie ni devant les dieux. C'était un comédien qui jouait le rôle du magistrat municipal, alors que les vrais employés municipaux croyaient que des cinéastes répétaient une scène pour un film. Les papiers falsifiés que Logan leur a donnés pour preuve du tournage, ont suffi pour que le maire leur laisse les lieux... euh... mairie des Quatre Moulins, je crois.

— Incroyable, souffla Awena totalement ébahie, alors qu'un soudain et splendide sourire fleurissait sur ses lèvres. Les Veilleurs auraient pu s'appeler les Arnaqueurs ! Mais c'est génial ! Le sait-elle ? trépigna la jeune femme en attendant la réponse de Iona.

— Och, fit Iona en éclatant de rire, si elle ne le sait pas, elle ne devrait pas tarder à l'apprendre et Logan m'a promis de la filmer pour que je puisse voir sa tête en vidéo, je vous promets à mon tour que vous la visionnerez aussi... petite compensation pour toutes ces années où elle s'est dévouée corps et âme pour vous en dilapidant à son compte l'or et les pierres précieuses que Carron lui avait donnés.

— Juste retour des choses, murmura pensivement Awena, en songeant que ce qui pouvait arriver à Marlène ne lui faisait ni chaud ni froid. Cette femme appartient à un affreux cauchemar.

— Je vous comprends, lui répondit de tout cœur Iona.

— Vous savez, tout n'a pas été noir tout de même. J'ai réalisé ma passion, je suis devenue une dessinatrice avec de bons revenus à la fin du mois. J'allais quitter l'appartement que je partageais avec Marlène, j'allais...

— Commencer une autre vie, intervint Iona, rencontrer peut-être quelqu'un et là, cela aurait été très dur pour nous de vous faire partir dans le passé. Si votre cœur n'était pas libre, le dénouement de notre quête aurait pu être terrible, vous ne seriez pas tombée amoureuse de Darren.

— On va loin là, cela devient un vrai casse-tête chinois !

— Je dirais que cela ressemble plutôt à un long, mais très long travail de tricotage où il ne faut pas oublier une seule maille, une seule ligne, sinon, le pull géant qui en ressortirait serait de guingois... inutilisable, plaisanta Iona, les yeux rieurs. Avez-vous d'autres questions ou d'autres points dont vous souhaiteriez parler ? demanda-t-elle ensuite, attentive.

— Par rapport à Iain et Diane... Quand ils sont partis dans le Cercle des dieux... Je reviens là-dessus, parce que je ne comprends pas pourquoi ils n'ont rien dit à Darren.

Quand il en parle... parlait... enfin... il est blessé, meurtri... je pense maintenant avec le recul et ce que j'ai appris qu'il a dû endurer cet abandon comme celui que son père lui a fait vivre. Par deux fois, les personnes de sa famille se sont détournées de lui.

Iona hocha la tête.

— C'est un fait. Mais le jeune laird ne devait pas l'apprendre, Awena, il fallait le garder à l'écart de tout cela. Si ses grands-parents et les Veilleurs échouaient, il devait pouvoir avoir l'esprit libre, rencontrer une femme, même si elle n'était pas la Promise et continuer à vivre et agrandir le clan. Comme il en advint effectivement par la suite. Il s'est uni à une fille d'un autre clan, une Sutherland, assez amoureuse de lui pour fermer les yeux sur ce qu'elle découvrit des us et coutumes magiques du clan et ils ont eu trois fils.

Awena pâlit d'un coup tout en retenant sa respiration. « Il s'est marié et a refait sa vie... trois enfants... ». Sans le vouloir, Iona venait de lui porter un coup atroce au cœur.

— Awena. Tout ce que je vous dis provient de ce qu'Aonghas avait écrit dans le Leabhar an ùine à cette époque-là, aucune de ses notes avant votre passage ne faisaient référence à vous. Mais, désormais, tout est différent. Vous avez fait un tour là-bas et depuis ce bond dans le temps, toute l'histoire s'est mise à changer. Comprenez-vous ?

— Non... oui... non, je suis trop confuse. Attendez... je me souviens des mots de tante... euh... de Suzie qui disaient : En lisant ses exploits au sein du clan Saint Clare dans les écrits du grimoire.

— Aye, beaucoup de chapitres ont évolué, ou sont totalement différents. C'est grâce à ce grimoire que nous avons su que vous aviez rejoint l'an 1392. Ce que vous y faisiez, votre rencontre avec le laird, le passage quand Larkin a utilisé le sort de séparation d'âmes. Vous avez dû avoir très peur, souffla Iona sans laisser à Awena le temps de répondre en poursuivant son récit et en éclatant de rire... Och ! Mon préféré ! Le passage des princes-grenouilles ! Je peux vous assurer qu'Aonghas n'a pas fait cas de la quantité d'encre à utiliser et nous a écrit une avalanche d'anecdotes si croustillantes, si drôles sur cette prodigieuse fête de Lùnastal !

— Non, ce n'était pas drôle du tout ! fit Awena, en pinçant les lèvres, avant d'éclater de rire à ce souvenir, même si son cœur était en berne.

Les deux jeunes femmes pouffaient de concert, l'une s'essuyant les yeux, soupirant et gloussant à nouveau, alors que l'autre se tenait le ventre, qu'un bébé ennuyé devait matraquer de ses petits coups de pied. Enfin Iona réussit à se calmer et respira doucement, Awena serrant les lèvres pour ne pas déclencher une autre crise de rire.

Après un moment, Iona reprit la parole :

— Après, quand vous êtes revenue au manoir, le temps s'est détérioré d'un coup et depuis, le Leabhar an ùine ne cesse de s'ouvrir et de se refermer, il semble même qu'il ait baissé de volume, chuchota Iona, qui ne réussit pas à masquer totalement son inquiétude.

— Ce... ce n'est pas bon signe, n'est-ce pas ? fit Awena qui n'avait plus du tout envie de s'amuser.

— Naye, pas bon signe du tout, mais rien n'est irréalisable. Il nous reste encore cette Poussière d'étoiles salée que nous gardions en prévision de vous renvoyer là-bas, le jour où nous vous aurions retrouvée.

Awena bondit du lit et vint s'agenouiller aux pieds de la guérisseuse. Lui prenant vivement les mains, les yeux lumineux, elle s'exclama avec vivacité :

— Iona, si ce que vous dites est vrai, et je ne doute pas que ça l'est, cela voudrait signifier que je peux retourner en 1392 ? Que je peux retrouver Darren ? Réparer, enfin..., arranger tout ?

— Aye, souffla Iona en serrant les mains tremblantes de la jeune femme. Mais nous n'aurons le droit qu'à un essai. Les dieux ne nous ont plus envoyé de Pierres des Cieux depuis bien longtemps. Il ne nous reste plus que quelques poignées de Poussière. Je suis sincèrement confiante, Awena, nous ne pouvons être arrivés si loin sur le chemin de notre quête, vous avoir retrouvée, attendue, pour échouer si près du but.

— Mais, le fait que je sois déjà allée là-bas... et... que j'en sois repartie, c'est peut-être bête ce que je vais dire, mais... serait-il possible que je n'aie eu droit qu'à un seul essai, une seule chance et que j'aie irrémédiablement tout gâché ?

— Naye, on peut aller et venir dans les passages du temps aussi souvent que l'on veut, tout en sachant que cela comprend des risques, de grands périls..., comme celui de se perdre sur les chemins infinis du temps entre les dimensions de la réalité, sans jamais trouver une sortie. C'est d'ailleurs ce qui a dû arriver à Diane et Iain et puis, il y a le danger de perturber les événements.

— Justement Iona, vous venez de me dire que dans votre grimoire... ou Leabhar an ùine, les notes d'Aonghas avaient changé. Oh mon Dieu ! s'exclama soudain la jeune femme en faisant sursauter la guérisseuse.

— Faites-moi plaisir, Awena, invoquez Les dieux, nos dieux, pas le Dieu de la chrétienté, vous aurez plus de chance d'être entendue, même si ce n'est qu'une expression pour vous.

— Oui... bien sûr... mais... Iona ! C'est terrible ! Car votre propre avenir, ce que vous êtes actuellement... risque de changer du tout au tout avec mon retour ! Si cela se trouve, quand je reprendrai ma place dans mon époque, vous n'existerez plus, souffla Awena. Je veux dire, cette réalité que vous connaissez... pourrait très bien disparaître !

— De cela, nous en sommes tous conscients, lui répondit Iona d'une voix très calme, paisible. Nous le savons depuis la création de notre communauté. Je ne serai peut-être plus là effectivement, mais cela n'est pas sûr non plus. Ce que je sais, c'est que de toute façon notre avenir touchera bientôt à son terme. Le dernier laird du clan Saint Clare, la dernière attache du sang magique, est mort sans descendance il y a de cela une dizaine d'années. Les Runes du Pouvoir se sont presque vidées de leurs propres magies et sans le laird, ne se rechargeront plus. Dès qu'elles seront éteintes, le lien entre le clan et les dieux sera rompu et tout s'effondrera dans le chaos, ce n'est plus qu'une histoire de temps, voire de mois, ou de jours.

— Il faut que je reparte au plus vite dans mon époque, s'écria Awena en se remettant debout et en faisant les cent pas, sa petite chemise de nuit en coton fleuri flottant dans tous les sens au rythme de ses foulées nerveuses.

Un énorme vrombissement au-dehors les fit sursauter toutes les deux. Awena fut la première à se diriger vers la fenêtre et à soulever le fin rideau en dentelle. Iona s'extirpa laborieusement de son fauteuil et vint la rejoindre.

— Le temps s'est encore détérioré, avança Awena en essayant de percer de ses yeux la dense pénombre, alors que des centaines de gouttes de pluie fouettaient les vitres puis coulaient comme des larmes sur la surface lisse du verre.

— Ce n'est pas la tempête, c'est ce fou de Logan avec son hélicoptère. Braver un temps pareil pour se poser avec cet engin infernal près du manoir, grommela Iona en se dirigeant vers la porte de la chambre. Heureusement que Dàrda est moins irréfléchi que lui. Pensez... deux frères, les gènes auraient pu se retrouver en parts égales chez ces deux zozos ! Que les dieux soient loués, il n'en est rien. Ah ! Au fait... Dàrda, Logan et Suzie... sont des descendants directs d'Aonghas. Il y a une salle de bains derrière la petite porte à la gauche de votre lit, faites un brin de toilette et rejoignez-nous en bas dans le salon, je suis sûre que le reste de cette soirée très avancée risque de nous réserver des surprises, ajouta-t-elle sur un ton sibyllin avant de sortir et de refermer la porte sur ses pas légers.

— Logan ? Un hélicoptère ? Oh oui ! Je sens que je ne suis pas au bout de mes surprises, marmonna la jeune femme tout en allant ouvrir l'armoire en pin verni miel qui contenait ses affaires, méticuleusement rangées grâce aux soins d'une tierce personne. Son estomac grogna en un bruit infernal, se rappelant ainsi à son bon souvenir.

Oui, oui, je trouverai bien quelque chose à manger aussi, se dit-elle.

Mais d'abord, elle avait besoin d'une douche !

Au sortir de la salle de bains, revigorée par une eau chaude à souhait, les cheveux sentant bon la fleur d'oranger, lissés et séchés au sèche-cheveux – s'il vous plaît –, Awena enfila avec délice des sous-vêtements propres, un jean bleu clair et un chemisier blanc à manches longues. En guise de chaussures, elle eut le choix entre une paire de baskets ou des tongs en cuir. Elle se décida pour les tongs en pensant être plus à l'aise, bien que ses pieds et jambes ne soient plus en sang à cause des griffures des épines d'ajoncs. Son corps ne portait plus une seule égratignure, ni de coupure à la main. Ça, elle l'avait déjà remarqué avant de frapper à la porte du manoir. Elle avait supposé que c'était le courant ou l'aura de magie l'ayant aidée à repartir de l'an 1392 qui était à l'origine de sa guérison.

Maintenant, avec le recul, elle n'en était plus tout à fait certaine. Enfin, si, la magie l'avait soignée, mais d'où provenait-elle ? Voilà où se situait son incertitude.

La jeune femme aurait dû demander à Iona quelques explications sur ce qui s'était réellement passé dans le Cercle des dieux. À savoir si c'était la magie de Barabal qui l'avait aidée à partir ou, avec tout ce qu'elle venait d'apprendre, la sienne.

Dans le deuxième cas, cela voudrait signifier que ses dons étaient bel et bien en sommeil et que son subconscient leur avait ouvert la porte. Rien que d'y songer, un étrange fourmillement se propageait à la surface de sa peau, tel un infime courant électrique lui titillant les nerfs.

Le temps viendrait où elle aurait la réponse à ses questions. Pour le moment, elle regarda autour d'elle pour voir si la chambre était en ordre et enfila un beau gilet caraco rouge pour compléter sa tenue, avant de sortir de la pièce en direction de l'inconnu et des surprises que lui avait promises Iona.

Son estomac cria à nouveau famine et des crampes lui firent des nœuds dans le ventre. La faim était plus forte que tout, elle aurait même avalé un haggis en entier, sans rechigner.

Elle longea une sorte d'étroit corridor reliant plusieurs autres pièces aux portes closes. Puis elle suivit le son des voix qu'elle entendait du palier d'en dessous, chemin la menant directement en haut des marches de l'escalier en bois massif qui descendait au rez-de-chaussée. Mais le son d'une voix la figea sur place. Aiguë, sirupeuse, hautaine, absolument cauchemardesque.

Marlène était là !

Un goût de bile acide remonta dans la gorge d'Awena, l'irritant au passage et tout son corps se figea. Iona lui avait promis des surprises, mais celle-là ne faisait pas partie du nombre de celles que la jeune femme avait imaginées.

— Awena, l'appela une autre voix, plus douce et

connue depuis peu.

— Iona ?

— Chut..., fit la guérisseuse en apparaissant au bas de l'escalier, l'index sur les lèvres pour lui intimer le silence.

La jeune femme descendit les dernières marches et arriva à la hauteur de Iona, comme dans un état second, telle une somnambule.

— Iona, chuchota-t-elle en adoptant l'attitude de la guérisseuse, j'ai entendu Marlène ? Dites-moi que c'est un cauchemar.

— Je le pourrais... mais je ne le ferai pas ! déclara Iona en lui prenant la main et en la conduisant dans un coin sombre du vestibule de l'entrée du manoir.

— Que fait-elle là ? vociféra Awena avec hargne.

— Chut..., j'ai réagi comme vous tout à l'heure en arrivant dans le salon. Cette femme est odieuse ! s'emporta à son tour Iona, avant de baisser vivement le ton. Dès que j'ai fait sa connaissance, j'ai... je... je vous plains ! Je lui aurais bien tordu le cou !

— Cette envie m'a souvent traversé l'esprit. Mais cela ne me dit pas ce qu'elle fait ici !

— Cela, je ne le sais pas. Quand j'ai vu Logan, il m'a fait un énorme clin d'œil, je me demande ce qu'il mijote ! grogna Iona mécontente. Il a juste eu le temps de me dire qu'il ne lui avait pas donné de philtre du souvenir à boire, avant qu'elle ne lui mette le grappin dessus.

— Ce qui signifie, si je me rappelle bien les mots de Darren, qu'elle ne peut rien percevoir de tout ce qui appartient à la magie, quelle qu'elle soit.

— Aye ! C'est cela. Venez, allons voir ce que manigance ce fripon de Logan ! Même si en y réfléchissant vraiment, je commence à avoir ma petite idée.

Toujours en tenant la jeune femme par la main, Iona la tira, plus qu'elle ne la conduisit, vers le grand salon en pierres de taille, panneaux de bois et plafond voûté du manoir.

Il y avait du monde, mais une seule personne attira l'attention d'Awena. Crispée, les poings serrés, elle fit face à Marlène alors que celle-ci la détaillait de la tête aux pieds d'un regard glacial, snob, en haussant ses impeccables sourcils blonds artistiquement épilés.

Tout était froid et figé en cette femme, jusqu'à son admirable chignon d'où ne sortait aucune mèche folle, si tant est qu'elles le puissent avec la tonne de laque que Marlène s'évertuait à vaporiser dessus.

— Tiens ! Mais qui voilà ! fit Marlène dédaigneusement sur un petit ton pincé tout en s'accrochant farouchement au bras gauche de Logan.

Celui-ci réussit à s'extirper de sa possessive prise et vint au-devant d'Awena. C'était un bel homme, élancé, le cheveu brun comme Dàrda, les yeux bleus rieurs et la démarche athlétique. Habillé d'un jean, de chaussures en cuir marron haut de gamme et chemise vert foncé ouverte au col, il était la parfaite image du dandy moderne.

Avenant, il saisit la jeune femme aux épaules de ses mains énergiques et lui embrassa les deux joues dans une effusion d'odeur d'aftershave au bois de santal.

— Feasgar math, Awena (Bonsoir Awena) ! lança-t-il chaleureusement avec un grand sourire sur ses dents blanches.

— Feasgar math, Logan, lui retourna la jeune fille plus timidement.

— Och ! Quelles belles retrouvailles en famille !

— Vous plaisantez, j'espère ! se récria Awena alors que Marlène venait à nouveau se pendre au bras musclé de Logan.

— Hum..., tu t'es mise à parler leur jargon ? se moqua ouvertement celle qui fut pendant tant d'années une soi-disant mère.

— Ce n'est pas un jargon, Marlène, mais une

langue celtique, historique, que très peu de gens pratiquent encore ! Moins de 60 000 personnes.

Marlène haussa à nouveau ses fins sourcils, en pinçant les lèvres et en se collant davantage contre son « mari ».

— Depuis quand m'appelles -tu Marlène et non mère ? railla-t-elle de sa voix unique et aiguë.

Awena la contempla un instant, se rendant compte à quel point elles venaient de deux planètes différentes, enfin... façon de parler. Quoique... Deux époques différentes, ça valait le coup aussi.

— Depuis que..., attaqua Awena pleine de rogne, avant d'être coupée dans son élan par Logan.

— Viens jeune fille, que je te présente à mes autres parents, il y en a que tu ne connais pas encore.

— Qu'elle ne connaît pas ? Depuis le temps qu'elle est là ? se moqua Marlène en continuant de détailler Awena comme si elle était un insecte nuisible.

— Je me demandais quand tu aurais remarqué le temps que j'ai passé ici. Drôles de vacances, une semaine qui tourne à trois, puis quatre. Tu n'as pas eu peur que je me sois fait kidnapper ?

— Ne sois pas stupide, Awena, jeta méchamment la blonde parfaite.

— Oh... mais je ne le suis pas ! Je ne l'ai jamais été. J'ai ouvert les yeux sur beaucoup de choses. N'est-ce pas, Mar-lè-ne ? fit la jeune femme en insistant sur la prononciation des syllabes de son prénom, sans se démonter face aux venimeuses piques de celle-ci et croisant les bras sur la poitrine, prête à en découdre s'il le fallait.

— Que..., bafouilla Marlène en pâlissant d'un coup derrière la couche de son fond de teint.

— Venez mesdames, coupa Logan en les prenant chacune par un bras et en les faisant avancer dans le salon. Marlène, Awena, vous connaissez Dàrda mon frère et Iona sa femme, voici Calum notre patriarche ; il est un peu dur de la feuille alors il faudra lui parler plus fort qu'aux autres.

— Qu'est-ce qui dit ? geignit le vieillard maigrichon, le crâne garni de quelques touffes de cheveux blancs, édenté, affalé dans un fauteuil et les mains posées sur une vétuste canne de bois.

— Que vous êtes plus fort que les autres ! cria Iona avec un bon trait d'humour.

— Naye, tapadh leat... (non, merci) je n'ai pas besoin de terreau, marmonna le vieil homme avec un geste vague de sa main tremblante.

Iona, Dàrda, Logan et quelques autres rirent, Awena masqua le sien derrière sa main par politesse envers le patriarche et Marlène serra un peu plus les lèvres en levant les yeux au ciel, imperméable à l'humour et désagréable au possible.

— Voici Suzie, ma tante, la sœur de feue notre mère à Dàrda et moi, reprit Logan dès qu'il eut retrouvé sa voix en toussotant (Suzie fit un simple signe de tête à Marlène et sourit chaleureusement à Awena). Viennent ensuite les parents de Iona, Fearghas et Fenella (un couple d'une cinquantaine d'années installé à la table du salon), cet adolescent boutonneux est Fife, le frère de Iona (un jeune homme de dix-sept ans environ, ressemblant étonnamment à sa sœur par ses cheveux noirs et son doux sourire), et ces trois personnes assises bien sagement à table et que tu connais déjà Awena, sont Liam, un très lointain cousin et ses deux sœurs, les jumelles Ellie et Emily.

Liam devait être âgé de soixante-dix ou soixante-quinze ans, petit, maigre, le teint gris. Quant à ses sœurs qui lui ressemblaient beaucoup, si on leur enlevait leurs chignons torsadés blancs, là. Difficile de deviner leur âge, peut-être la même génération que Calum le patriarche des

MacKlare ?

C'étaient les trois vieux croûtons grincheux qu'elle avait fuis le jour de son arrivée. Les zombis. Sauf que maintenant qu'ils se revoyaient, ils lui souriaient aussi chaleureusement que les autres. Sourire qu'Awena leur rendit timidement.

Voilà tout ce qu'il reste des Veilleurs. Quatre personnes dans la force de l'âge et sept autres beaucoup plus âgées. Il était plus que temps qu'ils me trouvent et me fassent venir, songea la jeune femme avec tristesse.

Les Veilleurs-MacKlare avaient dû lutter jusqu'au bout de leurs forces pour la retrouver juste à temps, car ils arrivaient au terme de leur lignée. Merci à l'informatique ! Sans cela et le secours de tous les moyens modernes à leur disposition, tout ce qui se déroulait en ce moment n'aurait jamais pu se réaliser.

Awena, perdue dans ses pensées, releva la tête et croisa le regard de Logan, confiant, un brin rieur. Il lui fit un clin d'œil et sans autre forme de procès s'en prit à Suzie en chahutant.

— Dis, tantine ! Quand est-ce que tu nous sers un bon petit plat ? J'entends le ventre d'Awena grogner jusqu'ici !

— Logan, gronda affectueusement Suzie tout en se dirigeant vers ce qui semblait être une cuisine aménagée.

— Aye ! C'est moi ! se moqua-t-il taquin.

— Cesse de faire le stupide, coupa Marlène d'un ton guindé.

— Cesse de faire ta cynique ! rétorqua Logan dans la foulée.

— De quelle vieille bique ils causent ? geignit le vieillard dans son fauteuil.

Ce qui déclencha un nouvel éclat de rire général, enfin presque général, sans compter Marlène. Puis ils rejoignirent Liam, Ellie et Emily à table, s'asseyant dans un calme trompeur.

Après un léger repas composé de pain de campagne, de fromages divers, de salades, d'un délicieux gâteau aux poires, le tout arrosé d'un bon vin rouge et de diverses anecdotes à mourir de rire. Awena essaya de se recomposer une digne attitude sous les mimiques hilares des MacKlare. Elle n'en pouvait plus et manquait d'air.

Tout avait commencé durant le repas par des petites flammèches argentées qui se baladèrent au-dessus de la table des convives et il fut très amusant de voir Marlène, les yeux exorbités, déclamer à voix stridente qu'elle apercevait des bulles de savon qui voltigeaient dans la pièce tout en se trémoussant pour voir qui était le ou la protagoniste de ce phénomène. Fife, ensuite, se mit à léviter, assis sur sa chaise, montant et descendant à la barbe de la blonde qui lui demanda de cesser de se lever et de s'asseoir comme s'il avait un ressort collé au derrière. Il y eut d'autres moments hilarants, mais le pompon vint quand Marlène, excédée, les nerfs à vif du fait du mauvais comportement de la famille de son mari, voulut allumer une cigarette. Logan en digne gentleman, murmura quelques mots inconnus, claqua des doigts et fit apparaître une belle flamme au bout de ceux-ci et d'entendre la blonde s'exclamer, ravie :

— Logan ! Quel magnifique nouveau Zippo ! Où l'as-tu acheté ? À Paris, n'est-ce pas ? minauda-t-elle en tirant sur sa cigarette et en soufflant une fumée âcre sans se soucier de savoir si cela dérangeait quelqu'un dans la pièce et en se moquant complètement de Iona qui attendait un bébé.

Ce fut la seule bouffée que Marlène put savourer, le vieux Calum grommela dans sa barbe, claqua des mains et un déluge d'eau s'abattit sur la cigarette, le visage bien maquillé, la poitrine recouverte d'un chemisier de soie et les genoux de Marlène.

— Qu'elle aille polluer l'air ailleurs, marmonna le vieillard tout content de lui et l'étant encore plus d'être sourd pour éviter les cris hystériques de la harpie dont le fond de teint et le rimmel dégoulinaient sur les joues.

— Logan ! Regarde mon beau tailleur ! Il m'a coûté une fortune... Logan... Logan ! Mais qu'ils réparent les fuites de la toiture... Logannn !

— Viens dans la cuisine, je vais t'aider à te sécher, lui répondit tranquillement Logan en se levant et en faisant un imperceptible signe de tête à Suzie.

À peine la porte fut-elle fermée sur eux que tous éclatèrent de rire.

— Par les dieux. Que c'était drôle ! s'étrangla de rire Fearghas en se tamponnant les yeux avec sa serviette.

— Aye ! confirma sa femme Fenella en laissant échapper un hoquet de joie.

— J'aurais bien aimé qu'elle boive le philtre du souvenir pour qu'elle puisse voir réellement ce qui se passait autour d'elle. Oh... le coup du Zippo ! gloussa Fife en tapant de sa main sur la table, faisant tressauter la vaisselle dans un bruyant tintamarre.

— Parce que tu crois que tu étais mieux à léviter assis sur une chaise ? se moqua Dàrda alors que Iona était reprise d'une crise d'hilarité tout en se tenant le ventre.

— Le... meilleur... passage, intervint Awena en hoquetant, c'est la fuite d'eau du toit ! Merci Calum, merci pour ce moment de pure joie, souffla-t-elle en direction du vieillard qui se tenait en bout de table, à qui elle envoya un baiser de la main.

— De rien petite, ce fut un plaisir, lui répondit-il d'une voix de baryton, avec un grand sourire édenté qui n'avait rien à envier de celui de Barabal.

Tous le dévisagèrent, étonnés.

— Tu entends bien, dis donc ! railla Fife, pince-sans-rire.

— Chut ! fit Suzie qui se tenait à l'écart et qui manipulait un petit bouton sur le mur.

— Le moment de vérité a sonné, marmonna Dàrda,

soudain plus sérieux en entourant de son bras les frêles épaules de Iona assise à ses côtés.

Un grésillement se fit entendre, puis des voix, celles de Marlène et de Logan. Suzie venait d'activer un dispositif leur permettant d'écouter leur discussion.

— Que... ? fit Awena, interloquée.

— Ne dites rien, la coupa Iona, je crois enfin savoir ce qu'il en est. Taisez-vous et écoutez.

— Ta famille est horrible ! piaillait Marlène. Et cette petite gourde qui est censée être ma fille qui riait à tue-tête... Ah ! Mais ça, elle me le paiera !

— Tiens, justement, en parlant de ta fille, je crois que je ne pourrai pas la supporter plus longtemps, je pense que nous devrions divorcer, disait Logan.

— Logan ? Divorcer ? À cause de ma fille ?

— Je suis trop jeune pour être père ! Et je ne te raconte pas ce que disent mes amis et les railleries que je subis pour avoir une belle-fille de vingt ans passés.

— Mais, elle n'est même pas ma fille ! Ce n'est pas un problème, un test ADN ou n'importe quel papier me libérant d'elle fera l'affaire !

— Que dis-tu ? Awena n'est pas ta fille ?

— Mais oui, j'ai... hum... c'est une longue histoire. Mais elle n'est pas ma fille, je te l'assure, j'ai même réussi à garder nos noms de famille différents !

— Tu la laisserais partir de bon gré ? Tu lui rendrais son indépendance ?

— Son... son indépendance ? Euh... ce n'est pas vraiment ce terme-là, mais...

— Ne joue pas sur les mots avec moi et répète ma phrase ! Je veux être sûr de pouvoir te croire.

— Logan ! Bien, soupira Marlène soudain agacée, s'il suffit de dire quelques mots pour que tu te calmes... Je rends son indépendance à Awena, je ne veux plus d'elle. Là ! Tu es content ?

Un moment passa.

— Aye... très content ! approuva Logan d'un ton dur. Tiens, bois Marlène... tout !

— Je n'ai pas soif...

— Bois ! ordonna encore la voix grave. C'est bien... Brave fille. C'est bon Suzie ? demanda Logan dans l'interphone. Vous pouvez entamer la prière.

— Quelle priè..., commença à vociférer Marlène avant que Suzie ne tourne le bouton au mur pour couper le son.

Elle revint vers la table où tous s'étaient levés, sauf Calum vautré sur sa chaise et Awena complètement tétanisée par la méchanceté gratuite de Marlène. Les uns et les autres se donnèrent la main, Fife prenant celle d'Awena d'un côté et Fenella de l'autre. Ils faisaient presque un cercle.

— Les mots ont été prononcés. Le lien a été brisé. Que la Promise, du sort, soit délivrée. Libre elle est à jamais... Awen !

Ce fut ce moment que choisit Marlène pour faire irruption, comme une furie, dans le salon, suivie de près par Logan, très détendu et les mains dans les poches de son jean.

— Que faites-vous ? cracha-t-elle rageusement.

— On s'assure que le lien magique que Carron a jeté sur vous et Awena quand vous l'avez... recueillie étant bébé, soit définitivement rompu. On ne le fait pas pour vous, mais pour la Promise, répondit tranquillement Suzie en posant son regard sur Awena qui commençait à comprendre ce qui se passait et reprenait des couleurs. Vous lui avez fait assez de mal, néanmoins, vous avez tenu votre part du marché en l'élevant, même si ce n'était qu'au travers de nounous, de pensionnats et que sais-je... Vous avez dilapidé or et pierres précieuses, vous avez été payée Marlène, allez-vous en maintenant. Un taxi vous attend devant la maison, il vous conduira à Wick.

— Mais ! Vous êtes tous fous ? trépigna Marlène, rouge de colère sous son fond de teint. Logan, viens ! On repart à la maison tout de suite !

— Rêve, ma belle..., je ne suis pas ton mari, c'était un canular ! Je ne suis pas un simple homme ni un objet, je suis un MacKlare... un Veilleur.

Tout en parlant, les autres chantonnaient une étrange mélopée et les yeux de Logan virèrent au rouge lumineux, faisant hurler d'horreur Marlène.

— Je viens de te faire boire le philtre du souvenir. Tu vois ce qui est... ce que je suis vraiment. Tout ce que tu as vécu avec moi, c'est du vent. Le même vent que tu as offert à la Promise. Tu auras beau essayer de prouver quoi que ce soit sur moi, ou sur Awena, passé – Logan regarda sa montre – une heure, tu auras tout oublié de ce que nous avons vécu, du fait que tu as eu une enfant à charge... tout ! Chanceuse. Si je pouvais en faire de même et ne plus me souvenir d'une plaie telle que toi, je le ferais d'un claquement de doigts. Mais tiens, ce n'est pas une mauvaise idée. Après tout, je suis un magicien... et si je te faisais disparaître, Marlène...

Awena aperçut celle qui se faisait passer pour sa mère hurler, gesticuler dans tous les sens et bousculant tout sur son passage en voulant sortir au plus vite de la maison. Elle la suivit jusqu'à l'extérieur et la vit s'engouffrer dans un taxi qui démarra au quart de tour, les roues patinant un instant dans la boue.

Ainsi se finissait le chapitre Marlène et une autre page de la vie d'Awena se tournait. Combien de temps resta-t-elle là, à regarder la nuit sans la voir, à entendre la pluie qui tombait dru sur la végétation, les murs et la toiture du manoir ? Awena ne le sut pas, toutes ses pensées se focalisant autour des derniers événements.

Ce fut en entendant les cris de Suzie qu'elle revint au présent en sursautant et rentra précipitamment dans le vestibule, claquant la porte derrière elle. Un attroupement venait de se former autour de Suzie et les mots qu'Awena perçut lui glacèrent le sang.

— C'est... c'est le Leabhar an ùine ! C'est terrible ! Nous n'avons plus de temps !

Chapitre IX

Course contre le temps

— Ne nous affolons pas ! déclara Dàrda en levant les mains dans un signe d'apaisement, alors que tous parlaient en même temps, dans une cacophonie complète. Suzie, Iona, Awena et moi allons descendre au caveau, voir ce qu'il en est. Logan, prépare les affaires de la Promise pour son départ imminent !

— Aye, acquiesça Logan gravement. Tout est déjà prêt, sauf les effets personnels d'Awena qui sont dans la chambre d'amis, mais je m'occupe de tout.

Et il monta quatre à quatre les marches de l'escalier menant à l'étage.

— Et nous ? Que devons-nous faire en attendant ? s'enquit Liam, serré de près par ses deux inséparables sœurs.

— Faites une infusion fortifiante pour la Promise, elle n'a pas beaucoup dormi, a été malade et les heures à venir vont être longues, intervint Iona. Les dieux savent quand nous pourrons tous nous reposer, furent ses derniers mots avant qu'elle ne suive Suzie vers une porte dissimulée sous l'escalier.

Dàrda fit signe à Awena de le devancer et à leur tour ils s'engagèrent vers la petite porte donnant accès à un sous-sol.

— Vous croyez que j'ai besoin d'un fortifiant ? Avec tout ce que je viens de vivre, je suis revigorée pour cent ans ! essaya de plaisanter la jeune femme, avant de glisser sur les marches de pierres étroites... Oups !

La poigne de fer de Dàrda la rattrapa in extremis et il l'aida ensuite à se rétablir sur ses jambes.

— Eh ben ! On n'est pas passés loin de l'entorse ou de la jambe cassée, fit le jeune homme, goguenard.

— De justesse, marmonna Awena, dont le cœur battait vivement la chamade, et... qu'y a-t-il dans cette potion ou infusion ? demanda-t-elle, l'air de rien, mais méfiante tout de même.

— Vous n'aimeriez pas le savoir jeune fille, lui rétorqua Dàrda, hilare.

— J'ai déjà entendu ces mots-là quelque part, chuchota Awena, et cela concernait les ingrédients du haggis. Pouah ! Ah, non, je ne boirai rien du tout !

— Je ne doute pas que vous boirez cette potion, tout comme je ne doute pas que pour l'instant vous vous sentiez en pleine forme. Seulement jeune fille, cela ne va pas durer, mais faites plutôt attention où vous marchez.

— Plus la peine, je suis arrivée sur le plancher des vaches, plaisanta Awena en croisant le regard du jeune homme. Dàrda, que se passe-t-il exactement ? voulut-elle savoir ensuite.

— Je crois que le Leabhar an ùine perçoit le contre-coup de votre départ de l'an 1392.

— Il perçoit ? Ah, oui, Iona m'a expliqué qu'au fil du temps, il était devenu une sorte d'entité, qu'il est... vivant, d'une certaine manière.

— C'est exact. Au commencement, il n'était qu'un grimoire magique basique, mais il s'est enrichi du savoir des Veilleurs. À leur contact, il a absorbé une infime partie de leurs âmes et auras magiques, on pourrait parler d'une sorte de fusion, qui petit à petit a créé une entité à part entière. Sans compter toutes les formules, les incantations et les sorts qu'il contient. Tout cela l'a nourri, lui insufflant la vie. Il suffit de lui raconter ce qu'il se passe pour que les mots dictés se transforment en lignes parfaitement calligraphiées. Le Leabhar an ùine est un grimoire de magie blanche, d'une bonté infinie... qui a aussi ses humeurs. Il ressent, il a des émotions et il peut souffrir. Cela, c'est ce que j'éprouve dans ma poitrine à l'instant, dit-il en plaçant son poing droit sur son cœur pour appuyer ses paroles. Les Veilleurs et le grimoire sont liés. Cependant, Suzie est la plus réceptive à son contact. Iona nous a laissé assez de lumière pour nous conduire à la crypte... Venez.

Awena, qui jusqu'alors faisait face à Dàrda et aux marches de pierres, pirouetta dans la direction que le jeune homme lui indiquait et pila net dans son élan.

Ce que les MacKlare appelaient le caveau, n'était autre qu'une immense pièce aux murs de pierres de taille, contenant de nombreux objets petits ou volumineux, et recouverts de draps poussiéreux !

Cet endroit ! C'était...

— C'est la chambre secrète de Darren ! s'exclama la jeune femme ébahie, regardant avec de grands yeux tout ce qui l'entourait et reconnaissant instantanément l'endroit qu'elle avait visité avec le laird. Je me suis tenue ici il y a deux jours à peine. C'était un secret qu'il voulait partager avec moi, chuchota-t-elle, la gorge nouée et les larmes, difficiles à contenir, lui brouillant la vue. Par là, enchaîna-t-elle en montrant un pan de mur, se trouvent les trappes d'aération et par là, fit-elle en désignant un endroit à l'opposé du mur, quelque part, il y a le piano-forte que Iain a fait venir comme cadeau pour Diane. C'était... Oh, Darren, s'étrangla la jeune femme dans un sanglot.

— C'était il y a six cent dix-huit ans Awena, murmura Dàrda avec compassion.

Il n'osait lui offrir quelques gestes de réconfort, car il pressentait que la Promise ne le supporterait pas et qu'elle s'écroulerait de chagrin.

— Vous le retrouverez d'ici peu. Venez, suivez-moi.

Comme nous l'a fait comprendre Suzie, le temps est compté et je sens que le Leabhar an ùine vous attend avec impatience. Au fait, s'enquit Dàrda alors qu'ils slalomaient entre draps poussiéreux et grosses caisses fermées, il n'y a plus de trappes.

— Pardon ? baragouina Awena en s'essuyant furtivement les yeux du bout des doigts.

— Les trappes d'aération, elles n'existent plus. Les douves ont été comblées depuis bien longtemps et avec les progrès du monde moderne, nous avons installé un système de ventilation qui nous permet de respirer dans le caveau à notre aise. Quant au pianoforte de Diane... je ne l'ai jamais vu. Voilà, nous arrivons à la crypte.

— La crypte ? Quelle crypte ? Il n'y en avait pas la der... qu'est-ce que...

Droit devant elle, alors qu'ils venaient de sortir d'un angle fait de caisses et d'objets volumineux, se trouvait bien une crypte aménagée dans le mur du fond. Pas d'ampoules pour éclairer l'endroit, pas de bougies, ni de brasero, ni de téléphone portable avec son option plein phare.

Là, sur un grand piédestal en bois très ancien reposait le plus volumineux des livres qu'elle ait jamais vu ! Il scintillait à en avoir mal aux yeux, comme s'il était recouvert d'une couche de poudre de diamant reflétant les rayons du soleil et de la lune réunis.

— C'est... splendide, s'émerveilla la jeune femme, son regard vert aimanté par la magnificence du Leabhar an ùine et son âme chantant à l'unisson avec une lancinante mélodie aux notes divines, qu'elle seule pouvait entendre, car cette musique lui était destinée.

Riches étaient les sons, haut et pur était le chant. Le Leabhar an ùine lui disait bonjour à sa manière, faisant de leur rencontre une célébration céleste. La chaleur qu'il répandait, s'insinuant dans chaque particule réceptive du corps de la jeune femme, lui faisait comprendre à quel point il l'avait attendue et à quel point il était heureux d'être enfin avec elle.

Troublée au plus haut point, envoûtée par cet échange muet, Awena n'entendit pas ce que Dàrda, Iona et Suzie se dirent. Elle oublia où elle était, qui elle était, le temps unique de cette communion surnaturelle.

— Sentez-vous cette aura de magie ? souffla Iona à l'intention de Dàrda et Suzie, la voix légèrement tremblotante, tant elle était troublée.

— Aye ! La Fille des dieux renaît à son monde, celui de la magie, murmura révérencieusement Suzie.

— Nous vivons un moment unique, chuchota à son tour Dàrda, la voix rauque d'émotion.

— Suzie, que t'a montré le grimoire ?

— Le néant, Iona. La fin de tout. Il y a sept heures de décalage entre le passé et nous, ce temps s'est écoulé dans notre monde, la Promise étant avec nous depuis plus de sept heures. L'onde du passé vient de rattraper notre présent et le grimoire souffre du changement qui s'est instauré, il n'y survivra pas. L'histoire s'est modifiée. Darren Saint Clare, fou de chagrin après la disparition de sa Promise, a tourné le dos aux dieux. Quatre mois jour pour jour après le départ d'Awena, lui et ses guerriers sont allés combattre les Gunn qui venaient une fois de plus semer le chaos sur le territoire des Saint Clare. Mais... il y avait un piège, car ces traîtres s'étaient unis à des sassenach qui voulaient faire main-basse sur nos terres par l'entremise de ces maudits. Darren, Larkin et la plupart des hommes sont tombés sous une pluie de flèches tirées à revers, alors qu'ils faisaient face, chevauchant leurs destriers, claymore au poing, à ces lâches de Gunn. Le laird Darren Saint Clare est mort en 1392. La lignée s'est éteinte à sa suite. Les liens sacrés vont se briser.

— Suzie ! Regarde Awena... Elle pleure ! s'écria Iona qui ne se rendit pas compte de ses propres larmes qui ruisselaient sur ses joues de pêche.

— Le Leabhar an ùine est en train de lui montrer ce que je vous raconte, ils sont liés en ce moment.

— Naye ! Suzie, c'est trop cruel pour elle ! supplia Iona alors que Dàrda la serrait farouchement tout contre lui.

— Il faut le laisser faire, il n'en a plus pour longtemps, il utilise ses dernières forces, pour qu'elle voie.

Voir… Oui, Awena voyait.

Barabal ! Elle, elle savait qui j'étais dans le Cercle des dieux, elle a eu la révélation que j'étais la fille d'Isla, alors pourquoi ne l'a-t-elle pas dit à Darren ? songea Awena, au summum du chagrin.

Le grimoire lui fit voir d'autres images. Barabal courant, criant joyeusement et dévalant la colline. Elle arrivait presque au pont-levis quand une lueur tout aussi vive que celle du Leabhar an ùine irradia le Cercle des dieux et déboula sur la pente pour souffler sur le petit corps frêle de la Seanmhair en l'envoyant dans les airs. C'était comme une onde de choc, couchant tout sur son passage.

Barabal ne se releva pas. Quelques instants plus tard, Larkin apparut dans la vision d'Awena. Le grand druide s'agenouilla près de la vieille bana-bhuidseach et la prit dans ses bras pour la bercer tendrement.

Est-elle morte ? Cette onde de choc, cette lumière, provenait-elle de moi ? demanda-t-elle, intérieurement, au Leabhar an ùine.

Oui, elle sut instantanément que l'onde dévastatrice venait de la magie qui lui avait permis de partir. La vision, comme un zoom, approcha Awena du corps inerte de Barabal. Non, elle n'était pas morte, ses paupières palpitaient. Puis la vision prit vivement le large, faisant reculer Awena du corps de la Seanmhair, au moment même où surgissait devant le regard torturé de la jeune femme... Darren.

Les yeux fous et le visage hagard, il regardait en direction du Cercle des dieux en secouant légèrement la tête de droite à gauche. Il semblait en état de choc et sa douleur devint la douleur d'Awena, son cri tourmenté, poignant, fut le même que celui qu'elle poussa. Leurs cœurs saignaient à six cent dix-huit années d'intervalle.

Il me croit morte... disparue dans une explosion magique ! se rendit-elle compte avec horreur.

Quand le laird tomba à genoux sur le sol, courbant la tête et prenant son visage dans ses belles mains fortes, la jeune femme se débattit et essaya de le rejoindre, mais la vision ne bougea pas, la gardant éloignée de lui. Ses larges épaules étaient secouées de soubresauts, il pleurait.

Darren... Oh, Darren... je vais revenir... je vais changer tout ça... jamais je ne te laisserai mourir. Entends-moi !

Mais il ne l'entendit pas, et d'un bond se redressa pour hurler au ciel, en pointant vers l'infini un poing vengeur. Le message était clair, il défiait les dieux.

Barabal... Elle ne s'est jamais réveillée pour transmettre la vérité ? questionna encore Awena in petto.

La vision suivante fut celle d'un bûcher funéraire. Awena ferma les yeux sur les flammes qui s'élevaient encore et encore en danse macabre et le chant reprit, lancinant, sublime, l'envoûtant et l'attirant de plus en plus près du grimoire dont l'intensité lumineuse baissait à vue d'œil.

Oui... je t'entends... il ne me reste qu'un peu moins de quatre mois pour inverser tout ça... Leabhar an ùine. Je vais repartir et je réussirai ! Moi, Fille des dieux, je te le promets !

— Elle ne doit pas le toucher ! C'est trop dangereux pour elle ! s'affola Iona en voulant se précipiter sur Awena pour l'empêcher d'approcher le grimoire.

— Laisse-la faire, intervint Suzie, alors que Dàrda

maintenait sa femme de ses bras protecteurs. Ils sont en parfaite communion. Le grimoire ne lui fera pas de mal.

De fait, le vieux livre s'ouvrit sur les premiers parchemins écrits qui contenaient les années de quête de la Promise depuis son origine, sa venue dans le clan en 1392, sa disparition, puis la mort de Darren transpercé par des flèches, le corps ensanglanté tombant sur le sol, tandis que son cheval continuait de galoper.

Les pages se tournaient de plus en plus difficilement, alors que tout le reste, petit à petit, était en train de s'effacer. Awena posa sa main là où lui enjoignait le grimoire, la paume bien à plat sur la jointure de deux parchemins et la magie circula. Le Leabhar an ùine léguait toutes ses connaissances à la Promise, lui ouvrait l'esprit sur une grande partie d'elle-même dont elle n'avait pas conscience. Les mots d'encre couraient depuis les pages jusque sur la peau fine et pâle de la main d'Awena, puis disparaissaient de la surface de sa chair pour s'enfouir dans ses pores et circuler librement dans ses veines. Peu à peu, le Leabhar an ùine se vidait de ses pouvoirs, de tout ce qui faisait de lui une entité, les transmettant à la Promise par le sang.

Les trois Veilleurs, accablés de chagrin, pleuraient la fin de vie de leur noble ami. Dàrda entoura de ses bras les épaules de Suzie et Iona, voulant leur insuffler sa force, ayant besoin, lui aussi, de la présence rassurante de tous ceux qu'il aimait pour passer le cap de la souffrance morale.

Sous leurs yeux larmoyants, la lumière vive du grimoire se faisait doucement lueur clignotante, de moins en moins perceptible tandis que la pénombre s'installait comme pour atténuer par son ombre l'instant tragique qu'était toute fin. Ce qui arriva fatalement, ne laissant plus du grimoire qu'une grosse brochure faite dans un cuir usé par le temps, vide de tout parchemin.

Le silence se fit, alors que la Promise avait toujours la main posée sur le cœur sacré du Leabhar an ùine, berceau de feue l'histoire des Saint Clare. Le chagrin se vivait intérieurement, tel un poison qui rongeait le corps en le glaçant insidieusement. Les yeux des Veilleurs se fermèrent alors que doucement ils entamaient une litanie, prière funéraire pour tout ce qui fut, et qui ne serait plus.

C'est ainsi qu'à travers la fine membrane de leurs paupières closes, ils perçurent peu à peu la lueur orangée, puis, de plus en plus vive, d'une nouvelle clarté, ce que confirmèrent leurs corps en se réchauffant progressivement. Interrompant leur litanie, ils ouvrirent brusquement les yeux et adaptèrent leur vue sur la silhouette d'Awena qui se nimbait d'une aura scintillante, éclatante de pureté.

— Par les dieux ! soufflèrent les trois MacKlare au comble de l'ébahissement devant cet éblouissant phénomène.

La Promise, qui avait elle aussi les paupières closes, battit doucement des cils, telles les ailes d'un papillon qui s'éveillent à la vie, ouvrit lentement les yeux en retirant sa main fine du grimoire et contempla le trio subjugué.

— Regardez ses yeux ! s'écria Iona, ils sont mauves !

— Et... ses cheveux resplendissent comme les rayons du soleil, ajouta Suzie en fixant, ébahie, l'apparition qui se tenait devant elle.

Awena leur sourit soudain, transmettant par ce geste chaleur et bienveillance, baume suprême qui effaça le froid dans leur corps et les libéra des tourments qu'étaient le chagrin, les peurs diverses et les incertitudes quant à l'avenir.

— Je suis Awena. Fille d'Isla la grande. Fille des dieux. À vous, je dois la vie. Pour vous en remercier, je promets que vous serez à nouveau réunis dans un présent rénové. Je vais retrouver mon amour, mon promis. À nous deux, nous accomplirons la prophétie, le passé retrouvera son équilibre dans la courbe du temps et le futur rénové vous verra à nouveau naître, grandir, vivre, au sein d'un Clan fort et uni, le monde des hommes et des Sidhes communiant en parfaite harmonie. Je vais rentrer chez moi maintenant.

C'était la voix de la jeune femme et, à la fois, ça ne l'était pas. Dàrda, Iona et Suzie s'agenouillèrent devant la Promise et prièrent fervemment pour que sa volonté s'accomplisse.

Le Leabhar an ùine, avant de s'éteindre, avait libéré la magie en sommeil dans le corps d'Awena et les Veilleurs surent avec certitude que celle qui se tenait devant eux, nimbée d'une lumière céleste, se battrait contre vents et tempêtes pour reprendre sa place de droit dans le temps, retrouver son promis, le sauver et restaurerait la courbe du temps en y favorisant leur renaissance.

Tout se passerait bien désormais.

Une heure plus tard, assise à la table du salon, Awena se tenait la tête entre les mains en grognant après Iona qui voulait l'obliger à ingurgiter une infusion censée la revigorer et en maudissant les autres MacKlare qui, à grands cris, et exclamations diverses, faisaient répéter en boucle à Suzie tout ce qui s'était déroulé dans le caveau.

BOUM ! BOUM ! BOUM ! faisait un bruit sous son crâne, celui d'un démon qui s'amusait à frapper du marteau sur une enclume.

— Buvez Awena, soyez courageuse ! ordonna Iona qui lui colla un mug de liquide trouble à l'odeur nauséabonde dans les mains et fronça les sourcils en attendant qu'elle boive. Och ! Vous l'étiez bien plus que ça tout à l'heure, quand vous proclamiez être la Fille des dieux ! gronda gentiment la guérisseuse, les poings sur la taille, son ventre rebondi pointant en avant et menaçant le bout du nez de la jeune femme.

— Ouais... si seulement je savais ce qui s'est passé. Il y a eu cette belle musique, des chants. Oh... et ces voix d'une prodigieuse pureté, puis ces... ces visions cauchemardesques et... POUF ! Plus rien, nada... Le néant !

— Votre magie s'est réveillée Awena ! l'informa Dàrda encore tout ému de ce qu'il venait de vivre dans la crypte.

— Mais elle s'est éteinte aussitôt, grommela la jeune femme. Maintenant, il ne me reste que ce que vous me racontez, et je n'arrive pas à croire que je me suis soudain transformée en... Galadriel du Seigneur des anneaux !

— Qui ça ? demanda Iona en haussant ses fins sourcils noirs.

— Euh... laissez tomber ! J'ai un sacré mal de tête moi, gémit Awena en fusillant du regard la ronde de bruyants MacKlare qui entourait toujours Suzie.

— Ne faites pas le bébé, Awena et buvez cela ! insista Iona.

— Oh, au point où j'en suis, maugréa la jeune femme avec une mauvaise volonté évidente, en se bouchant le nez du bout des doigts et en avalant d'un coup l'horrible breuvage.

Non ! Se boucher le nez n'était pas la bonne solution, cela n'atténuait pas le goût de cette immonde cochonnerie. Du vomi macéré avec de l'ail ?

— Vous voulez me faire mourir ! geignit Awena en sentant naître d'étranges picotements sur le bout de sa langue. Euh... Niona ! Gné l'imbrézion qne botre pognion nié ba bogne ! réussit-elle à articuler pâteusement.

Iona la dévisagea comme si une verrue venait de lui pousser sur le nez.

— Qu'est-ce qu'elle a dit ? pouffa Logan en rejoignant Iona, Dàrda et Awena près de la table où la jeune femme s'essuyait furieusement la langue du bout des doigts.

— Liam ! Qui a préparé l'infusion ? s'égosilla Iona en direction du cercle des MacKlare.

— Emily et Ellie, elles voulaient toutes les deux s'en occuper et... par ma foi, je crois bien qu'elles se sont disputées pour un ingrédient ou deux, peut-être trois ?

— Gné ballin ! grogna Awena qui se sentait toute chose, pour le plus grand plaisir de Logan qui hurla de rire en s'écroulant sur la première chaise à sa portée.

— Niez ! Niez ! Niognanne ! Gné bo qne gne barte ! Gnion Siang !

— Je peux avoir la traduction ? gloussa Dàrda en se retenant visiblement de rire comme son frère.

Décidément, il y avait un truc qui ne tournait pas rond !

Le Leabhar an ùine venait de s'éteindre, Awena s'était évanouie. Encore une fois, à son réveil, elle avait tout oublié de ses soi-disant facultés magiques, on l'avait forcée à boire du poison et que faisaient les Veilleurs ?

Ils cancanaient dans un coin ou se gaussaient d'elle dans l'autre !

N'y avait-il que la jeune femme pour avoir les pieds sur terre et se dire qu'il fallait se magner le popotin, menu menu, pour la refaire partir en 1392 ?

— Buvez cela ! lui intima à nouveau Iona qui s'était éclipsée dans la cuisine en compagnie d'Ellie et d'Emily et qui revenait à la charge avec un autre mug fumant.

— Nion ! s'écria Awena en essayant de croiser les bras sur sa poitrine sans y parvenir tant ils semblaient flasques, sans vie.

— Vous voulez continuer de parler ainsi et voir votre corps se transformer en une flaque molle ? susurra perfidement Iona.

Awena ouvrit des yeux ronds d'appréhension et en resta bouche bée. Instant dont profita Iona pour lui faire boire de force la nouvelle infusion.

Là, ça va... ça a un goût de miel, de cannelle et... d'autre chose..., songea la jeune femme en se détendant et en avalant la dernière gorgée.

— Dommage ! Je m'amusais bien ! se plaignit Logan, pince-sans-rire.

— Tu veux que les sœurs de Liam se chargent de toi et te préparent la même potion revigorante ? railla Iona en faisant mine d'appeler les sœurs-poison.

— Sans façon ! grommela-t-il tout en souriant jusqu'aux oreilles.

— Bien ! Cela va-t-il mieux, Awena ?

— Hum, hum... ou... i ? fit prudemment la jeune femme du bout des lèvres.

— Il faudrait que vous prononciez plusieurs mots pour que je puisse m'en rendre vraiment compte ! ironisa Iona en faisant un clin d'œil complice à Dàrda et Logan.

— D'accord, je crois que... ça va, articula lentement Awena, le ton de sa voix prenant de l'assurance au fur et à mesure qu'elle constatait qu'elle ne parlait plus le pékinois. Et pourquoi vous n'en buvez pas tous, de cette infusion, vous aussi ? Je ne suis pas la seule à avoir besoin de repos !

— Nous pouvons passer plusieurs jours et nuits sans dormir, cela nous est arrivé bien souvent, mais comme je suis enceinte, je vais vous écouter et aller m'asseoir un instant pour me délasser, le bébé réclame du calme.

— Assieds-toi près de Calum, il doit dormir et pour ce que je sais, il ne ronfle pas beaucoup, suggéra Dàrda en lui entourant les épaules de son bras droit. Mais... où est passé Calum ? s'exclama-t-il en regardant le fauteuil vide où devait se tenir le patriarche.

Un silence religieux se fit enfin dans le salon. Ellie et Emily furent les premières à se dandiner vers le fauteuil, qui n'était pas tout à fait vide.

— Och ! Il doit se promener presque nu dans le

manoir, cancana Emily en montrant les habits de Calum abandonnés en vrac sur le fauteuil.

— Naye ! Complètement nu ! fanfaronna Ellie sur le même ton que sa sœur jumelle, en prenant dans la pile d'habits et en l'agitant à la barbe de tous, un superbe et archaïque slip kangourou d'un blanc douteux.

Awena fut la seule à rire devant l'affligeant spectacle du slip débraillé et en imaginant le petit père se baladant en tenue d'Adam dans les couloirs sombres du manoir. Cependant, elle ravala vite son hilarité, car quelque chose clochait. Logan, le joyeux fanfaron n'avait pas eu l'ombre d'un sourire. Il semblait même qu'il avait pâli sous son hâle.

Bizarre !

— Cela a commencé ! s'écria Suzie d'une voix chevrotante en remontant ses lunettes sur son nez. Naye ! Que personne ne s'affole ! Il est grand temps de prendre tout ce qu'il nous faut et de conduire la Promise au Cercle des dieux. Plus nous diminuerons en nombre, moins elle aura de chance de repartir. Allez ! Vite ! Logan ?

— Tout est prêt, je vais déposer ses affaires au Cercle avec la fourgonnette et je vous y attendrai.

Comme un bataillon de militaires surentraînés, les MacKlare se dispersèrent en rangs bien ordonnés et sortirent du salon les uns après les autres. Les visages étaient graves, mais ils ne manquaient pas d'afficher une farouche détermination. Awena se leva de table et vint fébrilement près de Iona qui l'attendait en lui faisant signe de se dépêcher.

— Iona, dites-moi ce qu'il se passe !

— L'onde du temps nous a rattrapés. Le Leabhar an ùine s'est éteint, maintenant ce sera le tour des Veilleurs. Le processus vient de commencer pour nous avec...

— Calum ! coupa Awena. Et cela va continuer avec les plus anciens de votre communauté pour finir par Fife, le plus jeune, c'est bien ça ?

— Aye, Awena et après cela, tout va s'enchaîner rapidement. Les Runes du Pouvoir suivront et le chaos déferlera. Cela débutera sur nos terres, un trou noir s'y formera et petit à petit, tout ce que je et vous connaissons disparaîtra dans le néant. Le monde des hommes et celui des Sidhes seront aspirés, l'un n'allant pas sans l'autre.

— Et moi qui suis là, les bras ballants, ma magie en sommeil, à ne pas savoir quoi faire pour vous aider ! s'énerva Awena contre le sort qui s'acharnait, ou contre elle-même qui, pour une Fille des dieux, était plus un fardeau qu'une bénédiction.

— Vous êtes, Awena, comme un bébé qui s'éveille à la vie, ou une amnésique qui se débat pour retrouver la mémoire. Pour nous, tant que vos pouvoirs ne se montrent pas et maintenant que l'on sait que vous en avez, on vous considère simplement comme une novice.

— Qui ne peut aider personne, soupira la jeune femme en baissant la tête.

— On ne sait jamais. Venez, Logan vous a laissé votre parka près de l'escalier. Il pleut des cordes dehors, alors couvrez-vous bien. Souvenez-vous que vous avez été malade il y a peu de temps. D'ailleurs, je file faire la même chose et l'on se retrouvera dans le vestibule, dépêchez-vous !

Awena trouva effectivement son parka marin jaune accroché sur le bas de la rampe d'escalier et sursauta en se tournant vivement vers la porte d'entrée qui battait contre le mur du vestibule, malmenée par des bourrasques de vent et de pluie combinés.

Cinq minutes plus tard, Iona la rejoignait, elle aussi emmitouflée dans un grand et long imperméable matelassé à capuche vert foncé et les pieds bien à l'abri dans de hautes bottes fourrées en caoutchouc. Awena était aux antipodes de Iona niveau protection des pieds, avec ses tongs à lanières de cuir.

J'aurais dû mettre mes baskets en fin de compte, se

gourmanda la jeune femme avant de se secouer et de suivre Iona vers la sortie.

Elles devaient être les dernières personnes au manoir. Mais soudain, Awena retint la guérisseuse par le bras, soucieuse pour sa nouvelle amie.

— Iona, je m'inquiète pour vous et le bébé. Barabal était seule à m'aider à partir, et je sais maintenant que c'est mon moi en sommeil qui m'a fait revenir en 2010. Il serait peut-être plus sage pour vous de rester bien au chaud au manoir.

— Je vous remercie de votre sollicitude Awena, mais nous tirons nos pouvoirs des uns et des autres. Nous sommes des Veilleurs, des magiciens, cependant, nous ne sommes rien face à une grande bana-bhuidseach ou une Fille des dieux en pleine possession de ses capacités magiques. Ce que vous n'êtes pas tout à fait en ce moment, et il faut au minimum le nombre de MacKlare restant pour parvenir à créer un sort assez puissant pour vous faire partir. Il faut que j'y sois aussi et de toute façon, si vous ne partez pas, si nous échouons, il n'y aura pas de bébé, car je disparaîtrai en l'emportant avec moi.

— J'ai si peur pour vous tous, Iona !

La guérisseuse lui sourit tristement et Awena ne put s'empêcher de la serrer dans ses bras.

— Rien n'est perdu, tout est à refaire et vous nous avez promis la renaissance. Alors, j'aurai ce bébé et si c'est une fille, je l'appellerai Awena en hommage à vous.

— Oh... Iona...

— Venez ! enjoignit la guérisseuse en se dégageant maladroitement de l'étreinte amicale d'Awena. Partons. Votre destinée vous attend.

La montée vers le Cercle des dieux fut la plus pénible de toutes celles qu'eût connues Awena. La pluie et le vent leur fouettaient le visage, les obligeant à marcher courbées et la face baissée. Souvent, Iona et elle glissaient dans la boue qu'était devenue la terre meuble de la colline détrempée par les eaux diluviennes. Awena en avait perdu ses tongs. Peu importait, il fallait avancer, coûte que coûte, vaille que vaille.

Dàrda se matérialisa près d'elles à mi-montée, surgissant dans la lumière blafarde de la torche électrique que tenait Iona et prit celle-ci dans ses bras robustes, la portant sur la dernière partie qui les mènerait au sommet.

Un autre homme avait fait la même chose avec Awena. Darren... lui souriant avec tendresse, l'embrassant sur la tempe et quand elle lui disait : « Je peux marcher, tu sais ? ». Il lui répondait : « Aye, mais moi, j'aime te porter... ».

Enfin, le Cercle des dieux apparut, intact, éclairé par les phares de la fourgonnette de Logan. Dàrda reposa Iona, l'embrassa tendrement et rejoignit son frère, Fearghas, Fenella, Fife, Liam, Emily et Ellie qui se tenaient non loin des menhirs. Fife se détacha du groupe et vint à leur rencontre alors qu'elles gravissaient les derniers mètres.

— Papa, maman et moi commencions à nous inquiéter pour toi Iona. Tout va bien ? demanda son frère, soucieux pour la santé de sa grande sœur.

— Tout va bien, Fife.

— Et vous Awena ? s'enquit à nouveau Fife, plus timidement en se tournant vers la Promise.

— Oui, bien Fife, merci. C'est pour vous tous que je m'inquiète, pas pour moi. Vous avez déjà tant sacrifié pour accomplir cette quête qui était de me retrouver et vous êtes tous là maintenant, à l'exception de Calum, pataugeant dans la boue, sans repos, pour m'aider encore une fois.

— C'est notre but, Awena. Nous savions tous que cela ne ressemblerait pas à une promenade estivale, lui répondit Iona en lui serrant doucement la main.

Un peu plus loin, Logan semblait se chamailler

avec Suzie. Curieux, le trio que formaient Fife, Iona et Awena, se rapprocha d'eux.

— Il pleut à verse, Suzie ! Comment veux-tu que nous accomplissions le sort avec la Poussière d'étoiles salée ? L'eau de pluie se mélangera avec elle et le sort ne pourra pas se faire !

— Och ! Je sais... je sais ! s'écria Suzie irritée, tenant un long bâton dans sa main droite et le secouant en même temps qu'elle levait les bras au ciel d'exaspération.

— Un parapluie, intervint Fife.

— Avec le vent qu'il y a ? Le parapluie s'envolera ou se retournera. Naye ! s'emporta Suzie. Même le marquage sur la terre avec le bâton pour tracer le cercle sacré, indispensable pour l'ouverture de la cérémonie, ne peut se faire, l'eau détrempe tout !

— Tu sais ce dont on a besoin, Suzie ! Mais on ne peut le faire simultanément avec le sort qui permettra de faire partir la Promise. C'est l'un ou l'autre, pas les deux..., marmonna Logan en se passant les mains sur son visage ruisselant et en resserrant le cordon de sa capuche sous le menton.

— Je peux peut-être invoquer le sort moi-même ? Je sais quoi dire, quand et où jeter la Poussière en poignées, proposa Awena, pleine de bonne volonté en voulant absolument les aider.

— Vous êtes trop novice, Awena, marmonna Logan avec lassitude en sapant du même coup le moral de la jeune femme. Sans magie éveillée en vous, on n'arrivera à rien.

— Et que devez-vous faire pour que la cérémonie soit réalisable ? s'enquit à nouveau Awena qui ne voulait pas baisser les bras.

— Un bouclier..., chuchota Fife.

— Exactement ! Un grand bouclier magique qui devrait recouvrir le Cercle des dieux, pour nous protéger de la pluie et du vent simultanément, grogna Logan en secouant la tête.

— Par les dieux ! souffla Iona soudain livide. Nous n'avons pas assez de pouvoir à nous tous pour accomplir un tel prodige.

— Nous ne sommes plus que dix, signala inutilement Suzie en enlevant ses lunettes couvertes de gouttes de pluie et en les fourrant dans une des poches de son imperméable.

Un hurlement d'homme blessé les fit tous tressauter. Se tournant comme un seul homme vers le lieu d'où était provenu le cri déchirant, ils virent Dàrda essayer de retenir Liam qui voulait se baisser vers deux gros tas de vêtements éparpillés sur la terre mouillée.

— Emily ! Ellie ! se lamentait tragiquement Liam.

Un courant glacial descendit le long de l'échine d'Awena, la faisant frissonner d'un coup de la tête aux pieds. Elle venait de comprendre, comme les autres, que ces deux tas d'habits représentaient tout ce qu'il restait des deux sœurs de Liam.

— Nous ne sommes plus que huit ! ne put que constater amèrement Logan.

— Nous n'y arriverons pas, pleurait Fenella dans les bras de son mari Fearghas, non loin du groupe d'Awena.

Mon D... Par les dieux ! Non ! Laissez-moi les aider ! Accordez-moi ce vœu, je vous en supplie, dieux..., implora Awena en pensée, encore et encore.

Voir les Veilleurs perdre leurs parents les uns après les autres lui déchirait le cœur. Tout ça, à cause d'elle...

Laissez-moi les aider, pria-t-elle en invoquant les divinités.

Ses dieux !

Dans la lueur blanchâtre des phares de la fourgonnette de Logan, les silhouettes abattues des MacKlare commencèrent à se mouvoir au ralenti et la musique, cette musique hors du commun, revint. D'un simple écho lointain, elle se fit de plus en plus forte dans la tête de la jeune femme. Les voix étaient là, pures, uniques, chantonnant comme si elles l'appelaient.

Alors, Awena ferma les yeux et se laissa envahir, bercer, jusqu'à ce qu'elle sente une sorte de grande porte s'ouvrir sur sa mémoire refoulée « Oui... venez à moi, pouvoir des dieux... aidez-nous... ».

Peu à peu au-dessus du Cercle des dieux, un point aussi lumineux qu'une étoile se transforma en cercles concentriques de lumière vive, qui descendirent ensuite en volutes argentées pour englober totalement le lieu divin. Un gigantesque bouclier d'une puissante magie venait d'envelopper le Cercle jusqu'à sa proche périphérie. Les Veilleurs, subjugués par l'événement, ne virent pas tout de suite Awena traverser le bouclier et entamer une marche, tournant autour des menhirs dans le sens des aiguilles d'une montre. Elle traçait dans le sol à l'aide d'un bâton imaginaire le cercle sacré qui permettrait l'ouverture de la cérémonie. Du bout des doigts de sa main droite, la Promise caressait sur son passage le bouclier magique, créant ainsi de superbes ondes de gravité qui formèrent un sillage lumineux à l'identique de celui que ferait un bateau fendant les eaux ensoleillées d'un océan.

En chœur avec les voix célestes dans sa tête, elle chantait et sa voix reproduisait avec perfection les sons hauts et purs du chant, envoûtant les MacKlare qui s'étaient regroupés pour assister au phénomène et leur faisant découvrir le langage inconnu du monde des Sidhes.

Awena revint se placer au nord, chantant toujours, les yeux fermés. Elle resta là un instant avant de se faufiler entre deux menhirs et entonner une sorte de prière aux dieux :

« Que les dieux me guident sur le chemin du temps. À vous, dieux et déesses, à mon tour je prête serment. Je jure de réparer la courbe du temps pour que le monde des Sidhes et des hommes vivent à nouveau en harmonie.

Cela pour l'infini. Awen ! »

La Promise fit quelques pas et s'arrêta sur la dalle centrale. Elle se débarrassa de son parka, matérialisa toutes ses affaires tout autour d'elle et les relia à ses poignets par un lien tressé en lierre. Les feuilles vertes de la plante évoluant lentement dans les airs comme si une brise soufflait dessus légèrement. Une fois ces actes accomplis, elle redressa la tête et regarda les MacKlare qui se tenaient toujours à l'extérieur du Cercle des dieux et du bouclier, serrés les uns contre les autres, se protégeant comme ils le pouvaient du vent et de la pluie. Pour eux, les intempéries étaient passées loin de leurs pensées, tous étant focalisés sur le spectacle qui se déroulait sous leurs yeux dans le Cercle.

— Och... elle a les yeux mauves, souffla Fife émerveillé.

— Je te l'avais dit, fanfaronna Suzie.

— Et regardez ses cheveux ! Ils resplendissent comme les rayons du soleil ! chuchota à son tour Fearghas.

— Je te l'av..., commença à répondre Suzie.

— Tu nous l'avais dit ! coupa Logan sans détourner les yeux d'Awena.

À ce moment-là, la Promise leur sourit et leur fit un signe de la main, les invitant à approcher.

— Quelqu'un a apporté un caméscope ? Sinon, Awena ne voudra jamais croire qu'elle s'est à nouveau transformée... en... comment elle l'appelle déjà ? demanda Dàrda pince-sans-rire et l'esprit soulagé par la tournure des événements.

— Galadriel ! Du Seigneur des anneaux ! intervint Fife. Y'a que les viocs comme vous qui ne connaissent pas les classiques. Et aye, j'ai eu la même idée il y a quelques minutes, je suis en train de filmer avec mon téléphone portable.

— Brave petit, susurra Logan en lui faisant la

grimace. Et, sais-tu ce que te disent les viocs ?

— Je m'en doute, maugréa Fife tout en souriant.

— Chut ! Elle nous parle, écoutez donc ! gronda Suzie sur le ton d'une maîtresse d'école.

« Approchez descendants du clan MacKlare. Par le nord, venez me rejoindre. Vous, fidèles protecteurs, n'ayez pas peur. Les dieux, en cette nuit, sont en notre faveur. »

Les uns après les autres, les derniers de la lignée des Veilleurs passèrent le Cercle par le nord et rejoignirent la Promise en faisant une ronde autour d'elle. Dès qu'ils franchirent le bouclier, une agréable chaleur vint les réchauffer. Leurs vêtements, visages, mains et cheveux mouillés, ne le furent plus. Bien au sec, ayant trop chaud dans leurs imperméables, ils décidèrent de s'en débarrasser et les posèrent à leurs pieds.

« Merci à vous mes amis de m'avoir retrouvée. Ne pleurez pas le départ de Calum, Ellie et Emily. Car bientôt ils vous seront rendus. Que la prière soit dite. Et que votre vie soit longue et prospère. Logan..., donnez-moi votre dague. Suzie, préparez la Poussière d'étoiles salée. Ô dieux... Qu'ensuite ma prière soit écoutée. Par votre volonté exaucée. »

Logan retira la dague qu'il avait mise dans sa botte et la présenta par le pommeau à la Promise. Pendant ce laps de temps, Suzie ouvrait un petit sac de cuir contenant les restes de la Poussière sacrée.

Pas de chichi cette fois-ci, Awena s'entama la paume de la main grâce à la lame effilée de la dague, la rendit à Logan et tendit à nouveau sa main blessée d'où suintait un sang rouge vif, paume vers le ciel, vers Suzie, pour qu'elle puisse y faire couler un peu de Poussière.

Loin de hurler de douleur comme la première fois, Awena sourit chaleureusement et embrassa de son regard mauve les êtres qui se tenaient devant elle. Ses amis, ses bienfaiteurs, ceux sans qui rien ne serait, leur faisant ainsi ses adieux, ce que tous comprirent !

La Promise fit un signe de tête et les MacKlare reculèrent à toucher les menhirs, dos à la pierre.

La prière allait commencer :

« Je confie mon corps à la Terre (et elle se tourna vers le nord), mon esprit à l'Air (se tournant vers l'est), mon sang à l'Eau (se tournant vers l'ouest), mon âme au Feu (se tournant vers le sud), mon tout à l'Éther (dressant le poing fermé contenant la Poussière vers les cieux).

Que la force des cinq éléments, combinée à celle des dieux omniprésents, guide mes pas dans le temps... me porte là où je devrais être... Awen ! »

À chaque mouvement, un peu de Poussière avait été répandue et là encore, sur le dernier mot sacré, le poing toujours levé vers les cieux, Awena desserra doucement les doigts et laissa les minuscules grains rougis par son sang se disperser à l'intérieur du bouclier et du Cercle des dieux.

Et à nouveau, bien avant que le plus infime de ces grains ne touche le sol, le corps d'Awena disparut, dématérialisé dans une onde chaude et argentée.

La Promise était partie, pas d'onde de choc dévastatrice après elle, plus de bouclier magique non plus. Suzie traça un autre cercle sacré dans le sens des aiguilles d'une montre, fermant ainsi le passage et clôturant la cérémonie.

Plus besoin de bouclier, car la pluie avait cessé de tomber, le vent s'était tu et au loin, vers l'est, le ciel se parait des lueurs rouges, orangées, pourpres, mauves et beiges, d'un matin nouveau.

Heureux, les derniers Veilleurs assistèrent à ce spectacle féerique, pourtant si ordinaire, sachant ô combien ils avaient été près de ne jamais revoir un lever de soleil.

— Tout est bien qui finit bien, murmura Suzie en

contemplant le tableau vivant de dame nature au réveil.

— Aye ! approuvèrent les autres en chœur.

— Si seulement mes sœurs et Calum avaient pu voir ça, fit Liam, la larme à l'œil. Si cela se trouve, ils sont au manoir en ce moment même, en train de se chahuter comme d'habitude ?

Le ton était plein d'espoir et d'entrain. Avant de laisser place au silence, car... sous les yeux effarés des derniers Veilleurs, Liam disparut.

Baissant les yeux, ils purent constater que de lui ne restait plus qu'un petit tas d'habits épars et un vieux slip kangourou digne de la collection de Calum.

— Cac (Merde)..., marmonna Logan. Je crois que ce n'est pas fini.

Chapitre 20

17 août 1392... 12 h 46

— Mais chut-euh ! Vous allez la réveiller ! marmonnait une petite voix d'enfant.
— Pourquoi ? On parle moins fort que ses ronflements. Mama, quand elle est comme ça, tu peux toujours causer, elle s'réveille pas ! ronchonna une autre petite voix.
— Toute façon, pa' est parti prévenir le laird de son retour, alors, va' pas dormir longtemps ! Là, c'était encore une autre voix enfantine...

Des enfants ? Ou des lutins... peut-être même des gnomes... ou alors des trolls ?

Awena sourit dans son rêve et continua de ronfler de plus belle.

— Qu'est-ce qu'elle ronfle ! J'pensais pas qu'les filles pouvaient faire autant d'bruit !
— Ben si ! J't'ai dit qu'mama était pareille...
— Tu crois qu'il va lui donner une bonne fessée ?
— Qui ça ?
— Elle parle du laird, pardi !
— Ben ! Pourquoi qu'il lui donnerait une fessée ?
— PASSSQU' ELLE A FAIT UNE GROSSE BÊTISE-EUH ! claironna à tue-tête la voix fluette de « Elle ».
— Mais... chut-euh ! Regarde elle fronce les sourcils ! Tu parles trop fort.

Qu'ils aillent parler ailleurs tous ces korrigans. Awena n'avait pas de pièces d'or sur elle pour qu'ils puissent s'enrichir, de toute façon, elle voulait dormir... oh, oui...

dormir.

— Tu m'as craché d'ssus en faisant chut-euh ! se plaignit un des korrigans.

— Tu m'as pas répondu, Duncan ! Elle va avoir la fessée ? redemanda « Elle ».

— Oh ! P't'être bien ! Ils disent tous au village qu'elle a fait une grosse bêtise... certains disaient qu'elle était partie pour toujours... j'trouvais ça dommage, elle est rigolote ! Et qu'est-ce qu'elle dessine bien, elle m'a fait sur l'parchemin !

— Quoi ? Ta ceann (tête)... pouah... c'est gâcher l'parchemin.

— Donan, arrête de chercher Duncan, coupa « Elle ». Vous avez vu ses atours ?

— Rho... yèp ! C'est moche hein.

— C'est de drôles de braies qu'elle a enfilées sur ses jambes et pis toutes bleues !

— Vé ! Ça tape dans l'œil hein ! Oh là, là... On file. Y'a du mouvement et des cris au bas de la colline.

— Ben j'aimerais pas être à sa place, elle va avoir les fesses toutes rouges ! chantonna « Elle ».

Awena croyait rêver, mais en fait, le petit dialogue qui résonnait dans sa tête ne venait pas de gnomes, ou de korrigans, ou de lutins et encore moins de trolls. Cela venait de trois petits Highlanders, de six, huit et huit ans et demi — très important le et demi — une petite puce aux cheveux couleur miel, « Elle » et deux garçonnets, l'un blond « Duncan », l'autre rouquin « Donan »...

Ils détalèrent vivement en voyant le laird gravir la colline au pas de course, il valait mieux être loin du lieu de punition au cas où ils s'en prennent une aussi, se disaient-ils en cavalant de plus belle sur leurs petites gambettes.

— Oh là, là... ce qu'elle va prendre ! chantonna encore la fillette de six ans en essayant de rattraper les garçons et en disparaissant sur l'autre versant de la colline.

Le calme revenu, Awena soupira de bonheur et sombra à nouveau dans un sommeil profond en ronflant.

Il ne pouvait y croire, mais il le voulait tant ! Awena, vivante dans le Cercle des dieux ! L'homme du village qui était venu le prévenir du miracle, se prénommant Aonghas, avait essuyé les foudres de sa colère et s'était enfui sans demander son reste, échappant ainsi à un sort qui aurait pu être plus funeste encore. Mensonges qu'étaient les mots de cet individu !

Darren avait vu l'onde de choc magique suivre l'explosion de lumière dans le Cercle des dieux et il savait que personne, simple humain ou magicien, n'aurait pu survivre à cela. La preuve en était de cette traîtresse de Barabal, fautive de la mort de sa Promise.

Pourtant...

Pourtant, l'espoir cherchait à renaître, le poussant à sortir de sa tanière. Celle où le Loup Noir des Highlands avait trouvé refuge ; la cachette secrète dissimulée sous les appartements de Iain et Diane.

Pourquoi ses pas le guidèrent-ils là, après le choc qu'il venait de subir ? Pourquoi déplaça-t-il le lit et actionna-t-il, à l'aide de son skean dubh, le mécanisme d'ouverture de la trappe menant à la pièce secrète ? Il n'aurait su répondre à ces questions.

La seule chose qu'il savait, c'était que dehors, alors que Larkin berçait Barabal et que les gens du village, guerriers et bana-bhuidseach accouraient, alertés par le bruit de l'explosion magique et de ses propres hurlements de fauve blessé. Il avait été pris du besoin viscéral de fuir, de se retrouver loin de tous ces visages désemparés, loin de tout bruit, et de toute parole. Darren venait de perdre son aimée, même s'il ne parvenait pas, NE pouvait pas accepter cette réalité.

Là, dans la pénombre de la chambre secrète, peu à peu, il avait laissé libre cours à son incommensurable chagrin, s'en prenant régulièrement aux dieux qui lui avaient arraché tous ceux qu'il avait aimés. Il était resté là, dans l'obscurité, perdant le fil du temps, les heures s'égrainant lentement. Ce ne fut qu'au moment où une chiche lueur transperça les ténèbres de sa retraite, se faufilant par l'ouverture de la trappe secrète, qu'il put apercevoir dans son environnement proche quelques objets volumineux sous les draps poussiéreux. Un, en particulier, attira comme un aimant son regard : le piano-forte de Diane, et avec cette vision, resurgirent des souvenirs, des bribes de voix, des rires.

Awena. Encore... « Oh... quel dommage ! Il est complètement désaccordé et il semblerait que des cordes soient cassées. Écoute ! », « Tonc-Tonc... », « Je t'assure que je sais y jouer ! », « Mais écoute ! Là, c'est horrible ! », « Tonc-ting-ting-tonc-tonc... tonc ».

À ces souvenirs si chers, si proches, Darren ne put se retenir de verser une ultime larme de sel sur son amour défunt et cette larme en coulant sur sa joue, avait emporté sa dernière part d'humanité, de raison.

Alors... Alors, Rage en avait profité pour prendre le contrôle de son corps et de son esprit, réveillant la bête tapie, assoiffée de chaos et de destruction.

Des heures et des heures s'étaient à nouveau écoulées. Rage s'en fut, et Darren, désorienté, revint à lui.

Le laird était agenouillé au milieu des débris du piano-forte. De celui-ci, il ne demeurait que des bouts de bois fracturés, éparpillés. Des cordes de métal s'étalaient autour de lui comme les restes d'une toile d'araignée géante éventrée et l'éclat pâle des touches de piano en ivoire blanc faisait penser à des fragments d'os, un squelette désarticulé.

Qu'ai-je fait ? avait déploré le laird tristement en serrant ses poings ensanglantés.

C'est là, au plus profond de son désarroi, qu'il avait perçu l'écho des coups redoublés contre la porte des appartements de ses grands-parents. Il était sorti de son hébétude, avait monté les marches vers la lumière, refermé la trappe à l'aide de son skean dubh, replacé le lit, tourné le verrou et avait ouvert la porte à la volée, pour se retrouver furieux face à un grand homme maigre, qui se tenait sur le pas de la porte et que Darren connaissait sous le nom d'Aonghas.

Quand celui-ci lui avait annoncé que sa Promise était dans le Cercle des dieux, il avait vu rouge, la bête n'attendant que ça pour surgir à nouveau, de plus en plus assoiffée de sang. Mais... Awena dans le Cercle des dieux ?

Les mots avaient su se frayer un chemin dans son esprit torturé. Le simple fait de l'imaginer vivante avait retenu la bête en laisse, rendant à l'homme sa liberté de penser et d'agir.

Awena..., murmurait inlassablement une voix dans sa tête, alors qu'il arrivait enfin au Cercle des dieux, à peine essoufflé de sa course éperdue.

Il n'osait y croire, car si elle n'y était pas, il en mourrait !

Mais elle était bien là.

Le choc de la revoir lui fit l'effet d'un coup de poing en plein estomac, lui coupant le souffle, et son cœur battant la chamade en lui donnant l'impression qu'il allait sortir de sa poitrine.

Figé, il mangeait des yeux celle qu'il avait crue à jamais perdue. Elle était allongée sur une sorte de matelas jaune, lui-même étalé sur la dalle centrale du Cercle. En un large coup d'œil alentour, le laird se rendit compte qu'Awena n'était pas la seule dans ce lieu sacré, car la jeune femme était entourée d'un tas de choses indescriptibles.

Cela ressemblait à des caisses en bois, mais cela n'en avait que l'aspect, car elles étaient lisses et d'une couleur d'un étrange brun délavé, sans compter ces sortes de grandes sacoches ? Les unes rouges et les autres vertes. Les couleurs étaient si vives que des brigands auraient pu les apercevoir à des kilomètres à la ronde ! Et puis, il y avait tout ce lierre encore vert et tressé, qui passait des caisses aux sacoches, pour se refermer autour du poignet délicat de la jeune femme.

Awena...

Darren déglutit et se força à avancer vers elle, ne la quittant plus des yeux.

Elle semblait inconsciente, se dit Darren en fronçant les sourcils d'inquiétude. Elle était différente aussi, vêtue de ces atours bizarres, des braies... bleues ? Très serrées sur ses longues jambes bien modelées, une sorte de tunique blanche pour le haut et un singulier gilet d'enfant rouge, beaucoup trop petit pour elle. La preuve en était qu'il ne descendait pas plus bas que la ronde poitrine de la belle.

Il crut rêver ! Cependant, un rêve pouvait-il être aussi réel et comporter autant de détails extravagants ?

Les yeux bleu nuit du laird furent soudain attirés par de longues traînées rouge sombre et une multitude de taches de la même teinte, ressortant sur la blancheur de la tunique. Darren avait tant de fois vu, par le passé, ce genre de marques colorées, qu'il sut instantanément que c'était du sang !

Du sang séché !

— Awena ! hurla-t-il en se précipitant sur elle.

Tombant sur le sol, tout contre son corps, il la prit fiévreusement dans ses bras, retrouva son odeur unique de soleil et de miel, l'embrassa éperdument sur chaque parcelle de peau de son visage pâle. Il murmurait son prénom inlassablement, quêtant le moindre signe de vie, ne serait-ce que le plus petit souffle, et il en fut récompensé : Elle ronfla bruyamment !

Darren se figea, stupéfait, tout en continuant de la serrer contre son torse. D'une main tremblante, il dégagea entièrement le visage d'Awena de ses longues mèches rousses et soyeuses, puis attendit.

Elle ronfla à nouveau.

— Par les dieux ! s'exclama-t-il cette fois-ci, complètement sidéré et un tantinet en colère contre la jeune femme qui dormait profondément.

Il fixait son petit visage en forme de cœur, interdit

devant une telle situation. Il l'avait crue morte. Elle revenait dans le Cercle des dieux. Vivante. Des marques de sang séché sur le corps et que faisait-elle ? Elle ronflait de tout son saoul !

— Awena ! gronda-t-il soudain en secouant les épaules de la jeune femme.

Celle-ci ronchonna, leva une main mollasse et l'agita sous le nez de Darren, comme si elle chassait un importun moucheron.

— Hum... Va-t'en le gnome, baragouina-t-elle pâteusement sans ouvrir les yeux et en essayant de se recoucher sur l'horrible matelas jaune.

— Le gnome ? hoqueta Darren, ne sachant plus s'il fallait se fâcher ou céder au fou rire incongru qui renaissait en lui. Awena ! Réveille-toi ! Je vais te montrer si je suis un gnome ! marmonna-t-il en secouant de plus belle la ronfleuse.

— Hum... Dormir. Allez piailler ailleurs, sales korrigans. Pas d'or, t'façon.

— Assez ! Réveille-toi Awena ! Les dieux doivent me maudire pour les avoir reniés ! Dans quelle dimension ont-ils laissé ton esprit ? Mo chridhe... reviens..., supplia Darren tout en reprenant Awena contre son cœur, la berçant et l'embrassant de plus belle en étouffant ses ronflements intempestifs sous ses lèvres chaudes et fermes.

— M'eudail...

Un baiser.

— Veux dormir, ronchonna Awena.

— Beag blàth...

Un autre baiser, la chaleur du velours du bout d'une langue taquinant et caressant les lèvres de la dormeuse.

— Hum... encore, souffla Awena en soupirant d'aise.

Darren ne se fit pas prier, il étendit la jeune femme toujours endormie et s'allongea sur elle avec mille précautions, en se maintenant, à bout de bras, pour ne pas l'écraser.

— Awena, susurra-t-il d'un ton rauque tout en se remettant à l'embrasser. Si tu ne t'éveilles pas, emporte-moi au moins dans l'antre de tes rêves...

Changeant doucement de position, il étendit son grand corps alangui en appui sur les coudes, collant son torse puissant à la rondeur tendre des seins d'Awena, donnant ainsi libre mouvement à ses mains pour caresser, par de toutes petites touches légères, la bouche, les joues et les paupières de sa belle, ses lèvres charnues et gourmandes suivant le tracé de ses doigts.

— Emporte-moi, la supplia-t-il à nouveau en mordillant de ses dents les lèvres roses et parfumées à la cannelle d'Awena, pénétrant ensuite le royaume sucré de sa bouche, entremêlant leurs langues dans un ballet érotique de plus en plus exaltant. Lentement, suivant le même ballet, les hanches de Darren entrèrent en mouvement, ondulant, se rétractant et ondulant à nouveau au plus près du mont de Vénus de la jeune femme en y frottant son arrogante virilité fièrement dressée en un va-et-vient langoureux.

Seuls, leurs vêtements faisaient rempart à une union complète, promettant, par l'intensité ressentie des attouchements préliminaires, d'être dévastatrice dans son acte réel et consommé.

— Hum..., soupira Awena dans un souffle langoureux, alors que ses rêves avaient chassé tous les gnomes, trolls ou lutins de toutes sortes et la précipitaient dans un monde érotique où Darren, son guerrier farouche, était à nouveau là et lui faisait l'amour.

Que les rêves pouvaient être fabuleux !

Si proche de ce que la réalité aurait pu — aurait dû — être, si son Highlander avait été à ses côtés. Les sensations étaient si étonnamment fortes — oh oui — si fortes, qu'elle en soupira de félicité, en se mettant à onduler des hanches, cherchant désespérément à accroître ce contact torride qu'elle croyait imaginaire.

Une langue chaude, avide, franchit le barrage de ses

lèvres et plongea fiévreusement à la rencontre de la sienne.

Faites que ce rêve ne se finisse jamais..., pria Awena mentalement, gagnée par la chaleur d'un feu ardent qui embrasait chaque particule nerveuse de son corps.

Darren grogna de contentement en sentant la jeune femme répondre à son baiser avec fougue. L'effroi, la douleur, la peine, la rage, tout cela ne comptait plus. Seul existait cet instant.

Ainsi lâcha-t-il la bride à tous ses désirs, le sang en ébullition, le ventre et les reins subissant des spasmes provoqués par le feu de la passion atteignant son paroxysme, demandant l'assouvissement suprême.

Il fallait qu'il la fasse sienne, maintenant, ici, sous le soleil à son zénith, dans le Cercle des dieux qui les avaient à nouveau réunis.

Alors que sa bouche allait à la rencontre du creux tendre du cou de la jeune femme juste au-dessus de l'épaule, cherchant avidement la veine palpitante qui disait combien elle vivait. Ô combien elle le désirait. Ses mains partirent à la recherche des lacets fermant le ridicule gilet d'enfant, sans pouvoir les trouver.

Grognant de frustration, il tira sur le lainage qui crissa sous ses doigts sans se déchirer.

Ne voulant pas s'arrêter là, d'une simple pensée magique, il débarrassa leurs deux corps de tout vêtement et rugit de plaisir au contact déroutant de la chair douce, nue, qui se trémoussait sous lui.

Quand vint le moment où Awena réalisa avec ébahissement que son rêve était réalité ?

Peu importe. Ce fut avec de grands yeux verts lumineux qu'elle contempla avec effarement le visage de son ange ressuscité.

— Darren ? Oh Darren ! s'écria-t-elle éperdue avant de l'embrasser farouchement.

— Lass, feula-t-il contre ses lèvres avides, enflées de leurs baisers et le sang lui battant furieusement aux tempes.

Il avait envie, besoin d'être sauvage, de la prendre tout de suite. Pourtant, il se retenait de toutes ses forces, le corps tremblant, car c'était la première fois pour Awena et il se devait d'être doux.

Awena avait innocemment entrouvert les jambes et cherchait une meilleure position pour être au plus près de son Highlander, le faisant grogner et serrer les dents de plus belle.

— M'eudail, chuchota-t-il, le souffle court, je ne sais pas si tu l'as remarqué, mais nous ne sommes pas en train de danser. Je vais te faire l'amour et si tu n'arrêtes pas de te trémousser ainsi, je jure de te prendre tout de suite comme le fou de désir que je suis, et cela risque de ne pas te plaire !

— Je m'en moque ! Je veux que tu me prennes tout de suite ! Fort ! Je veux oublier t'avoir vu mort !

Darren sursauta et se figea de surprise en entendant ces derniers mots, puis les oublia tout aussi vite en sentant de petites dents lui mordiller les tétons et des mains douces, possessives, se balader sur son dos musclé, ses reins en feu et empoigner ses fesses.

Son corps tout entier réagit aussitôt et Darren colla ses hanches à celles d'Awena, ne lui cachant rien de la force de son brûlant désir, son imposante érection appuyant sur le Mont de Vénus de la jeune femme.

Awena eut un soubresaut, hoqueta avant de respirer rapidement. Elle arqua le dos, écrasa ses seins ronds contre le torse de Darren et bascula la tête en arrière.

L'onde brûlante qui avait circulé de son intimité à son ventre pour se propager à tout son corps, l'avait prise au dépourvu. Elle en voulait encore.

Il recommença son mouvement, plusieurs fois, glissant là où son être était le plus réceptif, chaud, moite, faisant gémir Awena et palpiter furieusement son cœur.

La jeune femme cherchait avidement son souffle, ouvrant de grands yeux pour ne pas perdre de vue le magnifique visage de Darren, dur, tendu sous l'intensité de la passion, immensément viril, encadré par ses longs cheveux soyeux qui se mouvaient au-dessus d'elle au même rythme que les balancements de ses hanches.

Ses mains agrippèrent ses larges épaules, descendant en caressant ses biceps aux veines saillantes, puis se posèrent sur son torse, ses bouts de doigts titillant les tétons bruns, durs, érigés, quémandant les baisers, puis vint le tour des abdominaux, avant que ses mains ne descendent encore plus bas, vers l'endroit où leurs corps se mouvaient de plus en plus frénétiquement.

Darren se redressa sur ses bras, grogna en serrant les mâchoires, se pencha pour s'emparer de sa bouche en un baiser ardent, électrisant encore plus les sens d'Awena qui gémissait sans retenue.

Sa fougueuse virilité glissait de plus en plus vite sur la chaude moiteur de la jeune femme et bientôt, ce simple et ô combien merveilleux va-et-vient ne lui suffit plus. Il voulait s'enfoncer en elle, jusqu'à la garde, l'entendre gémir, hurler son plaisir.

Il quitta ses lèvres sans cesser ses diaboliques ondulations, faisant se tordre le petit corps chaud sous le sien, se pencha et saisit dans sa bouche l'aréole rosée, tendue, qui ne demandait que ses baisers. Il mordilla, suça, lécha et s'enivra des cris aigus d'Awena.

— Darren ! Darren ! S'il te plaît !

Elle ne savait pas ce qu'elle voulait, plutôt ce que son corps réclamait avec tant d'ardeur, mais lui, Darren, le savait.

Imperceptiblement, il changea de position en reprenant fougueusement les lèvres palpitantes de la jeune femme, buvant son souffle rapide comme si c'était le plus pur des élixirs, et il l'était.

— Détends-toi mo chridhe, passe tes bras autour de mon cou, chuchota-t-il en continuant de l'embrasser à la commissure des lèvres, faisant glisser sa langue avant de pénétrer sa bouche et d'entamer une danse sauvage en poussant sur la sienne.

Indépendamment d'elle, la jeune femme écarta plus les jambes et sentit Darren positionner son sexe à l'orée de sa féminité. Il se retenait tant qu'il tremblait de tout son être.

— Viens, s'étrangla Awena en basculant ses hanches à sa rencontre.

Alors, il céda et d'un coup de reins décisif, entra en elle, l'empalant de son imposante virilité, la comblant, la remplissant toute.

Awena serra les dents et lâcha un cri aigu. Une vive douleur s'était faite et son corps cherchait inconsciemment à faire marche arrière.

Il était trop imposant !

Mais en bougeant, d'autres sensations naquirent, provoquant des spasmes torrides dans son fourreau intime, avant de remonter en ondes brûlantes vers son ventre et son cœur.

— Ne... bouge... pas, grogna Darren au-dessus d'elle, les yeux fermés, le corps tendu prêt à craquer.

C'était comme de demander aux nuages de cesser d'avancer dans le ciel. Quelque chose se passait au plus secret de son être. Elle sentait ses muscles intimes se contracter frénétiquement autour de son érection, puis se relâcher, avant de recommencer à se contracter. Cela en était presque douloureux. Il fallait que quelque chose, n'importe quoi, se fasse.

Elle ondula à nouveau du bassin, le sexe de Darren s'enfonçant encore plus profondément dans son doux étui chaud et mielleux.

Darren émit un feulement terrible, se redressa pour s'asseoir sur ses cuisses et attira la jeune femme contre son torse dans le même mouvement.

Dans cette position, si cela était possible, il s'enfonça encore plus profondément et Awena crut qu'il avait atteint le centre de son ventre, tant elle le sentait en elle, loin, si loin.

— Accroche-toi à mes épaules, lui enjoignit Darren tout contre ses lèvres, respirant difficilement, ses grandes mains glissant au bas de son dos pour lui agripper fermement les hanches.

Dans le même temps, Awena, éperdue, serra de ses cuisses la taille fine du laird et s'accrocha à lui comme il le lui avait demandé. À peine se fut-elle cramponnée qu'il bougea. Il glissa en sortant, frottant les muscles intimes de la jeune femme, l'électrisant toute et la faisant crier, puis revint à l'assaut par un formidable coup de reins qui la souleva et la fit se plaquer au plus près de son torse.

Darren avait basculé la tête en arrière et poussa un puissant rugissement avant de se mettre à bouger de plus en plus fort au fond de son ventre, coupant le souffle d'Awena et la faisant crier de plus belle.

C'était tellement bon !

Ce désir inouï qui enfin pouvait être assouvi...

— Ouvre-toi m'eudail. Prends-moi... plus loin.

Alors que ses grandes mains guidaient leur chevauchée frénétique, la jeune femme écarta un peu plus les jambes et s'empala plus intensément sur l'imposante virilité qui la labourait comme s'il ne devait jamais s'arrêter.

Ils allaient mourir !

Comment pouvait-on survivre à ces spasmes qui envahissaient le corps de leurs ondes de feu. Ses muscles intimes se resserraient, faisaient gémir de plus belle Darren qui glissait en elle sauvagement. Au loin la douceur, il ne pouvait plus se retenir, alors que quelque chose montait en Awena, de plus en plus fort, une houle gigantesque de feu crépitant qui contractait ses reins et lui coupait le souffle.

Sa voix se brisa et elle mordit furieusement le biceps de Darren alors que dans sa tête, tout éclatait. C'était comme une boule de cristal qui implosait, c'était comme la fusion de deux planètes en une, c'était violent et pourtant extraordinairement bon !

L'orgasme fut sur eux d'un coup, véritable tsunami des sens.

Et même à ce moment-là, alors que sa chaude semence

se déversait au plus profond du corps de la jeune femme, Darren ne put s'empêcher de la prendre encore et encore, en de furieux coups de reins qui déclenchèrent un deuxième et encore plus prodigieux orgasme en Awena.

Elle crut s'évanouir tant c'était fort.

Peu à peu, la tempête s'apaisa, les laissant unis, la respiration sifflante, hachée, et serrés l'un contre l'autre.

Darren sembla reprendre ses esprits et regarda la jeune femme avec des yeux anxieux, il n'avait pu se retenir.

Toujours enlacée à lui, le sentant encore palpiter au fond de son être, Awena lui sourit et lui caressa doucement la joue.

— Je t'aime, Darren.

— Och ! Mo chridhe... Tha goal agam ort ! s'exclama-t-il la gorge serrée et se penchant pour l'embrasser tendrement, ne voulant en aucun cas casser ce moment unique, où il l'avait retrouvée et où leurs corps s'étaient unis... à jamais.

Non loin de là, à quelque distance tout de même, alors qu'une multitude de guerriers highlanders s'étaient déployés au bas de la colline, la ceinturant entièrement pour empêcher quiconque de la gravir – ordre du laird –, on entendit un étrange et sibyllin dialogue, émanant de trois enfants assis sous de hautes touffes d'herbes.

— Oh là, là, j'vous avais bien dit qu'elle aurait droit à une sacrée fessée ! Qu'est-ce qu'elle crie ! !

— Vé... j'aimerais pas être à sa place et l'laird n'a pas l'air content non plus !

— Bah ! J'comprends rien à ces adultes, faut toujours des punitions et des fessées. Allez v' nez Flo, Duncan..., sinon ce seront nos fesses qui chaufferont en rentrant à la maison !

— Aye ! répondirent en chœur les enfants.

Et au trio, Flo, Duncan et Donan, de détaler vers le village et leurs chaumières respectives.

Ils ne virent pas certains guerriers highlanders qui les

avaient écoutés se taper des mains sur les cuisses ni n'entendirent leurs éclats de rire.

Quand même, qu'est-ce qu'ils pouvaient être bêtes ces grands !

— Ça va ? demanda tendrement Darren en s'écartant doucement des bras de la jeune femme, se séparant d'elle pour l'allonger sur le matelas – décidément, tape à l'œil – jaune.

Awena hocha la tête sans parler, se contentant de boire des yeux, le sculptural corps athlétique de l'homme le plus beau que la terre n'eût jamais porté.

Au loin la pudeur et toutes les gênes qu'elle aurait pu occasionner.

Il était à elle, comme elle était à lui et ce qu'ils venaient de partager était gravé à l'encre indélébile dans chaque particule de leurs peaux, dans chaque pensée de leurs âmes.

Rien, ni même la mort, ne pourrait jamais leur reprendre cela.

Darren s'habillait tranquillement sans la quitter des yeux et elle se souvint de sa question.

— Ça va, murmura-t-elle, encore tout alanguie de leurs ébats. Tu pourrais me rhabiller de la même façon que celle dont tu m'as déshabillée ?

— Naye, je préfère te regarder faire, susurra-t-il en souriant, faisant apparaître ses fossettes sur ses joues ombrées d'une barbe naissante. Mais pas dans ces atours... bizarres, fit-il d'un ton sec en désignant le tas de vêtements près de la jeune femme.

Awena, toujours allongée sur le dos, se redressa sur les coudes et haussa ses fins sourcils.

— Mes habits ? D'étranges atours ? s'étonna-t-elle avant de rire. Oh Darren, que dirais-tu si tu vivais en 2010 ! Toutes les femmes portent ce genre de vêtements !

Darren venait de finir d'enfiler sa tunique blanche, de réajuster son tartan et vint s'agenouiller près d'elle. Il paraissait contrarié, tout d'un coup.

— Darren, qu'y a-t-il ? Ce ne sont qu'un jean, un chemisier et un petit gilet.

— Un gilet d'enfant ! se moqua-t-il.

— Mais non, on appelle ça un caraco et il se porte ainsi ! l'informa Awena qui commençait à enfiler ses sous-vêtements et comptait bien faire de même avec ses atours bizarres.

Elle sentait bien que l'humeur de Darren s'assombrissait derrière son apparence gentiment moqueuse, mais tout lui paraissait trop lumineux et la vie si belle, qu'elle continua de lui sourire comme si de rien n'était.

Tout de même, c'est à se demander s'il ne regrette pas les moments intenses que nous venons de partager, pensa Awena qui eut du mal à garder le sourire.

— Où étais-tu ? l'interrogea-t-il inopinément, comme s'il n'avait pu contenir plus longtemps ses mots. Je t'ai crue morte !

À la mine revêche qu'il arborait, Awena comprit que l'heure des comptes avait sonné. Elle finit de s'habiller en se trémoussant des hanches pour enfiler son jean et vit une lueur farouche s'allumer dans les yeux bleu nuit du laird. En fin de compte, il n'était pas tout à fait contre ses habits modernes, et son désir pour elle semblait intact. Donc, le problème était ailleurs. Que venait-il de lui demander déjà ?

— Awena, marmonna-t-il.

— Je suis repartie en 2010 après ce qui s'est passé hier... non... avant-hier... non, hier... passons. J'ai appris que j'étais la Promise, fait la connaissance des Veilleurs, et... mais, c'est une longue histoire et ce n'est peut-être pas le moment d'en parler, je risque de tout emmêler.

— Au contraire m'eudail, c'est le moment ! Mais je t'en prie, n'invente pas d'histoire à dormir debout. Je t'aime, tu le sais et il n'est pas important que tu ne sois pas l'élue. C'est ce que je comptais te dire avant que tu ne partes je ne sais où.

Awena, sidérée, le dévisagea en ouvrant de grands yeux.

Il croyait qu'elle lui mentait ? Qu'elle se faisait passer pour la Promise pour conserver son amour et qu'elle lui racontait toute une histoire ?

Là, c'était trop fort !

— Mais enfin ! s'énerva-t-elle en se mettant debout, les mains sur la taille avant de faire un ample mouvement du bras en désignant ce qui les entourait. Regarde un peu autour de toi ! Crois-tu que je me serais amusée à te concocter une petite scène dans le seul but de me faire passer pour la Promise ? Regarde bien ce qui nous entoure ! Ce sont des cartons de déménagements et mes valises, les plus affreuses. Il faudra que j'en touche deux mots à Logan, si un jour je le revois, marmonna-t-elle en fronçant les sourcils et en baissant d'un ton.

Darren se redressa agilement et vint se planter face à elle.

— Qui est Logan ? rouspéta-t-il.

— Arrête de jouer à ton big-Darren-jaloux ! Si tu veux vraiment savoir où j'étais et qui est Logan, il va falloir que tu cesses de me traiter de menteuse et que tu écoutes ce que j'ai à te dire. J'en ai bien passé, moi, des heures et des heures à écouter et à apprendre qui j'étais en réalité, alors tu en feras autant ! s'emporta-t-elle en tapant du pied. Ouille..., cria-t-elle soudain de douleur et en se baissant vivement pour se tenir la plante du pied des deux mains, tout en sautillant sur place.

Le coup de pied qu'elle venait d'envoyer contre la dalle centrale et sans chaussure lui fit un mal de chien.

— Assieds-toi, laisse-moi regarder.

— C'est bon, ça passera et ça ne saigne même pas, marmonna la jeune femme, le cœur serré par la tournure des événements, son sourire ayant disparu et sentant la moutarde lui monter au nez.

Cela faisait un mois qu'elle ne savait plus sur quel pied danser – c'était bien le cas de le dire –, ballottée entre deux époques, des situations ubuesques à souhait où n'importe quel sain d'esprit l'aurait perdu, justement, l'esprit ! Sans compter qu'elle était tombée éperdument amoureuse d'un homme au caractère changeant, difficile à cerner et qui faisait l'amour comme un Dieu. Remarque, c'était un fils des dieux.

Awena commença par marmonner des mots sans suite en faisant les cent pas, boitillant légèrement devant un laird qui oscillait entre l'agacement et l'amusement et qui choisit de la laisser vider son sac, s'asseyant en tailleur à même le sol. Là, les coudes sur les genoux et le menton calé dans ses mains, il suivit ses allées et venues tout en écoutant ses bafouilles qui se transformèrent en une véritable oraison.

Elle lui offrit ses pensées, celles qu'elle venait d'avoir, en omettant de parler du fait qu'il faisait divinement l'amour, elle lui fit comprendre qu'il fallait avoir les nerfs bien solides pour ne pas faire disjoncter son cerveau suite à tout ce qu'elle avait vécu, sans compter tous les événements qui avaient surgi dans sa vie, comme sur un terrain de tir aux cibles mouvantes. Sa vie, justement, parlons-en ! Avant tout ça, elle la voyait longue, paisible, ennuyeuse à souhait... normale quoi ! Mais non, que nenni les braves gens ! Puisque la magie, la courbe du temps, les druides, les sorcières, et... et... le haggis s'en étaient mêlés !

— Je ne vois pas ce que vient faire le haggis là dedans, susurra le laird qui se mordait l'intérieur de la joue pour ne pas éclater de rire. Elle l'aurait mal pris, et elle le prit mal, sans qu'il rie.

— Mais tout ! s'exclama-t-elle en levant les bras au ciel, voulant taper du pied une nouvelle fois et se retenant au dernier moment en se souvenant de ce qui lui était arrivé la dernière fois qu'elle avait fait ce geste, car être estropiée une fois suffisait. J'avais une vie que je croyais normale, avec une mère qui n'en était pas une, au propre comme au figuré, j'avais un travail qui me plaisait, un prêt en vue pour m'acheter un appartement à moi, rien qu'à moi. Puis il y a eu Logan et son idée de cadeau d'anniversaire... Oh, ne fronce pas les yeux chaque fois que je prononce le prénom de

Logan. Ah ! Tu vois, tu le refais !

Le laird ne voyait rien du tout en fait, il essayait simplement de se concentrer pour suivre le cours de son discours animé.

— J'avais une vie, un anniversaire qui n'est même pas à la bonne date ! J'arrive dans les Highlands, je me promène et zou... Je me retrouve six cent dix-huit ans dans le passé avec la figure couverte de jaunes d'œufs et des éclats de coquille me piquant affreusement le cou ! Pour ensuite... pour... pour..., bafouilla-t-elle, la respiration rapide, ne trouvant plus ses mots.

— Être avec moi, murmura Darren en souriant jusqu'aux oreilles. Ce n'est pas si dramatique que ça, naye ?

Awena cessa de marcher et le regarda en laissant tomber ses bras de chaque côté du corps, comme si soudain, toutes ses forces l'abandonnaient.

Dieux, faites qu'elle ne regrette rien, je ne pourrais la perdre encore une fois, songea Darren, avec une pointe au cœur.

Imperceptiblement, il serra les poings, dans l'attente d'une réponse qui tardait à être formulée. Awena s'avança à petits pas et s'agenouilla face à son highlander, lui caressant la joue et le dévisageant avec des yeux brillants de tristesse.

— Naye ! Je ne sais pas ce que tu veux me dire, mais... Naye ! Tu es à moi maintenant ! Nous allons nous marier ! grogna farouchement le laird en lui saisissant les mains avant de la prendre dans ses bras.

— Darren, je ne veux pas te quitter, jamais plus ! Je l'ai déjà fait une fois... quand j'étais bébé, puis une deuxième fois l'autre nuit. Si je suis triste, c'est pour tout ce qui m'a été enlevé, ma vraie vie.

— Awena ne..., commença à dire Darren en fronçant les sourcils et en lui serrant les mains.

— Je ne veux pas me faire passer pour la Promise ! Bon sang, Darren ! Je suis Awena de Brún, fille d'Isla la grande et de Ewan de Brún. Je suis née exactement huit ans jour pour jour après toi, ma sœur est Aigneas et si, enfin, tu veux bien cesser de croire que je te mens, remémore-toi justement Aigneas, ce qui nous est arrivé à elle et à moi le matin de Lùnastal... et si tu doutes encore, il te suffit de l'imaginer dans ta tête, visionne-la..., elle me ressemble tant !

Darren avait fermé les yeux et secouait la tête doucement de droite à gauche. Quand il les ouvrit à nouveau, ce fut pour la dévisager d'un regard perçant, avide, comme s'il la découvrait pour la toute première fois.

— Raconte-moi tout ! lui enjoignit-il, la voix rauque d'émotion en la scrutant de ses yeux sombres.

Elle l'embrassa tendrement sur la bouche, se retourna sur les talons et vint se lover tout contre lui, s'asseyant entre ses cuisses et le laissant l'enserrer dans ses bras qu'il referma sur elle en un étau de protection et de douceur.

Awena sentait son cœur battre follement tout contre son dos. Comme elle le comprenait, elle aussi avait été abasourdie par les révélations de Iona.

Elle se mit en devoir de tout lui narrer, de son départ à la suite du choc causé par les mots d'Aigneas, croyant être une usurpatrice et voulant le libérer d'elle pour qu'il puisse trouver une véritable Promise, digne de lui.

La serrant un peu plus contre lui et lui embrassant la tempe, il lui enjoignit silencieusement de poursuivre. Elle lui raconta Barabal, comment la Seanmhair avait brusquement deviné qui elle était en réalité, puis la force magique qui s'était emparée de son être pour la guider à faire le bond dans le temps la projetant en 2010. Elle lui parla de Iona, ses révélations la concernant et, bien évidemment, le concernant lui aussi. Ce que ses grands-parents avaient tenté de faire, en empruntant le Cercle des dieux, après avoir formé les Veilleurs. Elle lui parla de l'aîné qui devait vivre au village et qui se nommait Aonghas.

— Aonghas ! coupa Darren en sursautant, alors qu'Awena s'était tu, tournant la tête vers son beau visage, pour essayer de comprendre ce qui lui arrivait.

— Cet homme, l'Aîné des... Veilleurs, c'est lui qui est venu me prévenir que tu étais ici. Par les dieux, je l'ai reçu comme un moins que rien !

— Tu ne pouvais pas savoir qui il était, le rassura-t-elle de sa douce voix au timbre clair.

— Naye... continue ! lui ordonna-t-il, impatient de connaître la suite.

Elle reprit son récit en lui parlant de ce qui restait des MacKlare, les derniers Veilleurs, qui avaient sacrifié toute leur vie dans l'unique but de les réunir elle et lui à nouveau. Puis vint le moment de lui parler du Leabhar an ùine, l'ayant lui aussi attendue pour lui transmettre tout son savoir avant de s'éteindre. À ce moment-là de son récit, elle ne put s'empêcher de verser quelques larmes que Darren essuya de ses lèvres chaudes. Elle lui narra ce qui s'était passé juste après, aux dires des Veilleurs, quand elle s'était transformée en Galadriel.

— Galadriel ? s'étonna Darren.

— Je te raconterai... plus tard.

— Aye, continue.

Ce qu'elle fit en se replongeant dans ses souvenirs des heures passées. La disparition de Calum, des sœurs de Liam, emportés dans la courbe du temps qui les rattrapait pour les engloutir, suite au fait qu'il était mort au combat contre les Gunn. Sentant Darren se crisper à ce rappel sur son futur funeste, elle se serra fort contre lui et lui murmura :

— Cela n'arrivera jamais mon amour, je suis là et maintenant tu sais tout. Nous avons tous retrouvé nos places, je sais enfin qui je suis et toi aussi.

— Que s'est-il passé ensuite ? Tu es là, donc les Veilleurs ont eu assez de pouvoir pour te renvoyer ici ?

— Ben... justement, je ne sais pas, gémit piteusement la jeune femme. Là non plus, je ne me souviens de rien. J'étais en train de supplier nos dieux pour qu'ils nous aident, il y a eu à nouveau cette musique, ces chants et puis... pouf... je me suis réveillée dans tes bras, j'ai tout oublié !

— Si je comprends bien, ta magie est là, mais quand elle s'éveille, tu ne t'en souviens pas.

— C'est exact !

— Il faut que tu apprennes à la faire venir, sans qu'elle s'empare complètement de toi. Il t'a fallu un grand pouvoir pour revenir seule et je suis très impressionné, mo chridhe. En cet instant tous mes espoirs et mes rêves se réalisent, murmura-t-il avant de l'embrasser fougueusement.

Voilà le moment que l'estomac de la jeune femme choisit, à nouveau pour se rappeler bruyamment à elle.

— Un peu de haggis beag blàth ? s'esclaffa Darren en s'écroulant sur le dos, alors qu'Awena en profitait pour se jeter sur lui en riant elle aussi.

— Plutôt des frites. Je vais faire un tour dans les cuisines.

— Och, naye !

— Och... si !

Chapitre 21
J'aime pas les puzzles

Ils avaient quitté le Cercle des dieux, le guerrier farouche emportant sa dulcinée dans ses bras forts, avaient traversé le rempart de Highlanders qui ceinturait la colline, étaient rentrés au château où Darren avait sommé ses gens de faire monter de l'eau chaude pour un bain et des provisions pour un siècle. En croisant Ned dans le grand hall d'entrée, qui les dévisageait avec des yeux ronds, Darren lui ordonna de libérer Aigneas des geôles, de la garder au village et de faire transporter les effets de sa Promise du Cercle des dieux à son ancienne chambre.

Depuis...

Trois jours entiers étaient passés et les deux tourtereaux n'avaient toujours pas quitté la chambre seigneuriale. Awena avait depuis longtemps apaisé sa faim, toutes ses faims en fait, et flânait, nue comme au premier jour, tranquillement, dans le lit en bataille de Darren.

Larkin était venu plusieurs fois tambouriner à la porte de leurs appartements et avait fini par baisser les bras, leur annonçant simplement au travers de l'épais battant en chêne que Barabal venait de sortir de son coma et était dans tous ses états.

Cette nouvelle était tombée à peine une heure auparavant et sur les supplications d'Awena, Darren avait accepté, bon gré mal gré, qu'ils quittent leur petit nid douillet.

— C'est toi qui me dis de me dépêcher de me lever et

qui restes traîner paresseusement au lit. Allez, debout mo chridhe, ou sinon, je te promets trois autres jours de réclusion forcée entre mes bras ! susurra le laird en venant s'asseoir sur la couche aux côtés d'Awena.

— Hum... cela ne me déplairait pas, minauda-t-elle en tendant sa main fine pour caresser son bras musclé, la peau laissée libre d'accès grâce à une tunique blanche sans manches.

La lueur farouche, brûlante, qui s'alluma dans les yeux bleu nuit du laird, décida la jeune femme à se faufiler de l'autre côté du lit, pour ensuite trottiner impudiquement vers ses habits. Elle n'était pas rassasiée de ses baisers, de ses caresses, loin de là et la seule solution pour ne pas céder à l'envoûtement des sens, c'était de bouger !

Se laver, s'habiller, ah... sans ses atours modernes qui avaient disparu, au profit d'une tunique ample et d'un tartan assez long pour faire une jupe. Awena pouffa. Si Darren savait le nombre d'habits indésirables qu'elle avait dans ses bagages.

Tiens... Quel silence !

Elle se retourna vivement du cabinet de toilette qui lui faisait face pour s'arrêter net, son nez s'étant aplati contre le lin de la tunique blanche qui moulait le sculptural torse de Darren.

— Tu es aussi silencieux qu'un chat, s'exclama-t-elle alors qu'il la prenait dans ses bras, se penchait et mordillait la base tendre de son cou.

— Darren... hum... il faut que l'on aille trouver Aigneas et Barabal.

Le laird grogna de dépit en continuant son petit manège, ses belles mains fortes courant sur sa poitrine aux pointes érigées, son ventre lisse, glissant ensuite vers sa taille, sur ses reins, pour venir cramponner son postérieur et la plaquer contre son, si évident, désir.

Quand il se mit à onduler des hanches, elle gémit, son doux soupir tremblant disparaissant sous des lèvres voraces alors qu'une langue avide se frayait un passage entre les siennes. Que perdraient-ils à refaire l'amour une dernière fois, pour la fin de matinée ?

Les sens en émoi, Awena partit elle aussi à la conquête de ce corps athlétique qui n'était rien qu'à elle, impatiente d'assouvir tous ses désirs, même les plus primitifs. Ils gémirent de concert, emportés sur les vagues voluptueuses du feu de la passion renaissante.

Cela ne les empêcha pas d'entendre comme un bruit de verre cassé et un autre coup sourd, suivi d'un grommellement, tout contre la porte de la chambre. Ils s'écartèrent l'un de l'autre sans séparer leurs bustes, leurs corps toujours enlacés et se regardèrent un instant, interloqués.

— Och ! Pardon, s'écria Larkin au travers du battant de la porte. Je ne faisais que passer pour aller à mon laboratoire (qui se trouvait à l'opposé des appartements du laird, accessible par un tout autre chemin) et flûte, j'ai fait tomber une fiole contre votre porte, tout à fait par inadvertance... ohhh... que ça puire ! Je file chercher quelque chose pour nettoyer ce gâchis et empêcher l'odeur de se répandre.

S'ensuivit un bruit de cavalcade, comme si tous les habitants du château prenaient la poudre d'escampette en même temps.

— Que... ? bredouilla Awena déconcertée, avant de se boucher le nez après avoir flairé l'odeur d'une substance nauséabonde qui avait sournoisement envahi la chambre.

Darren pâlit brusquement et se précipita sur les fenêtres à vitraux, les ouvrant d'un coup, pour se pencher et respirer avidement l'air pur de l'extérieur.

— Je vais le tuer ! hurla-t-il à tue-tête.

Awena, qui commençait à manquer d'oxygène vint se réfugier à ses côtés, aspirant goulûment de grosses bouffées d'air.

— Il l'a fait exprès ! enragea Darren se penchant encore

plus sur le large rebord en pierre de la fenêtre.

— Il faut que l'on sorte d'ici, pouffa Awena devant le regard courroucé du laird. Tu sais quoi ? Je crois que les petits tours de passe-passe de Larkin m'auraient drôlement manqué si je n'étais pas revenue... Ohhh... que ça sent mauvais, gémit-elle en ayant un soudain haut-le-cœur.

— Aye ? Ses tours t'auraient manqué ? En es-tu bien sûre ? se moqua Darren, les narines palpitantes. Fuyons, mo chridhe, je compte jusqu'à trois, tu retiens ta respiration et nous courons.

— D'accord !

— Un... deux... trois !

Et ils s'élancèrent tous deux vers la porte, la déverrouillant avant de sauter par-dessus des morceaux de verre brisé, étalés sur le sol, petits icebergs scintillants perdus dans une mare de liquide visqueux à la couleur incertaine.

Darren et Awena ne s'arrêtèrent pas sur ces détails et fuirent en une course éperdue vers la sortie du château et l'incomparable air vivifiant des Highlands. Ils ne stoppèrent leur course qu'une fois parvenus dans la cour intérieure de la forteresse, respirant rapidement et avec difficulté. Awena se tenait le ventre de la main pour essayer de se soulager de la douleur aiguë d'un point de côté.

Écartant ses longs cheveux de son visage d'une main, elle tourna la tête et regarda Darren. Il était courbé en deux, les mains posées sur le milieu de ses cuisses et cherchait à reprendre une respiration normale, quelques mèches noires devant sa bouche se faisant balayer par son souffle rapide.

Le voir ainsi, et se savoir à peu près dans le même état que lui, si ce n'était pas pire, lui provoqua un magistral fou rire, que même la douleur du point de côté ne put interrompre.

— Ah, je me doutais bien que vous ne resteriez pas indéfiniment dans cette petite chambre mal aérée, fit la voix mielleuse de Larkin qui s'approchait d'eux comme si de rien n'était. Voilà, j'ai réparé les dégâts en utilisant une potion neutralisante, plus aucune odeur ne viendra vous indisposer, continuait-il de blablater innocemment, alors que les yeux du laird le fusillaient en lançant des éclairs.

— Je vais te tuer Larkin, grogna-t-il d'une voix basse, rauque.

— Bien sûr, mon petit, mais plus tard. La Seanmhair te réclame à cor et à cri et tu la connais ! Ce n'est pas bon pour son cœur fragile, toute cette agitation. Elle t'attend et je ne lui ai pas annoncé le retour de cette si délicieuse enfant qui se tient à tes côtés, alors, allez-y en douceur. Allez, fit encore Larkin en se mettant dans leurs dos et en les poussant comme des petits enfants.

Darren, qui n'en revenait pas de la compassion ouverte qu'affichait Larkin vis-à-vis de Barabal, se laissa faire et avança de quelques pas, complètement hébété. Ce sont les gémissements d'Awena qui le tirèrent de sa torpeur et attirèrent son regard bleu nuit. Pour gémir, en fait, elle riait, ses mains jointes sur sa bouche pour essayer d'étouffer les bruits et son délicieux petit corps était secoué de soubresauts inextinguibles.

— Awena..., marmonna-t-il en sentant l'hilarité le gagner.

— Dé... désolée, pouffait la jeune femme, les yeux larmoyants. Vous... vous m'avez... manqué, Larkin.

Le vieil homme afficha un beau sourire qui atteignit ses petits yeux noirs, habituellement froids. Il lui fit un simple geste du menton et agita ses mains pour leur faire signe de partir.

Darren lui prit la main en serrant les lèvres pour contenir son hilarité, puis la guida vers le pont-levis et le chemin qui menait en dehors du village, vers la chaumière de la Seanmhair.

— Je sais... maintenant, qui a inventé... le premier... les boules puantes, hoqueta la jeune femme en laissant fuser son rire mélodieux et communicatif.

C'est ainsi que les gardes du mur d'enceinte virent

passer le laird et la Promise, bras dessus, bras dessous en riant aux éclats. Le soleil était là, le ciel bleu au beau fixe, le laird avait retrouvé sa joie de vivre, tout allait pour le mieux sur les terres des Saint Clare. Donc, rien à signaler !

La chaumière de Barabal ressemblait en tous points aux maisons de sorcières dans les dessins animés. Tout y était de travers, sans compter les herbes folles qui encadraient la bâtisse et les innombrables toiles d'araignées fixées aux pourtours des fenêtres et de la porte d'entrée.

— Reste là deux secondes, lui enjoignit Darren avant de pousser le battant branlant et grinçant pour se faufiler ensuite dans un intérieur sombre d'où se dégageaient des odeurs d'herbes médicinales et d'épices.

Awena hocha la tête et se mit à marcher de long en large en attendant son retour. Tout autour d'elle, la nature semblait en harmonie, les oiseaux chantaient, les insectes papillonnaient dans tous les sens, l'herbe et les arbres de la forêt toute proche sentaient bon le foin chaud, l'humus et la mousse.

Tout est si paisible, se dit-elle en fermant les yeux et en respirant avec délice l'air embaumé.

Elle sursauta quand Darren réapparut en faisant grincer la porte.

— Viens beag blàth, elle t'attend.

— Est-elle mourante ? s'enquit-elle soudain, inquiète du sort de la pauvre vieille femme.

— Naye, viens le constater par toi-même. Le bûcher que tu m'as décrit dans ton récit patientera bien quelques années de plus, marmonna-t-il pince-sans-rire.

C'est avec un regain d'énergie, rassurée, que la jeune femme suivit Darren dans l'antre de la sorcière. Là aussi, c'était comme dans les dessins animés : chaudron noir et bouillonnant sur le feu de la cheminée, pots divers en poterie remplis de trucs. Non, Awena ne voulait surtout pas savoir ce que c'était. Ah ! Là, c'était un crapaud mort et desséché qui pendouillait dans le vide, accroché par la patte à un lien dont l'autre extrémité était nouée à une vieille poutre craquelée du plafond. Brr...

— Mourir j'ai le temps, si se dépêcher, elle, ne pas faire ! Humpf...

Que cette voix nasillarde paraissait presque belle aux oreilles de la jeune femme. La petite vieille disparaissait au milieu d'une couche trop grande et des draps troués gris manquant de fraîcheur.

— Vous allez bien, Seanmhair ? demanda dans un souffle Awena sans oser s'approcher.

Barabal lui sourit jusqu'aux oreilles en dévoilant ses chicots et tapota le bord du lit.

— Partie tu étais, mais, revenue tu l'es aussi ! Alors... savoir tout, tu as dû !

Awena passa devant Darren qui se tenait en retrait et vint s'asseoir près de la miraculée. Doucement, elle prit sa petite main osseuse et ridée dans les siennes tout en lui retournant son sourire.

— Oui, je suis revenue et je sais tout... ou presque.

— Mac... libérer Aigneas tu dois ! caqueta la Seanmhair d'un ton revêche en regardant Darren par-dessus les épaules d'Awena.

— Elle l'est, Ned la garde seulement chez elle pour le moment.

— Och ! Alors, pas libre elle est ! La chercher, tu dois ! Elle et moi, entendre l'histoire, nous devons.

— Je pensais la convier plus tard au château, pour qu'Awena lui raconte tout et que les deux sœurs puissent se retrouver en toute intimité.

— Och ! Maintenant !

— Je remarque, Seanmhair, ironisa Darren, que tu n'as pas été longue à reprendre des forces, ta langue est toujours aussi bien pendue !

Sur ce, faisant un clin d'œil complice à la jeune femme, il tourna les talons et fila vers la sortie de sa démarche féline, slalomant entre toutes les choses mortes qui pendaient, accrochées aux voûtes branlantes du plafond.

— Och caileag (fille) ! tout me raconter, tu dois ! marmonna Barabal en surveillant d'un air suspicieux l'endroit où venait de disparaître la haute silhouette de Darren.

— Mais vous venez d'envoyer Darren chercher ma sœur pour...

— De magie, me parler tu dois ! coupa Barabal.

— Oh ça..., je ne sais rien ! chuchota vivement la jeune femme du bout des lèvres tout en regardant ailleurs.

— Si, toi savoir !

— Non, vous ne m'avez pas comprise, je ne me rappelle rien des moments où la magie s'est emparée de moi... absolument rien !

— La magie, en toi être, la réveiller tu dois ! La contrôler aussi ! T'apprendre je le peux ! Humpf...

— C'est pas vrai, gémit Awena en fermant les yeux. Je vais vivre la vie d'un Jedi avec maître Yoda-Barabal pour prof. Allez... Que la force soit avec moi !

— Quoi tu dis ? cancana la Seanmhair.

— Rien, soupira longuement Awena.

Pourquoi Darren mettait-il autant de temps à revenir ? Awena n'en pouvait plus des cours de magie que Barabal s'échinait à lui faire apprendre. Allumer des flammes au bout des doigts ? Facile ? Même les bébés pouvaient le faire ? Et puis quoi encore !

Attends voir que je sorte mon jeu de cartes de mes valises, je t'en ferai des tours de magie, moi ! grognait intérieurement la jeune femme, de plus en plus énervée.

Le grincement de la porte d'entrée déglinguée fut une bénédiction pour elle, car cela signifiait une chose : Darren, son sauveur, était enfin de retour !

En entendant le bruit, la Seanmhair s'était vivement rallongée sous les draps et reprenait son rôle de vieille femme agonisante.

Quelle comédienne ! Mais pourquoi ne veut-elle pas que Darren sache qu'elle m'apprend à réveiller ma magie ? se demanda Awena intriguée, tout en faisant les gros yeux à une Barabal qui s'en moquait éperdument et qui n'était que toute innocence, à nouveau perdue au milieu de son grand lit, gémissant de plus à qui mieux mieux !

Elle en faisait un peu trop !

— Awena... ? murmura une voix hésitante dans son dos.

La jeune femme tressauta et se tourna vivement vers sa sœur Aigneas, qui se tenait indécise, là où était suspendu un grand tartan troué délimitant la chambre du reste de la chaumière. La bana-bhuidseach jouait nerveusement avec ses mains et dévisageait sa jeune sœur avec des yeux à la fois anxieux et troublés.

— Le laird m'a dit que vous êtes... ma sœur ? balbutia-t-elle un trémolo dans la voix et la gorge visiblement nouée.

— Oui..., ne put que chuchoter Awena très émue.

Elle réalisait soudain, en se trouvant devant Aigneas, qu'elle avait vraiment une sœur de chair et de sang, que ce manque qu'elle avait toujours ressenti en voyant les autres enfants de son âge, venait d'être comblé d'un seul coup. Lentement, Awena se releva du lit où elle était assise et s'avança à pas hésitants en direction d'Aigneas.

— Je comprends tout, s'écria celle-ci en se jetant littéralement dans les bras d'Awena. Ce qui s'est passé à Lùnastal, c'était nos auras, notre magie qui se reconnaissaient. Ma sœur..., en vie ! Que les dieux soient loués !

Elles se bercèrent sans rien ajouter de plus, tendrement serrées l'une contre l'autre, alors que l'aura de lumière les enveloppait à nouveau.

Darren était resté à l'extérieur de la chaumière, en compagnie de Ned, laissant ainsi le temps aux deux sœurs de se retrouver et de se découvrir. L'histoire qu'Awena devait leur révéler, à Aigneas et Barabal, prendrait un petit moment et il préférait se tenir à l'écart pour l'instant.

Ned lui fit part de son soulagement quant au sort d'Aigneas et de son émerveillement quand il avait pris connaissance de la véritable identité d'Awena.

— Une de Brún, chuchota-t-il tout ébahi.

— Aye, acquiesça de la tête Darren qui partageait pleinement les émotions du guerrier-druide.

— Et c'est grâce à moi... et un peu Clyde, qu'elle est là ! fanfaronna Ned en bombant le torse.

Le laird éclata d'un rire profond, intense, tout en envoyant une claque magistrale sur l'épaule du Highlander.

— N'exagère pas ! Les dieux vous ont certainement beaucoup aidés !

— Un peu ! répéta joyeusement Ned, mais quand même. Quand je vais raconter ça à Clyde, il va en tomber sur l'cul !

— Je te fais confiance pour lui faire part de la nouvelle en douceur, ironisa Darren. Comme je ne doute pas que la rumeur circule comme une traînée de feu dans le clan, avant que je ne fasse une réunion pour l'annoncer ! Sans compter Larkin qui est intenable depuis trois jours, il va falloir que je lui parle aussi.

— Tu vas pouvoir le faire, fit Ned en claquant de la langue et en pointant du menton la silhouette, reconnaissable entre mille, de Larkin en toge et longue barbe blanche, marchant rapidement à l'aide de son bâton et se dirigeant vers eux.

— Moins de temps je perdrai à tout lui rapporter, plus de temps j'aurai pour Awena.

— D'abord votre union dans le Cercle, avança Ned qui se tut en croisant le regard sauvage du laird. Je disais ça comme ça, fit-il penaud.

— Elle et moi avons perdu assez de temps, grogna Darren, mais qui convint intérieurement qu'il fallait qu'il s'unisse à Awena dans le Cercle des dieux, d'une part pour que leur union soit complète et d'autre part parce qu'il avait des excuses à faire à ses divinités.

Tout se déroula très rapidement et une grande partie du clan Saint Clare sut toute la vérité sur Awena, avant que les derniers rayons du soleil couchant ne disparaissent du décor unique et sauvage des Highlands.

Awena et Darren s'étaient très peu vus du reste de la journée, Aigneas réclamant la présence de sa sœur auprès d'elle. C'était compréhensible, juste, et Darren s'était incliné de bonne grâce.

La réunion du clan eut lieu selon les souhaits du laird dans l'enceinte du château et Awena et lui révélèrent toute l'histoire en omettant, volontairement, de parler des Veilleurs, Diane ayant gardé le secret, ce qu'ils respectèrent.

À la fin, quand tous se dispersèrent, Aonghas, l'Aîné des Veilleurs vint se présenter à eux, les remerciant d'avoir omis de parler de leur communauté et les invitant à venir lui rendre visite dans son humble chaumière le lendemain matin. Il avait lui aussi des tas de questions en suspens et avait difficilement masqué son impatience.

C'était un homme agréable, bien que dégingandé, les cheveux mi-longs blonds très fins, le nez busqué et ayant des yeux bleus d'une douceur incomparable. Ils se séparèrent et Awena le regarda quitter la grande salle avec un pincement au cœur et un nœud à l'estomac.

L'Aîné. Elle en avait tant entendu parler, il était pour elle comme une légende. Elle aurait éprouvé la même chose en se tenant devant Ramsès II, William Wallace ou encore Léonard de Vinci !

C'était surtout grâce à lui et Diane qu'elle se retrouvait à nouveau chez elle.

— Awena, viens manger mo chridhe, tu vas tomber d'inanition, tu tiens déjà à peine debout.

— Tout va bien Darren, soupira d'aise Awena, alors que le laird se collait dans son dos et l'entourait de ses bras forts. Et puis, si je suis fatiguée, c'est de ta faute, badina-t-elle, taquine, avant d'entendre dans le creux de son oreille le rire chaud de Darren, déclenchant en elle une myriade de délicieux petits frissons.

— Tiens ! Si je me souviens bien, tu n'étais pas si passive que ça. Je garde en mémoire le fait de m'être réveillé alors que tu me...

— Chut ! l'interrompit Awena en pirouettant dans ses bras et en lui posant l'index sur la bouche, avant qu'il n'entrouvre ses lèvres charnues et mordille de ses dents la pulpe tendre de son doigt, les yeux pétillants de malice et de promesses plus primaires.

Alors que son corps s'éveillait à nouveau aux sensations extraordinaires du désir, un bâillement incongru et incontrôlable lui échappa. Darren stoppa son manège sensuel et la serra un peu plus contre lui, la dévisageant soudain d'un air soucieux.

— Tu es presque aussi fatiguée que lors de tes menstrues. Och ! Awena..., s'exclama-t-il en ouvrant de grands yeux.

La jeune femme sut tout de suite où ses pensées l'avaient conduit et lui répondit tranquillement.

— Je sais, je ne les ai plus ! Pour une fois qu'elles ne durent qu'à peine deux jours ! En fait, je ne les avais plus en arrivant en 2010 et je ne m'en suis vraiment rendu compte qu'en prenant ma douche au manoir. J'ai eu la même réaction que toi, puis j'ai réfléchi. Avant de partir, Barabal m'avait entaillé la paume de la main avec la lame d'une dague, j'avais aussi les jambes en sang à cause des ajoncs qu'il y a sur la colline, puis il y a eu le sort, pas celui de Barabal, mais le mien, celui qui m'a transportée en 2010. Ce sort m'a guérie de toutes mes plaies, y compris les plus intimes, expliqua-t-elle en bâillant à nouveau à s'en décrocher la mâchoire.

— Hum, tu as donc le même pouvoir que moi, celui de régénérer ton corps. C'est une magie très puissante qui coule dans tes veines, constata Darren soucieux. Le fait que tu ne la maîtrises pas pourrait être néfaste pour toi.

— Je ne comprends pas ce que tu insinues, chuchota Awena en fronçant les sourcils.

— Elle s'est déjà manifestée deux fois à des moments critiques, tes émotions l'ont guidée et elle a agi pour ton bien. Mais elle peut se réveiller inopinément et faire des dégâts autour de toi, si tu ne sais pas comment la canaliser. Je vais t'aider à apprendre...

— Oh non ! Pas toi aussi !

— Pardon ? fit Darren quelque peu interloqué.

— Je veux dire... euh... pas... hum... ici. Là, je suis très fatiguée, je n'ai même plus faim tant je rêve de dormir. Tu m'enseigneras tout cela... une autre fois ? bredouilla-t-elle d'une toute petite voix suppliante en lui faisant les yeux doux.

Sa simili explication n'avait pas l'air d'avoir convaincu Darren, mais il céda devant l'état de fatigue intense qu'affichait son aimée.

— Je t'emporte, mo chridhe, accroche-toi !

Avec la plus grande délicatesse, il la souleva dans ses bras puissants, l'embrassa tendrement sur le front et l'enleva en la berçant de sa démarche féline jusque dans la chambre seigneuriale. Celle-ci était d'une propreté stupéfiante, complètement rangée et le lit impeccablement refait, ce qui fit rougir la jeune femme, au souvenir de l'état dans lequel ils l'avaient laissé.

Darren, qui avait suivi son regard et l'avait vu rougir, afficha un petit air narquois avant de la déposer sur le lit.

— Les servantes ont l'habitude, la taquina-t-il.

— Ah bon ? Cela t'arrive souvent d'avoir une chambre qui ressemble à un champ de bataille, y compris ton lit ? s'enquit-elle un tantinet jalouse en l'imaginant avec d'autres femmes.

Non ! Elle ne voulait surtout pas l'imaginer avec d'autres femmes ! Darren éclata franchement de rire en voyant la moue boudeuse de sa dulcinée. Elle était jalouse ! Pour sa plus grande joie ! Enfin elle extériorisait ses sentiments le concernant, tous sans exception, et la savoir jalouse lui donnait envie de fredonner une chanson, en voilà une envie saugrenue !

POUF !

Un oreiller en plumes sur la figure était le meilleur moyen qu'avait trouvé Awena pour faire ravaler à Darren sa mine de dadais heureux, qu'elle considérait comme déplacé.

— Awena, gronda-t-il pourtant, avec le sourire jusqu'aux oreilles et quelques plumes blanches parsemant ses longs cheveux noirs.

Il évita une deuxième attaque en se baissant souplement.

— Si cela te rassure et te calme... loupé ! Vise mieux ! Depuis que je te connais, il n'y a plus eu que toi... rien que toi... et... encore loupé ! Et cela me suffit amplement, petite furie !

— Ohhh malotru ! s'emporta Awena en entrant dans son jeu. Dans ce cas, tu me suffiras, toi et nul autre, à l'avenir ! chantonna-t-elle en essayant de l'atteindre avec l'oreiller d'où sortit une pluie de plumes.

Avec une vitesse stupéfiante, Darren lui arracha l'oreiller des mains, l'envoya valdinguer à l'opposé de la chambre, d'une poussée il allongea Awena sur le lit et se retrouva couché sur elle en se tenant à bout de bras. Ainsi, il la faisait prisonnière de son corps, elle avait perdu sa bataille d'oreiller et lui en grand vainqueur, réclamait récompense, juste après une petite, mais néanmoins importante, mise au point.

— Tu es à moi ! Pour toujours et pour l'éternité ! déclara farouchement Darren.

Awena savait bien que derrière son côté folâtre, le guerrier Highlander imposait sa marque et revendiquait le plus sérieusement du monde ce qu'il considérait être à lui. Attendrie, elle se mit à lui caresser la joue du bout des doigts.

— Oui, je suis à toi, comme tu es à moi... pour l'éternité.

Et elle bâilla à nouveau.

— Femme ! Tu n'as aucune endurance ! la taquina-t-il en l'embrassant sur le bout du nez et en se redressant pour sortir du lit. Et tu n'as aucune pitié pour les servantes, ajouta-t-il en souriant de plus belle et en lui désignant du menton les plumes blanches qui tapissaient le sol comme des flocons de neige.

— Je rangerai tout. Au fait ! s'exclama-t-elle dans un sursaut, je n'ai pas vu Eileen !

— Elle se porte bien et était présente avec Clyde lors de la réunion. Elle n'a pas voulu t'accaparer alors que tu étais avec ta sœur. Tu la verras sûrement demain. Je vais chercher quelque chose à boire et à grignoter dans les cuisines. Sois sage en attendant !

Quand il revint un peu plus tard, les plumes de l'oreiller avaient été rassemblées en un tas unique, les habits d'Awena reposaient pliés sur le coffre au pied du lit, elle avait fait sa toilette et dormait en prenant toute la place dans le lit. Comment un si petit bout de femme pouvait-il accaparer tant d'espace ?

Darren sourit, posa le plateau de victuailles sur une table proche de la cheminée, se dévêtit, fit ses ablutions et, à son tour, à pas de loup, fila se coucher près du corps chaud de sa Promise... toujours allongée de travers sur la couche.

Il n'y a qu'un moyen pour la remettre dans le bon sens, songea le laird, souriant d'avance de la réaction de sa belle.

La nuit promettait d'être longue, en fin de compte.

Ils dormiraient plus tard.

Bien mal leur en prit ! Ils auraient mieux fait de dormir. Car les jours suivants ne furent pas de tout repos. Ni pour l'un, ni pour l'autre...

Il y eut le lendemain la visite chez l'Aîné, où là encore, Awena raconta tous les événements qui lui étaient arrivés et ce que les Veilleurs lui avaient appris en 2010. Elle parla du Leabhar an ùine, du fait qu'il soit devenu une entité à part entière, ce qui émut grandement Aonghas. Et puis elle le remercia et le pria de continuer d'écrire dans le grimoire, d'envoyer les autres Veilleurs aux endroits où ils auraient dû se trouver si elle n'avait pas été là, essayant ainsi de donner plus de chance dans le futur à Iona et Dàrda d'exister et de se retrouver.

— Logan, Dàrda et Suzie m'ont dit être vos descendants directs, l'avait informé la jeune femme en buvant du regard l'Aîné. Maintenant, j'aimerais vous poser une question, ce que je n'ai pas eu le temps de faire dans le futur. N'y aurait-il pas un moyen de faire sortir Iain et Diane de la courbe du temps pour qu'ils reviennent ici ?

— Awena, avait soupiré tristement Darren en secouant la tête.

— Naye, avait répondu tout net le Veilleur. Seuls les dieux pourraient les faire revenir. Il faudrait une magie d'ordre divin et ni notre laird ici présent, ni tous les Veilleurs réunis, ou encore les bana-bhuidseach, ou même vous, l'élue, si un jour vous retrouvez la pleine possession de vos pouvoirs, ne pourraient les faire revenir, je suis sincèrement désolé. Diane était comme une mère pour moi et mon vœu le plus cher serait qu'elle soit à nouveau là, ainsi que le laird Iain.

Ils étaient restés ainsi, silencieux, retranchés dans leurs tristes pensées, avaient ensuite repris la conversation sur des sujets moins douloureux et s'étaient quittés rapidement, pour ne pas focaliser l'attention des autres Saint Clare sur Aonghas.

Pour parer à toute curiosité, Darren et Awena avaient fait circuler l'information comme quoi ils se rendaient chez l'homme qui était venu quérir le laird le jour du retour de la Promise, dans le but de le remercier d'avoir eu le courage d'affronter ses foudres pour le prévenir. Et puis, le surlendemain de cette journée, tout s'emballa.

Pour Darren, cela commença le matin par la venue imprévue d'un messager Sutherland, qui annonçait une autre arrivée imminente, celle de Rory Sutherland, sa femme et leur fille aînée, une certaine Deirdre.

Deirdre l'enquiquineuse, songea amèrement Awena, qui se souvenait de ce que Iona lui avait raconté.

Car avant qu'elle n'arrive en 1392 la première fois et ne chamboule toute l'histoire, Darren avait épousé une Sutherland qui lui avait donné trois fils. Iona ne lui avait pas communiqué de prénom, mais la coïncidence était énorme ! Awena la détestait déjà et avait bien l'intention de faire tout son possible pour qu'à peine arrivée, Deirdre reparte avec ses parents, dare-dare chez eux !

Darren, donc, devait veiller à ce que tout fut en ordre pour accueillir son ami highlander et sa famille, sans compter Larkin qui marchait inlassablement dans ses pas et le réprimandait pour ne pas avoir déjà procédé à une union avec la Promise dans le Cercle des dieux. La meilleure date – en se reportant au calendrier grégorien – étant le 1er septembre 1392, car il y aurait pleine lune ce soir-là et tous les éléments seraient réunis pour une parfaite communion entre les hommes et les dieux.

Ce à quoi Darren répondait inlassablement que cela lui laissait quelques jours devant lui pour pouvoir s'occuper de son ami Rory et qu'il déléguait les préparatifs de l'union au grand druide.

Oui, mais voilà, Larkin avait des tas de détails à régler avec lui :

— Et si les Sutherland étaient encore là le soir des noces druidiques ?

« Ils verraient une chapelle et un prêtre », répondait Darren.

— Et s'il y avait à nouveau un orage ?

« Ils se croiraient à l'abri sous le toit de la chapelle et n'y verraient rien d'anormal... »

Darren avait réponse à tout, mais Larkin ne lâchait pas.

Quant à Awena, si l'on mettait de côté la graine de jalousie qui avait germé et qui empoisonnait son esprit à la suite du message du Sutherland, ses journées furent tout aussi remplies que celles de Darren, bien que, au contraire de lui, elle les savourât. Sauf les heures de cours de magie avec maître-Barabal qu'elle aurait volontiers séchés !

Car il fallait bien l'admettre, la Seanmhair était tenace, âcre à l'apprentissage et ne baissait pas les bras, même si au bout de quelques jours, aucun signe de magie quelconque n'avait fait son apparition. Loin de la déranger et laissant ruminer la vieille femme, Awena s'en allait alors retrouver sa sœur ou Eileen. Sur le chemin qui menait à leurs chaumières, elle était souvent arrêtée par les villageois qui aimaient bavasser de tout et de rien avec elle.

Avec Eileen, elle se sentait légère, heureuse de savoir son amie épanouie dans le rôle de jeune mariée et riant de ses pitreries et des blagues qu'elle s'amusait à faire à son gros nounours-Clyde.

Alors qu'avec Aigneas, Awena apprenait ce qu'était la chaleur des liens du sang, elle se sentait complète. Elles gloussaient souvent au même moment, avaient des attitudes et des expressions similaires. Aigneas lui fit découvrir la chaumière où elles étaient nées toutes les deux, lui parla beaucoup de leur mère, une bana-bhuidseach hors du commun, douce et aimante à la voix divine. De leur père, qu'elle avait peu connu, mort au combat peu de temps avant la naissance d'Awena, elle lui relata toutes les histoires que les hommes d'armes lui avaient narrées. Ewan de Brún était le meilleur ami de Iain, il aurait pu avoir ses propres terres, mais il avait préféré rester aux côtés du laird et devenir son bras droit. C'était en sauvant la vie de Iain qu'il était mort, transpercé par une claymore, il était devenu une légende.

Ainsi les jours passèrent et la veille de l'arrivée des Sutherland, ce fut Aigneas qui retrouva sa petite sœur, momentanément disparue, assise sur un tronc d'arbre mort, non loin des vaguelettes scintillantes du loch.

Awena avait les coudes sur les genoux, le menton calé dans ses mains et regardait sans les voir vraiment, les rayons de soleil jouant d'éclats sur la surface de l'eau. Elle sentit la présence de sa sœur, bien avant qu'elle ne vienne s'installer à ses côtés.

— Laisse-moi accomplir enfin mon rôle de grande sœur, murmura gentiment Aigneas en jouant doucement avec les longues mèches rousses d'Awena.

— Hum... si tu veux, chuchota la jeune femme en se détendant sous la caresse de ses doigts.

— Qu'est-ce qui ne va pas ? s'enquit à nouveau Aigneas dans un murmure, tout en s'amusant à tresser les cheveux.

— Tout et rien, soupira longuement Awena. Ce que j'ai vécu dans le futur s'efface tout doucement et je me sens... de plus en plus en harmonie ici. Pourtant, cette nouvelle vie ressemble à un puzzle géant, avec des bouts que je connais et d'autres, inconnus, que je n'arrive pas à assembler. Et je n'aime pas les puzzles.

— Je ne sais pas ce qu'est un peuzel, mais je crois savoir où tu veux en venir, fit Aigneas en riant doucement. Tu sais, petite sœur, on a des dons magiques très développés dans la famille, néanmoins, je me souviendrais si nous avions le don de vision. Tout ce que tu vis maintenant, tu le construis, tu comprends ? Ce qui arrivera dans les prochains jours, années et siècles, découlera de toi et non d'une histoire écrite que tu suivras aveuglément. C'est toi qui dessines ton chemin.

— Oui ! Et si je veux envoyer cette Deirdre chez elle, cela n'affectera pas le futur, puisqu'il n'est pas écrit ! s'écria joyeusement Awena en se redressant.

— Je savais bien qu'il y avait un... truc avec cette Sutherland, s'amusa à souligner Aigneas en utilisant les mots nouveaux tels que « truc » qu'Awena lui avait appris.

— Tu sais quoi, Aigneas ? s'exclama Awena en souriant. C'est vraiment génial d'avoir une grande sœur !

Impulsivement, la jeune femme sauta dans les bras d'Aigneas et la serra fortement contre son cœur. Après un imperceptible instant d'hésitation, Aigneas fit de même avec

Awena, les larmes aux yeux, car elle aussi trouvait que c'était si bon d'avoir sa petite sœur près d'elle et jamais plus elles ne se quitteraient.

Chapitre 22

Je serai sage comme une image

Nous étions le 30 août 1392, dans deux jours au soir auraient lieu les noces druidiques de Darren et Awena, dans le Cercle des dieux. C'était le moment le plus important de la vie de Darren, après celui où il avait fait la rencontre d'Awena. Pourtant...

Pourtant, Darren ne savait plus quoi faire pour détendre et calmer son intrépide amour. Elle était dans tous ses états. Intenable, irritable à souhait et, la nuit, insatiable quand ils faisaient l'amour. Sur ce point-là, il n'était pas mécontent et répondait avec fougue à ses baisers enflammés et ses caresses empressées. Mais la journée...

Même Aigneas et Eileen avaient baissé les bras devant ce feu follet incapable de rester deux secondes en place. Essoufflées de devoir courir dans tous les sens pour la suivre, elles avaient préféré la laisser faire et veillaient de loin.

Pas plus tard qu'en début de matinée, des éclaireurs du clan étaient venus annoncer que les Sutherland avançaient sur les terres Saint Clare et ne tarderaient pas à se présenter aux portes du château. Bien sûr, Awena était dans les parages quand la nouvelle était tombée et dans un petit cri aigu, elle avait brusquement mis les voiles, direction les cuisines.

Och naye, pas les cuisines, avait songé Darren, dépité.

Les Sutherland ne pouvaient voir ce qui n'existait pas, ni tout ce qui se rapportait à la magie, grâce aux Runes du

Pouvoir. Mais il faisait confiance à Awena pour que leur séjour soit mémorable.

Darren passa une main lasse dans ses mèches de cheveux soyeux et soupira longuement. Il se tenait debout, devant la haute fenêtre de son cabinet de travail et réfléchissait intensément au moyen de trouver la solution qui lui rendrait son aimée un peu plus sereine. D'abord, il avait songé qu'elle était peut-être atteinte du mal interépoque dont avait souffert Diane et envisagé de l'emmener dans le Cercle pour faire venir des objets du futur.

Mais, cela ne collait pas et ne pouvait pas être le problème, car Awena était une femme de son époque à lui, bien qu'ayant grandi dans le futur et elle avait un monceau incalculable d'objets de ce temps dans son ancienne chambre.

Nouveau long soupir.

Si seulement il avait pu lire en elle comme avant ! Mais depuis qu'elle était repartie en 2010, puis revenue, il lui était impossible de percevoir la plus petite de ses pensées. Damnation !

À ce moment-là de ses réflexions, le cor du clan émit une longue plainte basse et vibrante. Les Sutherland arrivaient. Et dire qu'Awena était, soit dans les cuisines, soit dans son ancienne chambre, dont elle lui avait demandé la clef. Peut-être aurait-il dû l'accompagner, pour savoir ce qu'elle tramait, car il en était certain, elle mijotait quelque chose.

Awena avait refermé derrière elle la porte de son ancienne chambre, donnant un bon tour de clef décisif dans la serrure en fer forgé. Après quoi, elle se mit à farfouiller fébrilement dans les cartons que Logan avait préparés, puis amenés au Cercle des dieux. Dans ses valises se trouvaient tous ses habits, manteaux, chaussures, sous-vêtements et autres.

— Oui, bon, quelques trucs pourront m'être utiles là-dedans ! marmonna-t-elle en sortant quelques jupes et petits tops colorés, ainsi que des sandalettes et escarpins qu'elle disposa sur le lit.

Dans le premier carton, elle trouva (Mais à quoi avait songé Logan ?) un sèche-cheveux, son matériel de pédicure, son épileuse électrique, des bigoudis chauffants, son ordinateur portable.

Est-ce que Logan savait qu'il n'y avait pas de prise de courant en 1392 ? ironisa-t-elle intérieurement, légèrement amusée par l'étrange humour du MacKlare.

Quoique, pour l'ordinateur, avec le kit de prises multiconnexion que Nicolas lui avait laissé, elle pourrait l'alimenter en énergie grâce à la batterie solaire, donc, tout compte fait, c'était une très bonne idée, sans compter toutes les musiques qu'elle avait sur son disque dur !

— Cool ! Merci Logan, le top du top, un ordinateur portable au Moyen-Âge. J'adore !

Il fut rajouté à la pile d'habits et de chaussures sur son lit. Puis elle se dirigea près du coffre au pied de la couche, l'ouvrit avec sa petite clef attachée à la longue chaînette enserrant sa taille et y trouva son fourre-tout comme le lui avait dit Darren. Elle fouilla un moment avant que ses doigts ne rentrent en contact avec la petite boîte noire, la sortit et alla la placer sur le rebord de la fenêtre pour qu'elle se recharge grâce à l'ingénieux système des minuscules capteurs solaires.

Contente que ce soit fait, Awena retourna vers le carton et y plongea à nouveau la tête pour en dégager des sacs en plastique qu'elle ne reconnaissait pas. Il y avait dedans des tonnes de produits de beauté, shampoings, savons, dentifrices, brosses à dents et des médicaments basiques comme du paracétamol, aspirine, arnica et même... des préservatifs !

— Trop tard Logan, fredonna Awena.

Elle s'empara des sacs les uns après les autres et les rangea dans une sorte d'armoire-penderie que Darren avait fait installer pour ranger ses affaires.

— Il va falloir que tu m'en fasses construire une autre, Darren, celle-ci va être vite pleine.

Ça y est, elle se remettait à parler toute seule. Elle allait se détourner de l'armoire, quand son regard tomba sur un téléphone portable, pas le sien, ça, elle en était sûre et certaine. Elle le prit dans ses mains et l'ausculta sous toutes les coutures. Non, elle ne voyait pas à qui il pouvait être. Il était à plat, là aussi, il faudrait utiliser l'invention de Nicolas pour savoir vraiment à qui il était. Il y avait de fortes chances pour que ce soit celui de Logan. Awena décida d'y revenir plus tard, même si la curiosité la tenaillait et remit le téléphone à sa place.

Il était temps d'ouvrir les autres cartons. Le second contenait tout son matériel à dessin, des crayons aux tubes de peinture acrylique et huile, des vernis, de l'essence de térébenthine, des vieux chiffons, des pinceaux, des couteaux à peindre, ses planches de BD, quelques-uns de ses tableaux et des toiles encore vierges.

Elle en était très heureuse, mais ne découvrit rien d'utile pour son projet. Le troisième carton lui arracha un rire cristallin, là se trouvaient tous ses livres, allant des Oui-Oui que sa grand-mère Sophie-Élisa lui avait offerts (elle considérerait toujours cette douce dame comme sa grand-mère), jusqu'à sa collection de livres de Tolkien !

Un bon point pour ça Logan, songea-t-elle aux anges.

Mais non, ce n'était en aucun cas ce qu'elle cherchait !

— Bon sang ! Comment vais-je organiser mon enterrement de vie de jeune fille, si je ne trouve pas ce que je veux ! s'énerva Awena en posant un regard égaré sur toutes les choses qui l'entouraient.

Les Sutherland n'allaient pas tarder à arriver, il fallait qu'elle ait trouvé toutes ses affaires avant leur venue. Car lorsqu'ils seraient là, elle ne pourrait filer en douce et préparer sa petite surprise entre copines.

En ouvrant le quatrième, elle poussa enfin un cri de joie

digne du plus valeureux des Sioux qu'il soit.

— YES ! fit-elle en entamant une danse du ventre et des bras. J'ai trouvé ! J'ai trouvé ! Merci Logan !

Elle sortit des déguisements. Il y en avait de toutes sortes, vestiges de ses samedis d'animation pour fêtes d'enfants, lors de ses années d'études, ce qui lui permettait de gagner un peu d'argent de poche.

Awena se pencha et farfouilla dans les déguisements, il y en avait pour tous les goûts ; clown, princesse exotique ou romantique, vampire, schtroumpf, squaw. Prenant à bras le corps le tas de tissus chatoyants et froufroutants des costumes, elle alla ensuite le déposer sur le lit avec toutes ses précieuses trouvailles. Dans le mouvement, une feuille de papier tomba en virevoltant sur le sol. Étonnée, Awena se baissa et la ramassa avant de lire les mots qui y étaient écrits :

« Chère Awena,

Si vous lisez ce mot, cela veut signifier que vous êtes enfin de retour chez vous, du moins, je le souhaite... Il m'a semblé, en bon clown que je suis, qu'il vous manquait quelques petits articles indispensables pour faire la fête.

Je les ai ajoutés au fond du carton.

Portez-vous bien,

Amitiés.

Logan. »

La lettre était datée du 17 août 2010. Logan avait donc glissé le mot dans le carton peu de temps avant qu'elle ne revienne en 1392.

— Logan ! Vous êtes un ange, murmura la jeune femme, la gorge nouée par l'émotion.

Elle plia soigneusement la lettre et la rangea dans la penderie, et se précipita vers le carton pour voir ce que lui avait réservé le Veilleur. Là, sous quelques autres déguisements, il y avait des guirlandes multicolores, des petits sifflets en plastique, des ballons longs ou ronds, des chapeaux pointus pailletés à mettre sur la tête, des faux nez fixés sur d'horribles grosses lunettes noires sans verre, des sachets de confettis, des tonnes de pétards, des rouleaux de serpentins et des tubes de produits pour faire des bulles, avec des bouteilles de liquide vaisselle pour refaire le plein !

Awena en aurait embrassé Logan s'il avait été à ses côtés.

— Pourvu que dans le futur, vous soyez à nouveau là. Un bon vivant tel que vous manquerait sur cette terre, mille fois merci mon ami.

Pour ne pas céder à une autre vague de nostalgie, la jeune femme se saisit d'un sifflet et se mit à souffler dedans à tue-tête, le petit embout en papier coloré se déroulant en rythme. Le bruit en était agréablement horrible, et rebondissait en échos sur les murs en pierres. Quelques minutes plus tard, elle entendait tambouriner contre le bois de sa porte.

— On ne peut même pas être tranquille chez soi, marmonna la jeune femme. Oui ? rouspéta-t-elle tout en rassemblant ses trésors.

— Dame ? On a entendu un bruit étrange. Tout va bien ?

— Rangez votre claymore mon bon, tout va très bien !

C'était sûrement un garde qui avait été alerté par les sifflements et qui était accouru pour voir de quoi il retournait.

— Je... hum..., je ne serai pas loin si vous avez besoin de moi, fit la voix grave quelque peu hésitante.

— Merci. Je ferai appel à vous en cas de souci, ne vous inquiétez pas.

Alors que le silence revenait et que la jeune femme remettait un semblant d'ordre dans la chambre, le son puissant d'un cor retentit. On se serait cru dans le film Les Deux Tours, tiré de l'œuvre magistrale de Tolkien, juste au moment où Gimli soufflait dans le cor du

Gouffre de Helm, encore appelé Fort-le-cor.

Cela ne pouvait dire que deux choses. Soit, ils étaient attaqués et Awena allait vivre sa première grande bataille médiévale. Soit, les Sutherland arrivaient et Awena allait livrer sa première bataille contre une rivale.

La deuxième option était, en toute logique, celle qui s'imposait. De toute façon, elle était prête. Elle serait sage... comme une image.

Ce n'est seulement qu'en arrivant sur la dernière volée de marches de l'escalier en colimaçon, menant vers la grande salle, qu'Awena se rendit compte de l'état déplorable de sa tenue.

— Zut et flûte ! ronchonna-t-elle en époussetant son tartan couvert de poussière, de taches diverses, tout en remettant sa tunique d'équerre sur ses fines épaules.

Pas la peine non plus de se regarder dans un miroir pour savoir que son visage devait être dans le même état que tout le reste et que ses cheveux longs étaient emmêlés, pleins de nœuds.

— Aie ! grimaça-t-elle en passant ses doigts dans les mèches, qui étaient effectivement très emmêlées ! Courage ma fille ! Avec un peu de chance, Darren sera trop occupé par ses invités pour faire attention à toi.

Tout en marmonnant, elle était arrivée sous l'alcôve de l'entrée de la grande salle. Il y avait beaucoup de bruit et elle entendit le rire profond de Darren. Se penchant légèrement, elle regarda incognito ce qui s'y déroulait.

Les Sutherland s'étaient déplacés avec armes et bagages. Les servantes, gens du château et des convives allaient et venaient en portant des coffres avant de passer devant elle sans la remarquer, pour les monter dans les chambres d'amis.

Devant la grande cheminée se tenaient quatre personnes. Cependant, ce fut Darren qui attira le premier son regard, incontournable et charismatique dans toute sa beauté ténébreuse.

C'est mon homme, chantonna une petite voix dans la tête d'Awena, la faisant sourire de gourmandise.

Sourire qui se figea et se transforma en grimace quand ses yeux se posèrent sur une sculpturale déesse habillée d'un magnifique bliaud bleu sombre et d'une tunique blanche agrémentée de dentelles. Grande, les cheveux aussi noirs que ceux de Darren, une partie montée en couronne autour de sa tête, l'autre se déployant en mèches longues dans son dos, le visage d'Angelina Jolie et sa bouche y compris, elle minaudait en battant des cils et en touchant sans cesse le bras musclé à la peau nue du laird. Bien sûr, elle était sûrement en admiration devant les bracelets larges en or qui enserraient les biceps saillants de Darren et ses yeux, dont Awena ne pouvait voir la couleur, étaient fixés sur les lèvres charnues et sensuelles de son homme. La poisse ! Deirdre était magnifique et ne cachait pas son attirance pour le laird, qui ne la quittait pas des yeux et riait de ses remarques.

Sans s'en rendre compte, Awena s'était avancée dans la grande salle et s'approchait du quatuor. Darren, la voyant apparaître, eut d'abord un froncement de sourcils en la détaillant de la tête aux pieds, poussa un imperceptible soupir agacé, et vint à sa rencontre.

— Je croyais que tu étais dans ton ancienne chambre pour te changer et t'apprêter, marmonna-t-il d'un ton bas, rien que pour elle. Mais non, on dirait plutôt que tu sors d'un vieux grenier !

— Désolée, maugréa Awena, je n'ai pas vu le temps passer, j'étais en train de ranger les cartons que Logan m'avait emballés. Je peux remonter tout de suite si je te mets mal à l'aise devant tes... invités.

— Naye, Awena, je n'aurai jamais honte de toi, c'est à toi que je pense en faisant cette remarque.

— Mais qui est donc cette... jeune paysanne, chantonna une voix douceâtre, derrière le dos large du laird.

Darren se redressa, saisit la main d'Awena dans sa

grande paume et la conduisit face à ses invités. Celle qui venait de s'adresser à eux n'était autre que Deirdre Sutherland.

— Rory, Licia, Deirdre, je vous présente ma fiancée, Awena de Brún.

Deirdre ouvrit de grands yeux gris et s'étrangla à moitié sur le cri de souris qu'elle poussa.

Bien fait ! se dit Awena en souriant jusqu'aux oreilles.

— Awena, reprit Darren, je te présente Rory et Licia Sutherland, ainsi que leur fille aînée, Deirdre Sutherland.

Awena fit un signe de tête, ne sachant pas s'il fallait au contraire faire une révérence, ou tout bonnement leur donner une bonne poignée de mains. Que le futur était plus simple quand il s'agissait de se dire bonjour sans chichis.

Rory était un homme grand de la cinquantaine passée, avait les cheveux poivre et sel coupés courts, une barbiche de la même couleur que ses cheveux, les yeux gris de sa fille, un nez droit qui avait dû être cassé en son milieu comme le prouvait une visible petite bosse. Il était habillé d'un tartan aux teintes différentes de celles des Saint Clare, d'une tunique blanche à manches longues et portait lui aussi de hautes chaussettes en laine noire et des bottes de cuir sombre.

Rory posa sur Awena un regard chaleureux et pencha légèrement la tête en guise de bonjour.

— Enchanté, gente dame, j'ai bien connu vos parents, surtout votre père, qui était un ami et un farouche guerrier. C'est un honneur de faire votre connaissance.

— Merci, ne sut que répondre d'autre Awena, rougissant devant cette marque de sympathie chaleureuse.

— Nous ne savions pas que vous étiez fiancé, petit sacripant ! fit la voix fluette de Licia Sutherland en s'adressant à Darren.

C'était une belle femme à peu près du même âge que son mari, les cheveux couverts d'une guimpe, habillée d'un bliaud beige foncé et d'une tunique à dentelles. Sans se départir de son sourire enthousiaste, elle s'approcha d'Awena et lui prit vivement les mains dans les siennes.

— Isla, votre maman, m'a souvent beaucoup aidée, c'était une guérisseuse et une sage femme de grande valeur. Vous lui ressemblez beaucoup. Acceptez mes félicitations pour vos fiançailles. Vous faites déjà un très beau couple avec cette fripouille de futur mari, il est un peu grognon, mais je ne doute pas que vous lui fassiez passer cette mauvaise habitude, ajouta-t-elle, l'œil rieur et le ton taquin. Ma fille, Deirdre...

La grande et plantureuse jeune femme vint se placer à son tour devant Awena. Ouh ! La chaleur de ses parents en moins. Les yeux gris pouvaient vraiment frigorifier quiconque d'un simple regard de glace.

— Depuis quand se fiance-t-on à des manants ? grinça-t-elle entre ses dents.

— Deirdre ! s'offusqua Rory. Tu insultes nos hôtes !

Darren prit Awena contre lui, serrant gentiment son épaule d'une main pour lui faire comprendre de se taire, alors qu'il voyait littéralement de la fumée sortir de son si joli petit nez.

— Les de Brún sont une famille de haute lignée. Ewan, en cadet des de Brún, a choisi de rester vivre sur nos terres, car son amitié envers mon grand-père était très forte, il était presque comme un fils pour Iain. Et son mariage avec Isla la grande fit qu'il n'eut ensuite aucune envie de rejoindre ses terres et sa famille. Pour ma part, j'en suis heureux, susurra Darren en contemplant avec adoration le visage toujours furibond de sa belle. Car s'il était parti, je n'aurais pas connu le joyau que je tiens dans mes bras.

En entendant ces derniers mots, Awena eut un hoquet de bonheur et dévisagea amoureusement le beau profil de son demi-dieu. Tandis que Deirdre avait beaucoup de mal à cacher sa jalousie, sous un masque impassible.

— Et pour quand sont ces noces ? s'écria Licia d'un ton qui se voulait joyeux.

— Dans deux jours au soir. Vous y êtes bien

évidemment conviés, fit Darren en bombant le torse, fier d'annoncer à ses amis ce très grand événement.

Rory vint lui donner une formidable claque dans le dos, l'empoignant et le félicitant en riant, Licia fit de même avec Awena, la claque dans le dos en moins, alors que Deirdre restait en recul, les lèvres charnues plissées de colère contenue et les yeux aussi froids que les glaces du pôle Nord.

— Vos appartements vous attendent, le repas sera servi dans deux heures, ce qui vous laisse le temps de vous reposer un peu, suggéra Darren, souriant toujours, ses magnifiques fossettes lui donnant encore plus l'air d'une grande fripouille.

— Bien volontiers, approuva Rory en prenant le bras de sa femme et en posant sa main sur l'épaule de Darren.

— Dame..., chuchota une petite voix gênée derrière le dos d'Awena. Dame...

Awena se retourna et sourit en voyant Eileen, la tête baissée, qui essayait de se faire petite, tout en attirant son attention. La jeune femme quitta les bras de Darren, alors que les invités suivaient les servantes qui les guidaient vers leurs appartements et vint auprès de son amie.

— Que se passe-t-il, Eileen ?

— C'est Barabal. Elle jure de sortir de son lit de mort si vous ne venez pas tout de suite lui faire... la lecture... hum, hum...

— Oh, non ! Pas aujourd'hui, pesta Awena. Je n'ai pas le temps !

— La Seanmhair te réclame encore mo chridhe ? intervint Darren qui s'était approché à pas de loup.

— Oui... euh... elle veut que je vienne lui faire un peu de... lecture.

— Tu la connais comme moi, elle ne te laissera pas en paix tant que tu n'auras pas fait ses quatre volontés. De toute façon, je dois retrouver mes hommes, les Sutherland vont se reposer un peu et si tu te dépêches, tu pourras faire la lecture à notre vieille grincheuse et revenir faire ta toilette avant de passer à table.

— Bien sûr, appelle-moi superwoman, tant que tu y es ! ronchonna-t-elle. D'accord ! Je vais chercher un livre dans ma... mon ancienne chambre et je file la voir. Tu peux la prévenir, Eileen ?

— Aye, j'y cours tout de suite.

Awena s'élança vers l'escalier en colimaçon. Darren et Eileen la suivant des yeux avec un air suspicieux. Ils restèrent un moment à scruter l'endroit où elle s'était éclipsée avant que Darren ne s'adresse enfin à Eileen.

— Tu as vu ce petit éclat bizarre dans ses yeux ? marmonna familièrement Darren en direction d'Eileen.

— Aye ! Et cela ne me dit rien qui vaille, répondit-elle en grimaçant légèrement.

— Avez-vous trouvé ce qu'elle mijote, toi et Aigneas ?

— Naye, laird, nous avons pourtant tout essayé, il est sûr que la venue de Deirdre ne lui plaît pas, mais, il y a autre chose.

— J'en suis arrivé à la même conclusion que toi et... chut, la revoilà.

Darren et Eileen prirent un air innocent et sourirent comme des anges à son passage. Awena eut un petit froncement de sourcils, leur sourit en retour en brandissant de la main un drôle de livre très coloré, sur lequel Darren eut juste le temps d'apercevoir un bonhomme habillé en rouge et bleu avec un étrange bonnet pointu sur la tête.

— Ne bouge plus Eileen, je serai là-bas avant toi et j'ai une super histoire pour la Seanmhair !

Oh oui, elle avait trouvé la solution pour que Barabal la lâche un peu. Dans une sacoche cachée sous le tartan, elle avait mis des tubes à bulles de savon, des pétards en pagaille et en guise de lecture, elle avait pris le meilleur du meilleur... Oui-Oui.

Avec son beau taxi..., chantonna Awena dans sa tête.

— Quoi ça être ! coassa Barabal en agrippant de ses

doigts crochus le petit livre de Oui-Oui.

— Un cadeau pour vous Seanmhair ! fredonna Awena, contente de sa surprise.

— Pour moi ? coassa à nouveau la vieille femme d'un ton partant dans les aigus et les yeux brillants de joie, avant de se figer et de plisser les paupières d'un air suspicieux.

— Pourquoi ?

Là intervenait la deuxième partie du plan d'Awena, après la première qui était de créer une diversion.

— Parce que, grâce à vous, j'ai enfin retrouvé mes pouvoirs ! s'écria-t-elle en mentant sans vergogne.

— Pas possible ! marmonna la Seanmhair en claquant la langue.

— Si, et j'en ai la preuve, susurra Awena en employant le ton d'une cachottière, mais... pas ici. Allons loin du village, près du loch, pour que je vous en fasse la démonstration.

— Aye ! s'écria la vieille femme en s'emparant de son bâton, le livre toujours dans sa main et trottinant vivement vers la sortie de sa chaumière.

Awena la suivit en souriant, confiante dans la bonne réussite de son plan. Arrivées au loch, la Seanmhair tapa impatiemment de la base de son bâton sur le sable fin de la rive et dévisagea la jeune femme.

— Toi, faire des flammes avec tes doigts ! commanda-t-elle.

— Pas de problème, répondit Awena en sortant de sa sacoche un briquet que Logan avait ajouté aux sachets de pétards. Elle le prit dans sa main et l'actionna, faisant naître une belle flamme vive.

— Ohhh..., souffla la Seanmhair, ébahie.

Ouf, mon plan fonctionne... pour le moment, songea Awena, soulagée.

— Et ce n'est pas tout ! Je vous ai préparé des bâtons magiques et une eau vivante de mon cru. Écartez-vous que je vous montre.

La Seanmhair se poussa légèrement, cherchant des yeux avec envie les objets magiques que la jeune femme lui promettait. Celle-ci saisit un pétard dans la sacoche, alluma la mèche à l'aide de la flamme du briquet et le lança à quelques mètres d'elles.

BOUM !

L'explosion du bâton magique fit sursauter la Seanmhair qui cria, courut vers le village pour battre en retraite, s'arrêta net, et revint sur ses pas, les petits yeux noirs brillants d'excitation.

— Encore !

Awena se fit un plaisir de recommencer l'opération autant de fois que la vieille femme le souhaitait. C'est à dire... souvent !

BOUM !
BOUM !
BOUM !
BOUM !

À chaque explosion, Barabal hurlait sa joie et riait en caquetant. Awena retrouvait avec plaisir la vieille sorcière Carabosse qui avait joué au tennis avec des boules maléfiques de magie, lors du sort de séparation d'âmes.

— Et ce n'est pas tout ! Voici, l'eau vivante, susurra Awena révérencieusement.

Elle prit un tube de bulles à savon dans sa sacoche, dévissa le bouchon et souffla dans le petit rond en plastique qui y était accroché. Une myriade de jolies bulles translucides de toutes les tailles s'envolèrent, emportées dans une danse féerique grâce à la douce brise qui soufflait sur le loch.

— Ohhh..., souffla la Seanmhair, la bouche et les yeux ronds d'ébahissement.

— C'est un autre cadeau, je vous offre ces deux tubes.

— Merci, marmonna du bout de ses lèvres parcheminées Barabal en laissant tomber son bâton et le livre de Oui-Oui, pour saisir les réceptacles de cette prodigieuse magie qu'était l'eau vivante.

— Libre tu es ! s'exclama-t-elle encore à l'intention d'Awena.

Puis elle se mit à souffler dans le cercle en plastique, faisant naître de nouvelles bulles et reproduisant à volonté les mêmes mouvements que la jeune femme, pour que la magie opère.

— Bon, euh..., je vous laisse, les invités vont m'attendre !

— Hum... hum..., fit Barabal, trop occupée à faire de somptueuses bulles et souriant benoîtement à chaque fois qu'elles éclataient.

— Une bonne chose de faite ! chuchota Awena pour elle-même, en filant vers le château.

Quelque temps plus tard, assise à la table d'honneur près de son fiancé d'un côté, et de Larkin de l'autre, Awena souriait à qui mieux mieux en réponse aux regards foudroyants de Deirdre. Elles étaient pourtant séparées par Licia, Rory et Darren, mais arrivaient à communiquer silencieusement.

La guerre était déclarée.

Awena avait pris un bon bain chaud réparateur. Eileen lui avait fait une coiffure digne d'un conte de fées, agrémentée par des fleurs de bruyère blanche, et l'avait aidée à enfiler un magnifique bliaud vert sombre sur lequel couraient des broderies, faites de fils d'or, le tout reposant sur une tunique blanche aux manches vaporeuses et évasées.

Total de l'opération ? Awena était resplendissante et n'avait plus rien à envier à la grande beauté de Deirdre. Le tout, à l'immense fierté de Darren qui la mangeait littéralement des yeux.

— Quand je pense, persifla Deirdre, qu'il suffit de somptueux atours et d'une coiffure savante pour transformer une paysanne en pâle copie d'une dame...

— Deirdre ! gronda Rory Sutherland.

— Laissez ! fit Awena d'un ton désinvolte. La bave du crapaud n'atteint pas la blanche colombe, ajouta-t-elle d'un ton docte en souriant jusqu'aux oreilles.

— Awena ! rouspéta Darren en fronçant les sourcils alors que Deirdre hoquetait sous la repartie de sa rivale et que Larkin, sur son autre côté, s'étouffait en mangeant sa viande.

— Nul doute qu'il vous a fallu des heures pour vous séparer de votre crasse.

— Assez Deirdre ! coupa Licia, offusquée du comportement hostile de sa fille aînée.

— Que nenni, chère amie, persifla Awena. Et je ne vous conseillerais que trop un bain au lait d'ânesse pour adoucir votre vilaine peau, la mienne étant douce de nature !

— Ohhh ! hoqueta à nouveau Deirdre. Vous...

— Assez ! trancha Rory, rouge de colère et faisant mine de reprendre son dialogue avec Darren comme si de rien n'était.

Awena sourit de plus belle en sirotant sa délicieuse bière, heureuse du silence de sa rivale qui fut de courte durée.

— Une peau comme la vôtre se fripera bien vite, ma mie, persifla Deirdre. Alors, lassé de votre laideur, le laird se tournera avec célérité vers une vraie beauté... Moi, par exemple ?

Rory et Darren s'étouffèrent presque en buvant leur bière, Licia cacha de sa main son visage empourpré de honte et Larkin cracha une sorte de juron en tapotant discrètement la main d'Awena.

La jeune femme voyait rouge et quelque chose en elle s'éveilla en crépitant de plus en plus fort.

Je vous imaginerais bien avec une grosse verrue poilue sur le nez, une ou deux dents manquantes et une belle paire d'oreilles d'âne, songea Awena en se retenant tout juste de dire ses pensées à voix haute.

Soudain, il y eut un silence général, suivi par les cris et

exclamations des Saint Clare qui dînaient dans la grande salle en face de l'estrade d'honneur. Awena redressa la tête de son tranchoir, observa curieusement vers les tables des gens du clan et suivit la direction de leurs regards.

Elle ne put qu'écarquiller les yeux. La belle et somptueuse Deirdre continuait de manger tranquillement, avec un raffinement pompeux, toute heureuse d'avoir eu le dernier mot, alors que de la sauce dégoulinait sur son menton en s'échappant de sa bouche édentée. Une formidable verrue horriblement poilue enlaidissait son nez et de grandes et longues oreilles d'âne dépassaient de sa magnifique coiffure, battant la mesure au-dessus de sa tête.

Deirdre se rendit bien compte de l'intérêt que le clan lui portait, mais sûre de sa beauté légendaire, n'y fit pas grand cas, tout comme Rory et Licia, qui ne voyaient rien des dégâts que la magie avait causée sur le physique avantageux de leur fille. Seuls Darren, Awena, Larkin et le clan en étaient témoins, c'était déjà beaucoup !

— Par les dieux ! réussit à articuler Darren avec une affreuse grimace dégoûtée en dévisageant Deirdre, qui le prit très mal, jeta sa serviette sur la table et quitta la salle en direction de ses appartements.

— Excusez-nous ! souffla précipitamment Licia en prenant congé et suivant sa fille.

— AH... les femmes ! s'apitoya fortement Rory en buvant rapidement une bonne gorgée de sa bière fraîche. On n'est enfin tranquille que quand elles ne sont plus là ! Pardon gente dame, je parlais des miennes et vous avez bien fait de remettre ma fille à sa place, vous êtes un ange, fit Sutherland avec un grand clin d'œil amusé en direction d'Awena.

Larkin s'étouffait de rire aux côtés de la jeune femme, le buste complètement étalé sur la table et son tranchoir, les gens du clan continuaient à glousser et palabrer avec agitation et Darren fusillait de ses yeux sombres sa Promise, qui s'était tassée sur elle-même, saisie d'un brusque hoquet, n'osant le regarder tandis qu'elle tapotait distraitement de sa main le dos du grand druide, secoué de soubresauts.

— Il va falloir que l'on parle ! susurra le laird d'un air ombrageux.

— Je sais..., comme d'habitude et si je te dis que je ne l'ai pas fait exprès ? Je suis désolée ! s'excusa la jeune femme en tapotant toujours le dos de Larkin dont le bruit du rire sourd confirmait qu'il était à l'agonie.

Seulement, au plus profond d'elle-même, Awena chantonnait une douce rengaine, qui disait tout autre chose : « Bien fait pour elle ! Bien fait pour elle ! »

Chapitre 23

La magie des éléments

Darren avait demandé à Awena de le rejoindre dans le jardin floral, au pied du pommier et des rosiers de Diane. Cela faisait plus d'une demi-heure qu'elle y poireautait, marchant de long en large en se tordant les mains. Elle n'avait pas voulu transformer Deirdre en horreur ambulante, c'est la magie qui avait décidé d'intervenir dans le cours de sa vie et pour une fois, à un moment où elle aurait dû s'abstenir de le faire.

C'était rageant !

Cela faisait plus d'une semaine qu'elle subissait tous les jours les enseignements de Barabal sans que cela donne quoi que ce soit. Pas une seule flamme au bout des doigts, pas une seule fleur ou plante qui ne pousse à sa demande, pas un seul tourbillon de vent ; magies qui étaient, selon la Seanmhair, des plus élémentaires. Et il avait suffi d'un dîner pour que tout dérape, parce que sa magie s'était réveillée sous le coup de sa colère envers Deirdre. Comment aurait-elle pu le savoir ?

— Awena ! rugit la voix grave du laird dans son dos.

Sursautant, elle prit son courage à deux mains et lui fit face. Oh, oui, il était furieux, mais il y avait autre chose.

— Je n'ai pas voulu ce qui s'est produit, Darren...

— Inconsciemment, si. Là est tout le problème, soupira-t-il en se passant une main dans les cheveux, geste qu'elle connaissait maintenant pour être celui qu'il avait dans les moments de grande contrariété. Je veux que tu viennes avec moi, il faut que tu voies quelque chose.

Le ton était dur, implacable. Il tourna les talons sans rien ajouter de plus et s'en fut de sa démarche féline, le dos raide, les muscles tendus.

Awena le suivit, le cœur déchiré. Elle n'aimait pas cette situation, où la froideur avait remplacé la chaleur, la tendresse, tout ce qui faisait la beauté dans leur couple. Même son sang se glaçait lentement, alors qu'une sorte de voile noir obscurcissait son environnement et ses pensées.

Elle connaissait cette sensation, c'était la noirceur du chagrin qui anesthésiait toutes les émotions se rapportant à la joie ou à l'envie. On vivait le présent comme un somnambule, avec l'impossibilité d'avancer dans le temps ne serait-ce qu'une minute et encore moins une heure, un jour, une semaine. C'était tout simplement... irréalisable.

— Awena ! Reviens ! l'admonesta Darren en la secouant par les épaules, le ton plus inquiet que dur.

Petit à petit, elle retourna vers la lumière. Darren continuait de lui parler, de la buée sortait de sa bouche comme s'ils étaient en plein hiver et quelques grains de glace étaient accrochés à ses cheveux. Que se passait-il ?

Elle avait dû le demander à haute voix, car Darren lui répondit en faisant un vaste signe autour d'eux.

— Ta magie ! Tu viens de transformer le jardin floral en palais des glaces ! fit Darren d'un ton préoccupé.

Awena ouvrit de grands yeux. Tout autour d'elle, dans un rayon d'au moins cinq mètres, l'herbe, les rosiers, la bruyère, le pommier, tout était figé sous une couche de glace translucide. Il y avait même des stalactites qui pendaient des branches de l'arbre fruitier.

Awena ne put que pousser un long cri tremblant. Darren la prit tendrement dans ses bras et la berça en lui frottant le dos, essayant ainsi de lui communiquer sa chaleur.

— Je ne... comprends plus rien, bafouilla la jeune femme les nerfs à vif. Ce que je sais... c'est que tu as le droit de m'en... vouloir... et d'être très en colère contre moi.

— Mo chridhe ! Je ne suis pas en colère contre toi, lui répondit Darren en l'embrassant tendrement pour le lui prouver par le contact de ses lèvres fermes, plutôt que par des mots. Je suis en rage contre mon père, qui t'a volé ton histoire, ta culture et mis, par ses actes, tes pouvoirs en sommeil, ce qui est très dangereux. Je suis même étonné qu'il n'y ait pas eu plus d'incidents magiques comme celui de Deirdre ou celui de cette soudaine baisse de température ! Ta magie essaye de se libérer par tous les moyens et comme tu ne sais pas la canaliser, elle utilise les moments où tu es la plus vulnérable pour le faire.

— La peine, la peur, la rage... mes émotions les plus vives ?

— Aye, c'est ça m'eudail, c'est à moi d'être désolé de ne pas t'avoir assistée, de ne pas avoir pris le temps de t'apprendre à la dompter et l'utiliser à bon escient. Barabal a échoué et...

— Barabal ? s'étonna la jeune femme. Tu étais donc au courant ?

— Awena, que crois-tu que je ne puisse savoir sur mes terres, se moqua Darren en l'entraînant hors du palais des glaces et des stalactites qui commençaient à tomber, fondant sous la chaleur du soleil des Highlands.

— Viens, il est temps que tu fasses connaissance avec tes pouvoirs. Tu pourras ainsi rendre son apparence d'origine à Deirdre, taquina gentiment Darren, même si son expression restait soucieuse.

— Tu ne peux le faire à ma place ? se plaignit Awena toute gênée en le regardant droit dans les yeux et fermant ses petits poings sur la tunique de son torse.

— Naye, c'est à toi de le faire. Viens avec moi !

Darren lui prit la main et l'entraîna vivement à sa suite. Il oubliait qu'elle avait de plus petites jambes que lui et plutôt que de le dire, elle se mit à trottiner pour essayer de rester à sa hauteur.

Ils passèrent le pont-levis et au lieu de se diriger vers le village ou le Cercle des dieux, coupèrent à travers le grand pré qui avait servi de lieu de pique-nique le jour de Lùnastal, sautèrent au-dessus d'un ruisseau à l'eau claire et s'enfoncèrent dans la forêt.

— Darren, ralentis s'il te plaît, j'ai un point de côté.

Sans lui répondre, il la prit dans ses bras et continua d'avancer sous les voûtes touffues qu'étaient les hautes branches des arbres. Cela sentait l'humus, l'écorce et l'odeur plus soutenue de la résine de pin. Ici, dans cet autre monde naturel, tout paraissait différent, endormi, calme, et pourtant, Awena avait l'impression d'être épiée. Non par les animaux, dont le lieu était le royaume, non, par quelque chose d'autre... d'indéfinissable.

Le laird ne desserrait toujours pas les dents, continuant d'avancer sur un chemin que lui seul voyait. La jeune femme décida de ne pas briser le silence par des mots inutiles et posa la tête contre son torse tout en se laissant bercer par les battements forts et réguliers de son cœur.

Les yeux fermés, Awena avait la sensation étrange de planer, elle sentait le souffle chaud de Darren lui caresser le visage ; elle percevait le vent à la cime des arbres, les plaintes et gémissements des branches qui se courbaient pour ne pas casser, le bruit caractéristique des glands des chênes tombant au sol et celui, de plus en plus fort, d'une chute d'eau.

Elle ouvrit vivement les yeux et essaya de trouver le lieu d'où provenait ce son unique, reconnaissable entre mille.

— Ferme les yeux m'eudail, continue de sentir et d'écouter. C'est le premier pas qui te permettra d'ouvrir les portes de ce qui t'est inconnu et de pouvoir en devenir maîtresse. Ressens, écoute et sens, susurra Darren de sa voix rauque.

Toujours bercée par ses bras et le mouvement régulier de sa démarche, Awena ferma les paupières et écouta, ressentit, sentit, se laissant imprégner par toutes les émotions et sensations diverses qui naissaient en elle.

Le souffle du vent se faisait voix, l'odeur de l'humus l'ensorcelait, son moi était en communion avec la nature et les éléments.

Darren cessa d'avancer et le lieu où ils se tenaient vibrait au rythme lancinant et fort des ondes acoustiques émises par une majestueuse cascade d'eau. Pourtant, il y avait bien plus. Awena sentait courir sur sa peau comme des vagues d'électricité statique et son sang battait furieusement dans ses veines. Loin de lui procurer un malaise quelconque, elle ressentait au contraire un bien-être extraordinaire.

— M'eudail, regarde ce qui met tous tes sens en éveil.

Awena cligna des paupières sous l'intensité de la luminosité, presque irréelle, de l'endroit. Ils se tenaient bien devant une cascade, dont une trouée dans la canopée des arbres permettait aux rayons du soleil d'inonder les lieux, créant ainsi un déluge de miroitements et de scintillements sur les eaux, arbres, plantes et mousses touffues de ce petit paradis.

— Oh, c'est magnifique, souffla la jeune femme. Je n'ai jamais vu une telle tonalité de lumière, elle paraît fragile, éthérée... J'ai la drôle d'impression que tout cela va s'évanouir si je m'avance, ajouta-t-elle en désignant d'un ample geste de la main la chute d'eau et son environnement.

Darren la posa lentement sans la relâcher complètement, l'enserrant de ses bras tout contre son torse puissant. Lui aussi avait le regard fixé sur les lieux, dont les éclats se réfléchissaient sur ses rétines.

— Je te présente la Cascade des Faës, murmura-t-il dans son oreille. C'est, après le Cercle, l'endroit le plus proche des dieux. Ici, la paroi qui sépare le monde des Sidhes et celui des hommes est très ténue. C'est aussi ici que tu pourras éveiller tes pouvoirs et les contrôler. Rien dans ce lieu ne peut être néfaste.

— Que dois-je faire ?

— Te déshabiller ! répondit très sérieusement Darren en

lui souriant.

— Pa... pardon ? s'étonna Awena en écarquillant les yeux.

— Tu vas aller te baigner. Le début de tout est autour de nous et en nous. Il faut que tu connaisses et ressentes les éléments, que tu les sentes en toi. Nous commencerons par l'Eau.

Awena le dévisagea pour essayer de savoir s'il ne lui jouait pas un petit tour à sa manière, mais non, au contraire, le laird avait l'air on ne peut plus sérieux. Elle hocha la tête et se retourna vers le bassin miroitant au pied de la cascade chantante.

Sans attendre, Darren lui enleva les fleurs de bruyère blanche de ses cheveux, peigna ceux-ci entre ses longs doigts, provoquant de doux frissons sur la peau tendre d'Awena et l'aida ensuite à se défaire de son bliaud, sa tunique et ses sous-vêtements.

— Ce sont bien les seuls atours de l'époque moderne qui m'affriolent, grogna-t-il en passant le bout de ses doigts sur sa chair et la dentelle ivoire de la fine culotte, avant de la faire glisser sur ses hanches, ses cuisses et le long de ses jambes, bien galbées.

Il se tenait agenouillé devant elle, les narines palpitantes et le souffle court, ses grandes mains caressant ses mollets et remontant lentement vers l'intérieur des genoux, puis plus haut, vers le doux renflement des fesses.

Darren semblait sur le point de lui sauter dessus et Awena en gémissait d'impatience. Une idée saugrenue la fit soudain sourire ; décidément, elle préférait largement les cours de magie avec Darren qu'avec la Seanmhair !

— File vite dans l'eau, grogna-t-il, les yeux brillants de désir.

Elle n'en avait pas vraiment envie, mais Darren se redressa et la fit pirouetter pour la pousser ensuite vers le bassin bouillonnant de vaguelettes miroitantes.

— Darren, elle a l'air fraîche cette eau et avec la chaleur

qu'il fait, je n'aimerais pas subir une hydrocution.

— Traduis, s'esclaffa le laird.

— Un choc thermique. Mon corps étant chaud et l'eau froide, cela pourrait me causer un choc... m'évanouir, arrêt cardiaque...

— N'aie crainte, cette eau est spéciale. Vas-y.

Il était si tentant de se baigner, il faisait lourd pour une fin de mois d'août dans les Highlands, cette chaleur étant néanmoins un peu plus supportable sous le couvert de la forêt. Alors oui, pourquoi pas ? D'autant plus que cette eau l'appelait.

Awena avança de quelques pas dans l'herbe verte et la mousse douce, spongieuse. Là où les vaguelettes rejoignaient la terre, sous sa surface, se trouvaient des sortes de dalles de roche plate, qui donnaient illusion d'un escalier taillé par les hommes.

Awena avança un pied hésitant, trempa le bout de son orteil dans l'eau et eut un hoquet de stupeur. Elle n'était pas froide ! Elle était tiède, mais aussi fraîche. Non, tiède. Fraîche...

— Darren ? s'écria la jeune femme qui n'arrivait pas à saisir les sensations qui affluaient dans son cerveau.

Derrière son dos, elle entendit son rire profond.

— Cette eau s'adapte à ton corps et non l'inverse, elle t'accueille dans son antre.

— Mais c'est magique !

— Aye, on dit que ce bassin, qui est le même dans le monde des Sidhes, est le seul à garder son côté céleste ou magique, comme tu voudras, la paroi séparant les deux mondes ne pouvant pas interférer dans ce qu'il est.

— Cool ! s'écria Awena avant de pousser un cri de joie et de plonger comme une sirène dans l'eau envoûtante qui s'ouvrit en une gerbe cristalline pour ensuite l'engloutir sous sa douceur liquide.

Awena ouvrit les yeux en nageant sous l'eau, s'arrêta et écarta ses cheveux qui se mouvaient autour de son visage comme des algues rousses, puis admira le décor féerique qui s'étalait devant elle. Non loin de là où elle se trouvait, l'eau de la chute créait un mur de bulles d'air blanches qui chahutaient en une danse folle avant de remonter à la surface. Les roches et plantes aquatiques avaient des reflets d'un bleu mauve soutenu, illuminés de temps en temps par des rayons scintillants qui ne pouvaient être que d'ordre divin. C'était fabuleux !

L'eau jouait avec son corps, le caressait, le massait. Awena se détendit, poussa des pieds contre le fond meuble du bassin et remonta à la surface pour y puiser l'air indispensable à ses poumons.

— Ferme les yeux et fais la planche, lui enjoignit le laird.

Elle ne discuta pas et fit ce qu'il lui avait demandé.

— Maintenant, laisse-toi aller, respire doucement et essaye de communier avec l'eau. Quand tu sentiras une sensation crépitante prendre forme dans ton être, guide-la et fais-la évoluer en ce que tu aimerais qu'elle soit.

Awena se laissa faire, des gouttelettes d'eau tombaient sur son visage et son corps, comme si elles jouaient avec elle. Le liquide la portait, la berçait et de ses oreilles immergées, Awena écouta les sons déformés que les ondes aquatiques lui renvoyaient.

Oui, il y avait bien des sons déformés, mais petit à petit, la jeune femme perçut comme des chuchotements, des rires, sous le grondement de l'eau qui s'abattait du haut de la chute dans le bassin. L'harmonie entre son esprit et l'élément de l'eau se faisait, peu à peu ils fusionnaient. Awena sentit enfin naître dans son corps les crépitements dont Darren lui avait parlé et les laissa venir, les dirigeant, les guidant. Elle visionna une houle. Elle s'imagina soufflant dessus, transformant une simple vaguelette en un magnifique rouleau qui serait envié par le meilleur des surfeurs. C'était sensationnel, elle était sur le haut de la vague qui la portait et jouait avec son corps.

Un drôle de cri cassa l'enchantement et Awena se retrouva engloutie sous le poids de l'eau. Quand elle remonta à la surface en toussant et crachant le liquide de ses poumons, elle chercha du regard à savoir d'où avait pu provenir le cri.

Quand elle trouva, la jeune femme pinça les lèvres, puis dans un hoquet, céda à une superbe crise de fou rire. C'était trop drôle ! La vague immense que la jeune femme avait créée avait elle aussi donné naissance à d'autres vagues, moins impressionnantes, mais imposantes tout de même et l'étrange cri qu'Awena avait perçu était venu d'un laird complètement pris de court, englouti sous les eaux.

Celles-ci s'étaient retirées, laissant Darren affalé sur l'herbe et la mousse détrempées, les cheveux plaqués sur son visage et les habits sans forme dégoulinant d'eau et de verdure aquatique. Le pauvre, il avait l'air d'un chien mouillé sortant d'un tas de goémon. Awena faillit boire à nouveau la tasse en riant de plus belle, quand il se mit vivement debout et que des petits geysers jaillirent de l'intérieur de ses hautes bottes.

— Je crois que le cours est fini, susurra Darren sur un ton doucereux.

Trop doucereux, ce qui éveilla l'instinct de fuite de la jeune femme.

— Le temps est venu de m'amuser un peu, ajouta pince-sans-rire Darren en se déshabillant d'un claquement de doigts, avant de courir souplement et de plonger dans le bassin.

— Oh Oh ! s'exclama Awena avant de se mettre à nager comme une folle, tout en riant, vers la berge la plus proche.

Trop tard, une forte main lui saisit la cheville, elle eut juste le temps de retenir une bouffée d'air, avant d'être tirée vers le fond.

Vers un monde féerique où Darren, en Poséidon, quémandait sa revanche.

Ils avaient déjà fait l'amour sur un lit, dans la vaste

baignoire en bois, sur le bureau du cabinet de travail de Darren, sur des fourrures devant la cheminée de leur chambre, à l'ombre d'une alcôve, sur la dalle centrale du Cercle des dieux, et tant d'autres endroits, qu'Awena mettrait toute une vie pour les écrire. Faire l'amour dans un lieu aussi paradisiaque que la Cascade des Faës faisait partie des nouveautés, dans l'eau magique commune au monde des Sidhes, qui plus est ! L'eau du bassin leur conférait une totale liberté de mouvement. Elle les portait et les faisait évoluer comme s'ils avaient été en apesanteur dans l'espace. En apesanteur. C'était effectivement la sensation qu'Awena éprouvait. Darren et elle se mouvaient en un ballet sensuel, tournant l'un autour de l'autre, s'enlaçant pour s'embrasser éperdument en se laissant doucement couler dans le liquide complice à leurs jeux. Heureusement que l'eau ne se mettait pas au diapason de la chaleur torride de leurs sangs, cela aurait viré au bain bouillonnant et ils se seraient retrouvés aussi ébouillantés qu'une poule, en vue de la déplumer.

— Je te fais l'amour et tu parles de poule ? s'offusqua Darren, goguenard, alors qu'une myriade de gouttelettes translucides caressaient son beau visage viril, pour descendre ensuite sur ses larges épaules et plonger dans le bassin, fusionnant à nouveau avec l'eau.

Awena pouffa en réalisant qu'elle avait émis ces pensées saugrenues à haute voix et enroula ses bras et ses jambes autour du corps de son farouche Highlander, tel du lierre.

Il l'emporta en nageant vers un endroit du bassin où ils avaient pied, se redressa, l'eau jusqu'au torse et empoigna les fesses d'Awena de ses larges mains. Quand il la plaqua contre sa virilité palpitante, gorgée de désir, la jeune femme poussa un doux soupir tremblant et commença instinctivement à bouger des hanches.

Darren rugit sourdement et lui mordit le cou, juste au-dessus de la clavicule tout en ondulant sensuellement, positionnant son membre contre la douce et chaude vallée de son intimité. Il grogna sauvagement, rendu fou par le désir et la souleva un peu pour pouvoir lui embrasser, lécher, sucer, les seins aux pointes roses, tendues vers lui. De sa main libre, il caressa le ventre tendre de la jeune femme et glissa plus bas, vers l'antre chaud et voluptueux qui lui promettait toutes les délices.

Awena se cambra en sentant les doigts de Darren pénétrer en elle, s'y enfoncer profondément et y entamer un va-et-vient diabolique tout en ressortant pour caresser son bouton de désir. Elle agrippa sa tête des deux mains et gémit, soupira, hoqueta contre ses lèvres charnues et sensuelles, alors que l'eau clapotait autour de leurs deux corps comme si elle les encourageait, les poussait, pour les guider encore plus loin sur le chemin les menant vers la jouissance suprême.

— Darren, gémit-elle au supplice, sentant une boule de feu naître au plus profond de son être, là où des ondes brûlantes commençaient à se propager, de plus en plus loin vers son ventre, son cœur et le reste de son corps.

— Laisse-toi aller... Jouis pour moi m'eudail, je veux te prendre au moment où ton être explosera de plaisir, je veux que tu m'enserres au plus profond de toi, et rester là pour l'éternité, souffla-t-il de sa voix rauque contre les lèvres tremblantes d'Awena, la respiration hachée et le cœur battant si fort qu'il résonnait tout contre celui d'Awena.

Il gémit et grogna en sentant ses ongles lui griffer les épaules et le haut du dos. Ses muscles intimes se contractaient follement autour de ses doigts, qu'il faisait aller et venir sans pitié dans son doux fourreau.

Darren la savait sur le point d'exploser et ses cris de plus en plus aigus le lui prouvèrent.

Soudain, Awena se contracta violemment, emprisonnant ses doigts dans un étau de feu, son corps fut secoué par de puissants soubresauts et elle hurla lorsque l'orgasme foudroyant emplit son corps de décharges brûlantes, partant ensuite en ondes de laves avides de s'approprier son être tout entier, ainsi que son esprit, en une terrible explosion volcanique.

Darren n'attendait que ce moment. En serrant les dents, il retira prestement ses doigts, agrippa fermement les hanches de la jeune femme et s'enfouit en elle d'un puissant coup de reins.

Il hurla lui aussi en fermant les yeux et basculant la tête en arrière, elle était si serrée, si chaude !

Awena était tellement contractée par la jouissance qu'il dut pousser, pousser, pousser, encore et encore, pour qu'enfin son sexe soit tout entier au fond de son être.

— Ouvre-toi. Ouvre-toi encore, supplia-t-il d'un ton rauque.

Awena crut s'évanouir tant les sensations qui l'envahissaient étaient intenses et accéda aux suppliques de Darren en écartant les cuisses et basculant son bassin à sa rencontre. Elle essaya de se détendre, en respirant avidement des bouffées d'air pur, alors que son ventre trépignait d'un nouveau et presque insoutenable élan de désir. L'imposante virilité de Darren s'enfonçait à chaque coup de reins, électrisant à nouveau ses muscles intimes, la faisant crier en réponse à ses rugissements farouches.

Il la serrait fortement contre lui, son membre allant et venant de plus en plus vite, de plus en plus profondément dans son intimité et Awena savait qu'elle allait à nouveau basculer dans le torrent de lave que déclencherait le terrible orgasme qui se profilait à l'intérieur d'elle, dont les ondes électriques recommençaient à lui couper le souffle.

— Darren ! hurla-t-elle en s'agrippant de toutes ses forces à ses épaules. Ce qu'elle vivait était insupportablement bon, extraordinaire et les sensations allaient la tuer.

La tenant farouchement d'une main, ses hanches étant prises d'une danse sauvage, Darren attrapa par le cou la jeune femme et plaqua ses lèvres fermes et voraces contre les siennes. Sa langue la pénétra aussi fougueusement que son membre le faisait un peu plus bas. Il allait et venait dans sa bouche avec une ardeur quasi incontrôlable, ses mouvements entrecoupés par ses feulements rauques, qui résonnaient dans la bouche d'Awena et se propageaient dans son corps, à la rencontre des ondes de l'assouvissement final. Cette double invasion déclencha un deuxième et phénoménal orgasme à la jeune femme, qui se contracta violemment autour de la hampe insatiable de Darren et provoqua sa jouissance. Lâchant sa bouche, Darren rugit férocement en agrippant à nouveau les fesses d'Awena, la plaquant plus complètement contre lui et plongeant encore et encore au plus profond de son ventre, tout en répandant sa chaude semence en jets brûlants, libérateurs.

Awena s'affala contre lui, la tête contre son cou puissant et essaya de retrouver son souffle. Ce qu'ils venaient de vivre était... était... il était impossible de mettre un mot sur ce qu'elle avait vécu. Elle gémit soudain, déroutée. Darren s'était remis à bouger en elle, lentement, profondément, et son corps, qu'elle pensait perclus, rassasié de désir se remettait en mouvement, allant à la rencontre des coups de boutoir lancinants.

— Darren ? réussit-elle à chuchoter.

— C'est... hum... c'est l'eau. Elle garde notre désir intact... Oh oui... Viens.

— Ohhh, soupira la jeune femme dans un souffle, alors que son propre corps essayait de retenir frénétiquement, en se crispant, son membre toujours aussi imposant, dur.

L'embrassant, tout en continuant ses poussées de plus en plus fortes, il la tint contre lui et alla s'allonger sur le tapis de mousse spongieuse, non loin de là.

— Je suis en feu, grogna Darren en lui mordillant le cou et en lui soulevant le genou d'une de ses mains, mouvement qui lui permit de s'enfuir encore plus loin dans l'intimité chaude de la jeune femme.

— Moi aussi. Viens... Prends tout ce que tu veux, gémit Awena en le caressant du bout des doigts.

Et c'est ce qu'il fit. Lâchant bride à ses envies, il partit à l'assaut de son corps comme le grand guerrier farouche qu'il était, ne cessant de bouger en elle que quand il la sentit se rendre en un autre orgasme foudroyant. Alors..., alors seulement, il laissa sa propre jouissance s'emparer de lui et s'enfonça d'un dernier coup puissant dans le divin fourreau de la jeune femme.

— J'ai l'impression d'avoir enfilé ma tunique à l'envers, marmonnait Awena en passant un doigt entre le tissu et son cou.

— Aye ! fit Darren, fier comme un paon, car il était à l'origine de ce déraillement vestimentaire et se retenait difficilement de rire.

Pour preuve, l'ombre de ses fossettes qui se dessinait sur ses joues. Ils se tenaient d'une main amoureuse, marchant tranquillement vers le château, alors que sous le couvert des arbres, l'obscurité s'épaississait, annonciatrice de l'avancée du règne nocturne.

— Je vais filer dans la chambre pour me changer et prendre un bain, marmonna Awena, en tirant de plus belle sur le tissu qui l'étranglait.

— Encore un bain, mo chridhe ? s'étonna moqueusement le laird, les yeux pétillants de malice malgré les lieux sombres.

— Oh toi ! pouffa la jeune femme. Jamais rassasié !

— Jamais, confirma-t-il en se penchant sur elle et lui embrassant le lobe de l'oreille.

— Et... hum... Tes invités ?

— Rory devait visiter les terres cet après-midi avec Ned et Larkin, quant à Deirdre et Licia, elles s'étaient enfermées dans leurs chambres avant que je ne parte, nous les retrouverons pour le souper.

— Espérons qu'elle n'en sorte pas, je parle de Deirdre, car Licia est très gentille, marmonna Awena en plissant des paupières.

— Très. Pour Deirdre, maintenant que tu as fait des progrès et que tu sais comment agir avec une partie de ta magie, il serait bien que tu lui rendes face humaine.

— Tu crois que j'en serai capable ? s'enquit Awena pleine d'espoir.

— Je le pense. Ce que tu as fait avec l'eau du bassin est digne d'une grande puissance magique. Je m'attendais à ce qu'il y ait un peu d'éclaboussures, mais pas à de telles vagues.

Awena rit aux éclats.

— Si tu avais pu voir ta tête.

— Je ne l'ai pas vue. Par contre, j'ai vu la tienne avant de plonger, taquina-t-il. Demain, enchaîna-t-il sur un ton plus sérieux, je te mettrai en contact avec les éléments du feu, de l'air et de la terre, on en aura pour une partie de la journée.

— Zut ! s'écria Awena avant de balbutier. Zut ! Les invités ! Tu ne pourras pas t'absenter. Sans être impoli et puis, j'ai des trucs à faire.

— Des trucs ? s'enquit-il, sa curiosité éveillée par le ton cachottier qu'avait employé la jeune femme.

— Oh oui ! Tu sais, pour le mariage, j'ai plein de trucs à faire.

— Awena...

— Darren ? fit-elle sur le même ton en le regardant avec un air trop innocent pour être vrai.

— Plus de bêtises ! grogna-t-il.

— Promis ! clama la jeune femme avant de s'étrangler à moitié et de tirer à nouveau sur le tissu qui enserrait son cou.

— Un petit coup de skean dubh peut-être, pour te délivrer ? se moqua Darren en faisant signe de chercher sa dague dans sa botte.

— Non ! Ça va ! Et puis on arrive au château. À plus tard, je file me changer !

Awena lui lâcha la main et décampa comme un cabri. Spectacle qui fit sourire Darren et lui réchauffa le cœur, tant la jeune femme rayonnait de santé et de vie. Soudain, son sourire se figea un peu. Non d'un chien ! Elle venait de l'embobiner en beauté, d'un tour de passe-passe, elle s'était enfuie avant qu'il sache ce qu'elle voulait dire par « trucs ! ».

Awena n'avait pas besoin de bain, elle s'était effectivement baignée avant de rentrer et au lieu d'aller dans la chambre seigneuriale, elle se dirigea vivement vers son ancienne chambre dont elle avait caché la clef sous une pierre murale du couloir, qui s'était fendue et désolidarisée de l'ensemble. Une fois bien en place, on n'y voyait rien.

Regardant rapidement autour d'elle, la jeune femme s'assura que personne ne l'épiait, tira la clef, remit la pierre et ouvrit la porte avant de s'engouffrer à toute allure à l'intérieur.

— Vite ! Vite ! s'admonesta-t-elle.

Elle vida un grand sac en toile de jute qui contenait du linge de lit et y fourra toutes ses trouvailles de la matinée en omettant volontairement d'y ajouter l'ordinateur portable. Elle alla vivement ouvrir le coffre au pied du lit, qu'elle n'avait pas refermé à clef et fouilla dans son fourre-tout à la recherche des multiprises. Une fois trouvées, elle se saisit du capteur solaire et réussit à le brancher sur le portable, sans problème, pour qu'il se recharge.

— On va avoir de la musique, les nanas ! fredonna-t-elle. Bon, change-toi maintenant, s'encouragea-t-elle en filant vers la penderie pour y saisir un autre bliaud et une autre tunique, pas question de mettre un tartan en guise de tenue, car même avec le visage défiguré, Awena ne doutait pas que Deirdre soit habillée somptueusement pour le souper.

— Pauvre Deirdre, chantonna-t-elle encore avant de froncer soudainement les sourcils, il va falloir que je lui refasse la bobine, pourvu que ce ne soit pas pire après ! Oh ! Et puis tant pis si elle n'est plus aussi belle !

En fait, tout se déroula très bien. Deirdre resta silencieuse pendant tout le souper et demanda congé rapidement. La pauvre, avait dit Licia pour l'excuser encore une fois, elles étaient sorties de leurs chambres pour se promener dans l'après-midi, mais les enfants avaient hurlé à l'approche de Deirdre, détalant comme des lapins en tout sens, alors que les parents se détournaient, soit pour rire, soit pour ne pas lui montrer leur dégoût.

Licia ne comprenait pas leur attitude, à l'instar de Deirdre qui le vivait très mal. Elles en étaient arrivées à se dire que tout cela découlait de l'impolitesse que la jeune femme avait témoignée envers la fiancée du laird.

— Quelque part, c'est une bonne leçon de morale pour Deirdre, avait chuchoté Licia, comme perdue dans ses pensées.

— Enfin ! Femme ! Vous l'admettez ! avait tonné Rory Sutherland en donnant du poing sur la table. Cette enfant est trop gâtée, elle s'est toujours crue être le plus beau joyau de cette terre par votre faute. Un peu de modestie ne pouvait que lui faire du bien. Ainsi, elle sera plus facile à marier !

— Vous avez raison, avait acquiescé Licia en pinçant les lèvres.

— Tu n'as rien pu faire ? avait chuchoté Darren, en profitant que Rory parte dans un grand discours sur l'obéissance et le respect que les enfants devaient à leurs parents.

— Elle ne m'en a pas laissé le temps, avait marmonné Awena, mais je lui ai quand même rendu ses dents, elle ne bavait plus, c'est déjà ça !

— Aye, avait ironisé le laird en la regardant de haut, posture que la jeune femme avait essayé de lui retourner, sans y parvenir, car trop petite pour avoir le dessus.

Cela faisait des heures maintenant que tout le monde dormait, sauf Awena et Darren, assis devant la cheminée de leur chambre. Lui se tenait en tailleur et Awena avait posé son postérieur dans le creux de ses cuisses.

Le laird tenait ses mains devant la jeune femme et

faisait apparaître une boule de flamme dans le creux de ses paumes jointes.

— Regarde... et vois ce que tes yeux te cachent.

— Si je regarde, je ne comprends pas vraiment comment mes yeux pourraient me cacher quelque chose, gémit Awena, attirée malgré elle par la beauté des flammes.

— Tu joues sur les mots ! s'impatienta Darren.

— Tu n'as qu'à parler correctement sans te faire passer pour un grand sage japonais qui sort des phrases tellement philosophiques que lui seul peut les comprendre.

— Awenaaa...

— Darrennn !

— Regarde les flammes, laisse-toi imprégner de leurs mouvements, au bout d'un moment, tu te rendras compte qu'il y a beaucoup plus... bien plus... que ce que tu crois voir.

Awena soupira, posa sa tête contre le torse de Darren et essaya de vider son esprit pour faire ce qu'il lui demandait.

— Tu veux m'hypnotiser pour me mettre dans ton lit parce que je t'ai dit que j'étais fatiguée et que...

— Awena, tais-toi !

— D'accord !

Darren soupira, exaspéré. En apparence tout du moins, parce qu'il souffrait de retenir le rire qui grandissait en lui. Devant les yeux de la jeune femme, les flammes semblaient suivre le mouvement d'un souffle ténu. Elles ondulaient de droite à gauche, presque imperceptiblement.

Peu à peu, Awena comprit ce que Darren avait insinué. Ces flammes avaient un cœur qui pulsait doucement, il était là où l'intensité lumineuse de la flamme était la plus vive. Oui, chaque flamme était unique, se nourrissait de l'air et chantait la vie. Cela provoqua en Awena une douce sensation de chaleur et le crépitement de la magie revint. Sans vraiment s'en apercevoir, elle prit des paumes de Darren la boule de feu et la tint devant elle sur ses doigts tendus.

— Que veux-tu qu'elles soient, chuchota doucement Darren pour ne pas briser l'enchantement.

Awena se concentra et l'unique image qui lui vint, avec force, fut celle d'un magnifique Phénix s'élançant vers le ciel. L'Oiseau de feu apparut, ses grosses serres posées sur les mains d'Awena, il poussa un cri majestueux tel celui du condor dans un ciel azuré, déploya ses ailes de flammes, prit son élan, s'envola... et s'écrasa pitoyablement contre les voûtes du plafond en bois !

— Darren ! Au feu ! hurla la jeune femme en se redressant d'un bond.

— Tu sais ce qu'il faut faire, murmura simplement Darren en s'écartant d'elle et en se dirigeant tranquillement vers le lit.

Mais... C'est qu'il bâillait le mufle !

— Darren ! s'énerva Awena, de plus en plus affolée, alors que des étincelles tombaient de la poutre qui se consumait.

— L'Eau. Fais appel à l'élément de l'eau.

L'eau... l'eau, il en a de bien bonnes ! songea Awena en essayant de dominer sa crise de panique alors que la boule magique en elle crépitait avec impatience. Contrôle-toi. Respire. L'eau. Trouver de l'eau.

— Elle se trouve dans l'air ! En fine quantité, mais elle est là tout de même, s'exclama-t-elle alors qu'une idée venait de germer dans son esprit.

Suivant son idée, elle visualisa ces milliers de gouttelettes, les focalisa en une sorte de jet et le dirigea sur la poutre. Cela fonctionnait ! Elle aurait presque cru qu'elle ne faisait qu'arroser à l'aide d'un simple tuyau d'arrosage, comme quand elle aspergeait cousine Sissi pour la faire hurler, et Darren qui bâillait encore, allongé nu sur le lit, un sourire jusqu'aux oreilles. Cousine Sissi... Darren... Tuyau d'arrosage.

Pourquoi pas ?

Alors, ingénument, Awena se concentra pour que le jet

soit plus dense et le dirigea sur Darren qui se mit à hurler d'indignation, enfin, quand il n'avait pas d'eau dans la bouche. Puis il tomba de la couche détrempée et essaya de ramper dessous en invectivant la jeune femme à la force de son poing, seule partie de lui qui restait visible.

— Je n'ai fait que ce que tu m'as demandé ! chantonna Awena en continuant de transformer la chambre en piscine. Elle est fraîche, hein ?

— Tu ne perds rien pour attendre ! rugit la voix du laird, assourdie par le rempart du lit et l'eau qui devait le gêner pour parler.

Que c'était chouette un jet d'eau glaciale à qui l'on disait où arroser et qui obéissait au doigt et à l'œil !

— Cours toujours, mon amour, fredonna encore Awena.

Chapitre 24

La courbe du temps

— Tout de même... une inondation pareille, mon ami, ce vieux château va tomber en ruine sur vos têtes si vous ne réparez pas les toitures des donjons et dépendances ! Songez un peu, je me suis réveillé dans un lit qui ressemblait à s'y méprendre à une mare à canards, les canards en moins... quoique, Licia caquetait assez pour que je puisse l'y comparer, plaisanta Rory en pouffant tout seul de sa répartie oiseuse.

Parfois, Darren se demandait pourquoi il considérait Rory comme son ami, ce qu'il y avait chez cet homme qui faisait que ce lien puisse exister. En fait, c'était sur un champ de bataille que cette amitié prenait vraiment tout son sens. L'amitié allait de pair avec le guerrier highlander qu'était Rory Sutherland, galopant vers l'ennemi, claymore en main et non vers le pompeux laird des Sutherland, suffisant à souhait, faisant des remarques vaseuses à tout-va. Ce – que

Bon, pour l'inondation, il avait raison, se retrouver mouillé comme un rat – ce que grâce à Awena, Darren avait eu le bonheur de connaître deux fois –, n'était pas des plus glorifiants pour la renommée de son clan. Rory le croyait peut-être sans le sou pour restaurer son château, alors que, et d'un, il était riche à ne plus savoir qu'en faire et de deux, c'était Awena qui avait créé ce déluge. Son château faisait sa fierté et était en très bon état. Peu de ses confrères lairds pouvaient en dire autant.

Après une bonne matinée à éponger les dégâts, il

n'y paraîtrait plus rien. Pour l'instant, il avait décidé de rester un peu avec son ami, en ayant laissé sa Promise dormir et ronfler à qui mieux mieux dans leur lit, où elle reposait de travers, comme d'habitude.

— Viens Rory, je vais te montrer mes nouveaux chevaux, dont un pur-sang que tu m'envieras, proposa Darren pour couper court au monologue du Sutherland, tout en lui donnant une forte claque dans le dos.

— Excellente idée ! Je veux bien voir ça ! Mes femmes sont parties se promener et je serai tranquille pour un bon moment.

— La mienne dort, se moqua gentiment Darren.

— Je t'envie. Pas qu'elle dorme, mais parce que tu as trouvé une bien belle perle.

— Ce n'est pas moi qui l'ai trouvée, c'est elle qui m'a trouvé, rétorqua Darren, avec beaucoup de tendresse dans la voix.

Pendant ce temps, Awena filait en douce vers la chaumière d'Aonghas. Elle avait fait semblant de dormir en ronflant si fort que sa gorge était aussi sèche qu'un vieux papyrus égyptien. Une fois Darren parti, Awena s'était levée à toute vitesse, lavée, habillée et avait pris la poudre d'escampette. Elle ne voyait plus que l'Aîné pour lui venir en aide. Et le temps pressait !

Personne ne faisait attention à elle, tant mieux, elle se dépêcha de frapper sur la porte d'entrée et fut soulagée d'entendre la voix d'Aonghas lui enjoignant de franchir le seuil. Le Veilleur eut l'air étonné en la voyant, sourit gentiment, puis lui fit signe de s'asseoir à son humble table.

— Bien le bonjour, dame, ma famille est au village, nous pourrons parler sans être dérangés. Je constate que vous êtes tracassée, que puis-je faire pour vous aider ?

— Bonjour Aonghas, ce n'est rien d'important, mais j'aimerais simplement savoir si vous connaissez un endroit sûr où je pourrais faire une petite réunion secrète ce soir. Je compte sur votre silence néanmoins !

Aonghas, déconcerté, regarda un instant dans le vide, puis vint s'asseoir en face d'Awena en la fixant droit dans les yeux.

— Je peux vous indiquer l'endroit où, nous, les Veilleurs, nous réunissons, mais il faudra rester très discrets, chuchota-t-il en fronçant ses sourcils blonds.

— Je vous le promets, ce ne sera que pour une heure ou deux, souffla Awena, l'air rasséréné, car Aonghas ne lui avait pas dit non.

— Puis-je... savoir en quoi ce lieu vous servira ?

La jeune femme rougit vivement.

— Hum... je vais me marier demain soir et dans le futur, il y a une coutume qui veut que la mariée et le marié, chacun de leur côté, célèbrent la veille de leurs noces, leur enterrement de vie de célibataire.

— Oh !

— Et l'endroit que je cherche, reprit Awena, doit être à l'écart du village, assez pour que mes amies, uniquement des femmes, puissent faire la fête sans éveiller les soupçons des villageois ou même des hommes. Ils ne doivent pas être avec nous.

Aonghas cacha son sourire sous une fausse toux. La requête était saugrenue, mais pas si étrange que cela.

— Il existe une vieille chaumière abandonnée, à quelques lieues du château, facile d'accès et un peu perdue dans la forêt, vous y serez très bien et pourrez faire la fête autant de temps que vous le souhaiterez. Je vais vous indiquer le chemin, vous la trouverez sans problème.

En cinq minutes, Awena dressa un plan de la route qu'elle devait emprunter pour se rendre dans la vieille chaumière et se frotta mentalement les mains. Elle était aux anges.

— Merci Aonghas ! s'écria-t-elle, heureuse, se penchant au-dessus de la table pour saisir les doigts du Veilleur, en un geste de pure sympathie.

À peine leurs peaux se touchèrent-elles, que tous deux firent un bond en arrière.

— Par les dieux ! s'exclama Aonghas en secouant sa main, tout en dévisageant intensément Awena.

— Oh, ça alors, gémit la jeune femme en frottant la sienne, c'est ce que l'on appelle se prendre une bonne décharge !

— Vous avez réveillé votre magie ! Elle crépite encore au bout de vos doigts ! C'est... c'est merveilleux ! s'extasia l'Aîné.

— Oui... enfin, je ne suis qu'une insignifiante novice, mais Darren est assez fier de moi, murmura Awena, mutine au souvenir de ce qui s'était déroulé la veille. Aonghas, s'enquit-elle soudain en redevenant sérieuse et en baissant les yeux sur ses mains. Je me demandais, serait-il possible que je puisse voir le Leabhar an ùine ? Juste un instant ? J'en serais très honorée.

Aonghas la dévisagea avec surprise l'espace d'une seconde, puis sourit à nouveau.

— Je savais que vous me le demanderiez un jour, fit-il en se levant de sa chaise et en lui faisant signe de le suivre.

Intriguée, elle suivit l'Aîné vers ce qui apparaissait être le coin-cuisine de la rustique chaumière. Aonghas s'agenouilla juste à côté de la cheminée où chauffait un chaudron plein d'un liquide brunâtre, le repas de midi, à coup sûr. Cependant, elle ne voulait vraiment pas savoir ce que c'était, cela sentait bon, un point c'est tout. L'histoire du haggis lui avait suffi.

Il déplaça une énorme pierre au pied du jambage soutenant le linteau de la cheminée, celle-ci glissa facilement, laissant apparaître une sombre petite cavité. Aonghas se pencha un peu et de sa main chercha, puis prit l'objet qui s'y trouvait.

— Le voici, mais il ne cesse de grossir et d'ici peu, je ne pourrai plus le dissimuler dans cet endroit, chuchota l'Aîné.

Le grimoire était enveloppé d'un lourd velours brun

épais et d'après sa taille, il était effectivement à penser que sa cachette actuelle ne le resterait pas pour bien longtemps.

— Pourrais-je le voir ? souffla Awena sans détourner les yeux du Leabhar an ùine.

— Aye, fit Aonghas en venant le poser sur la table et en enlevant doucement le tissu qui le recouvrait.

Une fois que ce fut fait, il se recula pour laisser la place à la jeune femme. Awena contempla la grosse reliure en cuir qui semblait neuve et rutilante, par rapport à celle qu'elle avait vue dans le futur. Elle avança une main tremblante, ouvrit la couverture et tourna les parchemins jusqu'à arriver sur la page vierge.

Awena savait ce qu'elle devait faire, mais est-ce que cela fonctionnerait ? Lentement, comme au ralenti, elle posa ses doigts sur le cœur du livre et ferma les yeux. Elle laissa la boule de magie grandir à l'intérieur de son corps, gardant le contrôle, l'autorisant à circuler dans son sang. Elle visionna le Leabhar an ùine du futur, entra en contact avec son aura pure et libéra les informations nécessaires à la nouvelle quête des Veilleurs.

Cette fois-ci, Awena ne se transforma pas en Galadriel, seule sa main devint lumineuse, alors qu'apparaissaient sur sa peau des entrelacs de lignes d'encre en mouvement. Elles couraient, se croisaient puis descendaient sur le parchemin pour s'y figer, remplissant des milliers de pages de précieuses informations. La lumière opalescente ne venait plus désormais de la main d'Awena, mais du Leabhar an ùine, plus vivant que jamais. Une chaude sensation parcourut le corps d'Awena, le grimoire la remerciait.

— C'est moi qui te remercie mon ami, chuchota la jeune femme en le caressant du bout des doigts.

— Par... les... dieux ! bafouilla l'Aîné, les yeux exorbités, ne sachant vraisemblablement plus sur quel pied danser.

— Je ne me remémore pas encore tout ce qui s'est

déroulé quand j'étais dans le futur. Cependant, j'ai de plus en plus de flashes, et je me souviens en particulier d'une promesse que j'ai faite à des amis qui comptent beaucoup pour moi. Aonghas, votre quête de la Promise s'est achevée, mais il y a une autre quête pour les Veilleurs. Celle, en suivant ce qui est inscrit dans le Leabhar an ùine, de faire naître vos descendances à tous, à l'identique de celles qui existaient, avant que je revienne et ne chamboule tout. Ainsi, dans six cent dix-huit ans, Iona et Dàrda seront à nouveau ensemble, Suzie existera et Logan pourra rire et fanfaronner autant qu'il le voudra. Une nouvelle courbe du temps pour les voir renaître.

— C'est un cadeau inestimable que vous nous offrez, souffla-t-il, des larmes scintillantes au coin de ses yeux.

— Aonghas, vous et tous les vôtres m'avez aidée à retrouver ma place, il est plus que naturel qu'à mon tour, je respecte ma promesse.

— Tapadh leibh Awena, murmura chaleureusement l'Aîné en la saluant de la tête.

— Tapadh leibh Aonghas, chuchota Awena en prenant congé de son hôte.

Il ne restait plus qu'à retourner au château, prendre le sac de jute avec ses affaires, préparer la chaumière pour ses invitées et avertir ses amies qu'elles étaient justement invitées.

L'heure du dîner avait sonné et il y avait encore tant de choses à faire discrètement. Qu'allait-elle dire à Darren pour lui expliquer son absence dans leur chambre ce soir ? Mystère, mais elle trouverait.

Pendant le repas, elle réussit enfin à rendre son aspect d'origine à Deirdre. Elle était à nouveau somptueusement belle et cependant différente. La jeune femme ne cessait de sourire benoîtement, à personne en particulier et cela était des plus étranges. Licia, à ses côtés, paraissait désorientée, la tête basse et les lèvres serrées, elle n'émettait aucun son.

Quant à Rory, il semblait courroucé.

Mais que se passait-il donc ? Awena avait sûrement dû louper un épisode très important. Le demander à Darren, même à voix basse, n'aurait pas été judicieux, les Sutherland pouvant l'entendre parler. Awena se tourna donc vers son voisin de gauche, Larkin.

— Que se passe-t-il ? chuchota-t-elle entre ses lèvres.

— Un miracle, chuchota à son tour le vieil homme en se penchant légèrement vers elle.

— Et de quel ordre, ce miracle ?

— Deirdre vous répondrait sans détour, d'ordre divin, et il se mit à pouffer, puis à tousser quand les yeux sombres de Darren se posèrent sur lui.

Awena attendit un instant que le laird reprenne sa conversation tendue avec son ami et se pencha imperceptiblement vers Larkin.

— Expliquez.

— Deirdre et sa mère se sont promenées ce matin et, à ce que j'ai compris de l'histoire, la demoiselle aurait eu une illumination en voyant une très vieille nonne, une nonne ! Hum... celle-ci soufflait dans un minuscule pipeau qui aurait fait apparaître des papillons de toutes les tailles et de toutes les couleurs.

— Une nonne ? Mais Larkin...

— Awena, souvenez-vous que les Sutherland ne voient pas tout ce qui touche à notre culture, ou notre magie, ou encore à tout ce qui ne doit pas encore être, comme de drôles de bulles qu'une Seanmhair s'amuse à faire naître dans les venelles du village, à la barbe de tout le monde.

— Oh ! ne put s'empêcher de s'exclamer la jeune femme en écarquillant les yeux et en se mettant la main sur la bouche.

Une grande poigne s'abattit sur sa cuisse et la serra sans lui faire mal. Un coup d'œil à Darren lui confirma qu'il n'était pas à prendre avec des pincettes.

— Et ce n'est pas tout, ricana Larkin tout en

continuant de manger. Notre chère Deirdre y a vu un signe de leur Dieu ! Du coup, la pauvre petite veut entrer au couvent pour s'y faire nonne.

— Elle est folle ? s'insurgea à nouveau Awena, avant qu'une autre pression sur sa cuisse ne la fasse taire.

— Paraît que du coup, ils s'en vont cet après-midi. Rory veut marier sa fille le plus vite possible et il a son idée.

— Je lui fais confiance, chuchota tout bas Awena. C'est dommage, quand même, une si belle femme... Ne me regarde pas comme ça, Darren, ce n'est pas de ma faute pour une fois. Bon, un petit peu, mais ce n'est pas moi qui lui ai dit de s'unir avec leur Seigneur !

Le laird pinça les lèvres et s'abstint de lui répondre. Deux secondes après, il était à nouveau occupé à parler avec Rory. Zut ! De toute façon, personne ne les avait invités ! Et Awena avait bien trop de préoccupations en tête pour se soucier de l'avenir de Deirdre.

— Veuillez m'excuser mesdames et messieurs, je dois me retirer un peu plus tôt, s'enquit Awena en se levant pour se dégager de la poigne de Darren. Je vous retrouverai cet après-midi.

— Nous partons, fit Rory en la saluant d'un sourire figé. Nous ne pourrons assister à vos noces et vous m'en voyez marri, mais ma chère fille, un peu souffrante, m'oblige à hâter notre départ.

— Et j'en suis désolée, mentit Awena dont les yeux brillants ne masquaient rien de ses sentiments. Je serai là pour vous dire au revoir. Excusez-moi, un problème à la cuisine...

— Faites, très chère, répondit Licia avec une moue fatiguée, je ne sais que trop ce que sont les problèmes d'ordre domestique.

— Certes, grimaça la jeune femme. Darren, grinça-t-elle des dents en le saluant avec exagération.

— Mo chridhe, lui retourna-t-il sur le même ton, avant qu'elle ne prenne congé.

Pourtant il sursauta, quand son ouïe très développée lui fit parvenir quelques mots que sa douce chantonnait pour elle :

— Si seulement elle savait que je me prépare à faire la fiesta avec ma cuisinière !

La fiesta ? Qu'était-ce encore que ce plat ? Awena dans les cuisines, il craignait le pire.

Voilà ! En un temps record, Awena avait invité Ada la cuisinière, Aigneas qui avait voulu savoir ce qu'était la « surprise », en réponse de quoi la jeune femme lui avait souri mystérieusement, Eileen qui lui avait répondu qu'elle n'aurait pas trop de mal à se débarrasser de son grand nounours et la Seanmhair qui ne quittait plus son tube à bulles et qui en avait demandé une recharge, là s'arrêtait son petit groupe d'amies. Si Iona avait été dans les parages, elle l'aurait invitée aussi.

La jeune femme finissait de décorer la vieille chaumière abandonnée, avec les guirlandes et les ballons colorés que Logan avait ajoutés dans le carton, son ordinateur portable était rechargé à bloc, le téléphone portable mystérieux aussi et la batterie solaire reposait à nouveau sur le large rebord de son ancienne chambre, en prévision d'une rallonge de musique pour ces dames. Elle avait ajouté à ses déguisements et tenues diverses la bombe de laque qui contenait l'hélium en vue de faire rire à mourir ses amies et sa sœur, en la respirant et en parlant de sa voix transformée ensuite. Elle se frottait les mains d'avance.

Il ne restait plus que les grains de maïs à faire griller. Ada lui avait promis de lui laisser la cuisine pendant un moment, après le départ des Sutherland.

Les Sutherland ! Mince, il fallait qu'elle file au château pour faire acte de présence et dire au revoir (et bon vent) à cette étrange de famille. Elle arriva tout essoufflée dans la cour intérieure de la forteresse où effectivement les Sutherland, une troupe de leurs guerriers et leurs serviteurs, attendaient le mot du laird Rory qui déclencherait la manœuvre de départ.

Darren lui faisait encore les yeux noirs. Tant pis ! Qu'il continue, elle aussi pouvait le faire et ne s'en priva pas.

— Gente dame ! s'écria Rory en s'avançant vers elle. Merci de venir nous faire vos adieux. Vous sachant occupée par vos serviteurs, je croyais ne plus vous revoir.

— Pensez donc cher ami, je n'aurais, pour rien au monde, manqué de venir vous saluer, vous et vos dames.

— Recevez à nouveau nos félicitations pour vos noces prochaines et acceptez de venir nous rendre visite très bientôt ! Nous en serions honorés.

— Bien sûr, fit Awena tout sourire, en pensant le contraire.

Darren se plaça auprès d'elle, lui enserrant la taille de son bras pour la plaquer tout contre lui.

— Pas la peine de me serrer autant, marmonna-t-elle entre ses dents.

— Oh que si ! Je n'ai pas envie de te perdre de vue du reste de la journée, en ayant conscience que si je te lâche, à peine les Sutherland partis, tu fileras encore, les dieux savent où, lui répondit-il sur le même ton.

— Au revoir ! cria Awena en faisant de grands signes de la main, le sourire faux à nouveau fixé sur ses lèvres.

Elle put remarquer que son cher futur mari en faisait autant. Ainsi, lui aussi était soulagé de les voir s'en aller.

— Licia et Deirdre ne m'ont pas dit au revoir, s'étonna soudain Awena, quelle impolitesse !

— Laisse-les partir, c'est tout ce que je te demande, soupira Darren d'un ton las.

— Avec plaisir, chantonna la jeune femme en regardant Rory passer le pont-levis sur un immense destrier, suivi de Licia et Deirdre, toutes deux à cheval aussi.

— Darren, ils ne sont pas assez riches pour avoir un

carrosse ou même un coche ?

— De quoi parles-tu ?

— Mais enfin, d'une voiture tirée par des chevaux ou des bœufs !

— Nous appelons cela un cairt (chariot) ! Licia et Deirdre ne supportent pas d'être enfermées à l'intérieur sous la bâche.

— Ça y est ! Ils s'en sont allés ! fit joyeusement la jeune femme en faisant mine de se dégager. S'il te plaît, laisse-moi partir, je vais dans la cuisine pour manger un morceau, j'ai drôlement faim ! le supplia-t-elle exagérément en lui faisant les yeux doux.

— Bonne idée, j'ai une petite faim moi aussi ! susurra-t-il en lui souriant de toutes ses belles dents blanches.

— Oh ! Bon... ben, d'accord, marmonna-t-elle sans pouvoir cacher sa contrariété.

— Comme cela, tu m'expliqueras en route pourquoi tes cheveux et tes vêtements ressemblent à un nid pour araignées et compagnie.

— Brrr, je savais bien que cela me démangeait ! fit Awena en frappant des deux mains le tartan de sa jupe et sa tunique. Du coup, je vais aller me laver et je te rejoins.

— Naye ! Nous allons manger et je t'accompagne pour te faire prendre un bain, murmura Darren dans le creux de son oreille, certain de ne pas se faire embobiner cette fois-ci.

— Je suis assez grande pour prendre un bain toute seule, ronchonna Awena, qui avait pourtant le sang qui pulsait plus vite en songeant à Darren et elle, enlacés, dans de l'eau.

Secoue-toi ma fille, tu n'as pas le temps ! la sermonna une petite voix dans sa tête.

Dans la cuisine où ils se restaurèrent, Ada attira l'attention de Darren par ses mimiques appuyées vis-à-vis d'Awena et ses sempiternels clins d'œil malicieux. Il voyait bien que la jeune femme faisait semblant de ne rien remarquer et paraissait se tasser sur elle-même. Le mystère restait entier. Ada était de mèche et Darren se jura qu'avant le coucher du soleil, il en aurait le cœur net, le voile serait levé.

Comment se débarrasser d'un pot de colle, même si celui-ci est craquant à souhait ? gémissait mentalement Awena, faisant les gros yeux à Ada quand Darren observait ailleurs et souriant angéliquement dès que son regard se posait à nouveau sur elle.

Quelle idée de dire qu'elle avait faim ! Elle avait l'estomac tellement noué qu'elle n'arrivait pas à avaler la tranche de pain et le fromage que Darren lui avait copieusement découpé. Il devait se douter de quelque chose. Comment faire pour détourner son attention ?

Le problème fut réglé par Larkin, qui vint chercher le laird en le corrigeant comme un petit garnement.

— Il est là ! En train de manger tranquillement ! Et qui doit préparer les noces ? Moi ! Il faudrait peut-être venir m'aider Darren. Nous avons des choix de prières à faire ensemble et...

— Och ! Larkin, j'arrive, fit Darren en grognant avant de se figer et de prendre la main de la jeune femme pour lui enjoindre de se lever à sa suite.

— Nous n'aurons pas besoin de la Promise, bougonna le vieux grand druide en fronçant les sourcils.

— Si, affirma Darren.

— Non ! fit Awena dans le même temps.

— Si ! Tu viens avec nous ! ordonna Darren en lui serrant la main.

— Mais arrête de faire ton bébé ! J'ai moi aussi des choses à faire pour demain et en parlant des noces, il y a une tradition que je veux respecter !

— Que vas-tu encore inventer ? se lamenta le laird en la regardant de haut.

— Ce n'est pas une invention ! le réprimanda Awena. Dans le futur, la tradition veut que la future épousée ne dorme pas avec son fiancé la veille de ses noces ! Il faut respecter cette tradition.

— Tu plaisantes ? s'enquit Darren ahuri, en ouvrant

de grands yeux.

— Elle ne plaisante pas Darren, trancha Larkin et d'ailleurs, cela se fait aussi de nos jours, on peut dire que vous deux, vous avez mis la charrue avant les bœufs !

Le jeune couple en rougit jusqu'aux oreilles, Awena, de confusion, Darren, de colère, alors qu'il fusillait Larkin de son sombre regard.

— Viens Darren ! gourmanda Larkin qui perdait patience.

— Je suppose que si je n'intercède pas en faveur de ta demande, je t'aurai toute la journée sur le dos ?

— Aye !

— Quant à toi, fit Darren en pointant un doigt vers le bout du nez d'Awena, il est hors de question que tu dormes ailleurs que dans mes bras cette nuit !

— Et moi je te dis qu'il est hors de question que je dorme avec toi cette nuit ! lui répondit-elle, déterminée, en croisant les bras sur sa poitrine.

— On verra !

— C'est tout vu, Larkin t'attend ! susurra-t-elle doucereuse, les yeux plissés.

Il en mit du temps à tourner les talons ! Mais il le fit tout de même. Que ne fallait-il pas faire pour garder une fête entre amies secrète ? Ada n'attendit pas longtemps pour venir à sa rencontre, tout excitée.

— J'ai fait un pot de caramel liquide comme vous me l'avez demandé, maintenant, j'ai hâte que vous me montriez ce qu'est le pocorn, chuchota Ada comme si Darren était encore dans la place, en bonne conspiratrice.

— Du pop-corn, Ada ! Bien, vous avez le beurre ? Le chaudron est sur le feu ? Ah ! Et le couvercle, très important le couvercle !

— Aye ! Tout est là ! claironna la cuisinière en lui apportant le beurre.

— Bien, alors, on met le beurre... vous voyez, ça fond. Maintenant, donnez-moi le maïs, s'il vous plaît, et on tourne pour bien mélanger.

Ada s'approcha, trop curieuse de savoir ce qui allait se passer.

— Le maïs séché est très important, s'il ne l'était pas, nous ne pourrions pas faire de pop-corn. Voilà, passez-moi vite le couvercle ! s'écria Awena.

Ada le positionna elle-même sur le chaudron et regarda Awena, attendant la suite des événements. Au bout d'un moment, le bruit d'étranges explosions qui faisaient POP et FLOP dans le chaudron rendit la curiosité d'Ada plus vive et celle-ci eut le malheur de soulever le couvercle. Bien mal lui en prit quand elle se vit bombardée de gros flocons durs sur la figure. Elle hurla et jeta en l'air le couvercle avant de courir autour de la table de la grande cuisine.

— Vite ! Le couvercle ! cria Awena en se protégeant le visage des projectiles brûlants.

Elle se saisit de l'ustensile et le replaça vivement sur le chaudron. Regardant ensuite autour d'elle, Awena ne put contenir son fou rire en voyant, devant la cheminée, s'étaler une bonne centaine de flocons blancs alors qu'Ada avait grimpé sur un banc.

La jeune femme retira du feu le chaudron grâce à un linge et vint le poser sur le sol de pierres.

— Venez Ada, que je vous montre ce qu'est du pop-corn, gloussa Awena alors qu'Ada faisait vivement non de la tête. Allez, venez, vous dis-je ! On va y ajouter du sucre et tout mélanger, c'est drôlement bon.

Ada descendit de son perchoir et vint à petits pas craintifs près de la jeune femme. Une fois que le mélange fut fait, elle saisit un des flocons et le grignota timidement du bout des dents.

— Hum, c'est bon ! s'exclama la cuisinière en ouvrant de grands yeux gourmands.

— Oui et c'est pour ce soir Ada, alors pas touche !

Non loin de là, cachés près de la sortie, à l'extérieur de

la cuisine, Darren et Larkin se regardaient avec de grands yeux. Ils avaient tout entendu, les POPS et les FLOPS, suivis des cris d'Ada et d'Awena auxquels ils avaient failli répondre en accourant dans la cuisine, mais s'étaient retenus de justesse en entendant Awena rire.

— Je ne sais pas ce qu'elles font, mais je suis sûr d'une chose, je ne mangerai pas ici ce soir, grimaça Larkin.

— Moi non plus ! approuva Darren en grimaçant comme le vieil homme. Du coup, rien ne nous empêche d'être très occupés par les préparatifs du mariage ?

— Naye ! Rien, fit Larkin avec un regard complice.

— Fuyons, marmonna Darren en se précipitant hors du château, Larkin trottinant derrière lui.

Comme prévu, à la nuit tombée, Awena fit chambre à part, ce qui lui permit de fausser compagnie à Darren et filer en avance de ses invitées, vers la chaumière abandonnée. Elle y apportait le pop-corn et quelques boissons. Soufflant et trébuchant sous le poids de son fardeau, elle poussa la porte ne tenant plus que sur un gond et entra dans la chaumine. Elle utilisa le crépitement de sa magie pour allumer un bon feu dans la vétuste cheminée, ainsi qu'un ensemble de bougies savamment disposées. Le sol en terre battue avait été recouvert de vieilles tapisseries murales qui traînaient dans les greniers du château, les ballons et guirlandes colorés donnaient une véritable touche chaleureuse et festive à l'endroit. La jeune femme sourit et tourna lentement sur elle-même, tout était parfait, il ne manquait plus qu'Ada, Aigneas, Eileen et Barabal.

Awena se dirigea ensuite vers un tartan qu'elle avait disposé sur une corde, sorte de paravent séparant la pièce principale d'un petit coin où les femmes pourraient se changer à leur arrivée.

Pour Ada et Barabal, l'une étant très ronde, l'autre désossée et menue, les déguisements conviendraient parfaitement. Quant à Aigneas, Eileen et elle-même, les petites jupettes, tops moulants et escarpins feraient très bien l'affaire.

La première arrivée fut Aigneas, qui ouvrit de grands yeux éberlués et se figea à peine la porte passée.

— Par les dieux ! Mais qu'est-ce que..., s'enquit-elle dans un souffle en contemplant de ses beaux yeux bleus les ballons accrochés un peu partout et les guirlandes chatoyantes.

— Bienvenue ma sœur ! Bienvenue à mon enterrement de vie de jeune fille, le Chippendale en moins, gloussa Awena, le cœur serré par l'émotion, car elle avait une sœur qui allait vivre ce grand moment avec elle, en fin de compte.

Aigneas ne put répondre et fut vivement précipitée à l'intérieur de la chaumière par une Ada surexcitée, qui se figea elle aussi, bouche bée devant le décor inconnu qui s'offrait à elle.

— Par les...

— ... dieux ! Oui, je sais, s'exclama joyeusement Awena en venant les prendre par les mains pour les emmener derrière le paravent. Je me suis dit que vous seriez heureuses de vous changer. Ada, étant donné que je n'ai pas votre taille, vous trouverez un bon choix de déguisements dans ce sac, Aigneas, pour toi j'ai cette jupe bleue et ce joli haut fleuri, vas-y, fais-toi plaisir.

— Naye ! s'étrangla Aigneas. Nous ne pouvons pas porter... de telles choses ! C'est indécent, c'est...

— C'est le futur qui s'offre à vous toutes, coupa Awena avec un sourire d'encouragement. Et puis les jupes n'arrivent qu'au-dessus du genoux ! C'est maintenant ou jamais, de faire à votre tour un bond dans le temps. Faites-vous plaisir, vraiment, et laissez vos aprioris de côté. Ce soir, c'est la fête des femmes, plus que mon enterrement de vie de jeune fille !

Aigneas et Ada se regardèrent un instant, puis dévisagèrent Awena, avant de se précipiter avec de petits cris ravis sur les vêtements et déguisements diaprés. Il en fut de même pour Eileen et l'inévitable Barabal et ses bulles.

Une fois qu'elles furent toutes changées, les cheveux relevés en de somptueuses queues de cheval, pouffant à qui mieux mieux de l'allure des unes et des autres, hurlant de rire en voyant Barabal apparaître déguisée en Pocahontas avec de grosses lunettes noires, nez déformé et Ada en princesse des mille et une nuits, la taille épaisse mal dissimulée par les voiles étirés, elles se dirigèrent vers le buffet qu'Awena avait préparé. Il y avait là de la bonne bière fraîche, du whisky du clan, des toasts de pain, pâté de lapin, fromage et le pop-corn.

Elles étaient peu nombreuses, mais réussissaient à chahuter aussi fort qu'un régiment. Barabal portait sa perruque noire nattée de travers, les lunettes lui glissaient sur le nez, mais peu lui importait, car les autres mouraient de rire de ses pitreries. Elle cessa de souffler des bulles quand Awena, grâce à son PC portable, emplit la pièce de sons musicaux étranges.

— Que la musique soit ! cria Awena, le corps se mettant en mouvement de la tête aux pieds, en cadence avec les accords des chansons.

Eileen, Aigneas et Ada, d'abord effrayées par les nouveaux sons (sauf Barabal à qui rien ne paraissait faire peur), se laissèrent peu à peu prendre au jeu et se mirent à imiter Awena, se trémoussant elles aussi de plus en plus en rythme, à part Ada qui préférait visiblement faire mumuse avec ses voiles de soie à l'aide d'amples déplacements des bras.

Même Barabal fut gagnée par le feu de la danse. Cela débuta par le pied, qui se mit à battre la mesure, puis le postérieur qui tangua de gauche à droite et le reste suivit.

Awena avait choisi de commencer en douceur, par les plus grands tubes de Sting, puis de Peter Gabriel et son Sledgehammer, Éric Clapton et Cocaïne, bien d'autres groupes suivraient... Pour l'instant, elles s'amusaient comme des folles.

À l'extérieur, tapi près d'un vieux puits asséché, les

vétustes pierres le cachant même s'il faisait nuit, Darren essayait de savoir ce qui pouvait bien se tramer là-dedans. Il allait s'approcher à pas de loup, quand quelqu'un trébucha, puis s'écroula près de lui.

— Cac (merde) ! s'écria une grosse voix gutturale.

— Clyde ? s'étonna Darren toujours accroupi, que fais-tu là ?

— La même chose que toi j'ai l'impression, ronchonna le gros nounours d'Eileen. Je me suis disputé avec Eileen, je ne sais plus pourquoi et elle a dit qu'elle allait dormir ailleurs. Alors, tu penses bien, je l'ai suivie et puis je t'ai vu.

À ce moment-là, une troisième, une quatrième, puis une cinquième autre personne vinrent s'étaler sur eux. Au milieu des grommellements, de l'enchevêtrement des pieds et des mains qui dépassaient, Darren reconnut Larkin, Ned et Dougy, le mari d'Ada.

Mais que faisaient-ils là ?

— Taisez-vous, vous allez nous faire repérer, claironna Clyde en tonnant de sa voix rocailleuse.

— Dégagez-vous de moi ! pesta Darren dont le kilt était remonté un peu trop haut et le rabattant vivement sur ses cuisses musclées. Allons voir ce qu'il se passe là dedans !

— Aye ! approuvèrent instantanément les quatre autres hommes en chœur.

— Et toi Ned, que fais-tu là ?

— J'ai suivi Larkin et Dougy, après avoir vu filer Clyde. Je me demandais ce qu'il se passait.

C'est ainsi que le groupe de femmes fut rejoint par celui des hommes, qui se bousculèrent les uns les autres pour franchir la porte dont le dernier gond céda dans un craquement sonore.

L'ahurissement se lisait sur les visages mâles, chaque homme dévisageant sa femme ou son amie des pieds à la tête. Et quels atours portaient-elles ? Affriolantes et tellement courtes ! À part Pocahontas, dont la tenue indienne descendait juste en dessous des genoux, les autres étaient tout juste décentes !

— Voilà nos Chippendales, mesdames, claironna Awena, un peu échauffée par le whisky et la bière qu'elle avait bus, tant elle avait soif.

Elle aurait dû prévoir du lait en fin de compte.

— Que se passe-t-il ici ? réussit à marmonner Darren, sans cesser de manger Awena des yeux.

— Il se passe que l'on enterre ma vie de célibataire et que tu vas en faire autant maintenant. Viens danser mon amour, roucoula-t-elle en s'approchant de lui, doucement, ondulant des hanches, aguicheuse à souhait. Ceci est une fête moderne où tout, ou presque, est permis, alors, souris et amuse-toi.

— Quoi ça être ! cancana une voix aiguë, par-dessus le son de la musique en continu.

Barabal désignait la bonbonne de laque qu'Awena avait oubliée ! En quelques pas dansants, elle s'approcha de la Seanmhair, prit la laque, vida ses poumons et inhala l'hélium comme l'aurait fait un asthmatique avec sa ventoline.

Quand elle se mit à parler, la voix complètement dénaturée comme celle des Chipmuks, les femmes hurlèrent de rire et se précipitèrent sur elle pour en faire autant. S'ensuivit une cacophonie infernale où les gloussements étaient si désopilants et les tonalités si déformées que les hommes cédèrent d'un coup à l'amusement général, Ned et Clyde se précipitant à leur tour pour avoir un peu de cet air magique. Entendre deux grosses colosses parler avec des voix haut perchées fut le summum de l'hilarité.

La fête continua ainsi, femmes et hommes réunis, jusqu'au moment où Awena mit les slows et que l'atmosphère ne devienne plus langoureuse, sensuelle. Au son de Remember me de Josh Groban, Awena se serra tout contre Darren et lui montra comment on dansait les slows dans son ancienne époque. Bientôt, ils oublièrent où ils étaient, qu'ils n'étaient pas seuls et se laissèrent guider par les mouvements doux de leurs corps, portés par la magnifique musique.

Clyde et Eileen en firent autant, ainsi que Ned et une Aigneas rougissante ; et Barabal et Larkin, qui chahutaient en se marchant sur les pieds.

C'était la plus belle fête qu'Awena ait connue, Darren le pensa au même moment, avant d'embrasser voluptueusement sa Promise, son amour, sa reine...

Le voile sur le mystère de ce qu'Awena cachait était levé.

Chapitre 25

Pour le meilleur... et pour le pire

Le lendemain matin fut la pire journée de la vie d'Awena. Elle avait l'impression qu'un méchant vilain singe s'amusait à lui tirer sur la racine des cheveux. Elle avait la bouche pâteuse et ne se souvenait plus du tout de comment elle avait pu réintégrer la chambre seigneuriale. La chambre seigneuriale ? Elle se redressa d'un coup dans le lit, ce qui lui déclencha une violente douleur dans son crâne, tout en laissant tomber draps et fourrures, dévoilant son corps nu. Darren avait dû la ramener et la coucher. La porte s'ouvrit brusquement, sans que personne ne frappe et elle se dépêcha, en gémissant de douleur, de se recouvrir avec le linge de lit.

— Désolée de ne pas avoir frappé, murmura Aigneas, blanche comme un cachet d'aspirine, les yeux cernés. Mais j'ai trop mal à la tête pour faire toc-toc.

— Ohhh, toi aussi ? gémit Awena en se plaquant une main sur les yeux, que la luminosité du jour nouveau brûlait.

— Et comment... Je ne me souviens pas de grand-chose, à part que je me suis réveillée dans les bras de Ned, chuchota Aigneas en grimaçant, si bas qu'Awena eut un doute sur les mots qu'elle avait perçus.

— Tu peux répéter ?

— Je me suis réveillée... dans les bras de Ned, gémit sa sœur en s'asseyant sur le lit. Tu te rends compte ? Ned ! gémit-elle encore.

Si Awena n'avait pas eu aussi mal à la tête, elle aurait

bien ri. Ned et Aigneas, c'était comme chien et chat, mais pourtant, si elle revisionnait les moments où elle les avait vus ensemble, il n'y avait pas de doute possible, ils étaient bel et bien attirés l'un par l'autre. Le savaient-ils avant hier soir ? Awena ne le pensait pas, mais l'alcool leur avait donné un coup de pouce, en les désinhibant.

— Finalement, on va se marier ensemble ce soir, je veux dire, il y aura deux couples, baragouina Awena qui avait du mal à aligner ses idées.

— Tu te gausses de moi ? s'insurgea Aigneas avant de pousser un gros soupir de douleur en se prenant la tête dans les mains, à l'instar de sa petite sœur.

— Tu n'es pas obligée de crier, bougonna Awena. Et non, je ne plaisante pas. Tu l'aimes ! Un point c'est tout.

Aigneas la dévisagea, bouche bée.

— Naye ! Je ne peux pas aimer cet abruti !

— Il existe un moyen sûr pour savoir si tu l'aimes ou pas, deux, même. Un, visionne-le ayant un problème de santé, voire... mort. Oui, je vois que cette image ne te plaît pas.

— Que naye !

— En deux, imagine-le avec une autre femme.

Les yeux d'Aigneas lançant des flammes parlèrent mieux que des mots.

— Ah ! Tu vois ? Tu l'aimes, alors on va faire un double mariage ce soir !

La porte de la chambre s'ouvrit à nouveau sans que personne ne frappe. Apparut une petite Seanmhair qui semblait en meilleure forme que les deux jeunes femmes réunies.

— Mais entrez donc, Barabal, maintenant que vous y êtes ! ironisa gentiment Awena avant de faire la grimace tant sa tête la faisait souffrir.

Il y avait quelque chose de différent en Barabal, mais quoi ? Aigneas devait se dire la même chose, vu le regard interloqué qu'elle posait sur la Seanmhair.

— Naye ! hoqueta Aigneas en se masquant les yeux, encore un tour dû aux boissons d'hier soir, gémit-elle.

Awena se força à bien ouvrir les siens et vit d'un coup, le souffle coupé, ce qui avait changé ; Barabal avait de belles dents blanches ! Plus de chicots pourris ! Par quel miracle ?

— Pour vous, potion j'ai ! caqueta la voix aiguë de Barabal.

— Nous avons toutes nos dents ! s'écria Awena, qui ne voulait pas de nouvelle potion.

Aigneas hocha vigoureusement de la tête avant de geindre.

— Potion pour le corps, purifier ! Vos têtes, voir, vous devez !

— J'en veux bien en fin de compte, mais ne me dites surtout pas ce qu'il y a là dedans ! la supplia Awena.

La Seanmhair tendit une fiole aux jeunes femmes, la première à la saisir étant Aigneas, Awena doutant encore de sa capacité à boire toute nouvelle potion dite magique.

Aigneas se boucha le nez et en avala deux grosses gorgées.

— Beurk, grimaça-t-elle en rotant bruyamment après ingurgitation.

Awena émit un petit rire, suivi d'un couinement, sa sœur était d'une élégance !

— À toi. Tu verras, ça ira.

Awena se saisit de la fiole, dégoûtée d'avance, retint sa respiration et avala à son tour le curieux liquide. Une fois fait, elle grimaça comme si elle avait croqué dans de la pulpe de citron et émit un bruyant rot, déclenchant le rire aux éclats de sa sœur.

— Ben dis donc, chahuta Aigneas, il était encore plus beau que le mien ! Tapadh leibh, Seanmhair, je me sens... beaucoup mieux ! En pleine forme !

— Idem, fit Awena qui ne percevait plus aucun élancement sous son cuir chevelu. Pourriez-vous nous dire ce qui s'est passé par rapport à vos dents ?

— Cadeau de Larkin ! fanfaronna la Seanmhair en souriant à qui mieux mieux. Lui, essayer nouveau sort, la nuit dernière.

— Tu crois que cela va tourner au mariage à trois couples ce soir ? s'enquit Awena, d'un ton bas, en se penchant vers sa grande sœur.

— Larkin et Barabal ? Naye, grimaça Aigneas avant de glousser.

— Désolée de vous déranger, gémit une autre voix, celle d'Eileen qui paraissait être à l'agonie. Je suis venue voir comment vous vous portiez, mais je remarque que cela va beaucoup mieux que moi. Je rentre me coucher alors, souffla plaintivement la jeune femme en se dirigeant vers la sortie.

— Eileen, viens là, nous avons une bonne potion pour toi ! la rappela Aigneas, faisant danser la fiole en la tenant du bout des doigts.

— Och, naye, je vais vomir !

— Toi pas faire le bébé, toi boire ! Mieux aller, après !

— Bon... je vais boire, balbutia Eileen en dévisageant la Seanmhair comme si elle voyait un fantôme.

Elle devait se dire qu'elle se portait plus mal encore qu'elle le pensait. Barabal avec des dents ! Au bout d'un instant, après avoir bu et roté bruyamment, Eileen remercia Barabal, sans pouvoir la quitter des yeux.

— Tu vas très bien, Eileen, ce que tu vois dans la bouche de notre Barabal est un cadeau de Larkin, pouffa Awena, imitée par Aigneas alors que la Seanmhair s'était approchée d'Eileen et lui montrait ses belles dents blanches.

— Ohhh, souffla Eileen avant de glousser, se sentant beaucoup mieux.

— Il ne manque plus que Ada, constata joyeusement Awena en poussant sa sœur d'un coup d'épaule taquin.

— Vous pourrez l'attendre longtemps, intervint Eileen, c'est Dougy qui fait la cuisine, Ada s'est endormie dans le poulailler et personne ne peut la réveiller. D'ailleurs, un bataillon de poules veille sur elle !

Les quatre femmes se mirent à glousser de concert. La journée avait mal commencé, mais tel le soleil radieux réapparaissant après un orage, les sourires et les rires illuminaient à nouveau leurs visages.

Avant la fin de la matinée de ce premier septembre 1392, il fut donc certain qu'il y aurait effectivement deux mariages, Awena ayant oublié que les mœurs anciennes n'étaient pas aussi libérées que celles des années 2010.

Oui, elle gaffa en parlant à Darren, alors qu'ils descendaient manger dans la grande salle, du fait que Ned et Aigneas avaient couché ensemble la nuit passée.

— Il devra s'unir à elle ! répondit simplement Darren, alors qu'ils s'engageaient dans l'escalier en colimaçon.

— C'est ce que j'ai dit à Aigneas, mais elle ne semble pas le vouloir, acquiesça Awena sur le ton de la conversation et regardant où elle posait les pieds sur les marches étroites, tout en soulevant le bas de son bliaud vert foncé.

— Awena, qu'elle le veuille ou non, ils seront mariés dès ce soir. On ne prend pas la vertu d'une de nos femmes sans en payer le prix. Ne fais pas les gros yeux.

— Tu ne peux pas leur imposer le mariage ! le tança-t-elle en faisant les gros yeux pour le défier et se figeant dans l'escalier, refusant de descendre. Je n'aurais jamais dû te le dire ! Je ne veux pas voir ma grande sœur enchaînée pour la vie à Ned, et ce, par ma faute !

— Un an et un jour ! Si elle ne le supporte plus ! se récria Darren en se rapprochant, les yeux bleu nuit à la même hauteur que les yeux verts, étant donné que Darren se tenait trois marches en dessous d'elle.

— Comment cela ? s'étonna la jeune femme, dubitative.

— Tu oublies que c'est une union celtique ? susurra-t-il moqueur.

— Oh... oui, j'avais oublié, donc pour nous, c'est pareil !

— Naye ! grogna Darren en plissant les yeux. Nous,

c'est pour la vie !

— Mais tu viens de dire...

— Je sais ce que j'ai dit, mais cela ne change pas le fait que pour nous, c'est pour la vie !

À cet instant précis, Darren était l'image même d'un ange ténébreux, immensément beau dans sa sombre colère. Il revendiquait, il prenait. Il était son guerrier highlander, son amour et oui, pour la vie. Mais n'avait-elle pas le droit de le faire marcher un peu ?

— Darren, soupira-t-elle en posant ses mains sur son torse puissant, qu'elle sentait sous le fin tissu de sa tunique blanche. Il faut que tu me laisses le temps de lui parler avant que tu ne l'officialises devant le clan tout entier. Tu la connais, si tu la pousses dans ses retranchements, si tu le lui ordonnes...

— Aye, elle montera à l'assaut et fera tout l'inverse, comme sa petite sœur, se moqua-t-il en lui butinant les lèvres de quelques tendres baisers.

— Hum... oui... NON ! Enfin... oui, c'est ça !

— Je te donne jusqu'après le dîner. Passé ce délai, consentante ou non...

Il laissa sa phrase en suspens pour poser à nouveau ses lèvres sensuelles, gourmandes, sur celles de sa belle, qui malgré l'envie de partager cet interlude charnel plus longtemps, préféra le repousser gentiment en soupirant.

— Il va falloir un miracle, mais j'y parviendrai.

Le miracle se fit, sans qu'intervienne en quoi que ce soit Awena. Pour une fois, à la demande de la Promise, Aigneas, Eileen, Ned, Clyde, Larkin et Barabal dînèrent tous à la table d'honneur. Le repas, cuisiné par Dougy, ressemblait à une grosse potée, faite de tout ce qu'il avait pu trouver à y mettre et les tranchoirs n'étaient vraiment pas ce qu'il y avait de plus adapté comme ustensile, pour ce genre d'alimentation.

Bref, ce fut grâce à cette nourriture horrible et ces planches de pain dur que l'on appelait tranchoirs, que le miracle se produisit. Une jeune et très jolie servante, répondant au doux prénom de Rhiona, vint les sauver en amenant des assiettes métallisées. Elle nettoya vivement les dégâts et plaça les ustensiles indispensables pour contenir l'immonde potée devant chaque convive. Quand elle s'occupa de nettoyer la place de Ned, ses mouvements se firent plus lents, elle baissa exagérément son buste à la poitrine généreuse sous le nez du guerrier-druide et lui sourit, aguichante. Ned était aux anges et dardait son regard gourmand sur la partie vallonnée du corps de la belle, s'il n'en bavait pas, cela n'en était pas loin.

Aigneas vit rouge.

— Comment peux-tu reluquer cette intrigante alors que tu ne me jurais qu'amour et fidélité dans mes bras la nuit dernière ? gronda-t-elle d'une voix assez forte pour être entendue à des lieues à la ronde.

Ned se figea en hoquetant alors que le regard sombre du laird se posait sur lui.

— Ned ? Aurais-tu quelque chose à me dire ? s'enquit-il d'une voix profonde, doucereuse.

— Je... je..., bafouilla Ned dont le visage accusait une intense rougeur.

Aigneas le foudroyait du regard, attendant qu'il se décide à faire sa demande au laird.

— Je demande la main... d'Aigneas de Brún.

— Et je te l'accorde ! Vous serez mariés ce soir en même temps que nous dans le Cercle des dieux. Aigneas, je te pose la question, même si, au vu des évènements, tu n'as pas voix au chapitre. Acceptes-tu de prendre Ned pour mari ?

— Aye, pour un an et un jour, susurra Aigneas et il viendra vivre chez moi !

— Pas question ! gronda Ned, tu viendras vivre chez moi !

— Que nenni, les conjoints des bana-bhuidseach viennent chez les mariées, c'est la coutume !

— Et moi, je suis un apprenti druide ! Alors, la coutume

peut être mise de côté !

— Justement, tu n'es qu'un apprenti druide, pas encore un druide. Alors tu viendras vivre chez moi, trancha Aigneas, raide sur sa chaise, triturant l'immonde potée du bout de sa cuillère en bois.

— C'est ce que l'on verra !

Les deux tourtereaux continuèrent leurs chamailleries, ce qui permit à Awena de se pencher vers Darren pour lui souffler quelques mots.

— Le miracle a eu lieu, mais je ne sais pas si c'est une bonne idée en fin de compte.

— Quelque chose me dit que leurs un an et un jour se transformeront vite en plusieurs années.

— J'espère que tu as raison, marmonna la jeune femme.

— Et tu feras la cuisine, je n'aurai pas le temps de la faire, enchaîna Aigneas en souriant.

— Alors là… tu rêves ! grondait Ned en retour.

— Que les dieux t'entendent, gémit Awena dans un soupir de suppliciée.

Mais sourds devaient être les dieux, car les chamailleries perdurèrent pour le reste de la journée.

La cérémonie des noces celtiques devait se dérouler dans moins d'une heure et les deux sœurs finissaient de se préparer dans l'ancienne chambre d'Awena. Le bain chaud avait un peu détendu leurs nerfs et Aigneas avait cessé de se plaindre de Ned, pour le plus grand bonheur de sa petite sœur.

— Tu es magnifique, souffla Aigneas en contemplant Awena.

— Toi aussi, fit cette dernière en finissant de poser la couronne de bruyère à fleurs blanches sur le sommet de la tête de sa sœur.

— Quelle est cette robe ? demanda Aigneas en touchant du bout des doigts la soie neigeuse et les dentelles fines de la robe d'Awena. On dirait que c'est ce que tu portais la première fois que je t'ai vue, après le sort de séparation d'âmes.

— Oui, c'est exact, confirma Awena en hochant de la tête. C'est la robe de mariée de ma grand-mère du futur, Sophie-Élisa. Une dame que j'aimais énormément, murmura Awena très émue. Je me suis toujours juré de me marier ainsi vêtue.

— Je comprends, souffla Aigneas, en lissant à l'aide d'un peigne en bois sculpté ses longs cheveux si semblables à ceux de sa petite sœur.

— Ta toge blanche est magnifiquement brodée, c'est toi qui l'as faite ?

— Naye, c'est maman, c'était sa toge de mariée.

— Maman... j'aurais tant voulu la connaître...

— Elle aussi, il n'y a pas de doute possible. Elle nous ressemblait beaucoup et j'ai ses yeux, alors que toi, tu as les yeux verts de père.

— C'est ce que l'on m'a dit, chuchota Awena au comble de l'émotion.

On frappa à cet instant à la porte et Eileen apparut, tout sourire.

— Alors ? Prêtes ? s'enquit-elle, en beauté dans les habits de son propre mariage. Larkin et les bana-bhuidseach sont déjà dans la grande salle et s'impatientent.

— Larkin ? Impatient ? Ça se saurait, se moqua Awena nerveusement.

— Tout ira bien, la rassura Eileen. C'est un beau soir, sans orage ni nuage sombre à l'horizon. De plus, la pleine lune s'est levée et le soleil la salue de ses derniers rayons. C'est un alignement idéal pour un bon mariage.

— Ce qui veut aussi signifier que Ned m'obéira au doigt et à l'œil ! plaisanta Aigneas en se dirigeant, tête haute, vers le couloir, suivie d'Awena et d'Eileen qui se regardèrent, les yeux pétillants d'amusement, avant de rire.

La procession se déroula à l'identique de celle d'Eileen et Clyde. Le cortège des futures mariées avec Larkin en tête dans son rôle de grand druide se composait d'Awena, Aigneas, de quatre bana-bhuidseach, dont Sèonaid — une amie d'Aigneas qui serait son témoin — et d'Eileen, témoin d'Awena. Ils furent tous rejoint, au niveau du pont-levis, par le cortège des futurs maris, composé de Darren, Ned, Barabal tenant quatre fleurs blanches dans ses mains osseuses, de Clyde témoin de Darren et d'un autre guerrier highlander dont Awena ne connaissait pas le nom, ami de Ned et témoin de celui-ci.

Les couples se formèrent. Darren dans toute sa ténébreuse et envoûtante splendeur, les yeux sombres et brûlants posés sur sa somptueuse Awena tout émue qui entrelaça ses doigts aux siens et de Ned faisant de même avec Aigneas, tous deux ne pouvant masquer leur propre émoi.

Barabal vint au-devant des couples, trottinant et souriant de ses magnifiques et nouvelles dents nacrées. De sa main gauche, elle tenait quatre belles fleurs blanches qu'elle donna une à une aux élégants prétendants au mariage.

— Que ces fleurs, à la divinité, en présents soient offertes ! clama la Seanmhair de sa voix chevrotante.

Dans un silence religieux, le cortège se dirigea vers la colline et le Cercle des dieux, le clan tout entier leur ouvrant le passage, en le couvrant par des centaines de brassées de fleurs, criant à tue-tête et acclamant les futurs mariés, pour exprimer leur joie profonde et intense.

La nuit et le jour se confondaient, la lune immense et ronde semblant sourire au soleil qui la caressait du bout de ses rayons jaune orangé et rouges. On pouvait apercevoir dans le sillage de dame la lune ses amies inséparables, les étoiles, qui semblaient chanter par leurs scintillants éclats ce moment féerique, magique.

Larkin ouvrit la cérémonie en traçant le cercle invisible. Les amoureux se placèrent sur la dalle centrale et les témoins allèrent aux quatre points cardinaux en tenant les objets qui représentaient les quatre éléments. Le nord, la Terre symbolisée par la coupe de terre. L'ouest, l'Eau et la coupe d'eau. Le sud, le Feu avec la coupe de feu et les pierres d'encens. L'est, l'Air et la plume d'un oiseau.

L'émotion d'Awena était à son comble, c'était son mariage et elle se sentait en communion totale avec la nature, les éléments et les dieux. Elle s'autorisa le fait de dévisager intensément l'homme de sa vie qu'elle trouvait plus beau que jamais. Le regard bleu nuit vibrant, son visage viril, ses lèvres pleines et sensuelles, ses longs cheveux soyeux d'un noir bleuté voletant dans le vent doux, ses épaules larges, musclées, recouvertes d'une tunique d'un lin blanc lumineux et son tartan qui revendiquait clairement les couleurs de son clan.

Il était tout ce qu'elle avait jamais espéré, rêvé.

— Je t'aime, souffla-t-elle la voix vibrant d'une intense émotion.

— Tha gaol agam ort, lui murmura-t-il en retour, d'un ton rauque, en plongeant son regard dans le sien.

Ils furent tirés de leur transe amoureuse par la voix de Larkin qui entonnait la prière pour les dieux.

— Accordez nous Déités, votre protection et avec votre protection, la force et avec la force, la compréhension et avec la compréhension, le savoir et avec le savoir, le sens de la justice et avec le sens de la justice, l'Amour et avec l'Amour, celui de toutes les formes de vie et dans l'amour de toutes formes de vie, l'Amour des dieux et des déesses.

— Awen, souffla Awena du bout des lèvres en même temps que Darren et de tous les autres participants et témoins.

Larkin unit les deux couples devant l'univers et procéda au rituel des éléments comme il l'avait fait pour l'union celtique d'Eileen. Le grand druide évoqua en dernier l'Éther et ce fut au tour des deux couples d'échanger leurs vœux nuptiaux.

Aigneas et Ned commencèrent, entamant un discours sur lequel ils s'engageaient à être là l'un pour l'autre, pour le meilleur et pour le pire et Aigneas faillit déclencher un tollé de rires en ajoutant sournoisement que Ned se chargerait du ménage et de la tenue de leur chaumière.

Avant que la cérémonie ne tourne à la zizanie, Larkin se tourna vers Darren qui fusillait du regard le couple pour leur intimer silencieusement de se calmer et Awena, qui cachait très mal son hilarité.

— Vos vœux, mes enfants. Awena...

— Je m'engage devant les dieux et le clan, à aimer et chérir de tout mon cœur son laird. Être auprès de lui dans le meilleur comme dans le pire, lui jurer fidélité, jusqu'à ce que la mort nous sépare, Awen.

C'était court et concis, mais ce furent les seuls mots qui purent franchir les lèvres de la jeune femme, tant son émotion était forte et ses idées embrouillées. Darren, face à elle, sourit gentiment, lui serra tendrement les mains et prit la parole à son tour, la voix vibrante.

— Tu es entrée dans ma vie, tourbillon irréel de fraîcheur et de modernité, fit-il en souriant, amusé. Mon cœur t'a reconnu tout de suite, ma Promise, ma destinée. Je te jure fidélité et amour éternel, d'être à tes côtés pour le meilleur et pour le pire, jusqu'à ce que la mort nous sépare, chose que la courbe du temps a essayé de faire, se moqua-t-il, avant de redevenir sérieux. D'aussi loin que tu te trouvais, ta pensée, ton âme, ton cœur et tes mots vers moi te guidaient. Écoute-les..., ce sont les tiens. « J'ai traversé le miroir, ai voyagé dans le temps, touchant les étoiles, frôlant les nuages. Tout me semblait réel, tout me semblait parfait. J'ai traversé les siècles, ai senti l'air du temps, délaissant le présent, voguant vers le passé. Tout me poussait vers là, tout me poussait vers toi. J'ai percé la surface d'un lac, ai repris souffle dans tes bras, respirant ton odeur, m'abreuvant de ton corps. Tout en toi m'appelait, tout en moi te désirait... J'ai poussé la porte du temps, ai trouvé mon amant. Ensorcelant mes sens, complément de mon âme, le passé devint futur. Et le miroir s'est refermé. »

Awena pleurait, submergée d'émotion et le cœur palpitant. Darren venait de réciter mot pour mot une poésie qu'elle avait écrite un soir de vague à l'âme, bien avant l'épisode des Highlands. Cette poésie prenait effectivement tout son sens, ici et maintenant, murmurée par la profonde et captivante voix de celui qu'elle aimait désespérément, l'Homme-Dieu qui peuplait ses rêves et dont elle parlait – au travers de ses rimes – alors qu'il n'était que chimère.

Le silence se fit, personne ne voulant briser la troublante magie du moment. Laissant Darren embrasser tendrement sa belle en pleurs, Larkin, lui-même très ému toussota, s'essuya furtivement le coin des yeux et leva les bras vers les cieux qui s'obscurcissaient, la lune et son manteau de noirceur avançant peu à peu.

— L'union des énergies est accomplie, proclama-t-il.

Les deux couples procédèrent à l'échange des anneaux. L'anneau en argent minutieusement ouvragé que Darren mit au doigt d'Awena déclencha un profond et nouvel émoi en elle.

— Un triskell, souffla la jeune femme.

— Un des plus anciens signes de notre monde celte. Il représente à la fois nos trois principaux dieux qui sont, Lug le Dieu primordial, Dagda le Dieu druide et Ogma le Dieu de la magie guerrière, mais il peut aussi représenter les éléments, Feu, Eau, Air, avec la Terre en son centre. Cet anneau symbolise tout mon amour, tout ce que je suis, tout ce que je t'offre.

Il desserra son poing et l'ouvrit, paume vers le ciel, dévoilant ainsi une autre bague tout aussi finement ouvragée, représentant elle aussi un triskell, l'anneau de Darren.

Avec des doigts tremblants, Awena le saisit et le glissa sur l'annulaire du laird.

— Cet anneau symbolise tout mon amour, tout ce que je suis, tout ce que je t'offre, murmura la jeune femme en répétant les mots solennels de Darren.

Larkin joignit les mains portant les anneaux des deux couples, entrelaça leurs doigts et les attacha à l'aide d'un tissu aux couleurs du clan Saint Clare. C'était le main-jeune.

— Je déclare Darren et Awena, ainsi que Ned et Aigneas, unis ! proclama vivement le grand druide à l'adresse de tout le clan.

La foule cria des vivats et hurla sa joie. Les couples et leurs témoins sortirent du Cercle des dieux et Larkin ferma le cercle, mettant fin à la cérémonie.

Il regarda s'éloigner les deux couples heureux et vit les gens qui se portaient vers eux pour les féliciter.

Le cœur du vieil homme battait d'allégresse.

Darren et Awena étaient unis devant les dieux, la prophétie était partiellement accomplie. Il ne doutait pas à les voir si amoureux et tellement unis, que l'enfant des dieux naîtrait bien avant la fête du solstice d'été.

Chapitre 26

Il était dit, dans la prophétie

Les jours passèrent. Une certaine routine tranquille et sereine s'installa sur le clan, alors que la terre et la nature des Highlands se paraient doucement de leurs belles nuances mordorées, signes d'un automne imminent. Les matinées apportaient leurs voiles de brume qui disparaissaient à l'approche du soleil et de ses éclaircies. La forêt changeait de tonalité, ses feuilles rousses et vertes mélangées lui conférant une beauté presque irréelle. Sous les rayons du soleil, les bruyères embrasaient de leurs teintes les paysages aux alentours du loch of Yarrows et les landes prenaient des tons oscillant du pourpre au mauve.

Awena se délectait de toutes ces somptueuses couleurs et partait dès le matin, après que la brume se fut levée, vers les endroits qui l'attiraient le plus. La suivait le long des chemins un petit âne qu'elle avait baptisé Bob en hommage à Bob Dylan – *Bob dit l'âne* –, c'était plus pour rire qu'elle l'avait prénommé ainsi, pourtant, Bob était très fier de son nom, dressant ses oreilles grises et pointues tout en trottinant la tête haute, à chaque fois qu'elle l'interpellait ! Et lui ne parlait pas sans arrêt, ni ne meumeumait et n'avait pas de conjointe s'appelant Dragonne.

Bob, portait sur son dos toutes ses affaires de peinture, rassemblées dans deux immenses sacoches, accrochées en bandoulière grâce à une grande lanière de cuir. Awena n'avait pas pu résister à l'envoûtant appel des paysages et s'arrêtait des heures durant pour peindre inlassablement, heureuse de faire renaître toutes ces tonalités chaudes et pures sur la toile vierge de ses tableaux.

— Nous allons encore avoir une belle journée !

— Hiii-Hannn, répondait invariablement Bob dit l'âne.

— Fripouille ! Tu es toujours d'accord avec moi en échange d'une carotte ! pouffait Awena en recommençant à crayonner.

Les heures défilaient, Bob étant effectivement récompensé de sa patience en partageant une carotte avec sa maîtresse, et Darren ne tardait jamais à la rejoindre.

Depuis qu'elle partait par monts et par vaux dès le petit matin, Darren avait pris l'habitude, après son propre entraînement au combat dans le grand pré avec ses guerriers, de venir à sa rencontre en apportant avec lui un panier contenant le repas de sa Promise, trop occupée à peindre, ne pensant à rien d'autre, sauf aux carottes de Bob.

Ils se retrouvaient avec toute la fougue de leur amour crépitant autour et en eux. Après les baisers, ils se taquinaient tout en mangeant de délicieux pâtés de viandes, ou morceaux de poulet rôti, avec de succulentes tranches de pain, du fromage et de la bière de bruyère bien fraîche. Ils parlaient de tout et de rien, faisaient très souvent l'amour et rentraient ensuite au château, main dans la main, Bob les suivant, tranquillement, docilement, les carottes d'Awena l'aidant beaucoup à se décider à avancer.

Ses cours de magie avec Darren s'intensifièrent également. Awena réussit à faire trembler une petite parcelle de terre en se gorgeant de son odeur d'humus et de tourbe, quant à l'air, il se transforma en de mini tourbillons turbulents, les faisant suffoquer et tousser dans la poussière qu'ils soulevèrent. Darren en fut très fier et décréta que la jeune femme avait passé le cap de novice. Elle savait enfin contrôler sa magie.

C'est ainsi qu'elle eut l'idée, sans en parler à personne, de se rendre au Cercle des dieux, munie d'une bourse contenant de la Poussière d'étoiles salée, d'une dague à la lame effilée, avec l'intention de les utiliser à bon escient, une idée saugrenue ayant germé dans son esprit. Elle ouvrit une cérémonie en traçant un cercle du bout de la tige d'un roseau, fit une prière aux divinités, s'entailla la paume de la main pour faire couler son sang et prit une bonne poignée de la Poussière pour badigeonner la dalle centrale du mélange ainsi constitué.

Doucement, d'une voix mélodieuse, elle pria en espérant que ses mots soient perçus dans le monde des Sidhes :

— À Diane et Iain, perdus sur les chemins du temps, que mon sang et la Poussière marquent cette dalle, qu'elle devienne un point lumineux les guidant dans le dédale du temps, vers chez eux... Dieux, écoutez mon vœu. Awen.

La jeune femme resta encore quelques instants, agenouillée devant la dalle rougie, s'entourant la paume blessée d'une bande de lin. Ensuite, elle sortit du cercle en remerciant les dieux et clôtura la cérémonie improvisée en traçant un cercle de fermeture de célébration.

Awena était heureuse d'avoir concrétisé son idée, son vœu était maintenant dans la main des dieux. L'esprit léger, allant à la rencontre de Bob qui l'attendait un peu plus loin, elle s'éloigna tranquillement, sans s'apercevoir que la dalle absorbait son sang et la Poussière, la pierre se transformant peu à peu en une sorte de marbre rosé scintillant, comme s'il avait été recouvert d'une fine poudre de diamant.

En cette fin de soirée du 16 septembre 1392, Darren et Awena, tendrement enlacés dans leur lit, repus et alanguis par leurs ébats toujours aussi torrides, posèrent l'ordinateur portable sur leurs genoux. Car c'était devenu une sorte de coutume de regarder des téléfilms ou films que la jeune femme avait gravés dans le futur, sur son disque dur. Awena contemplait à la dérobée son Apollon de mari et souriait tendrement de ses mimiques et exclamations diverses. Pas besoin d'observer l'écran de son ordinateur pour savoir ce qu'il s'y passait, le visage expressif de Darren y pourvoyait largement.

C'était un délice !

Awena se souviendrait toute sa vie de la première fois où il avait vu un avion, des voitures, des engins spatiaux, des Klingons et des Vulcains, de ses yeux bleu nuit grands ouverts et dont les paupières refusaient de cligner, lui donnant au réveil, le lendemain matin, l'air d'une personne qui n'avait pas dormi durant des siècles, tant le blanc de ses yeux était rougi.

— Qu'est-ce donc que ce... c'est ?

— Un Ferengi ! s'amusa Awena, alors qu'ils regardaient un nouvel épisode de Star Trek et que la jeune femme triturait distraitement le téléphone portable mystérieux.

— Och ! En existe-t-il beaucoup dans le futur ?

— Je te l'ai déjà expliqué, Darren, ce sont des extraterrestres nés de l'imagination du conteur Gene Roddenberry. Ils n'existent pas ! Hum... À quoi bon avoir rechargé ce téléphone, puisque je ne connais pas le code pin, marmonna Awena, en éteignant le maudit engin qui mettait ses nerfs à rude épreuve.

— Il y en a un qui bouge... là... sur...

— L'écran de mon PC, et tu ne m'écoutes pas, soupira la jeune femme. C'est un déguisement, comme celui que portait la Seanmhair la veille du soir de notre mariage. Je peux te transformer en Ferengi si tu le souhaites, bien que tu aies plus la corpulence d'un Klingon ! le taquina-t-elle, avant de rire devant la grimace dégoûtée de Darren quand elle avait parlé de Ferengi, puis réjouie quand elle avait dit Klingon.

Le générique final de l'épisode retentissait déjà que Darren, ayant regardé tant de fois Awena manipuler son PC, l'imita à la perfection, ferma la vidéo, en sélectionna une autre et lança la lecture d'un nouvel épisode.

— Tu me délaisses, mon amour, minauda la jeune femme en lui embrassant le torse et en posant le téléphone

portable sur la table de chevet, nouvellement arrivée.
— Juste un... euh...
— Autre épisode ?
— Aye ! fit Darren, captivé par les nouvelles images, où apparaissaient les héros de Star Trek ayant pour capitaine Kathryn Janeway, sur la passerelle d'équipage du vaisseau spatial Voyager.

Deux épisodes et demi plus tard, la batterie du portable étant totalement déchargée, Darren le referma, le posa avec beaucoup de délicatesse sur sa propre table de chevet, alla faire ses ablutions, revint se coucher en prenant tout contre lui le corps chaud et assoupi de sa belle, qui ronflait déjà à qui mieux mieux. Souriant, il l'embrassa sur le sommet de sa tête, respirant avec délice son parfum unique de miel et de soleil, puis s'endormit en s'imaginant être le laird d'un vaisseau spatial, avec à son bord les plus farouches de ses guerriers highlanders Saint Clare, en kilt, le corps peint en bleu, claymore en main, partant à l'attaque contre les Klingons.

Que pouvait rêver de mieux le Loup Noir des Highlands ?

Les jours passèrent encore, plus gris qu'ensoleillés, la fraîcheur et l'air humide allant de pair avec la grisaille.

Darren constata très vite que l'humeur et la joie de vivre d'Awena s'étaient mises au diapason du temps. Elle dormait de plus en plus tard, se réveillait en hurlant, couverte de sueur, en plein milieu de la nuit et fondait en pleurant dans ses bras, alors qu'il la berçait et essayait de détendre son corps tendu, s'accrochant désespérément au sien. Il était clair qu'elle faisait des cauchemars. Cependant, à chaque fois qu'il voulait savoir quel genre de rêves angoissants la hantaient, la jeune femme secouait la tête et se retournait dans le lit, calant son dos au plus près de son torse, en une fin de non-recevoir.

Son appétit devint celui d'un moineau, malgré Ada qui

s'échinait à lui concocter ses plats préférés. Sa petite mine, ses cernes sombres sous ses beaux yeux verts fatigués, hagards, et surtout son désintéressement brusque pour la peinture, alertèrent Darren et déclenchèrent en lui une très grande inquiétude.

Au matin du 19 septembre, Darren, n'y tenant plus, réveilla en douceur Awena, qui après une nuit encore très agitée, dormait d'un sommeil profond et, l'espérait-il, réparateur.

— Mo chridhe, murmura-t-il, soucieux comme jamais en apercevant les cernes juste sous les paupières fermées de sa belle.

— Hum, soupira-t-elle faiblement.

— Réveille-toi beag blàth (petite fleur), il faut que l'on parle tous les deux.

— Darren...

— Allez, mo chridhe, réveille-toi, répéta-t-il en douceur en lui caressant le visage du bout des doigts.

Awena battit des paupières et le dévisagea de ses yeux las. Elle pâlit d'un coup, se leva à toute vitesse et alla derrière le paravent qui masquait le coin « WC » comme elle avait l'habitude de l'appeler.

Au son des hoquets et des bruits de vomissements parvenant de derrière le paravent, Darren sauta du lit où il se tenait et alla rejoindre Awena. Elle était accroupie au-dessus du pot de chambre, secouée de spasmes, gémissant avant de régurgiter encore un peu de bile, vu qu'elle était totalement à jeun. Darren la recouvrit d'un tartan posé non loin de là, s'agenouilla derrière elle, lui maintenant les cheveux d'une main et lui massant le dos de sa main libre.

— Tu es malade !

C'était plus une affirmation qu'une question, alors qu'Awena se redressait en soupirant faiblement pour se reposer en s'appuyant contre son torse puissant.

— Non... je suis juste...

— Malade ! trancha Darren. Depuis combien de temps ?

— Oh, quelques jours... mais ça passe dans la journée, souffla Awena toujours affaiblie.

Darren s'en voulait de ne rien avoir soupçonné de son état plus tôt. Il se levait aux aurores et rejoignait ses hommes dans le pré pour l'entraînement quotidien au combat. Il ne revenait la voir qu'après s'être baigné dans le loch.

Ce matin, l'inquiétude quant à la santé d'Awena était si forte qu'il avait préféré rester auprès d'elle. Et il s'en félicitait ! Il n'aurait jamais rien su de son état déplorable, car il ne fallait pas compter sur sa fière femme pour lui parler de ses faiblesses. Soudain, il découvrait qu'en plus des sombres rêves, la condition physique d'Awena était au plus bas.

— Je vais faire quérir ta sœur, c'est une grande guérisseuse, dit-il intransigeant.

— Darren, gémit la jeune femme, je t'assure que cela ira mieux dans la journée. Fais demander de l'eau chaude pour un bain, c'est tout ce que je souhaite pour le moment.

Il se redressa tout en l'emportant dans ses bras, alla la déposer sur le lit, la recouvrit des fourrures et partit entrouvrir la porte pour demander au garde, toujours en faction dans le couloir, d'aller quérir Aigneas et de faire monter de l'eau chaude pour un bain. Cela fait, il revint au chevet d'Awena, qu'il découvrit à nouveau endormie. S'asseyant au bord du lit, il s'étonna de ne pas avoir vu ses joues creuses, de ne remarquer que maintenant combien son corps semblait frêle. Il s'en voulut de ne pas avoir agi plus tôt.

La peur s'insinua en lui, glaçant son sang, serrant son cœur de ses doigts crochus. Quelle était cette vicieuse maladie qui avait contaminé sa belle ? À quel point Awena était-elle souffrante ? Alors qu'il était plongé dans ses douloureuses réflexions, Aigneas surgit comme un beau diable dans la chambre, le salua de la tête et alla au chevet de sa sœur en posant sa sacoche médicinale à ses côtés.

— Je suis venue aussi vite que j'ai pu ! s'exclama-t-elle. Est-elle malade depuis longtemps ? s'enquit-elle encore soucieusement.

— Aye, depuis quelques jours, quatre ou cinq, marmonna Darren, assis sur le bord du lit et tenant une des mains fines d'Awena. Je pensais que son état était dû aux mauvaises nuits qu'elle passe, car elle fait des rêves sombres toutes les nuits, mais elle a été prise de vomissements tout à l'heure. Aigneas, mes pouvoirs sont grands, cependant tu sais qu'il m'est impossible de soigner les êtres par la magie, comme aurait pu le faire Iain, mon grand-père.

— Aye, je sais Darren que tu n'as pas le don de soigner les êtres humains, chuchota Aigneas en soulevant un peu les fourrures qui recouvraient Awena.

— Mon sang me guérit. Peut-être que si je lui en donne...

— Naye ! se récria Aigneas en ouvrant de grands yeux bleus. Cela ne fonctionne pas ainsi. Elle n'a pas de fièvre, reprit-elle en posant sa main sur le front moite de sa petite sœur. Et d'après l'aspect et l'odeur des régurgitations, elle ne souffre pas d'empoisonnement, ni d'infection.

Darren passa une main nerveuse dans ses cheveux, serrant les mâchoires à les faire craquer. Il ne quittait pas Awena des yeux, au supplice de la voir se réveiller.

— Darren, l'appela Aigneas pour attirer son attention. C'est ma sœur et je l'aime, laisse-moi seule avec elle pour que je sache ce qu'il en est vraiment.

— Aye... aye... J'attendrai dans le couloir, balbutia le jeune laird, visiblement très perturbé et angoissé.

— Darren, elle dort, elle n'est pas au plus mal, le rassura Aigneas.

Il acquiesça et sortit de la chambre, marchant comme un somnambule et referma la porte doucement derrière lui.

Une fois seule, Aigneas jugea qu'il était plus que temps de réveiller la marmotte pour savoir vraiment de quoi il retournait, tout en s'interdisant fermement de laisser la peur la gagner. Awena avait mauvaise mine, mais cela ne voulait pas dire qu'elle était à l'article de la mort !

— Awena, réveille-toi, ordonna Aigneas tout en secouant la petite main de sa sœur. Bien le bonjour ma belle, il fait beau aujourd'hui, les oiseaux chantent et il est plus que temps de se lever !

— Aigneas ? s'étonna Awena dans un souffle, papillonnant des paupières pour sortir de sa torpeur. Que... que fais-tu là ?

— Darren m'a fait quérir.

— Oh oui, mais je lui ai dit que ce n'était pas la peine, j'irai mieux d'ici une heure ou deux.

— Raconte-moi ce qui t'arrive, les symptômes. Tu as peut-être mangé quelque chose qui n'était plus bon, ou alors bu de l'eau non bouillie ?

— Non, je ne crois pas, je fais des cauchemars, marmonna Awena en plissant les paupières et serrant les lèvres, je dors très mal à cause de ça et le matin, depuis peu, je me réveille avec des haut-le-corps et je vomis. Je ne pensais pas que Darren serait là à mon réveil ce matin, je ne voulais pas l'inquiéter, je dois couver une gastro ou quelque chose de ce type.

— Gastro ? Je ne sais pas ce que c'est, mais... quand as-tu eu tes menstrues la dernière fois ? s'enquit Aigneas, l'air de rien.

— Ohhh, souffla Awena en écarquillant les yeux, tout en se mettant en appui sur les coudes. Tu crois... tu crois que... non... déjà ?

Aigneas rit devant la mine ahurie de sa petite sœur.

— Aye, je pense que tu attends un bébé, tu en as les symptômes et les cauchemars peuvent aller de pair. Je crois bien que Darren et toi viviez ensemble depuis ton retour il y a plus d'un mois. Un laird aussi viril... Un bébé en route ne m'étonnerait guère !

Aigneas sourit tendrement en voyant sa sœur s'empourprer. Non, elle n'était pas malade, mais pour être certaine de ce qu'elle avançait, elle devait faire appel à un peu de magie.

— Allonge-toi et dégage-moi un peu ce tartan de dessus ton ventre. Quelle idée de se couvrir autant, draps, fourrures, tartan... Et tu gardes en plus des chaussettes ! Je m'étonne que tu n'aies pas attrapé la fièvre avec tout ça, marmonna-t-elle en cherchant une petite fiole dans sa sacoche médicinale, pendant que sa sœur se dépêchait de se découvrir ?

— Que vas-tu faire ? fit Awena les yeux pétillants de curiosité.

— Je vais mettre une petite coupe contenant de l'eau de la Cascade des Faës sur ton ventre, si tu es grosse, le liquide parlera en transmettant les sons du cœur de ton bébé.

— Alors, d'abord, je ne suis pas grosse ! Et... tu crois que c'est possible d'entendre le cœur d'un bébé avec... zut... pourquoi je demande, marmonna Awena, je suis sur une terre de magies et de légendes, j'aurais dû me douter qu'il existait déjà une sorte de machine à échographies. Ouh ! C'est froid ! s'écria Awena alors qu'Aigneas plaçait une petite coupe en bronze sur son ventre et la remplissait de l'eau de la cascade magique.

Elles se turent toutes les deux quand l'eau de la coupe se mit à vibrer avant de laisser passer un son qui ressemblait à une cavalcade effrénée « VA-VOUV, VA-VOUV, VA-VOUV... ».

Aigneas se mit à rire aux éclats en voyant la mine stupéfaite de sa petite sœur.

— Si tu n'es pas grosse, il va falloir que tu me dises ce qu'est ce bruit infernal !

— Pas grosse... Enceinte, souffla Awena en souriant aux anges. J'attends un bébé ! s'écria-t-elle, son beau visage reflétant son ravissement.

— M'eudail ! fit une voix rauque et profonde.

Darren se tenait dans l'encadrement de la porte, le regard fixé sur la coupe qui émettait toujours l'écho des battements du cœur du bébé.

— Félicitations ! s'exclama Aigneas en fouillant dans sa sacoche médicinale, pour cacher son émotion.

Awena, je te laisse un peu de menthe poivrée ainsi que de la cannelle pour endiguer tes nausées, tu verras, c'est efficace et cela te permettra de passer les prochaines semaines plus sereinement. Je constate que je suis de trop, chuchota-t-elle en voyant Darren s'agenouiller près du lit, le regard bleu nuit allant de la coupe au visage de sa belle qui le dévisageait les yeux brillants de larmes contenues.

Tout à leur trouble commun, ils ne virent pas Aigneas s'essuyer furtivement les paupières et quitter le petit cocon d'amour qu'était devenue la chambre seigneuriale. Aigneas merveilleusement heureuse, qui, il y a peu de temps encore, se trouvait aux portes de la folie et qui maintenant avait un conjoint, une sœur, un laird comme beau-frère et un neveu ou une nièce qui serait là avant le solstice d'été. Un dernier coup d'œil attendri sur le beau couple et elle referma la porte tout doucement.

— Darren..., tu vois, je n'étais pas malade, réussit à chuchoter Awena la gorge nouée, tant elle était bouleversée par l'émotion qui se lisait sur le beau visage de son amour. Tu vas être papa.

— Mo chridhe ! Je suis fou de joie ! s'écria-t-il en la prenant vivement dans ses bras, la voix plus rauque que jamais, son grand corps musclé parcouru de tremblements nerveux.

Il était si inquiet pour la santé d'Awena, que jamais, au grand jamais, il n'aurait espéré un aussi merveilleux dénouement. Elle était bien malade, mais parce qu'elle portait dans son ventre encore plat leur enfant, le fruit de leur amour.

— Oh Darren ! pouffa Awena, tu as renversé l'échographe !

— Hum, j'ai entendu les battements du cœur de notre bébé. Il sera fort, mon mac (fils), chahuta Darren en roulant sur le lit tout en faisant attention pour ne pas écraser Awena sous son poids. Par les dieux, Awena, j'ai eu si peur pour toi.

Et toi...

— Et moi, mon bel ange, je vais t'offrir le seul cadeau qui est à la hauteur de mon amour pour toi, un petit toi et un petit moi... en un. Je t'aime... Je t'aime... Et je suis sûre que ce sera une fille ! ajouta Awena, mutine.

Darren poussa un grand rugissement, le félin criant sa joie au monde entier, avant de poser sa joue rugueuse sur la douce peau du ventre d'Awena. L'instant était enchanteur, unique et merveilleux.

Deux jours plus tard, en meilleure forme grâce aux infusions à base de cannelle ou de menthe poivrée, Awena put enfin savourer une vraie journée de bonheur. Elle était loin d'avoir retrouvé tout son tonus, cependant, finis les nausées et l'appétit d'oiseau, elle recommençait à s'alimenter tout doucement.

Ce jour-là, le 21 septembre, le clan Saint Clare fêtait l'équinoxe d'automne, encore appelé Alban Elfed. Ce fut l'occasion de faire une petite fête marquant l'équilibre entre les forces du jour et de la nuit, la force du soleil allant déclinant face à la nature prête à s'endormir en prévision de l'hiver à venir. On mit à profit cette journée pour remercier les dieux des bonnes récoltes engrangées, de toutes les provisions qui remplissaient abondamment les celliers et qui permettraient au clan de passer un hiver confortable, bien au chaud et le ventre plein. C'était aussi le moment du repos et la fête de l'élément Terre, prédominant en cette période de l'année. Le clan se préparait en quelque sorte à hiberner, au coin du feu, écoutant les légendes et les chansons des bardes, passant des veillées entières à parler de tout ce que l'année écoulée leur avait apporté et où l'arrivée ainsi que l'histoire de la Promise seraient, plus que sûrement, les clous du spectacle.

Ce jour-là, donc, fut encore plus grandiose, car le couple seigneurial annonça la grande nouvelle de la venue prochaine du fruit de leurs amours. La bière et le whisky coulèrent à flot et Awena trinqua avec une bonne chope de lait chaud avec plus de la moitié du clan, tous voulant la féliciter, l'approcher. Darren porta une Awena totalement épuisée dans leur chambre cette nuit-là, qui caressa tendrement son ventre du bout des doigts et s'endormit le sourire aux lèvres en songeant à son bébé. D'un long sommeil, jusqu'au matin, sans aucun cauchemar.

Pourtant, ils revinrent, alors que les jours, puis les mois, passaient. Nous étions à la mi-novembre et les cauchemars d'Awena étaient de plus en plus forts, de plus en plus nets. La jeune femme se refusait toujours à en parler, faisant croire à Darren que tout cela était dû à sa grossesse.

Pourtant, le mieux n'aurait-il pas été de tout lui raconter ? Ce qu'elle voyait, c'était la mort. Les visions que le Leabhar an ùine du futur lui avait laissées entrevoir, revenaient la hanter. Awena assistait nuit après nuit à la mort de Darren, alors qu'à chaque fois, de mille et une façons, elle essayait de le secourir, de le sauver en vain.

Elle se réveillait le cœur palpitant, après avoir vu tomber Darren de son cheval, le corps criblé de flèches, le sang coulant à flots, le fougueux guerrier des Highlands mourant sous l'ignoble et traîtresse attaque des Anglais, tapis dans la noirceur de ses rêves monstrueux. Ces rêves sombres ne pouvaient vouloir dire qu'une seule chose, Darren était en danger de mort. Mais, devait-elle le lui dire ?

Elle décida de se confier à Aigneas. Emmitouflée dans une grande cape de fourrure à capuche, cadeau de Darren, les mains bien au chaud dans les poches, dont l'une cachait l'inséparable téléphone mystérieux, Awena se dirigeait résolument vers la chaumière de sa sœur, en une visite de fin d'après-midi comme une autre. Oui, mais pas tout à fait.

La jeune femme avait hâte de se libérer des visions de noirceur qui peuplaient son esprit. Tout autour d'elle, alors qu'elle marchait vivement, elle constata que le froid s'était bien installé, le soleil couchant était à moitié caché par les nuages noirs de pluie, les chaumines du village crachaient leurs fumées denses, signes que dans les foyers, une douce et agréable chaleur devait régner.

Aigneas était à la porte de sa chaumière. Comme souvent, elle avait vu ou senti sa sœur qui approchait. Voyant le visage grave et décomposé de celle-ci, son sourire avenant se figea, puis disparut.

— Entre vite ! J'ai un bon lait chaud et du pain frais. Nous serons tranquilles pour parler, car Ned est au pré d'entraînement avec les autres guerriers.

— Ces hommes ! ronchonna Awena, n'y a-t-il pas une saison dans l'année qui ne les verra pas se taper dessus ? Tu parles d'entraînements !

— Awena, les temps sont troubles et les pactes de paix peuvent vite être oubliés ou rompus.

— Oui, je sais. N'oublie pas que je connais le futur, grogna d'autant plus la jeune femme.

Aigneas ouvrit de grands yeux curieux, avant de secouer la tête en faisant danser sa lourde natte dans son dos.

— Je ne veux pas savoir !

— Et tu ne sauras rien !

— Quelle humeur ma sœur ! Que t'arrive-t-il ? Est-ce le bébé ? s'inquiéta Aigneas. Allez, assieds-toi, fit-elle en lui indiquant un fauteuil recouvert d'un tartan, près de la cheminée où de belles flammes dansaient en son foyer.

Awena se débarrassa de sa lourde cape en prenant le téléphone, plus par jeu pour s'occuper les mains, que pour l'étudier encore et alla s'asseoir.

— Dis-moi tout !

— Mes cauchemars, ils sont de plus en plus présents. Plus vrais que nature. Ils me minent peu à peu et il fallait que je t'en parle, il me semblait que tu serais la bonne personne pour m'écouter, chuchota Awena, les yeux fixés sur les flammes sans les voir.

— Je t'écoute, fit très sérieusement Aigneas, en venant s'asseoir en face de sa sœur, sur un petit tabouret en bois.

Awena lui raconta tout, les Gunn, les Anglais qui

attaquaient en traîtres et la mort horrible de Darren, Larkin et la plupart des guerriers du clan. À la fin de l'histoire, Aigneas resta songeuse, les yeux perdus dans le vide.

— Tout cela veut bien sûr dire quelque chose, fit Aigneas après un long silence. Mais ces visions-là proviennent peut-être de tes peurs et d'une courbe du temps révolue. Darren connaît l'histoire puisque tu la lui as racontée à ton retour. Il ne tombera pas dans un piège dont il subodore l'existence.

— Mais... c'est possible, souffla Awena anxieusement. C'est incroyable quand même, car dans la courbe du temps où il était uni à Deirdre, sa vie fut longue et il eut même trois fils, aucune attaque de Gunn, pas de mort brutale !

— Ne t'agite pas ! la raisonna Aigneas. Il y a une bonne logique à cela, l'alliance des clans Sutherland et Saint Clare. Une fois Deirdre et Darren unis, si les Gunn avaient tenté quoi que ce soit, ils se seraient fait attaquer par l'ensemble des clans alliés des Sutherland et des Saint Clare et crois-moi, même les Gunn n'auraient pas été assez fols pour le faire.

— Tandis qu'uni à une de Brún...

— Ne nous dévalorise pas ! gronda gentiment Aigneas. Notre père n'était peut-être qu'un cadet et non un héritier, mais les de Brún n'en restent pas moins une grande et forte famille. Pas aussi riche que les Sutherland, mais tout de même !

— Ne le prends pas mal, soupira Awena soudain las, mais... qu'est-ce que..., bafouilla-t-elle alors qu'elle jouait distraitement depuis un petit moment avec le téléphone portable et venait d'ouvrir la minuscule trappe qui permettait de placer ou enlever la batterie.

— Que fais-tu ? s'étonna Aigneas, intriguée en voyant sa petite sœur se redresser d'un coup sur son fauteuil.

— Regarde ! Là, tu vois ce petit bout de sparadrap collé sur la face intérieure de la trappe ? fit Awena d'une voix surexcitée. Figure-toi qu'il y est noté le code pin qui me permettra d'accéder à toutes les données que renferme ce téléphone ! On va enfin pouvoir savoir à qui il appartient et pourquoi il est là !

— Et... est-ce si important ?

— Je ne sais pas Aigneas, mais je suis sûre et certaine d'une chose, c'est que cet appareil ne s'est pas retrouvé par erreur dans mes affaires et... oh, il n'appartient pas à Logan, mais à Fife, le frère de Iona ! constata de vive voix Awena de plus en plus troublée.

Aigneas s'approcha avec son tabouret pour voir Awena manipuler l'engin, le bout du doigt glissant sur une sorte de vitre lumineuse et lisse.

— Que cherches-tu ? chuchota Aigneas.

— Je n'en sais rien. Pourquoi Fife me l'aurait-il laissé ? Un message vocal ? Non... Des photos ? Non, il n'y en a pas... Une vidéo peut-être ? Ohhh... mais, c'est moi ! s'écria Awena en montrant le petit écran à sa sœur, l'air interloqué.

La vidéo n'était pas de la plus grande qualité, on entendait des voix et des crépitements, pourtant il était impossible de ne pas voir Awena, créant un bouclier magique au-dessus du Cercle des dieux, une aura blanche semblant jaillir de son corps pour l'envelopper complètement, ses cheveux qui resplendissaient comme l'éclat des rayons du soleil et ses yeux mauves !

— OCH ! s'exclama Aigneas, stupéfaite. Awena... ta puissance est... phénoménale, je n'ai jamais vu cela, balbutia-t-elle encore, ne pouvant détourner le regard du film que sa petite sœur repassait en boucle, elle-même sidérée par ce qu'elle découvrait sur l'immensité de ses pouvoirs.

— Aigneas, je n'arrive pas à y croire, bafouilla la jeune femme dont les mains se mirent à trembler, alors que les voix de Fife, Dàrda et Logan se faisaient à nouveau entendre, comme pour lui répondre à travers les siècles : « Quelqu'un a apporté un caméscope ? Sinon, Awena ne voudra jamais croire qu'elle s'est à nouveau transformée... en... comment elle l'appelle déjà ? », disait Dàrda... « Galadriel ! Du Seigneur des anneaux ! Y'a que les viocs comme vous qui ne connaissent pas les classiques. Et... aye, j'ai eu la même idée il y a quelques minutes, je suis en train de filmer avec mon téléphone portable », répondait Fife. « Brave petit... et tu sais ce que te disent les viocs ? », intervenait Logan. « Je m'en doute », répondait à nouveau Fife.

Peu à peu, le voile qui obstruait sa mémoire se déchira. Awena en eut le tournis, tant le monde autour d'elle se mit à tanguer. Elle revoyait tout, comment la magie s'était emparée de son corps, mais maintenant, elle n'était plus une novice, grâce à Darren, elle contrôlait sa magie. Enfin, la plupart du temps.

— Il faut que je montre cette vidéo à Darren ! s'exclama Awena, impatiente de voir sa réaction.

— Vas-y, approuva Aigneas avec un hochement de tête. Awena, sois prudente. Cette magie...

— Il me faudra du temps pour pouvoir faire ce que tu as vu et encore..., ce n'était pas vraiment moi, la rassura la jeune femme. Je craque... On se la regarde encore une fois ?

— Aye ! acquiesça vivement Aigneas qui avait encore besoin de voir la vidéo, pour être sûre qu'elle ne rêvait pas.

Chapitre 27

Elle tiendra les éclairs et l'orage dans ses mains

Ce fut peut-être à cause de leur prodigieuse découverte, que les deux jeunes femmes n'entendirent pas le raffut provenant du dehors ; des cris rageurs et le sourd grondement de centaines de sabots martelant le pont-levis, puis le sol meuble aux alentours du village, faisant trembler la terre comme l'aurait fait une onde sismique.

— Awena ! Écoute !

Les deux sœurs se dépêchèrent de se lever de leurs sièges respectifs, puis se dirigèrent, avec beaucoup d'inquiétude, vers la porte de la chaumière. À peine avaient-elles fait quelques pas que celle-ci s'ouvrit à la volée en battant fortement contre le mur. Aigneas s'était déjà placée devant sa petite sœur, dague en main, prête au combat pour protéger la vie d'Awena.

Quelle ne fut pas leur surprise de voir surgir une Eileen en larmes, complètement échevelée, tenant à peine sur ses jambes. Alors qu'Aigneas rengainait sa dague dans un système d'attache sous la longue manche de sa toge blanche, Awena s'était déjà portée au secours de son amie, l'amenant doucement à s'asseoir sur le banc près de la table de la chaumière.

— Eileen ! Que t'arrive-t-il ? demanda calmement Awena en essayant de masquer sa soudaine angoisse, car elle avait un mauvais pressentiment.

— Les Gunn ! hurla la jeune femme, hystérique. Ils... ils..., hoqueta-t-elle sans parvenir à parler tant elle était bouleversée.

— Respire ! intervint Aigneas en lui massant les mains, alors qu'Awena s'était figée, livide, au nom des Gunn. Là... Essaye de nous raconter ce qu'il se passe... Doux, tout doux... Voilà...

— Il faut que je rejoigne Darren ! s'écria Awena en sentant la peur l'envahir.

— Naye ! hurla Eileen. Ils sont tous partis ! Clyde... Darren, Larkin... Ned et la plupart de nos guerriers. Ils sont partis venger les nôtres. Ces... maudits... Gunn ! cracha-t-elle, ils ont massacré tous les habitants d'un village à la frontière de leurs terres et des nôtres. Femmes, enfants et hommes... Tous ! Mes amis... leurs familles... ils les ont tous massacrés ! Darren a juré qu'aucun Gunn ne ressortirait vivant. Que tous nos morts seraient vengés avant que la nuit ne soit tombée. Ils sont partis en criant « Le sang pour le sang » !

— Par les dieux ! gémit Aigneas, anéantie par la nouvelle, en s'asseyant près d'Eileen qui pleurait à nouveau en longs sanglots déchirants.

« Le sang par le sang » appelait au combat sans pitié, combat jusqu'à la mort, de soi-même ou de l'adversaire.

Alors qu'Eileen et Aigneas étaient rongées par la peur pour leurs hommes, pour leur clan. Awena, elle, sentait gronder et enfler au plus profond de son corps, un crépitement de magie d'une telle intensité qu'elle faillit en perdre le contrôle. Elle se mit à respirer le plus doucement possible, se laissant envahir sans être submergée. C'était comme de se plonger dans une eau glacée et de résister contre le froid.

Peu à peu, elle guida cette phénoménale force là où elle

souhaitait qu'elle soit. Dans son corps, dans ses mains qui se crispaient en fermant les poings, dans son sang. Loin de ses pensées qui devaient rester claires pour ce que la jeune femme devait accomplir. Elle allait devenir la plus mortelle et destructrice des armes magiques que le monde des hommes n'eût jamais connue. Elle allait laisser sa fureur la guider pour sauver l'homme qu'elle aimait d'une mort atroce et sauver son clan.

La guerrière en Awena s'éveillait et la terre allait résonner de ses pas. Ses pensées se portèrent vers Ogma, Dieu de la magie guerrière, lui demandant d'éclairer et de bénir son chemin tout en veillant sur les guerriers Saint Clare, jusqu'à ce qu'elle puisse les rejoindre.

— Faites-moi un signe, souffla-t-elle, alors que sa voix se faisait haute, pure, comme celle qui résonnait dans les chants des Faës.

Au loin, le grondement sourd d'un puissant orage lui répondit, Ogma était à ses côtés, le temps était venu pour elle, d'accomplir ce pour quoi elle était née, comme la prophétie le disait : Elle tiendra les éclairs et l'orage dans ses mains. Elle sauvera le clan.

Alors que le corps d'Awena se transformait, développant une aura iridescente presque insoutenable, Aigneas et Eileen se figèrent dans un unique hoquet de stupeur tout en se protégeant les yeux de leurs mains, pour faire rempart à l'aveuglante lumière céleste. Car céleste elle l'était. Celle qui s'appelait Awena, à cet instant, était devenue avant tout la Fille des dieux.

Son aura vengeresse crépitait autour d'elle. Écartant lentement les bras, laissant le reste du pouvoir magique, impatient de se libérer, s'emparer de son être, effleurer ses pensées, Awena fusionna totalement avec lui. Ses cheveux se transformèrent en longues mèches de flammes vives, sa cape et ses vêtements devinrent blanc étincelant, sa peau se fit très pâle, presque translucide et pour finir, ses yeux verts se mirent à scintiller du mauve le plus pur qu'il n'ait jamais été donné de voir.

L'ange de luminosité qui se tenait dans la chaumière s'avança de quelques pas vers l'extérieur, là où la nuit s'était installée en maîtresse incontestable, devant battre en retraite et céder une partie de son royaume face à la puissance d'Awena.

La jeune femme s'arrêta un moment dans la cour de la chaumière, où les villageois, tels des papillons attirés par la lumière, s'étaient approchés d'elle en murmurant révérencieusement, pour la plupart, plus fascinés que terrorisés par la féerique apparition.

Awena cessa d'avancer pour se donner le temps de s'adapter à ses nouveaux et prodigieux pouvoirs. Ses yeux lui transmettaient les images du royaume de la nuit, presque comme en plein jour, avec des nuances différentes, comme si elle portait des lunettes chaussées de verres mauves. Le bout de ses doigts piquait sous l'effet de centaines de décharges électriques, non douloureuses, qui ne demandaient qu'à se transformer en projectiles mortels.

À ce moment-là, Barabal fendit la foule amoncelée autour d'Awena, dégagea un passage de son bâton et fit signe à la Fille des dieux.

— Va ! cria la Seanmhair.

Ce fut comme le coup de feu de départ. Awena sentit monter en elle un flux de chaleur extraordinaire et son corps se mit en mouvement à une vitesse stupéfiante, faisant naître dans le sillon de son déplacement d'innombrables souffles tourbillonnants. Elle fila, telle une comète, vers la cour intérieure du château, puis bifurqua vers les écuries, où elle savait, sans savoir comment, qu'il restait un cheval et que la noble bête l'attendait. Elle ne s'arrêta que devant la stalle où se tenait un fringant et très nerveux étalon à la robe marron. Il semblait effectivement l'attendre, hennissant impatiemment en hochant vigoureusement la tête, sa crinière sombre voletant dans les airs à chaque mouvement et frappant le sol jonché de paille d'une jambe, puis de l'autre.

— Awena... P'tiote, fit une personne derrière son dos, qui l'appelait d'un ton rocailleux.

— Blaine, murmura-t-elle en reconnaissant le forgeron, parlant de sa voix méconnaissable, à la tonalité haute, comme si elle chantait à chaque mot prononcé.

— Och... Fille des dieux... fais attention, il est encore sauvage ce ch» val, pas débourré, conseilla Blaine, les larmes aux yeux, visiblement très ému et, à la fois, très soucieux. Mes fils... Darren... Ramène-les, et reviens-nous en vie, toi aussi, balbutia-t-il, les larmes translucides coulant pour se réfugier dans sa grosse barbe poivre et sel.

— Il en sera fait ainsi, souffla Awena qui se retourna vers le cheval en lui présentant sa main lumineuse. Viens mon ami, tes amis comme les miens ont besoin de notre aide.

L'étalon se cabra et hennit furieusement, puis s'avança impatiemment vers la jeune femme qui ne bougea pas d'un centimètre. Il se positionna de manière à lui présenter son dos, qui dépassait d'une tête et demie la propre taille d'Awena, sans que cela ne pose problème, car aussi agile qu'une elfe, elle y sauta souplement et s'installa à califourchon, tout en s'accrochant à sa longue crinière. À peine formèrent-ils un duo que la robe marron et la crinière du cheval devinrent opalescentes et que Blaine dut reculer vivement sous l'impact rayonnant, pour se protéger les yeux de ses grandes mains.

— Va ! Qu'Ogma guide nos pas, souffla Awena en se penchant sur l'encolure de l'étalon.

Il lui répondit par un nouveau hennissement, frappa le sol de ses sabots antérieurs et bondit comme un fauve, hors de sa stalle. La magie d'Awena se communiquait au corps du cheval, lui conférant force et célérité. Ainsi, ils évoluèrent à une vitesse vertigineuse, à peine perceptibles aux regards des simples mortels, ne pouvant apercevoir d'eux qu'une sorte de traînée scintillante, ressemblant à celle du sillon d'une étoile filante dans le ciel. La magicienne et sa monture sortirent du château, passèrent le pont-levis, bifurquèrent vers le sud et la frontière entre les terres Saint Clare et Gunn. De leur promptitude dépendait le sort des Highlanders, il fallait absolument les rejoindre avant l'attaque des Anglais.

Tout se déroulait comme le Leabhar an ùine et ses monstrueux cauchemars l'avaient révélé à la jeune femme, mais cette fois-ci, elle était là, en pleine possession de ses pouvoirs, bien décidée à sauver Darren et ses guerriers. Son esprit était tourné vers cet unique but et son cœur battait au rythme rapide, lancinant, du bruit des sabots de son fougueux destrier en martelant le sol.

Darren, Larkin et les guerriers chevauchaient ventre à terre depuis plus d'une heure et demie, le laird en tête, utilisant ses pouvoirs pour ouvrir le chemin à ses hommes dans l'obscurité environnante. Ils avaient longé la côte maritime vers le sud, puis avaient bifurqué dans les terres vers la montagne Morven, haut point culminant à la jonction des Terres Saint Clare et Gunn.

Non loin de là, dans les collines avoisinantes, s'était tenu un petit village d'une cinquantaine de membres de son clan. « C'était » car tous ses habitants venaient d'être massacrés par les Gunn. Hommes, femmes et enfants innocents. Leur bétail volé et les chaumières, en cendres.

Darren savait que les Gunn avaient accompli ce raid sanglant dans l'unique but de le faire sortir de sa tanière, espérant ainsi le propulser dans le piège qu'Awena lui avait dévoilé, ces maudits hommes partageant ensuite ses terres et leurs richesses avec des sassenach à la solde d'un puissant seigneur anglais. Malgré l'ire qui le rongeait, sa terrible douleur en pensant à toutes ces personnes qu'il connaissait et qui avaient péri, sa soif innée de sang par le sang, il se devait de garder la tête froide et de mettre en place le plan convenu à la hâte avant le départ du château. Il fallait qu'ils terrassent les Anglais en premier, pour ensuite pouvoir accomplir leur terrible vengeance en massacrant les Gunn, et ce, jusqu'au dernier guerrier. Lui, Darren Saint Clare, laisserait les femmes et les enfants en vie, seuls des monstres pouvaient tuer des innocents.

Et ces monstres allaient périr de sa main !

Ils y étaient presque, plus que quelques centaines de mètres. D'après les indications d'Awena, les sassenach devaient se tapir dans le vallon formé entre plusieurs collines. Il fallait les renverser par surprise. Pour ce faire, le grand druide, ainsi que ses apprentis, chantonnaient à voix très basse une mélopée pour faire taire le bruit des sabots de leurs chevaux, qui martelaient le sol fait de terre, de tourbe et de roches. Ils devaient être plus silencieux que le souffle du vent. Plus qu'un instant maintenant et le sang parlerait par le sang.

Les cavaliers contournèrent de concert une colline et se dirigèrent vers une sorte de plaine en cuvette, dans le but de tomber à revers sur leurs premiers ennemis, les sassenach, leurs corps musclés peints en bleu à même la peau, brandissant leurs claymores, leurs haches de guerre et les arcs tendus, avides d'en découdre, n'attendant que ça.

Cependant, sur le lieu de traîtrise de l'ancienne courbe du temps, quelle ne fut pas leur surprise de le découvrir désert, nul Anglais à l'horizon. Pour la bonne et simple raison que ceux-ci se tenaient camouflés dans les hauteurs. Les deux groupes, Saint Clare et sassenach, se retrouvèrent momentanément désarçonnés, les guerriers Saint Clare à l'arrêt sur la plaine, déroutés par la tournure des événements, les chevaux soufflant et piaffant d'impatience, alors que les Anglais, s'attendant à voir surgir les assaillants sur l'autre versant de la colline, côté nord, se repositionnaient silencieusement dans les hauteurs vers le sud, arcs tendus, les flèches mortelles prêtes à percer les airs, avides de transpercer les chairs et de faire couler le sang.

Darren et ses hommes ne comprirent que trop tard ce qui leur arrivait, en entendant le son caractéristique des flèches décochées, sifflant dans le ciel nocturne.

Bien trop tard pour se mettre à l'abri...
Darren n'eut plus qu'une pensée... Awena.

Awena atteignait le haut de la colline qui faisait face à celle des Anglais, juste au moment où les flèches jaillissaient et allaient s'abattre sur les corps des guerriers et chevaux se tenant immobiles, comme résignés, dans la plaine en contrebas.
— OGMA ! hurla-t-elle en tendant le bras, ouvrant le poing et faisant surgir de l'extrémité de ses doigts tendus des milliers de décharges électriques bleutées, qui zébrèrent le ciel au-dessus de la tête des guerriers Saint Clare et transformèrent instantanément les flèches meurtrières en milliers de flocons de cendre grise.

Les sassenach, comme les Saint Clare, aperçurent en même temps la mystérieuse apparition ; celle d'une femme à la chevelure de flammes, son corps couvert d'une cape scintillante battant dans le vent, à califourchon sur son cheval tout aussi blanc, l'ensemble, cavalière et monture, resplendissant d'une lumière vive, irréelle, aveuglante.

Un peu plus loin dans la plaine, tels des vers immondes sortant de terre, plus d'une centaine de Gunn surgirent des trous qu'ils avaient creusés, puis camouflés et se mirent à charger les Saint Clare en hurlant comme des possédés. Ceux-ci, voyant rouge, se désintéressèrent des sassenach et de l'étrange apparition lumineuse, poussèrent un unique et formidable rugissement et fondirent au grand galop sur leurs maudits ennemis.

Soit les Gunn étaient aveugles et sourds pour ne pas avoir vu et entendu l'apparition blanche, soit ils étaient fous et affamés de carnage, à tel point qu'ils firent fi du danger réel que représentait l'étincelante cavalière. Quoi qu'il en soit, les Anglais se remirent de leur peur en voyant les Gunn charger et les meilleurs de leurs archets visèrent de leurs nouvelles flèches encochées celle que tout le monde prénommait déjà, dans un souffle angoissé... la Dame

Blanche.

Awena, voyant cela, laissa sa magie monter au créneau, leva les bras au ciel et entonna le chant puissant que fredonnait son esprit dans la langue des dieux.

Loin, là-haut au firmament étoilé, de sombres et monstrueux nuages se regroupèrent, roulant sur eux-mêmes comme des milliers de serpents rendus furieux, se nourrissant de la rage que la Fille des dieux mettait dans ses prodigieux pouvoirs. Au centre de cet amalgame de nuages sombres retentirent de violentes déflagrations, suivies par des éclats lumineux et des grondements terrifiants. De cette ténébreuse masse naquirent des éclairs, qui entrèrent dans la danse en irradiant et zébrant le ciel, avant de poursuivre leur chemin vers leurs cibles, les archets.

Ils moururent terrassés par la foudre, leurs corps se contractant en spasmes nerveux, leurs bouches ouvertes sur des hurlements muets, chaque parcelle de leur être parcourue par la mortelle lumière bleutée, avant qu'ils ne prennent feu et ne s'écroulent au sol en petits tas de cendres et d'os carbonisés.

Beaucoup d'Anglais moururent instantanément sous la violente décharge électrique, ou sous les explosions dues à la rencontre des éclairs percutant le sol. Effrayés, les survivants se mirent à dévaler la colline en une fuite éperdue, sans se rendre compte qu'ils couraient droit vers l'endroit où les Saint Clare et les Gunn avaient entamé une lutte acharnée et sanglante, leurs corps et leurs armes se répondant au rythme d'une danse macabre.

Awena assistait du sommet de la colline au combat qui faisait rage en contrebas. Elle sentait couler dans ses veines le fluide magique à son apogée, criant encore sa soif de liberté, en fusion parfaite avec son esprit qui n'en avait pas fini avec les Gunn. Alors elle l'écouta et focalisa ses pensées sur ses ennemis. Elle se mit à chanter, et son chant alla en se démultipliant. Du feu engendré par les éclairs prirent corps d'immenses Phénix, volant dans les airs, jouant avec les nuages sombres, disparaissant derrière eux, avant de revenir attaquer les ennemis en poussant leurs longs cris stridents, ressemblant en tout point à ceux des aigles. À leur approche, les Saint Clare se couchèrent vivement au sol, tandis que les Anglais et les Gunn couraient en tout sens comme du bétail apeuré. Bien leur en prit de rester debout, les Phénix purent ainsi les attaquer de leurs serres et becs acérés, transperçant les corps sans pitié, avant de les transformer en cendres, grâce à la chaleur dégagée par les flammes de leur corps incandescent.

Certains Gunn enragés vinrent à l'assaut de la colline où se tenait Awena. Ils hurlaient : « Mort à la Dame blanche ! », ce à quoi elle répondit en utilisant la force du vent pour faire surgir des tornades. Elles poursuivirent les assaillants qui dévalaient la colline en sens inverse, totalement effrayés et poussant des hurlements apeurés. Ils ne purent aller bien loin, happés par les tourbillons qui les firent monter dans les airs, pour ensuite les laisser tomber en chute libre vers le sol où leurs corps se disloquèrent en le percutant à toute vitesse.

Awena se focalisa ensuite sur le combat qui se terminait dans la plaine. Les Saint Clare avaient pris le dessus, les claymores répondant au choc des épées des derniers Anglais ou des haches des Gunn. C'était prodigieux et même effrayant de voir tous ces corps évoluer dans un ballet sanglant, comme si la jeune femme assistait à la projection de grands films tels que Braveheart de Mel Gibson, ou encore Troy de Wolfgang Petersen. Darren se mouvait aussi souplement qu'un félin, sautant pour éviter une lame faucheuse, parant de coup et d'estoc, se baissant agilement alors qu'une hache filait dans les airs pour le décapiter. Il était prodigieux !

Tout bascula quand Awena aperçut, au travers de ses yeux magiques, deux guerriers Gunn brandissant leurs claymores dans le dos de Darren, alors que celui-ci était engagé dans un corps à corps avec un autre ennemi. Il ne les avait pas perçus et ces traîtres allaient le tuer ! Elle perdit le contrôle de ses pouvoirs, et la magie lui échappa. Awena fut parcourue par un courant électrique si puissant que son corps s'arc-bouta, son cheval se cabra et elle hurla...

— Darrennn !

La sonorité de son hurlement était d'une telle intensité, d'une telle pureté, que la terre se mit à trembler, grondant à l'unisson des orages. Le sol gémit, se fissura, des crevasses apparurent, courant le long de la plaine et s'ouvrant en gouffres sous les pieds des Gunn et derniers Anglais toujours en vie. Les Saint Clare s'agenouillèrent sur le sol pour ne pas tomber avec leurs ennemis, les uns se bouchant les oreilles de leurs mains pour ne plus entendre les terribles gémissements de la terre en colère, les autres regardant avec de grands yeux horrifiés les abîmes béants qui s'ouvraient et se refermaient sur leurs ennemis, les aspirant dans les profondeurs du néant.

En moins d'une minute, il ne resta plus que les Saint Clare dans la plaine, les uns blessés, les autres indemnes, ainsi que leurs chevaux qui étaient partis se réfugier sur les hauteurs des collines avoisinantes. La totalité des Gunn et des Anglais avait disparu, leurs corps ensevelis sous des tonnes de terre, alors que celle-ci semblait s'être remise en sommeil.

À ce moment-là, au-dessus de la tête des hommes, les Phénix poussèrent leurs cris vers les cieux, les orages grondèrent comme pour leur répondre, les tourbillons évoluèrent en cercle autour des nobles guerriers, dispersant les cendres ennemies aux quatre vents, alors que les Saint Clare se demandaient si leur tour était venu de combattre la Dame Blanche.

La réponse à leur question vint rapidement. Les éclairs disparurent, les tornades se désagrégèrent, les Phénix s'évanouirent dans les airs et les nuages sombres cessèrent de gronder avant de se disperser dans le ciel. Un prodigieux et assourdissant silence s'installa sur la plaine et ses environs.

Darren, légèrement déstabilisé par le brusque changement d'atmosphère, porta son regard vers la Dame Blanche, comme le faisait chaque homme de son clan autour de lui. Tous la regardaient, sans oser émettre un son. Darren connaissait les légendes qui contaient des histoires de Dame Blanche, mais n'y avait jamais cru, lui, le fils des dieux.

Alors qu'elle était bel et bien là et leur avait sauvé la vie. Sans parler, il leva le bras, tenant sa claymore d'une poigne de fer, lame pointée vers les cieux, en un signe de remerciement et d'hommage. Geste que tous les hommes de son clan répétèrent les uns après les autres à son exemple. C'était un témoignage de grand respect, digne d'un roi, destiné à une Dame Blanche, une magicienne, ou un fantôme. Qu'importe en fin de compte ce qu'elle était, car les dieux avaient été à ses côtés, sauvant les guerriers et Darren d'une mort certaine.

Elle était toujours là. Cependant, sa luminosité se faisait vacillante, comme celle d'une étoile sur son déclin et Darren se demanda si elle allait disparaître.

Le vent lui porta alors le son d'une voix.

— Darren, chuchota le souffle en lui caressant le visage.

Impossible ! hurla-t-il mentalement alors que son bras retombait le long de son corps et que sa main lâchait la poignée de sa claymore.

Pourtant, cette voix dans le vent. Awena ! L'apparition, la Dame Blanche n'était autre que sa Promise. Awena. À l'instant où il le réalisa, la lumière iridescente s'évanouit à son tour et de ses yeux de magicien, il vit la cavalière s'affaler sur la crinière du cheval, son corps glisser lentement sur le flanc de l'animal, comme au ralenti, pour s'écrouler ensuite dans les hautes herbes au sommet de la colline où elle se trouvait.

— AWENA ! hurla Darren en se mettant à courir comme un fou, désespérément, dans la direction où son amour venait de tomber.

Avant même d'arriver au sommet, Darren reconnut le fringant étalon à la robe marron qu'il avait acquis quelque temps auparavant. Il semblait pousser de ses naseaux le corps inanimé d'Awena, face tournée vers le sol, comme pour lui dire de se relever.

À l'approche du laird, il hennit faiblement.

— Doux... tout doux, le rassura Darren d'une voix chevrotante, en lui passant la main sur son chanfrein.

Il s'agenouilla enfin près du corps de sa belle, son propre corps frissonnant d'appréhension, car il savait, oui, il savait qu'une telle puissance magique, dont il avait été le témoin, ne pouvait signifier qu'une seule chose en retour : la mort.

Aucun magicien ne pouvait dépenser un tel fluide magique sans en payer le prix fort. Awena était une femme, une magicienne, une Fille des dieux, mais pas une immortelle.

Délicatement, les mains tremblantes, il saisit lentement ses épaules et la retourna sur le dos. Son visage était caché par ses longues mèches soyeuses. Là aussi, il les dégagea avec beaucoup de douceur en retenant son souffle.

Elle était si pâle et ne respirait plus.

— Awena, chuchota-t-il, la gorge nouée, son cœur prêt à exploser.

Un hoquet l'agita de la tête aux pieds et tout bascula. Il redressa vivement le corps de la jeune femme pour le serrer contre lui, gémissant son nom, la berçant en lui parlant de tout et de rien, la secouant par les épaules en l'appelant plus fort. Puis la douleur du chagrin se fit trop intense et il hurla en rejetant la tête en arrière. Des larmes amères coulaient sur ses joues, alors que le reste de chaleur du corps de sa Promise s'insinuait en lui par les pores de sa peau à nu.

— Allonge-la, Darren ! intervint Larkin qui venait de le rejoindre.

— Naye ! hurla-t-il. Elle est morte, Larkin ! Morte !

— Fais ce que je te dis mac !

Darren fusilla le vieil homme, prêt à combattre et à mourir pour garder son amour tout contre lui. Personne, pas même les hommes ou les dieux, ne la lui prendraient.

Un petit cercle de guerriers s'était formé autour du laird et d'Awena, Clyde et Ned s'avancèrent lentement, les yeux larmoyants, tout en dévisageant Larkin et Darren, prêts à intervenir au cas où le laird perdrait la raison.

— Darren, fais-moi confiance. Allonge-la, murmura Larkin, les mains tendues, suppliantes, vers le laird.

— Aye, céda Darren, se retrouvant tout de même incapable de faire ce que le grand druide réclamait. Il était tout simplement impossible de se séparer de la chaleur et de l'odeur de son amour.

Larkin s'agenouilla et d'un regard demanda de l'aide à Clyde et Ned. Les deux guerriers-druides comprirent le message et s'accroupirent pour l'un tenir Darren et l'autre, aider Larkin à allonger Awena sur le sol herbeux. La peau de la jeune femme était pâle, aucun souffle ne jaillissait de sa bouche, aucun infime papillonnement des paupières, pourtant, Larkin l'ausculta.

— Darren, Ned, Clyde, tenez-vous les mains et toi Darren, prends la main gauche de ta femme, quant à moi, je lui tiendrai la droite... Il faut lui donner un peu de notre fluide vital, dépêchons-nous d'agir !

Une lueur d'espoir s'alluma dans le regard tourmenté du laird, qui se hâta de prendre la main d'Awena pour faire cercle avec les autres magiciens. Il récita la même mélopée que Larkin, Ned et Clyde. Un sort qui invoquait la magie, lui demandait de circuler dans le cercle formé et de fortifier de son fluide le corps de la magicienne sans vie. D'abord, la magie resta bloquée, le fluide circulant entre les hommes, sans passer par la jeune femme. Ils haussèrent le ton, récitant encore et encore l'incantation pour que le sort s'accomplisse. Et puis le barrage céda, le fluide magique réparateur circula enfin dans le corps d'Awena. Darren y mit toutes ses forces, ainsi que les trois autres hommes.

— Elle respire ! s'exclama soudain Ned, en arrêtant de réciter la mélopée.

Darren ouvrit vivement les yeux qu'il avait fermés pour mieux se concentrer et dévisagea intensément Awena. Oui, elle respirait, mais il n'y avait aucun autre signe de vie sur elle.

— Ramenons-la au château ! ordonna-t-il, il nous faut plus de pouvoir et le temps presse.

— Darren, murmura Larkin, nous avons fait notre possible, tu es de nous tous le plus grand magicien. Tant que le souffle est en elle et si le bébé est toujours en vie, cela permettra à son corps de le porter jusqu'à la délivrance. Après cela, il faudra la laisser partir.

— Jamais ! feula Darren, les yeux flamboyants de colère en se redressant et en emportant son précieux fardeau. Awena sortira du coma et retrouvera ses esprits, je le jure devant les dieux !

Il confia Awena à Clyde, le temps de sauter lestement sur le dos de son cheval qu'un guerrier avait judicieusement approché, puis il reprit sa femme en l'installant avec mille précautions sur ses cuisses musclées et l'entoura d'un bras ferme, protecteur.

— À cheval ! Tous au château et que tous les magiciens du clan me rejoignent dans la chambre seigneuriale dès notre arrivée.

D'un même ensemble, tous les guerriers Saint Clare suivirent leur laird qui galopait comme un possédé pour arriver au plus vite au château. Larkin savait que malgré toute la magie du clan réunie, il y aurait de faibles chances qu'Awena puisse sortir du coma. Il fallait lui donner du fluide magique pour le bébé, s'il vivait toujours, l'amener jusqu'à son terme, et puis, dire au revoir à celle qui avait sauvé le clan. Par maintes façons.

Cela faisait une bonne heure que tous étaient rentrés au château, la rumeur du décès de la Promise avait déjà circulé, pour la plus grande fureur de Darren.

Il avait convoqué toutes les bana-bhuidseach, tous les apprentis druides, leur demandant instamment de venir se présenter au chevet de sa femme.

Larkin, Barabal, Ned et Clyde étaient déjà là, rejoints très vite par Aigneas qui hurla de chagrin à la vue du corps sans vie de sa petite sœur.

— Aigneas ! s'écria tristement Ned en la retenant de ses bras. Le fluide magique circule dans son corps, mais nous ne savons pas pour le bébé...

— Quoi ? balbutia Aigneas en dévisageant son mari avec des yeux chavirés de douleur. Aye... aye... le bébé, mais Awena ?

Là, elle s'adressait à Larkin, Darren étant agenouillé près du corps d'Awena, refusant de parler ou de la quitter des yeux.

— Elle repose entre le monde des hommes et celui des Sidhes, souffla le vieil homme, masquant difficilement sa propre tristesse.

— Le bébé, souffla Aigneas en se dégageant lentement des bras de Ned pour se porter au chevet de sa sœur.

Comme une somnambule, s'essuyant fréquemment les yeux d'où des larmes amères coulaient à flot, Aigneas sortit de sa sacoche médicinale la petite coupe de bronze et la fiole contenant l'eau de la Cascade des Faës. Sous les yeux hagards et rougis de Darren, elle dégagea la fine tunique qui masquait le ventre encore plat d'Awena et y posa la coupe, avant d'y verser l'eau magique. Un silence ténu se fit dans la chambre, tous retenant leur souffle et leurs hoquets de chagrin. Alors retentit le son le plus beau, le plus magnifique qui n'ait jamais existé, celui des battements du cœur d'un bébé : « VA-VOUV, VA-VOUV, VA-VOUV ».

Il était bien là, ce petit bout déjà tant aimé, son cœur battant puissamment, follement, comme s'il savait ce qu'il se passait autour de lui et qu'à sa manière, il exprimait son chagrin.

— Faites entrer tous les magiciens, ordonna Darren, la voix rauque et les yeux brûlants de larmes contenues.

— Darren, au lever du soleil, il sera trop tard, murmura douloureusement Larkin.

— Aye ! Je sais Larkin, d'ici là, nous lui aurons rendu la force qu'il faut pour qu'elle reprenne connaissance.

Ainsi fut fait. Le temps passant inexorablement, l'incantation mille fois récitée en mélopée, le fluide circulant en vain, cela ne suffit pas à faire sortir Awena du coma. Déjà, le ciel nocturne se nimbait d'une laiteuse couleur. Le petit jour était en train de naître.

— Larkin... je ne pourrai pas vivre sans elle, suffoqua Darren avant de s'écrouler en larmes devant tous les magiciens de son clan, eux aussi très touchés dans leur cœur par ce qui était en train de se passer.

— Naye ! Je vous dis que vous ne pouvez pas entrer ! criait la voix d'un garde dans le couloir.

— Depuis quand ? Je suis ici chez moi, jeune homme ! Et si j'ai bien compris, mon petit-fils a besoin de nous ! Pousse-toi gringalet ou je te découpe en rondelles ! tonnait une voix très grave, en colère, qui ressemblait étrangement à celle de Darren.

Du fond de son désespoir, le laird entendit la voix et les mots et crut qu'il devenait tout simplement fou ! Même le bruit de la porte qui s'ouvrait en grinçant lui parut venir d'ailleurs.

— Quel monde ici séant ! vociféra la voix profonde.

— Chut ! Tu ne vois pas que tu devrais baisser d'un ton, gronda une petite voix douce.

— Pas le temps de faire des simagrées, et Larkin ferme ta bouche... et ramasse Barabal qui est tombée par terre, nous aurons besoin d'elle, si elle n'est pas morte !

— Iain ! Cela suffit maintenant !

— Och, Diane, c'est...

— Iain... ? Diane... ? balbutia Darren en se mettant vivement debout et en se forçant à regarder vers la porte, d'où lui provenaient les voix d'outre-tombe.

Non, pas d'outre-tombe ! Iain et Diane étaient bien là ! Mais il y avait beaucoup de changements. Car devant Darren se tenait un homme qui aurait pu être son jumeau, tant il lui ressemblait physiquement, comme en âge ! En âge ? Et Diane ? Était-ce cette jeune fille blonde qui lui évoquait étrangement sa grand-mère ?

— Pas le temps de t'expliquer maintenant mac, que tout le monde se donne la main... och... Barabal, tu es rév... naye... Larkin, réveille-la de nouveau, nous vous avons amené des amis. Aonghas ? Approche-toi et tes Veilleurs aussi. Tu vois Diane, je t'avais dit qu'il fallait construire plus grand, cette chambre est trop petite !

— Bien sûr, Iain, surtout si elle doit contenir plus d'une soixantaine de personnes, persifla Diane en faisant la grimace.

— On vient t'aider, mac, fit Iain en ignorant la remarque de sa femme, souriant en direction de Darren qui semblait complètement dépassé et croyait être fou à lier.

Quand le jeune grand-père empoigna fermement la main de son petit-fils, du même âge que lui – cela n'allait pas être simple dans les prochains temps – Darren comprit enfin que tout était réalité et qu'avec la force de deux magiciens de sang, plus celle des bana-bhuidseach, des druides et apprentis druides et enfin celle de tous les Veilleurs, Awena se ferait botter les fesses si elle ne revenait pas à elle.

Le soleil n'allait plus tarder à se lever maintenant et la mélopée courait de lèvres en lèvres, le fluide magique d'une puissance phénoménale circula de mains en mains, tout le monde résistant vaillamment, personne ne rompant la chaîne et enfin ! Enfin... le miracle eut lieu et... Awena ronfla bruyamment, avant de se retourner sur le côté en soupirant d'aise, comme si rien ne s'était passé, comme si elle dormait simplement, sans avoir jamais quitté son lit.

Après la stupeur collective, un monumental éclat de rire général suivit la petite scène incongrue à laquelle toutes les personnes présentes dans la chambre avaient assisté, sans que cela réveille la marmotte qui grommela quelques mots, ayant à voir avec des trolls qui seraient assis sur des tornades.

— Mac ! Tu l'as bien choisie ! Je sens que ma nouvelle petite-fille va bien nous plaire, allez viens, nous avons des tas de choses à nous dire...

— Iain, laisse-le un peu se reposer avec sa femme. Darren, mon petit, on se verra plus tard.

« Mon petit » venant d'une petite blonde d'au moins dix ans de moins que lui. Oui... Darren allait se reposer. Mais d'abord, il allait serrer tout contre son cœur la femme de sa vie, l'écouter ronfler en souriant comme un dadais s'il le fallait. Être tout simplement près d'elle, à jamais.

Une agaçante petite mouche lui chatouillait le nez. Là encore, la voilà qui revenait l'embêter !

Awena agita mollement la main pour la faire disparaître, sans ouvrir les yeux et s'emmitouflant de plus belle dans les couvertures de son lit.

De son lit ? Elle ouvrit grands les yeux et se redressa rapidement sur ses oreillers. Dans le même mouvement, elle se retrouva nez à nez avec Darren qui la dévisageait intensément. Tous les souvenirs de la nuit passée lui revinrent d'un coup, sa prodigieuse magie, le combat avec les sassenach, les horribles Gunn, le moment où Darren s'était trouvé en danger de mort et où sa magie lui avait échappé.

— Tu es vivant, souffla-t-elle les larmes aux yeux en caressant ses joues du bout de ses doigts tremblants.

— Aye, grâce à toi, murmura-t-il en lui saisissant la main pour lui embrasser l'intérieur de la paume. Et tu as failli en mourir...

C'est à ce moment-là que la jeune femme découvrit les cernes sombres sous les beaux yeux bleu nuit de Darren, signe évident d'une fatigue intense.

— Je ne me souviens pas, chuchota Awena. Je me suis

encore évanouie la nuit dernière et je viens seulement de me réveiller.

Darren rit doucement en s'allongeant à ses côtés tout en la serrant tout contre lui. Ils restèrent silencieux pendant un long moment, heureux d'être dans les bras l'un de l'autre, encore un cadeau que la vie et les dieux leur offraient.

— Plus de magie pour toi, beag blàth, gronda Darren
— Promis.
— Plus de chevaux non plus, ce n'est pas bon pour le bébé !
— Promis.
— Tu feras ce que je te dirai !
— Promis.
— Pourquoi croises-tu les doigts derrière ton dos ? s'enquit Darren en fronçant les sourcils devant le sourire mutin d'Awena.
— Parce que..., pouffa-t-elle.

Il allait répondre quand on frappa à la porte qui s'ouvrit vivement sans qu'il en donne l'autorisation.

— Ohhh, souffla Awena, j'ignorais que tu avais... un frère, bafouilla-t-elle encore en écarquillant les yeux et en dévisageant le sosie de Darren.

Darren rit doucement et se redressa, dos en appui contre le montant du lit.

— Je te présente mon grand-père... Iain, et la petite femme qui se cache derrière lui est Diane, ma grand-mère.

Awena hoqueta de surprise, sans pouvoir aligner deux mots.

— Bonjour Awena, fit Iain, tout sourire, les fossettes de Darren en moins. Je crois que nous vous devons notre retour.

— Bonjour Awena, fit Diane, je suis très émue de faire enfin votre connaissance et de savoir que vous êtes là et en pleine santé.

— Bon... bonjour, bafouilla la jeune femme.

— On m'explique ce qu'il se passe ? grogna Darren. Que veux-tu dire Iain par : je crois que nous vous devons notre retour ?

Iain et Diane se regardèrent, émus et souriants, avant de porter leur attention sur le jeune couple allongé dans le lit.

— Nous avons pu nous soustraire à la courbe du temps grâce à un point lumineux qui s'est révélé être une sorte de porte, répondit Diane. Puis, nous nous sommes réveillés sur la dalle centrale du Cercle des dieux. C'est Aonghas qui nous y a trouvés, car le Leabhar an ùine le lui avait annoncé dès notre arrivée. Ainsi que ce que vous avez fait, Awena, pour que nous trouvions le chemin du retour.

— Le sort a fonctionné, souffla Awena totalement ébahie. Mais... quel âge avez-vous ? Pa... pardon pour mon impolitesse, mais...

Diane et Iain se mirent à rire de concert et s'assirent tous deux au pied du lit.

— Surprenant, n'est-ce pas ? fanfaronna Iain, fier comme un paon.

— Ce n'est pas peu dire, marmonna Darren dans sa barbe, avant d'ajouter précipitamment : de quel sort parle Awena ?

— Darren ! gronda Awena en lui donnant une petite tape sur l'épaule, puis elle lui raconta brièvement sa prière dans le Cercle des dieux.

— Je ne pensais pas que cela fonctionnerait, termina la jeune femme. Mais Diane et Iain sont là ! N'est-ce pas magnifique ?

Darren s'était figé, ébahi, et encore plus fou amoureux de sa petite furie que jamais. Il n'arrivait plus à parler tant ses émotions étaient grandes.

— Ne lui en veuillez pas, Awena s'amusa Diane, c'est déroutant de se retrouver face à ses grands-parents après plusieurs années d'absence, surtout si ceux-ci sont tout aussi jeunes que lui. D'ailleurs, Iain et moi devons avoir l'âge auquel nous nous sommes rencontrés, supposa encore Diane. Moi, une vingtaine d'années et Iain, trente-trois ou trente-quatre ans. Si nous étions restés plus longtemps dans les dédales du temps, nous serions peut-être revenus encore plus jeunes, voire en tant que des bébés.

— Vous avez donc choisi le bon moment pour lancer un sort de retour ! plaisanta Iain en souriant jusqu'aux oreilles.

— Bienvenue à la maison ! lança enfin Darren, d'une voix rauque d'émotion.

Diane poussa un petit cri et se jeta dans ses bras, et Iain se mit à faire des clins d'œil à Awena, qui les lui rendit tout en songeant : « Les jours et les mois à venir risquent d'être bien rigolos avec ce trio d'enfer ! ».

Épilogue

Six mois plus tard... 10 avril 1393

— Je veux une péridurale ! hurlait Awena.

— Quoi ça être ? caqueta la Seanmhair en apportant des linges propres à Aigneas qui s'occupait de l'accouchement de sa petite sœur.

— Aucune idée Barabal, marmonna Aigneas, mais j'aimerais bien le savoir ! Ça fait des heures qu'elle crie la même chose !

— Humpf ! fit la Seanmhair en haussant ses frêles épaules.

Cela faisait effectivement des heures que le travail avait commencé, les contractions s'étant déclenchées dès qu'Awena avait perdu les eaux au petit matin, juste après le petit déjeuner.

Darren, pâle comme un linge, s'était agité dans tous les sens autour d'elle, jusqu'à ce que Iain intervienne et lui dise de porter sa femme dans leur chambre.

— Je sais ! avait rétorqué impatiemment Darren en cessant de tourner en rond pour emporter Awena dans ses bras.

— Je vais bien, l'avait rassuré Awena en souriant gentiment.

Oui, mais là, alors que la nuit était bien avancée, elle ne souriait plus du tout ! Et Darren tournait à nouveau en rond, comme un lion en cage, dans le couloir, juste devant la porte de leur chambre, serrant les mâchoires à craquer et crispant les poings à chaque fois que la jeune femme criait.

— Tout se passera bien, le réconforta Iain, qui se tenait

non loin de lui. Tu verras mac, tu tiendras un beau fils dans tes bras demain matin !

— Aye... aye, où est Diane ? marmonna Darren sans cesser de tourner en rond.

— Chez Eileen et Clyde, tu sais bien que leur bébé a décidé de voir le jour en même temps que le vôtre. Diane s'occupe d'Eileen.

— Bon... bon, marmonna à nouveau Darren, qui sursauta violemment quand Awena hurla de douleur. Ma mère et sa mère sont...

— Ta femme est forte ! le coupa Iain. Et si elle vient à avoir besoin de nous, nous lui donnerons notre magie. Je vois comme toi maintenant et je m'en veux de ne pas avoir sauvé ta mère.

— C'était une autre époque et...

Un nouveau et terrible cri coupa la parole à Darren et n'y tenant plus, il fonça vers la porte, l'ouvrit à la volée et marcha d'un pas décidé vers le lit où sa femme gémissait.

— Darren ! s'écria Aigneas, outrée par la présence du laird.

— Silence ! tonna Darren en s'installant dans le dos d'Awena, les genoux de chaque côté de son corps, essayant de la soulager en caressant son ventre distendu.

— Respire, mo chridhe, je suis là. Je ne te quitterai plus jamais, chuchota-t-il d'une voix tendre.

— Darren..., fit Awena dans un souffle haché en laissant reposer sa tête sur son torse musclé, je veux... une péridurale.

— Qu'est-ce que c'est ? demanda Darren en écarquillant les yeux tout en continuant ses doux massages.

— Elle réclame ça depuis des heures, à m'en rendre folle ! s'écria Aigneas, qui se massa les reins en se redressant, elle-même enceinte, le ventre bien rond, mais ayant refusé que quiconque, à part elle, ne s'occupe de sa sœur.

— Une... anesthésie... locale, balbutia Awena avant de se crisper tout entière sous l'assaut d'une nouvelle et terrible contraction.

— Quoi ça être encore ? caqueta la Seanmhair en épongeant le front moite d'Awena.

— Ça y est ! s'écria Aigneas, je vois sa tête. Allez pousse... Maintenant, Awena !

La jeune femme agrippa furieusement les bras de Darren, suivit les injonctions de sa sœur et poussa de toutes ses forces en serrant les dents.

Bientôt, un formidable vagissement retentit dans la chambre et Aigneas, après avoir coupé le cordon et essuyé le bébé, le tendit à ses parents, qui pleuraient de joie.

— Un mac ! Et il porte la marque !

— Par les dieux, la prophétie, accomplie, elle est ! psalmodia Barabal, en adoration devant la miniature de Darren qui hurlait à qui mieux mieux, dans les bras de sa maman, clamant au monde son arrivée.

Darren restait ébahi, terriblement ému par la naissance de son fils et caressait du bout des doigts le duvet sombre et humide au sommet de sa tête.

— On dirait... une petite étoile, souffla Awena qui avait doucement retourné le nourrisson sur son bras pour mettre à jour la marque au bas de sa nuque.

Pas content de se trouver dans cette position, le bébé battit l'air de ses minuscules poings serrés, tout en poussant de gros hurlements.

— C'est bien ton fils, murmura Awena dans un doux soupir ému, avant que son visage ne se fige douloureusement.

— Ohhh, gémit-elle, Aigneas..., je crois... qu'il y a un truc... qui ne tourne... pas rond.

— Barabal, prenez mon fils ! ordonna précipitamment Darren en tendant le bébé hurlant à la Seanmhair, qui, tout heureuse, le saisit et alla lui faire sa toilette en fredonnant, se désintéressant totalement de ce qui se passait dans la pièce, focalisée sur le magnifique et robuste bébé qui s'époumonait.

— Mac, mac, mac..., chantonna-t-elle avant de se

baisser brusquement, le bébé envoyant voltiger dans les airs un puissant jet d'urine. Ça être un bon mac ! Viser bien, déjà, il fait !

Darren se serait tordu de rire en assistant à la scène, fier de son fils, s'il n'avait pas dû serrer les dents, tant Awena s'agrippait de toutes ses forces à ses bras en lui enfonçant ses ongles profondément dans la peau.

— Darren, gémit Awena en cherchant son souffle, il y a... quelque chose... qui cloche !

— Aye, marmonna-t-il entre ses dents, je crois que tu es en train de me démembrer les bras.

— J'aurais dû te démembrer... autre chose... avant que tu... aies eu le temps de me... faire un bébé ! hurla-t-elle à plusieurs reprises.

— OCH ! fut la seule réponse que put émettre Darren, quelque peu blessé dans son amour-propre.

— Ne t'inquiète pas, Darren, fit Aigneas en riant, cachée derrière le drap tendu sur les jambes d'Awena, toutes les femmes disent la même chose à leurs hommes quand elles accouchent. Awena..., il va falloir pousser... Maintenant !

— C'est ce que je fais depuis des heures, grogna la jeune femme en poussant à nouveau de toutes ses forces, serrant les bras de Darren à craquer.

— Aigneas ? fit Darren, totalement dérouté.

— Il y a un autre bébé, fit Aigneas.

— Regarde mac, toi plus fort que ton père, de l'œil, lui virer... Humpf... Plus fort tu seras ! fredonnait Barabal en se promenant dans la chambre avec le premier bébé, tout ouïe, d'un calme olympien, les yeux sombres grands ouverts et dévisageant avec grand intérêt l'étrange visage grimaçant de la Seanmhair.

Un autre vagissement se fit à nouveau entendre dans la pièce et peu de temps après, Aigneas posait sur le ventre d'Awena un autre beau bébé aux cheveux mordorés, ouvrant et fermant sa petite bouche en cœur, l'air pas content du tout.

— Une caileag... et elle porte la marque elle aussi,

souffla Aigneas, totalement fascinée par cette double naissance, comme par le fait que la petite fille portât elle aussi la marque des dieux.

La prophétie avait omis de parler de deux enfants.

— Des jumeaux, chuchota Awena, en lâchant les bras de Darren – qui en soupira de soulagement – pour serrer tendrement contre sa poitrine sa petite fille toute rose, toute menue.

— C'est... c'est tout ? ne trouva rien d'autre à balbutier Darren, complètement hébété par cette deuxième naissance, ô combien imprévue.

— Si jamais il y en a un troisième, je te..., marmonna Awena.

—... démembre autre chose que les bras ! Aye..., je sais mo chridhe, se mit à ricaner nerveusement le laird avant de rire aux éclats. Och... m'eudail, tu ne feras jamais rien comme tout le monde ! Tha gaol agam ort !

— Je t'aime aussi de tout mon cœur, de toute mon âme, lui répondit Awena avec tendresse, en penchant la tête en arrière, plongeant ses beaux yeux verts dans ceux, bleu nuit de son grand et unique amour.

Quoique, unique, plus tout à fait, car elle avait maintenant trois Saint Clare à aimer. Mais elle ne se faisait aucun souci, son cœur les aimait déjà si fort !

Son petit bonhomme aux poings serrés, buvant les paroles de la Seanmhair, sa petite fille à la peau si douce, qui tétait goulûment à son sein, faisant sourire sa maman aux anges, en songeant, attendrie : « Ton frère est peut-être né le premier, mais je sens que tu ne te laisseras pas faire et ne seras jamais la dernière... », et puis il y avait Darren. L'homme de ses songes, l'homme de sa vie, l'homme sans qui rien de tout cela ne serait jamais arrivé.

Elle se sentait comblée, heureuse au plus haut point.

— Elle te ressemble tant, souffla Darren, en caressant les courtes boucles de sa fille, tout en la mangeant littéralement des yeux. Sophie-Élisa Saint Clare, murmura-t-il en contemplant amoureusement Awena, je trouve que ces prénoms lui iraient très bien.

— Oh ! hoqueta la jeune femme, les larmes aux yeux, tu t'en es souvenu...

— Aye, fit-il dans un sourire avant de lui embrasser le front.

— Et notre fils ?

— Cameron Saint Clare, comme mon arrière grand-père... Iain étant ressuscité, ajouta-t-il taquin, ses joues se creusant de ses irrésistibles fossettes.

— Hum... J'aime beaucoup. Cameron et Sophie-Élisa. Je vois comment tu regardes notre fille, elle sera ta princesse, elle te mènera par le bout du nez, prédit Awena, moqueuse malgré sa grande fatigue.

— Tout comme sa mère, et gare à l'homme qui me la prendra, il devra en valoir le coup ! gronda Darren avant de sourire béatement en entendant son fils hurler, sa femme rire et sa fille émettre des bruits de succion impressionnants pour un nourrisson. Aye, répéta-t-il sourdement, comme pour lui-même. Gare à l'homme qui se présentera devant elle.

Là, ce devait être le Loup Noir des Highlands qui énonçait rageusement ces mots.

*

Six cent vingt et un ans plus tard...

— Dàrda ! Appelle Logan pour qu'il vienne manger, cela fait des heures qu'il est dans le Cercle des dieux ! s'impatienta Iona.

Elle portait sur la hanche sa petite fille qui allait très bientôt avoir trois ans et qu'elle avait prénommée Awena. Un nom qu'elle adorait depuis toujours.

— Dis-lui de nous rejoindre au château, tout le clan nous attend, le laird n'est pas content du tout !

— Aye, je sais. Mais... Logannn ! hurla Dàrda, en

voyant son frère se faire envelopper par une vive lumière argentée, alors qu'il se trouvait sur la dalle centrale, avant de disparaître, évanoui dans les airs.

— Dàrda ? balbutia Iona. Que... Mais... Où est passé Logan ?

— Je... je... ne sais pas, souffla son mari, dérouté. Par les dieux...

« Aye... Par les dieux... Mais où était donc passé Logan ? »

Note auteure

Il n'y a, bien évidemment, jamais eu de château près du loch of Yarrows, ni de manoir venteux.

Et je n'étais pas née à l'époque de Darren, pour pouvoir affirmer que les terres étaient couvertes de forêts. C'est mon imaginaire qui m'a fait rêver et décrire ce paysage ainsi. J'ai voulu mettre en valeur les Highlands et le gaélique écossais (gàidhlig), que j'ai utilisé dans le roman, ancienne langue celtique, qui de nos jours n'est plus pratiquée que par 60 000 personnes. Heureusement, des passionnés le réapprennent. Ainsi, je l'espère, cette langue côtoiera celle des Faës encore bien longtemps.

Pour le positionnement de la pleine lune en 1392, je dis merci à « Atlas Virtuel de la lune ».

Et merci aussi aux personnes qui m'ont si gentiment renseignée sur la religion druidique, ainsi que les fêtes celtiques (notées en gaélique écossais dans le roman).

Merci à vous, chers lecteurs, d'avoir suivi Awena et Darren. N'hésitez pas à me faire part de vos avis.

Quant à Logan... C'est une autre histoire.

www.ingramcontent.com/pod-product-compliance
Lightning Source LLC
LaVergne TN
LVHW040129080526
838202LV00042B/2853